JN112451

侵略少女

EXIL girls

古野まほろ

Mahoro FURUNO

光文社

侵略少女

EXIL girls

"Sauriez-vous imaginer ce qu'il y a après la mort ?"
"Ça va Mademoiselle ?"
"Sauriez-vous ?"
"Non, Mademoiselle. Je..."
"Doutez, Etienne."

LAUGIER, Pascal (réalisateur). *Martyrs* [DVD].
KING RECORDS, 2010, 100 minutes.

「貴方まさか、死後の世界がどんなものか、
もう察しがついていたりする？」

「なんとおっしゃいました？」

「死後の世界の実態とは？」

「いえマドモワゼル、私は——」

「神は嘘吐きよ、エティエンヌ」

装幀　坂野公一（welle design）
装画　爽々

登場一覧

（物語内の三月三一日現在）

中村初音《なかむらはつね》　桜瀬《おうせ》医科大学附属《ふぞく》女子高等学校の生徒。三年一組、剣道部
東都未春《とうとみはる》　同右。三年一組、吹奏楽部
南雲夏衣《なぐもなつえ》　同右。三年三組、弓道部
西園千秋《にしぞのちあき》　同右。三年二組、箏曲《そうきょく》部
北条冬香《ほうじょうとうか》　同右。三年三組、剣道部
時村流菜《ときむらるな》　同右。三年二組、茶道部
空川風織《そらかわかおり》　同右。三年三組、合気道部
土屋紗地《つちやさち》　同右。三年三組、弓道部

上原良子《うえはらよしこ》　桜瀬医科大学附属女子高等学校の校長。上原紗良子《さよこ》の母
熊谷理瀬《くまがいりせ》　同高等学校の養護教諭
内田直人《うちだなおと》　内閣官房長官
露村成泰《つゆむらしげやす》　内閣情報官
「霧絵《きりえ》」　殺戮者

序章

私は突然思い出した。

それは、六年前のことだった。

六年前の今日、四月七日の夜のこと。

まだ私が、この学園島の、中等部一年だった頃のこと。

私は校則も消灯時間も破り、生徒寮《りよう》の錠前《じようまえ》その他も破り、禁《きん》を犯《おか》して外へ出た。

幼かったからだ。

高等部卒業まであと六年を待てば解るのに、どうしてもその六年が待てなかったからだ。

私はどうしても、この女子校伝統の、ううん伝説の〈卒業夜祭《やさい》〉を一目《ひとめ》見たかった。

だから、参加の資格もない中等部生だったのに、禁を犯して外へ出た。

その年の〈卒業夜祭〉は、幼い私が息を呑《の》み絶句するほど美しく荘厳《そうごん》だった。

いよいよ今年、あっという暇《ま》に卒業生となった、私自身が主役として目撃できた様《よう》に。

舞い散る桜の薄紅《うすべに》。その濃密な吐息《といき》。篝火《かがりび》の朱《しゅ》。星空の濃紺《のうこん》。海の黒青《くろあお》。

壺中《こちゅう》の天地《てんち》であるこの孤島、この学校を、いよいよ祝福するように零《こぼ》れくる月光。

キャンドルとトーチの灯《ひ》に浮かぶ、冬セーラー服の黒白モノトーン。

夜を徹し、この島と最後に語らうことを許された卒業生は、灯《ともしび》をかかげ散ってゆく。

まるで自分自身が、灯籠《とうろう》流しの灯籠のように。それは、ほんとうに美しく荘厳で……

……ううん、私が思い出したのは、そういうことじゃない。

私が突然思い出したのは、〈卒業夜祭〉の息を呑《の》み絶句するほど美しい在《あ》り様《よう》ではなく。

六年前の〈卒業夜祭〉で邂《めぐ》り逅《あ》った、とある先輩のことだ。

六年前、この伝統行事の主役だった、その年の卒業生の先輩。六歳上の先輩。

……何故、今まで忘れていることができたんだろう？

思い出してみて改めてそう感じる。あんな経験を忘れることなんて、誰にもできない。

あんな先輩のことを、何故今日の今日まで、一度も思い出すことがなかったのか——


「あら、その制服は中等部さんね？」

「あっ、はい、あの、つまりその!!」

「卒業まで待ちきれなくって、出て来ちゃったの？」

「……ご、御免《ごめん》なさい、すみません!!」

「いいわよ、誰にも黙っていてあげる」

「あ、ありがとう、ございます……

でも先輩、いえお姉様」

「私は〝先輩〟派よ。〝お姉様〟は照れるわ」

「解りました、先輩……でも先輩は、どうしてこんな不便な所に？」

「そうね、確かにこんな岩場の海岸になんて、流石《さすが》に誰も来ないわね。

コッソリ〈卒業夜祭〉を盗み見に来た中等部さんが、逃げ込んでくる以外には、あっは」

「そ、それにその……大丈夫ですかそのお怪我、その制服!!

御免《ごめん》なさい先輩、私今《いま》、状況が全然解っていないんですけど、その……すぐに保健室、いえ島外の病院にゆかないと。でないと先輩!!」

「死んじゃいそう?」

「い、いえその、お声を聴くとそうでもないんですけど……でもそのお姿じゃあ!!

まるで西洋の宗教画にある、キリ」

「おっと其処《そこ》まで言っては駄目《だめ》、不遜《ふそん》だわ。

確かに制服は、ううん着ている物一切合切《いっさいがっさい》、もう襤褸布《ぼろぬの》になってしまっているし。だからはしたなくも全裸に近いし。中等部さんがそう連想するのも、仕方ないけどね」

「でもその全身のお怪我!! 痛くないんですか、つらくないんですか、何か手当てを――」

「とても痛かったけど、ううん、もう痛くない、もう大丈夫」

「て、手首に穴が」

「大丈夫」

「右の目は、その、潰《つぶ》れている、様《よう》な」

「大丈夫」

「左腕は、どう見ても骨折されていますよね?」

「大丈夫」

「それにその、右胸のすっごい刺し傷」

「大丈夫」

「……まして、いったいどういう事なんですか、いったい誰がやったんですか、その全身の酷《むご》い怪我は!! どんな凶器を使ったら、全身満遍《まんべん》なく、その……皮も肉も、ううん骨まで裂かれて砕ける様《よう》なそんな酷《むご》いことになるんですか!! たくさん血を流された跡も!! 非道《ひど》い!!」

「優しいのね。でも安心して、中等部さん。

私は役目を果たし、全ての重荷を下ろせた。私の旅路は終わり、私は今や救われた」

「御免《ごめん》なさい、とてもそうは……どう見てもその、瀕死《ひんし》……」

「あら、鞄《かばん》を持っているわね。ひょっとして、お水とかも持っている？」

「は、はい長丁場《ながちょうば》になると思って。ペットボトルがあります。でも」

「でも？」

「……グレープジュースしかありません」

「あっは!! 絶妙にぴったりよ!!

失礼して頂くわね、ほんとうにありがとう。痛みは無いけど、ホント喉《のど》が渇いて渇いて」

「はあ……」

「あと、はしたなくもひとつ、中等部さんにお願いがあるの」

「何でも仰有《おつしや》って下さい、私にできることなら何でも!!」

「私、リフレクソロジーが大好きで」

「はい？」

「私の足を洗って、揉《も》んでくれると嬉しいな。とても長く、長く歩いたから」

「……〈卒業夜祭〉でですか？ でもお怪我に障《さわ》りませんか？」

「大丈夫」

「解りました。

じゃあちょっとお躯《からだ》を、海寄りに動かしますね。海水なんで、染《し》みたら言って下さい」

「私が好きなのはね中等部さん、土踏まずの胃のツボと、左足の心臓のツボ、あと親指の付け根の首のツボなの。はしたない声を出すから、取り敢えず思うようにやってみて」

「りょ、了解です先輩。じゃあまず、足を水に着けます。

ああ、ほんとうにたくさん歩かれたんですね、足がこんなにも。すぐキレイにします。

——あっ、大きなタオルが無いので、水を私のスカーフで拭《ふ》きます、すみません」

「こっちこそ御免《ごめん》ね、でもそれ、すごく嬉しいわ……」

「ほんとうに痛くないですか？」

「意外に執拗《しつよう》な性格ね……あうっ、はうはう、そこ心臓、自律神経にいいの」

「痛くなかったら、何処《どこ》でも洗って押しますんで、遠慮なく仰有《おっしゃ》って下さい」

「有難う、私あなたのこと忘れない、私あなたのこと報告しておくわ初音《はつね》——はうっ」

「えっ学校にですか⁉」

「ううん、これから私がゆくところに」

「これから何処《どこ》にゆかれるんですか？」

「お勤め先が決まったの。其処《そこ》はきっと、初音にもよくしてくれるわ、私がそうする」

「あっ、就職されるんですね……」

と、というか何故、私の名前を御存知《ごぞんじ》なんですか⁉」

「もちろん鞄《かばん》のタグを読んだのよ、中等部一年の中村《なかむら》初音さん。

あっそこ、そこ弱い、私そこ弱いから、もっとググッと押し込んで」

「……私、タグを付けていませんが」

「意外に細かい性格ね。

でもその執拗《しつよう》さと細かさは、きっと六年後、初音を救うわ」

「ろ、六年後？

——すみません先輩、先輩はいったい誰なんですか？　お名前を訊いていいですか？」

「もちろんよ。私の名は」

名乗ったその刹那《せつな》、ほんとうに嬉しそうに足と私とを見ながら、先輩は消えた。

文字どおり、塵《ちり》ひとつ残さず掻《か》き消えた。

とてもとても温かな、朝の太陽の最初のかがやきの様《よう》な、厳《おごそ》かで希望ある光と姿とを一瞬、私の瞳に残して……

……今ハッキリと思い出してみても、まるで夢物語、まるで嘘話《うそばなし》だ。

まして私はこの六年、こんな突飛《とっぴ》で異常な記憶を、まるで忘れていた。

何故、あの不思議な先輩のこと、今まで忘れていることができたんだろう？

けれど、もし。

私の思い出した記憶がほんとうで、あの先輩の言ったこともほんとうなら。

（こんな状態の私でも、救われることがある、の……？）

今度は私自身が、長く長く歩いた果てに。

いよいよ磔《はりつけ》にされた十字架の上で、私は突然思い出した。

それは、六年前のことだった。

そして、六年前も今年も。

桜瀬《おうせ》医科大学附属《ふぞく》女子高等学校の四月七日は、〈卒業夜祭《やさい》〉――

第1章　年毎《としごと》にたえず獻《ささ》ぐる同じ犧牲《いけにへ》にて

I

四月七日、金曜日。

その早朝、いや未明。

正確には、午前二時。

――この孤島は年に一度、四月七日の夜だけ早起きをする。

普段は厳粛な静寂《しじま》の内にあるべきこの学園島は、四月七日の夜だけ祭りを迎える。

卒業の夜祭《やさい》を。

その実態・詳細は、在校生と教職員にしか伝わらない禁秘《きんぴ》たる、秘めやかな夜祭を。

今、学校の校舎群《ぐん》から正門へと続く道に、ひとつひとつ、蠟燭《ろうそく》の灯《ひ》がともってゆく。

角燈《らんたん》か洋燈《らんぷ》の如《ごと》き荘厳《そうごん》で華奢《きやしや》な灯籠《とうろう》の灯が、あざやかな誘導灯としてともってゆく。

洋風の灯籠を手に掲げるのは、新二年生と新三年生の各三〇人。

四月六日の昼、既に、卒業生たる旧三年生三〇人を送り出した在校生らだ。

しかしそれは、昼日中《ひるひなか》の、敢えて言えばありふれた式典。

ここ、桜瀬《おうせ》医科大学附属《ふぞく》女子高等学校で学ぶ生徒は――いやここで暮らす生徒は、卒業式の翌《よく》未明、伝統として挙行される卒業夜祭こそが、旧三年生にとってほんとうの離別と巣立ちの儀式であることを熟知していた。たとえ、何故四月六日だの七日だの、社会常識からして不合理かつ不具合な日程で卒業の儀典を行わなければならないのか、その理由をまるで知らないとしても、である。

といって。

この桜瀬《おうせ》医科大学附属《ふぞく》女子高等学校は、その名のとおり〈桜瀬医科大学〉への進学を前提とした学校であるばかりか、文系学部を擁《よう》する〈桜瀬大学〉への進学をも前提とした学校である。附属高校のほとんどの生徒は、この学園島からフェリーで一時間弱の、本土にある、同一法人が運営するそれらの大学へ進学する。

よって、旧三年生自身にとっても、卒業の儀典が四月六日だの七日だの、社会常識からして不合理かつ不具合な日程で行われたとして、そこにさしたる問題は無かった。重ねて、その不合理さ不具合さに学校が何故かくも執拗《こだわ》るのか——少なくとも、学校が今の体制を整え終えた一九八〇年代以降の約半世紀にわたって、何故かくも奇妙な日程に執拗《こだわ》るのか——その理由をまるで知らないとしても、である。

そして、実際。

仮にもし、そこに疑問をいだいた生徒がいたとして……

……今宵今晩《こよいこんばん》の夜祭《やさい》の美しさの前には、ただただ忘我《ぼうが》し息を呑むだけだったろう。

そもそも、この卒業夜祭にこそ憧《あこが》れて、懸命に中学受験を戦った生徒も少なくない。学校名にもなっている桜花《おうか》は、春の盛りの今夜、無論、校舎群をも楚々《そそ》と彩《いろど》ってはいるが——しかしとりわけ正門への石畳の両翼で、艶《あで》やかにして凜然《りんぜん》たる桜の街道をかたちづくっている。品格ある桜の古木たちは、白桃あるいは薄紅の花吹雪《はなふぶき》を、今が盛りと舞い散らせている。また、学校名にもなっている海潮《かいちょう》は、その桜吹雪としめやかなワルツを踊るかの如《ごと》く、瀬戸内《せとうち》の波のたおやかな息吹《いぶき》とともに、いのちある潮《しお》の香りを搬《はこ》んでくる。

耳に聴こえくる波の音。

耳に聴こえるかの様《よう》な桜の音。

……そして既に、旧三年生を送り出す在校生六〇人の灯籠《とうろう》は、いよいよ勢揃《せいぞろ》いしたそのキャンドルは、この孤島とこの季節とこの時刻にふさわしい、幽玄《ゆうげん》の美を醸《かも》し終えていたが。

今まさに、正門への石畳の要所要所で、古風な篝火《かがりび》がそれは紅々《あかあか》と焚《た》かれたとき。

今まさに、校舎群の袂《たもと》から、華奢《きやしや》なトーチを掲げた旧三年生が楚々《そそ》と歩み始めたとき。

だから――

今まさに、この高校を特徴付ける、そしてまさにこの夜の為《ため》にあったのかとすら思わせる、黒と白の、荘厳《そうごん》ともいえるモノトーンの冬セーラー服姿らが夜桜の舞台に現れたとき。

夜能《よのう》いや夜桜能《よざくらのう》を思わせる卒業夜祭の興奮は、たちまちクライマックスに達した。

やがて凛然《りんぜん》と午前二時の学校に響く、華奢で典雅なトーチを掲げた卒業生総代の声――

「在校生の皆さん」

かつての生徒会長にして、旧三年生の卒業首席、南雲夏衣《なぐもなつえ》はゆっくりといった。

黒と白の瀟洒《しようしや》な制服が、キャンドルの白そして篝火《かがりび》の紅に、恐ろしいほどよく映える。

その肩に注ぐ、ほんのわずか鳶色《とびいろ》がかった美しいセミロングは、真白《ましろ》いセーラーカラーと鎖骨に、スッと紅を差したかの様《よう》だ。彼女の言葉も、桜の夜に紅を差したよう。

「私達は今夜、この学校とこの島とに、最後の挨拶をしてここを旅立ちます。

我が桜瀬女子《おうせじよし》の、三〇年余《よ》の伝統たるこの卒業夜祭が今年もこうして挙行できましたこと、先《ま》ずは上原《うえはら》校長先生を始めとする先生方御各位《ごかくい》、そしてこうして送り出してくれる在校生の皆さんに、心から感謝いたします」

いかにも伝統行事らしく、既に式辞を終えた上《うえ》自然と在るべき位置に進み出ていた上原良子《うえはらよしこ》校長は、旧三年生三〇人の先頭を為《な》す南雲夏衣《なつえ》の言葉に微笑み、威厳《いげん》ある答礼をした。それを確認し、夏衣は卒業生総代としての言葉を続ける――

「未熟な私達に対し、惜しみなく学びの機会をくださった御各位に、また、すばらしい学校生活をくれたこの島に、改めて、そして最後の御礼《おれい》を申し上げます。今《いま》私達は、諸先輩方《がた》がそう為《な》さってきた様《よう》に、もう一度、この大切な島を自分の足で踏みしめながら、私達の来《こ》し方《かた》と行《ゆ》く末《すえ》を、独りで、そして友と、静かに語り合いたいと考えます」

「……卒業生の、諸先輩方《がた》」在校生代表の新三年生が、震える声で返辞《へんじ》を述べる。幽玄の舞台に酩酊《めいてい》したか、在校生からは既に啜《すす》り泣きの声も聴こえる。「改めて、これまでの御指導に深く感謝いたします。私達はそのお導きを忘れず、桜瀬女子《おうせじょし》の変わらぬ伝統と学風とを受け継いで、一所懸命《いっしょけんめい》に発展させてまいります。今夜はどうか、充分に島と学校、そして皆様相互と語り合われ、桜瀬女子最後の日の出を無事お迎えくださいますよう、在校生一同、心から願っています」

「ありがとう」

南雲夏衣が優雅に頷《うなず》いた刹那《せつな》、講堂の方《ほう》から、しめやかなショパンが流れ来た。それを機に、石畳両翼の在校生が気持ち、手にした灯籠《とうろう》を正門へと傾けて灯《ともしび》の列を開く。

「先輩方、どうぞお気を付けて――」

「それでは出発します。

卒業生各位。再集合時刻は日の出の約三〇分後、午前六時、ここ正門で。

本土への臨時便は、午前七時から三〇分置きに出航します――心残りのないように」

篝火《かがりび》。夜桜。花吹雪。キャンドルの灯籠。波の音。そして、モノトーンのセーラー服姿。

幽玄の灯火《とうか》のなかを、粛然《しゅくぜん》と、凜然《りんぜん》と歩み始める十八歳の旧三年生ら。

それは既に絵画だ。誰しもが永遠に固定してしまいたいと願う、そんな幻想的な絵画。

午前二時なる時刻と合わせ、余所《よそ》ではまさか観られない夢幻《むげん》の如《ごと》き舞台と登場人物らは、関係するほぼ全ての者の瞳《め》を奪い、魅了し、あるいは蠱惑《こわく》したが……

しかし。

……この卒業儀典の不合理かつ不具合な日程、その理由を知るその者は、無論のこと魅了も蠱惑もされなかった。更に言えば、魅了されるどころか、極めて実務的かつ現世的な悲しみと焦燥《しょうそう》とに駆られていた。少なくとも、この四月七日の意味を最も知り尽くしたその人物はそうだった。

(五年ぶりの、四月七日金曜日……)上原良子校長は、今眼前《いま》を優雅に歩み去る旧三年生らを見送りながら痛感した。(……この機を逃せば、次は六年後。次の次はその一一年後。無論、この夜祭は毎年行う、必ず。だが四月七日に――いや四月七日金曜日に執拗《こだわ》るべきだと言うのなら、私に許された猶予《ゆうよ》は少ない。私は既に、六〇歳代も半ばを過ぎようとする身。一七年後どころか、六年後の四月七日さえ、このまま迎えることができるかどうか)

彼女は今一度、意識して、明くる朝には外界へと旅立つ三〇人の旧三年生らを見詰めた。

彼女がこの三〇年余《よ》、学年主任として、教頭としてそして校長として見詰めてきた、無数の生徒を思い出しながら。無論、彼女に課せられた非道《ひどう》で残酷な使命を思い出しながら。

(美しい娘《こ》たち。私が手塩に掛けた学校の、美しい娘《こ》たち。ある意味、人生の盛りの……

誰が誤ったのか。誰が道を誤ったのか。

この娘らを、生きた税金として徴収しようなどと!!)

……だがここで、上原良子は苦笑い、いや自嘲《じちょう》をした。

そう、何を今更《いまさら》だ。自分こそはその主犯のひとりだ。

「国が滅ぶというのは、悲しいものねえ」

「え?」

上原良子の独言《どくげん》は、独言としては余りに声量あるものだった。

少なくとも、彼女の直近で灯籠《とうろう》を手にしていた、新三年生らの鼓膜《こまく》を刺激する程度には。

だがしかし……

上原良子は何の注釈もせず、ゆっくりと自然に列を離れ、校舎群へと赴《む》かった。

弁解をしてどうなるものでもなく、また、今夜は一年を通じて最も多忙な夜だからだ。

（期待できる娘《こ》は、七人。

乞《こ》い願《ねが》わくは、今年で門が開かれんことを。

肉と魂とを納税する少女が、どうか今年で終わらんことを……神様）

II

伝統行事たる卒業夜祭《やさい》の、約一週間前。

三月末。

桜瀬《おうせ》医科大学附属《ふぞく》女子高等学校、本館、校長室。

ノスタルジックな大正浪漫を感じさせる、しかしアール・デコが凜然《りんぜん》たる執務室。

それは、この室のあるじを具現化したかの様《よう》だ。

大学の総長室すら思わせる威厳とひろさの内に、どこかたおやかなエレガンスがある。

大《おお》時代的で浪漫的な三枚の西洋絵画も、その巨大さの割りに、静謐《せいひつ》な泉の如《ごと》くである。

……この室の規模が巨大なことに不思議はない。桜瀬医科大学附属女子高等学校——所謂《いわゆる》〈桜瀬女《おうせじょ》子《し》〉はこの地方の、いやこの国でも有数の、いわゆる御嬢様《おじょうさま》学校たるの評価と信頼とを勝ち獲《え》ている。

どれだけの金子《きんす》を蕩尽《とうじん》しても、定員わずか九〇人・一学年三〇人のこの学校に娘を入学させたいと、そう悲願する親には事欠《ことか》かない。中等部の受験の倍率が、五倍を切ることが無い程度には。

またここは、開校以来いまだ三〇年余《よ》と比較的若い学校ではあるが、しかしその卒業生らが娘を持つには、既に充分な時間が過ぎている。〈桜女《おうじょ》〉の卒業生らが身をもって知る、学校の公私にわたる厳《おごそ》かにして品位ある躾《しつけ》は――ここが孤島の全寮制学校であることも相俟《あいま》って――今は母親となったOGらの、盲信的な支持を集めている。よって当然、OG等からの寄付も莫大なものとなる。それは、自負と自尊心の対価だからだ。

無論、この学校の性格からして、それらOG等とは主として医師たる父母となるが……しかし文系大学の経営と実績が軌道に乗りだして以降は、『安全な御嬢様大学』『規律ある御嬢様大学』を望む、医師以外の社会的地位ある父母もまた、学校の熱烈な信奉者となるに至った。

これらを要するに、〈桜瀬女子〉の人気と経営基盤はすこぶる盤石《ばんじやく》である。

といって……

「どうぞ」春らしい藤鼠《ふじねずみ》の着物姿の上原は今、手ずから銘《な》のある茶器を繰《あやつ》り、手ずから銘《な》のある紅茶を客人に供した。「粗茶ですが」

「頂戴《ちようだい》しましょう」客人は既に無許可でソファに座している。「ただ時間が無い。ヘリを待たせている。この紅茶二杯の内には所用《しよよう》を終わらせたく」

「ええ」細身で小柄な上原は艶然《えんぜん》と微笑んだ。それは厳《おごそ》かな圧力だった。「しかるべく」

「貴女《あなた》から要求のあった新規予算だが」客人は威圧的なスーツ姿を威圧的に反らせる。「文科省と厚労省の尻を叩いて、先の補正予算に積み上げさせた」

「一昨日、政府案どおり成立しましたわね。感謝いたします」

「諸雑費《しよざつぴ》については、引き続き内閣官房報償費《ほうしようひ》から支弁《しべん》する」

「領収書は如何《いかが》いたしします？」

「また御冗談を。私かぎりの処理で大丈夫だ」

「引き続きの御配慮《ごはいりょ》、大変嬉しく存じますわ」

――〈桜瀬女子〉の経営基盤が盤石《ばんじやく》なのは、この定員一〇〇人に満たぬ、まして瀬戸内《せとうち》の孤島なる僻地《へきち》にある奇妙な学校が、斯《か》くの如《ごと》くに事実上、日本国営だからであった。実際、上原良子が自己の裁量で執行できる予算は、並大抵《なみたいてい》の中高一貫私学と桁《けた》が一つ違い、兆の単位にのぼる。まさかそれが、熱烈な信奉者たるOG等のみを原資とする筈《はず》もなし。そして上原良子が、また眼前の客人が、そして詰まる所は日本国政府が、俗世の塵芥《じんかい》や垢《あか》と徹底的に隔離されたこの学園島と学校を経営しているのは、無論、伊達《だて》や酔狂《すいきょう》や少女趣味によるものではない……少なくとも、経営者にそのような浪漫的趣味は皆無《かいむ》だ。

「卒業生の見合い先は――」客人は努めて淡々《たんたん》と続けた。「――未だ総員についてフィックスできてはいないが、卒業式までには完全なリストを送付できよう」

「――そちらはむしろ大学の方《ほう》の責務ですわねえ」

「それも御冗談が過ぎる。この学校組織は中等部から大学院に至るまで、全て貴女の独裁下にあるのだから。それはもう、治外法権と言ってよい程《ほど》だ」

「あら恐い。そんな鋭い瞳《め》で、蚊弱《かよわ》い老婆を射竦《いすく》めないで下さいましな」

「貴女のような烈女《れつじょ》の御言葉《おことば》とも思えんが……」客人は上原良子の藤鼠《ふじねずみ》の着物から、そして悠然《ゆうぜん》と波打つ銀色のボブから、確実な圧《アツ》と敵意とを感じた。共犯者としての気後《きおく》れと背徳心が、それを更に強める。「……とまれ、この学校の重要な責務のひとつに、納税者の納税が掲げられていることをお忘れではあるまい。それも、適正な納税者の納税がね」

「……牧場の女衒《ぜげん》としては、慚愧《ざんき》に堪《た》えない御言葉《おことば》で責務ですわね。私も女でしてよ？　まして受益者が、主として六五歳以上の所謂《いわゆる》高齢者ばかりとあっては、ねえ……」

「言葉にお気を付けた方がよろしかろう。貴重な資源を管理加工する、工場長殿《どの》としては。まして物納《ぶつのう》の受益者は日本国であって、学生生徒が婚姻する相手方《あいてかた》などではないよ」

「それこそ、言い方の問題に過ぎぬ気も致しますが。

ただ今現在既《すで》にして、我が国では人口の約三分の一、実に三〇・三%が六五歳以上となっている。なら、やがてヒトの物納をすべき女学生・女生徒が誰と結ばれるかと言えば、確率論からして、当該《とうがい》三分の一を構成する多数派の誰か、ということになりましょうか。また政策論としては、当該《とうがい》多数派のうち生存能力の高い誰か、ということにもなりましょう――

そう。

我が国が店仕舞《みせじま》いと身売りとを決意した今、票田であり財源である六五歳以上の者、しかも自己責任で生き残ってゆけるだけの能力を有する者の確保と維持は、国策《こくさく》ですものね」

「そうした余力ある者に資源を集中させねば、日本国は……いや日本人は生き残れまいよ」

「そして余力なき者に希望を投与せねば、思わぬ叛逆《はんぎゃく》と暴発とを誘発しかねない。

すなわち滅びゆく我が国への唯一の処方箋《しょほうせん》は、日本人の選択と集中、なかんずく棄民《きみん》」

「……この三〇年余《よ》、御納得の上で御協力いただいていると思っておりましたが？」

「諦《あきら》めを納得のうちに含めるのなら、御指摘のとおりですわ。

そう、この国は老い過ぎた。

何処《どこ》かで。誰かが。どうにかして。

やり直す機会はきっと在った。曲がり角は幾つもあった……

ただ老いも若きも私も誰独り、三人に一人が六五歳以上などという、世界でも類《るい》を見ない超高齢化社会の実現を食い止めようとはしなかった――いえむしろ、それを無為《むい》無策の内に加速させた。票田にして既得権者《きとくけんじゃ》への迎合《げいごう》の内に、ひときわ加速させた。社会の中堅層を棄民し、社会の若年層を放置し、社会の将来の担い手を我《われ》と自《みずか》ら消失させ、結果、『六五歳以上の者一人』を『社会の働き手一・九人』が『一五〇兆円弱もの負担』によって支える、不公正で不正義な社会とシステムを実現させた。端的《たんてき》には、既得権者《きとくけんじゃ》が逃げ切るための奴隷制を実現させた。だから若者は陸続と社会保険料を無視し、陸続と未婚になり、陸続と子をつくらず、陸続と生活保護を受け、陸続と自殺をする様《よう》になり……行き着く果てはそう、公共の場における無差別通り魔だの無差別放火だの元内閣総理大臣暗殺テロだの、拡大自殺型の殺人を敢行する様《よう》になった。

——成程《なるほど》、店仕舞《みせじま》いと身売りの時季ですわね。

要するに、我々は失敗した。日本国はじき終わる。遠くない内に。我々がそうした」

「らしくない感傷ですな。実務者に必要なのは繰り言《くごと》ではない。行程表《ロードマップ》ですよ。

そして我々の行程表《ロードマップ》のうち最重要のファクターは——だからこの学校の最大にして最重要の責務は——希望です上原校長。我々が、そして貴女がこの三〇年余《よ》、ひたすらに追い求めてきたあの希望。念《ねん》の為《ため》に付言《ふげん》すれば、この分野の先駆者にして泰斗《たいと》である貴女が私に、私の前任者に、またその前任者に……必ずや実現すると確約してきたあの希望。更に付言《ふげん》するならば、貴女個人としても、あの悲劇的な事故を受け、必ずや実現すると決意したあの希望ですよ」

「……そうでしたわね」彼女は激しい怒りを秘め、実はそれと分からぬロケットペンダントでもある帯留《おびど》めを、固く握り締めた。「そうそう、貴方《あなた》などまだ一介《いっかい》の市議会議員でしかなかった昔々、いえ、まだ名も忘れた何方《どなた》かの議員秘書でしかなかった昔々、必ずや実現いたしますと、そうお国に誓《ちか》いを立てさせて頂いたあの希望でしたわね。老人への詳細な御注釈、痛み入ります」

「い、いや失礼。今のは失言だった。私とて貴女とは一蓮托生《いちれんたくしょう》。貴女の不興《ふきょう》を買う意図は無かった……御勘気《ごかんき》に触れたのならこのとおりお詫《わ》びする。どうぞお許しを」

「——ヘリのお時間が迫っているのでは？」

「そ、そのとおり。よって、今日の本題ですが……

来る四月六日の卒業式。いや、四月七日の卒業夜祭《やさい》。

今年の候補者はどうなっていますか？」

「既に内閣情報官を通じ、報告書を呈覧《ていらん》いただいているとおりですわ」

「……有資格者は、七人」

「まさしく」

「異様な数値ですが、誤りありませんな？」

上原は鼻梁《びりょう》で嘲笑《ちょうしょう》した。また今度はそれを隠さなかった。そのまま台詞《セリフ》を連《つら》ねてゆく。

「当該《とうがい》七人の呈する、局所的かつ一過性の脳虚血《きょけつ》。大脳ニューロンの過剰放電と複雑部分発作。海馬《かいば》・扁桃体《へんとうたい》・側頭葉《そくとうよう》における恐怖と性的快感の記憶形成。ドーパミン・エンドルフィン・ノルアドレナリン・セロトニンその他の神経伝達物質の伝達効率調整。GPCR受容体《じゅようたい》遺伝子の存在状況と当該《とうがい》受容体自身の発現状況……」

「いや、そこまで詳細には」

「……中等部入学以降からの、睡眠時における海馬・扁桃体への薬理的《やくりてき》・外科的介入による長期記憶の人為的《じんいてき》整理。また電気的刺激・光学的刺激・抑制物質による長期記憶の人為的《じんいてき》削除。それら睡眠学習等と並行した、食餌《しょくじ》プログラムによる条件付け型の反復強化学習。大脳皮質《ひしつ》・大脳辺縁系《へんえんけい》への薬理的・情動的《じょうどうてき》介入によるそれらの活動抑制・活動相関抑制。これによる所謂《いわゆる》痛みの人為的《じんいてき》緩和及び痛みへの耐性《たいせい》付与等々についての」

「解った!! 貴女の御専門分野は我が国として尊重する!! 実務は挙《あ》げてお委《ゆだ》ねする!!」

「——等々についての既報《きほう》のとおり、今年の有資格者にして候補者は現時点、七人」

「すなわち例年より多い」

「一四年振りの員数です。三人以上というなら五年振り。要は過去最大級、と言ってよい」

「まして今年の四月七日は」

「まさしく金曜日ですわね」

「諸準備の状況は？　残るシークエンスは？」

「各人の定期メンテナンスを除けば、残るは四月六日のOS－コルトキシトシン投与のみ」

「それは側頭葉からの、て――」

「我々に許された、唯一の道です」

「……希望は」客人は喉《のど》を鳴らして固唾《かたず》を呑んだ。「叶、いますか？」

「神が骰子《さいころ》をどう振るか。ヒトにできるのは、ただお目零《めこぼ》しを祈るのみ……でしょ？」

「今年こそは。今年こそは到《たど》り着いてもらわねば。この国にはもう時間が無いのだ!!」

「そして確か貴方にも、でしたわね内田《うちだ》官房長官？」

客人は――日本国内閣官房長官は、泣くかの如《ごと》き悲壮な渋面《じゅうめん》でソファを起《た》った。

校長室をいざ辞去する際、その彼がどうにか最後に紡《つむ》いだ言葉は。

「……前任者から引継ぎを受けましたよ」官房長官は校長室の、三枚の巨大な西洋絵画を観る。「いずれも〝キリストの変容〟でしたな？」

「ええ。それぞれカラヴァッジオ、ルーベンス、そしてドラクロワです」

「貴女のたっての望みであったとか……真物《しんもの》はやはり、説得力が違いますな」

「お強請《ねだ》りが過ぎましたかしら？」

「いやそのようなことは。

ただ、〝キリストの変容〟と言うならラファエロでしょう。いや、あれをヴァチカンから購入するのは流石《さすが》に無理だが、主題に執拗《こだわ》られるのであれば不思議な選択と思えますな」

「ラファエロのあれはこの三〇余年、片時も脳裏に焼き付いて離れませんもの。だから他の絵と比較してみたかったのです……絵画下部、右下の少年をね」

「成程《なるほど》」謀主《ぼうしゅ》のひとりたる官房長官は、直ちに彼女の意を酌《く》んだ。「悪魔憑《つ》きの少年」

「マタイ福音書《ふくいんしょ》・マルコ福音書にあるとおり、彼は治癒《ちゆ》の奇跡の物語の主役にして――」

「――悪性《あくせい》と神性《しんせい》の物語、病者排斥と病者畏敬《いけい》の物語の主役だ。我々の言葉にするならば」

「門と証人の物語、その主役ですわね。

永楽帝《えいらくてい》にカリグラ、ナポレオン、ドストエフスキーにジャンヌ・ダルクもそうだった」

「我々の言葉にするならば」官房長官は意図的に言い直した。「最後の希望の物語ですな」

「原罪と受難《じゅなん》と希望」上原良子は陰翳《ニュアンス》を隠した嘆息《ためいき》を吐《つ》いた。「すなわち私達の傲慢《ごうまん》です」

「……とまれ、その希望が叶ったならば、直ちに、確実に即報《そくほう》願いたい。

無論、四月七日当夜は、内閣官房からもしかるべき幹部を派遣するが……ただ総理御自身も気が気でなかろう。それが何時《なんじ》であろうと直ちに報告を。この点、是非《ぜひ》とも遺漏《いろう》なきよう」

「ふふっ」

「何か面妖《おか》しなことでも申し上げましたか？」

「あら、怒らせてしまったなら御免《ごめん》なさいな。今のは確実に自嘲《じちょう》ですから。

――というのも。

これだけ楽園に焦がれる私達ですが、まさか自分は楽園になど行けないでしょう？

禁断の果実を食《は》むどころか、楽園の錠前《じょうまえ》を強《こ》じ開けようとする強盗ですものね？

そんな強盗にもし、免罪《めんざい》される余地があるとするならば――

国民多数が天国へゆく為《ため》、確実に地獄へ堕《お》ちる覚悟を固めている、その悲壮《ひそう》な一点のみ。

そう考えると、私達も存外《ぞんがい》利他的なイキモノだと、ふと面妖《おか》しくなりましたの。

官房長官も総理も、きっと私と御同様《ごどうよう》でしょう、ふふっ……」

Ⅲ

四月七日、卒業夜祭《やさい》。

――伝統どおり、在校生らが厳《おごそ》かなオーナメントで楚々《そそ》と飾った〈桜女《おうじょ》〉の正門を、卒業生らがやはり楚々とくぐってゆく。伝統どおり、日の出までの最後の夜を、自分と島と、そして友と語らうべく。それら三〇人の、約四時間の行動は完全に自由だ。翻《ひるがえ》ってまた正門をくぐらない限り、だから既に出発した学校と校舎群に帰らない限り、この、本土まで一時間強を要する壺中《こちゅう》の孤島の何処《どこ》で何をしようと、完全に自由である。

この孤島の面積は三・一三㎢、海岸線は周囲一一・一㎞。学園島と俗称されるとおり、その全てが〈桜女《おうじょ》〉のもの。だから、卒業夜祭の主役たる三〇人は――既に華奢《きゃしゃ》で取り回しのよいトーチが手渡されているとおり――自らの灯《ひ》を片手に、どのような夜間歩行をしてもよい。

学園島すべてを踏破《とうは》したいというのなら、学校が昭和の御代《みよ》から整備しており、学校の各種部活にも用いられている、島外縁《がいえん》の遊歩道をひたすら歩くこととなろう。周囲約一一㎞の距離であれば、冬セーラー服とローファーによる道行《みちゆ》きであれ、休み休み、考え考え歩いてなお、夜祭終了まで余裕がある。

あるいは、この孤島で最も標高がある、二一〇mの小山を登ってもよい。これまた、学校の部活等に用いられていることから、山頂へのルートには御丁寧《ごていねい》にも階段に手すり、そして灯火《とうか》までが整備されている。急がず往復してもなお、夜祭終了まで余裕がある。

はたまた、さほど動かずして思索に耽《ふけ》りたいというのなら――この孤島には、うってつけの整備された海岸がある。うってつけの小川と堤《つつみ》もある。学校内同様、随所《ずいしょ》に、早咲きのバラが酩酊《めいてい》するほど匂う洋風の四阿《ギャゼボ》もある。望むなら小さな神社も、小さな教会も。

そうした島内の要所には、夜祭の実行委員を務める在校生がそれとなく配置されている。だからいったん、安全のために常時携行を指示されているトーチを預け、『妹たち』がすぐ準備する夜の茶菓《さか》を、彼女らと喫《きっ》するのもまた自由だ。誰と何を話そうが、誰とも何も話さなかろうが、それもまた全て自由――

これらを要するに。

一年三六五日のうち、今宵今晩《こよいこんばん》四月七日だけは、額縁《がくぶち》と絵が逆転する。

絵たる校舎・寮舎《りょうしゃ》はほぼ無人となり、額縁たる島内には数多《あまた》の卒業生・在校生が散り嵌《ちば》められる。

絵を描《か》くパズルのピースは砕かれ、額縁や壁面をこそ自在に蠢《うごめ》く。絵をささやかに埋めるのは、事故・病気等への態勢を整えた、学校の教職員最小限のみ。それも伝統といえば伝統で、不文律《ふぶんりつ》といえば不文律、しかも異議の出ない不文律である。学《まな》び舎《や》との離別というのなら、卒業式あるいはそれ以前の各種行事で、もう充分終えているからだ。加えて、これは高等部の行事ゆえ、中等部の生徒は寮で今《いま》普通に就寝中である――という世俗的な理由も大きい。といってどのみち、それら中等部の生徒とて、何年か後《のち》の自分の夜祭を夢み、窓を塞《ふさ》ぎ毛布にくるまりつつ友達同士、夜を徹したお喋《しゃべ》りに勤《いそ》しむのであるが。もし寮の主要開口部が機械的・電子的に警備されていなければ、その何年か後《のち》がどうしても待てず、セキュリティを突破してでもホンモノの夜祭を見ようとする幼い生徒が続出したであろう。事実、突破された例も極僅《ごくわず》かながらある。〈桜瀬女子《おうせじょし》〉三〇年余《よ》もの歴史では、そういうこともあった。

――とまれ今年の夜祭の月は、夜歩きへ強く誘《いざな》っているかの如《ごと》くに、とても大きい。

もう幾日もなく、満月となるのが分かるほどに。

いっそ、トーチも灯籠《とうろう》も手離《てばな》したくなるほどに。

気候はといえば、時折のそよ風以外まるで無風。

これで気温が一七度とくれば、冬セーラー服での夜歩きなど——御嬢様《おじょうさま》学校らしい学校指定の、制服と同色のカッチリした黒のインナーが、むしろ汗ばむほどである。

そんな上気した頰《ほお》と躰《からだ》に、瀬戸内の優しい潮風を感じれば——

この島のこの季を特徴付ける、桜の花が瞳《め》に踊る。桜の香りが胸に迫る。

時には吹《ふ》雪《ぶ》いて踊り。時には蚊《か》弱《よわ》く踊り。とても艶《あで》やかに、けれどとても儚《はかな》げに。

その刹那《せつな》の幻惑に、パッと瞳《ひとみ》奪われたと思ったら——

次の刹那、すぐに純黒の夜がまた、高貴な漆《うるし》のカーテンを下ろそうとするのだ。

不思議な懐かしさを呼び起こす、だが決して押し付けがましくない、潮《しお》の香りとともに。

だから今度は夜と海とが、大きな月を無粋《ぶすい》に感じてしまうほど、強い息吹《いぶき》を伝えてくる。

そしてその香りをもっと聞こうと、思わず顔を上げたなら——

遠くで道しるべの如《ごと》く瞬《またた》く、紅い紅い篝火《かがりび》に、たちまち魅《み》せられてしまうのだ。

——それが〈桜女《おうじょ》〉の卒業夜祭の、色と、時と、香りである。

それが入学の朝、生徒の誰しもが胸に描く、あこがれの心象《しんしょう》風景であり。

いよいよ卒業のこの夜は、主役として瞳に描ける、少女時代のクライマックスであった。

だから……

……だから何の理屈もロジックもなく、土屋《つちや》紗地《さち》は今、ふと考えた。

ふと考えたことを、意図的に口に出してもみた。三月まで級友だった、親友に対して。

「ねえ夏衣《なつえ》、この夜祭《やさい》って、私達の制服そのものみたいだよね？」

「――紗地は詩人ね」

さらさらと波打つロングが少女的な土屋紗地は、送り出される卒業生の側である。それを言うなら、話し掛けられた南雲《なぐも》夏衣もだが。だから無論、ふたりは既に正門をくぐり、他の数多《あまた》いる卒業生同様、この孤島を歩み始めている……いや、他の卒業生同様どころか、かつての生徒会長にして卒業首席である夏衣など、この夜祭の『主役』級といってよい。

ただ、『主役』級であるが故《ゆえ》に、女子校の『妹たち』から最大級の思慕《しぼ》をよせられている南雲夏衣は、『妹たち』が待ち伏せるどの要所に赴《む》かうでなく、といって、思索に耽《ふけ》るにふさわしいどの場所に赴《む》かうでなく……ただただ土屋紗地とふたり、正門からほとんど離れてもいない遊歩道を、ぽつりぽつりと歩いている。とてもとてもゆっくりと。

――午前二時からの卒業夜祭は、物《もの》の五分と過ぎない内に、ほとんどの卒業生を学園島の其処彼処《そこかしこ》にばら撒《ま》いていたので、この夏衣と紗地の近傍《きんぼう》には、見渡すかぎり誰もいない。ここは何の要所でもないから『妹たち』もいない。いや何の要所でもないどころか、夏衣と紗地がいる此処《ここ》は、誰がどう考えてもとっとと通過すべき場所である。

要は、ささやかなガードレールで守られた崖《がけ》の上だ。

岩肌を剝《む》き出しにした、素《す》の海岸をかなりの眼下に臨《のぞ》む、しかし眺望《ちょうぼう》の悪い峠道《とうげみち》。

峠が下りに差し掛かろうとする、そのほんの途中。だから実際の用途はほとんど無い。

敢えて言うなら、この峠の旧道を延々と道なりに下ってゆけば、やがては整備されたビーチへ出られる。というか、この無風流《ぶふうりゅう》に過ぎる峠道の、実際の用途はそれくらい……

……ただ、これは桜瀬《おうせ》女子の生徒の常識なのだが、学校からすぐビーチへ出られる、ショートカットの階段がちゃんとあるのだ。部活でランニングをするのでもなければ、わざわざこんな峠道を使うことはない。まさか風光明媚《ふうこうめいび》でもないから、少女時代のクライマックスたる今月今夜《こんげっこんや》、こんな峠道でもたもたしている生徒もいない。事実、トーチの灯《ひ》は夏衣《なつえ》と紗地《さち》、二人分しか灯《とも》ってはいない。いや事実、彼女らは風変わりな場で孤立していた。

「……ねえ夏衣、ここからビーチに下りる気なの？」

「ううん」夏衣は紗地《さち》に首をふり、更に歩調を緩《ゆる》めた。「少し、思う所があって」

「こんなところで？　憧《あこが》れのお姉様、ミス桜女《おうじょ》の夏衣が？」

「面妖《おか》しい？」

「あのさ、ひょっとして私、離れていた方がいいのかな、要はそういう事？」

「そういうわけじゃ」

「今夜」紗地はやっと、夏衣の行く手を塞《ふさ》いだ。「私と歩いて。私は夏衣と歩きたい」

「……御免《ごめん》、紗地。ホント少しだけ、思う所があって」

「だから学校に帰るの？」

「え」

夏衣は思わず、自然に鳶色《とびいろ》がかった美しいセミロングを指で繰《く》った。

紗地は思わず、級友だった夏衣、親友である夏衣の肩に縋《すが》り、大きくゆすった。

「だからやっぱり、冬香《とうか》なの？」

「とうか……私達の三組の、北条《ほうじょう》さんのこと？　北条さんがどうしたの」

「誤魔化《ごまか》さないで!!」紗地は既に夏衣を抱き締めており。「だから今夜は冬香と一緒に、誰もいない学校で……過ごすんだよね？　夏衣はそうなんだよね？」

「どうしてそんなことをいうの」

「だって私聴いたもの」

「――何を」

「だってお風呂で聴いたもの」

……その言葉だけで夏衣は全てを理解した。

迂闊《うかつ》だった。

全寮制の桜瀬女子《おうせじょし》には、当然ながら風呂がある。スパともいえる大きな風呂が。至れり尽くせりの学校ゆえ、その営業時間もゆったりしている。だから、まだ部活等が盛んな夕方早々《そうそう》であれば、風呂は絶好のエアポケットとなり密談場所となる。事実、夏衣はそれを見込んで北条冬香と密談をした。卒業前、幾度かした。無論、他に誰もいないことを確認した上で。だがしかし……エアポケットとなるのは風呂そのものだけではない。利用者が他にいないのだから、脱衣所だってそうなる道理だ。そして意図して聴こうとするなら、スパともいえる規模の風呂で響く声を拾うのは……充分注意はしていた筈《はず》だが……さほど難しいタスクではない。距離的にもリスクは無い。ひょっとしたら、視覚的にも。念《ねん》の為《ため》だが、ここは男子禁制の女子校である。

迂闊《うかつ》だった。

「──だから紗地、お風呂で何を聴いたというの？」

「私だって、六年前から……

中学で最初に一緒のクラスになった六年前から、夏衣のこと!!

中学のとき頑晴《がんば》った美術部だって辞めて、高校から一緒に部活をした、夏衣のこと!!

だけど夏衣は……そうじゃない。だって夏衣は冬香のことが!!

だから私、我慢して我慢して……けれどせめて今夜だけは、そう大切な卒業夜祭《やさい》の間だけは、夏衣とずっと一緒にって……それで諦《あきら》められるって!!」

……夏衣はそのことも理解していた。濃密な六年間を、壺中《こちゅう》の孤島でともに過ごした土屋紗地なのだ。その視線、その体温、そのゆらぎ。紗地のこころが解らない方がどうかしている。けれど夏衣はこの六年、紗地のこころを受け止めることができなかった。いちばんの親友で在り続けることを、自己弁護の弁解にして。それが自然だと割り切って。だから、紗地こそが自然でないのだと割り切って。

しかし、夏衣は……

……しかし夏衣は、高校二年からの級友、北条冬香に出会ってしまったその日から。

何の因果か、土屋紗地の苦悶《くもん》と苦痛を、我が物として実感させられる身の上に陥《おちい》った。陥ってしまった。紗地は全く自然だと、紗地の求めは自然なのだと思い知った。だがその自然な求めを受け止めるこころの準備ができたとき……何の因果か、夏衣の中に、紗地が座るべき椅子はもう無かった。

夏衣がその椅子を捧げたい者は、今まさに紗地が指摘したとおりである。

夏衣が甚《はなは》だ躊躇《ちゅうちょ》しながらも、とうとう夜祭《やさい》の今夜――少なくともこの五分強、できることならば離れていたかった紗地、逃げていたかった紗地だけと行動をともにしてしまったのは、親友としての裏切りと、おんなとしての裏切りからくる背徳感のゆえであった。

ただ――

(紗地に何かを聴かれたというのなら、既に猶予《ゆうよ》も余裕もない。

うぅん、私にはそもそも時間が無い。どうしたって時間が無い)

……まして土屋紗地は、北条冬香のことまで知ってしまった。

南雲夏衣のみならず、北条冬香もまた学校に帰るということを。

(その意味を紗地は誤解している。少なくとも半分誤解している。けれど。

その半分の誤解だけで、既に致命的……なものとなってしまう。うぅん、なっている)

――許されない。

この違反は許されない。

夏衣は強烈に過ぎる強迫観念に駆られた。

彼女の脳神経回路はそのように誘導され終えている。彼女がそれを知らずとも。

「――ねえ夏衣、私いま真剣に話をしているんだよ!! この六年でいちばん大事な話を!!

どうしてそんなに冷静なの!? どうしてそんなに上《うわ》の空《そら》なの!?

これが高校最後の――一生忘れられない夜なんだよ!! ちゃんと私を見て、答えて!!」

「こんなところで」

「どんなところでも関係ない!!」

「それは違うわ」

俄《にわか》に、あまりにも俄《にわか》に凍《い》てついた夏衣の答え。このとき紗地は直感した。

おかしい。普段の夏衣じゃない。いや、夏衣じゃない……

(まるで人形、まるで機械……な、夏衣はこんなモノじゃない!!

そういえば正門を出るとき、そう夏衣に追い縋《すが》るとき瞳《め》が合ったあの娘《こ》も……一組吹部《すいぶ》の東都《とうと》さんも変だった。まさに……まさにこんなふうで!! まるで感情を失った様《よう》で、それでいて私達を冷たく睨《にら》む様《よう》で!!)

「私こんなところにはいられないから」

「な、夏衣……ううん、あなたは一体」

「御免《ごめん》なさい」夏衣の言葉には温度もない。「私急がなければならないから」

「ま、待ってとにかく!!

なら私も一緒に帰るよ。学校に帰るならそれはそれでいいよ。私といたくないのなら……と、取り敢えずそれもいいよ。でもそれならすぐ保健室とか診療所とかに行った方が――

とにかく夏衣おかしいよ!! 六年も一緒にいればすぐ分か」

「お願い紗地、私急がなければならないから」

——温度のない言葉を言うが早いか。

南雲夏衣は、充分な故意をもって、追い縋《すが》る土屋紗地を思いきり突き飛ばし、後退《あとずさ》りし、逃げ出す。

それが、南雲夏衣の目撃できた、生涯最後の紗地の姿で。

またそれが、土屋紗地の目撃できた、生涯最後の夏衣の姿となった。

夏衣も紗地もそれぞれに、遠ざかる互いの姿によって、そのことを確信した。

夏衣のトーチはたちまちのうちに学《まな》び舎《や》目指して遠ざかり。

紗地のトーチも、ワンテンポ置いてとうとう地に墜《お》ちる。

地に墜ちたその器楽的な音が、充分な余韻《よいん》をもって木魂《こだま》し、夏衣の背を襲う。

卒業の夜は今、それらを目撃したヒト独りなく、ふたりをふたりから卒業させたが——

(御免《ごめん》なさい)夏衣はその後悔など感じられなかった。(私急がなければならないから)

Ⅳ

桜瀬《おうせ》医科大学附属《ふぞく》女子高等学校、本館、地下二階。

第11保健室。

生徒には、サーバールームその他の機械室群《ぐん》があるとのみ知られている階。

時刻は、ちょうど南雲夏衣と土屋紗地が、北条冬香の名を声に出してしまった頃。

——そのいずれもの同級生である、中村初音《なかむらはつね》は。

桜女《おうじょ》のセーラー服のモノトーンとはまるで質感も格調も異なる、冷厳で凍《い》てついた白と黒のコントラストに支配された、ある種の保健室にいた。成程《なるほど》、保健室を健康診断・健康相談・応急処置を行う学校施設だとすれば、ここは確かに保健室である。

だがしかし、地下二階なるその不穏当《ふおんとう》な設置場所からして、ここを真《ま》っ当《とう》な保健室と考えるのは無理だろう。またこの室を統《す》べる、残酷なまでに明晰《めいせき》な白と、合理性のみを指向した黒とを一瞥《いちべつ》すれば、冷然たる研究室いや実験室を連想しない訳にはゆかない。実際、あのＭＲＩ装置すら悠然《ゆうぜん》と納められたこの巨大な室では、研究室なり実験室なりにふさわしい、白衣の人間が少なくとも四人は蠢《うごめ》いている。医療機器と端末を随《したが》え蠢いている。

……ましてや。

この第11保健室の、今夜の『主役』と思《おぼ》しき中村初音は。

諸々《もろもろ》の機器を備え、かつ諸々《もろもろ》の機器に接続された診察ユニットに――すぐ手術台にもできそうだ――これから親不知《おやしらず》でも抜くかの如《ごと》く半座位《はんざい》で、それも全裸で『置かれている』。カッチリした学校指定のインナーどころか、極《ご》く普通のキャミソールなり下着なりの類《たぐい》すら許されず。その姿とこの室、そして機器と白衣らの状況や挙動《きょどう》からして、彼女が『モノ』と規定されているのは確実だ。

十八歳の少女に対する――いやヒトに対する、無機質で非人格的で家畜的な取扱い。

それを現に目撃するとき。

この〈第11保健室〉なるものの実態は、『ヒトに悪辣《あくらつ》な謀《たくら》みを施《ほどこ》す手術室』であると、いや端的《たんてき》には『ヒト工場』であると、そう直感しない方が無理というものだ。というのも、ヒトを勝手気儘《かってきまま》に家畜化するときの、その無邪気で無意識な凶々《まがまが》しさは隠して隠せるものではないし、いやそもそも、関係者の誰独りとして隠そうとしてはいないから。

そして無論、物語上自明なことに、この学園島の全施設は事実上国営である。

これすなわち、あらゆる意味において、この〈第11保健室〉は学校保健室でない。

また物語上自明なことに、日本国内閣官房長官すら、学園島の治外法権を認めている。

ならこの〈第11保健室〉を運営しているのは、独裁官たる上原良子校長そのひとである。

……その、細身で小柄な上原良子は。

このヒト工場にはあまりに不似合いな、校長室にこそふさわしい藤鼠《ふじねずみ》の着物姿のまま、巨大な透視鏡を備えた隣室にいた。機能としては、そこは総合指揮室といってよい。無論、眼前の〈第11保健室〉の全てをリアルタイムでモニターできまた目視《もくし》できる。また無論、〈第11保健室〉の音声もリアルタイムで聴音できる。いや無論、オペレーションを統轄《とうかつ》する総合指揮室として、それ以上のこともできる――彼女は学校の終身独裁官である。

そして実際、今《いま》彼女の鼓膜《こまく》には、〈第11保健室〉内の諸《しょ》報告がとどいていた。

「SPbを一〇〇cc投入」

「リアルタイム脳機能イメージング開始」

「センシングデバイス稼動《かどう》」

「アクチュエーションデバイス稼動」

「HP神経計算、神経回路と同調中……」

「神経細胞発光、可視化《かしか》確認」

「θ波優勢――急性眼球運動維持。自我水準、第Ⅳステージまで低下」

「神経電気刺激装置準備完了」

「……SPb投入から一二〇秒」

(いよいよね)

上原良子は凛然《りんぜん》と美しく立ったまま、透視鏡越しに、被験者《ひけんしゃ》たる中村初音を見遣《みや》った。

中村初音は、客観的に、美しい少女である。少なくとも、上原良子がその人生で最も愛《いつく》しんだ、まこと若き日に故あってもうけた、実の娘を追憶するほどに。いやより正直には、上原良子がその人生で最も愛《いとお》しんだ、自身の十八歳の季節を追憶するほどに……そう、確かな嫉妬《しっと》を感じるほどに。ただ。

その中村初音の美しさは、今夜は、今は躯《からだ》にしか感じることができない。

……学校の誰もが嫉《うらや》んだ、天国への架け橋の如《ごと》き純黒のロングロングストレートは、あまりにも疎略《そりゃく》に結ばれ束ねられ纏《まと》められ、無遠慮《ぶえんりょ》なヘッドセットに押し退《の》けられている。その被験者用の白いヘッドセットは、凶々《まがまが》しい何かの果実の如《ごと》くに異様な膨《ふく》らみを見せながら、黒いバイザーと一体となり、被験者の顔の上半分を蔽《おお》い隠してしまっている。美しい躯《からだ》が露《あら》わになっている分、頭の醜悪《しゅうあく》な球形機器と漆黒《しっこく》の目隠しとが――今の彼女に許された唯一の被服《ひふく》が――彼女の人間性をよりいっそう剝奪《はくだつ》している様《よう》にも思える。ましてその被服とは、断じて彼女を外界から保護する為《ため》のものでなく、むしろ彼女の躯《からだ》以上に魂を襲撃する、ある種の拷問《ごうもん》装置なのだ。彼女は丸裸以上の丸裸にされる。いや丸裸にされてきた。今日この夜のみならず、執拗《しつよう》に、入念に。長い長い時間を掛けて。

[上原校長、最終シークエンス開始の許可を願います]

[許可します]彼女は淡々と音声を送った。[急変への対処を怠《おこた》らぬ様《よう》にね]

[了解しました]

……年に一度のこの今夜。卒業夜祭《やさい》のこの今夜。

学園島では今《いま》誰もが、自分の来《こ》し方《かた》と行《ゆ》く末《すえ》を踏みしめている。卒業生は言うに及ばず、この美しい春の一夜をともにする、高等部の在校生らも。

そして無論、上原良子も。

(この今夜。あの今夜。またあの今夜……)彼女は三〇年余《よ》の来《こ》し方《かた》を思った。(……たったひとつの私の願い。私はそれに人生を賭《と》してきた。数多《あまた》の少女を生贄《いけにえ》にしてまでも)

その結果は今年の今夜も、可否がどうあれ、この四月七日の内に出る。

この三〇年余《よ》、彼女の願いをまるで無視してきた神だが、神の定めた時の流れは不変だ。

彼女が今や、六〇歳代も半ばを過ぎた老婆になってしまった様《よう》に、今年の四月七日もまた、確実に終わる。それがどうあれ結果は出、四月八日がやってくる。それだけは神がヒトに約束したことだ。

（今日が終わり、明日が来る。日は昇り、日は沈む。新しい朝はやってくる――必ず。

その四月八日は、門が開いた四月八日なのか、それとも!!）

……これだけ理想的な鍵を獲《え》てもなお、門は固く閉ざされたままの四月八日なのか。

彼女は周囲のモニター複数にサッと瞳《め》を走らせてから、思わず〈鍵〉の顔を見詰めた。

無論、中村初音の顔など、球形機器と目隠しとで醜く蔽《おお》われ、直《じか》に見える筈《はず》もない。

上原良子が自分らしからぬ狼狽《ろうばい》にひとり苦笑したそのとき、隣室からの声がとどいた。

学校の養護教諭《ようごきょうゆ》が、生徒の健康診断をする声だ。真昼の地上の言葉遣いをするのなら。

真夜中の地下の言葉遣いをするのなら、首席研究員が、被験者の最終治験《ちけん》をする声だ。

――私の声が聴こえますか？
はい熊谷《くまがい》先生、よく聴こえます
――あなたを特定する個人情報を言ってみて？
氏名・中村初音
住所・桜瀬《おうせ》医科大学附属《ふぞく》女子高等学校生徒寮、六一三号室
生年月日・平成＊＊年四月二六日
年齢・十八歳
性別・女
学歴・同高等学校卒
被験者識別番号・ＴＭ－Ｒ10－131ＰＳ001

――卒業前のクラスと名簿番号は？
　三年一組　名簿番号八番
――経験した課外活動は何？
　剣道部　寮《りょう》務《む》委員長　生徒会副会長
――あなたの使命を教えてください
　上原校長先生の指揮監督を受け、その御命令にしたがうことです
――あなたはそれを誓《ちか》えますか？
　私が生きている限り、絶対に、御命令にしたがうことを誓います
――それが実現できなかったらどうしますか？
　私が生きている限り、御命令を実現しないことはありえません
――それを妨害する者がいたらどうしますか？
　私が生きている限り、全力で排除します
――それを妨害する物があればどうしますか？
　私が生きている限り、全力で排除します
――それが苦痛を伴う命令だったらどうしますか？
　私が生きている限り、どのような苦痛も厭わずに耐えます

最後の忠誠確認プロトコルが、終わった。
無論、これは中村初音の自由意思とは全く無縁である。彼女がこれに叛《さか》らえないという意味においても、また、彼女がこれを意識化・言語化できないという意味においても――
［校長、OS‐コルトキシトシン投与の許可を願います］
［ああ、ちょっと待って頂戴《ちょうだい》］

上原良子は知らず凝視していた中村初音から視線を動かし、周囲のモニター複数を確認した。それらは当然、第11保健室から第18保健室までをリアルタイムで映し出している。それらでは当然、有資格者と認められた他の被験者《ひけんしゃ》六人、最後まで残った他の候補者六人に対し、ここ同様の措置が施されている。第13保健室で若干のスケジュール遅延があったが……当該《とうがい》室で措置を受けるべき南雲夏衣の遅刻による……その南雲夏衣もまた、命令に叛《さか》らう自由意思を今や持ち得ない。絶対に。だから当然、不測の遅刻は大事《だいじ》に至らなかった。不測の事故も小事《しょうじ》として処理できた。絶大な犠牲を捧げる夜なのだ。幾許《いくばく》かの追加は許容できる。いや、絶大な犠牲を捧げてきた三〇年余《よ》なのだ。何を今更《いまさら》だ。

（その第13保健室を含め、誤差はほとんど無い）

この四月七日においては、状況開始のタイミングを揃《そろ》えることが極めて重要だが――

（しかし被験者がいるいずれの室も、既に忠誠確認プロトコルを終えようとする所）

結果、上原良子は。

予測どおり、それら各室から陸続と忠誠の誓約が――就中《なかんずく》〝どのような苦痛も厭わずに耐えます〟なる最優先の誓約が聴こえくるのを確認すると、各室への音声を一斉に開放した。そして箏《こと》でも爪弾《つまび》くかの如《ごと》くに、凜《りん》としつつも秘めたるもののある声で命令をする。

［よろしい。状況を開始します。

第11保健室から順次、〈鍵〉にOS－コルトキシトシンを投与。第1フェイズに移行。

〈鍵〉がする証言に関するもの以外、報告は第12フェイズまでの全過程において不要。

よって爾後《じご》は速やかに］

……彼女が一瞬、喉を詰まらせてしまったのは、彼女自身にとっても意外だった。

［よって爾後《じご》は速やかに、能《あた》うかぎりの敬意をもって能《あた》うかぎりの苦痛を感ぜしめ、もって鍵をして門を開かしめよ。

彼女らの受難《じゅなん》に神の恩寵《おんちょう》があらんことを祈りましょう。以上」

彼女らに神の恩寵を!!

彼女らの証言を!!

我らに階段を!!

架け橋を!!

永遠を!!

——第11保健室から第18保健室までにひしめく白衣らから、思わず、昂揚《こうよう》と自己陶酔《とうすい》のシュプレヒコールが上がる。それを冷ややかに聴いた上原良子は、自らの罪と傲慢《ごうまん》にまして、忠実なる部下職員を度《ど》し難《がた》く感じた。二〇〇〇年前の四月七日も、きっと群衆は斯《か》くの如《ごと》くに叫んだのであろう。正義と救済は自らのもの——と慢心《まんしん》して疑わず。正義と救済のための生贄《いけにえ》を、熱狂しながら責《せ》め苛《さいな》み。果ては嬉々《きき》として虐殺し。

なんとまあ、それに御褒美《ごほうび》があると信じて……

(あろうはずもない)上原良子は断じた。(ヒトを家畜にして共食いをする。我々の子を生贄《いけにえ》にする。そんな破廉恥《はれんち》、そんな最悪の奴隷主義の末路《まつろ》など、ただのひとつしかなかろうに)

でも。

それでも。

たとえ行き着く先が地獄でも——

(一目《ひとめ》でよい。一言《ひとこと》でよいのだ。たったひとつの私の願い。私に残された最後の希望)

いい、いい。

教えて頂戴。

……思わず彼女が祈った言葉は、無論、世界の誰にも聴こえなかった。

おそらくは、神にさえ。

第2章　われ樂園の鍵を汝《なんぢ》に

I

ここ、だ、、……!!
終《つい》に。とうとう。
(私は来た)
──恐ろしい程《ほど》の昂揚感《こうようかん》、そして酩酊《めいてい》。いや陶酔《とうすい》。
頬《ほお》と髪とを吹き過ぎる、あざやかにすぎる透明な一陣《いちじん》の風。
遥《はる》かな旅路。
私が生きてきた時間全てを掛けた様《よう》な。
それでいて、ただの一瞬の夢の様《よう》な。
(私は翔《か》けた)
ここへ。ここまで。まるで翼のある如《ごと》く。
あらゆることから解放されて。
なんて美しいあの旅路。
神々《こうごう》しい光。懐かしい闇。永遠と刹那《せつな》。全てにして一つ。

空であり海。見知らぬ宇宙。その先。

(あるいは、生まれる前の見知らぬ地)

なんて美しいその旅路。

私は認められた。私は許されたのだ。たったひとつの、私の願い……

私の。

私の願い……

(……私の願い?)

どういうこと?

私は誰?

あれは何の旅路?

終《つい》に、とうとう……終《つい》にとうとう、何なの?

(ここはどこ、私は誰?)

——恐ろしい程《ほど》の昂揚感そして酩酊、陶酔は、夜の潮《うしお》が引くように遠ざかってゆく。

私のこころの、ひょっとしたら私の魂の内から遠ざかってゆく。

その分だけ、その分ずつ、私は魂の様《よう》なものから、私になってゆく。

自分になってゆく。

天翔《あまか》けるただのしあわせそのものだった様《よう》なものから、ただの人間に帰ってゆく。

(嫌だ。違う。それは違う。全て違う)

いつまでもあのままでいたい。

いつまでもあのままでいたかった。

いつまでもあの、時も世界も超えた、宇宙の果てすら解った、美しい旅路にいたかった。

けれど……
今、私はいよいよ私に帰ってゆく。私という個体へ……個人へ。
ただのしあわせそのものだった躯《からだ》は今、じんわりと五感を取り戻してゆく。
私は瞳《ひとみ》を閉じていることに気付く。気付かされる。
というのも今、私は絶望のような暗黒しか見ていなかったから。
私は手に指に、脚にお腹に、物理的な感覚が戻ってきたのを感じ……
自分が四肢を投げ出して、俯《うつぶ》せに、あられもなく突《つ》っ伏《ぷ》しているのに気付く。
(――ここは!!　私は!!)
腕立て伏せの如《ごと》くに両腕を地に立てて、がばっと上半身を起こす。
すぐさま瞳を開く。
その刹那《せつな》――
左瞳《ひだりめ》から大粒の涙が零《こぼ》れ。いや、あふれ。
私はとても大切なことを全て忘れ、しかし私はとても大切なことを思い出した。
私は。
(私は桜瀬女子《おうせじょし》三年一組……だった、中村初音《なかむらはつね》)
けれど。
(けれど、ここは何処《どこ》だろう?
……私は何故、こんなところにいるの?)

II

私は起ち上がった。涙を拭《ぬぐ》う。

無意識の内に、地に接していた制服を叩《はた》く。

それはもちろん、桜瀬女子《おうせじょし》の黒白モノトーンの冬セーラー服だ。

それはもちろん、すぐに授業でも受けられるほど整っている。

襟《えり》にスカーフに胸当て。両の袖《そで》に左胸の校章バッジにプリーツスカート。ソックスにローファー。あと言うまでもないけど学校指定のインナーや下着の類《たぐい》。服も髪も靴も、すぐに風紀検査が受けられるほど整っている。そうでなければおかしい。というのも、桜瀬女子は御嬢様《おじょうさま》学校だから。先生方による風紀検査も、風紀委員会や寮務《りょうむ》委員会による自主検査もとても厳しいから。軍隊的、とまでは言わないにしろ、かなり体育会系のノリで厳しく実施される。

だから、今《いま》私が制服姿だというのなら——そうなのだけど——そもそもそれを着崩していることが、桜瀬女子では想定できない。実際、セーラー服もプリーツスカートもアイロン掛けは完璧だし、ワンストラップで艶《つや》ありな、シンプル極まる古典的で美しいローファーも、すぐ鏡に使えるほどぴかぴかに磨かれている。スカートの長さもインナーの整え方も万全だ。私にはその『異常の無さ』が確信できる。何故なら私は中等部から六年間、制服での身嗜《みだしな》みを完璧にかつ美しく維持するよう、それは厳しく躾《しつ》けられてきたからだ。いやそれにまして、私自身が生徒会副会長だったり寮務委員長だったりしたからだ。

——とまれ、私の服装に異常は無い。

本能的・反射的に、地に接していた制服を叩《はた》いたけど、土も埃《ほこり》もまるで付いていない。

そしてようやく見渡した、今私《いま》がいる所……

（なんて綺麗《きれい》）

私はたちまちのうちに感嘆の嘆息《ためいき》を零《こぼ》しつつ、しかしどうにか理性的になろうとした。

（まるで分からない。ここは何処《どこ》？）

……今、私がいる所。

それは、川辺《かわべ》だ。

眼前に、とてもとても大きな川。

舟でもなければ渡れないほど。そして橋のひとつも無い。

その水面《みなも》は天上からの神々《こうごう》しい光を受け、ガラスや宝石の如《ごと》くに……ううん、そんな月並みな比喩《ひゆ》では申し訳ないほど、ただただ美しい光の礫《つぶて》や欠片《かけら》を無数に浮かべている。またその大きな川の、厳《おごそ》かだけどとても優しい、淡《あわ》い淡いパステルの薄青《うすあお》。それは、不思議なグラデーションで白になったり紺になったりするけれど、とても柔らかで朧《おぼろ》気《げ》で、光に煙《けぶ》る霧のよう。滔々《とうとう》と流れてはいるのに、だから水としか思えないのに、私が知るどんな川より現実感と質感がない。霧の川、絹の川、雲の川、雪の川なるものがあるとすれば、その印象はまさにこんな感じになる。そう思える。

その、ゆったりと光のモザイク模様を変えながら、キラキラと輝く薄青の水面《みなも》は。

時折、やはり天上から零《こぼ》れくる、朱《しゅ》か緋《ひ》の強い光彩《こうさい》を受けて、艶《あで》やかなパステルの赤を浮かべる。

それはまさに、春か秋のおだやかな日射しを受けたよう……

しかしここで私は気付いた。

（――ここには太陽がない!!）

春か秋のような優しい空。遠い遠い青の空。果てしなく続く綺麗《きれい》な空。その青は確実に、大きな川のパステルとは違う、明確な自己主張をしていたけれど――だからクッキリしていると言えなくもないけど、私が知るどんな青空より優しくそして濁《にご》りがない。どこまでも澄《す》んでいるのにまるで尖《とが》ったところがない。まさか夏のたくましい空や、冬の物悲しい空じゃない。伸びやかで清澄《せいちょう》で、私に『天』を思わせる『絵のような』その青空は、しかし雲ひとつ浮かべていないどころか、無いはずのない太陽を欠いている。だのに、川をキラキラと光らせる光、川を時折朱《しゅ》か緋《ひ》に染める光を注いでいる――特定できない何処《どこ》からか。そしてそれらの光そのものも、何と言うか、私の知る言葉では言い表せない質感を持っている。まるで、ガラスがそのまま光に生まれ変わったかの様《よう》な。青玉・紅玉がそのまま光に生まれ変わったかの様《よう》な。そう、だから私は空も光も『絵のように』感じたのだ。

引き続きの嘆息《ためいき》を零《こぼ》しつつ、改めて、眼前の大きな川を見詰めれば――

（どう言えばいいんだろう。流れているのに流れていない。流れの上下も分からない）

そんな莫迦《ばか》な話はないけれど、実際、右から流れているのか左から流れているのか……凝視すればするほど分からなくなる。分かるのはただ、ゆっくりとだけど確実に『動いている』ことだけだ。

ましてて急いで瞳を左右に動かせば、この大きな川も、不思議な空同様に、右にも左にも果てがない。どこまでもどこまでも伸びている。

（だから当然、私が今《いま》立つこの岸辺《きしべ》も、見渡すかぎり果てがない）

ただただ、足許《あしもと》からずっとずっと、淡いパステルの緑が――微《かす》かな風にそよぐだけの丈《たけ》はありそうな短い草々の緑が――これも『絵のように』続いている。気付けば微かに草の香り。試みに草々へ触れてみる。その草も実に軟らかければ、川辺をなす土もほんとうに軟らかい。試みに、グッと人差し指を突き入れてみる。アッサリ付け根まで減《め》り込んだ。この様子だと、桜瀬女子《おうせじょし》で使うティースプーンでも蛍光ペンでも、ううん教室の机や椅子の脚だって、敢えて突き刺そうとするのなら、ずぶずぶと呑み込んでしまうだろう。

（あと、とても気持ちいい花の香りが……けれど、花なんて何処《どこ》にも無い。ただの一輪も無い。まし

て花の香りと言っても、これが何の花の香りなのか、私には全然分からない）

ところが。

そんな私の途惑《とまど》いを察知したかの様《よう》に。

はらはらと、はらはらと零《こぼ》れくる白い花――

風も無いのにはらはらと。静かな冬夜《ふゆよ》の雪の如《ごと》くに。白桃あるいは薄紅の花吹雪が、艶《あで》やかにも儚《はかな》く静かに舞う。アッ、と思うその暇《ま》にたちまち、私の瞳を困らせる程《ほど》にふりそそぐ。ハッ、と回れ右をしてみれば――そんな莫迦《ばか》なと思うほど近くに、この川辺の堤《つつみ》がある。私の主観からすれば、いきなり出現した堤が。それはそうだ。だってつい先刻《さっき》までは、果てなく続く大きな川と、果てなく続く短い草々しか無かったのだから……

（その、緑の草々が小高い丘となった堤には、春真っ盛りの桜並木が）

そう、『絵のように』続いている。無論、花吹雪はそこから舞っている。けれど此処《ここ》には風もなく、また、此処《ここ》に満ちるほんとうに気持ちのいい花の香りは、どう聞いても絶対に桜のものじゃない。桜は桜瀬女子《おうせじょし》の象徴だ。香りを聞き違える筈《はず》がない。

これらを要するに――

美しく零《こぼ》れる、不思議な質感ある光の下《もと》。

パステルの色調と花吹雪のヴェールの中。

無窮《むきゅう》の青空。無窮の川。無窮の草原。無窮の桜堤《さくらづつみ》。

――それが今、私のいる何処《どこ》かだ。

そして最初に見たとおり、川の対岸へは渡れない。橋も無ければ舟も無い。

そもそも対岸は春霞《はるがすみ》に隠れるように遠く朧《おぼろ》で、ハッキリ目撃できるものなど何も無い。

私はプリーツスカートを折ってかがむと、冬セーラー服の袖《そで》のスナップボタンを外《はず》し、右袖をくっと上げて――その川へ手を入れてみた。とても微妙な、警戒心とともに。

心地よく冷たい水。ただ泥の感触も動植物の感触もない。それを言うなら石や岩もない。一瞥《いちべつ》してそれが分かる程《ほど》、一円玉一枚でも分かる程《ほど》、嘘の様《よう》に、絵に描いた様《よう》に透明だ。

ひとつ分かった、大事なことは。

(手の届くかぎりでは、とても浅い、透明すぎる川……

これも、まるで『絵のように』均質だ)

川底は嘘の様《よう》になだらかで、手の届くかぎり一様《いちよう》に、私の肘《ひじ》から先ほどの深さしかない。水越《みずご》しに見れば、土か泥のような外観をしてはいるけれど、まるで学校のプールの底を撫《な》でているかのように均質で、プールの底のように硬い。川辺を成す軟らかい土とは対照的だ。

だからもし、これがどこまでも続くなら。

(あの遠く霞んだ対岸に、歩いて渡ることも……できなくはない、気がする)

けれど。

(何なんだろう、この気持ちは。私、それを考えると……)

川を渡ることを考えると。

私は、脳裏に強烈で本能的な欲望を感じ。

また、強烈で本能的な恐怖を感じるのだ。

Ⅲ

私が桜瀬女子《おうせじょし》の中村初音であること以外、全てが不可解で意味不明。

ただ、内臓というと大袈裟《おおげさ》だけど、躯《からだ》の中に違和感はない。健康の不調はない。また、私はどちらかと言えば時間感覚がある方だ。二分、三分、四分、五分といった、剣道部の試合の経験ゆえかも知れない。だから恐らく——主観的にはほぼ確実に——約一〇分が経過するのを待って、いよいよ、この『絵のような無窮《むきゅう》の世界』を動いてみることにした。

腕時計かスマホでもあれば様々に便利だけど、この場合不運なことに、桜瀬女子ではどちらの携帯も校則で禁止されている。今時、スマホに触れない女子高校生など私達くらいのものだろうけど、桜瀬女子は全寮制、まして孤島にあるのだから、そもそもが浮世離《うきよばな》れしていると言っていい。そして無論、そのような校則があるからには、学校の、ううん孤島の至る所に時計が用意されている。だから実際上の不便はなかった……今現在までは。

私はもう一度、大きな川に思いっ切り手を入れて、その感覚に何の変わりもないことを確かめる。敢えて濡れた手を、足許《あしもと》の草々で拭いてみる。また試みに川岸の、水と土との水際《みぎわ》に生える草々を派手に引き抜いてみる。そうしてから、川を見たときの左手方面へ歩き出した。流石《さすが》に、唯一の目印といえる川から離れるのは恐いから……

私のトレードマークともいえるロングロングストレートは、川に手を入れたとき、当然ながら足許《あしもと》の草々に派手にひろがり派手に触れていたけれど、サッと手で整え直してみる限り、草の一本、土の一粒さえも付いてはいない——不思議なことに、花吹雪となって舞い散っている桜花の一片《ひとひら》さえも。そしてサッと手で整え直して以降、まるで髪に触れる必要がないほどに、この世界は無風だ。風というなら、私の記憶が正しければ、ここで目覚めるその刹那《せつな》、あざやかにすぎる一陣の風を感じたその一度しか吹いていていない。

(といって、私の記憶なんて、どれだけ当てにできたものか分からないけど)

——上流か下流かも分からない、川を見たときの左手方面へ、テクテクと歩んでゆく。

五分。五分。五分。また五分。

おんなの……まあ若い健康なおんなの徒歩が時速四・五kmだとして、距離一・五km。

引き続き、見渡すかぎり何も無い。正確には、空と川と草原と堤以外、何も無い。

五分。五分。五分。また五分。

三km歩くと、さすがに頭と躯《からだ》に汗を感じた。髪が傷むかな、と思ってしまう程《ほど》に。

――だから私は思い出した。ううん、完全に忘れていた訳ではないけれど、この世界と今の身の上に気を奪われ、取り敢えず棚上げにしていた私の記憶を思い出した。

（そう、私は歩いていた……髪が傷むかなと思うほどに、長く、長く）

そして、何故歩いていたのかと言えば。何処《どこ》を歩いていたのかと言えば。

（その明確な記憶がない。全く無い。懸命に思い出そうとしても思い出せない。

けれど、桜瀬女子《おうせじょし》の冬セーラー服を着た私が、そんなにも長く長く歩くというのなら）

……これは記憶じゃないけれど、だから推論だけど、そんな機会は卒業夜祭《やさい》でしかあり得ない。孤島にいる私達が、わざわざ制服姿でそれほどに歩くというのなら、そんな行事は卒業夜祭《やさい》でしかあり得ない。すると今、制服その他が儀式用・セレモニー用にしっかり整えられていることにも説明が付く。

（そして実際、そうだ、四月七日の夜、私は高校の正門から夜歩きに出た。それが私の記憶。確実に憶《おぼ》えている。だって私夏衣《なつえ》の――南雲夏衣の答辞のスピーチを憶えているもの）

夏衣の言葉も、在校生の灯籠《とうろう》も、自分が手にしたトーチの感触も憶えている。

けれど、といって……

……そのあとの記憶がまるで無い。正門をくぐって以降の記憶が。

（強いて言うなら、長く長く歩いていた、その行為だけは憶えているけど……なら学園島の何処《どこ》を歩いていたのか、どんな風に歩いていたのか、誰と歩いていたのか。そうした文脈も背景も状況も、

『まるで経験したことが無いレベル』で記憶にない。

ましてや、長く長く歩いていた記憶だけはあるのに……とても大きな矛盾がある)

それは私の制服だ。無論、下着や靴の類《たぐい》もだけど。

それらが、これから風紀検査をも受けられるほど、ビシッとしている筈《はず》がない。

私はいったん脚《あし》を止め、もう一度自分の服装を確認した。

成程《なるほど》、この三㎞の道行きで、それなりの、いささかの乱れは出ているものの……

(でも、目覚めて最初に確認したとおり)

セーラー服にもプリーツスカートにも、しっかりアイロン掛けした様子がまだ残っている。シンプル極まる古典的で美しいローファーにも、鏡の如《ごと》くぴかぴかにした様子がまだ残っている。制服の下のインナーその他についても、確かに汗を感じるけれど、それは明らかにこの世界を三㎞歩いた結果であって、それ以前に、それ以上に長く長く歩いた結果じゃない。まさかだ。重ねて私は剣道部だった。自分がどんな運動でどれほどの汗を掻くかは、客観的に分かる。

(矛盾だ。

たぶん卒業夜祭で長く長く歩いた、その行為の記憶は確かなのに、でも私の制服や靴には――うぅんそれ以外の諸々《もろもろ》にも――長く長く歩いた様子がまるでない。まして桜瀬女子を象徴する桜の花が、そうあれだけ今を盛りと咲き誇っていた桜の花が、髪なりセーラー服なりに、まるで舞い落ちていないことなんてあり得ない……)

言い換えれば私は、制服を身に纏《まと》ったその綺麗な初期状態のまま、この世界で目覚めた。

目覚めたとき綺麗な初期状態にあったのは確実だから、長く長く歩いた記憶と矛盾する。

(……私の記憶を信じるのか、証拠の数々を信じるのか。といって、どのみち私は今)

どのみち私は今、何も信じられない、何も解らない、何も頼るものの無いそんな世界にいるのだ。

常識的に考えれば、夢としか思えないそんな不思議な世界に。そこで制服がどうだの、ローファーがどうだの、卒業夜祭がどうだの、ギリギリ考えても意味がない。また目覚めれば寮室か教室——という可能性はある。というか、その可能性が極めてたかい。

(夢の中で『これは夢?』『これは矛盾?』なんて考えるの、ちょっと莫迦莫迦《ばかばか》しいよね)

——私はひとり苦笑しつつ、最上の対処方針を考えついた。

二度寝すればいいのだ。この春霞ただよう様《よう》なパステルの川辺《かわべ》で、昼寝すればいい。

思うが早いか、私は髪も制服も何も気にせず、思いっ切り草々の上に転がった。

そのままぐるりと仰《あおむ》けになり、ガラスのような質感の光そして夢幻《ゆめまぼろし》のような花吹雪を一身に受けながら、恐くなるほど無窮《むきゅう》の青空を見上げる。全てが絵のよう。美しさという意味においても。

リアルな生臭さ土臭さを感じさせない、という意味においても。

身嗜《みだしな》みにも素行《そこう》にも喧騒《うる》さい桜瀬女子《おうせじょし》。その生徒だった私が、制服や髪が汚れることも気にせずに、川辺の草々の上へバタリと寝転がることができたのは……

確かな草の手触り・土の手触りのあるこの川辺が、そうまるで絵のように、まるで何かの舞台のように、あらゆる汚れを感じさせないからだ。主観的には、自分のベッドに——ううん保健室のベッドに寝るくらい、何と言うか『無菌』で『透明』で『清浄』である。

(悪く言えば、『無機質で人工的』かなあ。綺麗なのは嬉しいけど、生々しくなさ過ぎる。

まあ、どうせ寝るから関係ないけどね)

私がそう思い、あられもなく髪をふりみだし取っ散らかしながら、瞳《め》を閉じた刹那《せつな》。

余りにも突然に、私の鼓膜をヒトの声が襲った。とても近く大きく、感極《かんきわ》まった声が。

まるで先刻《さっき》の私の如《ごと》く……

「こ、こ、ここは!!」

Ⅳ

「こ、ここは!!」

「――ええっ!?」

突然の声に私は跳ね起きる。

突然の声。とても近く大きい声。もう、真横からと言っていい程《ほど》の。

跳ね起きた私は声の出所を探した。ううん、結果としては探すまでもなかった。

というのも事実、それは真横からの声で、だから声を出した娘《こ》は真横にいたから。

……私の真横に倒れていたから。

「そんなことが!!」私は叫んでいた。「誰も……誰独りいなかったのに!!」

「ああ……」突如として出現した、桜瀬女子の制服姿の娘《こ》があえぐ。「……とうとう、、、!!」

(これって私と……私とまるで一緒のことを!!)

私と一緒のことを絶叫した彼女はしかし俯《うつぶ》せのまま、卒倒したかの様《よう》に動かない。

跳ね起きて立ち上がっていた私は、とにかく彼女を介抱《かいほう》しようと、その躯《からだ》に縋《すが》りつく様《よう》に彼女を抱いた。鼻腔《びくう》に感じられるある種の予感とともに、彼女の姿勢を整えながら仰《あおむ》けにさせる。やはりある種の予感は当たった。私はいっそう吃驚《びっくり》して。

「未春《みはる》……未春じゃない!!」

「うう、ん……」

突如としてこの世界に『出現』した彼女は、私のよく知る親友だった。三年一組のクラスメイトでもあった、ううん高校でずっとクラスメイトだった、東都未春《とうとみはる》だ。そもそも桜瀬女子の一学年は三〇人。まして一学級は一〇人。まして中高一貫校。女子校的人間関係のどろどろした実態を措《お》けば、『誰もが知り合い』『誰もが友達』『誰もが仲良し』の規模である。相手が桜瀬女子《おうせじょし》の冬セーラー服を着ている時点で、それが誰か識別できない方が面妖《おか》しい。まして冬セーラー服左胸の校章バッジを一《いち》瞥《べつ》すれば、その微妙な七時五分の傾き、その無意識の手癖《てくせ》からして、いつも校章を直し合った東都未春であるとすぐ分かる。おまけにその未春は、私の級友だったばかりか、私が寮務《りょうむ》委員長なる厄介《やっかい》な役目を務めたとき、わざわざ更に厄介な、副委員長を買って出てくれた。私達はそういう仲だ。

「未春大丈夫？　私が分かる？」ううん、違う。「自分が誰か、分かる？」

「やめて……起きたくない。ずっとこのまま……ずっとあのまま」

私は強く躊躇《ちゅうちょ》した。未春を介抱する手が止まる。私には——今の私には解ったから。間違いない。

かつて私が感じたことを、未春もまた感じているのだ。

（恐ろしい程《ほど》の昂揚感《こうようかん》、酩酊《めいてい》、陶酔《とうすい》）そして。（なんて美しいあの旅路）

私のその記憶は今、どんどん薄弱になっている。ほんとうに様々なものを感じ、ほんとうに様々なものを目撃した筈《はず》なのに。でも今、確乎《しっか》と思い出せるのは、全てを引き換えにしてもかまわないと思えた程《ほど》の、そんな恍惚感《こうこつかん》だけだ。

（でも。それでも。それだけでも）

その残り香の如《ごと》き恍惚感だけで、私のこころは……きっと私の魂は、性的とも言える、ううん性的だなんてそんななまやさしいものではない、とめどない欲望と渇望に震えるのだ。ならきっと、眼前でただ駄々《だだ》っ子《こ》のように目覚めるのを拒み、まして私同様の言葉を発した、東都未春もまた……

「たったひとつの私の願い……私の……ああ!!」

「……それは」私は勇《ゆう》を鼓《こ》して訊いた。とても残酷なことを。「誰の願い？　私って誰？」

「私は、もう私なんかじゃ……でもそれは。でもここは。今私がいるここは。

――私？　私？

私……私は……なんてことそんな、非道《ひど》い!!　私ずっとあのままでいたかったのに!!」

私と一緒の、黒白モノトーンのセーラー服姿が、私から逃れるように激しく身悶《みもだ》えし身を捩《よじ》る。無我夢中のままばたつかせている両腕で、時折、顔ごと自分の瞳を大きく塞《ふさ》ぐ。

「私あのままでいたかったのに」

「けれどもうあのままじゃない」

「私とうとう認められたのに……私とうとう許されたのに!!　私終《つい》に、とうとう!!」

「でも未春」私は私の経験を思い出しながら、残酷にいった。「私達の旅路は、終わった」

「そんなの非道《ひど》いよ初音……」

ええっ!?　初音!?」

「そう、私だよ未春、中村初音だよ」

「初音……そう確かに初音だ……この初音独特の、初音だけの防具と汗の匂いは初音だ!!」

「まったく!!　未春は毎日毎日、剣道少女の青春の苦悩をからかって!!」

「ええっ、そっちこそよく言うよね!!　初音だって毎日毎日、吹部《すいぶ》少女の唾《つば》の匂い錆《さび》の匂いをからかっているじゃん――

あっ、だから私は」

「だからあなたは？」

「……東都《とうと》未春」

「目覚めたわね」

「すごく、すっごく嫌だったけどね……!!」

未春は甚《はなは》だぐずりながら、吹奏楽者らしいすらりとした指で彼女の左瞳《ひだりめ》を拭《ぬぐ》った。私にはその意味が痛感できた。何故と言って、それは私もやったことだから。また何故と言って、彼女の左瞳から は既に大粒の涙が零《こぼ》れ、いやあふれ、雫《しずく》の筋を成していたから。

「……でもあなたが初音なら。私と一緒の、三年一組の中村初音なら。

ここは、
ここはどこ？」

「御免《ごめん》、私にはまるで分からない何処《どこ》かだよ。

念《ねん》の為《ため》に訊くけど、それは未春もそうだよね？」

「叩き起こした初音を怨《うら》むくらい」未春は四方《しほう》を見渡した。「意味不明な、何処《どこ》かだね」

V

未春と私はともかくも、スカートを折って川辺にしゃがみ、あるいはローファーを脱いで川辺に正座をし、あれこれと語り始めた。私は正座の方が楽だから。

春霞《はるがすみ》に隠れるが如《ごと》き、遠く朧《おぼろ》な対岸。

美しく零《こぼ》れる、ガラス・青玉・紅玉のような、不思議な質感ある光。

どこまでもパステルの色調と、桜花《おうか》の花吹雪のヴェール。

無窮《むきゅう》の青空。無窮の川。無窮の草原。無窮の桜堤《さくらづつみ》。

――それらの様子は私が経験してきたものとまるで変わらない。

「それじゃあ初音《はつね》は」未春は私の取り敢えずの説明を聴き終えるといった。「私と全く一緒な感じで、私より幾許《いくばく》か早く意識を取り戻して、この意味不明な何処《どこ》かを三㎞は歩いた」

「そうだよ未春。そして探索を諦《あきら》めて寝っ転がったら、いきなり未春が出現したの」

「――最初から此処《ここ》に倒れていた訳じゃなくって？」

「ううん全然違うよ。それなら歩いている時、もっと遠くからでも分かるもの」

「そりゃそうだよね。もっと言うなら、此処《ここ》に寝っ転がったとき気付けている筈《はず》だよね。まして初音の説明を聴けば、ここ、どう考えても学園島じゃないし。ううん、太陽すら無いなんて、どう考えても地球の何処《どこ》かじゃないし。なら、どんな超自然的な現象が起きても不思議じゃないよね」


　未春は吹奏楽部の部長で、トランペッターだった。だからその感性は芸術的なものだけど、理知的なリーダーシップと行動力もある。それに元々、とてもサバサバした性格だ。それは、彼女のいさぎよくもあり少女的でもある、楽譜あるいは音符の如《ごと》き、躍動的で甘やかなポニーテイルが象徴しているとおりである。跳ね上がりの大きい、艶《つや》やかで剛毅《ごうき》な、とてもボリュームあるポニーテイル。自分にはこれが似合うからと、そして吹奏楽の舞台映えもするからと、学校生活では滅多《めった》に髪を下ろさない常在戦場《じょうざいせんじょう》なポニーテイル。今日は大きなスカーフリボンあるいはシュッとしたヘアカフス、明日はもこもこしたシュシュあるいはシンプルなゴムと、変幻自在のアレンジを見せるポニーテイル（今現在は古風で大きなスカーフリボンを使っている）。いつもいつも、ずっとずっとブルーベリーとラズベリーと洋梨《ようなし》の香りがするポニーテイル……私はこの不可思議《ふかしぎ》な世界に、そんな未春が来てくれたことを心底嬉しく思い、誰とも分からぬ誰かに感謝をした。

「じゃあ初音」そんな未春が情報を整理しようとする。「初音が目覚める前の記憶って？」

「うーん、確たるものが全然無いんだけど……先《ま》ずは、あざやかにすぎる一陣《いちじん》の風」

「あっ、頰《ほお》と髪とに強く感じる、とても透明な感じのする一陣の風？」

「まさしくそう——なら、未春も一緒の風を感じたんだね？」

「うん、思い出せるかぎりそれが、目覚める前の最後の記憶」未春は考え考えいった。「あと、記憶というか感覚というか、何かとても長く長く歩いていた、そんな気がする」

「あっそれは私も。すごく長くて、だから髪が傷むかなあ――なんて思った、気がするの」

「それは汗とかで、だよね」未春は自分のポニーテイルをサッと跳ね上げた。「そしてこの、桜瀬女子《おうせじょし》の黒白モノトーンの制服姿でそこまで長く長く歩くとすれば、それは」

「卒業夜祭《やさい》の機会でしかあり得ない、筈《はず》よ」

「でも初音は、卒業夜祭の記憶ってある？」

「うーん、正門をくぐったあたりまでは」

「それ、私も一緒だよ」未春は綺麗に首を傾《かし》げた。「けど、そう考えると変なことがある」

「――あっ、やっぱり未春も気付いた？」

「うん気付いた」未春はここで私の黒髪に指を入れ、さらさらと撫《な》でる。「この、初音のトレードマークともいえる学年一《いち》、ううん学校一のロングロングストレート。幾許《いくばく》か乱れて、幾許か汗ばんだ感じがするのは――それはさっき教えてくれたとおり、この世界を三㎞歩いたからだよね？」

「うんそう」

「裏から言えば、歩く前はそうじゃなかった」

「うんそう。まるで今の未春同様……」

私は改めて未春の顔躯《かおからだ》を見遣《みや》った。そして再確認した。セーラー服もプリーツスカートも、しっかりアイロン掛けしたばかりな感じ。ワンストラップがシンプル極まる古典的で美しいローファーも、鏡の如《ごと》くぴかぴかなまま。まして、未春のトレードマークともいえる学校一《いち》甘やかなポニーテイルは、まさに結《ゆ》いたて整えたて。

駄目押しとして、私もまた、ドキドキしながら未春の髪に触れてみたけれど――まさか長く長く歩いた様子もなければ、桜瀬女子を象徴する桜の花ひとつ、舞い落ちあるいは挟《はさ》まれていない。それを言うなら、彼女の全身の何処《どこ》にもだけど。だから私は言葉を続けた。

「……まるで今の未春同様、制服を身に纏《まと》ったばかりの、綺麗な初期状態のままだった」

「なら初音も私も」未春がまとめる。「ここで目覚めたときは、綺麗な初期状態だった。だのに変な記憶がある――その初期状態と確実に矛盾する、長く長く歩いた記憶がある」

「ねえ未春」私は訊いた。「未春憶えている？　未春がハッキリ起きる前に叫んだこと」

「私が、叫んだこと……」

「未春はね、〝ここは〟〝とうとう〟って叫んでいたの」

「うーん、御免《ごめん》初音、私全然憶えていないよ」けど未春はまた首を傾げながら。「でもね」

「でも？」

「ハッキリした記憶じゃないけど、だから夢幻《ゆめまぼろし》みたいな感覚なんだけど……

私、すっごい旅をした感じがするの。空を、海を、ううん宇宙を。ううんもっと先の何処《どこ》かを。それは永遠の様《よう》で、それでも一瞬の様《よう》で……とんでもない光ととんでもない闇の中を、私は旅したの
……私は翔《か》けたの。そうまるで」

「まるで翼がある如《ごと》く。まるで時を超えて。生まれる前の、見知らぬ地のような何処《どこ》かを」

「――そ、それじゃあ初音も!?」

「たぶん、まるで一緒の経験をした――じゃないよね、まるで一緒の感覚を憶えた。とても遥《はる》かで、とても美しい旅路だった。そう、あらゆることから解放されて」

「まるで自分が、魂だけになった様《よう》で。ううん、しあわせそのものになった様《よう》で」

「まさしく。だから感じたわ」私はあの恍惚感《こうこつかん》をどうにか思い出しながら。「ずっとそのままでいたいって。ずっとそのままでいたかったって」

「……私」未春がどこか恐ろしげにいう。「思い出した。だんだん思い出してきた。今《いま》初音が言ったその感覚も。私がそれを思わず口走ったことも。ああ、まして!!」

未春はびくんと背筋を、ううん躯《からだ》を震わせた。私には彼女の感情がよく解った。

というのも今、私もまたそれを感じて震えていたから。

「まして初音、私思ったんだ。懸命に思い出すと、私こう思った筈《はず》なんだ——

終《つい》に認められたんだって。終に許されたんだって。

終に……終にたったひとつの私の願いが、叶ったんだって。

だから私は終に、とうとう」

「終に、とうとう？」

「……私は来たんだって。私は着いたんだって。私はここに到《たど》り着いたんだって!!」

「未春、それはまさに私も感じたこと……まさしく感じたことそのもの、だけど。

未春がそのとき感じた〈ここ〉って何処《どこ》？　この、今《いま》私達がいる不可思議な世界？」

「……違うよ初音」未春は喘《あえ》ぎながら断言した。それは絶望の様《よう》だった。「理屈も根拠も道理も何も無い。けれどハッキリ言える。私が感じた〈ここ〉はここじゃない、絶対に。私が初音に叩き起こされて、もう一度自分を感じたとき。だから自分が東都《とうと》未春《みはる》だと感じたとき。自分の五感や内臓感覚や時間感覚や……ともかく自分のヒトとしての重さを感じたとき。私は何故か強烈に感じたの。『嫌』『違う』『ここじゃない』って感じたの。そしてそう感じた刹那《せつな》、私が確かに到《たど》り着いたはずの〈ここ〉は、私から完全に遠ざかり、私の記憶からも完全に消え失せた……私は絶望のような暗黒だけを感じながら、終《つい》に、とうとう到着したはずの〈ここ〉から完全に、綺麗さっぱり切り離されたのを知った」

「解るわ未春」気付けば私は瞳を潤《うる》ませている。「ほんとうに、解る」

「なら初音も？」

「まるで一緒の体験を——ううん感覚を憶えている。そして未春の様《よう》に、泣いたんだと思う」

「私泣いていた？」

「今はもう……」だけど。「……左瞳《ひだりめ》からとても大粒の涙の零《こぼ》れた跡が、幾筋も」

未春はハッと自分の顔をローファーに映した。成程《なるほど》、鏡というなら今はそれしか無い。

「あれ、いったい何だったんだろう？　まして私達、いったい何処《どこ》にいるんだろう？

卒業夜祭《やさい》の途中、どこかで仮眠しちゃって、すごくリアルな夢の中にいるのかな？

でもそれにしちゃあ、いくら親友とはいえ、初音とまるで一緒の夢の中にいるのは変だよね。それに私、こうして初音の髪も顔も、こんなにリアルに触ることができるし……」

「ふたりで一緒に二度寝しちゃえば、学園島の春バラだらけの四阿《ギャゼボ》あたりで、ハッと目を覚ますのかも知れないけどね。どのみち此処《ここ》を探検するのは無意味だと思うわ。三㎞歩いて遠近の眺望にまるで変化がなく、三㎞歩いてイキモノの一匹すら発見できなかったもの」

——けれど、まさにその刹那《せつな》。

私の鼓膜を、だからきっと未春の鼓膜を、ハッキリとヒトの声だと分かる悲鳴が襲った。

何、何なの⁉

どういうことなの⁉

どうするつもりなの⁉

Ⅵ

「——未春、今の声‼」

「うん‼」未春は駆け出していた。私も靴をはき同時に駆ける。「こっちだわ‼」

何の目標物も無い世界だけど、声の出所くらいは分かる。

川に向かって、もっと左手だ。そもそも私は川に向かって左手へ三km歩いてきたけれど、一緒の方向の更に先。ヒトの、しかもヒト複数の声が響いたのは絶対に其方《そっち》だ。

未春と私は当然、ローファーのままひたすら駆ける。川辺を懸命に駆ける。

おんなとはいえ時速一〇kmは出せる筈《はず》だけど……この川辺は、風にそよぐだけの丈《たけ》はあるそんな草々でできている。存外、足許《あしもと》が重くなる。だから後から考えれば、時速八km程度の駆け足だったろうか。また、川にも川辺にも川堤《かわづつみ》にも果てが無く、だから右を向いても左を向いても先々が見渡せる筈《はず》だけど……私の瞳を困らせる程《ほど》にふりそそぎ続ける桜の花吹雪は、儚《はかな》げではあるけど艶《あで》やかで、それ自体が春霞の如《ごと》き白桃のあるいは薄紅の意地悪なヴェールとなる。私が最初にここで目覚めた頃より遥《はる》かに視認性《しにんせい》を悪くする。

(……まるで故意《わざ》と、意志を持って、私達の視界を塞《ふさ》ぐかの様《よう》に)

結果、未春と私が白桃あるいは薄紅の中を、五分程度駆け抜けた時分。

剣道部の私と、体育会系文化部の未春のことだから、一気に七〇〇m弱は踏破《とうは》した時分。

――きっとふたりがふたりとも、思わぬジョギングの途中から既に瞳に捕捉《ほそく》していた人影は、とうとうそれが何者か、識別可能になった。だから私達は口々に叫ぶ。

「と、冬香《とうか》!!」

「夏衣《なつえ》!!」

疾駆《しっく》していた途中から私は予感しやがて確信していた。それは未春もそうだった筈《はず》だ。桜花のヴェールの先にいるのは――何やら激しく動き激しく悲鳴を上げているのは、他でもない桜瀬女子《おうせじょし》の生徒だと。私達の黒白モノトーンのセーラー服はそれだけで特徴的だ。また壺中《こちゅう》の学園島で、服というなら私達はずっとそればかり見続けてきた。学校の制服が、だから学校の娘《こ》が識別できない方が面妖《おか》しい。だけど今いよいよ、深々とふりつもる桜花のヴェールの最中《さなか》でも識別できる様《よう》になった、その人数とその名前は――

「あっ初音、それに未春も!!」三年三組の北条《ほうじょう》冬香は絶叫した。「ふたりもここに!?」

「というかこれ!!」同じく三年三組の南雲《なぐも》夏衣が絶叫する。「どうにかしないと!!」

――彼女達は対峙《たいじ》していた。言葉の厳密な意味において、何かと対峙していた。

膨《ふく》らみのある優しげなボブが少女と大人を感じさせる、私同様剣道部の北条冬香。

微《かす》かに鳶色《とびいろ》がかった肩までのセミロングが甘く凛々《りり》しい、生徒会長・弓道部の南雲夏衣。

（ううん、その冬香と夏衣だけじゃない）

蠱惑的《こわくてき》な黒髪のハーフアップに知性と気品の充《み》ち満ちる、箏曲《そうきょく》部の三年二組西園《にしぞの》千秋《ちあき》。

きゅっとした鋭い三つ編みのお下げが如何《いか》にも女学生な、茶道部の三年二組時村《ときむら》流菜《るな》。

すぱっとしたボックスボブが凛々《りり》しい決意を感じさせる、合気道部の三年三組空川《そらかわ》風織《かおり》。

（冬香、夏衣、千秋、流菜、風織。ここにいるのは五人。誰もが涙の筋を残している五人）

駆け付けた未春と私とで、現時点、この世界にいるのは七人だ。

「冬香!!」私はあたふたと。「こ、ここには今《いま》五人!? 五人が一緒にここへ来たの!?」

「今現在、五人!!」冬香は大急ぎで。「まず私がどうにか夏衣を見付けて声を掛けて、そのまま訳《わけ》も解らずトレッキングしていたら、最初から一緒に目覚めたとかいう千秋＝流菜＝風織の三人組と出会えた!!

……と思ったらすぐこのザマ!! なんなのこいつら!?」

（未春と私の方が、むしろ少数派だったのか……ってそんなこと考えている場合じゃ!!）

――そう、冬香ら五人は対峙している。何と？

私は改めて自分の瞳《め》を疑った。きっと未春もそうだろう。

（何かのイキモノ……ううん、人形？）

冬香ら多数派五人は、曰《いわ》く言《い》い難《がた》い何者か、何者かと対峙している。

曰く言い難い何者かに——うらん、何者か複数に——じりじり、じりじり距離を詰められ、だから追い詰められている。当該《とうがい》何者か複数は、この世界を特徴付ける悠然《ゆうぜん》たる川を背に、そして桜堤《さくらづつみ》の方向へ、じりじり、じりじり冬香ら五人を追い遣《や》っている。現時点、当該《とうがい》何者かは五匹。そう、どう見詰めてもヒトじゃない。匹の単位を使わざるを得ない。

（こんなイキモノ、まさか生涯で見たことが無いわ……）

……それは、敢えて言うならマネキンの如《ごと》き、無貌《むぼう》で裸で透明な人形だった。うらん、マネキンはまだヒトを模《も》している。けれど当該《とうがい》何者か複数は、顔ものっぺらぼうなら、躯《からだ》全てものっぺらぼう。どうにか『ヒト型』であることや、どうにか『関節なり可動域なりがある』ことは分かるけど、具体的な節《ふし》もくぼみも継《つ》ぎ目《め》も無い。まして手足の指も顔のパーツもハッキリしない。ヒト型の、とろりとしたガラス人形のよう。どちらかといえば、液体をすら感じさせる。そうまさに、液体だったガラスが身勝手に、我《われ》と自《みずか》らヒトに成りたがって、どろどろとヒトの形態を真似し始めた……そんな不可思議な質感と不可思議な輝きがある。もっといえば、あからさまに超自然的な不気味さがある。

（そう、ガラスの人擬《ひともど》き）

とろり、どろりとしたその質感は、出来立てのガラス細工そのもの。

そしてその光彩《こうさい》は——その躯《からだ》の輝きは、この世界にいつも満ち溢《あふ》れふりそそいでいる、『ガラスがそのまま光に生まれ変わった様《よう》な』神々しい輝きとまるで一緒だ。

（光の加減か、どこか油を思わせる虹色が、顔躯《かおからだ》でてらてらしてはいるけれど）

そしてそれらガラスの人擬《ひともど》き五匹は、確実に、北条冬香ら桜瀬女子《おうせじょし》の五人に敵意を有している。ぬるり、ぬるり、のそり、のそりと彼女達に接近している。うらん密着しようとしている。これまで聴いたことのない、鳥の如《ごと》き鳴き声・唸《うな》り声を、ギリギリ、ぎゃあぎゃあ、ガアガア、かぁかぁと歯軋《はぎし》りのように零《こぼ》しながら。時折、形態のハッキリしない両の腕が、威嚇《いかく》する様《よう》に羽ばたきする様《よう》にしなっては、鞭《むち》の如《ごと》くに冬香ら五人の躯《からだ》をかすめる——だから例えば、如何《いか》にも女学生的な三つ編みと黒タイツの時村流菜《ときむらるな》、そう茶道部の流菜など、如何《いか》にも女学生的な、だけどかなり可愛らしい大ぶりの丸眼鏡を今、吹き飛ばされてしまっている。まして如何《いか》にも女学生的なタイツも実質、吹き飛ばされたかの様《よう》にぼろぼろで、既に黒い糸屑《いとくず》を思わせる。さらに如何《いか》にも女学生的に、マジメに校則どおりに、着崩れなど一度としてなく着こなされていたはずのセーラー服は斬り裂かれ、学校指定の黒いインナーまでかいまみえる。

だからその流菜を含む五人は、見る間に当該《とうがい》ガラスの人擬《ひともど》きに包囲されてしまう。見る間に、この川辺で唯一『壁』『行き止まり』となる、桜堤《さくらづつみ》へ上がる坂のたもとへと密集させられてしまう。その桜堤は、私自身目覚めたときからずっと確認しているとおり、川辺の上の小高い丘だ。かなり頑晴れば、駆け上がれあるいは這《は》い上がれる気もするけど……敵意ある何者らから逃れるには、強い傾斜がありすぎる。

——ただ呆然《ぼうぜん》としていたであろう私に、私と一緒に行動してきた未春は鋭くいった。

「何だか分からないけど……蹴散《けち》らさないとだよ初音!!」

「だね、未春!!」

未春と私は桜瀬女子では武闘派に属する。

だから徒手空拳《としゅくうけん》のまま、ともかく冬香らを助けようと——意味不明なイキモノを蹴散らそうと駆け出す。けれど、幾許《いくばく》も駆けない内に……

「駄目っ、初音も未春も駄目、うしろ!!」

「えっ!?」

冬香の突然の警告。冬香の声は、ずっと剣道部で一緒だったからすぐ分かる。

そして私が反射的にうしろを顧《ふりかえ》ると。

「なっ――!!」

顧《ふりむ》いたその刹那《せつな》。

私の肩はぬるりと拿《つか》まれていた。まして髪と耳の直近でガアガア、ギリギリと鳴く声が。

その、かたちある液体の如《ごと》き不気味な触感。ガラスを劈《つんざ》くような不快な響き。

すぐに私の瞳は、顔のパーツも表情もありはしないガラスの顔を直視する――間近で。

――次の瞬間、私は思いっ切り、私の後方から現れた〈ガラスの人擬《ひともど》き〉の腹部を蹴り払っていた。

いきなりの足蹴りで、どうにか吹っ飛んでくれるその一匹。けれど私自身も、その足蹴りと同時に鞭《むち》のような腕に薙《な》ぎ払われたか、川と土との水際《みぎわ》まで吹っ飛ばされて尻餅《しりもち》を突いた。ワンテンポ遅れて両腕も突いた。そのとき状況を忘れるほど吃驚《びっくり》した。何故と言って、私が偶然にも吹っ飛ばされて接地したその水際《みぎわ》というのは。

(――間違いない!!)故意《わざ》と濡らした草々。故意《わざ》とたくさん引き抜いた草々。(なんてこと。出発地点だわ。私がこの世界に出現し、私がこの世界を歩き始めたその出発地点!! 私そこから一・五km、また一・五kmと、全部で三kmは歩いた筈《はず》なのに。ううん違うわ、今ここにいるこの地点まで、更に七〇〇m弱は駆けたはずなのに……そう同一方向にひたすら四km弱も進んで……だのに私が今いるのは遥《はる》か離れたはずの出発地点だというの!?

ならばこの世界とは。この不思議な川の世界とは。ひょっとして。ううん確実にまして。

そのとき私は見た。

この世界を特徴付ける、淡い淡いパステルの薄青の川から、まさにガラスの人擬《ひともど》きが生成されるのを。あまりにも自然に。あまりにも無造作に。それがこの世界では当然であるかの様《よう》に。

天上からの神々しい光を受け、時に白へ紺へ、時に朱《しゅ》へ緋《ひ》へとモザイクを変えるその川は、だから尋常《じんじょう》でなく美しい光の礫《つぶて》や欠片《かけら》を無数に浮かべているその川は、まさにガラスや青玉・紅玉の如《ごと》くに輝いている。この世界を燦々《さんさん》と支配する、不思議な質感の光とおなじかたちで、ガラスの如《ごと》くに輝いている。

そんな川から、同じ質感を有するガラスの人擬《ひともど》きが――まるで川面《かわも》が意思を持って水際《みぎわ》に打ち寄せ捏《こ》ね上げたかの様《よう》に――あまりにも流麗《りゅうれい》に、だからそれがこの世界では当然の物理法則の様《よう》に、生えてくる。生え上がってくる。

……私が『生成される』『生え上がってくる』のを目撃できたのは一匹だ。

その一匹は今、まるで役割分担をするかの様《よう》に、ぬるぬると未春を襲い始める。

私を突然背後から襲った一匹も、こうして川から『自然に』生えてきたのだろう。

(冬香・夏衣・千秋・流菜《るな》・風織《かおり》に対して五匹。そして今、未春と私に対して二匹。

これは偶然なんだろうか、それとも……)

ううん、考えている暇《ひま》はない。

そしてさいわい、私の直感する所、イキモノの挙動《きょどう》は敏捷《びんしょう》でも機敏《きびん》でもない。

(むしろ、どこか愚鈍で機械的だわ!!)

「初音っ!!」イキモノを投げ飛ばしながら未春が叫んだ。「千秋と流菜を助けないと!!」

「合点承知《がってんしょうち》っ!!」

未春と私は、まだ距離のあった冬香ら五人に敢えて急接近した。やがて七人揃《そろ》っての、イキモノたちとの乱戦になる。徒手空拳《としゅくうけん》なのは痛いけど、桜瀬女子《おうせじょし》の部活は、学校の規律同様にとても厳しい。剣道部の冬香と私、合気道部の風織、弓道部の夏衣そして吹奏楽部の未春は戦力になる。少なくとも自衛はできる。他方で箏曲《そうきょく》部の千秋と、茶道部の流菜は荒事《あらごと》に慣れてはいない。リーダーシップのある未春が、敢えて乱戦に持ち込んだのは、千秋と流菜を守るという目的からだし、きっと戦術的に正解だ。

——そして、事実。

ぬるり、どろりとした、けれど硬く凍てついた触感がほんとうに不思議で不気味で仕方ない、奇《き》矯《きょう》で無貌《むぼう》なガラスの人擬《ひともど》きどもは——私達たかが女子高校生七人の肉弾戦に押され、どんどん川の方へ、ううん川の中へと押し返されてゆく。私達たかが女子高校生七人の殴打《おうだ》と蹴りと投擲《とうてき》とに、その不可解な躯《からだ》をどろりと歪《ゆが》ませて。

だから乱戦開始後五分程度にして、ガラスのイキモノ五匹は今やどれも無傷じゃない。液体のような質感どおり、砕け散りも折れ曲がりもしないけど、今やどれも出来損ないの飴細工《あめざいく》の如《ごと》く、例えば頭をぐにゃりと押し潰《つぶ》され、例えば胴体をぐにゃりと減《へこ》まされている。だから、『どうにかヒト型だと分かる』そんな程度にまで、シルエットを出鱈目《でたらめ》に崩されている。

けれど。

それでいてイキモノどもは、自動機械のように、敏捷でも機敏でもない襲撃あるいは追《お》い縋《すが》りをやめない。形勢は、圧倒的に私達七人の方が優位だけど……だけど、どれだけ全身をぐにゃぐにゃにされようが、どれだけ生まれ出てきた川に押し返されようが、プログラムされたかのような律儀《りちぎ》さ単調さで、私達七人に詰め寄ってくるのをやめはしない。ギリギリ、ぎゃあぎゃあ、ガアガア、かぁかぁと、不可思議な鳴き声を響かせながら。

今《いま》私は、だからきっと他の六人も皆《みんな》、このイキモノへの恐怖をほとんど感じなくなっていたけど……でも確実に、違う種類の恐怖に襲われた。どんな恐怖かは言うまでもない。

（絶対に、何かの目的を諦《あきら》める気がない……様《よう》に思えるこの執拗《しっこ》さ。

まるでダメージも疲労も感じていない様《よう》なこの律儀さ。

いくら私達が常に優勢だと言って……こんな消耗戦を続けていたら、いつかは必ず)

いつかは必ず。

(私達は何の抵抗もできなくなる……けど)

この、ガラスの人擬《ひともど》きたち。その鳴き声からしても挙動《きょどう》からしても、間違いなく私達に敵意を有している、このガラスの人擬《ひともど》きたち。

(その目的は何だと言うの。それが解れば。ううん、それが解らなければ私達は)

……思わぬ激しい運動で、かなり息が上がってきたとき。

まるで機械の兵隊を無限に相手にしている様《よう》な、そんな悲観的な徒労感《とろうかん》に襲われたとき。

だんだん単調な作業の繰り返しになっていたこの戦いにしては、あまりにも突然の、そしてあまりにも悲劇的な悲鳴が私の鼓膜を襲った。

「きゃあああああ――――っ!!　あああっ!!　ああああ――――っ!!」

Ⅶ

私が、そして恐らく声を聴いた全員が、悲鳴の出所を凝視する。

(か、風織《かおり》……!?)

三年三組の空川《そらかわ》風織。合気道部の空川風織。鋭いボックスボブの凜々《りり》しい空川風織。

私達の中で最も近接戦闘に強く、だから不可解なイキモノたちをまさに撥《は》ね飛ばし、引っ繰り返し、美しく身を翻《ひるがえ》してはあざやかに投げ飛ばしていた、空川風織。

……私は自分の瞳《め》が信じられなかった。

その、私達のうちいちばん頼れた風織が今、川辺の草々に突っ伏している。

激しいショックを受けたような痙攣《けいれん》を起こし、悶絶《もんぜつ》しながら崩れ墜ちている。

（ううん、それだけじゃない……）

風織のモノトーンのセーラー服は、傍目《はため》にも確乎《しっか》と分かるほど、深々と斬り裂かれてしまっている。確実に、何かの鋭利な刃物で。執拗《しつよう》に切り刻んだと言えるかたちで。そして切り刻まれているのはまさか制服だけじゃない。風織は今や右腕と左脚とを欠いていた。それは傍目《はため》にも確実だった。何故と言って、風織の傍《かたわ》らに立つイキモノが、両の手から彼女の腕と脚とをぶらりと提《さ》げていたからだ。ましてて悪い冗談の如《ごと》く、風織の今度は右首筋から噴《ふ》き出し始める赤い、赤いクリムソンレーキの血潮。その勢い。その量。その苛烈《かれつ》さ……

「そ、んな」風織の声は今や風前の灯《ともしび》だ。「私、とうとう……終《つい》にとうとう!!」

（え）

「終にとうとう、許されたのに。到《たど》り着いたのに。たったひとつの、私の、願い……!!」

（か、風織もまた……？）

……空川風織もまた、一緒のことを。

未春と私とで確認した、『私達の感じたこと』を感じたのだ。今の言葉からして確実に。

私はそれに衝撃を受けつつ――

けれどもう、感慨にも思索にも耽《ふけ》る余裕が無かった。私達には今、秒単位の猶予《ゆうよ》も無い。

というのも。

（風織をあんなふうに斬り裂いたイキモノ。今《いま》風織の傍《かたわ》らに無感情に立つイキモノ）

――それは、最早《もはや》すでに〈ガラスの人擬《ひともど》きのイキモノ〉ではなかった。

〈ガラスの人擬《ひともど》きのイキモノ〉は、どこか油を思わせる虹色が顔躯《かおからだ》でてらてらしてはいたけれど、しかしこの世界にふりそそぐ光の如《ごと》くに透明だった。とろり、どろり、ぐにゃりとした不気味な液状の質感はあったけれど、しかし硬く凍てついたガラス細工のように無機質で機械的だった。

ところが。

（今、なんてこと、風織の腕と脚を無感情に投げ捨ててしまったモノは……）

そしてゆっくりと、私達他の六人をぐるりと睥睨《へいげい》し始めたモノは。

私達の纏《まと》うモノトーンのセーラー服とはまるで印象の違う、闇夜以上に黒い黒と、光以上に白い白とが凄絶《せいぜつ》なコントラストを描く、骸骨《がいこつ》のようでもあり怪鳥《かいちょう》のようでもある何かになっていた。デッサンの狂った骨格標本。しかも翼ある骨格標本。ただしそれはヒトの骨格そのものでなく、よくよく見ればまるで人体とは無縁で似ても似つかぬ、奇矯《ききょう》な組み上がり方をしている。腕なり脚なり爪なり首なり、あと無論のこと翼なり、それぞれの形状は確実に人体のそれじゃない。未知の体躯《たいく》、未知の四肢《しし》に未知の頭部、未知の翼。あまりにも未知すぎて表現する言葉も無いけど……どうしてもというなら宇宙人か神話の怪物だ。それだけヒトとは異質である。まして、佇立《ちょりつ》したその躯《からだ》は優に二mを超える。

（……ああ、あれは私達を睨《にら》み回したわけじゃない。仲間を、他の六匹をぐるりと見渡したんだ。そしてその意味は）

私は痛烈な、とてつもなく悪い予感とともに、私達を襲っていた〈ガラスの人擬《ひともど》きのイキモノ〉残り六匹を見渡した。私も、きっと桜瀬女子《おうせじょし》の他の娘《こ》も、喉が鳴るほどごくりと固唾《かたず》を呑んでしまう。

私達が恐怖によって唖然《あぜん》とさせられている内に、いよいよ〈ガラスの人擬《ひともど》きのイキモノ〉残り六匹も――悪い予感どおりに――変形《へんぎょう》あるいは変態《へんたい》を開始した。無論、絶望の如《ごと》くに黒と白のモノトーンが残酷な、骸骨あるいは怪鳥へと。あるいは、デッサンの狂った骨格標本へと。ひょっとしたら、宇宙人あるいは神話の怪物へと。

そして私達を戦慄《せんりつ》させる、この世界では、ううん生涯でも聴いたことのない怪声……

きいぃぃぃぃぃぃ――――

きいぃぃぃぃぃぃ――――

ばさり。

ばさり。

「風織が……!!」絶叫したのは、風織と一緒の三組だった夏衣だ。「……もう息が!!」「そんな!!」やはり三組の級友だった冬香が絶叫する。「夢の中で死んじゃうなんて!!」

――そんな私達の泣《な》き言《ごと》を、掻《か》き消しあるいは嘲笑《あざわら》うかの様《よう》に、怪鳥は翼をはためかせる。あるいは威嚇《いかく》のつもりなのか、悠然《ゆうぜん》と、何度も。

黒と白との狂気のパズルが如《ごと》き、デタラメで不可解な躯《からだ》はしかし、今や確実に『凶器』である真っ黒な鉤爪《かぎづめ》を展開しつつある。爪のひとつひとつが、まるで日本刀を思わせる鋭さ長さ。いや『凶器』というなら、そのはためかせる翼も、とうとう最大まで展開された。大きく開かれた両翼は、さしわたし優に四mはあるだろう。その、表裏があざやかなモノトーンの両翼それ自身が、ギロチンの刃の如《ごと》き鋭さ重さを感じさせる。ううん、ギロチンより悪辣《あくらつ》だ。翼のすべてが刃をそなえ、あるいは、翼のすべてが斧《おの》か鉞《まさかり》になりそう……

そして、極《きわ》め付《つ》き。

かつては、どろりとした無貌《むぼう》だったその顔は。

曰《いわ》く言《い》い難《がた》い非人間的な、ヒトの感情を超越した仮面となっている。それは悲しい能面のようにも、巫山戯《ふざけ》たヴェネツィアンマスクのようにも、ううん、無個性なデスマスクのようにも思える。ただとても特徴的な、鳥の嘴《くちばし》を思わせる口元だけが妙に生々しい。非人間的で真白《ましろ》く無表情な仮面に浮かんだ、鋭く裂けたその口元も確かに『凶器』と思えた。

きいぃぃぃぃぃぃ――――!!!!

きいぃぃぃぃぃぃぃ――――!!!!

「あっ風織!!」

「駄目だよ初音っ」風織に駆け寄ろうとした私を、直近の未春が必死で制する。「伏せて!!」

最初に変形《へんぎょう》した、風織を斬り裂いた怪鳥は。

風織の腕と脚とを無感情に投げ捨てたあの怪鳥は、今度は確実に悪意と分かる表情とともに、その片翼で、最終的に風織の首を斬ったうえ跳ね上げた。風織の……生首を。

しかも、その刹那《せつな》。

（なんてこと）やはりこれは夢……悪夢なのか。（その風織の首も、腕も脚も、ううん風織の躯《からだ》が……風織のぜんぶが消えてゆく。ほろほろと。さらさらと。塵《ちり》のように霧のように。デジタルデータのドットやピクセルの様《よう》に。まるで塩の柱が崩れさる様《よう》に、風織をかたちづくる全てが最小の点となり、淡く朧《おぼろ》に掻《か》き消えてゆく。たぶん、ううんきっと……死んでしまったその瞬間の姿勢で固まって塵となり、その姿勢のまま点となり、その姿勢のまま消えてゆく）

私が理解不能な現象に惑《まど》い、また風織のその『死』に絶望していると。

きいぃぃぃぃぃぃぃ――――!!!!

きいぃぃぃぃぃぃぃ――――!!!!

非人間的な仮面を帯びた巨大な怪鳥は、風織を虐殺したその翼のいきおいのまま、他の六匹を統率するかの様《よう》に、この世界の太陽なき天へ大きく翔《か》けてゆく。その羽ばたきの力強さ、巻き起こる疾風の力強さ。そして無論、あれだけの『凶器』を剝《む》き出しにするに至ったのだ、まさか私達を無視して飛び去るはずもなし。絶望のような黒と白からなる怪鳥七羽《ななわ》いや七匹は、悠然《ゆうぜん》と天たかく舞い上がったと思いきや、急降下爆撃機のような残酷さと機能美とで、地にとどまるしかない私達六人を急襲する。そこからはもう乱戦どころか大混戦、大混乱だ。もちろん戦っているのは怪鳥七匹で、逃げ惑《まど》い逃げ回っているのは私達六人である。敵は四mの翼を持つ、二mの巨鳥《きょちょう》だ……

（未春、冬香、夏衣に千秋に流菜《るな》……あともちろん、あんなことをされた風織。

わ、私達どうしたら!! そもそもこれは何なの!?）

きぃぃぃぃぃぃぃ――――――――

きぃぃぃぃぃぃぃぃ――――――――

どこまでも牧歌的だったパステルの世界を、萌《も》え出《い》でたばかりの様《よう》なうるわしい草々の上を、制服も髪も何もかも滅茶苦茶《めちゃくちゃ》にして逃げ回る。出鱈目《でたらめ》ないきおいで繰り出されてくる、ギロチンのごとき翼と、日本刀のごとき爪をかいくぐるので精一杯《せいいっぱい》。

（ううん、全然かいくぐれてはいない……）

全然だ。私の大好きな桜瀬女子《おうせじょし》のセーラー服は、プリーツスカートごとざくざく、ざくざくと斬り裂かれ始める。学校内では、あるいは夜祭《やさい》の夜ではあり得ないことに、制服姿のまま下腹部やお臍《へそ》が露出する。そんな斬撃《ざんげき》が私の肉へ達するのに、あと数秒も掛かりはしないだろう。桜花《おうか》の花吹雪がヴェールとなってくれていなければ、私だって……

（……か、可哀想な風織と、一緒の運命を）

いよいよ歓喜の如《ごと》く響き渡る、怪鳥どもの戦慄《せんりつ》すべき雄叫《おたけ》び。

それに呼ばれたのか何なのか、また薄青の川から無貌《むぼう》の〈ガラスの人擬《ひともど》き〉が一匹、生成され這《は》い上がってくる。今度は這い上がってきたその刹那《せつな》、たちまち〈デッサンの狂ったモノトーンの骨格標本〉に変形《へんぎょう》し、要は八匹目の怪鳥になる。

（どれだけでもでてくるというの……!?）

私が軟弱にも抵抗を諦《あきら》め、いっそ楽になりたいと躯《からだ》のちからを抜いてしまったとき。

「何しているの、らしくないよ、しっかりして初音っ!!」

「――な、夏衣!?」

反射的に声の出所を見た私は、ただただ吃驚《びっくり》した。唖然《あぜん》とした。というのも。

「な、夏衣、その弓は――その矢は!?」弓道部の夏衣は、彼女らしい和弓と矢で怪鳥に応戦している。「初音、足許《あしもと》!!」

「足許《あしもと》!!」弓道部の夏衣は、彼女らしい和弓と矢で怪鳥に応戦している。「初音の足許《あしもと》にも!!」

「初音っ!!」今度は冬香だ。私達らしい竹刀で怪鳥に応戦している。「初音の足許《あしもと》にも!!」

どうして、まして弓道の胸当てや革手袋まで、と思う暇《ま》もなく脚の先を見遣《みや》ると。

――確かに竹刀《しない》が。冬香と私にうってつけの竹刀が。私達ふたりは剣道部仲間だ。

(そんな莫迦《ばか》な)私は一瞬、躊躇《ちゅうちょ》する。(この川辺にこんなものはなかった。あるはずがない。この川辺には何の物件も器具も無かった。まして新しげな竹刀などが転がっていれば、これだけ逃げ回っている私達のこと、確実に脚を蹴躓《けつまず》かせて転んでいたはず……)

「初音っ!!」試合以上の実戦に、ううん防戦に手一杯の冬香が叫ぶ。「千秋と流菜《るな》を!!」

「――解った!!」

私はボロボロのセーラー服姿のまま、遮二無二《しゃにむに》、草上《そうじょう》の、誰かの竹刀を拾い上げた。すぐさま襲い来る怪鳥どもを叩き付けては薙《な》ぎ払いつつ、黒と白の羽根が舞い、桜花の花吹雪が乱れ散るこの戦場を駆けてゆく。何が何だか解らないけど、確実に解るのは、箏曲《そうきょく》部の千秋そして茶道部の流菜、そしてひょっとしたら吹奏楽部の未春を、夏衣＝冬香＝私の運動部組が絶対に守らなきゃいけないってことだ。それぞれの『武器』が出てきたことにも、きっと何かの意味がある。まして、箏《こと》やお茶碗やトランペットでは、仮に出現したとして、充分な『武器』になんてなってはくれない。といって、私と未春は親友だから、しばしば大喧嘩《おおげんか》して、ガッツリした古風で剛毅《ごうき》な金属製のマイ譜《ふ》面台《めんだい》とマイ竹刀とで、丁々発止《ちょうちょうはっし》の斬り結びになったことはある……だから肝腎要《かんじんかなめ》なのは千秋と流菜の安全だ。

「初音っ!!」

「ああ初音!!」

その西園千秋と時村流菜の絶叫。そして桜の花吹雪から現れ出るふたりの制服姿。

（よかった……!!）

白桃と薄紅の桜花に加え、怪鳥の漆黒と純白の羽根で、もう視界が出鱈目《でたらめ》になっているこの川辺。私は千秋と流菜の声を頼りに、どうにかふたりと合流できた。その千秋と流菜のセーラー服もまた、怪鳥の爪そして羽に斬り裂かれて酷《むご》いことになっている。まして腕や脚から赤い血が流れているのが分かる。恐らくは、躯《からだ》からも。

気付けば私はとても遠い間合いから、千秋と流菜を襲っている怪鳥の群れに踏み込み飛び込んでいた。部活を引退してからこんなに跳躍力を試されたのは初めてだ。まして今は防具も無く、袴《はかま》姿でもなく、また当然、幾年も使い込んだ自分の竹刀でもなく……

きぃぃぃぃぃぃぃ――――!!!!

きぃぃぃぃぃぃぃぃ――――!!!!

そこからのことは、記憶がまるでコマ送りのよう。もし死んでいるなら、走馬灯《そうまとう》のよう。――桜堤《さくらづつみ》の壁を背に、冬香と私が前衛に、夏衣が狙撃手に、千秋と流菜が側衛《そくえい》になる。普段どおりに、嘘の如《ごと》く流麗で美しい夏衣の射法八節《しゃほうはっせつ》。まるで動揺してはいない。制服姿ながら、弓道用の胸当てや、右手の革手袋……いや弓懸《ゆがけ》に、圧倒的な安定感。狙い違《たが》わず怪鳥の喉、そして非人間的な仮面の眼や眉間《みけん》を、するすると射抜いてゆく。急所はヒトと変わらないのか、喉や仮面を割られ砕かれ貫かれて地に墜ちる怪鳥ら三匹。そんな夏衣の一連の動作に比肩《ひけん》して美しい、冬香の攻防一致《こうぼういっち》・懸待《けんたい》一致。こちらも無心。圧倒的な気迫と機動力そして正しさで、彼女の竹刀《しない》は怪鳥らの頭・腕・腹を割ってゆく。

その機械的に痙攣《けいれん》する、瀕死《ひんし》の如《ごと》き怪鳥らの躯《からだ》を、武器・防具にしてふりまわす未春。見掛けほどの重さは無いのか、両脚を持って引きずり上げ、遠心力で派手に回している。千秋と流菜も、怪鳥の躯《からだ》をぶんまわす未春に奮《ふる》い立ったか、我武者羅《がむしゃら》に彼女に倣《なら》う。初期八四のうち三四は瀕死《ひんし》、それを未春と一緒の動きで、残りの五四へ懸命に衝突《ぶつ》ける。残りの五四も、既に目撃したとおり、冬香の竹刀でバキバキと割られ、壊されている。

——私は自分自身のことは皆目《かいもく》憶えていない。

ただ剝《む》き出しのままのロングロングストレートや、まさかやったことのないローファーでの送り足、開き足、すり足等々を厄介《やっかい》に思ったのはどうにか憶えている。あと敢えて言えば、さしわたし四m、体躯《たいく》二mを超す怪鳥らの、意外な軽さ脆《もろ》さを不思議に思った……

（……怪鳥どもは、デッサンの狂った骨格標本の様《よう》。要するに骨なり節《ふし》なり殻《から》なりのパズルだ。リアルな肉に充ち満ちた躯《からだ》じゃない。意外な軽さ脆さはそれゆえだろうか）

また、弓道の和弓《わきゅう》はむろん武器ゆえかなりの威力がある。射手と距離と練度《れんど》にもよるけど、夏衣は高校生としては破格の四段。確かいつか、矢の素材によっては人を射抜けるのは無論、板でもフライパンでも車のドアでも貫けると聴いたことがある。その矢は、普通なら『六本組』か『四本組』のはずなのが……要は、普通なら『残弾が極めて限られる』のがドキドキするけど、おまけに練達《れんたつ》の夏衣は好んで『竹矢』を使うはずなのが威力的にドキドキするけど……夏衣の躊躇《ちゅうちょ》も容赦《ようしゃ》もない矢数《やかず》の掛け方からして、どうやら四本六本どころか一二本、あるいはそれ以上がありそうだし、するするとした所作《しょさ》と全弾皆中《かいちゅう》の様子からして、使用中のどうやら竹製と思《おぼ》しき矢には必要十分な殺傷力《さっしょうりょく》がありそうだ。

加えて、冬香と私は、剣道部を懸命に頑晴った高校三年生らしく三段である。ちょっと僭越《せんえつ》な物言いなので急いで付け加えると、どっしりとしかし大胆に構えて落ち着いた一本に集中する、極めて男性的な剣道をする冬香は、もし高校生でなかったのなら当然三段以上。実力ならきっと五段に達すると私は信じて疑わない。一眼二足三胆四力《いちがんにそくさんたんしりき》、どれも並大抵のおとこにはまさか負けない正しさだ。他方で私は、関節の柔らかさと竹刀《しない》のヘッドスピード、あと観察力と気配《ニオイ》の読み、そしてそれらに基づく応じ技《カウンター》で生き残る、我ながら如何《いか》にもおんなっぽい剣道をする。学園島へ指導・稽古《けいこ》に来てくださる警察官の先生には、率直にそう言われるしそう思う……

とまれ、それぞれがそのような剣道三段である冬香と私は、徒手空拳《としゅくうけん》なら別論、確かに竹刀一本が――ううんそれなりの棒が一本あれば、だからマイ竹刀でなくとも棒切れさえあれば――突然襲撃してきた男三、四人ほどはボコボコにできる。特に今、まさに冬香が容赦《ようしゃ》なく繰り出している『突き』を多用するのなら、肋骨《ろっこつ》・鎖骨《さこつ》・頭蓋骨等々をすぐさま砕く程度にはボコボコにできる。

要するに、私達には今、戦意と武器と技能がある。私達は極めて殺傷能力にとむ。

事実、開戦劈頭《へきとう》、陣を組みながらたちまち三匹を無力化した。

けど、それでも……

(質量を感じなさすぎる)私は無意識のうちに思った。(この怪鳥ども。爪も翼も嘴《くちばし》も恐ろしいほど鋭利だし、冬香や私のフットワーク以上に機動性があるけれど、だから和弓や矢や竹刀が落ちていなかったら私達はもう全滅だったろうけど……女子高校生に、こうも抵抗されこうも善戦されるなんて。物理的な圧《アツ》と質量がなさすぎる。

まして私は、気配《ニオイ》の読みで生き残っているタイプだからよく解る。この怪鳥どもは、獲物《えもの》による抵抗を全く前提としてはいない。その習性か癖《くせ》か経験か、一方的な虐殺にしか慣れてはいない。だからこれほどまでに動揺している……どこか臆病になっている)

いや、更に言うなら。

(この怪鳥どもの挙動《きょどう》から感じられる気配《ニオイ》は……まるで霧、ううん光。

存外脆《もろ》い質感は、陶磁器あるいは未知の金属の様《よう》だけど、圧倒的にリアルじゃない。

上手く言葉にできないけど、そう、光の粒子を相手にしているかの様《よう》だ。

そしてそれなら、この異様な質量のなさ圧《アツ》のなさ、肉体のリアルのなさも頷《うなず》ける……）

けれど、その刹那《せつな》。

「──ううっ!!」

「あっ、冬香!!」

突然の冬香の悲鳴。我に帰って彼女を見る。ともに陣の前衛を務める彼女を。

どう考えても獣《けもの》の知能しか無さそうだった怪鳥どもは、だから戦術的でも組織的でもなかった生き残りの五匹は、学習能力があるのか、今軌《き》を一《いっ》にして冬香に、そして冬香だけに襲い掛かる。五匹一度に、一斉に。確実に故意《わざ》と。どう考えても、最大の打撃力・防御力を誇る前衛を、集中的に突き崩すべく。そうして冬香に群《むら》がりつつ、巨大な翼のはためきで、隣の私と、後方の夏衣＝未春＝千秋＝流菜とを思いっ切り遠くに撥《は》ね飛ばす──

「冬香っ!!」

──私が、そしてきっと誰もが悲鳴を上げたその時点で。

既に冬香は、怪鳥どもによって遥《はる》か上空へと運搬されてしまっていた。

その猛然たる飛翔力に吃驚《びっくり》しながら、懸命に瞳《め》で追う冬香の制服からは、あの日本刀の如《ごと》き凶悪な鉤爪《かぎづめ》の為《な》せる業《わざ》だろう、赤い、赤い、赤いクリムソンレーキの流血がすごいいきおいで流れ落ちる。鷲摑《わしづか》みにされたにしろ、どこかを刺されて持ち上げられたにしろ、あんな鉤爪によって拘束され牽引《けんいん》されてしまっている以上、躯《からだ》がまさか無傷である筈《はず》がない……

（そして、虐殺を本能とすると思《おぼ》しきあのバケモノたちが、獲物《えもの》であるヒトの脆《もろ》さを熟知しているとすれば!!）

……残るは確保できた冬香を、しかるべき上空から突き放すだけだ。

事実、生き残りの怪鳥五匹は、それぞれ頭、腕、腹等々をボコボコにされ、陶磁器あるいは未知の金属をバッキバキに壊された様《よう》なそんな無残な姿ながら――ううんそんな無残な姿だからこそ――今この世界の天へと翔《か》け上がっている。五匹がかりで冬香をガッチリ抱えながら。本能的と思《おぼ》しき復讐と懲罰《ちょうばつ》の念に燃えて。拉致《らち》された冬香の姿は、怪鳥の躯《からだ》に隠れてもう見えない。まして、もしここが普通の世界なら、冬香は既に高層ビルのてっぺん辺りまで、だから低い雲に接する辺りまで、ぐいぐい引き上げられてしまっている。無論、もう幾度か確認したとおり、この不可思議な世界の無窮《むきゅう》の空には、果ても無ければ雲も無く、まして太陽すら無いのだけど……

「冬香!!」

「冬香っ!!」

焦燥《しょうそう》しながら無窮の空を見上げ、口々に悲鳴を上げていた私達は――ううん私は。

「ああっ!!」

「――あっ初音っ!!」

私を呼んだ未春の悲鳴を聴くのと同時に自分の悲鳴を聴き、また、自分の右肩とお腹とに、焼けつくような凍てつくような激痛を感じた。自分の躯《からだ》から、怪鳥の鉤爪《かぎづめ》が生えているのが分かる。そしてそのまま、全身が怪鳥の凍てついた黒白の羽で蔽《おお》われて何も見えなくなる。すぐに羽ばたきの音。すぐに突然の浮遊感――

（わ、私もまた冬香の様《よう》に……

でも、怪鳥の生き残りなんて地上にはもういなかった。まさか、喉や額《ひたい》や眼を射抜かれて無力化された三匹が生き返ったとでもいうの？　それともあれは死なないというの？）

……とにかく、何がどうあれ既に外界が分からない。バケモノの、陶磁器のような未知の金属のような黒白の躯《からだ》そして黒白の羽が、すっかり私の視界を塞《ふさ》いでしまっている。地上にいる夏衣＝未春＝千秋＝流菜の様子など知るべくもない。私は鉤爪で躯《からだ》を刺し貫かれた激痛に意識を混濁《こんだく》させながら、そしてきっと冬香同様に赤い血を流しながら、最後のちからで絶叫した。意味などないと解っていながら絶叫した。

「やめて!! やめてお願い、助けて!!」どうしてもというのなら。「せめて冬香を——皆《みんな》を助けて!! 何でもするから、お願いだから……!!」

……重ねて、この世界には太陽が無い。

だから。

そのまさに次の刹那《せつな》、私はこの世界に太陽がない理由を知った。

すなわち。

あたかも、私の無我夢中の願いを聴き容れるかの如《ごと》く——

(……ひ、光?)

私の願いを叶えるかの如《ごと》く、ヒトならば誰でも直感できる、太陽の光が燦々《さんさん》と零《こぼ》れきた。

あまりにも唐突に、そして突然に。

あたたかで強靭《きょうじん》な、朝の太陽の光が。

新しい世界を感じさせる、厳《おごそ》かな太陽の光が。

とても神々しい朱《しゅ》の。とても神々しい緋《ひ》の。とても神々しい橙《オレンジ》の、光……

ましてそれは不思議なことに、バケモノどもに視界を塞《ふさ》がれているはずの私の瞳へ、ううん私の躯《からだ》そのものへダイレクトにとどき、染《し》み入る。既に熱いとすら感じられる、情熱的なあたたかさと一緒になって。まるでバケモノどもなど、ガラスか塵《ちり》でしかない様《よう》に。

今やそれらバケモノどもの飛翔は止まっている。虚脱したように空中で止まっている。

そして私は、終《つい》に、とうとう……

(終に？　とうとう？)

……私は何を言っているのだろう。自分で自分が解らない。

けれど、終にとうとう。

Χομπρενδο

Τε σαλωο

あたたかで荘厳《そうごん》な太陽の光が、まるでそれ自身、語り掛けてくるようなその声。

それは日本語でも英語でも、たぶんフランス語とかでもなく。

だから私には、聴解もできなければ文字にもできないけれど。

(まるで裸にしたこころに、だから魂に響くような、光のかたちづくる言葉、ううん音楽)

そして、ヒトならば誰でも直感できる、このこと——

そうだ。

今この瞬間、私達は……私は救われた。

それは絶対確実に間違いのない真実だ。

何故と言って……

……何故と言って、この光は、世界を統《す》べる権威と権能を持つものだったから。

どんな道理も理解も超越し、この世界で最上位のものだと肌で解るものだったからだ。

Ⅷ

——気付けば私は川辺に下りている。

気付けば総計八四の怪鳥が、まるで電源の落ちた如《ごと》くに、羽をたたみ繭《まゆ》のようになってしゃがんでいる。突然の機能停止を思わせるかたちで。川辺の彼方此方《あちこち》に所在なく……ううん魂を抜かれた様《よう》にすっかり静止している。鼓動も微動も、再起動の予兆もまるでない。

そして今、私達桜瀬女子《おうせじよし》の生き残り六人は、できるだけどの怪鳥とも距離を置きながら、桜堤《さくらづつみ》のたもとで一塊《ひとかたまり》になっている。それぞれに斬り裂かれた制服その他をぼろぼろにしながら。それぞれに被《こうむ》った怪我と出血もそのままに。

まして、私達は少なくともこの世界で、いまひとりの仲間——空川風織を失っている。ボックスボブの凜々《りり》しい、合気道部の、三年三組空川風織を。この世界がどんな世界なのかまだ全然解らないけど、少なくとも此処《ここ》においては、風織は腕脚《てあし》どころか……首まで斬られて虐殺された。ましてその遺体は、塵《ちり》のピクセル、霧のドットとなって、斬首されたその刹那《せつな》、命の手綱《たづな》や凝縮力《ぎようしゆくりよく》が失われたかの如《ごと》く、はらはら、ほろほろと淡く朧《おぼろ》に掻《か》き消えてしまっている。これが夢にしろ幻想にしろ、私達がここにいてここでヒトとして動くかぎり、風織が『死んだ』『消えた』『殺された』、その現象なり事実なりは変わらない。私達は誰もが満身創痍《まんしんそうい》といえたけど、そんなことは些事《さじ》だと思わなきゃいけないほど、風織の『死』『殺人』『消滅』は衝撃的な結果だ。それは絶対に、片時も忘れられない。きっと仲間の誰もがそう。そんなの確認するまでもない。

ただ……

それでも私は、そしてきっと私達は、忘我《ぼうが》させられる。忘我せざるを得ない。

——先刻《さつき》の声と一緒にだろうか、今はあまりにも自然に出現している、この世界の太陽。

それはこの世界の色調を、質感を、在《あ》り様《よう》をあざやかに変えている。

元々、春の夜の夢幻《ゆめまぼろし》の如《ごと》くに牧歌的でうるわしかったこのパステルの世界は、朝の太陽の日射しを燦々《さんさん》と染《あ》びて、健やかな朱《しゆ》と金色《こんじき》とに支配されつつある。

この世界を特徴付ける眼前の大きな川は、光に煙《けぶ》る霧のような質感を持った、淡い淡い薄青だったけど――その光のモザイクは、朱《しゅ》と金色《こんじき》とで燃えるように輝き、今はまさか薄青ではない。ましてその滔々《とうとう》たる質感は、太陽の如《ごと》き強靭《きょうじん》さをまし、依然として優しげながらも、どこか、そう、酷暑《こくしょ》の夏の瑠璃《るり》の海すら思わせるほどたくましくなりつつある。あたかも誰かが、川にそうなるよう命じたかの如《ごと》くに。

私達六人が身を寄せ合っている川辺の草々もまた、緑の濃密な息吹《いぶき》と色調と生命力とを、一段とあざやかにしている。いざ出現した太陽を、よろこび言祝《ことほ》ぐかの様《よう》に。まるで、今萌《も》え出でたばかりの様《よう》に。

他方で、果てのない桜堤《さくらづつみ》の上から世界にふりそそぎ続ける桜の花吹雪は、熱く強靭《きょうじん》な朝の太陽に追われてか――そう物理的に追われてか――今や花吹雪というよりは、桜の瞬《また》きとでもいいたくなる程《ほど》にそのいきおいを弱めている。だから視界がぐっと開け、だから太陽の朱《しゅ》と金色《こんじき》が、私達へとダイレクトにとどく。私達になみなみと注がれる。

(世界の意味が、世界の在《あ》り方《かた》が、あざやかに変わってゆく……)

そしてそのとき。

私は忘我《ぼうが》の中、この世界で初めて、あの怪鳥のバケモノ以外の生物を目撃した。

「あっ、初音」未春がポニーテイルを跳ねさせる。「水鳥《みずとり》が」

「うん、川に」私はロングロングストレートを掻《か》き上げた。「白鳥《はくちょう》かな、とても綺麗」

「でも不思議」夏衣はようやく和弓を置きながら。「いつしか、ふえているような」

「ううん夏衣」箏曲《そうきょく》部の千秋はハーフアップのバレッタを整える。「確かにふえているわ」

「不思議っていうか」まだ竹刀《しない》を持った冬香は訝《いぶか》しげに。「瞬きする暇《ま》に増殖していない？」

「六羽、七羽、八羽……」茶道部の流菜《るな》が三つ編みに指を絡《から》める。「……確かに。まるで私達の瞳《め》を盗むみたいに、気付いたらふえている。出現した瞬間は、絶対気付けないのに」

「あっそういえば流菜」千秋が訊いた。千秋と流菜は同じ二組だ。「眼鏡、どうなった?」

「吹き飛ばされたとき、踏み割っちゃって……」流菜はピントを合わせるように眼を細める。「……先刻《さっき》拾えたけど、ほら、もう滅茶苦茶《めちゃくちゃ》。でも裸眼《らがん》だってあまり不自由ないから」

「この世界じゃあ」千秋が嘆息《ためいき》を零《こぼ》す。「修理も新調も無理っぽいよねえ」

「ううん千秋、そんなに度が強くない眼鏡だから。こうして水鳥の数も数えられるから。どっちかといえば、不自由なのは水分補給かな。お水、こんなに滔々《とうとう》と流れているのに、流石《さすが》に水鳥がこれだけ泳いでいるとなると、口を付けるのはかなり躊躇《ためら》われるから……」

「だね、水鳥が一匹もいなかったら」冬香がいった。「この川の水ホント透明で綺麗だから、思わず飲んじゃっていたかもね」

「そうそう。でもいったんこの様子を目撃しちゃったら、動物がいなくなってもね……」

――重ねて、私達は非道《ひど》い怪我を負った。ずっと愛してきた桜瀬女子《おうせじょし》のセーラー服も含め、満身創痍《まんしんそうい》だ。まして今は、もうこうやって語り合えない仲間もいる。それでも私達六人の会話がマヌケなほど牧歌的なのは、とうとう現れた太陽が、くだんの水鳥《みずとり》を含め、世界をどんどんどん新しく嬉しいものに変えているからだろう。新しい日が幕を開ける、その無条件の希望を感じるというか。起きたての軀《からだ》に脳に新しい日を染《あ》びたときの、あの魂とこころとがすくすくと清められ開かれ元気になってゆく昂揚感《こうようかん》を感じるというか。あと私個人について言えば、とうとう現れた太陽の光を染《あ》びれば染《あ》びるほど、焼けつくような凍てつくような刺し傷・切り傷が、どんどんどん癒《い》やされてゆく気がするのだ。無論、この不思議な世界のことなどまるで解らないから、『日射しを受けたら怪我が癒《い》やされる』なんて因果関係、まさか解明も証明もできないけれど。

(ましてそれを言うなら)私はふと怪訝《けげん》に思った。(私達唯一の眼鏡女子である流菜が、眼鏡を持っていたのはよしとして……それはたぶん、私達全員が制服や靴を持っているのと一緒だろうから……でもそれらとはあからさまに意味の違う、『竹刀』だの『和弓』だのがあったのはどういうことなんだろう？　もしそれら異質なモノが持てていなかったら、私達にはまるで戦闘力がなかった。流菜《るな》の被害だってまさか眼鏡だけじゃあ終わらなかっただろうし、ううん、流菜を含む私達生き残り全員が、満身創痍だけですむなんてあり得なかった筈《はず》）

「あっ、ねえ皆《みんな》!!」するとその流菜が指を差しながらいう。「水鳥《みずとり》が飛び立ってゆくよ!!　ねえ水鳥の飛び立ってゆく音!!」

「うーん、流菜の言葉ってさあ」

冬香は、さすがに汗で萎《しぼ》んだ、いつもはふわふわで優雅なボブを――そう血は貴いけど悪戯《いたずら》なペルシア猫のようなボブを、たくましく掻《か》きながらいった。そういえば冬香の瞳も、ギリギリの所でガーリーさを維持しつつ、キリッと挑むような猫目だ。性格が出ている。

「どうしてかなあ、流菜は、普通の言葉でも詩的だよね？」

「それはそうだけど」夏衣の鳶色《とびいろ》がかったセミロングは、朝の日射しの下《もと》だといっそう可憐《かれん》に映える。

「確かに流菜は、その硬い硬い三つ編みどおりの古典的な女学生で、だから茶道少女であるばかりか文学少女でもあるけれど――でも今は私も思う。詩的よ、この川辺」

「それに、あの水鳥の白さ!!」音楽少女の未春はリズムよく続ける。「あの……あの宇宙人の骸骨《がいこつ》のバケモノの成《な》れの果《は》てみたいなオバケ鳥の白さとは、全然違うと思わない？」

「思う、思う!!」同じく音楽少女の千秋が歌うように続けた。「どっちかっていえば、ううん絶対確実に、私達の制服の白と一緒の気持ちいい感じだよねえ……といって、私達いま非道《ひど》い格好だけど!!」

「ねえ皆《みんな》」ちょうど話題が私の気懸かりなことに差し掛かった。「私達いま非道《ひど》い格好だし、まして派手に怪我をしている筈《はず》だけど、でも流れる血の様子を見たって、皆《みんな》の躯《からだ》の動きを見たって、とてもあんなに怪我をしたとは思えないような、不思議なちか――」

――しかし私は言葉を終えることができなかった。

何故なら今。流菜の詩的な言葉どおり。

白鳥とも何とも断言しかねるそれらの真白《ましろ》い水鳥《みずとり》たちは――優雅に川辺を群《む》れ漂《ただよ》っていたそれらの水鳥たちは、どんな心境の変化か、たちまちのうちに天たかく舞い上がり始めたからだ。いつしか無数とも言える数にまでふえていた、けれどのんびりと水面《みなも》を遊んでいた、そんな水鳥たちが。一斉に、真白《ましろ》く美しい翼を美しい角度で開き。既に高貴とも言えるほどの、躍動《やくどう》と滑空《かっくう》とをしめしながら。その天翔《あまか》ける姿の優美なこと。伸びやかで凜々《りり》しいこと。流麗で典雅《てんが》なこと。こんなのヒトの飛行機なんかじゃ、絶対に敵《かな》わない。

(確かに言いたくなる……水鳥が飛び立ってゆくよって、そう口に出して言いたくなる)

私達が、そんな水鳥の群れにすっかり心奪われていると。

なんと、そんな水鳥たちのシルエットで、この世界の太陽が蔽《おお》われてゆく……

そして、数瞬を置かずに世界が暗転する。この世界が暗転するのはこれが初めてだ。

けれど、結果としてその突然のブラックアウトは、ほんとうに一刹那《ひとせつな》のもので。

あっ暗くなった、と私が思ったその刹那《せつな》――

(――眩《まぶ》しい!!)

まるで奇跡のような閃光《せんこう》が私達を襲う。

生涯で経験したことのない輝き。

世界を白く灼《や》くような光の爆発。

衝撃も爆風も熱波も何も無いけれど、脳の中まで、魂の内まで白く灼《や》くような光の爆発。

（ううん……洗礼？）

当然、私は瞳《ひとみ》を閉じている。この強さ激しさなら、きっと他の娘《こ》だって。

そうやって瞳を閉じて、どれくらいの時間が過ぎたろう。三分？　五分？　一〇分？

……確かな畏怖《いふ》とともに、時の流れも分からないまま、恐る恐る瞳《め》を開けたとき。

（白い——!!）

世界はいよいよ真っ白だった。

真っ白な光。

眼前はただただ真っ白な光。

それがだんだん、具体的な意味を持ってゆき——

（羽根……）たくさんの白い羽根。古いペンの様《よう》なあの風切羽《かざきりばね》。ちょうど私の掌《てのひら》ほどの。それが私の眼前で乱舞、ううん浮遊している。（……鳥の羽根。まるで目隠しをする様《よう》に）

浮遊しているたくさんの白い羽根は、不思議な時間を掛けて、また新しい意味を持ち始める。まるでたくさんの羽根が集まって、たくさんの鳥を生み出すように。

　ばさばさばさばさ——

それぞれは小さくても、とてもたくましい鳥の羽音《はおと》。

そう、羽根はいま翼になり。翼はそれ自体羽ばたき始め。そしてとうとう、具体的な鳥のかたちに結実してゆく。無数の羽根から生まれた、無数の鳥に。

（無数の、真白《ましろ》い鳥に!!）

小鳥というにはたくましく、鳥と言い切ってしまうには可憐。

どこか愛くるしい、私の肘《ひじ》から先より気持ち小さい全長の鳥。

　ばさばさばさばさ——

ハッ、と私が我に帰ると。

私の瞳を、だから世界を真白《ましろ》に染め上げていた数多《あまた》の鳥が、幕を下ろすように――ううん違う、世界の幕をまた開くように、一斉に地へと下り始めた。典雅な着地だ。羽をリズミカルに羽ばたかせ。翼を祈るかのように交差させ。また展《ひろ》げては胸をくっと膨《ふく》らませ。そうやって、ぱたぱたと地に舞い下りる、一斉に。

ただただ白かった世界が、またあの不思議な川の世界へと回帰してゆく。

群れ飛ぶ鳥たちが、水面《みなも》にそして地にどんどん下りてゆくと。

まるで、真白《ましろ》いスクリーンが下へスッとおりた様《よう》に。

川が、川辺が、草々が、桜堤《さくらづつみ》が、しめやかに散る桜花が、また意味を持ち始める。

今《いま》私達の足許《あしもと》では、スクリーンを下ろし終えた真白《ましろ》い鳥が、数多《あまた》の鳥が、満足げにくうくう、くうくうと喉を鳴らして鳴いている。満足げにあちこち気儘《きまま》に歩いている。その首を前後にふりながら。その首の挙動《きょどう》とシンクロさせつつ、ちょこちょこと左右の足を交互に出しながら。

……私達が最初に出現した春霞《はるがすみ》の世界、美しくも不思議な質感ある光の世界、パステルの色調と桜花のヴェールの世界は、今ようやく、謎のすさまじい閃光《せんこう》の影響を脱した。

ばさばさばさ――!!!!

そのとき、一際《ひときわ》大きな羽音、ううん羽音の合奏がこの世界に響き渡って。

「これってまるで」吹奏楽部の末春がポニーテイルを震わせる。「何かの喇叭《ラッパ》のよう……」

……私達はその響きの出所を見る。

一際《ひときわ》大きな羽音の、その出所。

どこまでも白い閃光から、やっと最後に意味を取り戻したその場所は。

(私達の、対岸……

ううん、川の対岸にほど近い川の上、水の上）
舟でも無ければ渡れないほど、この川の対岸は遠かった。
それが、何故か……記憶違いか、心做《こころな》しか。
（対岸がぐっと近付いている、ような。
橋も舟もなくたって、今はどうにか自力で渡れる、ような……）
——けれど私の物思いは数瞬で終わった。終わらされた。
何故と言って。
一際《ひときわ》大きな羽音の合奏が響き渡った、その場所には。
だから数多《あまた》の真白《ましろ》い小鳥が軌《き》を一《いつ》にして一遍《いっぺん》に躍《おど》り上がり翔《か》け上がったその場所には。

Θυιδ αχχιδιτ ηιχ?

（この声は、ヒト……）ではない。ではないだろう。（……ともかく女の子が。水の上に）

IX

私達は思わず立ち上がった。誰もが、一斉に。

そしてそのまま桜堤《さくらづつみ》のたもとを離れ、駆けるが如《ごと》く川岸に殺到する。

——そうせざるを得ない。衝動的にそうなる。どうしても。というのも。

（なんて光）私は思い出した。誰もが思い出したろう。（恐ろしい程《ほど》の昂揚感《こうようかん》、酩酊《めいてい》、陶酔《とうすい》）

私の魂は感じる。全てを引き換えにしてもかまわない、そんな恍惚感《こうこつかん》を。

性的とも言える、ううんそんななまやさしいものではない、とめどない欲望と渇望を。

川の上の少女に。

川の上の少女の発する、その光に感じるのだ。

――この世界を特徴付ける無窮《むきゅう》の川は、しかし今や小川と呼べるほど此岸《しがん》と彼岸《ひがん》の距離を縮めている。だから、川の上の少女との距離はぐっと縮まっている。それでも優に二〇mは離れているけど、本能的には、まるで手を伸ばせば触れられるかの様《よう》なそんな切迫した距離感を感じる。まして。

(なんて美しいあの旅路)私はまた思い出す。きっと誰もが。(たったひとつの私の願い)

……まるで具体性はない。

旅路にも願いにも言語化できる記憶はまるでない。

でも思い出せるのだ。私がこの世界に来る直前まで感じていたそのよろこびを、希望を。

(手を伸ばせば触れられる様《よう》な、そんな眼前の少女によって。その圧倒的な光によって)

……不思議な光だ。

まさか先刻《さっき》のような爆発的な閃光《せんこう》じゃない。眩《まぶ》しいとも激しいとも感じない。何処《どこ》からわきおこるのかすら分からない。けれど確実に光っている。世界をまるで灼《や》くことなく、あまりにも自然に光っている。あたかも光の粒子がそれ自体、ひとつひとつ、星の如《ごと》く瞬《またた》いている様《よう》に。それが結果、天の川の如《ごと》くになり、光の織物、光のヴェールを織り成している様《よう》に。真昼時《まひるどき》の優しい光の織物。そしてその光はあまりにも清澄《せいちょう》で透徹《とうてつ》していて、だから視界も視線もまるで妨害することが無い。光の粒子の祝祭は、私の瞳の働きをまるで妨害することが無い。だから世界は明瞭《めいりょう》で明晰《めいせき》だ。だから彼女の姿も極《ごく》自然にとらえられる。彼女がこれだけ圧倒的な光を放っているのに、だ。

……不思議な光。

私達があの、旅路と願いと希望の記憶とともに、ただ呆然《ぼうぜん》とその光に魅入《みい》られていると。

光の粒子が、そのまま音のさざ波へと変換されたかの如《ごと》くに、彼女からの声がとどいた。

依然、聴解もできなければ文字にもできない。

けれどその意味はすぐに解った。というのも。

（……ええっ⁉）

きぃぃぃぃぃぃぃ――――

きぃぃぃぃぃぃぃぃ――――

（あの怪鳥たちが……総計八匹の怪鳥たちが‼）

電源が落ちたかの如《ごと》く、突然に機能停止していたモノトーンの怪鳥たちが――そう羽をたたみ繭《まゆ》のようになってしゃがんでいた全ての怪鳥たちが――川辺の彼方此方《あちこち》で再起動をした。ばさり、と大きくモノトーンの翼をひろげると、しかし今度は私達六人などまるで眼中に入れず、しずしずと川を目指し大人しげな飛翔をする。そしてしずしずと川の上に着水する。八匹が八匹とも、綺麗に動きを揃《そろ》えて着水する。

――彼女の膝元《ひざもと》に。

川の上にそっと浮く彼女の膝元に。

そして半身を川の中に浸《ひた》しながら、この上ない恭順《きょうじゅん》の意をしめして跪《ひざまず》く。拝跪《はいき》する。

（そうだ、この娘《こ》の光、この娘の声……まるで、光のかたちづくるこの声）

思い出した。

私はこの世界で最初にそれを聴いたとき、何故か直感した。直感できた。

その光、その声は、世界を統《す》べる権威と権能を持つものだと。

その声はこの世界で最上位のものだと――

どんな道理も理解も超越して、私はそれを肌で直感したのだった。

そして事実、その光とその声によって、モノトーンの怪鳥どもは私達への猛烈で執拗《しつよう》な襲撃をやめ、突然に機能停止している。まして今、恭《うやうや》しさを超え、畏怖《いふ》あるいは恐怖すらしめしている怪鳥どもの様子を見れば、私の先の直感はもう実証されたと言っていい。

(彼女は上位者……上位種《じょういしゅ》だ。それも、圧倒的な)

実際、圧倒的で超越的で……正直に言えば『冷厳』『冷酷』とも言えるほどの声が響く。

彼女の命令《Εντλιχατε》に、ただただ拝跪《はいき》をして項垂《うなだ》れていた怪鳥らが、一斉にきぃきぃと鳴き始める。怪鳥らは彼女と一緒の言葉は話せない様《よう》だ。依然として獣の如《ごと》くに、家鴨《あひる》の如《ごと》くにがあがあ、きぃきぃと吠えるだけ。けれど無論、彼女には八匹の鳴き声・吠え声が理解できる様《よう》だ。微妙に首を傾《かし》げつつ、しかし川の上に凛然《りんぜん》と立ったまま――川の上に浮かんだまま、しばらくは怪鳥らの『説明』を聴いている。

そう、しばらくは。

しかしそのしばらくは突然に終わる――

(あっ)

――私が、それまでの冷厳や冷酷を超えた、『残酷』『無慈悲』な気配《ニオイ》を感じたその刹那《せつな》。

Στυλτι
Αβορμινι
その刹那《せつな》、私が一度瞬《またた》きをする内に。そう、たった一度瞬きをした内に。

怪鳥全八匹の、あの非人間的な仮面を帯びた頭部は、一様に川の上の空《くう》に舞った。

わずか一秒未満の内に、怪鳥ら八匹が八匹とも、いきなりの斬首をされてその頭部を撥《は》ね飛ばされる……

(――あの娘《こ》、何の動きも感じさせなかったのに!!)

敢えて言えば、右腕を一閃《いっせん》させて薙《な》ぎ払った……かのような……残像を感じなくもなかったけど、部活のおかげで動体視力には若干の自信がある私さえ、その残像が現実なのか錯覚なのか断言しかねる。それほどに彼女は何の動きも感じさせなかった。そして。

ぼとり。

ぼとり。

ぼとりぼとりと、川の上の空を舞った怪鳥らの生首が、ブラックユーモアのある奇妙なテンポで、川の中へと墜ちてゆく。その残酷な奇妙さ。すぐにまた私が一度瞬《またた》きをすると——首なし死体になっていた怪鳥らの、デッサンの狂った異星人の骨格標本のごときモノトーンの体躯《たいく》は、なんと、骨格標本が一本一本バラバラになる感じで『解体』『分解』されていた。そのまま、まるで重力を感じさせない不思議なかたちで、四方《しほう》に爆《は》ぜるが如《ごと》く奇妙に膨《ふく》らみながらぼんと四散する。ぼん。ぼん。ぼん。ほぼ同時に、一斉に四散する。黒白モノトーンの骸骨《がいこつ》めいた躯《からだ》が八体、爆発するでもなく叩き壊されるでもなく、その中心から四方《しほう》に解体され分解され飛散してゆく。あたかも、躯《からだ》の中心から三次元の全方向へ、均質で強烈な力を一度に加えたかの様《よう》に。そしてその力というのはまさか爆発ではない。もっと純粋でもっと純然たる生《き》のエネルギーだ。感覚として言うなら、光の粒子が俄《にわか》に意志と力場を持った様《よう》な……

（……そしてどこにも怪鳥の姿はない。

彼女は私が見るに指一本動かしてはいないいないのに、今やどこにも怪鳥の姿はない）

どこまでも彼女に柔順だった怪鳥全八匹は、やにわに斬首されたと思ったらやにわに分解された。どこか機械仕掛けのような、どこか機械の絡繰《からく》りのような非生物的な部品が四散し、川へぼとぼと墜ちる。それら非生物的な部品部品は、幾許《いくばく》もしない内に全て川の中へと消え失せた。最初に感じたとおりならこの川はとても浅いはずだけれど、今や四肢《しし》の破片ひとつ、関節の破片ひとつ私の瞳《め》には映らない。まるで彼女が塵《ちり》にまで帰したかの様《よう》に。

——そして舞台はいよいよ、私達桜瀬女子《おうせじょし》の生き残り六人と、川の上の彼女だけになる。

まして気付けば、私達の距離はぐっと縮まっている。

今ふと気付けば、私達と彼女の距離は一〇m弱。先刻《さっき》までの半分程度にまで縮んでいる。

(だから、いよいよ彼女の顔が分かる。

うぅん、彼女の顔躯《かおからだ》すべてがよく分かる……)

……私が思うに、その顔は日本人のものだ。彼女が人なのかどうかは全くの別論として。

要は、欧米系でもアフリカ系でもアラブ系でも他のアジア系でもない。少なくとも、桜瀬女子の学園島で一緒に学んでいたとして、学友として全く違和感がないだろう。他のアジア系でもないというのはそういう趣旨だ。

まして。

誰もが思うだろうけど、彼女の服装は日本人のもの。これには絶対、異論が出ない。

というのも。

彼女が着ているのは、誰がどう考えても、日本の女子高校生の制服だったからだ。

(それも、ほんとうに古典的な……)

シンプルがゆえに清楚《せいそ》で上品な、深い紺色のジャンパースカートに真白《ましろ》いブラウス。

キリッとした襟《えり》から胸元まで伸びる、蝶結びの、敢えて艶《つや》を殺した深い緋色《ひいろ》の紐《ひも》リボン。

ジャンパースカートを強く特徴付ける、ボックスプリーツのスカート。胸元までの襞《ひだ》。

それだけでとても清澄《せいちょう》なシルエットだけど、そこまでは敢えて言えばジャンパースカート共通の特色だ。けれどこの娘《こ》のシルエットを、共通規格にましていっそう清澄にしているのは、制服の肩と袖口《そでぐち》である。

（育ちのよい家の、ワンピース……ううん、華族のドレスと言ったら言い過ぎかな？）

すなわち、真白《ましろ》いブラウスの肩は、典雅にしかし過度でなく膨《ふく》らんだハイショルダー。袖口《そでぐち》も、同様の節度をもって膨《ふく》らんだパフスリーブだ。要するに、意図的な膨《ふく》らみ・盛り上がりを持った肩と袖《そで》口《ぐち》が、とても上品にしかも自然に強調されている。だから彼女の制服姿のシルエットは、まるでドレスのように非日常的なものとなる。といって重ねて、そこには派手さも過美《かび》もない。むしろ落ち着いた厳《おごそ》かささえある。

その厳かさへ最後のアクセントを添えるのは、銀の地《じ》に灰色と青の意匠《いしょう》がとても美しい、制服の左胸にぽつんと留められた校章だ。銀の輝きが、艶《つや》を殺した緋色のリボンと実に綺麗に調和している。

（私、桜瀬女子《おうせじょし》のこの制服が、きっと日本一素敵な制服だとばかり思っていたけれど……）

私のその年単位の確信に疑いを持たせるほど、彼女の制服は素敵だった。

それを着こなす彼女の四肢も躯《からだ》も、啞然《あぜん》とする程《ほど》すらりとして素敵だ。

まるで肉を感じさせない、何かの物語の少年の様《よう》な。瑠璃《びいどろ》に命だけを吹き込んだ様《よう》な。

私はずっと、その制服姿に魅入《みい》ってしまっていて……

（……ううん、違う）

私は今《いま》嘘を吐いた。

確かに私は魅入っている。

けれど私が魅入っているのは彼女の制服姿だけじゃない。

（彼女の……彼女の、顔!!）

桜瀬女子には綺麗な娘《こ》が多い。私のことは兎《と》も角《かく》、今この川辺にいる未春だって夏衣だって、千秋だって冬香だって流菜《るな》だってとても綺麗だ。それぞれに強い個性はあるけれど、東京にでも出てゆけば、渋谷だの新宿だのので、厄介《やっかい》なほどナンパの攻勢に遭《あ》うだろう。

うち、敢えて言うなら夏衣と冬香の美しさが際立《きわだ》っていると私はずっと思っている。ましてそれは、学園島の衆目《しゅうもく》が一致するところだ。三年三組のクラスメイトで、ともに武道をたしなむ夏衣と冬香が、どれだけ桜瀬女子の『妹たち』に、『お姉様』への痛切なあこがれを抱《いだ》かせていることか。夏衣と冬香がそれに全く無自覚だということは、学校にとってある種の悲劇なのかも知れない。無自覚の悲劇といえば、実はそれは、夏衣と冬香自身についても言えることなのだけど……特に冬香に責任があるのだけど。その冬香と私は部活仲間ゆえ、私は冬香のその無自覚をよく知っている。

とまれ、その夏衣と冬香を筆頭に、未春だって千秋だって流菜だってそれぞれに美しい。私に嫉妬《しっと》めいたコンプレックスを感じさせるほど。特に三年一組のクラスメイトというか、高校でずっとクラスメイトだった吹奏楽部の未春は、可愛らしさに加え性格のよさが群を抜いている。私はその楽譜のように音符のように躍動的でしかも少女的なポニーテイルが大好きで、その大好きな分、夏衣や冬香や千秋や流菜に対するものとはまるで違った、特別な愛おしさと特別な……焼《や》き餅《もち》を未春に感じるのだ。

だのに。

私は今そんな劣等感も、夏衣と冬香のことも、未春・千秋・流菜のこともまるで忘れて。

（圧倒的だわ。勝負にならない）

存在そのものが違う。意味そのものが違う。

彼女はただ、美しい。

――敢えて言葉にするのなら、夏衣のように鳶色《とびいろ》がかった、やや長めのショートヘアは、可憐《かれん》ながらも能動的な意志に充《み》ち満ちている。少女と少年のよいとこどりをした様《よう》な、駆け出すようでいて夢見るような、大きく躍動するようで物思いに耽《ふけ》るような、矛盾した美しさに充《み》ち満ちている。まして彼女の横前髪《サイドバング》というか後《おく》れ毛《げ》というか、顔の横を流れ落ちる髪は、吃驚《びっくり》するほど絶妙な長さ甘やかさで、彼女の顔の印象を特徴付けている。小さな顔、とても大きな瞳、そして細い首。そんな彼女の顔を、絶妙に長い横髪が、自然に、すらりと、サラサラと、すずやかに、だけど甘やかに特徴付けている。私はこんな絶妙な前下がりショートも、こんな絶妙な前下がりショートが似合う顔も、これまで目撃したことが無い。

彼女はただ、美しい。

(……強いて言えば、こんなに大きな瞳がこんなに可愛いのに、まるで青い青いサファイアみたいなのに、なんだろう、ギョロ眼というかジト眼というか三白眼《さんぱくがん》というか。もっと瞳を大人しくさせていれば一億点満点なのに。性格的なものだろうか、睨《にら》むような睨《ね》め下げるような、ちょっとぴりぴりした様《よう》な、どこか陰険な、ピーキーな感じを受ける)

とはいえ、一二〇点満点で美しい。私となんて、比較するのも烏滸《おこ》がましい。

まして彼女は、その神々しいまでの美しさに、トドメを刺す身体的特徴を持っている。

(そう……こんな人間は、いない)

だから私は呆《ほう》けた様《よう》に、彼女の顔と制服とをただ見詰めている。魅入《みい》っている。

……時間感覚には強いはずの、私が時の流れを忘れたとき。

ずっと距離一〇m弱のところにいた彼女は、大きな瞳でぎょろりと私達六人を睨《にら》みつけ、ううん睨み下げると、シルエットが典雅な肩を確実に竦《すく》めた。そしていった。

Ωισνε δομυμ ιρε ?

依然として、音は聴けるけど意味不明だ。だから皆《みんな》黙っている。それはそうだ。

すると彼女は確実にイラついた。

眉《まゆ》を顰《ひそ》め、ううん可愛らしい顔をあからさまに顰《しか》め、強い口調でまた繰り返す——

Ωισνε δομυμ ιρε !?

「解らないよ」気の強くハキハキした冬香が、イラついて言った。「日本語話せないの？」

Ιαδουγχι εστισ?

「だから解らないって、日本語で喋って!!」

「……私に」初めて彼女の言葉が解った。「日本語で話せという命令をしたの？」

「め、命令っていうか」冬香の腰がちょっと砕ける。「私達、日本語でしか喋れないから」

「それは私に、日本語を遣って話せという指示？」

「指示とか命令とか……とにかく解るように話して。日本語で話して。疲れるからお願い」

「……了解したわ」彼女はあからさまな嘆息《ためいき》を零《こぼ》した。けれどそれも綺麗だった。「不自由なものね。なら改めて訊くけれど、貴女達《あなたたち》は日本人なの？」

「そうです」生徒会長を務めた夏衣が、一歩前へ足を踏み出す。「日本の女子高校生です」

「六人とも？」

「はい」

「――九名じゃなかった？　何かの欠員《けついん》は無かった？」

「あっそれはその」夏衣はもちろん躊躇《ちゅうちょ》した。「さ、最初は七人だったんですが、でも」

「駆け付けがてら感じるに、確か九名だった様《よう》な気もするけど」

「いえ七人です」

「ならそれはそれとして。現在員は六人よね。残余《ざんよ》の一人はどうしたの」

「残りの一人の、空川風織という娘《こ》は――」

「死んじゃったよ!!」吹奏楽部の未春が、激しく腹筋の利いた声を出す。私の大好きなポニーテイルが大きく震える。「殺されたの!!　まして首まで刎《は》ねられて!!　あの不気味に黒くて不気味に白い、不気味な仮面を被《かぶ》った不気味な骸骨鳥《がいこつどり》のバケモノどもに!!　まして遺体も消えちゃった……ていうかそれ、どう考えても、ええと……名前知らないや、兎《と》も角《かく》あなたの仕業《しわざ》だよね？」

「私の？」

「恍惚《とぼ》けないで。どう考えてもあなた飼い主でしょ？　あの趣味の悪いバケモノ鳥ども、あれだけあなたに懐《なつ》いて跪《ひざまず》いていたんだもの。あなた全部ブッ殺しちゃったけど。それも含めて、どう考えてもあなた奴等《やつら》の親玉だよね？」

「今のは質問？　ポニーテイルさんは今、私に答えろという指示をしたの？」

「それがお望みならそうだよ!!」

「ならば答える。

　確かに私はあれら Γριγορι の上位個体。ただし、あれら Γριγορι にはさしたる知能もなければ、私の個別具体的な命令を理解するだけの知性もない。あれらは私達の最下位階級に属する『人形』、いえそれ未満の奴僕《ぬぼく》よ」

（ぬぼく……奴隷？）

「よ、よく解らないけど」気の強い未春が続ける。「ちゃんと訊いたことに答えてよ。風織を殺したなり殺させたなりしたのは、どう考えても、その上位個体なるあなただよね？」

「最終的な責任が私にあるという意味ならそのとおり。けれど私は――貴女方《あなたがた》の個体名など分からないけど――当該《とうがい》殺されたなる欠員《けついん》一人を殺害する命令など下してはいない。繰り返せば、あれら Γριγορι にはそのような個別具体的な命令を理解するだけの知性がない。あれら Γριγορι はそのような命令以前の本能、私達によってプログラムされた獣の如《ごと》き本能によって稼動《かどう》するに過ぎない。その個別具体的な行動は、極めて自律的で自動的なもの。それ以上でもそれ以下でもない。だから私は『人形』なる言葉を用いた」

（妙に堅苦しくてお役人的だけど）私は微妙に訝《いぶか》しんだ。（彼女の言葉はこの上なく明晰で流暢《りゅうちょう》だ。

彼女の日本語は正しくて、だから彼女は日本語を遣うのに何ら不自由してはいない。それどころか、高校三年生だった私達の誰よりも優れた知的能力があるといえる。なら先刻《さつき》、冬香の求めに応じて言葉をスイッチしたとき、〝不自由なものね〟と愚痴《ぐち》を零《こぼ》したのは何故だろう？　重ねて、何も不自由はない筈《はず》なのに）

「まだ全然解らないけど」未春が食い下がる。「ならあの趣味の悪いバケモノ鳥どもは、自動的に私達を殺すためのお人形だっていうの？」

「この領域においてはそのとおり」

「こ、この領域？　この意味不明で、摩訶不思議《まかふしぎ》な胡散臭《うさんくさ》い世界のこと？」

「あなたの主観は私には理解できない。

　今現在、私達が存在している世界というならそのとおり」

「ならここは何処《どこ》？」

「あのぅ」箏曲《そうきよく》部の、おっとりしたハーフアップの千秋がいった。その髪も顔も、そして性格も実にほんわかしている。正直に言えば天然だ。「ここって、天国じゃないですか？」

「――あら、何故そう思うの？」

「何故って」千秋はあっけらかんと、これまで私達の誰もが指摘したくて、でもファンタジック過ぎて指摘できなかったことを口にした。「あなたは天使さん、ですもんね？」

「わ、私が？　何故そう思うの？」

「あのう……そう思わない方が無理っていうか。

　だって、とても大きくて素敵な羽を出しているし。頭の上にはちゃんと光の輪があるし」

「あ」

「そもそもずっと川の上に浮いててんじゃん」冬香がツッコんだ。「何を今更だよ」

「あ」

彼女はあからさまに、下着でも着け忘れたかの様《よう》な、途惑って困った顔をする。

——私はとても冷厳っぽかった天使に、俄《にわか》な親近感と、ヒト臭さを感じた。

X

「習慣なり法令なりというのは」天使は確実に赤面している。「恐いものね」

そういうと彼女は、何かを諦《あきら》めたかの様《よう》に、私達の下《もと》へ舞い下りてくる。

質量と重力を感じさせないかたちで、うっとりするほど美しい純白の羽を微《かす》かにはためかせながら、川辺に集《つど》った私達六人の眼前に着地する。着地するというか、ふわりと草々の上に乗る。そして頰《ほお》を紅潮させたまま、極めて適当に脚《あし》を崩して座りながら、音もなく、美しい羽をするすると躯《からだ》に納《おさ》めた。どうやら翼は内蔵式らしい。見る間に影も形もなくなる。また彼女の頭上にあった光輪《ハイロウ》もスッと掻《か》き消える。こうなると、制服の違いがあるだけで、私達女子高校生とまるで変わらなくなる。体格も雰囲気も、見掛けの年齢《ねんれい》感《かん》も。

——要は、パッと見では女子高校生七人が、牧歌的な春の川辺に集《つど》ったかたちになる。

ただ、その牧歌的な春の川辺というのは、どうやら。

「やっぱりあなたは」弓道部の夏衣が、折り目正しく仕切り直した。「天使さんなんですね?」

「私には守秘義務《しゅひぎむ》があるけど、今は何をか言わんやだわ」

(うん、この古典的な言い回し。どう考えても彼女は日本語に不自由していないわ)

「ならやっぱりここは天国なのですね?」

「重ねて、私には守秘義務があるけど——」

「何を今更だよ」

「——でも今のは質問なの？」天使さんは冬香のツッコミをガン無視し、先に質問をした夏衣の顔を見遣《みや》りつつ訊いた。「私に回答しろということ？」

「ど、どうかお願いします」夏衣がいった。「他に頼れる方《かた》も、いないので……」

「あっ」茶道部の流菜が、知的な瞳を一瞬輝かせていう。「その、あの、これからの質問ですけど、ぜんぶ一緒で、その、何て言うか——回答して下さいって趣旨です。ただ訊いているだけではなく、答えを教えて下さいって意味です。いいでしょうか……？」

「是非《ぜひ》もないわ」天使さんは嘆息《ためいき》を吐いた。「勅命《ちょくめい》なり本能なりというのは、厳しいものね」

（勅命……主君の命令。

でもこの文脈で、彼女は何を愚痴《ぐち》ったのだろう？　まして彼女の本能って何？）

「だから、ええと——」天使さんは諦めたように続けた。「——そこの鳶色《とびいろ》がかったセミロングさん。セミロングさんの質問に答えると、ここは天国ではない」

「えっ、天使のあなたがいらっしゃるのに？」

「そもそも私は地上で創造され地上に住まう、下級の天使。超現場派。

勤務場所というなら、天国とはまるで御縁《ごえん》が無い。そうね、植民地の役人の如《ごと》きものよ。もっとも私、本国に異動だなんてことになったら辞表出すけど。本国は腐……以下省略」

（ここまでハッキリ言うなんて）私は吃驚《びっくり》した。（なら、天国なんてものは実在するんだ）

「ではここは地上というか現世というか」流菜が続ける。「私達が生きている地球ですか？」

「否《いな》よ。ここは貴女達《あなたたち》が平穏無事に暮らしていた地上ではない。ただ天国でもない」

「そうしたら、此処《ここ》はいったい何処《どこ》ですか？」

「ヒト語での説明が難しいのだけれど——」天使さんは数瞬、大きな瞳を薄く閉じながら言葉を選んだ。「——ここは禁じられた領域。誤差。誤った遷移先《せんいさき》。バグ。まやかし。

　私達の公用語で言うところの、Πσευδο-Πυργατοριυμ」

「誤った、遷移先……」流菜は三つ編みをギュッと握って。「……それは、言い換えれば『天国に行き損ねた遷移先』『手違いで入ってしまった遷移先』ということですか？」

「イメージとしてはそのとおり。

　ただ厳密に言うのなら、手違いなる過失のほか、侵入・侵略といった故意の場合を含む」

「し、侵略」

「それって誰かが」正座の似合う冬香が、鋭い瞳を天使さんに突き刺す。私もそうだけど、重ねてこんなときでもローファーを脱いで正座だ。むしろそっちが自然で癖《くせ》だし、まして川辺はキレイな草々でできている。「故意でこの、あんたのいう『禁じられた領域』『誤った遷移先』に入ってくる場合？」

「侵入・侵略の場合はそうなる」

「でも私達、今現《いま》にここにいるけど、侵略だの何だの、何も意図的な行為はしていないよ。そもそも私達、極《ごく》普通の女子高校生だし。こんな世界の存在、知りもしなかったし」

「なら逆問《ぎゃくもん》するけどふわボブ正座さん、ここに到《たど》り着くまでの明確な記憶はある？」

「そ、それは」

（……冬香のこの、激しい途惑い。冬香もやっぱりそうなんだ。未春と私が一緒に確かめたとおりに。すなわち私達には記憶がない。どうやって此処《ここ》へ来たのかの、流れというか経緯の記憶がまるでない。少なくとも未春と私について言えば、最後の記憶は桜瀬女子《おうせじょし》の卒業夜祭《やさい》。生徒会長だった夏衣が答辞《とうじ》のスピーチをして、いよいよ卒業生三〇人が正門を出た、その瞬間までしか記憶がない。そして気付いたら此処《ここ》にいた。

とても長く、とても長く歩いた疲労感を、しかし他人事《たにんごと》のように感じながら。

ううん、それにまして、恐ろしいほどの、性的なんてそんななまやさしいものじゃない、昂揚感《こうようかん》、酩酊《めいてい》、陶酔《とうすい》そして恍惚感《こうこつかん》を、遠く残り香のように感じながら……）

そうだ。

なんて美しい、いあの、旅路。そう、旅路。私達は旅したのだ、きっと。

私達にはしかし、その肝腎《かんじん》の、旅路の記憶がまるでない。

「そ、それは確かに――」冬香が混乱した感じで続ける。「――確かに、住所・氏名・年齢・性別・学籍といった、私を私と特定できる、何て言うか、そう個人情報は憶えている。けれど、そんな私がどうやって此処《ここ》に来たかと言ったら……ううん、まったく分からない。私が最後に憶えているのは、高校の正門を出た記憶……だから学校行事の冒頭の記憶。あと、記憶じゃなくって感覚でよければ、すごく長く歩いた感覚がある。またそれとは別の、これまでの人生で感じたことがない程《ほど》の、その、まあ、ホントすさまじい快感があった」

「あっ!!」

ここで一斉に声が上がった。未春、夏衣、千秋、流菜そして私の声が。

そして私達は焦《あせ》燥《あわ》てであれこれ情報交換する。だから今、六人全員が確信できた。

（未春と私だけじゃない。誰もが、六人の誰もが同じかたちで記憶を失い、同じかたちで不思議な感覚を抱《いだ》いた。全員の説明を聴くかぎり、それらは恐ろしいほど一緒、同一……）

「やっぱりね」天使さんはまた嘆息《ためいき》を吐いた。「それに、その女学生の制服」

「私達の制服？　やっぱり？」夏衣が訊く。「私達の制服が、失われたらしい記憶とか、あとそもそも『侵略』とかと、どういう関係があるんでしょう？」

「その制服は、桜瀬《おうせ》医科大学附属《ふぞく》女子高等学校の制服よね。所謂《いわゆる》……そう、セーラー服」

「よく御存知《ごぞんじ》ですね？」

「個人的には着てみたいほど大好きだから。私のは、陛下がお定めになりお創りになった御下賜品《ごかしひん》だからふつう脱げない……というか厳密に言えば、これヒトのいう服ではないんだけど」

「では何なんです？」

「ええと、そうね、まあ光ね。

私達は自分の記憶と常識とで再現できる、構造と素材と機能とを理解した物ならば、まあ、自分の手許《てもと》に作り出すことができる。またさかしまに、自分の手許《てもと》にある、諸々《もろもろ》の器物を消し去ることもできる。私達にとって必要不可欠な、とあるエネルギーがあるかぎり。

とまれ、それを極めて単純に言うなら――私達はある種の光、ある種の炎を手許《てもと》で様々な器物にでき、あるいはさかしまに、手許《てもと》の器物を削除できるということ。

だから私の纏《まと》っているモノは、ヒトのいう服ではない。そもそも私達、別段、ヒトのいう裸でいても何の不自由もないしね。ましてヒトの如《ごと》くに、この私の、古典的に過ぎる外表物《がいひょうぶつ》の下にあれを着けてこれを穿《は》いてあれを纏《まと》ってこれを着て……等々をする必要も無い。私にとってこの古典的な外《がい》表物《ひょうぶつ》は、陛下の勅《ちょく》による仕事着で作業着でそれだけよ。だから貴女達《あなたたち》の感覚で言うなら、裸の上に一枚だけ布を取《と》り繕《つくろ》ったようなもの」

「その、ある種の光とか炎とかいうのは……」

「それは守秘義務の対象になるから黙秘……」ちっ。私は天使さんのあからさまな舌拍《したう》ちを聴いた。既に人間的を通り越して友達感覚だ。「……黙秘はできないのか。まあその、つまりその、そもそも光の粒子から成る私達が、日本語だと……そう光合成をするための光。私達が活動を継続するための炎。ヒト社会でいうならガソリンその他の燃料なり、主食その他の食料なりをイメージしてくれれば必要十分。

だから急いで本題に帰ると。

その制服は、所謂《いわゆる》桜瀬女子の所謂《いわゆる》セーラー服よね。私、自分のこの古典的な外表物《がいひょうぶつ》が好きではな
……じゃなかった不敬罪《ふけいざい》になる……もちろん大好きだけどちょっと大《おお》時代的だなあとも微《かす》かに思わな
くもないから、いつもいつも貴女達《あなたたち》のそのセーラー服を、まあその、羨《うらや》ましく思っている。すなわ
ち個人的にはそれが大好き。

けれど。私はヒトに試されるのを好まない。だから。

職業人ならぬ職業天としては、辟易《うんざ》りするほど厄介《やっかい》に感じ、憎悪していけるわ」

(て、天使さんも憎悪をするんだ。

まあ舌拍《したう》ちをする位《くらい》だから、当然なのかも知れないけど)

「……憎悪」茶道部の流菜が厳粛に訊いた。「どうして私達の制服を憎悪するんですか?」

「それは無論、上原良子《うえはらよしこ》が執拗《しつこ》いからよ、そうでしょう?」

「上原良子……私達の学校の、上原校長先生。校長先生の何が執拗《しつこ》いんですか?」

「こうした侵略行為が」

「えっ?」

「まさに貴女達《あなたたち》がその尖兵《せんぺい》となっている様《よう》に」

「ええっ?」

「だから貴女達《あなたたち》が結果として侵略者そのものである様《よう》に」

「えええっ!?」

――声を上げたのは流菜だけじゃなかった。六人が六人とも、吃驚《びっくり》して頓狂《とんきょう》な声を上げる。それはそうだ。上原校長先生。躾《しつけ》と規律の厳しい桜瀬女子《おうせじょし》では修道院長、ううん女帝ともいえる最高権力者だ。細身で小柄でとても優しげなひとだけど、圧倒的に偉いひと。まさか私達に授業などしない。

部活の顧問もしない。私の記憶が確かなら、私達個々の生徒が校長先生と直接接触するのなんて、年に二度の、特別個々面談くらいのもの。一緒に過ごす時間というなら、年に一時間弱。会話量というなら、年に一KB強。

そんな関係でしかない校長先生が……ううん、日本の真っ当な高等学校の責任者が、私達個々に直接、何か不可解なことをしようとあるいはさせようとするなんて。俄《にわか》に信じ難《がた》い。ましてこの、〈天国〉紛《まが》いの不可思議《ふかしぎ》で白昼夢《はくちゅうむ》としか思えない世界のことを知っているなんて。全く信じ難《がた》い。

ううん、それにまして。

（私達が、上原校長先生の〈尖兵《せんぺい》〉だなんて）私はいよいよ混乱した。（おまけに〈侵略行為〉の尖兵だなんて。そんなことが。だって、それがもしホントだとしたら）

すると、私達のうちいちばん思索力にとむ、文学少女の流菜が生真面目《きまじめ》に手を挙げた。論理的な頭脳を持った流菜だけど、流石《さすが》に話の展開が突飛《とっぴ》すぎたか、トレードマークである硬い三つ編みを握りまた縒《よじ》り、考え考え言葉を紡《つむ》いでゆく――

「天使さん。さっき天使さんはここが、この世界が〈禁じられた領域〉〈誤った遷移先《せんいさき》〉だと仰有《おっしゃ》いましたね？」

「ええ」

「過失か故意で入ってしまった、天国に行き損ねた遷移先《せんいさき》とも」

「貴女《あなた》自身の言葉も含めてよいなら諾《だく》、そのとおり」

「その『故意』の場合というのは、侵入・侵略の場合だとも仰有《おっしゃ》った」

「ええ」

「侵略行為の主体は、上原良子校長先生だと」

「ええ」

「私達がその尖兵《せんぺい》だと」

「ええ」

「なら私達を此処《ここ》へ侵入させたのは、校長先生」

「そうなるしそのとおり……

事実、貴女達《あなたたち》はここへ侵入する直前の、重大極まる記憶を封じられている。絶対にそれを思い出せない様《よう》、条件付けをされている。洒落臭《しゃらくさ》い薬物だの手術だのによって。そんな生物実験を秘密裏《ひみつり》にかつ組織的に実行できるのは、貴女達《あなたたち》の飼いぬ——保護者だけよね」

「で、でも校長先生が何故そんなことを⁉」未春のポニーティルは鞭《むち》のように撓《しな》った。「いったい何が目的で⁉　ううん、そもそも私達はどうなるの——此処《ここ》は何なの‼」

「でもねえ未春」天然な千秋がほんわかといった。ほんわかと残酷なことをいった。「さっき未春自身が言っていたことだけどね、例えばあの、仮面を帯びたモノトーンの骸骨鳥《がいこつどり》。あれってね、〝自動的に私達を殺すための人形〟なんだよね。そうプログラムされているって話だし、それは実際の襲撃・虐殺で充分証明されているし。そして天使さん曰《いわ》く、私達は侵略者あるいは侵略者の手先なんだよね。実働部隊なんだよね。そうすると。

……言い難《にく》いんだけど、もういない風織のことも考えると、私達がどうなるかは、あきらかだよね」

「あんた‼」未春が猛然と立ち上がり天使さんに激昂《げっこう》する。「私達を風織のように殺すってこと⁉」

「待って未春‼」私達のリーダー的な夏衣が、未春を制して。「未春、いったん冷静に考えてみて。このひと……いえ彼女がヒトでなく天使さんだということは、彼女自身の言葉と能力が証明している。ましてその能力のすさまじさは、彼女がその〈人形〉〈奴僕《ぬぼく》〉に対して、上位個体として行った情容赦《なさけようしゃ》ない殺戮《さつりく》行為によって実証されている。

と、すれば。

――私達六人を鏖殺《みなごろ》しにするのなんて、物の一秒も掛からない筈《はず》よ。

そしてその機会は幾らでもあった。

にもかかわらず、彼女は私達を殺さない。攻撃しない。何の危害も加えない。ならば」

「天使さんには――」流菜が挙手をしていう。「――私達を殺す気がない。ですよね？」

「ええ」天使さんはアッサリ認めた。「正確には、貴女達《あなたたち》を殺すことができない、なのだけど」

「と、おっしゃると……」

「三つ編みさん、それは理由を訊いているの？　質問？」

「はいもちろん」

「なら答える。

私自身にはその能力がないからよ。

具体的には、それは勅《ちょく》と本能によって禁止されているからよ。

成程《なるほど》、私はここ〈誤差領域〉においてならば、貴女達《あなたたち》に対して物理的な力を行使することができるけど、だからお望みならば抱き締めることもできるし性交又は性交類似行為を行うこともできるけど
――幾万年ぶりだから肉体的準備をしなければならないし、ヒトの生殖行為の具体的方法なんて忘れているけどね、私達生殖はしないし性欲がないから――しかし貴女達《あなたたち》に危害を加える態様《たいよう》で物理的な力を行使することはできない。絶対にできない。たったひとつの例外を除いて」

「えっ、たったひとつの例外とは何ですか？」

「それは三つ編みさん、私がたったひとつ、勅《ちょく》により許可されている例外よ。

すなわち。

もし貴女達《あなたたち》ヒトがこの川を渡ろうというのなら、私は躊躇《ちゅうちょ》も容赦《ようしゃ》もなく当該《とうがい》ヒトを殺す。弁解の

暇《いとま》も与えずに即刻殺す。いえそうしなければならない。それだけは認められている。私に与えられる他の命令に矛盾しない限り、それだけは本能による禁止を解除されている。だから、たとえ悪戯《いたずら》や冗談や暇潰《ひまつぶ》しであっても、渡河《とか》だけは試みないで頂戴《ちょうだい》。それは私を即刻ここに呼び帰し、所要《しょよう》の措置を実施させる。それがたったひとつの例外」

「こ、この大きな川を渡ると」挙手して訊く流菜の腕が震えた。「この大きな川の先には何があるんですか？」

「……義務があるから返事はする。貴女達《あなたたち》が断じてアクセスすることのできない施設よ。以降、義務があるから返事はするけど、この件については同様の回答を繰り返すしかない。ともかくも重要なのは、ここでの渡河なる突発重大事案《とっぱつじゅうだいじあん》を除き、私にはヒトを殺傷する能力がそもそも無いということよ。貴女達《あなたたち》が私に殺傷される事態などまずあり得ないということよ」

「そんなこと言われて」冬香が鋭くいった。「ハイそうですかと信じられるもんか」

「あらそれ私達にとっては最大級の誤解で侮辱ね。というのも私達には嘘を吐く能力が無いから。結果として嘘になる文章も語れない。それも勅《ちょく》と本能によって禁止されている」

(そうか、そうだったんだ) 私は妙に納得した。(自棄《やけ》に詳細に、しかも懇切丁寧《こんせつていねい》にいろんなことを教えてくれるもんだなあって、微妙に不思議だったけど。聴いて成程《なるほど》、先天的に嘘が吐けない動物——じゃない、イキモノだったんだ。さすが天使)

「だから私が語ることは全て真実」

すると冬香がすぐ嚙《か》み付いた。冬香は節度ある武芸者だけど、なにせ風織のことがある。

「ならそれを証明してよ」

「私、天使としてはいちばん末端《まったん》の実働員《じつどういん》でヒラだから、要は出来が悪いから、論理的にそれを証明するだけの知恵が出ないわね。けれど傍証《ぼうしょう》っぽいものは挙げられる——貴女達《あなたたち》は桜瀬《おうせ》医科大学附属《ふぞく》女子高等学校の三年生、正確には当該《とうがい》高等学校を卒業したばかりの元生徒《もと》十八歳で、他の卒業生二三人とともに、例年必ず欠かすことなく四月七日の真夜中に開催される、卒業夜祭《やさい》なる夜歩き行事に参加しようとする所だった。当該《とうがい》行事は午前六時まで継続され、その時間までは学校内へ帰ってはならないルール」

「……た、確かにそうだけど」冬香は不満げにいった。不満げなのは無論、私達の常識どおり『卒業夜祭の実態や詳細は、在校生と教職員のみに伝わる秘密だ』と知っているからだ。ただ情報や知識だけでは無論、『嘘吐きでない』証明にはならない。「なら、五年前の夜祭は何曜日に行われた？」

——天使さんの答えはミリ秒単位の即答、しかも断言だった。

「金曜日」

「八年前は？」

「火曜日」

「二三年前は？」

「木曜日よ」

「……千秋、今のホント？」

「全部ほんとうだよ冬香、ハレルヤ!!」

ほんわかしたハーフアップが如何《いか》にもな天然系少女の千秋だけど、そして言葉遣いも独特な千秋だけど、その実態は数学の天才、直観と推論の達人でもある。ううん、それだって如何《いか》にもだ。その千秋は、川辺の草々の上に×《かける》あるいは＋《たす》の記号を幾つか書きながら、どうやら暗算をしている——

「うんやっぱりホント。今《いま》検算できたし、私の一、〇〇〇倍ほど解答を出すのが速いから、ツェラーの公式を使ったとは思えないよ。グローリハレルヤ!!」

「そのとおり」天使さんはいった。「私いちばん末端の実働員《じつどういん》でヒラ天使だけど、職務上ヒトの冠婚葬祭に動員されるから、永年カレンダー程度の機能は実装されている」

「なら私の誕生日は？」冬香は食い下がった。「生年月日は？」

「知らない。オフィスに帰って、審判基本台帳《リベルディエイユディカトゥス》を閲覧《えつらん》すればすぐ分かるけど。でも生年月日だなんて、今此処《ここ》で、ふわボブさんの顔躯《かおからだ》を一瞥《いちべつ》しただけで解析できる筈《はず》もなし」

「あなたの性別は？」

「ない。天使に性別はない。ただ私は今のこの様《よう》な初期設定で創造されたし、今日までは致命的な不便や不満を感じてはいない。余談として言うなら、両性いずれの態様でも性交できる。両性のいずれか、又は、両性のいずれもの生殖器等を準備するのならば」

「私は天国にゆける？」

「言っていいの？　そう命じるなら、現時点における私の解析結果いえ評価を回答するけど？　それならば生年月日と違って、私、ふわボブさんの顔躯《かおからだ》その他から解るから。そして仮に合格だとすれば、どのみち死者の魂を天国の門まで搬《はこ》ぶのは、途中で競業他社にでも妨害・窃取《せっしゅ》されない限りは私達管轄《かんかつ》天使だしね――といってふわボブさん、貴女《あなた》まさか殺人その他の大罪を犯した訳でもないでしょう。たかが十八歳の身空でそんなことを気に懸けるのは、甚《はなは》だとっしょり臭いとも思うけれど？」

「だって私達は侵略者あるいは侵略者の尖兵なんだろ。実働部隊なんだろ。だから辟易《うんざ》りするほど厄介《やっかい》に感じ憎悪しているんだろ。なら私が天国にゆける筈《はず》ないじゃん？」

「成程《なるほど》確かに上原良子とその愉快な倒錯的《とうさくてき》陰謀集団の徒党《ととう》はまさか容赦《ようしゃ》できたもんじゃないわ。連中の魂の評価がどうあろうと、必ずや罪の報《むく》いを受けてもらう。

ただ貴女達《あなたたち》生徒は純然たる道具で奴隷でしょう？　まさか自らの意志で侵略者となった訳ではない。なら此処《ここ》で私が禁じることを敢えてしない限り、いえ天国が禁じることを敢えてしない限り、侵略の罪は容赦して、私達が解析する魂の評価どおりに魂を処理してあげてもよい。これについては昔々から、上官の決裁をとっている」

「冬香、もう充分だわ」夏衣がいった。「証明はできないけど、天使さんの諸々《もろもろ》の答え方。特に冬香の魂のこと。そして具体的で詳細な——正直な説明。それを聴けば、私は納得できる。天使さんには嘘を吐く能力がないと」

「ありがとう、鳶色《とびいろ》がかったセミロングさん。よって結論。

私が確言《かくげん》したとおり、私が貴女達《あなたたち》を殺すことは、原則としてできないしあり得ない」

「けれど」流菜は天使さんの言葉を咀嚼《そしゃく》しながら挙手して。「天使さんのあの〈人形〉〈奴僕《ぬぼく》〉にはそれができますよね。容易《たやす》くできます。実際、風織が酷《むご》く殺されてしまった様《よう》に」

「そうね」

「そしてあの人形たちは言わば、天使さんの部下」

「うーん、実態論としては、部下と言えるほどの知能や知性すら無い自動機械だけれど。

ただ、天使の位階《いかい》的に、Γριγορι らが私の指揮監督下にあるという趣旨ならそのとおり」

「……なら天使さんがあの人形を作り出せば、結果、私達を殺せますよね？」

「それはそう。

だけど正確を期せば、あれは言わば ιμμυνιτατες だから——日本語だと、ええと、そう免疫《めんえき》だから——侵略者その他の異物がここ〈誤差領域《ごさりょういき》〉に出現したのならば、異物の個体数に応じて自動的・自律的に生成されてしまう。例えば私の意思とは無関係にね。そして自動的・自律的に排除行為を完《かん》遂《すい》しようとする。例えば私の意思とは無関係にね。

……あと御免《ごめん》なさい、私今夜、この誤差領域で異変があるから至急対処しろって命令を受けて叩き起こされて、わざわざ管轄区域の東京の某街《ぼうまち》から大急ぎで駆け付けさせられた——じゃなかったええと、大急ぎでここに来ることをお命じいただいたものだから、実はその亡くなった娘《こ》、Καορι さん？

彼女の死の様子・状況をまるで知らないのだけれど。そもそも、彼女が誤差領域で生成されたΓρυφιどもに殺されたというのは事実なの？」

「この上ない事実だよ」冬香が怒る。「他に誰がいるっての、この迷惑な秘境リゾートに」

「ううん、此処《ここ》には時々、蛇《へび》が出るから。それなりの毒蛇《どくじゃ》がね」

（動物が出るのか……）ああ、といって。（……水鳥《みずとり》や鳩のような鳥が出るんだから、蛇が出ても不思議はないか）

「だから私、Καορι さんを虐殺したのは蛇じゃないかと思ったの。

だいいち、Γρυφιどもの作動・挙動《きょどう》にも、不可解なものを感じたしね」

「天使さんは、この、ええと――」流菜はまた律儀《りちぎ》に挙手して発言した。「――ええと、この〈誤差領域〉をまるで支配しているみたいというか……登場のときの荘厳《そうごん》な太陽の光といい声といい、無数の白い鳥といい、あの人形たちの態度といい、まるでこの世界では何でもできる力と権限がある様《よう》にも思えるんですが……あと私達、きっと天使さんも御存知《ごぞんじ》のとおり瀬戸内《せとうち》の孤島の女子高校生なんですけど、その私達とこの領域の異変に対処するため、天使さんはなんと、東京から大急ぎで駆け付けていらしたって仰有《おっしゃ》いましたよね。

いい、なら過去のことが解ったり、未来が見透《みとお》せたり、私達をたちまち学校に帰したり、私達ヒトのこころが読めたり、私達ヒトに必要なことを喋らせたり、もし風織がほんとうに死んでしまったのならそれを生き返らせたり――そうした超自然的なおちからをお持ちじゃないんでしょうか？」

（成程《なるほど》、流菜の指摘は鋭い）私は彼女の思索力にまた感心した。（天使というなら、ましてあれだけ派手な登場と立ち回りを演じた天使というなら、流菜が言ったような超自然的な力を持っていて面妖《おか》しくない。実際、彼女の登場に伴って、この謎の世界に欠けていた太陽までが出現しているんだもの。なら、風織が殺されたときの様子・状況を全然知らない――なんて微妙にマヌケな感じがする）

すると天使さんはあからさまに、やれやれと言わんばかりに意図的に肩を竦《すく》めて。

「それも守秘義務の対象だから、三つ編みさん、貴女《あなた》が念の入った言葉遣いをしていなかったなら、まさか私から進んで回答したいことじゃないんだけど……これまた是非《ぜひ》も無い。拒否権が無い。既《き》述《じゅつ》のとおり嘘も吐けない。

だから素直に答えるけど、成程《なるほど》私達の眷族《けんぞく》には飛べるだの器物を創造・削除・持ち込みできるだの、幻覚というか映像・動画を空間に投射できるだの、はたまたヒトに競《くら》べて物理的に強大な力、そうヒトでいう怪力が出せるだの、ヒトに触れて怪我や病を治癒させるだの、ヒトを説教したりするとき発声発話機能をチューニングできるだの、発話によらず思念だけで意思疎通《いしそつう》できるだの――これは『思考内容を言葉を遣わず自由な音色《おんしょく》でダイレクトに遣《や》り取《と》りできる』ととらえて頂戴《ちょうだい》――あるいは一定時間、ガス欠にならないかぎり、着衣容姿顔貌《ようしがんぼう》体型その他の外見的特徴を意のままにできるだの透明にもなれるだの、触れている物を透明にできるだの、あとは、そうね、あのΓρηγορι を使役できるだの動物を繰《あやつ》ることができるだの、貴女達《あなたたち》ヒトにはできないことがそれはまあできるけど……といってたかがその程度のことを『超自然的』なる言葉で評するのは、僭越《せんえつ》というか滑稽《こっけい》だわ。せいぜい『超常《ちょうじょう》』『超常の力』かしら。

超自然的というなら私達の陛下――帝陛下《みかどへいか》こそ、そして帝陛下だけが超自然的で超越者よ。だって天地創造やアダムとイヴの創造がおできになるんだもの。凡《およ》そ、陛下におできにならないことは無いんじゃないかしら。私重ねて天使としてはいちばん末端の実働員《じつどういん》でヒラだから、まさか私達の陛下のおちからなんて、詳細を知る由《よし》も無ければ玉顔《ぎょくがん》を拝したことも拝謁《はいえつ》の機会を賜《たまわ》ったことも無いけどね。ヒラの実働員なんてそんなものよ。

とまれ、その帝陛下を別論とすれば、私達の眷族《けんぞく》には三つ編みさん、貴女《あなた》が指摘した様《よう》な、そう時空と精神と人命に関する超自然的な能力などまるでないわ。要は過去のことも未来のことも読み取れないし時間移動もできない。時間を繰《あやつ》る能力がないから。自分やヒトや動物や器物を、物理法則を無視して瞬間移動等させることもできないし所謂《いわゆる》千里眼《せんりがん》もない。空間を繰《あやつ》る能力がないから。貴女《あなた》達《たち》や眷族《けんぞく》が内心に隠した思考を読解することもできないし、まして、強引に思考・記憶へ介入しそれを改変することもできない。精神を繰《あやつ》る能力がないから。分裂して二体以上になることもできない。逆は必ずしも真ならずだけど、精神と魂と命の座はたったひとつだから。イレモノがたったひとつだから。無論、失われたヒトや動物の命を復活させるなんて論外よ。それこそ私達の陛下の御業《みわざ》で奇跡だわ。私達にはそんな超越的な奇跡は起こせない。天使の実態なんてそんなもの。

　だから例えば今夜、私は管轄区域の東京の某街《ぼうまち》で有給休暇の寝だめオフを満喫《まんきつ》していたその刹那《せつな》、パワハラ系で滅茶苦茶《めちゃくちゃ》キッツい最上位階級者の突然の御下命《ごかめい》を受け、何が何だか解らないまま必死で羽を動かして——超久々に光速の〇・〇一％近くまで出したから、ガス欠になりそうだったし東京や名古屋やその他諸々《もろもろ》でビルだの塔だのと交通物損事故を起こす所だったわ——ともかくも必死で羽を動かして、新幹線か飛行機よろしく、この領域まで素っ飛んできたという訳。ショボい話でしみじみした？」

「ええと……瀬戸内《せとうち》の桜瀬女子《おうせじょし》のあたりには、管轄の天使さんがいないんですか？」

「定期人事異動の都合で、今は欠員《けついん》なの。そして私はつい先日までこの区域を管轄していた。この厄《やっ》介《かい》な区域をね。だから私に非常呼集《ひじょうこしゅう》が掛かったの。これまたショボい話ね」

「ちょっと待ってよ」冬香が急いで訊いた。「ならここは瀬戸内？　学園島の近く？」

「物理的にはそうではない。ここは誤差領域とはいえ貴女達《あなたたち》の地上・貴女達《あなたたち》の地球ではない。既述《きじゅつ》のとおり、バグってはいるけれどここは〈遷移先《せんいさき》〉。私達天使の世界のひとつよ。ただ親愛なる上原良子の御陰《おかげ》で、桜瀬《おうせ》医科大学附属《ふぞく》女子高等学校と空間的・次元的・位相《いそう》的に極めて緊密・密接に結び付けられてしまった……ここ三〇年余《よ》の侵略行為によって」

「あっ、あのぅ!!」頭の回転があまりよくない私は実質、初めての発言をした。それに吃驚《びっくり》したか、天使さんが私の顔を見、どこかしらハッとした顔をする。「じ、実は私……この不思議な川の世界が、無窮《むきゅう》な川と空と桜堤《さくらづつみ》の世界が、ええとその、〈誤差領域〉ですか、それが実は……閉じていると、何て言うかループしていると気付いたんですが」

「……というと」

私は彼女と仲間の皆《みんな》に、『自分がこの世界で四km弱を踏破《とうは》したのに（一定方向にだけ進んだのに）、実は最初に出現した初期位置に帰ってしまっていた』旨《むね》の説明をした。それは無論、私が初期位置に『水と草』で目印を付けていたから解った事実だ。皆《みんな》は当然、一様に吃驚《びっくり》した様《よう》などんよりした様な顔をしたけど――それはそうだ、私の話が事実ならここは牢獄の様《よう》なものだから――天使さんの方はむしろしれっと、サクサクと残酷なことを語った。

「御指摘《ごしてき》のとおりよ、ロングロングストレートさん。この世界は『閉じている』という意味なら密室、川に沿って動くとき『果てが無い』という意味なら無限。ここは私達天使の世界のひとつ。だから無論のこと、私達がそのように設計した」

「設計……この舞い散る桜の花吹雪や、無窮に思える桜堤《さくらづつみ》もですか？」

「こんなの私の趣味ではない。私は優しげな春がさほど好きではないから。元々の設計者は私の前々任者、いえ前々々任者だったかしら……けどまあ再設計の手数を掛けるのも厄介《やっかい》だから、微妙なチューニングを除き、引き継いだ管理者としてそのまま使っているだけ。

だから、ロングロングストレートさんの質問に真正直に答えると――

管理者たる私は今、詰まる所は設計者でもあり、よってこの世界の舞台設定について言えば、桜の花吹雪だの無窮に見える桜堤《さくらづつみ》だの、川だの空だのも思ったとおりにどうとでもなる。既述《きじゅつ》のとおり、動物の類《たぐい》またしかり。ただそうした諸々《もろもろ》が恣《ほしいまま》になるからといって、作ったり消したりするのにもコストが掛かる。特段の変更を加える必要性もない。よってこの世界は『閉じている』し『果てが無い』ままとなる」

「そしたら、それって」千秋がほんわかと訊く。「逃げ場も出口も無いってことですか？」

「……私には守秘義務があるけど以下省略で、逃げ場というなら無いわね。この誤差領域に侵入した者が意図的に、そう逃げ去ろうとして使える脱出口《だっしゅっこう》など無い。けれど出口が無い訳ではない」

「ハレルヤ。私達、なんというか現世に、学校に帰りたいんですけど、出口は教えてもらえますか？」

「……取り敢えずその必要は無いと考えるわ、素敵なバレッタのハーフアップさん」

「う？」天然な千秋もさすがに訝《いぶか》しむ。「また何故？」

「出口とは関係なく、じき貴女達《あなたたち》は学校に帰れるからよ、幸か不幸か」

「うう？」

「私にはそれが解る。この三〇年余《よ》、管轄天使として嫌というほど経験してきたから――そう、この三〇年余。私の幾万年にも及ぶ生涯で、ほんとうにウンザリした三〇年余。だから桜瀬《おうせ》医科大学附属《ふぞく》女子高等学校を含む管轄区域はとても厄介《やっかい》なエリアだし、だからこの誤差領域ではあの Γριγορι ら ϣιωνιτατες の体制・機能・即応《そくおう》能力を著しく強化してきた。要は、異物による侵略行為に対する対抗措置と懲罰《ちょうばつ》措置とを強化してきた。その仕事をさせられたのはこの私だけど。ヒラだから。だからほんとうにウンザリしたけど。ヒラだから。

といって今年の侵略行為について言えば、何かの機能不全か陰謀者の謀略か、どうもその Γριγορι どもの作動・挙動《きょどう》が不可解だったんだけどね――だから一旦《いったん》、あの自動機械は全て削除することとした。目撃できたかどうかは知らないけれど、全て塵《ちり》に帰した」

「なんだそれ」冬香が非難した。「じゃああんたがあの仮面骸骨鳥《がいこつどり》のバケモノを鏖殺《みなごろ》しにしてしまったのは、襲撃されている私達を救う為《ため》なんかじゃなくって――」

「ううんそれは違うわ」天使さんは断言した。「ふわボブさん、私には確かに貴女達《あなたたち》を助ける意図があった。それは自動機械の挙動不審《きょどうふしん》を解決する目的と何ら矛盾しない。というのも、私は異物の内でも貴女達《あなたたち》と直接接触したかったし、直接接触して言語によって確かめたい事があったから。だから私はΓρηγοροιどもを全て削除した上、実は今現在、この誤差領域におけるιμμυνιτατεςサブルーチンに干渉して、赤い血を流す貴女達《あなたたち》に対するリアクションを機能停止させている。そして取り敢えず、四月七日のうちはその状態を維持しておく。

というのも重ねて、私には殺されていない貴女達《あなたたち》に確かめるべき事柄《ことがら》があるからよ」

（成程《なるほど》、天使さんは私達の心が読めない。

なら直接、言葉でコミュニケーションするしかない……無論、死んでいない私達と）

「なら確かめたいことって何？」

「……例えばでよいいならふわボブさん、私にとってとても不可解な事実よ。

すなわち貴女達《あなたたち》がなんと、私が結果として目撃できた限り、あのΓρηγοροι八匹を撃退できたという事実。あれは対抗措置・懲罰《ちょうばつ》措置のためのプログラムだから、無論のこと、ヒトなど容易《たやす》く削除することができる。実際、私はこの三〇年余《よ》であれらが侵入者・侵略者の削除に失敗した例を知らない。だから率直に訊くけど――よく生き残れたわね？」

「おっと、あんた風織を容易《たやす》く殺していること忘れちゃ困るよ!!」冬香は依然、敵意を込めて言葉を続ける。「まして、武器がなきゃ私達残りの六人だって容易《たやす》く殺されていたし」

「武器」

「――見ていなかったの？」

「私はタイミング的に戦闘の具体的状況を目撃できなかったし、既述《きじゅつ》だけれど時間を越えて何かを見透《みとお》せはしない。不知《ふち》の過去を認識・再現することなどできない」

「ええと、天使さん」私達のリーダー的な夏衣が説明を引き取った。「天使さんは、日本の武道にはお詳しいですか？」

「そうでもない。私いま、東京ではまあ、とある特殊な公務員の守護天使をやっているから、徒手《としゅ》格闘技術と、あと銃剣《じゅうけん》格闘といった武器格闘技術には一定の知見があるけれど。でもまさか自分ではやらないし、まして、それら以外の格闘術・武道にはとんと疎《うと》いわ」

「ならカンタンに説明すると、私達、この世界で武器を拾ったんです。それはちょうど、ここにいる六人のうち三人が使い慣れた武器でした。具体的には……そうですね、あれは木というか草というか……ともかく金属ではない天然素材でできた刀と、あとやっぱり、金属ではない天然素材でできた弓。だからもちろん、矢も複数ありました」

「……何だか蚊弱《かよわ》そうな武器だけれど、ともかくもそれでΓρηγορι たちに対抗できたと。ましてその武器は、この世界で拾ったと」

「はいそのとおりです」

「偶然にも、貴女達《あなたたち》のうち三人が使い慣れたものだったと」

「はい」

「重ねて、この世界に落ちていたと」

「はい私達の足許《あしもと》に」

「どの時点で？」

「どの時点……戦闘が開始されたとき、気付いたらその場の足許《あしもと》に落ちていました」

「そして今は？」

「あっ」夏衣が思わず吃驚《びっくり》して。無論、冬香と私もだ。「いつの暇《ま》にか、消えている……」

「おもしろい」

「お、おもしろいことがありましたか？」

「ていうか私」冬香が訝《いぶか》しんだ。「天使なんてモノが出てきた以上、まして結果としては私達を救《たす》けてくれた以上、武器は――武器はあんたが準備してくれたものだとばかり思っていた。だって天使は物が作れるんだもの、でしょ？」

「それは私ではあり得ないわ。天使として証言するし、そもそも理屈で考えてあり得ない」

（成程《なるほど》確かに――まして天使さんは嘘を吐かない。私達の経験論としてそれは真だ。なら武器を用意したのはこの天使さんじゃない。それは確実）

「だから私は、それって貴女達《あなたたち》自身が最初からこの誤差領域に持ち込んだ物だと結論付けたいけど」

「う、天使さん、そこなんです、そこなんです」飄々《ひょうひょう》と言った千秋は、やっぱり天然で天才肌でマイペースだ……「そもそもここって、天使さんなりその帝《みかど》さまなりが設計した世界なんですよね。だから地上っていうか地球じゃないんですよね。基本、閉じている世界、空間が無限ループしている世界なんですよね。出口の話はまだ聴けていませんけど」

「まさしくよ、それで？」

「この謎の遠足に、荷物を持ち込むルールは何なんでしょうか？

言い換えれば、私達はここに何を持ち込めるんですか？」

「ハーフアップさん、なかなかよい好奇心でなかなかよい質問ね。その心掛けは大事よ。今年の娘《こ》は成程《なるほど》、ちょっと稀《まれ》なタイプが揃《そろ》っているよう……

とまれ義務だから答えると、そうね、貴女達《あなたたち》のいう地上・地球からここへ遷移《せんい》あるいは侵入する際、イメージとしては、そうイメージとしては空を翔《か》けるのだと思って頂戴《ちょうだい》。実際の処理過程はもっと異質で複雑精緻《せいち》なのだけど。ともかくもイメージとしては『飛ぶ』。だから貴女達《あなたたち》が『飛ぶ』とき、一緒に空《くう》へ持ち上がる物、下へ落としはしない物、それがこの〈誤差領域〉にも持ち込める。貴女達《あなたたち》ヒトについて言うのならね」

「ていうと、例えば天使さんはまた違うんですか?」

「だって、ここは私達の創造した空間よ。なら、その私達が器物その他をここへ持ち込むのに何の制約も在りはしないわ、一切。といって、まあ通常業務を想定すると、いちいち地上から物を持ち込むよりは、零《ゼロ》から創造してしまった方が遥《はる》かに手っ取り早いけどね」

「成程《なるほど》ですね。私達と天使さんとでは、荷物を持ち込むルールに違いがあるんですね」

「そうなる。

　例えばヒトの場合、私達と違って、『飛ぶ』ときに『落とさずに』『持ち込んだ』物は、物理的にそのまま此処《ここ》へ移動するのではない。その存在の意味、状態、機能等をこの誤差領域で『再構成』『再構築』『解凍復元』することになる。貴女達《あなたたち》持ち主の魂が記憶している、その持ち物の『初期状態』『通常の状態』『平穏無事な状態』『最も長く認識していたそのイメージ』のとおりにね。よって例えば貴女達《あなたたち》のいう地上・地球で物件Aが破損・汚損・故障していたとしても——例えば衣服が裸も同然の襤褸《ボロ》切れになっている等々——その物件Aは貴女達《あなたたち》の魂が記憶している『初期状態』に帰って、まあキレイになるというか、普段の状態になる。更に例えば、貴女達《あなたたち》の躯《からだ》の部位Bが損傷しあるいは疾病《しっぺい》・疾患《しっかん》を蔵していたとしても——例えば非道《ひど》い虐待を受けて心身ともに満身創痍《まんしんそうい》である等々——その部位Bは貴女達《あなたたち》の魂が記憶している『初期状態』に帰って、まあ無傷というか健康な状態になる。

　無論、侵入者を排除すべき私達としてはそんな機能、まさか付加したくはないのだけど、この誤差領域は天国そのものの環境処理フォーマット・環境処理テンプレートを下位互換《かいごかん》して転用しているから——その方が安上がりでメンテの苦労がないの——だから天国で適用されるルールが必ずしも排除できないのよね。といってそれには利点もある。

　利点の第一、ヒトであろうと私であろうと誰であろうと、この誤差領域に入るそのときは、魂の

『初期状態』となること。要はどのような工作や欺瞞《ぎまん》や小細工をしたとして、侵入者がその本来の在《あ》り方《かた》・本来の姿を誤魔化《ごまか》すことはできない。これは魂の本質の問題だから。だからこと侵入時においては、人違いもなりすましもあり得ない。これはある種の保安ルール。ただまあ侵入後、懸命に変装や整形でも――もしできるのなら――されてしまってはまた別論だけどね。ともかくも、『持ち込める』のは生《なま》の自分、真の自分よ。

利点の第二、親愛なる上原良子が洒落臭《しゃらくさ》くも薬理的・物理的に試みている様《よう》に、この誤差領域もまた、やはりある種の保安ルールとして、侵入者が有しているとある特定の記憶は濾過《ろか》して弾《はじ》いてしまう自律的な機能を有すること。で、それについてはどうせ御質問があるだろうから先んじて答えれば、天国あるいはこの誤差領域の存立を脅《おびや》かすテロ思想、それに関する記憶はそう、『持ち込めない』か『持ち込むのに著しい障害がある』ことになる。

とまれ、以上がお訊《たず》ねのあった『遠足に荷物を持ち込むルール』よハーフアップさん」

「うん、成程《なるほど》ですね～」千秋はウンウンと頷《うなず》いて。「仮に空へ舞い上がったとして、下に落とさない物は持ち込めるんですね。だから制服や靴の類《たぐい》はそのままなんですね。まして持ち込んだとき、物は私達が普段からイメージしている状態に『初期化』されるんですね。だから制服も靴の類《たぐい》も、これから風紀検査が受けられるほどキレイだったんですね。グローリハレルヤ、アッセンション!!」

「――ま、まあそうね、著しく擬似的だけれど昇天《アスケンシオ》」

「ミッションアウタスペイス!?」

「それはまるで否《いな》」

「確かに私達、桜瀬女子《おうせじょし》で」文化部仲間の流菜が苦笑しつつ整理する。「それはもう厳しい躾《しつけ》を受けているもんね。身嗜《みだしな》みも、立《た》ち居振《いふ》る舞《ま》いも。だから服装がパリッとキリッとしているのが常態《じょうたい》で、まさにそれが『最も長く認識していたイメージ』だよね」

「うん、しかも流菜」千秋がマイペースに続ける。「これは私達がね、まさに卒業夜祭《やさい》に参加していたことの証明になるよね。というのもね、私達がパリッとキリッとした制服姿でこの世界に出現したっていうことは——今はザクザク斬られたりあちこち転がり回ったりしてもうズタボロだけど——私達、直前まで桜瀬女子の制服姿だったたってことだもの。しかも私達にはね、ハッキリしないけど兎《と》に角《かく》『長く長く歩いた』感覚がある、誰にもある。なら」

「でもね千秋」吹奏楽部の未春の声はほんとうに綺麗だ。声だけじゃないけど。「でもそうすると、大きな矛盾が出てくる気がするよ」

「う？　未春それ、どんな矛盾？」

「トーチ。華奢《きゃしゃ》で取り回しがいいあのトーチ。夜祭《やさい》で卒業生それぞれが、夜歩きのために持つトーチ。私達が卒業夜祭に参加していたっていうのなら——だって誰もが『正門を出て夜歩きを始めた』記憶を持っているんだもんね——私達は皆《みんな》あのトーチを手にしていた筈《はず》で、だからこの川の世界のルール上、それも一緒に持ち込めていないと面妖《おか》しいよ」

「あ、成程《なるほど》確かにね……だけど未春」千秋がほんわかと反論する。「トーチは『妹たち』に預けることができるよね。まして、この川の世界に来るときは『飛ぶ』イメージなんだよね。なら、しっかり持っていたときは持ち込めるかも知れないけど、そうでなければ、思わず取り落としたとか手を離してしまったとか、そういうことは自然に考えられるよね」

「……ああそうか、飛ぶイメージなんだから、まさか制服は落とさないけど手荷物は落とす可能性があるんだ」未春が首を傾《かし》げると、彼女のトレードマークであるポニーテイルが綺麗に傾く。「そして、ああそうか、だから千秋は天使さんに『荷物を持ち込むルール』を執拗《しっこ》く確認したんだ、千秋そうだよね？」

「ハレルヤ、うんそう、まさしくそう」

「えっ未春、千秋」冬香が急いで訊く。「まさしくそうって――いったいどういうこと？」

「うん、カンタンに纏《まと》めればね。もし私達のうち誰かが、直前まで『武器』『弾薬』をしっかり持っていたのならね――」千秋がマイペースに答える。竹刀《しない》と和弓《わきゅう》と矢を『武器』『弾薬』と表現したのは、先刻《さっき》の夏衣同様、剣道にも弓道にも縁《えん》が無いらしい天使さんに配慮したんだろう。千秋の頭の回転は抜群だ。「――そのときはね、この誤差領域なる世界に『武器』『弾薬』が出現しても全然面妖《おか》しくないよね。だけど私達のほのかな記憶によれば、私達は卒業夜祭《やさい》に出発するところだったんだよね。なら普通、卒業夜祭にあんな『武器』『弾薬』は携行しないし――出発式で目立ち過ぎるし怒られそうだよね――そもそも学校内には帰れないルールだから、部室とかにも取りに帰れないよね。ならそもそも手に持てないよね。しかもここで、そもそも夜祭《やさい》中はトーチを持っていなくちゃいけなかったことを思い出す必要だってあるよね。

まして、駄目押しで。

此処《ここ》へ来るのが空を飛ぶイメージだっていうんならね、あんな大きな『武器』『弾薬』は、飛んでくる最中に、ぽろりと落としちゃうんじゃないかなあ。特に『弾薬』の方はね」

「あっ成程《なるほど》」冬香は素直におどろいて。「卒業夜祭のルールと、『武器』『弾薬』の大きさそして数。それを考えれば――そう常識的に考えれば、そもそも私達の誰も、最初からそんなもの手にしていなかったか、この世界に来る途中で『落として』『失った』か。どのみち常識論・確率論としては、私達があの『武器』『弾薬』を持ち込んだと考える方に無理がある。そうなる」

「うん、そうなのよねえ冬香。

だけど不思議なことに、天使さんだってそんなもの知らないって仰有《おつしや》っているのよねえ」

「おもしろい、いい」

「……あの、天使さん？」生徒会長だった夏衣が静かに抗議した。「その、私達にとっては必ずしもおもしろくはないと言うか。確かに、道理で考えれば不可解な『武器』によって私達は救われましたが……だからその不可解な事情は、この〈誤差領域〉なるものを管理されているであろう天使さんにとっては、その、おもしろいのかも知れませんが……その」

「あんたの部下の所為《せい》で風織死んじゃったし!!」もちろん冬香が詰《なじ》った。「ていうかそもそも風織はどうなったの。言いたくないけど事切《ことき》れたのは確認したし、まして服ごと風織消え失せちゃったし。そう、塵《ちり》か霧みたいな点になって消滅しちゃったし。風織に何が起こったの。そもそも此処《ここ》で死ぬとどうなるの」

「それも私には守秘義務が以下省略。

この誤差領域からヒトが強制的に削除される場合はふたつある。

ひとつ、貴女達《あなたたち》の地上世界同様に、この領域において物理的に死亡した場合。

ふたつ、貴女達《あなたたち》が地上世界の事情により、地上世界で目覚めて意識を恢復《かいふく》した場合。

これらの場合においては、貴女達《あなたたち》侵入者はふわボブさん、貴女《あなた》が目撃したとおり、この領域における躯《からだ》と持ち込み物件とを塵《ちり》と化して霧のように消滅する。まさに雲散霧消《うんさんむしょう》する。それは正確には、貴女達《あなたたち》の魂を組成するドットあるいはピクセルへの還元《かんげん》と、地上世界での復元なのだけれど。どのみち貴女達《あなたたち》はこの領域から削除される。重ねて、貴女達《あなたたち》侵入者の持ち込み物件も——例えば衣服、靴等ね——身に着けているのなら強制削除される。

先刻《さっき》ちょっと触れたけど、これが出口を用いずして、出口と関係なく地上世界に帰る術《すべ》」

「それでは、私達は」流菜がまた律儀《りちぎ》に挙手しながら訊く。「地上世界で、いわば寝ているんですか？　私達はやっぱり夢の中にいるんですか？」

「ある意味ではそのとおりよ、三つ編みさん。というのも、この誤差領域にアップロードされた魂も、それが組成する仮初《かりそ》めの躯《からだ》も、まさに誤差でバグで暫定的《ざんていてき》なものだから。換言《かんげん》すれば、貴女達《あなたたち》の実体、本来の肉体はまだ地上にあるし生きている——まだ。

その実体、本来の肉体が不正な手段により意識を失い、不正な手段によりその魂を此処《ここ》にアップロードしたからこそ、貴女達《あなたたち》は今此処《ここ》にいる。

よってまたもや換言《かんげん》すれば、当該《とうがい》不正な手段が終了し、貴女達《あなたたち》が地上世界で目覚めて覚醒《かくせい》したそのときは、先述のとおり、貴女達《あなたたち》は所持品ごとドットに還元され削除され地上世界へダウンロードされ復元され……そうね、文学的に言うのなら悪夢から覚める。見てはならない夢を見てしまったその眠りから目覚める。かくて、やがてこの誤差領域から侵入者総員が削除されれば、私が敢えてプログラムに何らかの介入をしない限り、この領域もいわばリセット・初期化され、あらゆる改変・変更・創造品、そして侵入者の身に着けられていない持ち物は強制的に〈初期設定〉にもどる。こうなる」

「そ、それじゃあ」夏衣はやはり責任感を発揮して。「ドットに還元された空川風織が、地上で目覚めたという可能性も、捨て切れは——」

「残念だけどそれは無い。

先刻《さっき》ふわボブさんが言った様《よう》に、この誤差領域で物理的に死亡したのが確認されたというのなら——現象としては目覚めの場合と同様の削除と雲散《うんさん》霧《む》消《しょう》が生じるけど——しかしその魂が地上世界で正規に復元されることは無い、絶対に。ここで物理的に死亡したとあらば、地上世界にある貴女達《あなたたち》の実体、本来の肉体も死ぬ。もっとも、地上世界で『死ぬ』為《ため》にも一定のプログラムの起動が必要だから——私達にとっては厄介《やっかい》なことに——地上世界で『死ぬ』その数秒ないし数分だけは、ヒトの死亡シークエンスが自律的に開始され、まあ『目覚めた』のと同様の活動も可能だけど。ただ重ねて所《しょ》詮《せん》は数秒ないし数分のこと。また重ねて、この誤差領域で死亡したそのときに、貴女達《あなたたち》の魂が本来の肉体へ正規に帰ることは絶対にあり得ない。

だから、気を付けなさい。

貴女達《あなたたち》がここで物理的に死ぬ前に目覚めれば、地上世界の貴女達《あなたたち》が死ぬことはない。貴女達《あなたたち》が目覚める前にここで物理的に死ねば、地上世界の貴女達《あなたたち》もまた死ぬ、確実に。

だから、気を付けなさい。

——言ったでしょう、例えば此処《ここ》には蛇《へび》が出ると。それなりに厄介《やっかい》な毒蛇がね。それは、この誤差領域を設計した私達にも……無論のこと末端の実働員《じつどういん》でヒラの私にもおいそれとは駆除駆逐《くじょくちく》しがたいし、いえそもそも私達ですら発見・検知しがたい。五感、あるいは私達の超常の力によるあらゆる識別行為・分別《ぶんべつ》行為を欺瞞《ぎまん》することができるから。結局『ぶん殴って殺して擬態を解かせる』のが最短ルートでしょうね。まあ例えば、何かの拍子《ひょうし》か何かの僥倖《ぎょうこう》で踏み潰《つぶ》すことができたなら、結果論としては識別できるでしょうけど……でも貴女達《あなたたち》のいう靴が、それはそれはおぞましい極彩色《ごくさいしき》に汚れるのは私としても嫌だしね……

とまれ、まったく蛇らしいわ。隠れること、自然物に擬態《ぎたい》することに長《た》けている。特に動物に化ける場合、その魂の在り方まで捏《でっ》ち上げてくるほど擬態に長けている。用心するに如《し》くは無《な》い。念《ねん》の為《ため》に言っておくけれど、あんなΓριγορι の比ではないから。およそ私にできることは蛇にもできるし、私の基本性能について言えることは蛇にも言えると、そう想定しておいた方がよい。イメージでよいなら、ここに出現する蛇は、私と血統の異なる親戚、勘当《かんどう》された親戚めいたものと考えて。それほど厄介《やっかい》で駆除しがたい。

——もし蛇を発見し、はたまた蛇と遭遇してしまったなら、直ちに、暇《いとま》を置かず、情容赦《なさけようしゃ》なく躊《ちゅう》躇《ちょ》なく、舌先を出すのも声音《こわね》を立てるのも許さずにその頭部を徹底的に破壊すること。あらゆる接触・コミュニケーションは無意味・無価値どころか危険だし、蛇を殺処分《さつしょぶん》する手段方法はそれひとつしかない。繰り返すわ。蛇を殺す方法は、その頭部を徹底的に破壊することだけよ。さもなくば蛇が死ぬことは絶対にない。いいわね？」

「て、天使さんは、絶対に私達を殺せないと仰有《おっしゃ》っていましたが」生真面目《きまじめ》な流菜はまた挙手をする。これは彼女の癖《くせ》といっていい。これまた彼女のトレードマークだ。「それは、その蛇についてもそうなんでしょうか？　天使さんは蛇を駆除できないのでしょうか？」

「それも私には守秘義務が以下省略で、否《いな》よ。

成程《なるほど》、私達は勅《ちょく》と本能によってヒトの殺傷を禁止されている。陛下が例えば新世代型の眷族《けんぞく》を御創造なされば、はたまた、新たな勅を奉《ほう》じられかつ私達の本能を創り換えられれば別論だけど。しかし今現在、そのような特殊事情は一切無い。だから今現在、先の、たったひとつの例外を除けば、私の方が死ぬ様《よう》なそんな重大局面においてさえ、貴女達《あなたたち》ヒトを殺すことなど不可能。それはそうなる。だけど蛇だのΓρηγοροιだのはまるで別論よ。厄介《やっかい》で面倒なお仕事にはなるものの、私が蛇をブッ殺すこと自体に何の禁忌《きんき》もルール違反も無いわ。というかその駆除は私の使命だし、まして先方《せんぽう》もそう思っているだろうしね。ただ私達の関係は……詳細は措《お》くけど、そうね、どう説明すればよいのか……私が執拗《しつよう》に警告しているとおり、貴女達《あなたたち》ヒトは、その毒に冒《おか》されるという意味で蛇に弱い。それら蛇は私達に弱い。そして私達は、そうね、例えば貴女達《あなたたち》を殺傷できないとかいった意味合いで、貴女《あなた》達《たち》ヒトに『弱い』」

（……よく解らないけど、何かルールがあるみたい。聴く限りでは、そう『三竦《さんすく》み』だ）

「といって、私の三〇年余《よ》の経験からくる勘《かん》と肌感覚によれば、じき貴女達《あなたたち》は桜瀬《おうせ》医科大学附属《ふぞく》女子高等学校に帰れる。私の勘と肌感覚が確かならば、ヒトの時間基本単位でいう六〇〇秒前後でね。そして私が貴女達《あなたたち》を殺すことはないのだし、私が蛇を目撃・現認《げんにん》できたときはその駆除に努めるから、だからまあ、貴女達《あなたたち》が俄《にわか》な絶望感にトチ狂って殺し合いでも開始しない限り、貴女達《あなたたち》がここで物理的に死ぬことはなく、だから地上世界の貴女達《あなたたち》が死ぬこともない。貴女達《あなたたち》は取り敢えず無事に帰れるでしょう。

ただお友達のKaopıさんのこと、ほんとうにお気の毒だったわね。それが私の使命で任務とはいえ、また、それが私の主観としてはKaopıさんにとって必ずしも不幸を意味しないとはいえ、貴女達《あなたたち》の悲しい気持ちは無論、理解できるし共感する。

率直に、こころから、お悔やみを述べ永遠の安息と永遠の光を祈るわ。私が看取《みと》りたかった」

(そして天使さんは嘘を吐かない……これは天使さんの本心だ。

けれど、風織が死んでしまったのが、風織にとって不幸でないというのは何故だろう?)

「風織は」三年三組のクラスメイトだった夏衣が訊いた。「地上で生き返れませんか?」

「再論になるけどそれは無理。彼女の死は確定した。ましてそれを復活させるなど、私達の帝陛下《みかどへいか》にしかできないし、それすら一〇〇〇年に一度御決断《ごけつだん》なさるかなさらないかの超絶的な特例で奇跡よ。できることなら上奏《じょうそう》して願い出てあげたいけれど、私は植民地における末端の実働員《じつどういん》でヒラだから。天国に行ったことも無ければ、帝陛下のお顔も拝《はい》したことが無いわ。

おまけに私が直接知り得たかぎり、陛下はちょうどつい最近も、死に至る刑罰なり拷問《ごうもん》なりを受けたヒトを、格別の恩寵《おんちょう》と勅許《ちょっきょ》でもって復活せしめ遊《あそ》ばしたばかりだしね」

(私が高校生として知るかぎり、そんなヒトは歴史上独りしかいない。ただ……

二〇〇〇年もの昔のことが『ちょうどつい最近』だなんて。やっぱり天使さんは私達と違う)

「なら——なら風織は、風織は天国へゆけましたか?」

「それは」天使さんは一瞬絶句した。それも素直な悲しみだった。「最終的には、陛下の御裁可《ごさいか》なさること」

「それは、その方《かた》は、あの、私達がいう〈神様〉でしょうか?」

「天地を、そしてアダムを創造なさった絶対者という意味ならそのとおり。

ヒトの魂の座《ざ》を定められ、完全性と無矛盾性とをかねそなえられ、無矛盾であることの証《あかし》をしめされ、無と虚《きょ》に現《うつつ》たるの姿をたまわり、空と時とを可逆《かぎゃく》にしたまい、全ての数と元素とを知りたまい、かつ、全ての位置及び運動量を御覧《ごらん》になる御方《おんかた》、それが帝陛下」

「なら天使さんは、その、風織を、どうにか天国には導いて下さらないんでしょうか？」

「御免《ごめん》なさい、鳶色《とびいろ》がかったセミロングさん。私はそれを任務とはしていない」

「……なら天使さんの任務は⁉」

「私の任務は。今の私が受けている勅《ちょく》は。そう、今の私は――

道に迷った選びの器《うつわ》に、悲しみの日を訃《つ》げる者。

思い上がった怒りの器《うつわ》に、滅びと罰を与える者」

どこか人間臭かった天使さんは、このとき俄《にわか》に厳粛さと謹厳《きんげん》さを強めた。私は、そして恐らく私達は、意味も解らない彼女の言葉と語調とに圧倒され、その意味を訊くのも忘れあるいは恐れて口をつぐむ……

ところが、なんと。

（こんなときに‼　私ったら‼）

急に緊張したのか、変なところに力が入ったのか。

……私のお腹が、吹奏楽部の未春が吃驚《びっくり》するほどのいい音で、その、ぐうと鳴った。

（うわっ‼）しゃがみつつ繭《まゆ》のように縮《ちぢ》こまる。恥ずかしい……（で、でも女子高校生は燃費が悪いから‼　あっ元《もと》女子高校生だけどとにかく十八歳のおんなは燃費が悪いから‼）

ものすごく微妙な沈黙の帷幕《とばり》が下りる。きっと誰もが共感してくれていると信じたい。

頬《ほお》を紅潮させた私が、微妙に物が動く気配を感じ、恥ずかしくも顔を上げてみると。

「ええと、お腹が空いたのね？」

「ううっ、はい天使さん、どうやらそうみたいです……」

「私達、ヒトの如《ごと》くにその感覚を感じたり、その音を出したりすることは無いけれど――ああ、ほんとうに綺麗な黒髪ね、こんなにさらさらした黒髪、天国でも滅多《めった》に見ないわ」

「――はあ?」

「夜の雫《しずく》が糸になった様《よう》。それもこんな、純黒のロングロングストレート」

「はあ……」

「そのぱっつん前髪も、なかなかにいさぎよくて美的だわ」

「あ、ありがとう、ございます」

「かたちよい頬《ほお》と唇。ホンモノの桜か薔薇《ばら》の様《よう》。

健康的に真白《ましろ》い肌。月の光を捏《こ》ね上げた様《よう》。

しなやかな四肢《しし》はまるで音楽か楽譜の様《よう》……

ただちょっと、これがヒトの汗の匂いかしら、一風変《いっぷうかわ》った独特の匂いがするけれど。

私達、意図してしなければ汗も掻かないし赤面しないし涙も零《こぼ》さないから、嫉《うらや》ましい。

これが、ヒトの体臭……私達嗅覚は鋭いけど、自分にこんなものないから不可解で斬新よ。

とまれ、この三〇年余《よ》。これほどその制服が似合う娘《こ》には、絶えて邂逅《かいこう》したことがないわ」

「あの、褒《ほ》めて頂いているんでしょうか。それとも嘲弄《からか》っていらっしゃるんですか。

ここにいる私以外の五人の誰もが、私より遥《はる》かに綺麗で素敵だと思うんですけど」

「そうね、今年は粒揃《つぶぞろ》いね、確かに。

この三〇年余で『初期値七人』なる規模もホント久々だけど――精々《せいぜい》が三人四人、いえ零人《ゼロにん》という年も稀ではなかったわ――成程《なるほど》なかなかの人選、今年は美的にも魂的にも粒揃《つぶぞろ》いだわ。美的にも魂的にも極めてまばゆい。上原良子、やってくれる。

いいいいいい。

ただ私は嘘を吐けない。だからヒトを嘲弄《からか》うも何も無い。まして既に述べたこと……

私はこの様《よう》な初期設定で創造されたけれど、まさに今日、致命的な不満を感じた所よ」

（そういえばそうだ。嘘が吐けないなら褒め言葉は本心。まして確かに言っていた。ええと……〝今日までは致命的な不便や不満を感じてはいない〟って。サラッと聴き流しちゃったけど、その致命的な不満というのは、まさか私に……こんな私に嫉妬《しっと》を？　天使が？）

「と、いうわけで」

天使さんはやにわに自分の右手を手刀《しゅとう》にし、すぐさま自分の左手首を、ヒトが自殺をするが如《ごと》くに斬る。それは一瞬のことだった。ほんとうに、一瞬のこと。

（というわけで、って……いったいどういうわけなの⁉）

全然訳が解らないけど、ともかく天使さんには何の躊躇《ためら》いも逡巡《しゅんじゅん》もなかった。突然の意味不明な自傷行為に、私達六人がアッ、と吃驚《びっくり》するのが数拍《すうはく》遅れたほど。まして私達六人がアッ、と吃驚《びっくり》したのはその行為だけじゃなかった。私達がそれにまして吃驚《びっくり》したのは――

「う‼　ち、血が‼」マイペースな千秋を愕然《がくぜん》とさせたその血は。「血が青い……アセンション‼」

「御心配なく」マイペースに天使さんがいう。「病気等ではないから。元々私達の血は青い。そして脳と血だけは擬態もできない。血が失われればガス欠になるし、脳は魂の座だしね」

「血が青いなんて、イカかよ」冬香のツッコミも腰が砕けていて。「ヘモシアニンかよ」

「そこまで生物学的に探究したことは無いわね。けれど緑だったらまた大変でしょう？」

しれっとそう言った天使さんは今、大きく斬り裂かれた自分の左手首から流れる、とても高貴で艶《つや》やかな、そう天鵞絨《びろうど》のように落ち着いた〈青い血〉を、悠然《ゆうぜん》と自分の右掌《みぎてのひら》で受け止めた。まるで紅茶かお酒でもたかだかと注ぎ入れるかの様《よう》に。私達が依然としてその意味も解らず啞然《あぜん》としていると、しかしその右掌《みぎてのひら》の青い血貯《ちだ》まりは、なんと、あまりにも自然に固体へ、固形物へと変わってゆく。じき私達の瞳《め》にもあきらかになってきたその固体は。掌《てのひら》に載るサイズの、その固体は……

（――ほ、宝石？）けれどこんなモノ、私の十八年の人生で初めて見る。そう、こんな美しいモノは。

（敢えて言えば、オパールだろうか。けれどそんなものじゃない。そんななまやさしいものじゃない。もう背筋がゾッとするほど深い、深い琥珀色《こはくいろ》。それもただの琥珀色じゃない。まるで虹かオーロラのよう。あざやかな紅に落ち着いた紺。きらびやかな金に官能的な紫……魔法のような色の祝典。全部の色が炎のように燃えている。比喩《ひゆ》でなく燃えている。よくよく見詰めれば、緑やピンクまでが一緒に燃えている。

まるで、そう、燃える朱《しゅ》の太陽の雫《しずく》を煮出したかの様《よう》な、オーロラを湛《たた》えた琥珀《こはく》の石）

私達全員が、その太陽のように燃える固体に魅《み》せられ、魅入《みい》っていると……

その琥珀《こはく》の固体はたちまち林檎《りんご》となってゆく。まずひとつ、大きな林檎が生まれる。

（なんてこと!!）

いつしか青い血を注ぎ終わっていた天使さんの左手は、左手首は、改めて見れば今は怪我ひとつ無い。その怪我ひとつない美しい左手で、天使さんはまず私に林檎を差し出した。

「どうぞ。粗《そ》林檎だけど」

「あ、ありがとう、ございます」

粗《そ》林檎。すごい日本語だ。けど天使さんはどこまでも自然に、その粗《そ》林檎を琥珀の固体から生み出してゆく。粗《そ》林檎がふたつ、みっつ……と生まれゆく度《たび》、琥珀の固体が小さくなってゆくのが分かる。

「受け止められないから取りに来て頂戴《ちょうだい》。人数分を作る」

呆気《あっけ》にとられながら、皆《みんな》で林檎を受け取った。林檎は確かに六個できた。そして六個できたその刹那《せつな》、役目を終えたと言わんばかりに、琥珀《こはく》の固体は消滅している。

（天使さんの青い血から、燃える琥珀の固体。燃える琥珀の固体から、なんと食べ物が……）

「何をしているの。どうぞ召し上がれ。私は貴女達《あなたたち》の寓話《ぐうわ》でいうわるいまほうつかいではないから。

──ロングロングストレートさん。お腹が空いていたんでしょう?」

「は、はい、いただきます」

いただきます。

桜瀬女子《おうせじょし》の躾《しつけ》は厳しい。学校行事では外での昼食等もある。誰もが改めて正座をし、いただきますをしながら、けれど恐可吃驚《おっかなびっくり》、どきどきしつつ青い血産《さん》の林檎をいただく。

「──あっ、ものすごく意外に美味しい!!」

「甘い!!」

「ジューシーレベルは高得点!!」

「絶妙な歯応《はごた》え!!」

誰もが吃驚《びっくり》して口々に讃辞《さんじ》を述べる。思わず。自然に。もちろん原因者である私も。

──それはほんとうに、ほんとうに美味しい林檎だった。

誰もが林檎の味として想像するものを、何倍も何倍も何倍も凝縮して強烈にしたような。

(だからやっぱり、何て言うんだろう、自然でない、超常《ちょうじょう》の何かを感じさせる……)

とまれ、誰もが一心不乱に一個の林檎を食べたので、全ての林檎は一二〇秒未満で影も形も無くなった。きっと、桜瀬女子の厳しい躾《しつけ》を忘れたものすごい『がっつきぶり』だったに違いない。

「やっぱりヒトのする食事って素敵ね。ちょっと嫉《うらや》ましくも思うほど」

「天使さんは」夏衣が訊いた。「食事をなさらないとの事ですが、ほんとうに何も食べないんですか?」

「そうね、ヒトの食料というなら食べないわね」

「ヒトの食料でないとするなら、何をお召し上がりになるんですか?」

「それは天国が収穫・生産する食料よ、そうでしょう?

それ以外だと、そもそも呼吸というか空気も食べないし。だから排泄もしないし」

「……う、そんな絶妙なキーワードを出されたら」千秋がいった。「したくなっちゃう」

「えっこの何も無い世界で？」流菜がさすがに吃驚《びっくり》する。「ろ、露天なんて、私絶対無理!!」

「何やら深刻な議論もある様《よう》だけど」天使さんは続けた。「ともかくも呼吸・飲食・排泄をしないから、そうね、例えば宇宙でも活動できる。出張を命ぜられたことは無いけれど——といって、ヒトの食料を食べても空気を食べてもまさか死にはしないし、歴史的・文化的な観点から、模倣《もほう》や娯楽として試みることはある。

でも私達は普通、私達の主食にして燃料を摂取《せっしゅ》するだけよ」

「ね、燃料」

「あっ、それって」冬香の機嫌が和《やわ》らいでいる。食料の力か。「先刻《さっき》あんたが言っていた、何だっけ、そう〈ある種の光〉〈ある種の炎〉って奴……あっ、まさか先刻《さっき》の宝石!!」

「そのとおり。あれは私達の燃料。というかよりひろく、私達が光合成をするための光、私達が活動を継続するための炎。というかよりひろく、私達のあらゆる創造力のみなもと」

「そういえば確かに——」流菜が挙手をしていった。「——ある種の光、ある種の炎を様々な器物にできるって、そう仰有《おっしゃ》っていましたね、林檎にもできるんですか!!」

「まあそうね」私には守秘義務が以下省略、と天使さんは律儀《りちぎ》に繰り返した。お勤《つと》め先《さき》には秘密が多そうだ。「〈器物〉なる用語を用いてしまったけれど、例えば食料だろうが酒類《しゅるい》だろうが、私達が自分の記憶と常識とで構造・素材・機能を理解している物なら作り出せる」

「左手首のお怪我も綺麗に治っていますが……」

「三つ編みさんは目聡《めざと》いわね。好奇心はヒト最大の財産にして武器よ。

——そう、私達が用いる燃料は、器物等を作り出したり削除する為《ため》にも用いることができれば、自己治癒《ちゆ》・自己修復をほどこす為《ため》にも用いることができる。というかよりひろく、私達が私達の超常の力を行使するときの燃料となる」

「そ、それじゃあ」流菜はほとんど挙手しっぱなしだ。「私達がこの世界でした、結構ひどい怪我を治療してくださったのは――」

「――いえそれは私ではない。

できるかできないかといえば、燃料さえ使えば、かつ手で触れられればできるけど」

「御自分の青い血から、そんなすごい燃料が作り出せるんですか？」

「御覧《ごらん》のとおりそれもできるけど、今のは急場《きゅうば》しのぎよ。

というのも、この誤差領域には太陽が無いから」

「あれ？　今は出ていますが……」

「ああ、あれね。あれはいわば予備電源。私達がここに入ると、予備電源が稼動《かどう》する設計になっている。何故と言って、ここは本来、あのΓριγοριどもが活動するだけの領域。自律的な自動機械にさしたる太陽光は必要ないもの。少なくとも私達上位個体の様《よう》には必要ないもの。

ただ私達としては、太陽がなければ光合成をすることができない。それは私達の活動上都合《つごう》が悪い。ヒトで言うなら、土砂降《どしゃぶ》りの中で歩いて登山をするような感じで都合が悪い。だから私達がここに入ると、予備電源が稼動《かどう》する仕掛け。まして予備電源だから省エネモードにしてあるし、そもそも予備を蕩尽《とうじん》したなら会計部門に激怒される。だから今、急場《きゅうば》しのぎで自分の血を変成したの。もし太陽があったなら、こんなはしたないことはしないわ。私達唯一の体液を、他者の瞳《め》にさらすだなんて」

「とすると、要するに」未春もお腹を空かせていたのか、今はポニーテイルが御機嫌《ごきげん》そうだ。「先刻《さっき》のあの、すっごく綺麗なオパールみたいな宝石は、太陽から作られるってこと？」

「……そうね」天使は不思議な貯《た》めを置いた。ほんの微《かす》か、何かを言い澱《よど》む様《よう》な。「太陽光から精錬《せいれん》できる。その場合は重工業的な手数が掛かるけどそれはできる。だからあの、私達の燃料のことを私達は〈太陽の炎〉という」

ここで流菜が挙手しかけた。鈍い私にもその挙手の理由は解った。流菜は当然、天使さんの〝その場合は〟なるフレーズに興味を持ったのだ。何故なら私も気になったから。だって〝その場合〟があるということは、〝他の場合〟もあるという訳で……

けれど。

その刹那《せつな》――

「う!!」マイペースに林檎の余韻《よいん》に耽《ふけ》っていた、千秋の躯《からだ》が……「私、ひょっとして消えている？薄くなっている？腕《て》が、制服が……あっ脚《あし》も!!　私ったら消えてゆく!!　イフェクテューション!!」

「時が来たわ」

天使さんは安堵《あんど》した様《よう》な、警戒した様《よう》な、どこか矛盾した声を発した。

「ハーフアップさん。貴女《あなた》は地上世界で目覚めつつある。だからよ」

「私が、起きようとしている……全然解らないけど……でもいいことよねそれ、きっと」

――まさに千秋は消えてゆく。かつて風織の遺体が消えていったのとまるで同様に。ほろほろと。さらさらと。塵《ちり》のように霧のように。デジタルデータのドットやピクセルの様《よう》に。まるで塩の柱が崩れさる様《よう》に、今度は千秋をかたちづくる全てが最小の点となり、淡く朧《おぼろ》に掻《か》き消えてゆく。

「――ああっ!!」今度は流菜だ。「私もだわ……私も今起きたっていう事ですか!?」

「誰も貴女達《あなたたち》を殺害してはいないから、当然そうなる。既述《きじゅつ》のとおりに」

「私、消えてゆく様子が全然無いんだけど」冬香が訝《いぶか》しんだ。「まだ寝ているってこと？」

「そうなる。だってヒトの睡眠時間なり起床時間なりには無論、個人差があるでしょう？」

そう言っている内に、たちまち千秋と流菜はまさしく雲散霧消《うんさんむしょう》してしまう……

「けれどのみち、ふわボブさんその他の四人も時間の問題よ。私の、三〇年余《よ》の経験からくる勘《かん》と肌感覚によればね。

だから、さようなら。

……できることなら、もう此処《ここ》には来ないで頂戴《ちょうだい》。もう此処《ここ》の悪夢を見ないで頂戴。此処《ここ》での記憶は消せないけれど、その記憶の続きを此処《ここ》で描こうとするのはもうやめて頂戴。さもなくば私達両者にとってとても不幸な、悲劇的な終幕を迎える。それが私の仕事。地上世界で目覚めたのなら、二度と此処《ここ》には侵入しない様《よう》、二度と私には出会《でくわ》さない様《よう》、懸命な、真剣な、最大限の努力をすると約束してくれれば嬉しい。

これが私からのせめてものお願いで餞別《せんべつ》よ、ふわボブさんたち」

「先刻《さっき》からふわボブさんふわボブさんって……私にも名前があるんだけどな？」

「あらそう。

そういえばロングロングストレートさん、貴女《あなた》の名前は？」

「私ですか？」何故冬香のツッコミを綺麗に無視するんだろう。「私は中村初音《なかむらはつね》です」

「姓はノーマルナカムラ？」

「そ、そこは趣味と主観によりますけど、インサイドのヴィレッジです、人偏《にんべん》とかでなく」

「名はハツネね？　ハツネは漢字だとどう書くの？」

「初鰹《はつがつお》の初《ハツ》に、音痴《おんち》の音《オト》ですが……」

ハツネ。ハツネ。ハツネ。

天使さんは何かの呪文の如《ごと》く、ブツブツと私の名前を繰り返した。何かを一所懸命《いっしょけんめい》考えている様子だ。そう、何かをとても一所懸命《いっしょけんめい》考えながら——今度はいよいよ冬香が消え始めるのも全然意に介さず——甚《はなは》だしれっとしたことをいった。

「Hατυνε だとちょっと音節が長いわね。けれどそれ以上短くするとなるとHατυ、Hανε」

「ちょっと!!　いちおう世話になったから急いで挨拶しておくけど、私は北条《ほうじょう》冬香!!」

「いえ他の個体名は私にはどうでもよい、主観的にはさほど余裕のない記憶容量を割《さ》く気も全くない」

「は？」

「あのさあ、私もいちおう東都《とうと》未春だから。ポニーテイルさんとか勘弁《かんべん》」

「私は南雲《なぐも》夏衣といいます。

念《ねん》の為《ため》ですがハーフアップさんは西園《にしぞの》千秋、三つ編みさんは時村《ときむら》流菜です。死んでしまった娘《こ》は、もう御存知《ごぞんじ》でしょうが空川《そらかわ》風織……」

「あらそう。

あっ初音、ほら、貴女《あなた》も消え掛けている。だから急いで訊く」

「ガン無視かよ。依怙贔屓《えこひいき》かよ」当然冬香が怒る。「ロングロングストレートフェチかよ」

「私、急いで貴女は誰なのかを訊かなければならない――

だから訊く。私の任務には反するけど訊く。それが大事な約束だから訊く。

――貴女《あなた》の名前は獅子身中《しししんちゅう》の中《なか》に村八分《むらはちぶ》の村で中村、名は先刻《さっき》確認したとおりで誤り無いわね？」

「は、はい間違いないですが。すごい例示だとは思いますがそのとおりの中村初音です」

「家に帰りたい？」

「あっ、いやその、何て言うか、私ももう消え始めているんですが……」

「だからよ。

家に帰りたいと思う？　真剣に答えて初音、お願い」

「……思います、はい」

「そうなの」何故だろう。天使さんの言葉には万感《ばんかん》の思いが込められている様《よう》で。「そうなの」

「あっあの!!」私は無茶苦茶《むちゃくちゃ》急いでいった。口が無くなったら喋れない。「天使さん!!」

「何?」

「もう此処《ここ》では会っちゃいけないっていうんなら、きっと私が死んだときとかに、またお世話になるかもですから訊きますけど――

天使さんのお名前は？　守秘義務がありますか?」

「……Τιγιριελ」

「ちぇ、ちぇけら……つぃきりえ？　つぃきるいえる？　スミマセン、発音が難しくて」

「日本語だと発音しづらいわ。霧絵《きりえ》とでも呼んで頂戴《ちょうだい》。五里霧中《ごりむちゅう》の霧《きり》に影絵《かげえ》の絵でいい」

「なら霧絵さん」

何故か解った。まるで記憶に無いけど、私はその名を知っている。

まして、何故か解った。これが今、最後の一言になる。

「何故もうここに来ては駄目なの」

その刹那《せつな》。

い、い、い、
私は目覚める。目覚めてしまった……

もちろん絶望しながら。

……ただ。

天使の恩寵《おんちょう》か気紛《きまぐ》れか、霧絵さんの答えは、この上なくハッキリと私の脳に響いた。

　私はあの世とこの世の国境線で、門番を務める者だからよ
　私は魔女で、ここは地獄への一里塚《いちりづか》。だから、さようなら

幕間

……東京都吉祥寺《きちじょうじ》区のビルに入る年金事務所が、年金相談のため事務所を訪れていた男によって放火され、19人が死亡した事件で、44歳の容疑者が事前に購入していたガソリンの量は約10リットルだったことが、捜査関係者への取材で分かった。警察はこのガソリンが放火に使われたとみて、慎重に捜査している……

……今月20日、東京・吉祥寺区中町《なかまち》5丁目のビルの一階にある年金事務所が内部から放火されたこの事件では、今日までに19人が死亡しているが、警察は殺人及び放火の疑いで捜査している男を、住所・職業不詳《ふしょう》の吉野真幌《よしのまほろ》容疑者（44）だと公表している。

吉野容疑者は、自分も火傷を負い、搬送《はんそう》された病院で重篤《じゅうとく》な状態に陥っているという。

吉野容疑者は今月中旬、東京・調布《ちょうふ》市内のガソリンスタンドでガソリンを購入していたことが分かっているが、その後の警察の調べで、購入したガソリンの量は約10リットルだったことが、捜査関係者への取材で分かった。

調布市にある吉野容疑者の関係先の住宅からは、プラスチックのような容器に入った約1.5リットルの液体が発見されており、匂いや色からガソリンだとみられる。

また、放火の現場となった年金事務所の窓口付近からもガソリンが検出されていて、吉野容疑者はこれにライターで火をつけたとみられる。

警察は、購入したガソリンの一部が放火に使われたとみて慎重に捜査している……

……東京都吉祥寺区の年金事務所ビル放火事件で、放火をした40代の容疑者が、先月上旬に2回、年金相談のため現場を訪れていたことが、捜査関係者への取材で分かった。

調べによると、住所・職業不詳の吉野真幌容疑者（44）＝心肺停止で入院中＝は、自分の年金未納期間についてデータの不備があり、将来の年金額が不当に少なくなるなどとして、年金事務所の窓口係員と口論になり、しばしば激昂《げっこう》する様子をみせていたという。また、障害年金の申請が不支給になったのは違法であるとして、2時間以上にわたり怒声を張り上げていたとする目撃者の証言もある。

吉野容疑者は、20代で吉祥寺区役所に非正規職員として就職したものの、自己都合により2年で退職。以降、就職活動に失敗しアルバイトなどを転々としていたことが、警察の調べで分かっている。

調布市にある吉野容疑者の関係先の住宅からは、犯行の動機に関連するとみられる複数のメモが発見されており、そのメモには、「シルバー民主主義」「氷河期世代の虐待」「切り捨てておいて税金をたかる」「老害の吸血国家」「老害がもらえる年金は掛け金の4倍、2000万円以上の儲け」「氷河期がもらえる年金は掛け金以下の払い損、2000万円以上の赤字」「老害の厚生年金月額は俺の手取り月額より遥《はる》かに高い」「昼間っからテニス老害、バス無料老害、病院サロン化老害、役所窓口占拠老害を滅ぼしたい」「振り込め詐欺で5000万円ってどんだけタンスに貯め込んでんだよ」「働いたら負け」「生活保護は……」「死んだ方が得」「拡大自殺？」「ガソリンの買い方」などの記載があるという。

吉野容疑者は、自分の就職難と生活苦の原因がいわゆる世代間格差にあるとして、社会の在り方をゆがんで受け止め、特に高齢者や年金事務所への不当な怒りを募《つの》らせていったものとみられる……

……東京都吉祥寺区の年金事務所ビル放火事件では、23人が心肺停止の状態で病院に搬送され、これまでに10代～60代の19人の死亡が確認されている。死亡した人のうち18人の死因については、「一酸化炭素中毒」と明らかにされている。

これまでに、年金事務所所長・鈴木計人《すずきかずと》さん（50）ら15人の身元が判明しているが、今日、警察は新たに大学生の上原紗良子《うえはらさよこ》さん（20）ら2人の女性の身元が判明したと明らかにした。上原さんは母親とともに、国民年金保険料の学生納付特例制度についての説明を受けるため年金事務所におもむき、今回の被害にあったという。

上原さんをよく知る大学の友人によれば、上原さんは、「20歳になってまでお母さんにおんぶにだっこじゃ駄目だから、今のバイトが軌道に乗るまでは、年金の払い込みを猶予《ゆうよ》してもらうの」「でもお母さんはそんなの自分が代わりに払うからって聞かなくて」「私が手続にゆくその日も、一緒に来て最後まで説得するってしつこくて」「ただ、若い頃から自分でいろんな手続をして社会の仕組みを学んでゆくのはいいことだって、褒《ほ》めてくれた」と嬉しそうに語っていたという……

第3章　毒麦《どくむぎ》を播《ま》きし仇《あた》は悪魔《あくま》なり

I

四月七日、卒業夜祭《やさい》。

桜瀬《おうせ》医科大学附属《ふぞく》女子高等学校のある、学園島。

正確には、その地下の某所《ぼうしょ》。

生徒には、何のアクセスも知識も許されておらず、この学園島に『存在しない』区域。

時刻は、中村初音《なかむらはつね》があの誤差領域《ごさりょういき》において、そうあの『川辺』で意識を恢復《かいふく》する直前。

——初音同様の旅をした初音の同級生六人は、想像を絶する苦痛の最中《さなか》にあった。

といって、それは初音自身もまた旅を終える前、同様に味わった最大級の苦痛だったが。

とまれ、未だ誤差領域で目覚めてはいない彼女ら七人は今、誰もが信じ難《がた》い虐待を受けている。この四月七日金曜日なる、陰謀者にとって理想的な日に、陰謀者にとって理想的な通過儀礼を強いられている。

無論、彼女ら七人にとってそれは、理想的どころか最悪の——いやまさかそんななまやさしいものではない地獄の——責め苦だ。だが彼女ら七人の更なる不幸として、これは、この学園島に『存在しない』地下某所《ぼうしょ》で実施されている通過儀礼でしかない。年単位を費やした厳格な治験《ちけん》とスクリーニングにパスした、『特定の候補者のみ』に実施されている通過儀礼でしかない。

だから。
今夜まさに卒業夜祭の晴れがましい宵《よい》を迎えている他の卒業生ら二三人は、いや他の高等部生徒八三人は、この通過儀礼の意味どころか、その目的も実施者もまさか知りはしない。知る由《よし》も知る術《すべ》もない。そしてそれは、何も今年の卒業夜祭に限った話でもない。これは学校が、だから上原良子《うえはらよしこ》が、だから日本国政府がこの三〇年余《よ》、秘《ひそ》やかにしかし冷厳に、断乎《だんこ》として実施してきた破廉恥《はれんち》なのだから。これは学校の、だから上原良子の、だから日本国政府の〈最後の希望〉なのだから……

……よって、善《よ》かれと信じて。

無論、陰謀者が善かれと信じて。

今年の今宵今晩《こよいこんばん》もまた――被験者《ひけんしゃ》数が過去最大級という特色はあるものの――どのみち彼女らを徹底的に道具にし奴隷化する、破廉恥な通過儀礼が実施されているのであった。

さて。

その通過儀礼の実態をどう描写すべきか――

例えば、東都《とうと》未春《みはる》の場合を採り上げてみよう。

といってそれは、中村初音の場合でも、南雲夏衣《なぐもなつえ》の場合でも、西園千秋《にしぞのちあき》の場合でも、北条冬香《ほうじょうとうか》の場合でも時村流菜《ときむらるな》の場合でも空川風織《そらかわかおり》の場合でもまるで変わらないのであるが。

――まず、広い空間がある。

何かの宮殿の、広い中庭を思わせる開《ひら》けた空間がある。

ちょうど、陽光の如《ごと》き照明が用意されているため、今が卒業夜祭も酣《たけなわ》な宵《よい》であることや、ここが隠微《いんび》な地下某所《ぼうしょ》であることは全く意識できない。あたかも昼日中《ひるひなか》の如《ごと》くである。

そんな舞台に、切り株のような石臼《いしうす》のような形状の、ヒトが肘《ひじ》を突《つ》いて躯《からだ》を支えられる石の台がある。というか、ヒトが肘を突いて背を曲げ、前傾姿勢で寄り掛からざるを得ない、そんな絶妙な高さの石の台がある。

その前傾姿勢は、石の台のテーブル面に容赦《ようしゃ》なく設置された、剛毅《ごうき》な金輪《かなわ》によって強制される。というのも、その剛毅な金輪が、実に大《おお》時代的で古風な鉄の手錠《てじょう》……いや『手枷《てかせ》』をからめとって、ガッチリ固定してしまうからだ。奴隷のように。家畜のように。

これを、生贄《いけにえ》たる東都末春の側から見れば――

彼女は今、この夜の『仮初《かりそ》めの宿』たる保健室……上原良子が支配するあの保健室群《ぐん》のうち、彼女にあてがわれた〈第12保健室〉から、どのようなルートをたどってか、この昼日中《ひるひなか》を思わせる広い空間へ引っ立てられてきた所。そう、まさに引っ立てられてきた所。

すなわち彼女の取扱いは、まさに罪人に対するが如《ごと》くである。

彼女の服装こそ、保健室における全裸からいったんは着衣し直すことを許された、桜瀬女子《おうせじょし》の黒白モノトーンのセーラー服姿にクラシックなローファーなのだが……しかし彼女は、一瞥《いちべつ》して誰もが直ちに『虐待』と評するに違いない、乱暴にして無残な身柄拘束の措置を施されている。

例えば、腰縄ならぬ腰鎖。

例えば、手錠ならぬ手枷《てかせ》。

まして、首の金輪《かなわ》に、胸元をぐるぐる巻きにした鉄の鎖が甚《はなは》だ痛々しい。

その様《よう》にして、既に家畜かモノの如《ごと》くに、連行されてきた彼女は。

いよいよその手錠ならぬ手枷《てかせ》を……彼女の両の手をこの上なく固く戒《いまし》める鉄の手枷を、あの石の台の金輪《かなわ》に固定される。石の台の背丈は彼女の腰《こし》程度だから、両手を石の台に固定されてしまった彼女は、背と腰とを突き出した前傾姿勢を強いられるという訳だ。無論、じゃらじゃらと彼女の躯《からだ》を装飾する重々しい鉄の鎖は、まさか外されることなど無い。

――ここで。

東都未春を、この不可思議《ふかしぎ》な空間へ連行してきたのは。

ローマンカラーの立襟《たちえり》と腰元の帯《ファッシア》、そして何よりも胸元の十字架が特徴的な、純黒の司祭服《キャソック》を纏《まと》った長衣《ちょうい》の男共である。その出で立《いた》ちからすれば、どう考えてもカトリックの神父らということになろうが……その冷厳にして没《ぼっ》個性的なふるまいといい、冷酷なまでに暴力的な態度といい、まさか真《ま》っ当《とう》な神父いやキリスト者とは思えない。まさかだ。

それが証拠に、東都未春の右の目には、したたか殴られた跡がある。最早《もはや》、それを開いているのが甚《はなは》だ困難と見える程《ほど》だ。いや更に凝視するのなら、未春の右の目のみならず、両頰《りょうほほ》が真っ赤に……いや既に真っ青に腫《は》れ上がっているのが見て取れる。とすれば、視認《しにん》できないセーラー服なりスカートなりの下にあっても、とっくに殴打・足蹴りの対象となっているはずだ。事実、彼女の顔・腕・脚その他の可視部分には、あからさまな流血が確認できる。

――とまれ。

そのような残酷な虐待を施したと思《おぼ》しき司祭服姿《すがた》複数人によって、〈第12保健室〉から連行されてきた東都未春は、既述《きじゅつ》のとおり今、宮殿の中庭を思わせる舞台に到着し、既述《きじゅつ》のとおり今、その鉄の手枷《てかせ》を舞台中央の石の台へと固定された。両脚《りょうあし》こそまだ自由だが、それはただ、固く戒《いまし》められた部分の舞台効果をあざやかにするだけである。

そして、戒められているのは未春の躯《からだ》だけではない。こころもだ。既にして右の目が開かない程《ほど》、数多《あまた》の虐待を受け続けてきた未春に、自由になろうだの逃亡しようだの、そのような意思が生まれよう筈《はず》もない……といって、数多《あまた》の虐待が仮に無かったとして、彼女がそのような叛逆《はんぎゃく》の意思を形成することは実は無い。あり得ない。彼女のこれまでの生徒生活も、彼女の〈第12保健室〉も、彼女の意思などまるで無視して、この通過儀礼のシナリオを再現するただその為《ため》だけにあるのだから……

したがって。

予定どおり右の目をド派手に殴られ、予定どおり鉄枷《てっかせ》と鉄鎖で嗜虐的《しぎゃくてき》に刑場へと連行されてきた東都未春は、やはり予定どおり、刑の執行を受けることとなる。そうでなければならない。

通過儀礼のシナリオにある、『刑の執行』。

これすなわち鞭《むち》打ち刑なのだ。そうでなければならない。

よって。

著しく背徳的な行為を既に行い、あるいは試みようとしている司祭服姿《キャソック》のうち一人は、その嗜虐《しぎゃく》的《てき》な行為からは信じられないほど、真摯《しんし》で痛切な祈りを捧げつつ十字を切った。もし上原良子がその様子をモニターしていたのなら、彼女にはその真摯さ・痛切さが本心からのものだと解ったろう……そうだ、その神父らも、まして上原良子も、十八歳の女子生徒らに対する嗜虐《しぎゃく》趣味など有してはいない。微塵《みじん》も有してはいない。ただこれは、上原良子らにとって、好むと好まざるとにかかわらずやらねばならないこと……すなわち行政事務なのだ。ここで、彼女の独裁統治する学校が事実上、日本国営であることは再度想起されるべきである。

――とまれ。

真摯にして痛切な神への祈りは終わり、いよいよ脚本の執行は本格化する。

三九回の、鞭《むち》打ち刑だ。そうでなければならない。

ここで三人の司祭服姿《キャソック》は、それぞれ、三種類の鞭を手に採った。

一人目が柳鞭《やなぎむち》。二人目が革鞭《かわむち》。そして三人目が、鎖鞭《くさりむち》。そうでなければならない。

そして既に〈罪人〉は、背と腰とを突き出す格好で、鞭打たれる準備を終えている……

……だから最初に、肉まで裂くための柳鞭が空を斬り、東都未春のセーラーカラーを直撃した。

「一発目《ウーヌス》」

「ああっ!!」

「二発目《ドゥオ》」

「ああっ!!」

「三発目《トレース》」

「……ああ、ああっ!!」

一人目の神父に、少なくとも外見上、一切の情容赦《なさけようしゃ》はなかった。

これは刑罰である。全身全霊をもって鞭打たねばならない。そうでなければならない。

四発目《クアットウオル》。五発目《クイーンケ》。六発目《セクス》……

既にして一発目で、未春の冬セーラー服は無残に斬り裂かれたが。

既にして二発目で、未春の背の皮は意味を失い、生々しく痛々しい肉が垣間見《かいまみ》えた……

「十発目《デケム》」

「あ……ああ……」

皮が裂け、肉が露出し、血飛沫《ちしぶき》が飛ぶ。

十発目にして最早《もはや》、悲鳴を上げる力も無くなった。

背と腰をどうにか突き出し、受刑《じゆけい》の姿勢を維持していた未春だが……

今や鉄枷に戒《いまし》められた両手を最も高くして、膝《ひざ》も腰も悲しく折りながら、石の台と地面とに減《へ》たり込むが如《ごと》くに、躯《からだ》を崩れ墜《お》としている。無論、未春が躯《からだ》を大きく沈ませるその都度《つど》、神父らが彼女の姿勢を直させ、無理矢理に足腰を立たせる。崩れては立たされ、立たされてはまた崩れる。制服などとっくにボロボロとなった、未春の苦痛は想像を絶する。しかしながら。しかしながら鞭打ち刑は三九回。そうでなければならない。

よって淡々と、既に虫の息ともいえる未春の塗炭《とたん》の喘《あえ》ぎをまるで無視して、十一発目からの、革鞭による刑の執行が開始された。激しい運動で息の上がった最初の神父と交代で、第二の神父が満を持し、馬用の鞭をふるいだす――

「二一発目《ウーンデキム》」

「………」

「二二発目《ドゥオデキム》」

「………」

今《いま》用いられているのは、古代ローマにおいて、戦車を引く馬に用いられた革鞭である。そんなものが、ヒトに対してどれだけ致命的な威力を発揮するかなど、今更《いまさら》論ずるに及ばない。まして既に、未春の躯《からだ》は柳鞭による虐待で、肉をすら露出させている。その未春に更に革鞭など使えば、いよいよ骨まで見えようかという程《ほど》の拷問《ごうもん》となる。事実、今や未春は息すらしていないかと思わせる無反応ぶり。その無反応な躯《からだ》が、革鞭の一撃一撃の都度《つど》、そのときだけ大きく跳ねては痙攣《けいれん》する。それでどうにか、彼女がまだ生きていると分かるのだが……彼女にとっては、もう死んだ方が遥《はる》かに嬉しい救済であったろう。

といって、それを許す神父らでも上原良子でもなかったし……

そもそも上原良子らの目的は、例えば東都未春を殺害することではない。まさかだ。結果的にそうなるとしても、上原良子らの〈最優先目的〉を果たしてくれてからでなくては困る。というか、上原良子らの被験者《ひけんしゃ》は、その為《ため》にこそ彼女の学校で生かされてきたのだ。

だから……

想像を絶する残酷な〈刑罰〉は、未春を絶対に殺しはしない様《よう》、理論的にも実務的にも絶妙な匙加《さじか》減《げん》を維持するものであったし、実は被験者の物理的・肉体的・精神的なリアルタイムのモニタリングも、また入念なものであった。

いや更に言えば、能《あた》うかぎりの化学的・医学的・神経学的・心理学的措置を講じ、未春が常人《じょうじん》では耐えられない水準の苦痛すら耐え抜ける様《よう》、本人さえ知らぬ非人道的な〈ヒトの改換《かいかん》〉すら行っている……それはそうだ。何の措置も講じられていない常人ならば、最初の柳鞭の数回で死亡しあるいは瀕死《ひんし》となっても何ら面妖《おか》しくはないから。そしてこの様《よう》な〈ヒトの改換〉に最も適している素材・素体《そたい》は、物理的な柔軟性・耐久力・可塑性《かそせい》・受容力・適応力といった『機能の拡張性』そして『適度に未発達な脳』に著しく恵まれた、『十八歳前後の』しかも『女』なのである。それが上原良子の、だから事実上日本国の、三〇年余《よ》を掛けて獲得した実戦的知見《ちけん》であった。

　これらを要するに……

　十八歳前後の被験者に、能《あた》う限りの苦痛を与えること。

　当該《とうがい》苦痛は歴史的・宗教的に意義あるものであること。

　しかし事前にありとあらゆる科学的な改換を施し、当該《とうがい》被験者の死を回避すること。

　――それこそが今現在、東都未春がまるで意味不明な苦痛を延々と甘受《かんじゅ》させられている理由であり、だから、上原良子の今現在の目的であった。無論その目的とは、より高次の目的に資するものでなければならない。

　そう、この歴史的な苦痛の先に在るものは……

「三八発目《トリーギンターオクトー》」

「…………」

「三九発目《トリーギンターノウエム》」

「…………」

　――いよいよ第三の、鎖鞭《くさりむち》の神父が、息を激しく荒くしつつも脚本どおり、三九回目の鞭打ちを終えた。ようやく。やっと。

　重ねて、常人ならば死んでいる。最後に用いられた鎖鞭など、鎖とともに刺々《とげとげ》しい茨《いばら》の鉄球が織りませられた、もはや殺人具である。もう既に柳鞭・革鞭の段階で、肉どころか骨までも露出させていた未春だが、そのうえこんな鎖鞭まで用いられたとあらば、骨が露出するどころか骨が破砕される。いや事実破砕されている。

両手を鉄枷《てつかせ》で拘束されたままの未春は、もう重力に叛《さか》らう力など微塵《みじん》もなく、宮殿の中庭を思わせるこの舞台の中央で、いのちなき泥人形の如《ごと》くに突《つ》っ伏《ぷ》している。両手を酷《むご》たらしく上方《じょうほう》へ吊られたまま、脱力しきって突っ伏している。黒白モノトーンのセーラー服だのスカートだのその他の衣類だの靴だのはズタズタに裂かれ、今や高校生の制服らしき原形を何もとどめてはいない。ほぼ裸のその躯《からだ》は、狂った油絵のようなクリムソンレーキのどっぷりした血潮と、狂った猛獣の爪痕《つめあと》のようなザクザクじくじくした鋭い生傷だらけ。もし今の未春を目撃した者がいたのなら――上原良子ら学校関係者以外は――誰もがミリ秒単位で顔を背《そむ》け、また次のミリ秒単位で、言葉にできないほど恐ろしい苦痛を我が物としてリアルに感じたであろう。そして戦慄《せんりつ》し、こんな非人道的な所業《しょぎょう》が現実にあり得るのかと、深刻に自問するであろう。未春に執行された〈刑罰〉はそれだけ異様で残酷なものであり、重ねて、常人ならば死んでいる筈《はず》のものだ。ただ上原良子らの所業が真に異様で残酷なのは、『だのに死ぬことすら許さない』という異常な一点にある。

そう、この異常な苦痛の先にあるものは……

今、東都未春が死なずして、上原良子のため是《ぜ》が非《ひ》でも果たすべきその使命とは。

（ヒトが抱《いだ》く、最後の希望。ほんとうに最後の、最後の希望……）

いいいい、その上原良子は、あの桜瀬女子《おうせじょし》の本館地下二階・保健室群《ぐん》を統轄する総合指揮室で、秘《ひそ》かに、ほんとうに秘かに独《ひと》り言《ご》ちた。

（……待っていて。今夜こそ橋を架けるから。少なくとも声を届けるから）

絶対に露見してはならないその感傷を隠しつつ、上原良子は再び総合指揮室のモニターを介し、東都未春用の舞台を見遣《みや》った。

――失神していると思《おぼ》しき未春の頭部には、今。

彼女の血と肉と骨片《こっぺん》に塗《まみ》れた鎖鞭をそのまま流用した、嗜虐的《しぎゃくてき》で屈辱的な、茨《いばら》の鉄冠・茨の王冠が回され被《かぶ》せられた。そればかりか、よりいっそう苦痛を与えられる様《よう》、幾つもある茨の棘《とげ》が、ぶすりぶすりと彼女の額や頭部に突き立てられてゆく。そのたび、もう悲鳴すら上げられぬ彼女の美しい顔を、まるで涙のように、クリムソンレーキの血がひと筋、またひと筋と伝《つた》ってゆく。それは既に、神々《こうごう》しいと評せるほど尊く美しい……そう、神々しいと評せるほど尊い自己犠牲……

（準備は終わった）

――ようやく準備ができた。

いよいよこれから犠牲の、いや受難《じゅなん》の真骨頂《しんこっちょう》たる、髑髏《されこうべ》の丘への道行きが始まるのだ。

この学園島は、世に隠れたこの孤島はその為《ため》にある。

四月七日に、三〇kgの横棒を背負い、一kmの苦難の道行きを経て卒業をする。

それがほんとうの、桜瀬女子の卒業夜祭《やさい》なのだ。

一般生徒らの学校行事としての意義など、所詮《しょせん》はダミー、カムフラージュに過ぎない。

ほんとうの卒業夜祭の趣旨・目的・方法そして参加者のためにこそ、上原良子はこの三〇年余《よ》を費やしてきたのだ。そして例えば東都未春も、いや中村初音ら他の被験者も今、涙の夜歩き・涙の道行きの準備を終えつつある。上原良子としては爾後《じご》、その道行きの最中《さなか》に被験者が〈旅立つ〉〈見る〉かどうかを待つだけだ……

II

［——校長!!］
［どうしたの、熊谷《くまがい》先生］
さて場所は同じく桜瀬女子《おうせじょし》本館地下二階。保健室群《ぐん》を統轄する総合指揮室。
時間的には、東都未春が残酷な茨《いばら》の鉄冠・茨の王冠を被《かぶ》せられた、その三〇分ほど後。
——上原良子は、未春たち被験者《ひけんしゃ》の尊い犠牲を順繰りにモニターで視認《しにん》していた最中《さなか》、同階にある〈第11保健室〉からの音声連絡を受けた。
［何か特異事項でも？］
［はい、校長……］開校当初からの養護教諭にして首席研究員の声は、微妙に震えた。［……中村初《なかむらはつ》音《ね》が、道行きの途中で〈変容《ゾーン》〉に入りました］
［——あら、彼女はまだ第3フェイズにも到達していないのに？］
［はい、まだ最初の、十字架下への転倒も未達成の段階ですが。
しかしながら中村初音の発症いえ〈変容〉は、臨床所見《りんしょうしょけん》及び検査所見の双方からして確実です。
よって直ちに彼女を、彼女の悲しみの道からここ〈第11保健室〉へ回収しました。現在、所要《しょよう》の脳科学的措置を実施中］
［端的《たんてき》には、中村初音が発症したのは、局所的かつ一過性の脳虚血《きょけつ》に伴う——］
［——大脳ニューロンの過剰放電、及び複雑部分発作です。釈迦《しゃか》に説法《せっぽう》ですが］
［コミュニケーションは？］
［それは流石《さすが》に不可能です］

［成程《なるほど》、現在進行形で目撃中なのね］
［統計的には、六〇分未満で証言可能となる確率が一〇〇％近似《きんじ》ですが……］
［そこまでは幾らでも類例があります。問題は何を証言するか、でしょう？］
［御指摘のとおりです校長。ともかくも地上における〈目覚め〉が無ければ］
［待ちましょう熊谷先生。我々は遥《はる》かな歳月を待ってきた。残余《ざんよ》六〇分など］
そのとき。
上原良子と実は同室をしていた、日本国の最上級官僚のひとりが言葉を発した――
「まこと興味深い現象ですな、上原校長。
このタイミングで既に側頭葉《そくとうよう》が覚醒するとは。当該《とうがい》生徒は極めて優秀な被験者のようだ。
そして他の六人の被験者も、既にそれぞれの一kmルートを踏破《とうは》せんとしている所……
ひょっとしたら今夜は、この三〇年余《よ》で最も多忙となる夜かも知れませんな。ならば。
側頭葉を覚醒させた生徒が未だ一人である内に、当該《とうがい》一人の具体的な動静を――だから証言の可能性を――我々の目と耳とで実査《じっさ》しておきたい。そんな欲望に駆られますが？」
「それはお国のお目付役《めつけやく》としての御指示ですの、露村《つゆむら》内閣情報官？」
「まさか」まるで四〇歳の理事官《りじかん》なり筆頭補佐なりに見える、実に精力的なしかし英国紳士然《ぜん》とした内閣官房官僚はいった。「大学の同級生としての、そう親友としての雑談ですよ。ただ事が事、情勢が情勢。万々が一、我々が中村初音さんの証言を聴き漏らした、それを総理に御報告できなかった、などとあらば――」
「――そろそろ六〇歳代も半ばを過ぎる定年の私を、職業人としても物理的にも馘首《かくしゅ》する」
「いえその様《よう》なことは」どこか血の冷たそうな、どこか蛇類《へびるい》を思わせる、内閣総理大臣の最上級参謀が続ける。「ただ私が上原校長のお立場であれば、〈変容〉〈証言〉の聴き漏らしだの報告漏れだのが生じれば、割腹《かっぷく》して国と総理とにお詫《わ》びする、かも知れませんな。三〇年余《よ》にわたって兆単位の税金を投入するとは、詰まる所そういうことなのですよ」

「……三〇年余にわたって微塵《みじん》も経済を成長させること無く、三〇年余にわたって若年世代・壮年世代を棄民《きみん》し続け、三〇年余にわたって税金も社会保険料も高騰《こうとう》させ、挙《あ》げ句《く》の果てにいよいよお国の店仕舞いと身売りまで断行するというのに、我が国の官僚は誰独り、割腹どころか給与の返上すらしてはいないと記憶していますが？」

「所詮《しょせん》、国民は己《おのれ》の背《せ》の丈《たけ》に見合った官僚しか持ちえない、という悲劇でしょうな」

「全て国民自身の所為《せい》だと」

「それはそうでしょう、我々はパブリック・サーヴァント、すなわち公衆の下僕《げぼく》に過ぎん」

「さぞ公衆もよろこぶでしょうねえ、その篤実《とくじつ》な御発言……まあ、それはともかく」

上原良子は不毛で無益な議論を打ち切った。そこに共犯者としての廉恥《れんち》あるいは背徳心があったのは、同級生に比して遥《はる》かに品格を重んじる態度と言えよう。だが彼女には目的がある。決して同級生に知られてはならぬ目的が。ゆえに上原良子は、必ずしも品格のみを理由に議論を打ち切った訳ではなかった。この蛇あるいは鵺《ぬえ》あるいは政治的妖怪に、そう、各省庁のトップたる事務次官よりも職制上格上《かくうえ》とされる我が国最上位のスパイマスターに、彼女の真意を寸毫《すんごう》も察知されてはならない……

「――熊谷先生。

私もこれから第11保健室に赴《む》かいます。ただ何も気にせず、所要《しょよう》の措置を続けて頂戴《ちょうだい》」

「了解しました、上原校長」

「さて、中村初音嬢《じょう》がどんな音色でどんな受難曲《じゅなんきょく》を奏《かな》でるのか、まこと胸が躍《おど》りますな」

「念《ねん》の為《ため》ですが露村情報官、貴方《あなた》にとって今夜がこれの初臨場《はつりんじょう》ゆえ、警告しておきます。

私はこの三〇年余を掛けて、唯《ただ》の独りも〈証人〉を獲《え》られず、また唯の一言も〈証言〉を獲られてはいないのですよ——これはそういう性格の苦難で試練なのです」

「ハテ、私の記憶と諸《しょ》報告書が確かならば、〈証言〉は獲られている筈《はず》ですが……〈変容《ゾーン》〉に入り、かつ上原校長と言葉を交換した被験者は相当数、存在する。でしょ？」

「言葉を交換するだけでは意味が無いのです。彼女ら〈鍵〉が〈門〉を開いたその様子、そしてその先々に関する〈証言〉が無ければまるで無意味です。ゆえにこれまで」


するとそのとき。


「——校長!!」

「あら熊谷先生、またどうしたの」

「空川《そらかわ》風織《かおり》が道行きの途中で〈変容《ゾーン》〉に入りました!!」

「それは重畳《ちょうじょう》」上原良子は内心の興奮と雀躍《じゃくやく》とを秘した。今年は既にして二人とは。「ならば彼女の、第17保健室へ急ぎ搬送をさせ——」

「それが校長!! これまで類例が無いのですが、彼女は……空川風織は、しょ、〈証言〉めいたものを!! 〈変容〉に入ってからいきなり〈証言〉めいたことを!!」

「え」上原良子が素《す》で吃驚《びっくり》するのは稀有《けう》だ。「ならもう地上での〈目覚め〉があったと？」

「ご、御指摘のとおりです。〈変容〉フェイズから史上最短の〈目覚め〉がありました」

「——それは確認された事実？」

「今も研究員らが、その、まさに、その、コミュニケーションを!! まだ夢現《ゆめうつつ》な、意味を成さない譫言《うわごと》レベルではありますが……確かに唇が動いています」

「ならば命令をします——総員現場から撤収。直ちに」

「ですが校長、彼女は今もなお!!」

「〈証言〉を聴取し確認できるのは私だけです。学校創立以来の校則を忘れましたか？」

［そ、それは確かにそのとおり、ですが……］
［ならば命令をします。空川風織を彼女の悲しみの道に安置したまま、研究員は総員撤収。これから私自身が空川風織の下《もと》へ赴きます。その為《ため》にこの孤島を整備してきたのだから］
［ま、万が一ですが。万が一にも六年前の様《よう》な。たったひとりだけの……あの娘《こ》のような］
［私は命令を終えましたが？］
［……りょ、了解しました、上原校長］
無論、このような事態において、指を咥《くわ》えて傍観していられる露村情報官ではない。
「上原校長。私の同道《どうどう》も御許可いただけるでしょうな？」
「官房長官の、いえ総理御自身の名代《みょうだい》とあらば是非《ぜひ》も無し。いらしたければどうぞ」
「――何か迅速な移動手段があるのですか？」
「愚問《ぐもん》ね。被験者ごとそれぞれ最長一㎞も歩かされては、老人にとって難儀《なんぎ》でしょ？冗談をさて措《お》けば、〈変容〉が確認されたなら直ちに、当該《とうがい》一㎞のどのポイントからでも、被験者を保健室に回収しなければならない。故《ゆえ》にここはそのように設計されています」
「成程《なるほど》、貴女《あなた》はクノッソス迷宮のアリアドネという訳だ」
「ともかくも緊急事態にして異常事態。いらっしゃるならすぐ同道して頂戴《ちょうだい》な」
「もとよりのこと。
ただ上原校長、今の〝六年前〟云々《うんぬん》とは？　諸《しょ》報告書には何の記載も添付《てんぷ》書類も無いが」
「好奇心は九の命を持つ猫をも殺すとか」上原良子は小さい方の秘密を隠した。「有事に茶飲み話を好む内閣官僚またしかり――六年前、貴方《あなた》の言う『迷宮』から逃亡しかけた被験者がいた。独りいた。その身柄は直ちに確保できた。そして証言をせずに殉教《じゅんきょう》した。それ以上でも以下でもなく、特記事項でも特異事項でもありません。

この四月七日が終わったなら、幾らでもお得意の調査をなさい。今は論外です」

「そうですか。成程《なるほど》確かに今は論外ですな。今は」

——上原校長と露村内閣情報官は、『迷宮』が言《い》い得《え》て妙《みよう》な、地下施設を踏破《とうは》し始めた。隠し歩廊《ほろう》が可能な限り自動化されているため、ルートさえ知っていれば——被験者が拷問《ごうもん》を受けながら一歩一歩蟻《あり》の歩《あゆ》みの如《ごと》くに踏み締めてゆかねばならない距離も——そうルートさえ知っていれば、何の労苦なくして突破することができる。例えば細身で小柄な上原校長が、依然として端然《たんぜん》たる藤鼠《ふじねずみ》の着物姿であったとしても、だ。またそうでなければ、今現在のような非常事態に対処することはできない。このような事態をまるで想定していないほど、上原良子はナイーヴな女ではなかった。まさかだ。彼女はこの世界の魔女だ。

結果、陰謀仲間の同級生ふたりは、熊谷首席研究員からの緊急の報告を受けた後、物《もの》の一〇分弱で、十字架の横木とともに独り遺棄《いき》されている、被験者《ひけんしや》空川風織と接触できた。

無論、上原良子としては、この一〇分弱で、空川風織が致命的な……いや奇跡的な〈証言〉を既にしてしまっているリスクを想定している。ただそのリスクは、上原良子以外に〈証言〉を聴かれてしまうリスクに比べ、遥《はる》かに僅少《きんしよう》で無害である。

——それはそうだ。

被験者の〈証言〉は、少なくとも日本国の店仕舞いと身売りに資《し》する重要なものだから。行き着く果ては、ヒトなるイキモノの最後の希望となる最重要のものだから。

それを最初に知る権限と義務があるのは、『日本国』なるものと『陰謀の総主《そうしゆ》』のみ。

それが、桜瀬女子《おうせじよし》創立以来の校則いや鉄則……いや、違反あらば命で贖《あがな》わなければならない罰則にして綱領《こうりよう》であった。無論、この壺中《こちゆう》の孤島において、人命ほど上原良子の恣《ほしいまま》になるモノはない。彼女が定めた罰則にして綱領は、確実で情容赦《なさけようしや》ない権力によって担保されている。事実この三

○年余《よ》、唯《ただ》の独りの叛逆者《はんぎゃくしゃ》も出してはいない。ただ上原良子の指揮監督下《しきかんとくか》にある学校スタッフとて、純然たる恐怖のみによって彼女に忠誠を尽くしている訳ではなかった。上原良子は恐怖とともに利得をも用意していた。すなわち。

〈証言〉の内容は、それが実証されたとき、学校スタッフ総員にも共有される――

それがこの陰謀結社における契約であり、やはり綱領であった。そして〈証言〉のもたらす希望を思い描いたとき、この利得に心動かされない者はいない。桜瀬女子《おうせじょし》が実は我が国最高水準の研究機関で在り続けることができたのは――世界でも有数の研究者・実務者を確保し続けることができたのは――まさに〈証言〉のもたらす希望ゆえである。

また当然、当該《とうがい》希望は、内閣情報官にとって最大級の情報関心《ジョウホウカンシン》を惹起《じゃっき》するものでもある。総理の最上級参謀としても、露村成泰《しげやす》なるヒトの個体としても。だから常日頃《つねひごろ》、蛇だの鵺《ぬえ》だの政治的妖怪だの、血の冷たそうな悪罵《あくば》を一身に甘受《かんじゅ》している傲岸不遜《ごうがんふそん》な露村情報官も、イザ独り遺棄《いき》されている被験者《けんしゃ》空川風織を眼前に、ゴクリと喉《のど》を鳴らし、またガクガクと歯の根を震わせた。上原良子の秘《ひそ》やかな嘲笑にも、今はまるで意識が赴《む》かない。

「……抱き起こしても？」

「問題ありません。どうぞ御随意《ごずいい》に。

彼女は既にこの地上で〈目覚め〉をしていますから」

「彼女らの踏むステップは」内閣情報官は頭の熱《ほて》りを冷ますように整理する。「①受難－②変容－③目覚め－④証言」

「それは正確ではないわ、願望よ。正確には、①受難－②変容－③目覚め－④自発運動となる。執拗《しつこ》く繰り返すけれど、証言なんて過去に一例も無いしね」

「証言ができなければ？　証言が無ければどうなる？」

「ヒトにとって理想的なパターンを踏むのなら、④自発運動－⑤変容終了、以上」

「成程《なるほど》、すると、⑤変容終了－⑥受難－⑦再変容、等と二度目三度目の繰り返しができる」

「してもらうのだけどね」

「……ヒトにとって理想的でないパターンを踏むのなら？」

「そのときは是非《ぜひ》とも、報告書以上の現実を味わってみるべきよ――

さあ、この娘《こ》を抱き起こすのでは？」

露村情報官は、当然ながら制服を含め満身創痍《まんしんそうい》の――当然ながら東都未春同様に非人道的な虐待を受けた――空川風織の躯《からだ》を、恐可吃驚《おっかなびっくり》、仰《あおむ》けに動かしてゆく。その露村情報官は、未知の神秘に対する恐怖もさることながら、いよいよ被験者の実態を目の当《ま》たりにし、まこと激しい、宗教的な畏敬《いけい》の念すら憶《おぼ》え始めていた。『犠牲』『受難《じゅなん》』『希望』なる言葉の意味を、眼前の生贄《いけにえ》のリアルな在り方によって、リアルに実感せざるを得ない……

その、著しくリアルな『生贄《いけにえ》』の在り方。すなわち。

彼女のセーラー服なりスカートなりが今や、襤褸布《ぼろぬの》の切片《せっぺん》という意味しか持たぬこと。

その切片をどうにか纏《まと》った彼女の躯《からだ》が今や、三九回もの残酷な鞭打ちによって、襤褸布《ぼろぬの》の如《ごと》き意味しか持たぬこと。

まして。

彼女がいよいよ投げ出した、いや背負うことを諦《あきら》めざるを得なかった、三〇kgの木材。

彼女が悲愴《ひそう》極まる肉体的状態にありながら、なおそれを背負って一kmの道程《みちのり》を歩み続けるよう強いられた、彼女自身が架かるべき十字架の、三〇kgある横棒。

（この状態から、被験者が）上原校長は心中秘かに六年前を回顧した。（地下を、学校を、島を脱出し失踪するなどと言うことがあり得るのか？　といって、私ですら確信が持てぬその真実。今更《いまさら》誰が

何をどう調査しようと、何らの新事実が出てくる筈《はず》も無し）

（これはまさに――）露村情報官は血の熱《ほて》りを感じていた。（――悲しみの道の宗教画の、その姿）

「あら、どうなさいました？」

「これを……七人の全てに？」

「だって動画としては御覧《ごらん》になっていたでしょう？　確か、食い入る様《よう》に」

「……尊い納税だ」

「ええここまでは」

「〈変容〉の確認は」露村情報官は空川風織をいよいよ抱き支えながら。「どのように？」

「さしたる難事《なんじ》ではありません」上原校長は空川風織の顔に手を添えた。「この瞳が全て」

「ま、まさしく。これは既に常人《じょうじん》の――いやヒトの瞳ではない。

我々の瞳とは、上手く言えんが、次元なり位相《いそう》なりがまるで違う。

この瞳は、上を……いや何処《どこ》を見ているんだ？　あるいは、何も見てはいないのか？」

「解放されているのよ」

「何から」

「地上から。この世界から」

「……そしてこの瞳を維持している内は、〈変容〉も維持していると。成程《なるほど》」

「御指摘のとおり。そしてこの瞳が失われれば〈変容〉は終わりよ。すなわち彼女が――彼女らが目的地で目撃した記憶は全て失われる。だからこそそのときは、再びの受難によってまた〈変容〉を強く促《うなが》さなければならない……それが物理的に可能なかぎりはね。

もっとも、変容変容、瞳が瞳が云々《うんぬん》と喧騒《はしゃ》いだ所で、例えばこの空川風織がこの地上で〈目覚め〉をしてくれなければ、夢見たままの状態と大差ない」

「〈目覚め〉が無ければコミュニケーションが不可能だと。

ならばその〈目覚め〉はどう確認する？」

「極めてシンプルよ。

唇その他に、それかあらぬかの自発的な動きがあるでしょう？　そうした自発運動は〈目覚め〉の最大の特徴。だってそれまでは、魂そのものが目的地へとアップロードされているのだから……」

「すると彼女の自発運動をもって今、『魂のダウンロード』が確認できると？」

「――理想的なパターンとしてはね」上原良子は微妙に瞳を翳《かげ》らせた。「ともかくも、何らかの自発運動をもって魂のアップロードは止まる。そしてその後のダウンロードの是非《ぜひ》にかかわらず――そう、理想的なパターンを踏んではいなくとも――一定のコミュニケーションは可能となる。これには理論的にも実務的にも疑いの余地が無い」

上原良子は、空川風織の頰《ほお》を真摯《しんし》に愛《いつく》しみながら、その手で流麗《りゅうれい》に、夢現《ゆめうつつ》な風織の両の瞳をそっと……しかし大きく開いてゆく。そして最終的に確信する。

「ほら……重ねて、この瞳が全て。すなわち彼女は目撃した。我々の目指すべき地を」

「そして唇も動かせる」露村情報官は焦燥《しょうそう》した。「彼女は今や〈証人〉……!!」

「これから〈証言〉をしてくれるのならそのとおり――」上原は露村から風織をそっと奪った。

「――〈鍵〉として〈門〉を開《ひら》けたならそのとおりよ」

「ならば一刻も早く〈証言〉を!!」

「……いえ、それも彼女の自発的行為を待つしかないの。

我々の側から、この状態に入った彼女に働き掛け、彼女に物語らせる術《すべ》は何ひとつ無い」

「何とも焦《じ》らすものですな!!」

――だがしかし。

悪事と悪人にとっては極めてさいわいな事に。

上原良子も露村成泰も、以降、五分を耐える必要は無かった。

陰謀組織の首魁《しゅかい》と国家の代理人が、今は生のヒト、唯《ただ》のヒトとしてまこと無力に抱き起こし抱きかかえた空川風織は——しかし両者が為《な》す術《すべ》なく凝視することわずか三分強にして、終《つい》に決定的な『自発的行為』を開始したからである。それは具体的には、まず苦悶《くもん》の声となった。

「あ……うう……」

「空川嬢《じょう》‼　空川さん⁉」

「情報官、お静かに‼」上原良子は静かにしかし痛烈に叱責《しっせき》した。「雑音を入れないで‼」

「だがしかし起きて貰《もら》わねば‼」

「所要《しょよう》のプロセスというものがあります。それに外れる言葉は極力、お差し控え下さいな。これほどに脳と記憶をピーキーに調整している以上、いたずらに言葉を垂れ流せば、彼女に不要なキーワードを与えてしまいかねない。鍵を掛けている記憶をあざやかに甦《よみがえ》らせる、数多《あまた》の不要なキーワードをね。重ねて、今《いま》彼女の脳の状態はとてもピーキーなの」

「……人間というのは」露村情報官は陰険に独言《どくげん》した。「脆弱《ぜいじゃく》なものだ」

とまれ、空川風織は意識を恢復《かいふく》しつつある。まして上原良子はこの道三〇年余《よ》の老巧者《ヴェテラン》である。自分にいやヒトに許された『残り時間』を即座にそして様々にシミュレイションしながら、しかし熟練の手際《てぎわ》をもって、所要《しょよう》のプロセスを踏んでゆく——

「私の声が、聴こえる？」

「あ……はい……聴こえ、ます」

「私は誰で、貴女《あなた》は誰？」

「う、上原校長先生」空川風織の声は依然、夢現《ゆめうつつ》なものだ。「私は……私は……」

「貴女《あなた》は」

「被験者識別番号・WS－R10－137PS007です」

「貴女《あなた》の任務は？」

「上原校長先生の指揮監督を受け、その御命令にしたがうことです」

「ありがとう。ではその結果を教えて頂戴《ちょうだい》」

「私は……校長先生の御命令に基づき……たぶん……門を開こうとしました」

「そして？」

「大きな……大きな川がありました」忠誠確認プロトコルを終えた時点から、風織の声は夢現《ゆめうつつ》なものから、現実的なものへと変わってゆく。「長い長い川辺と、どこまでも続く桜堤《さくらづつみ》と……あと、春の桜瀬女子《おうせじょし》のように舞い散る、すごくたくさんの桜の花吹雪と……」

「――貴女《あなた》は」この段階で、上原良子は激しすぎる失望を感じた。この三〇年余で何度も何度も繰り返して舐めてきた絶望を。「その川を渡りましたか？」

「いいえ校長先生、渡りませんでした……渡れませんでした……」

「それは何故？」

「それは……」俄《にわか》に風織の声が絶叫調になり、風織の満身創痍《まんしんそうい》の躯《からだ》が瘧《おこり》の如《ごと》くガクガクと震える。

「……それは、それはバケモノが!! バケモノが私の躯《からだ》を斬り刻み、ああ!!」

（やはりか）上原良子は風織以上に震えたい衝動に駆られる。（これは、死亡プログラム）

「私、とうとう……終《つい》にとうとう!! 終にとうとう許されたのに……到《たど》り着いたのに!! 校長先生の御命令どおりに!! たったひとつの、私の、願い……ああっ!!」

――なんて美しいあの旅路。

上原良子が実は予期していたその言葉が、空川風織の遺言となった。

というのも、その遺言を言い終えた刹那《せつな》。

空川風織の右腕と左脚が、まるで今まさに眼前で斬り刻まれたかの様《よう》に、満身創痍《まんしんそうい》の躯《からだ》から、誰、い、い、い、い、の介入も作為もなく跳ね上がり舞い上がり、要は千切《ちぎ》れ飛んだからである。いやそれだけではない。風織の右首筋もまた、誰の介入も作為もなく無残に斬り裂かれ、クリムソンレーキの血潮を水芸《みずげい》の如《ごと》くに噴き出させる。いやそれだけではない。風織の右首筋はそのまま左首筋までスパリと切断され、すなわち彼女は断首され、その断首された生首は、誰の介入も作為もなく悲しい鳥の如《ごと》くにぽおんと飛んでゆく……

「こ、この様《よう》なことが!!」

この道の老巧者《ヴェテラン》でない露村情報官は、彼にとってはあまりに突然の、そしてあまりに自、い、動的で不可解なこの少女の死によって、そのとめどない血潮を一身に染《あ》びることとなった。無論、敢えてそれを警告しなかった上原校長は、その藤鼠《ふじねずみ》の着物に少女の血の一滴すら受け止めてはいない。この道の老巧者《ヴェテラン》たる彼女にとってこの結末は、何度も何度も繰り返して実体験してきた——いや実体験させられてきた『敗退』『撃退』『門前払い』である。

「これが奴等《やつら》の防壁《ぼうへき》にして免疫《めんえき》か!!　どうあっても我々を拒もうというのか!!　ただ許してほしいと、認めてほしいと必死で願う我々を、かくも!!」

……そう、被験者識別コードWS－R10－137PS007の任務は失敗に終わった。

彼女は〈変容〉し、だから〈目撃〉をしたが、そして遺言は残せたが……しかし〈証言〉をすることはできなかった。そして彼女が遺言した内容など、重ねて、この世の誰より、そう失敗者たる空川風織自身より、上原良子の方が遥《はる》かに、どこまでも熟知しているのだ。

その上原良子は、残酷な魔女ではあるが品格を重んじる。被験者の犠牲に対する敬意またしかり。だからそんな上原良子の口から、風織の遺言が『陳腐《ちんぷ》』『無駄』『徒労』『無価値』であるなどとする言葉が、まさか出よう筈《はず》もなかったが……

（この娘《こ》もまた、無理だった）しかし上原良子が無明《むみょう》長夜《じょうや》の絶望を感じていることに変わりはない。

（ならば、やはり今年の四月七日も無理なのか。またもやこの娘《むすめ》の如《ごと》くに、生きた税金を積み上げる魔女の道が続くのか。それが神の意志だというのか。私はどうしても、どうあってもあの〈門〉を開かなければならないというのに……）

上原良子の悲歎《ひたん》の傍《かたわ》ら、ようやくマイペースを取り戻した露村情報官が冷たく嘆《なげ》く。

「なんとまあ。無駄だったどころか、取り敢えず着換えねば。結果論とはいえ、傍迷惑《はためいわく》な」

「……彼女の献身は、確か『尊い納税』だったのでは？」

「いや執行できない税金は、ただのアラビア数字ですよ」

上原良子は悲痛な疲労感から、このしれっとした日本国の代理人と議論するコストを惜しんだ。この官僚は共犯者であり、共犯者に過ぎない。共犯者の倫理観を矯正《きょうせい》する義務は、上原良子には無い。どのみち彼女にも秘密の目的はある。この男なり総理なりがその実現に献身してくれるとあらば、それもまた尊い納税というか、尊い還付金《かんぷきん》だ。彼女は彼女で、この遥《はる》かな歳月を通じ、日本国もその予算も使い倒す予定で生きてきた……

「ならば学舎の方へ帰りましょう。他の生徒らの現状を確認しておく必要もあります」

「しかし、七人が七人とも川だの桜堤《さくらづつみ》だの花吹雪だの、それだけだったら飛んだ徒労だ」

「……同級生として、本音を言うけどね成泰《しげやす》君」上原良子は嘆息《ためいき》を吐いた。「私の生涯の半分以上が、貴方《あなた》のいう『徒労』の果てしない積み重ねであることを、どうかお忘れなく」

III

【熊谷養護教諭のカルテより】（手持ちバインダ上、紙媒体に手書き、一葉）

四月七日金曜日・午前三時三〇分現在

空川風織	○変容	○目覚め	◎発話	×証言	―――	（第一発話者・死亡）
西園千秋	○変容	○目覚め	△発話	×証言	○再変容	（第二発話者・生存）
時村流菜	○変容	○目覚め	△発話	×証言		（第三発話者・生存）
中村初音	○変容	○目覚め	○発話	×証言	○再変容	（第四発話者・生存）
東都未春	○変容	○目覚め	○発話	×証言		（第五発話者・生存）
南雲夏衣	○変容	○目覚め	△発話	×証言	○再変容	（第五発話者・生存）
北条冬香	○変容	○目覚め	△発話	×証言	○再変容	（第五発話者・生存）

・第一変容における発話内容は、空川が最も明瞭なるも、全て既知の事実のみ
・妨害領域を越え、門に接近し得た者はなし
・第一変容終了を瞳で確認後、生存被験者の受難フェイズを再開、苦痛最大化
・苦痛最大化の再開後、西園・中村・南雲・北条が第二変容に入る
・残余の生存被験者にあっても、概《おおむ》ね一〇分以内に第二変容に入る兆候あり
・第一変容における死亡被験者にあっては、速やかに解剖を開始
・第18保健室に特異動向なし、患者は重篤な状態を脱し、容態安定
・速やかに、当該患者の持つ南雲関連の記憶を調整する必要あり

Ⅳ

ここだ……!!

終《つい》に。とうとう。

恐ろしい程《ほど》の昂揚感《こうようかん》、酩酊《めいてい》、陶酔《とうすい》。

性的とも言える、全てと引き換えにしてもかまわない恍惚感《こうこつかん》。

なんて美しいこの旅路。

(私は来た)

——違う。私は憶えている。きっと私の魂が憶えている。憶えていたのだ。何故だろう。ずっと忘れてしまっていた。私の使命。私の最優先任務。たったひとつの、私の願い。

(私は、また来た)

だから私は気付く。

私が瞳《め》を開いた、この刹那《せつな》……

とても大切なことを思い出した代償として、とても大切なことを全て忘れてしまったと。

そして私は気付く。

——あまりにも突然、誰かが、四肢を投げ出して俯《うつぶ》せに寝ていた私に激突してきたと。

「うわっ!!」

「あ痛っ!!」

私が叫び、彼女が叫ぶ。

彼女——そう彼女だ。おんな。まして、桜瀬女子《おうせじょし》の黒白モノトーンのセーラー服姿。

ましてて、その制服姿を凝視するまでもなく……


「と、冬香《とうか》？」

「初音《はつね》!!」

そして今更いうまでもない。それは剣道部仲間の、三年三組の、ふわっとしたボブの北条冬香だ。

——私は何時《いつ》かの様《よう》に、腕立て伏せの如《ごと》くに両腕を地に立てて、がばっと躯《からだ》を起こす。いきなり激突してきた冬香は、私の真横でド派手に尻餅《しりもち》を突《つ》いた上、すってんころりんと躯《からだ》をド派手に回転させている。激しく速く移動しているとき、私というトラップに脚をとられた様《よう》だ。

(あまりにも突然に、あまりにも意外に……

そしてそれは何故かと言えば)

思い出した私には解った。

(あまりにも突然に、あまりにも意外に、私が今、ここに出現したからだ)

さもなくば、実力なら剣道五段は疑いない冬香が、どのような移動をしていようと、私に蹴躓《けっまず》いて転ぶなどという椿事《ちんじ》を起こす筈《はず》がない。たとえ桜瀬女子《おうせじょし》のローファーのままの送り足・すり足だったとして……こんな風に、プリーツスカート内の素足やその奥までをもあからさまにしてしまいながら、また、セーラー服から大きく学校指定のインナーをのぞかせてしまいながら、尻餅《しりもち》を突《つ》いた挙げ句にすってんころりんと後転したり横転したりするなんて、もう想像の埒外《らちがい》だ。私は当然、冬香のこんな姿を目撃したことがない。

確かに、春霞《はるがすみ》のような桜の花吹雪《はなふぶき》が視界を塞《ふさ》いでいるのは特殊事情だけれど……感覚的に言って、一〇m四方《しほう》は視認《しにん》できる。すなわち武芸者・剣道者の冬香にとって、自由自在に動くには充分過ぎるフィールド、距離感を知り尽くしているフィールドだ。

「あ痛たた……まったく、なんてこった」

「とにかく冬香ゴメン、私の所為《せい》だよね⁉」

「初音そんなことはどうでも——ねえ初音って今来たばかり⁉　今起きたばかり⁉」

「う、うんまさに今」

「だったら急いで立って‼　私の傍《そば》に来て、離れないで‼」

「——解った‼」

　私は冬香を熟知している。私には冬香の気配《ニオイ》が分かる。冬香は今《いま》臨戦態勢で、だから、この世界では緊急事態が発生している。それは濃密な部活仲間だった私達にとって、今更言葉にするまでもないことだった。

（そして、この世界において冬香を臨戦態勢にする様《よう》な、そんな緊急事態というのは‼）

……最悪の想像は、ドンピシャリで当たった。嫌な正解だ。

　きいぃぃぃぃぃぃ————

「あれってあの黒白の、天使さんの〈自動機械〉だね冬香？」

「やっぱり初音も憶えているんだね……」冬香は固い警戒を解かずにいった。「……そう、あの仮面骸骨鳥《がいこつどり》のバケモノ。音楽者の未春《みはる》がいうところの——宇宙人の骸骨《がいこつ》のバケモノの成《な》れの果《は》てみたいなオバケ鳥、だったかな？」

「——えっ、未春もまたここに？」

「ううん姿は見ていない」冬香は急ぎ私と背を合わせつつ、自動機械の雄叫《おたけ》びの出所を求める様《よう》に、ほんの微《かす》か、耳を澄ませる仕草をした。「未春どころか、桜瀬女子の誰の姿も見てはいない。今回、発見でき遭遇できたヒトは、今のところ初音が最初だよ。だけど」

「だけど？」

「あの神経に障《さわ》る雄叫び以外に、確かにヒトの声がした。ヒトの、おんなの声」

「だったら状況から考えて、桜瀬女子《おうせじょし》の、しかも例の迷子仲間だって可能性が大きいね？」

「うん、天然少女の千秋がいうところの、謎の遠足の仲間だよねきっと」

「……まだ会話していても大丈夫、冬香？」

「できるだけ小声でね。雄叫びなりヒトの声なりの方向を聴き取りたいから」

「了解」私は小声で、急ぎ確認すべきことを確認した。「冬香はいつ来たの？」

「概《おおむ》ね、初音に激突しちゃったその五分前ほど」

私は冬香の時間感覚を信じた。理由は言うまでも無い。

「じゃあその五分の内に、天使のあの自動機械と」

「うん出会《でくわ》した」

「最初の……前回のかな？　ともかく、風織《かおり》が殺されてしまったあの時と一緒の感じで？」

「うん全く一緒の感じで……いや、ほぼ全く一緒の感じで、かな」

冬香は小声で、手短に彼女の『五分間』を説明した。といって難しい物語は無い――

彼女もまた、あの昂揚感《こうようかん》・酩酊《めいてい》・陶酔《とうすい》そして恍惚感《こうこつかん》を痛感しながら此処《ここ》へと舞い戻ってきたこと。そう、〝終《つい》に、とうとう〟〝なんて美しいこの旅路〟等々と痛感しながら、かつ、〝長く長く歩いた〟謎の記憶をたもちながら、また此処《ここ》へ出現してしまったこと。住所・氏名・年齢・性別・学籍といった、自分を自分と特定できる個人情報は憶えていること。卒業夜祭《やさい》で高校の正門を出たのも憶えていること。でも、それ以降の行動がまるで思い出せないこと。そんな感じで、何故か左瞳《ひだりめ》から涙を流しつつ立ち上がると、そこはもう、無窮《むきゅう》の青空・無窮の川・無窮の草原・無窮の桜堤《さくらづつみ》から成るこの世界だったこと。そして四方《しほう》を確認しようと躯《からだ》を動かし、まさに顧《ふりかえ》ったその刹那《せつな》……

「いきなり襲われたんだ。感覚としては、どうにか薄皮一枚《うすかわいちまい》であの鉤爪《かぎづめ》を見切った感じ」

「えっいきなり鉤爪だったの？」

私は、背を合わせ三六〇度の警戒をしあっている冬香の、冬セーラー服その他に手で触れていった。成程《なるほど》、まさしく薄皮一枚で肉を斬られるのを避《さ》けた感じで、制服が鋭利に裂かれている箇所《かしょ》が幾つかある。その大きさに長さに部位。冬香でなければ、それぞれが致命傷になっていても全然面妖《おか》しくない。少なくとも、冬香でなければ冬セーラー服その他はもう着られない程度にバッサリ断たれていただろう……

（この感触。これは確かに、『いきなり鉤爪』としか言《い》い様《よう》がないわ。けれど、斬り裂かれてしまっている箇所を除いたら）

――このとき、私はもうひとつ私達にとって意味あることをこの手で確認できた。

冬香についても私自身についても、それぞれのセーラー服やプリーツスカートは、最初なり前回なりと同様、しっかりアイロン掛けしたばかりな感じ。古典的に美しいローファーも、既に戦闘を経ている冬香の方が微妙に煤《くす》んではいるものの、鏡の如《ごと》くぴかぴかにしてから時を置いていない感じ。まして、冬香のトレードマークとも言えるふわふわで優雅なボブ――血は貴いけど悪戯《いたずら》なペルシア猫のようなボブは、既に戦闘を経ている分の乱れを差っ引けば、これから朝礼にでも風紀検査にでも出られそうなほど整っている。無論、私は私の髪もまた、朝イチで整えたような状態だということが分かる。これらを要するに、最初なり前回なりで『説明を受けた』如《ごと》く、私達は〈綺麗な初期状態〉〈平穏無事な状態〉〈最も長く認識していたイメージ〉どおりの服装――いや持ち物とともに、ルールどおりにまたこの世界に出現した。こうなる。

（そして、ルールどおり最初どおり前回どおり、あの自動機械が現れた。確かに声もする）

ただ『鉤爪《かぎづめ》』を用いてきたというのなら、冬香を『いきなり襲った』のは変形《へんぎょう》後の自動機械だ。そう、不気味な仮面を帯びた骸骨《がいこつ》の巨大な怪鳥のほう。日本刀の如《ごと》き鉤爪と、ギロチン・斧《おの》・鉞《まさかり》の如《ごと》き両翼をそなえたあのバケモノのほう……それはそうなる。

（だって変形《へんぎよう》前のあれは、無貌《むぼう》で裸で透明で、武装といえば両の腕を鞭《むち》にするしかないのっぺらぼうの、〈ガラスの人擬《ひともど》き〉だったんだから）

――ここで、冬香は流石《さすが》にすぐ私の意を酌《く》んでくれた。知りたいことを教えてくれる。

「いきなり鉤爪だったよ初音。最初なり前回なりの、〈ガラスの人擬き〉の段階はナシ」

「……あっちも手慣れてきたのかな？」

「勘弁して。だったらせめて前回どおり、竹刀《しない》の二本くらいは用意しておいてくれないと」

「念《ねん》の為《ため》だけど、そんな様子は――」

「徒手空拳《としゆくうけん》で二〇〇ｍほど逃げまくってきたけど、今の所、初音しか落ちていなかった」

「あの春霞めいた、桜の花吹雪のほうから来たの？」

「うんそう。最初に起きた地点はもう見えない。ていうか見えたら鬼さんが飛んでくる」

「成程《なるほど》」

私がすっかり納得したその刹那《せつな》、立て続けにふたつの現象が発生した。そのひとつは。

「きゃあ!!」

「うわっ!!」

「な、何だ!?」

いきなり感じる重量と衝撃。いきなり感じる暗転。

……ただ私について言えば、暗転は数瞬、あるいは数瞬未満ですんだ。

だからその暗転が何故起こったのかも解ったし、何故重量を感じたのかも解った。何故、いきなりの衝撃を感じたのかも……

「――ち、千秋《ちあき》!!」

「う？　うう、ん……」

それは三年二組箏曲《そうきょく》部の、ハーフアップが独特な感じでほんわかしている天然系少女、西園《にしぞの》千秋だった。何を今更だけど、この世界での迷子《まいご》仲間だ。そしてこの千秋が私の知る千秋だということも自明だ。というのも迷子仲間にとって、『服装が初期状態であること』『左瞳《ひだりめ》から涙を流していること』『〝終に〟〝あの旅路〟〝私の願い〟等々の譫言《うわごと》を言っていること』は言わば身分証明だから。謎の遠足仲間であることの本人認証だから。

（その迷子仲間である千秋が空から、宙《ちゅう》からふってきた）

……素直に川辺で寝かせてくれない遣《や》り口《くち》もあるようだ。いきなりヒトを宙空《ちゅうくう》から舞い下ろす……ううん、ドスンと墜とすだなんて。まして、その千秋と私とは接触事故ですんだけど、もろ頭に『舞い下りられた』冬香の方は、悲喜劇的なかたちで、千秋のスカートの中に頭を埋《うず》めたまま、腕も脚もジタバタさせつつ苦悶《くもん》と抗議の声を上げている。

「ちょっと!! 重い!! 痛い!! なんなのいったい、さっきから!!」

「……う、冬香？」千秋の起床もいきなりのものとなった。「ここは……あの桜と川の」

「千秋だね？ 分かったら退《ど》いて、予想どおり重いから、私千秋のお尻に興味無いから!!」

「ううっ、今ちょっとかなり非道《ひど》いこと言われた様《よう》な気がするわ、ディセンション」

千秋は急いで左瞳《ひだりめ》の涙を拭くと、しかしすぐほんわかしたペースを取り戻し、制服やその下をおっとりと整えながら立ち上がった。そしていった。

「長く長く歩いて……またここに来ちゃったのね、初音も冬香も。改めておはよう～」

「千秋いま臨戦状態なんで——」冬香も頭をさすりながら立ち上がる。「——機関銃とかショットガンとかクロスボウとか、『持ち込んで』いてくれると嬉しいんだけどな？」

「う～、残念ながら手ぶらね、夜祭《やさい》のトーチもないくらい。

そもそもこの世界のルールでは、前回の『竹刀』『和弓』さえ消えている筈《はず》だしね」

「だね。総員退場とともに、世界がリセットされるらしいから。ともかくもこれで三人か。でも私確かに、千秋にも初音にも出会う前、誰かヒトの声を聴いたんだけど……」

冬香がそう首を傾《かし》げた刹那《せつな》。

立て続けに起こった現象の、その第二のものがまさに発生した。発生してしまった。

「あっ」

……まさに、あっという暇《ま》の出来事。

私が文字どおり『あっ』と言ってしまったそのうちに、千秋墜落のときは暗転した世界が、今度は桜の花吹雪によって白桃・薄紅に転じる。すべてが。たちまちのうちに。

そして、その白桃・薄紅の濃霧の中から――

「初音避《よ》けてっ!!」

「あうっ!!」

――その白桃・薄紅の濃霧の中から突如として現れた、あの自動機械一匹が。

冬香の必死の警告にもかかわらず、何の脚捌《あしさば》きもできなかった私の、太腿《ふともも》からお腹のあたりまでを大きく斬り裂いた。

V

「初音!!」

「初音っ!!」

……見苦しく、蚊弱《かよわ》く、膝《ひざ》を折って悶絶《もんぜつ》しそうになる私。

またもや感じる、焼けつくような凍《い》てつくようなあの激痛。

私はとうとう川辺の草々の上に蹲《うずくま》りやがて突っ伏《ぷ》した。

急いで結ばなければ穿《は》けないほどスカートが大きく裂ける。

セーラー服の上衣も、インナーごとバッサリ断たれているのが分かる。

(冬香みたいに……薄皮一枚《うすかわいちまい》、とはいかなかったな……)

懸命に上げようとする首と顔が、桜の濃霧から出現したあの自動機械一匹をとらえる。

間違いなく私の流した血が、その日本刀のような鉤爪《かぎづめ》から生々しく滴《したた》っている。

(思い出すまでもなく、とても忘れられやしないこの凶悪な殺戮《さつりく》機械……)

……今《いま》無残に斬り裂かれた、桜瀬女子《おうせじょし》の黒白モノトーンのセーラー服とはまるで印象の違う、その闇夜以上に黒い黒、光以上に白い白。デッサンの狂った、まして翼ある異様な骨格標本。ヒトが知る生物とは思えない、奇矯《ききょう》で未知な体躯《たいく》に四肢《しし》、頭部に翼。あまりにも奇矯で未知のものだから、もう宇宙人か神話の怪物を思わせる。まして既知《きち》のこと。佇立《ちょりつ》したその躯《からだ》は優に二mを超え、黒白モノトーンの翼を展《ひろ》げれば優に四mはある。

きいぃぃぃぃぃぃぃ――――

「初音、どこ~!?」

「初音、声を出せっ!!」

(……もう、視界ゼロ。冬香も千秋も見えない。まして声を出すことさえ……何《ど》処《こ》へやら、私を殺そうとした自動機械一匹は、とても奇妙で微妙なタメを置きながら、ゆっくりと私に歩み寄ってくる。

私がどうにか首と顔以外も起こそうと、川辺の草々を掻《か》きむしるように地を這《は》い肘《ひじ》を使い、懸命に方向転換しつつバケモノから距離をとろうと足掻《あが》いていると――

「初音、つかまって!!」

「……な、夏衣《なつえ》?」

もう紹介するまでもないけど、それはかつての生徒会長、三年三組弓道部の南雲《なぐも》夏衣だった。当然、というのも変だけど、左瞳《ひだりめ》からの涙の痕跡を顔に残した、服装もほぼ初期状態の南雲夏衣だ。すなわち私は、この桜の濃霧の中、とうとう四人目の『迷子仲間』と遭遇したことになる。

その夏衣は、地を這《は》い草を這う私をたちまち回収し、最初は私を肩で担《かつ》ぎながら——しかし後には私をもうおんぶしながら、視界ゼロのこの無窮《むきゅう》の川辺を、懸命に駆けようとしてくれる。バケモノから距離をとろうとしてくれる。ただただ夏衣におぶわれるしか無かった私は、彼女の鳶色《とびいろ》がかったセミロングの湿りとそれゆえの強い香りを……ううん、彼女が今《いま》顔から首から、そしてきっと躯中《からだ》から流す汗の雫《しずく》を数多《あまた》感じた。荒い呼吸のその温度、その匂いも。こんなときだけど、こんな……素敵な夏衣を見、夏衣を直《じか》に感じれば感じるほど、剣道仲間の冬香の、その無神経に憤《いきどお》りみたいなものを憶える。

……そんな私の、不要不急《ふようふきゅう》の、それこそ無神経な物思いに罰《バチ》が当たったのか。

「あっ!!」

突然、夏衣が叫ぶ。突然、夏衣の懸命の疾駆《しっく》が止まる。突然、夏衣の躯《からだ》がぐんと沈む。私は突然、どんな力と勢いの拍子《ひょうし》か、依然として視界ゼロの桜の濃霧めがけ、思いっ切り前方へと投げ出される。そして思いっ切り顔から地を舐《な》める。まるで、夏衣に背負い投げでもされたかの様《よう》に……

(ああ、もうあちこち痛すぎて何が何だか……

で、でも泣き言をいっているときじゃない!! だって夏衣は今!!)

——夏衣は今《いま》何かに蹴躓《けつまず》いたんだ。そう、まるで冬香と私が今回ここで出会ったときの様《よう》に。頭でそんな嫌な予想をしてハッと顧《ふりかえ》ると、どうにか私達の位置関係が分かる。嫌な予想は大正解だった。前方へ大きく投げ出された私。私を投げ出す格好になった夏衣。そして。そして。

そして、なんてこと。

(その夏衣の奥にいるのは。夏衣が今《いま》蹴躓いたのは……る、流菜《るな》!!)

三年二組茶道部の三つ編み文学少女、時村《ときむら》流菜だ。千秋のクラスメイトの。その流菜はしかし千秋と違い、『素直に川辺で寝かせてくれる』方法でこの世界に出現した様《よう》だ。というのも、遠目に見たってまさに『起きたて』だったから。俯《うつぶ》せにすやすやと寝ている所を、まさに『踏まれたて』『蹴《け》られたて』だったから。

流菜は今まさに、いつかの私の如《ごと》く、腕立て伏せみたいに両腕を地に立て、がばっと上半身を起こそうとしている所。どこか訝《いぶか》しげに。どこか朦朧《もうろう》と。それはそうだ。流菜だろうと他の迷子仲間だろうと、それはそうなる。長く長く歩いただの、終《つい》にとうとうだの、旅路だの願いだの……意味不明な記憶と恍惚感《こうこつかん》のるつぼにいる様《よう》なものだから。まして流菜の様子を更に見れば、そもそも俯《うつぶ》せだった所を躯《からだ》も頭も踏まれたらしく、腕立て伏せの体勢のまま、時折、腰や頭を痛そうに撫《な》でている。

ともかくも流菜は今、突然の打撃を感じながら、どうにか起きようとしている所。

その流菜に蹴躓《けつまず》いたらしい夏衣は、倒れたときの打ち所が悪かったんだろうか、まるで熟睡しているかの如《ごと》くに、キレイに失神してしまっている様《よう》。

私が既に鉤爪《かぎづめ》の攻撃その他でボロボロというか、たぶん瀕死《ひんし》なのは言うに及ばない。

(……そして、最悪なのは)

私の先に。だから夏衣の先に。だから、流菜のその先に。

私のクリムソンレーキの血を滴《したた》らせたままの、あの自動機械一匹がいることだ。

それぞれが、この桜の濃霧の中でさえ視認《しにん》できるほど近い。とすれば、当然。

(あの自動機械は直近の流菜を襲う。そして今《いま》見渡すかぎり流菜を救えるのは)

——私だけだ。

私はもう何も考えず、最後の気力をふりしぼっていよいよ駆けた。お腹と太腿《ふともも》を大きく斬られた傷《キズ》が、大きく開くのを自分でも感じる。濃密な血の匂いも感じる。もちろん私が流している血の匂いだ。

私はもう何も考えられず、取り敢えず手前側の夏衣を蹴り飛ばす様《よう》に桜堤《さくらづつみ》と思《おぼ》しき方へ押《お》し遣《や》ると——火事場の莫迦《バカ》力か、夏衣はどうにか桜の濃霧の先へと消えてくれる——ただただ叫びながら流菜に取り縋《すが》り、流菜の腕を採り、抱き起こして肩に担《かつ》ごうとした。

「流菜!!　流菜!!　しっかりして!!　逃げるから!!」

「私の……たったひとつの……願い……」

「流菜!!」

「えっ……なか……」

はつ、ね？　泣かないで……初音、どうして、泣いてるの」

流菜が如何《いか》にも目覚めたての、朦朧《もうろう》とした感じで私の名を呼ぶ。本人認証ともいえるあの譫言《うわごと》とともに。ただ私はもう泣いていない。流菜はまだ夢現《ゆめうつつ》なんだろうか。それとも私が汗でも落としているのか。怪我の所為《せい》で、冷や汗か脂汗《あぶらあせ》をぼとぼと落としているんだろうか。こんなときなのに私は流菜の顔を見詰めた。俯《うつぶ》せだったし踏まれたしで、川辺の草々の切《き》れ端《はし》や軟らかい土が鼻に頬《ほお》にくっついていたけど、だから顔が地にべたっと接したんだろうけど、そこには私の冷や汗も脂汗も落ちていない。まして彼女自身の血や怪我もない。要は、草と土以外何も問題ない。私は汚れに対する反射として、そんな流菜の顔をサッと手で拭《ふ》こうとし——その結果、こんなときだからこそ大事なことに気付けた。

(そうだ、流菜は!!　流菜は、私達迷子《まいご》仲間で唯一の!!)

顔を余りに見慣れているので、意識できなかった。

流菜の親友の千秋なら、最初から気付けていただろう。

――私はもう、咄嗟《とっさ》に。

依然としてゆっくりゆっくり、奇妙で微妙なタメを置いて歩み寄ってくる自動機械を見遣《みや》りつつ――先刻《さっき》と同じおかしなタメだけど今はとても有難《ありがた》い――流菜の顔から、彼女のトレードマークである如何《いか》にも女学生的な、だけどかなり可愛らしい大ぶりの丸眼鏡を採《と》り上げた。太陽のない、まして今や桜の濃霧の最中《さなか》にあるこの世界で、しかし学校や寮で人の眼鏡を調べるときみたいに習慣的に、その丸眼鏡を天に翳《かざ》し確認してみる。

(ああよかった……割れても欠けても曲がってもいない!!

流菜の顔と一緒で、やっぱり草と土が付いているけど、キレイに乾いた奴だからすぐに拭《ふ》ける。変な曇りも染《し》みもない。ほとんど初期状態のままだろう。よかった)

「なっ……何、はつ、ね……私の眼鏡、どうか、した?」

「ううん大丈夫!!」私はお腹の底から声と血を出し、流菜の素顔にまた眼鏡を嵌《は》めた。「取り敢えず急いで駆けるから、私の肩につかまって!! ううん私におぶさって!!」

私は流菜の返事も待たず彼女を持ち上げる。きっととても蚊弱《かよわ》く、とても非力に。だから実際の所、『持ち上げた』とはとても言えなかったろう。私が全然動かせてはいない流菜の下に、地を這《は》ってどうにか潜《もぐ》り込んだだけだ。ただ、流菜の下になって彼女のお腹とお臍《へそ》が見えたとき、連想で、自分のお腹の怪我がいっそう激しく痛み出す……

(だから!! 泣き言をいっている場合じゃないっての!! 冬香が見ていたら笑われるよ!!)

自分を叱咤《しった》し、一気に流菜をおんぶして立ち上がった。太腿《ふともも》に激痛がはしる。上等だ。

私はそのまま、依然としてゆっくりゆっくり、奇妙で微妙なタメを置いて歩み寄ってくる自動機械を一度だけチラ見すると、ひたすらに其奴《ソイツ》を背にして真《ま》っ直《す》ぐ駆け始め逃げ始める——左右に逃げるとか、遮蔽物《しゃへいぶつ》の方へ逃げるとか、そんな気の利いた選択肢は無かった。幸か不幸か、自動機械が歩み寄ってくる動線なりベクトルなりは川沿《かわぞ》い。川に沿って驀地《まっしぐら》。その左右というなら対岸の様子も分からない無窮《むきゅう》の川と、駆け上がるには強い傾斜がありすぎる桜堤《さくらづつみ》への丘しかない。なら、小賢《こざか》しいことをせず川辺をひたすら逃げるしかない。自動機械の性能は分からないけど、吹きすさぶ桜の濃霧が味方してくれるかも知れない。少なくとも、既にこの世界で本人認証ができた冬香＝千秋と合流できるかも知れない。少なくとも、失神してしまっている夏衣から自動機械を遠ざける必要だってある。だからとにかく川沿いを駆けなきゃ。彼奴《アイツ》から距離をとらなきゃ。

まして、乞《こ》い願《ねが》わくは……

（天使さんが……そう霧絵さんがこの〈誤差領域〉の異変に気付いてくれたなら!!）

流菜は軽い。川辺に果ては無い。体力が続くかぎり、流菜を背負ってこうして逃げ続けられれば。

……だけど。

私が不覚悟《ふかくご》にも、鬼ごっこの鬼を恐がる様《よう》に、また後方をチラ見してしまったとき。

何故かちょうどキレイに、自動機械と私の軸線が、ぴたり合わさってしまったとき。

自動機械は、鬼は、いったい何に興奮したか、私からすれば猛ダッシュを開始した。

「なっ……なんでよ突然!!　もうちょっとだけゆっくりかまえていなさいよ!!　闘牛じゃないんだから!!　そもそも私、美味しくも面白くも赤い布でもないわよ!!」

私は自分を鼓舞《こぶ》する様《よう》にくだらないことを言いながらひたすらに駆ける。

駆けて、駆けて、駆けて……

……ううん、客観的にはそんなもんじゃなかったんだろう。

日本刀も吃驚《びっくり》の鉤爪《かぎづめ》で引き裂かれたのだ。そもそも瀕死《ひんし》だ。

そんな怪我人なり病者なりの疾駆《しっく》なんて、赤ん坊のよちよち歩きみたいなもの。

だから。

よたよたと、ふらふらと、おろおろと流菜をおぶっていた私は。

たちまち自動機械に追い着かれ。

取り敢えずの挨拶《あいさつ》みたいに猛烈なタックルをかまされて。

背中の流菜もろとも強い衝撃を受け、ふたりそれぞれ、バラバラに吹っ飛ばされた。

絶叫する私は、桜堤《さくらづつみ》への丘まで薙《な》ぎ払《はら》われて、草と土のその壁に激突させられる。

「る、流菜っ!!」

「……く、くはっ」

もう、息をするのも自由にならない。

(だけど……だけど流菜は!! 流菜は私が搬《はこ》んじゃったから!! 私が守らないと!!)

私は悶絶《もんぜつ》しそうな苦痛の中、懸命に流菜の行方《ゆくえ》を瞳で追う。きっと大怪我した流菜を。

残酷なことに、そんなときだけ、桜の濃霧が薄れてゆく。まるで意志あるかの様《よう》に。

ところがその分、ちょっとだけ、ううんかなり嬉しいことに……

「——あっ、夏衣っ!!」

「初音!?」

私が『戦場』から蹴り出した夏衣が、失神させられていた夏衣が戦線に復帰してくれた。

私はまるで誰かにポンと優しく肩を叩かれ元気づけられたかの様《よう》に、ハッと我に帰る。

「夏衣……流菜を、流菜をお願い……!!」

「大丈夫!!」大丈夫だから。夏衣は気丈《きじょう》に繰り返した。「初音はもう動かないで絶対に!!」

「あとは……お願い……」

私にはもう、事《こと》の顚末《てんまつ》を目撃することしかできない。

それすら懸命に努力しないと、糸が切れた様《よう》にできなくなるけど……

……両《りよう》の瞳《ひとみ》で、霧の薄まり始めた『戦場』を目撃する。

私と一緒に吹き飛ばされ、素足をあらぬ方向に投げ出した半端《はんぱ》なでんぐり返しのような、半端なブリッジのような酷《むご》い格好のまま動かない流菜。急いでその流菜を『回収』『確保』し、急いでその流菜の乱れていた制服・眼鏡その他を整える夏衣。その夏衣はすぐさま、いつかの私の如《ごと》くに流菜を『蹴り飛ばし』『放り出し』て桜の濃霧の先へ離脱させるや、やっぱり気丈《きじよう》にも、なんと殺戮者《さつりくしや》たる自動機械に痛烈な体当たりをかました。

(冬香と夏衣は武闘派だけど……あんなバケモノに素手転《すてごろ》の体当たりだなんて!!)

やっぱり夏衣は元《もと》生徒会長、私達のリーダーだ、なんて観客的な感想をいだいていると。

「夏衣、加勢するよ!!」

「あっ、未春《みはる》!?」

「そして初音、しっかり!!」

——無論、どの声も私のじゃない。

ただ、その声を聴くだけで。今、その手が肩に触れるだけで。

この世界に再び出現したとき泣いて以降、絶対に泣いてなどいなかった私の瞳に、ぶわっと涙があふれくる。

そしてその、涙で染《にじ》んだ瞳でも分かる。

今や、強い意志を感じさせる程《ほど》のいきおいで薄れゆく桜の濃霧。

その桜のヴェールの奥から終《つい》に飛び出してきてくれたのは、私がいちばん……

(ううん今そんなことは無神経だ)

……ともかくも、それは私がいちばん信頼している同級生・クラスメイト。

三年一組吹奏楽部の、東都《とうと》未春だった。

最初にこの世界を経験したとき、そう前回のとき、いちばん最初にこの世界で邂《めぐ》り逅《あ》えて心底嬉しかった、東都未春。いさぎよくもあり少女的でもある、楽譜あるいは音符の如《ごと》き、躍動的で甘やかで、とても大きなポニーテイルもあのときのままだ。まるでいつものまま。

(ああ、未春ももう一度迷子仲間になってくれた!!)

大怪我をしているのに激し過ぎる運動をした所為《せい》か、余りの嬉しさ故《ゆえ》か——脳内麻薬がガンガンに出ているかの様《よう》に、お腹の激痛も太腿《ふともも》の激痛も消えてゆく。ちょうど、桜の濃霧が薄れゆくのとシンクロするみたいに。ううん、私がそれだけ昂揚《こうよう》・興奮するのも無理はない。何と言っても未春だから。

そんなシンクロに乗って、クリアになってゆく頭で考えれば、まず嬉しい事に。

(今回ここで出会えた順に、冬香＝千秋＝夏衣＝流菜＝未春。総計六人。これって実は)

——私を入れて総計六人。前回のとき可哀想な風織を失った迷子仲間の、実は全員だ。この不可思《ふかし》議《ぎ》な世界にまた勢揃《せいぞろ》いしてしまったのを、単純によろこんでいては駄目なんだろうけど、それでも。

(それでも!!

実際に、皆《みんな》が、今もう一度私の眼前に、そう実際に勢揃いしてくれるのは嬉しい……!!)

そうだ。

次に嬉しい事。

すなわち迷子仲間の総計六人は、あの意地悪な桜の濃霧が薄れゆくのにシンクロして、この現場に実際に集合できたのだった。私は涙をゴシゴシ拭きながらしっかり数える。

まず、自動機械に襲撃され吹っ飛ばされた、①流菜と、②私。流菜はその後、夏衣に介抱《かいほう》され、夏衣に蹴り飛ばされるが如《ごと》くに戦場を離脱したけれど、イザ桜の濃霧が晴れてみれば、結果として私といちばん近い所で倒れている。その流菜と私の距離は、ザッと二五mくらいか。

次に、残酷な自動機械に対し、余りにも気丈《きじょう》に体当たりをかましてくれた、③夏衣。それでも痿《ひる》むそぶりや身動《みじろ》ぎを見せず、どこか『キョトン』としたままの自動機械に対し、今度はなんとそれを仰《の》け反《ぞ》らせ、まして一歩二歩後退させるだけのショルダータックルをかましてくれた、④未春。

（確かに前回のとき、私達はバケモノらの躯《からだ》をぶんまわしていたから、骸骨《がいこつ》の怪鳥に見掛けほどの重さが無いことは分かっている。でも、吹部《すいぶ》の未春が身《み》の丈《たけ》二mにして翼幅《よくふく》四mはある自動機械を仰《の》け反《ぞ》らせ後退させるだなんて……体育会系文化部って侮《あなど》れないわ）

そして今、活躍しているのはその未春だけじゃない。

最後に、桜の濃霧ではぐれてしまった、⑤冬香と、⑥千秋が戦闘に加わる。傍目《はため》で察する所、無闇なまでに士気旺盛《しきおうせい》だ。私はふたりもまた、竹刀《しない》も無ければ和弓《わきゅう》の援護もない今回、徒手空拳《としゅくうけん》で例えば体当たりを試みるんだろうなって思っていたけど——

「皆《みんな》!!　皆《みんな》聴いて!!」千秋の絶叫。「オバケから離れてね、とにかく距離をとってねアーメン!!」

「何処《どこ》に飛んでゆくか分からない!!」冬香の大声。「できるだけ遠くに逃げるんだ!!　千秋、出し惜しみなしでいきなり全開!!」

「うんいきなり全開ね、了解っ」

その意味が解らずポカンとした私の脳を、もろ次の刹那《せつな》、すさまじい轟音《ごうおん》が襲った。

　ばん!!

　ばん、ばんばん!!

　ばんばん!!　ばん!!　ばんばんばん!!

（——け、拳銃!?　す、すごい爆発音というか破裂音!!　それがええと、一〇回も!!

拳銃ってこんな轟音《ごうおん》がするの!?）

きいぃぃぃぃぃぃ――――

きいぃぃぃぃぃぃ――――

夏衣と未春の直接攻撃以来、依然として『キョトン』としたままだった、ううん、きっと未春の強烈な攻撃に『吃驚《びっくり》』したままだった自動機械は今、いよいよ『悲鳴』としか聴こえない雄叫《おたけ》びを上げた。それは無論、桜のヴェールの奥から合流してくれた冬香と千秋が、今回は『拳銃』なる物騒《ぶっそう》で便利な武器を使ったから……成程《なるほど》、無闇なまでに士気旺盛《しきおうせい》な訳だ。

(前回よりも圧倒的に火力が出るからなあ。あっ、前回は弓矢だから火力じゃないのかな)

――ともかくも、拳銃だなんて。まさか桜瀬女子《おうせじょし》では手に入らない。ううん、桜瀬女子だろうと瀬戸内《せとうち》だろうと日本だろうと、私達ふつうの女子高校生が拳銃を手に入れ、まして卒業夜祭《やさい》のその夜にそれを『所持している』『落とさない』だなんてあり得ない。なら。

(拳銃は、武器は、またこの世界に『落ちて』いたんだろう。

教えてもらったこの世界の、物の『持ち込み』ルールから考えてそうなる)

もしこの世界に意思があるのなら、前回の善戦ぶりから、素直に竹刀と和弓を用意してくれた方が有難かったけど――でもこの世界に意思があったとして、『使い慣れている』『使い慣れていない』といった、極めてヒト的な概念なんて無いのかも知れない。だから単純に、火力なり攻撃力なりのステージを上げてくれただけなのかも知れない。

というのも、もしこの世界に『使い慣れている』『使い慣れていない』の概念があるのなら――夏衣＝冬香＝私が躯《からだ》の一部とも感じる『竹刀』『和弓』の方が、やってみないと使い方も威力も弾数も何もかも分からない『拳銃』なんかより、よっぽど安全で確実だと解る筈《はず》だから。

それは前回、竹刀を取った私自身が、恥ずかしながらデモンストレーションしたことだ。ましてそれは前回、学校での姿とまるで一緒だった夏衣の立ち居振る舞い《たいふるまい》や射法八節《しゃほうはっせつ》の、キレイなよどみなさ流麗《りゅうれい》さを一瞥《いちべつ》したなら、誰にでもすぐ解ったことだ。

そう、『使い慣れている物がベスト』だと……

(……って前言撤回《ぜんげんてっかい》!!) 私は自動機械の現状に吃驚《びっくり》する。(何処《どこ》に飛んでゆくか分からないって、冬香自身が断言していたのに。冬香も千秋も、ひょっとして超A級スナイパー?)

――成程《なるほど》、自動機械が悲鳴の雄叫《おたけ》びを上げる訳だ。

ほぼ眉間《みけん》。ほぼ肩。ほぼ胸中央。ほぼ脚の付け根。

銃弾は、まるで殺し屋が狙《ねら》い澄《す》ましたかの様《よう》に、ヒトの急所や、生き物の動きを封じる箇所を直撃している。特に眉間がいちばん分かりやすい。骸骨鳥《がいこつどり》には仮面があるから。その不気味で不可解な白い仮面の額《ひたい》には、なんと三発もの弾痕《だんこん》が確認できる。天使さんの自動機械に脳があるのか、あるとして何処《どこ》にあるのか全然分からないけど……その必殺の三発を始め、他の重要箇所をも見事に直撃した数多《あまた》の銃弾が、今バケモノ鳥を苦悶《くもん》させ、悲鳴を上げさせているのは間違いない。要は、急所は分からないけど利いている。

「トドメを刺す!!」腹筋の利いた冬香の大声。大声は私達の得意技だ。「皆《みんな》もっと離れて!!」

かなりの矢数《やかず》を掛けた……じゃなかった、かなりの弾数を消費した冬香と千秋は、やはり無闇なまでに士気《しき》旺盛《おうせい》なまま、ズンズンと、ひしひしと、草々の川辺を闊歩《かっぽ》しながら自動機械に直進してゆく。冬香の性格からして、どう考えても至近距離で決着をつける構えだ。剣道部の私達は、弓道部の夏衣のような遠距離戦・狙撃戦に不慣れだから。剣道場はほぼ一〇m四方《しほう》だから。

――しかし、冬香と千秋がぐんぐん自動機械に肉薄しているその内に。

悲鳴の雄叫びを上げていた自動機械は、ハッと我に帰った様《よう》に、まるでこの世界から何かの命令を受けたかの様《よう》に、急にしゃんとした。私の主観としては、急に緊張して背筋が伸びた。そしてそのまま白い仮面の顔を左右にし、戦場を、私達を見渡してゆく……何かを考えている様《よう》な。何かの段取りを組み立てている様《よう》な。無論、そのあいだにも冬香と千秋の肉薄はやまない。勇猛果敢《ゆうもうかかん》に、自動機械からもう一〇m強の地点にいる。

けれど私は気付いた。今はすっかり桜の濃霧が掻《か》き消えていたから気付けた。どうでもいいことと、今とても大事なことに気付けた。

どうでもいいこととしては——もう見渡せるあの大きな川の上で、そうだ、前回も見た、白鳥とも何とも断言しかねる真白《ましろ》い水鳥《みずとり》が、悠然《ゆうぜん》と遊んでいる。一羽二羽じゃない。六羽、七羽、八羽……その微妙に不思議な様子は、私にあからさまな既視感《きしかん》を感じさせる。

(あの水鳥たちの様子は、まるで——)いや違う。今それはどうでもいい。私が気付けた、今とても大事なことというのは。(——流菜だけが、意識のないまま孤立している!!)

……それはそうだ。流菜は失神したまま、夏衣に戦場から蹴り出されたまま。残る冬香＝千秋は拳銃組、夏衣＝未春は体当たり組で、どのみち誰もが意識を持って戦闘に参加しあるいは拳銃から避難している。私達迷子《まいご》仲間は総勢六人だから、残るは意識ある観戦者の私と、失神したままの流菜だけ。人数を数えるまでもないことだ。

おまけに。

いまひとつ、私が気付けたこと、気付けてしまったこと……

(気配《ニオイ》が分かる)骸骨鳥《がいこつどり》の気配《ニオイ》が分かる。その挙動《きょどう》で分かる。(何かのプログラムを施されているのか、この世界から命令を受けているのか——いずれにしろ今、怪鳥は捜《さが》し求めている。獲物《えもの》を見定めている。私達を見渡しているのはそういう意味だ。

そして私の悪い予感が確かなら!!)

私はしゃがんだ姿勢からいきなりの猛ダッシュを掛けた。あれほどの大怪我をしたのに、こんなにも駆けられる。不思議だけどそれも今はどうだっていい。何故と言って。

（ホント、悪い予感ほど当たる!!）

私が疾駆《しっく》し始めたのと、怪鳥が躍《おど》り上がって両翼で冬香＝千秋を薙《な》ぎ払うや一目散《いちもくさん》に飛翔し始めたのが、ほぼ同時。あ痛、痛いっと、撥《は》ね飛ばされ川辺の地面に激突した冬香と千秋の悲鳴が、次の瞬間鼓膜《こまく》に届く。ふたりの着地の仕方が危険なものだったので、一瞬それに気を取られる。そのうちにも、飛翔いや滑空《かっくう》をしてあっという暇《ま》に距離を縮めてくる怪鳥。当然だけど飛んでいるから無茶苦茶《むちゃくちゃ》速い。私が必死の二五m走を終えるより確実に速く、私と一緒の目的地、私が目指す人に突進してゆく――

獲物《えもの》として見定めた、意識のない流菜に。

他の迷子仲間の誰よりも、私がいちばん近い位置にいるそんな流菜に。

（悪い予感ほど当たる!!）

今最《いま》も弱い流菜を殺し、せめて侵入者を独りでも減らそうっていう〈免疫〉の本能？）

自動機械が流菜に狙いを定めたのは気配《ニオイ》で分かった。怪我のハンデも忘れられるほど駆けられた。身を挺《てい》して流菜の上に飛び込み、流菜に蔽《おお》い被《かぶ》さって、そして風織のようにこの世界でドットやピクセルに還元されて死ぬそんな覚悟さえできていた。けれど。

（運動能力が段違いだわ……とてもこの競争、勝てない!!）

……そもそも怪鳥より先に流菜に到達できなくては、流菜を守るも何も無い。

けれど私の懸命な二五m走を嘲笑《あざわら》うかの如《ごと》く、怪鳥は私の遥《はる》か手前で既に流菜へと襲い掛かり、流菜の躯《からだ》をあの日本刀のような鉤爪《かぎづめ》で掻《か》っ攫《さら》うや、いつかのように、今まさに天たかく舞い上がろうとする所――

間に合わなかった悔しさからか、必死で駆けてくれた私の両脚は今、冗談のようにクロスして絡《から》まり、私は思いっきり顔から、川辺の草々へスライディングしてしまう。ハッと天を見上げれば、怪鳥は流菜を握り殺さんばかりのいきおいでガシッと鷲拿《わしづか》みにし、どこか嬉しそうに大きく羽ばたいては、更に天を目指している所。

（あんな鉤爪で握られても、あんな上空から叩き墜とされても、流菜の命は!!）

……いよいよ私がまざまざと風織を思い出して絶望したその刹那《せつな》。

「初音」

「み、未春……？」

諦《あきら》めと後悔とで、草々の地を舐《な》めたまま、ただただ突っ伏《ぷ》していた私。

そんな無様《ぶざま》な私を、未春は普段よりずっとずっと温かな手で、救《たす》け起こしてくれる。

普段よりずっとずっと温かな躯《からだ》で、まるで私を慰めるかの様《よう》に、抱き締めてくれる。

普段よりずっとずっと直截《ちょくせつ》で、まあその、本能的な感じで。

……元々、彼女に不謹慎《ふきんしん》な気持ちをいだいている私は、まるで癒《い》やされる様《よう》なその直截《ちょくせつ》な抱擁《ほうよう》に、

そして彼女のポニーテイル全体からひたすら感じられる強く生々しい汗の匂いに、酩酊《めいてい》しそうになる。防具の汗の臭いとかとは、主観的にはまるで異次元の、どこまでも顔を埋《うず》めて吸っていたい、その匂い。ヒトの肉・ヒトの肌・ヒトの熱の生々しい匂い。それが私の感覚を満たしてゆく……ううん違う。私がそれで自分の感覚を満たしている。私は今、いよいよ未春の躯《からだ》全体制服《せいふく》全体からひたすら感じられる、肉と肌と熱の匂い――そうイキモノの匂いとしか形容する言葉がないものを思いっきり吸い込んだ。

私はずっとそうしていたいと思いながら、平和だった学校生活で幾度となくした様《よう》に、そっと自分の指を差し延《の》べて、未春の左胸の校章を……いつも必ず七時五分の傾きをしてしまっている冬セーラー服の左胸の校章バッジを、零《れい》時零《れい》分の直立になおした。指で摘《つ》まんだバッジを、ギュッと固く締め直す。この無意識の手癖《てくせ》。これも立派な本人認証だ。私を抱き締めているのは〈初期状態〉でこの世

界へ出現した東都未春に間違いない。この世界にまた来てしまったのは未春にとって厄介《やっかい》で不幸かも知れないけど、この世界にまた来てくれたのは私にとってほんとうに有難《ありがた》く嬉しいことだった。あるいはそれ以上のことだった。私は怪我の痛みなど何処《どこ》へやら、もう此方《こちら》のほうから未春をぎゅっと抱き締め直し、抱き締め返している自分に気付く。

さいわいなことに、その不謹慎《ふきんしん》さにもだ。

(い、いけない、今は駄目だ、自分のことより未春のことより!!)

今は流菜が、風織の如《ごと》く死に瀕《ひん》している……二人目の犠牲者が出るのは、ほぼ確定。

「未春、どうしよう流菜が、ああ!!」

「大丈夫だよ」

「え」

「天使が、来たもん」

――私はハッとして、未春の胸に埋《うず》めていた顔を上げ、未春の顔を見詰めた。

湿ってしまっていたポニーテイルとは違って、すっかり落ち着いて汗の雫《しずく》のひとつさえ浮かべていない、〈初期状態〉のままのキレイな顔を。普段、学校で盗み見るとおりのキレイな顔を。その顔の瞳は、嬉しそうに大きな川を見ている。さっき私自身も見遣《みや》った、真白《ましろ》い水鳥《みずとり》たちが群《む》れ遊ぶ大きな川を。だから、私はまたハッとした。

「み、未春あれって!!」

「まったく、芝居がかった登場の仕方だよね……この二一世紀に必要ないよ」

ここから先は、秒単位の出来事だ。まさか一〇秒を要してはいない。

だから私には、まるで一連の出来事が、コマ送りのようにも思えた。

そしていよいよ甦《よみがえ》る、あざやかな既視感《きしかん》――

そうだ。

——いつしか無数とも言えるほどふえていたあの美しい水鳥たちが、一斉に天たかく舞い上がる。

ほんとうに、一斉に。真白《ましろ》く美しい翼を、美しい角度で開き。もう高貴とさえいいたくなる、躍動《やくどう》と滑空《かっくう》とをしめしながら。

（そう、水鳥が飛び立ってゆくよ……）

そして無数の水鳥はたちまち、この世界の天を蔽《おお》ってしまう。世界が暗転する。

しかしその暗転は、ほんとうに一刹那《ひとせつな》のもの。私はそれを知っている。

そうだ、あっ暗くなった——と思うこの刹那《せつな》。

（やっぱり!!）

とても眩《まぶ》しい、まるで奇跡のような閃光《せんこう》が私達を襲う。

生涯で二度目の経験となるその輝き。

世界を白く灼《や》くような光の爆発。

衝撃も爆風も熱波も何も無いけれど、脳の中まで、魂の内まで白く灼《や》くような光の爆発。

（あたかも、洗礼の様《よう》な……）

そして、思わず反射で閉じてしまっていた瞳《め》を、開くと。

——世界はいよいよ真っ白だ。世界はいよいよ真っ白な光に祝福される。

その光の正体は——その光がだんだん持ち始める具体的な意味は、羽根だ。

たくさんの白い羽根。古いペンの様《よう》なあの風切羽《かざきりばね》。ちょうど私の掌《てのひら》ほどの、鳥の羽根。

私はもう知っている。その無数の鳥の羽根が集まって、たくさんの真白い鳥を生み出すことを。羽根は翼になり、その翼は羽《は》ばたき、その羽ばたきはいよいよ無数の鳥になることを。小鳥というにはたくましく、鳥と言い切ってしまうには可憐な、無数の鳥になることを。あの水鳥とはまた全然違う、どこか愛くるしい、私の肘から先より気持ち小さい鳥になることを。そのあまりの数に、私達の瞳は今度は真白《ましろ》いスクリーンに蔽《おお》われることを。

（そして、これらの可憐な鳥が地に舞い下り、この真白《ましろ》いスクリーンがスッと下がったとき）

私は見る。川を、川辺を、草々を、桜堤《さくらづつみ》を。しめやかに散る、桜花を。

私は見る。この〈誤差領域〉が洗礼の閃光《せんこう》を受け、いわばその支配に服したのを。

だから今、私は聴くのだ。

　ばさばさばさばさ――

一際《ひときわ》大きな翼の音が、この〈誤差領域〉に響き渡るのを私は聴く。

吹奏楽部の未春の言葉を借りれば、『何かの喇叭《ラッパ》』の様《よう》な、貴《とうと》くも厳《おごそ》かなその響き。

だから今、私は見るのだ。

大きな川の対岸を。それ自身、今はぐっと此方《こちら》に近付いている川の対岸を。

数多《あまた》の真白《ましろ》い小鳥が、軌《き》を一《いつ》にして一遍《いっぺん》に躍り上がり翔《か》け上がったその川面《かわも》、その水面《みなも》を。

大きな川の、水の上を私は見る。距離にして二〇m。彼女の初期位置。

（ああ……やっぱり、まるで神様……!!）

［御機嫌よう。遅くなったわね］

今《いま》私の、そしてきっと私達皆《みんな》の脳裏に響き渡るその声。

これがきっとあの最初の出会いで、親切にもくどくどと説明してくれた思念なるもの。

（何て便利なの。声どころか字が解る。漢字と仮名《かな》の別さえも）

だからその主体は、もちろんのこと、私達ヒトなどでなく――

［幾許《いくばく》か野暮用《やぼよう》があったの。超過勤務ばかりだわ］

「き、霧絵さん!!」嬉しい様《よう》な、ムカつく様《よう》な。「ほんとうに遅いよ!!　はやく流菜を!!」

「ポニーテイルさんの言葉じゃないけど、私自身、二一世紀には不要とも思える儀典ね。まあできるだけ巻いて、三倍速程度でやってはみたのだけれど」

——とうとうきた、霧絵さん。

川の水の上に、翼を展げて佇立《ちょりつ》している、光輪《こうりん》まであるホンモノの天使さん。

ほんとうの名は知らないというか発音できないけど、私達が最初にこの〈誤差領域〉へ迷い込んだとき、なんだかんだいって諸々《もろもろ》くどくどと親切にしてくれた、ここの管理人……管理天さん。

ううん、親切どころじゃない。霧絵さんが救《たす》けに来てくれていなかったら、私達はその最初の機会でもう、自動機械に虐殺《ぎゃくさつ》され終わっていた……といって、それはもちろん風織を酷《むご》く虐殺した自動機械だし、またそれはもちろん、当の霧絵さんが完全に統率《とうそつ》し支配している彼女のしもべ。だからよくよく考えてみれば、『恩義』があるような『貸し』があるような変な気持ちになるし、何より引き続きのしれっとした口調がどこかムカつくし、何よりも、そう何よりも、急いで流菜を救《たす》けてもらわないといけない。

「だから流菜を!!」

「初音、私はヒトが近くで大声を出すのを好まない。

まして、一度聴いたこと、一度見たことを忘れる性格をしてはいない——

だから、そうね——鳶色《とびいろ》がかったセミロングさんと、あと、運動神経が無駄によさそうなふわボブさん？　私の声はちゃんと聴こえている？」

はい、と礼儀正しく答える元《もと》生徒会長かつ元《もと》弓道部の夏衣。

何だよそれ私名乗《なの》ったろ、と引き続き天使さんと相性が悪そうに抗議する元《もと》剣道部の冬香。

「今《いま》既に、Γρηγορι の機能を大きく制限してはいる。

もうその Γρηγορι が三つ編みの彼女に危害を加えることは無い。

――これから高度を下げさせながら、三つ編みの彼女を解放させるから、その『γιγοι』の手から三つ編みの彼女が落ちたとき、川辺で上手く受け止めて頂戴《ちょうだい》。そのお仕事のため、ヒト各位の怪我は治療するわ、というか被服《ひふく》等を含め、〈初期状態〉に直してあげる」

「落ちてくる流菜を受け止める？」相性の問題か、冬香の抗議は続く。「どうして流菜を素直に川辺まで下ろさないのさ？　あんたのペットを着陸させればいいじゃん？」

「それがそうもゆかないのよね」

「また何故」

「この玩具《オモチャ》は今の〈誤差領域〉にとって既に脅威なので」霧絵さんはどこまでもしれっと言った。「寸秒《すんびょう》を惜《お》しんで解体して塵《ちり》に帰す必要があるからよ。そして私が『γιγοι』を如何《いか》にして塵に帰すかは、ふわボブさんもきっと憶えているでしょう？」

「――げっ、あのバラバラボンの破裂爆裂かよ」

「さあ、叛《さか》らってても意味ないよ!!」未春が元気にポニーテイルを跳ねさせながら、御指名を受けた冬香と夏衣に駆けよって、ふたりの肩をポンと叩く。「今はあの天使の言うこと聴くしか無いんだし。ましてこの天使って、掟《おきて》か法律か何かで、ヒトに危害を加えることができないんだよね。そんな様《よう》なこと断言してたよね。だから、ふたりが受け止められないかたちでヒトを地上に墜とすだなんてあり得ない。それに不肖《ふしょう》、私もスタンバってるから!!」

「あっそうか。確かにそんなこと言っていたっけ」冬香は頷《うなず》いて。「ならまあ大丈夫だな」

「けど冬香」私は焦燥《あわ》てて右手を翳《かざ》した。私の先刻《さっき》の目撃が確かなら。「手、大丈夫なの？」

「やっぱり初音は解ったか」冬香は右手をちょっと翳《かざ》してこきこきさせた。「着地のとき、ちょうど人差し指をやられちゃったけど、私達にはまあよくある事だしね。唾《つば》でも付けときゃ大丈夫」

「無理しないでよ。冬香は弱音を吐《は》かなすぎるから。

この世界での怪我が後々どうなるか解らないけど、大学でも剣道、続けるんでしょう？」

私はそう言いながら、やはり冬香同様、怪鳥に吹き飛ばされて危険な着地の仕方をした千秋に左腕を翳《かざ》した。その千秋は、冬香とは違い突き指その他の怪我をしていなかった様《よう》で、ぐきっと地に突《つ》いていた左腕と左手を、大丈夫だよといった感じでひらひらさせる。

（よかった）竹刀の素振《すぶ》りなどで、冬香も私もその手の怪我には慣れている。（冬香はきっと大丈夫だけど、箏曲部《そうきょくぶ》の千秋は慣れていないだろうし、手指の怪我は可哀想だ）

［じゃあ状況開始。五秒後に三つ編みの彼女を墜とすわ。川辺も適度に軟らかくしておく］

（そうか、霧絵さんはこの〈誤差領域〉の管理人……管理天）ともかくも、この世界を管理・設計している天使さんだ。その彼女は断言していた。（そう、この世界の舞台装置なら、桜も川も空も鳥もどうとでもなるって。なら、川辺の気流や草々だってどうとでもなる道理だ）

だけど、『流菜を下ろすため着陸させる』程度の時間を惜しんで、そう『寸秒《すんびょう》を惜《お》しんで』あの自動機械を処分したい理由って何だろう？　成程《なるほど》確かに、あんまり頭の出来がよろしくない私が考えても、あの自動機械が出現したのはバグでエラーだ。それも、霧絵さんの意思とその施《ほどこ》したプログラムにハッキリ違反する、深刻な誤作動といえる。

（そんな深刻な誤作動を、『寸秒を惜しんで』処理したいってことなんだろうか？　でも、今はもう霧絵さんが完全にコントロールできている感じだし……たった一匹に蹴散《けち》らされる非力《ひりき》なヒトを思《おも》い遣《や》ったのかな？　あるいはシンプルにムカついたから？）

――ところが、私が深刻なような微妙なような、変な感じの物思いに囚《とら》われている内に。

「よっし!!」

「うん!!」

――もう自動機械は流菜を手離《てばな》し、もう流菜は夏衣＝冬香によって受け止められ。

だから急いで私が宙空《ちゅうくう》を見上げると。

ぼん
激しくも悲しげな破裂音とともに、私達を襲撃した自動機械は呆気《あっけ》なく、既視感《きしかん》ある四散をとげていた。先刻《さっき》冬香が言っていた様《よう》に、私達が最初の機会のとき目撃した様《よう》に……

そう、自動機械のモノトーンの体躯《たいく》は、まるで重力を感じさせない不思議な感じで、まるで『躯《からだ》の中心から全方位に』『均質で強烈な生《き》のエネルギーを加えた』感じで、三次元のあらゆる方向へ膨《ふく》らみつつ四方《しほう》に爆《は》ぜる様《よう》に、ぼんと解体・分解されてしまった……そしてその生《き》のエネルギーというのは、まさかヒトが知るものじゃない。あたかも光の粒子自身が、俄《にわか》に意志と力場《りきば》を持った様《よう》な、如何《いか》にも『天使』にふさわしいものだ。

（これもまた、この世界の登場人物の、本人認証だよね……）いや登場天物もいるし、今は其方《そっち》こそが大事だけど。（……すなわち最後に登場した、霧絵さん。今もずっと、川の上に浮かんでいる霧絵さん。わるいまほうつかいの様《よう》に、何かの力を繰《あやつ》るみたいに、儀式めいた感じで、自動機械の方へ手を延《の》べている霧絵さん。その傍《かたわ》ら、気付けば私達の冬セーラー服とかローファーとか、とにかく一切合切《いっさいがっさい》を〈初期状態〉に直そうとしてくれる霧絵さん。

こんなことができるのも、そして『ふわボブさん』『初音』『鳶色《とびいろ》がかった』等々の発言からしても、あの霧絵さんは私達が邂《めぐ》り逅《あ》ったあの天使さんで間違いない）

――すると現時点、登場人物・登場天物の認証は全部終わった。

出会った順に、まず北条冬香・西園千秋・南雲夏衣・時村流菜・東都未春。

私思うに、この五人が桜瀬女子《おうせじょし》高等部で一緒だった当の本人であることは、それぞれの持ち物・容《よう》姿《し》・顔貌《がんぼう》・挙動《きょどう》・発言等々から確実だ。それは私の記憶する皆《みんな》のデータからも、この世界の諸々《もろもろ》のルールからも確実だ。これで、因縁《いんねん》のあるヒトが五人。

——まして。

私が私本人であることは、私がいちばんよく知っている。他人に証明や認証をしてもらう必要は無い。そして、今は実在を確信した神様と天国に誓《ちか》って、私は嘘を吐かない。天使さんと違って、それは本能的なものじゃないから結果として嘘になることを言ってしまうかも知れないけど、私は絶対に意図して嘘を吐かない。これで、因縁のあるヒトが六人。

何のルールか偶然か、もういない風織を措《お》けば、前回と全く一緒のヒト六人だ。

——駄目押しで。

今、ヒトを超越した力で本天認証をした——ううん現在進行形で本天認証をしている、前回と全く一緒の天使さんが一人（一羽？）、登場を終えた。そう、何のルールか偶然か、まるで前回の繰り返し・やり直しをするかの様《よう》に、〈因縁のあるヒト六人＋天使一羽〉が出揃《でそろ》った。そしてあれだけの騒動があったのに、あれだけギャアギャアばたばたしたのに、この『閉じた』世界に迷い込んでくる他のヒトは、唯《ただ》の独りも出現しやしないし目撃できない。

と、すれば。

私はこう疑問に感じざるを得ない……

（……何故、私達なの？　いつも私達なの？　そこには何かの、誰かの意思があるの？）

そう考えると、まるで生まれる前のものの様《よう》な、遠い遠い、遥《はる》かな記憶の欠片《かけら》を感じる。

どうしても言語化できない記憶。それが、私の胸のいちばん深い奥底に隠れ棲《す》んでいる。

イザ意識してしまうと、絶対に思い出さなきゃいけないって焦燥感《しょうそうかん》ばかりがどんどんどんどん生まれ来るけど……やっぱり、どうしても言語化できない。ただただ、私の喉許《のどもと》まで迫《せ》り上がってくる、私の胸を圧《お》し殺すような記憶の欠片《かけら》、記憶の鋭い破片を感じるのだ。そんな私の記憶の欠片《かけら》、記憶の鋭い破片は、私にこう求めて已《や》まない……

しなくちゃ
急がなきゃ
今、此処《ここ》でないとできないから
（……でも何を？）

天使さんは、霧絵さんは断言した。ここは魂が不正な手段でアップロードされる領域だと。だから魂の〈誤った遷移先《せんいさき》〉だと。だからここにおける仮初《かりそ》めの躯《からだ》も魂も、〈バグ〉で〈誤差〉で〈暫定《ざんてい》的《てき》〉なものだと。そして霧絵さんは絶対に嘘を吐かない。

（そんな不正なバグである私達が、私が、いったい何をしなくちゃいけないって言うの。

それも急いで、今此処《ここ》で？

誤って迷い込んだだけの、何もできない非力な私が、いったい何を……）

「——初音、ねえ初音？」

「あっ未春」

ハッと気付けば——今は抱き締め合ってこそいないけど——やっぱりいちばん近くに帰って来てくれていた未春が、心配そうに私の顔を見詰めている。どうやら、心ここに在らずの私の身を案じ、何度も何度も私の名前を呼び掛けてくれていた様《よう》だ。

「……ご、ゴメン未春、ちょっと私、頭混乱していて」

「どんなことで？　心配事があるなら言って」

「ううん未春、それは心配事っていうか、ええとその、この世界と私と……私の使命がね」

「初音のシメイ？　えっ、もちろん中村初音だよね？」

——訊き返した未春より私自身が吃驚《びっくり》した。記憶の欠片《かけら》を零《こぼ》れ落として言葉にした私がいちばん吃驚《びっくり》した。

（私の……使命？　使命って何？　そんなものが私に？　唯《ただ》の高校生だった私に？）

――そもそもヒトに使命ってあるの？　どうしてもやらなきゃいけないものなんて？

（何かを!!）私は何故か歯を食いしばっていて。（何かを!!　とても大事な何かを思い出せそうな――何なの、私の使命って!?）

するとまるで。

記憶をド派手に難産している私を、哀れむかの様《よう》に。

川の上にいる霧絵さんが、あたたかで強靭《きょうじん》な、朝の太陽の光を日の出の如《ごと》くに発した。

新しい世界を感じさせる、厳《おごそ》かな太陽の光を。

とても神々しい朱《しゅ》の、とても神々しい緋《ひ》の、とても神々しい橙《オレンジ》の光を……

（……これは私、憶えている）

求めるものとは違う記憶が喚起《かんき》された。喚起されざるを得ない。

何故と言って、もう知っているその光は、この世界を統《す》べる権威と権能を持つものだから。もう知っているこの光は、ここ〈誤差領域〉での最上位者《さいじょういしゃ》が発するものだから……

（うん、考えるのは止《や》めよう）私は納得した。納得させられた。（私がしなきゃいけない事があるとして、そんなことは全部、ここでの神様ができる、やってくれる）

――背にある翼を今ゆっくりと、優美に展《ひろ》げた霧絵さんは。私の神様は。

しかしやっぱりしれっと、愚痴《ぐち》めかしてブツクサ言った。神々しさがだいなしだ。

［今度は四人なのかと思って、野暮用《やぼよう》から押《お》っ取り刀《がたな》で駆け付けてみれば……私を入れて、また六名になるとはね。いよいよ今夜は当直勤務だわ、汗でべとべとよ］

（よくもまあ）私は彼女自身が断言したルールを思い出し、呆《あき》れた。（躯《からだ》が光の粒子からできている以上、わざわざ作り出さなきゃ、汗なんて掻かないじゃない）

Ⅵ

それから、時を置かずに。

私達、六人の迷子仲間はピクニックの様《よう》に川辺に集《つど》った。軟らかい草々の上にしゃがむ。

無論、誰もが〈初期状態〉だ。制服や靴の類《たぐい》も、怪我をした顔躯《かおからだ》に四肢《しし》も。具体的には、持ち物ならこれから風紀検査でも受けられる位《くらい》にぱりっぱりだし、自分自身なら、これから剣道の試合ができる程《ほど》に健康で無傷。天使さんは一流のクリーニング屋で医師だ。地上世界で開業すればさぞ繁《はん》盛《じょう》するだろう。何せ元手《もとで》なり資本なりは、太陽光だけだ。

——大きな川に対し、円弧になった私達。その真正面、五mほど先の川の上に霧絵さん。

そう、霧絵さんは川の上に浮いたままだ。そのまま私達に、思念で言葉を発してくる。

[甚《はなは》だ残念よ]はぁ、と霧絵さんの嘆息《ためいき》までが脳に響く。[また此処《ここ》に来てしまったのね]

「私達の意思じゃないよ」冬香が反論した。「少なくとも私は、あなたの顔もう見飽きた」

[あら寂しいわふわボブさん。あんなにたくさんお喋りできた、大事な友達同士なのに。個体的には私、貴女《あなた》の顔って大好きよ。天使としてはこの再会、甚《はなは》だ残念であろうと]

お喋り。友達。大好き。

冬香は、その突然のワーディングに絶句したようだ。だけど天使さんは嘘を吐けない。冬香は反論も不平も絡《から》みも煽《あお》りも忘れたみたいに、唖然《あぜん》として霧絵さんの顔を見詰める。実は私もそうした——それはそうだ。私達ヒトと霧絵さんでは、なんていうか種族が違う、イキモノとして違う。私達にとって『天使』だなんて、宇宙人か異次元人の様《よう》なものだ。ましてこの霧絵さんのしれっとした、突飛《とっぴ》で超然的な性格。そんな天使の霧絵さんから、突然の友達呼ばわりや親愛の告白をされては、超然的な宇宙人に対してどう答えていいか、ううんそもそも何を考えていいか、途惑《とまど》わない方が無理だろう。

（まして、種族の違いや性格の問題を措《お》いても、こんなに……想像を絶するほど美しい）

当然かも知れないけど、最初に出現し最初に出会ったときそのままに。

――そう、可憐《かれん》ながらも能動的な意志に充《み》ち満ちた、鳶色《とびいろ》がかった長めのショートヘア。

吃驚《びっくり》するほど絶妙な長さ甘やかさの、顔の横を流れ落ちる後《おく》れ毛《げ》というか横前髪《よこまえがみ》。

小さな顔、とても大きな瞳、そして細い首を、とても自然に、すらりと、サラサラと、すずやかに

そして甘やかに特徴付ける、絶妙に長いその横髪。私がこれまでの人生でまさか目撃したことのない、

その絶妙な前下がりショート。

（少女と少年のよいとこどりをした様《よう》な、駆け出すようでいて夢見るような、大きく躍動するようで

物思いに耽《ふけ》るような……矛盾した美しさに充ち満ちた、絶妙な前下がりショート。それとピッタリ調

和した、小さな顔）

霧絵さんはただ、美しい。

……残念なのは、こんなに大きな瞳が引き続きこんなに可愛いのに――まるで青い青いサファイア

のようなのに――やっぱり引き続き、瞳がキツすぎることだ。ギョロ眼というかジト眼というか三白

眼《さんぱくがん》というか。私達を睨《にら》んでいるというか睨《ね》め下げているというか。だから最初の印象どおり、ちょっ

とぴりぴりした様《よう》な、どこか陰険な、ピーキーな感じを受ける。

それさえなかったら、一億点満点の美しさだけど……

けどこのままでも無論、一二〇点満点で美しい。そう霧絵さんはただ美しい。

（そして、やっぱり当然かも知れないけど、着ている物も最初に出会ったときそのままだ）

すなわち、日本の女子高校生の制服。それも、引き続きほんとうに古典的な。

――シンプルがゆえに清楚《せいそ》で上品な、深い紺色のジャンパースカートに真白《ましろ》いブラウス。

キリッとした襟《えり》から胸元まで伸びる、蝶結びの、敢えて艶《つや》を殺した深い緋色《ひいろ》の紐《ひも》リボン。

ジャンパースカートを強く特徴付ける、ボックスプリーツのスカート。胸元までの襞《ひだ》。

その清澄《せいちょう》なシルエットを、どんなジャンパースカートよりいっそう清澄にする、華族のドレスをすら思わせる様《よう》な、ブラウスの肩と袖口《そでぐち》。すなわち、典雅にしかし過度でなく膨《ふく》らんだハイショルダーの肩に、同様の節度をもって膨らんだパフスリーブ。そんな意図的な膨らみ・盛り上がりによって、上品かつ自然に強調されている肩と袖口《そでぐち》が、霧絵さんの制服姿のシルエットを、まるでドレスの様《よう》に非日常的なものとしている。その非日常性は無論、派手さも過美《かび》も意味しない。それが意味するのはただ落ち着いた厳《おごそ》かさだ。

そして、そんなふうに厳かな霧絵さんへの最後のアクセントは――

制服の左胸にぽつんと留められた銀の校章だ。

銀の地《じ》に灰色と青の意匠《いしょう》が美しい校章の輝きは、艶《つや》を殺した胸許《むなもと》の緋のリボンと見事に調和する。

「そんなに見詰めないで頂戴《ちょうだい》。恥ずかしさで塵《ちり》に帰ってしまったらどうするの」

――私はハッと我に帰った。またじっくりと魅入《みい》ってしまった。魅入らされてしまった。

けれど、無理はない。どうしようもない。

私がいちばん大好きだった桜瀬女子《おうせじょし》の、このモノトーンのセーラー服より美しく思える制服。

それをアッサリ着こなしてしまう、啞然《あぜん》とするほどすらりとして素敵な四肢《しし》と躯《からだ》。

まるで肉を感じさせないその姿は、何かの物語の少年の様《よう》でも、瑠璃《びいどろ》に命だけを吹き込んだ様《よう》でもある。

（やっぱり、まるで違うイキモノだ……）

「ち、塵に帰るなら帰るでいいけど」すると冬香が態勢を立て直す。「その前に私達を学校に帰して。ていうかその前に、自分の庭先《にわさき》の自分のペットくらいきちんと躾《しつ》けておいて。私達、地上で寝ているんだか悪夢を見ているんだか全然解らないけど、寝直すたびに有害鳥獣駆除《ゆうがいちょうじゅうくじょ》へ駆り出されちゃあ、堪《たま》ったもんじゃない。どこの世界に、寝入っている大事な友達をそのまま誘拐しては、猛獣と命懸けの鬼ごっこをさせる友達がいるって言うんだ。気がむいたら地上から年賀メールくらいは送ってあげるから、取り敢えずはキレイにお離《わか》れしよう、ううん頼むからお離《わか》れさせて」

「私はそこまで言わないけど」末春が苦笑して。「できるならとっとと帰りたいよね」

「そもそもね、私達って」千秋はほんわかと。「卒業夜祭《やさい》に出発する所——だったよね？」

「地上世界の最後の記憶は、そうだけど」夏衣が首を傾《かし》げた。「でも何だろう、微妙に前回、ここに出現してしまった時とは記憶の中身が違うような……」

「そう言われてみれば」流菜は眼鏡のブリッジを上げた。「そう、何だろう、とても途切れ途切れだけど、前回の記憶の……まるで続きがある様《よう》な」

ここで私は、自分自身も感じていたそれについて訊いた。

「ねえ流菜、その記憶の『続き』って何？」

「そうね初音、先《ま》ずは、長く長く歩いた記憶……でも前回だって同じことは感じたから、何て言うか、そう、『前回のシーンに続いて更に長く長く歩いた記憶』かなあ。途切れ途切れになってるんだけど」

「……それだけ？」

私の問いに流菜が大きく顔を上げたとき、流菜より先に冬香が答えた。

「違うよ初音、それだけじゃない。

私について言えば、私は何処《どこ》かに『到着した』記憶がある。そして何かの『儀式』をした——ううん、『儀式』をされた記憶がある」

「冬香」私の記憶の欠片《かけら》がまた疼《うず》いた。「どこに到着したの？　何の儀式なの？」

「……全然分からない。具体的なことは何も思い出せない。思い出せるのはただ、長い長い道行《みちゆ》きが終わったってことと、その終点で何かのセレモニーがあったってこと。重ねて、中身はまるで憶えていない、思い出せない」

「ハレルヤ……ね、ねえ冬香あのね」千秋が彼女らしくない震える声でいった。心なしか、躯《からだ》ももじもじしている。「それって実は、私についても全く一緒なんだけどね、でも……そのとき何を感じた？　躯《からだ》の感覚、躯《からだ》の反射、躯《からだ》に染み着いているような感触みたいなもの、ないかな？」

「……言いたくなかったけど」冬香は顔を強く顰《しか》めた。「ある」

「それって？」

「私は痛かった」すぐ答えたのは冬香でなく、夏衣で。「冬香の気持ち、よく解る。私も言いたくないし思い出したくない。けど千秋がそれを見詰めようとしてくれたから答える。私は痛かった。ほんとうに激しく酷《むご》い痛みを感じた。懸命に記憶の奥底を手繰《たぐ》って捜《さぐ》れば、長く長く歩いたときも、その終点に到着したときも、私は痛かった。ただただ痛かった。大袈裟《おおげさ》かも知れないけれど、思い出そうとするだけで死んでしまうほど痛かった」

――ここで議論は盛り上がった。六人がワイワイガヤガヤと自分の記憶を説明し情報交換する。ただ熱い議論はたちまち収束した。というのも、迷子仲間六人の誰もが、記憶の強弱・記憶の大小の違いこそあれ、まるで一緒のことを憶えていると解ったからだ。

「そ、そうすると」流菜は恐がる様《よう》に、体育座りの膝《ひざ》を強く抱える。そして霧絵さんの方に顔を上げていう。「た、多分大事《だいじ》になってくるのは、そうこの〈誤差領域〉に出たり入ったりする現象を考える上で大事になってくるのは――冬香が言ってくれた『終点』『儀式』、夏衣が言ってくれた『痛み』の正体だと思うんです。というのも、私達皆《みんな》の地上最後の記憶がそれなら、そんな不可解で非日常的なものなら、私達はそれによってここ〈誤差領域〉へ入ってるって考えるのが、とても自然だから。なら、それの実態を思いっきり突き詰めることが、地上世界へ無事帰ることにも、もうこの〈誤差領域〉に舞い戻ってこないことにも、きっとつながると思うんですが……どうでしょうか？」

川の上の霧絵さんが答えようとしたその刹那《せつな》、強い口調で言葉を被《かぶ》せたのは未春だった。

「その気持ちは解るけど」未春は流菜の顔を直視する。「思い出すだけで死んでしまうほど痛いような記憶は、それはもうトラウマだよ。そんな酷《むご》い記憶をわざわざ掘鑿《くっさく》してあからさまにする作業自体が、私達にとってよくない気がする。特にこんな、ヒトにとって不可解な世界に迷い込んでしまってるときは。だってあの殺戮《さつりく》機械の脅威はもう無いけど、毒蛇だか何だか、脅威はまだあるって話だったよね？」

未春は川の上の霧絵さんを見詰めた。その霧絵さんが大きく頷《うなず》く。

「なら、いわばサバイバルを考えないと。どうにかこの〈誤差領域〉でまた生き残って、地上世界に無事帰らないと。帰れなかった風織の不幸のこと、忘れちゃいけないと思う。

ましてそもそも、私について言えば、どれだけ懸命に思い出そうと努力したところで、その『終点』『儀式』『痛み』について、自分自身の出来事として具体的に説明できることなんてまるで無いよ。私について言えば、何をどうやったって、『終点』『儀式』『痛み』を自分自身の出来事としてリアルに説明することなんて、端《はな》から無理。そんな具体的でリアルな記憶は、最初から無いって言い切ってもいい。だから、『終点』『儀式』『痛み』については今、抽象的なキーワード以上の意味を持ってないって言いたくなる」

「私は未春みたいにスッパリ割り切れない――」夏衣が困った感じで嘆息《ためいき》を吐いた。余程《よほど》困ったのか、そのまま言葉を継ごうとして、転ぶように言葉を詰まらせる。「――あ、あっ、あの飽くまで、そう飽くまで流菜の意見どおり、この〈誤差領域〉への出入りの理由なり謎なりを解いて、もう魂の不正アップロードを終える方が、この危険な事態の抜本的《ばっぽんてき》解決につながる。私はそう思う。だから具体的には、未春は否定的みたいだけど、未春のいう『トラウマ』の正体を、頑晴って突き詰めてみたい。

私はそう思うし、天使さんも賛成してくださる筈《はず》。だって天使さん厳しくも親切に警告して下さったもの。前回のとき警告して下さったもの。二度と此処《ここ》には侵入しないでって。二度と私には出会《でくわ》さないでって」

「成程《なるほど》、やっぱりヒトはそういう感じで、言葉で対話をするのね――おもしろい、おもしろい」

「霧絵さん」私は水上の彼女に釘を刺した。「おもしろくないから。滅茶苦茶《めちゃくちゃ》深刻だから」

「ただ初音、そしてふわボブさんその他の不法入国者・不法在留者さん達《たち》――」

「――だから私、北条冬香なんですけど？」

「この領域におけるルールどおり、また今《いま》六名で議論をして確認したとおり、貴女方《あなたがた》は前回の侵入時の記憶を保持している。其方《そっち》はこの上なくクリアな筈《はず》よ。そして前回の侵入時、私は説明した。この領域からヒトが強制的に削除されるルールを説明した。それは」

「こ、この領域で物理的に死んだときか」流菜がまた恐がる様《よう》に、体育座りをした膝《ひざ》をぎゅっと抱く。

「この領域とは関係なく、地上世界の事情で、地上世界で目覚めたとき。このふたつの場合、私達は私達の魂を組成してるドット・ピクセルにまで還元《かんげん》され、この世界から霧のように消滅する。天使さんの言葉を遣えば『強制的に削除』される」

「三つ編みの貴女《あなた》、流石《さすが》ね、そのとおりよ。

そしてヒト各位にとってより穏健で幸福なのは、無論のこと後者のパターン。換言《かんげん》すれば、この領域で物理的に死なない限り、どのみちヒト各位は地上世界に帰れる。もう既に一度、ヒト各位が経験しているとおりにね。ましてその場合、この領域での滞在は、まさかヒトの時間基本単位にして四万三、二〇〇秒……ええと、一二時間を超えることがない。それは私の知る理論値と地上世界の事情からしてそうだし、ましてヒト各位の一般論として、一二時間以上も寝倒すことは稀《まれ》でしょう？　それももう既に一度、ヒト各位が経験済みのこと」

「纏《まと》めると」流菜は三つ編みに指を絡《から》めて。「物理的に死ぬのを避ければ、いずれ帰れる」

「それに加え」冬香が断じた。「地上世界で私達が目覚めるのに、そう時間は掛からない」

「そうなるわね三つ編みの貴女《あなた》、そしてふわボブさん。

　更に言葉を足すのなら、それはヒト各位の記憶がどうあろうと関係無い。此処《ここ》へアップロードされた事情とも関係無い。まして出口を探す必要すら無い。物理的に死ぬのさえ回避すれば、帰還はオートマチックかつ時間の問題よ」

「それは、要するに」流菜が眼鏡を光らせながら食い下がった。「記憶・事情・出口のことなんて考える事なく、黙って寝てる方が、遊んでる方がいいって事でしょうか……？」

「ええ、私がヒト各位に御助言《ごじょげん》するとすればそうなるわ、三つ編みの貴女《あなた》」

「けれど、天使さんは仰有《おつしや》いました。短く纏《まと》めれば、もうこの〈誤差領域〉に出現するなと。それは私達ヒトと天使さんのどっちにも、不幸で悲劇的なことだと。だから二度と魂が不正にアップロードされない様《よう》、私達ができる最大限の努力をしろと。天使さんはそう仰有《おつしや》ってました。私の纏《まと》めてる事、あってますか？」

「いえ要旨《ようし》そのとおり、概略《がいりやく》そのとおりよ。強いて言えば三つ編みの貴女《あなた》、それは過去形でなく現在進行形で私が言いたいこと、現在進行形で私が哀願したいことなのだけどね」

「だとすればなおさら」流菜が腰を浮かせそうないきおいで食い下がる。流菜としては、記憶や事情の方がよっぽど重大事だということだろう。その気持ちは私にも解る。記憶の欠片《かけら》に苦しめられ、いつも不気味な焦燥感《しようそうかん》を感じている私には。「私達が何故繰り返して此処《ここ》にアップロードされてしまうのか、その原因を解明しないことには、天使さんが仰有《おつしや》ってる事、天使さんが現在進行形で願ってる事は、とてもお約束できないし、とても実現できないと思うんですが……」

「うん、流菜はマジメだもんね」どこまでもほんわかと、けど躯《からだ》をもじもじさせつつ千秋はいった。

「けどね、取り敢えず蛇とかに用心をしていればね、死なない様《よう》にしていればね、お帰りは自動的でお目覚めも自動的なんだから、天使さんのお願いの半分はすぐ実現できるよね。あと残り半分、ここにカムバックしない事については、今ここで考えていても何も結論が出ないよね、それは地上世界の事情だもの。そんな事情や結論はね、地上世界に帰ってから考えればいいし、それがどんな事情や結論だったとして、後で困ればいいことは後で困ればいいだけだよね、アーメン」

ぷっ。

私は天然な千秋の『達観《たつかん》』に、焦燥感も忘れて思わず吹き出してしまった。後で困ればいいことは後で困ればいい。成程《なるほど》。

「というかね、私、後で困ればいいことより、今《いま》切実に困っていることがあるのよね～」

「千秋」クラスメイト・文化部仲間の流菜が心配そうに訊く。「切実に何を困ってるの？」

「うん、それはもちろんいわゆるトイレ。ここって、ノーセッチンワールドかなあ？」

ぷっ。

笑っちゃいけないけどまた吹き出してしまう。千秋と流菜の絶妙なテンポの違いそして困りごとの内容。いや、確かに笑っちゃいけない。私自身は、記憶の欠片《かけら》とか焦燥感とか、戦闘の余韻《よいん》とか未春のこととか、あと霧絵さんの言動とかの諸々《もろもろ》をずっと考えているから、正直、まったくその手の生理的欲求を感じなかったけど――感じる暇《いとま》も無ければ感じる余裕も無かったけど――成程《なるほど》それは切実な重大事だ。というのも、私は既にこの世界を四㎞弱歩いて実査《じっさ》しているから。空間がいわばループして閉じているこの世界に、トイレなる極めて人間的な施設などありはしないことを熟知しているから。桜の花吹雪が強くなってくれれば、御親切に川まであることだし、まあ、極めて野性的かつ開放的な解決手段はあるけど。でも今現在の見透《みとお》しのよさを前提とするなら、それは確かに天然な千秋にとってさえ、まあ、蛮勇《ばんゆう》を要することだ。念《ねん》の為《ため》だけど、私達の桜瀬女子《おうせじょし》は実に躾《しつけ》の厳しい、いわゆる御嬢様《おじようさま》学校である……

「バレッタが素敵なハーフアップさん。御免《ごめん》なさい。私赤い血のヒトの生態を忘れていたわ。ただこの〈誤差領域〉は本来、Γρηγοροι どもが侵入者を削除するためだけの世界だしね。まさか今般の四月七日の如《ごと》く、ヒトをノンビリと滞在させて御接待《ごせったい》する世界ではない……滞在限界の理論値がどうあろうと。そしてそもそもハーフアップさん、私自身はそんな生理的欲求を感じることが無いから」

それはそうだ。霧絵さんは断言していた。霧絵さんはヒトの食事をせず、青い血以外の体液を持たない。なら大きいも小さいもない。まして霧絵さんは、実は性別すら持たない。

「ええと、そうすると……教区の学校でやらされた生物学と歴史学と建築学の授業を懸命に思い出すと……ああ、学問というのはしておくものね。私の方はどうにかなりそうよ。

すなわち、ハーフアップさんやふわボブさんその他のヒト御各位《ごかくい》が必要とするその施設を、この〈誤差領域〉内に設置しておく。前代未聞だけど。よって私が微妙に心配なのは、ハーフアップさんの方《ほう》となる。ハーフアップさん、貴女《あなた》の当該《とうがい》生理的欲求だけれど、あとどのくらいの時間を堪《こら》えることが可能？」

「そうですね、天使さんに倣《なら》って言えば、時間基本単位で六〇〇秒、ううん三〇〇秒!!」

「了解。それなら大丈夫よ。私がこれから退席するまでに、余裕綽々《よゆうしやくしやく》で作り出せる」

「グローリハレルヤ。心底ありがとうございます～」

「──えっ天使さん」夏衣がちょっと吃驚《びつくり》した感じで訊く。「退席……中座なさるという事ですか？この〈誤差領域〉をお離れになるんでしょうか？」

「既述《きじゆつ》だけれど、今夜は超過勤務いえ当直勤務を要する野暮用《やぼよう》でバタバタしているの」

「差し支えなければ、どんな御用事《ごようじ》か教えて頂けますか？」

「差し支えも何も鳶色《とびいろ》がかったセミロングさん、私がこれから出張するその出張先って、桜瀬《おうせ》医科大学附属女子高等学校よ？」

「——えっ私達の学校ですか？　また何故？」

「またもや何故も何も。貴女《あなた》や三つ編みの彼女が切望していた如《ごと》く、ヒト各位の魂が不正な手段でアップロードされるその現象と原因を捜査にゆくの。いえ、それについての基礎捜査ならもう三〇年余《よ》も実施してきたけれど、だから大抵のことは実態把握できているけれど、今年の四月七日は異常事態いえ非常事態が発生しているといえる。現在進行形でね。

　そして桜瀬《おうせ》医科大学附属《ふぞく》女子高等学校を管轄区域とする天使は今現在いないというか欠員《けついん》だし、その管轄区域をつい先日まで担当していたのは私だし、私天使としてはいちばん末端の実働員《じつどういん》でヒラだから、他に誰もこの非常事態に対処してくれる天使がいないのよ。これ、定期人事異動の都合ゆえだけど、でもこんな物騒《ぶっそう》極まる管轄区域というか学校を、片時《かたとき》とはいえ担当者不在にしておくだなんて。聖座《せいふ》の検邪聖省《けんじゃせいしょう》のセンスを疑うわ。

　まったく。ようやくのことで上原良子《うえはらよしこ》から離れられると喜んで東京に赴任したのに……」

　霧絵さんはまたブックサ言い出した。黙っていればあんなに可愛くてキレイで神々しいのに。でも勤《つと》め人《にん》、いや勤め天《てん》というのは、女子高校生よりはきっと大変なんだろう。

「と、いうわけでいったんさようなら」

「あっ、待って下さい!!」夏衣は川の上へ駆け出しそうだ。「私達の学校とか校長先生とか、非常事態とかって……私達には何も解らない……私達がこんなことになっているその現象と原因を御存知《ごぞんじ》なら、大抵のことが捜査できていて把握できていると仰有《おっしゃ》るなら、被害者である私達にももっと説明をして下さい!!　そもそも何がどうして非常事態なんですか？」

「……侵略の規模と、脅威の水準が異常で非常なのよセミロングさん、史上最大級にね。

　そして念《ねん》の為《ため》だけど私は既に説明しているわセミロングさん。貴女達《あなたたち》ヒトはこの〈誤差領域〉において被害者などではない。貴女達《あなたたち》ヒトは侵略の尖兵《せんぺい》で、だから侵略者そのもの」

「でも誰もが申し上げた筈《はず》です、私達にはそんな認識も意図も故意もまるで無いって!!」

「私達と天国にとってそれはどうでもいい。個体的には真実お気の毒に思うけど、しかし私には使命がある。侵略行為を排撃《はいげき》し、侵略者を膺懲《ようちょう》するという陛下から賜《たまわ》った使命が」

（使命）私はその言葉にビクリとした。（霧絵さんには使命がある。明確な使命が。そして私にもある、ような……でも重ねて、ヒトに、女子高校生に使命なんてあるの？）

「ならさあ」冬香は水上の霧絵さんを睨《にら》んで。「何故、侵略者である私達をとっとと虐殺しないの？　それどころかトイレまで用意して？」

「あら私の大好きなふわボブさん、私その理由も既に説明したわよ。思い出して頂戴《ちょうだい》——すなわち再論すれば、私は基本、ヒトに危害を加える態様《たいよう》で物理的な力を行使できない。さらに再論すれば、私には死んでいない貴女達《あなたたち》に確かめるべき事柄《ことがら》があるからよ。その意味でふわボブさん、貴女達《あなたたち》ヒトは私の確保した証人にして参考人にして捕虜《ほりょ》なの。……まあ私、絶対に嘘が吐けないから付言《ふげん》するけど、個体的にも今年の娘《こ》は、そうね、なんとなく処分し難《にく》いわ。だからあの『Γρηγορι』を削除したし、新たに創造してもいない」

「何で、今年の私達は殺し難《にく》いのさ？」

「おもしろいから」

「……はあ？」

「怒らないで聴いて頂戴ふわボブさん。貴女達《あなたたち》には先達《せんだつ》がいる。一〇〇人単位の先輩が。そして私はここの管轄天使だった。だから結果としては私が、その一〇〇人単位の娘《こ》らを処刑したこととなる。それはそうなる。それが私の使命だから。だから結果としては私が、ここに侵入したヒトを侵入後直《ただ》ちに殺してきた。何人も何人も。来る年来る年。何度も何度も繰り返して。まさか侵入後、六〇〇秒を生かしてはおかなかった。重ねてそれが私の使命だから。だから結果として私は、数多殺戮《あまたさつりく》してきた娘の誰とも今夜の如《ごと》き……そうね……対話をしていない。何のコミュニケーションもしてはいない。そればかりか私、侵入者の姿を確認し目視《もくし》する手数さえ惜《お》しんだときもある。だって実際に手を下すのはあのΓρηγοροιだから。

これらを要するに。

四人もの規模のヒト……じゃないわね、五名もの規模のお客様と、まるで天使同士がするみたいに自由にお喋りするだなんて、私初めてなの。私の幾万年にも及ぶ生涯において……私若手だからだいたい一六万年かしら……空前絶後で未曾有《みぞう》の出来事。だから私は知った。知ることができた。私が漠然《ばくぜん》と羨《うらや》んでいたものを。

「……いったい何をさ？」

［ヒトの好奇心。ヒトの選択。だから欲望と決断。だから自由と責任。

……それは私達天使が先天的に、本能的に欠いている、ほんとうにすばらしい性能。

私達天使はまるでそのようには創造されていない。

私達天使は既に真善美《しんぜんび》の使徒として完成されたものだから。

私達の天国は既に真善美《しんぜんび》の帝国として完成された世界だから。

……だから私達にはもうこれ以上が無い。これ以上の先が無い。

私達と私達の天国についての、最後の言葉は語られてしまった。

すなわち私達の物語は永遠に最終頁のままよ、そう永遠にね。それが天国の永遠の春。私がヒトの魂を送り出すそれが天国の永遠の春。

そんな私達と私達の国家にとって、好奇心と選択肢だなんて、破廉恥《はれんち》ではしたなく、本質的にいかがわしいものとされている。時として叛逆罪《はんぎゃくざい》にすら問われることもある。

けれど私は。霧絵、いいえTιγηριελという個体は。

私はこの幾万年ずっと、個体的には……

……だからよ、ふわボブさんその他のヒト御各位《ごかくい》。

あれがおもしろい。これがしてみたい。あれが不思議だ。これをしよう。

それってほんとうに貴重に思える。それってほんとうに羨《うらや》ましく思える。

世界についての最後の言葉がまだ語られていないなんて、なんて冒瀆《ぼうとく》で無闇《むやみ》なの。なんて淫猥《いんわい》で不《ふ》謹慎《きんしん》なの……なんて嬉しくて悲しくて、だからなんて素敵なの。私の魂の中の、ヒトの部分とでも言うべき部分がそう絶叫しあこがれる。

史上最大規模の貴女達《あなたたち》は、陰謀者が仕掛けた罠によってほぼ総員が生き残り、結果として、私とこんなにも対話をすることとなった。その意味においては陰謀者に感謝したくもなる。というのも私はほぼ確信できたから。私のいだく本質的ないかがわしさは、おもしろさは、断じて間違ってはいなかったとね。だから殺さない。少なくとも直ちには」

「あのう」あんまり頭のよろしくない私はおずおずといった。「突然の愁嘆場《しゅうたんば》で、突然の長演説《ながえんぜつ》だったんで、ちょっと私にはハイソ過ぎて、意味が理解できていないのかも知れないんですけど……要は、ヒトと初めてたくさんお喋りして嬉しくなって、その……

改めて、友達になりたくなったってことでいいですか？」

「あっは!!」隣に座っている未春が呵々大笑《かかたいしょう》した。ツボに嵌《は》まった様《よう》で、手まで拍《う》ってウケている。「あっは、あははは!!　友達!!　そうだよ初音、その言葉で全部説明できるよ。小難《こむずか》しいこと言わなくても全部——天使さんはヒトと友達になりたがってる。あるいは親友に、ううん恋人になりたがってる。だって天使さんには性別がないもの。

そう、さっき登場したとき、冗談めかして冬香に絡《から》んでたとおりに。

それどころか天使さん、とりわけ初音に、そうロングロングストレートさんに一目惚《ひとめぼ》れした形跡があるもんね、あっは!!」

「えっ私に?」

「あらっ、もうお喋りの時間が無いわ」水上の霧絵さんは急にバタバタしだした。「私はまた地上へゆく。今度地上に下りたときは、そうね、ヒトの時間基本単位にして約三、六〇〇秒ほどを、野暮用《やぼよう》の処理に要する。地上に下りている内は、この領域に帰れない。もうΓρηγοροι の出現は無いと私は確信するけれど、この異様な四月七日に絶対は無いわ。ふわボブさんとハーフアップさんは素敵な武器を手に入れた様《よう》だから、もしΓρηγοροι なり蛇なりが出現したなら応戦しなさい。そして重ねて、最大の禁忌《きんき》について警告しておく――」

その刹那《せつな》。

ものすごく段取りを急いだ感じで、あの白い鳥が私達の川辺に出現する。既に無数。

(うん、幾度か見ると分かるけどこれは鳩だよね。地上の鳩とは美しさが全然違うけど、大きさや歩き方や着地の仕方は、鳩のそれだよ。水の上を歩けるのはすごいけど、鳩だ)

「――絶対にその川を渡ろうとしない様《よう》に。対岸への渡河《とか》だけは試みてはいけない。友達なら友達、親友なら親友、恋人なら恋人……言い方はどうでもよいけれど、私はまだヒト各位を殺したくない。もう上原良子の悪謀《あくぼう》の犠牲者が三人も出た以上はなおのこと。だから、私自身がヒトを殺せる様《よう》になるその唯一の例外を忘れないで頂戴《ちょうだい》。重ねて警告するわ、絶対にその川を渡ろうとしない様《よう》に」

ものすごく段取りを急いだ感じで、真白《ましろ》い無数の鳩が川辺から、川面《かわも》から、軌《き》を一《いつ》にして一遍《いっぺん》に躍り上がり翔《か》け上がる。霧絵さんの警告を強調する様《よう》に、川幅《かわはば》はあからさまに大きくなり、霧絵さんの登場シーンを巻き戻すかの如《ごと》く、対岸をぐっと遠ざける。

ばさばさばさばさ——

真っ白い、無数の鳩のその羽音《はおと》。

一際《ひときわ》大きな翼の音が『何かの喇叭《ラッパ》』の様《よう》に世界に響く。貴《とうと》くも厳《おごそ》かなその響き。

(やっぱり、霧絵さんの登退場《とうたいじょう》にはルールというか儀式がある。

だってこれ、ぜんぶ登場時の巻き戻しだから。愚痴《ぐち》っぽい、面倒臭《めんどうくさ》がりっぽい霧絵さんがいちいち段取りを踏むってことは、嫌々でも守らなきゃいけない儀式なんだろう——すると、次に来るのは)

——そう、無数の鳩が真白《ましろ》いスクリーンを成してゆく。巻き戻しで、無数の鳩は無数の翼に。無数の翼は無数の羽根に。そして無数の羽根がいよいよ真っ白な光になって、私達の瞳を白の祝福で染め上げる。

「待って下さい!!」流菜は三つ編みを大きく振りながら川に駆け寄った。もちろん霧絵さんの姿なんてもう見えないけど、流菜は懸命に、なんとローファーを水に浸しながら霧絵さんに呼び掛ける。

「川の、この川の対岸には何があるんですか!? どうして川を渡ってはいけないんですか!? 天使さんはもちろん知ってるんですよね、教えて下さい!!」

［それは無理］

「敢えて言えば、命令してもですか!? そう指示してもですか!?」

［そうね、私には守秘義務があるもの。御案内のとおりよ三つ編みの貴女《あなた》］

(微妙に謎だ)私は首を傾《かし》げた。(最初のときは、守秘義務があってもあれだけ喋ったのに。喋りたくなさそうな事だって、嫌々でも正直に喋ったのに)

——ただ、そんな私の疑問をたちまち掻《か》き消すように。

やっぱり巻き戻しで、私達の瞳を灼《や》いていた白い祝福の光はいよいよ、とても眩《まぶ》しい閃光《せんこう》になる。

まるで奇跡のようなその閃光。白い祝福は、衝撃も爆風も熱波もなくして、私達の脳の中、ううん魂の中まで灼《や》き尽くす洗礼の閃光になる。

［蛇に、気を付けてね］

それが霧絵さんの、この幕《まく》最後の挨拶《あいさつ》になった。

洗礼の閃光が最高潮になる。

最高潮に達していきなり暗転する。

そして、ほんとうに一刹那《ひとせつな》の暗転の後——

（世界は、霧絵さんを失って平凡に帰る）

——世界を暗転させていたのは、無数の水鳥。これも地上で言えば、白鳥だろう。

一様《いちよう》に天たかく躍動《やくどう》し滑空《かっくう》する、世界の天を蔽《おお》うほど無数の、天国産の白鳥たち。

それらが真白《ましろ》く美しい翼を、高貴ともいえる美しい仕草で閉じてゆき、川に下りると。

（そう、水鳥が舞い下りてゆくよ……）

私の瞳に映るのは、無窮《むきゅう》の青空、無窮の川、無窮の草原、無窮の桜 堤《さくらづつみ》が淡々《たんたん》と残った、どこか主役を欠いて寂しそうな世界だ。美しく零《こぼ》れる不思議な質感を持った光も、パステルの色調と花吹雪《はなふぶき》のヴェールも、霧絵さんの光を欠いては陳腐《ちんぷ》で平凡としか言えない。

私が不思議な気持ちを胸に抱《いだ》きながら、寂しい嘆息《ためいき》を零《こぼ》すと。

「ねえ初音」冬香はまた違った嘆息《ためいき》を吐く。「この登退場《とうたいじょう》の演出、ホントに要るのかな？」

「きっと霧絵さんは霧絵さんで、しがらみのおおい人生……天生を生きているんだよ」

「へえ、初音はやけに同情的だね。

大事な友達、ううん恋人だから？　ロングロングストレートさん？」

「もう!!」冬香と私はずっと剣道部仲間だった。遠慮のない軽口の叩き合いなら慣れている。「冬香だって誰だって、皆《みんな》きっと霧絵さんと友達になれるよ。ううんもうなっている」

「う!! ゴメン皆《みんな》～!!」千秋がほんわかもじもじといった。「私急いで天使さんの最新設備、探しにいかないといけないから!! 悪いけど冬香、この物騒な拳銃、いったん預かってね!!」

Ⅶ

大事な急用で駆け出した千秋を追い、私達五人は、春霞《はるがすみ》ただよう川辺を歩き始めた。

もちろんだけど、未春＝夏衣＝冬香＝流菜＝私、の五人だ。

そして、引き続き春霞ただよう牧歌的な川辺ではあるけれど……霧絵さんの意図あるいは調節か、はらはらと舞い散る桜花《おうか》の総量はかなり少ない。かつての花吹雪どころか、比喩的《ひゆてき》に言えば『指折り数えられるほど』穏やかで少ない。だから、延々と続く川辺では延々と視界が利く。私達が、既に駆け去っていた千秋の姿を瞳《め》で追い続けられる程《ほど》には。要するに今現在、かつての桜のヴェールなども消滅していて、とても薄くなっている春霞同様、まるで私達の視線を妨げることが無い。五〇〇m先、ううん一km先でもカンタンに見透《みとお》せるだろう――どのみちこの世界は閉じているから距離に意味は無いし、どのみち視界が利いたら利いたで重大な問題も発生してくるのだけど。

すなわち。

「あっ、彼処《あそこ》が天使の」冬香が一〇〇m先くらいを見遣《みや》りながらいった。「さ、最新設備」

「どうしよう」私が訊く。「あんまり接近しない方が、千秋と私達のため、だよね……」

「えっ初音、特に問題でも？」

「……み、未春はサバサバした性格をしているから気にしないのかも知れないけど」クラスメイトだった私、ううん、未春のことなら知り尽くしている私も一瞬、絶句した。「桜の花吹雪がまるで消滅した以上、壁一枚、ううん布一枚の蔽《おお》いは欲しい所だよね」

「確かにあの天使」冬香が気を遣って顔を逸《そ》らす。「食事も排泄もしないって断言していたからなあ。このままだと、その、あの、千秋の用件の結末によっては、紙があるのかどうかすら心配になるよ。ああもう千秋座っちゃっているから、ここで心配しても遅いけど」

「取り敢えず、このあたりで」夏衣が嘆息《ためいき》を吐きながらいった。「休憩にして、川の方を眺《なが》めていましょう。自分が使うときのことを考えればそうしていて欲しいし、何より私、まだ一㎞ほども歩いていないのにとても暑いし——もっと言えば、何より川に出現している、あの不思議な桜だまりというか桜のブロックがとても気になるわ」

私達五人は夏衣の意見に賛成して、千秋と千秋のいる所から視線を外すかたちで、しばらく歩みを進めた後、川辺の草々の上にしゃがんだ。結局、霧絵さんが出現した場所から、五〇〇m弱は歩いただろうか。そこは実際、夏衣が今《いま》指摘したとおり、川に不思議な、不可解な、突然の桜だまりなり桜のブロックなりが出現しているまさにその場所でもあった。

（ううん、正確に言うなら）私は位置関係を確認した。（最初の桜のブロックが出現している場所だ。というのも、約三〇m先に……三〇m弱先《さき》に、もうひとつまるで一緒の桜だまりがあるから。春霞も桜花《さくらばな》も今、まるで視界を妨げないからよく分かる）

すなわち、私達五人が今しゃがんだ場所の、その川辺に迫《せ》り出すかたちで、まるで部屋のような桜のブロックが1、俄《にわか》に出現している。そこでは桜花が直方体に集まって、内部が全然見透《みとお》せないブロックなりボックスなりを形成している。広さというなら優に六畳以上——だから一〇㎡以上で、高さならば三m弱、ううん四mはあるだろう。

（そんな一〇㎡以上×四mの、部屋を思わせる不思議な桜だまりが、目の先三〇m弱に、また1……要するに、トコトンのんべんだらりとしていて一様で、果ても変調もありはしない牧歌的な世界に、あからさま過ぎるほど急造されたと思《おぼ》しき桜のブロックが、2ある）

そんな不思議な『部屋』に加え、諸事凛然《しょじりんぜん》とした夏衣がめずらしくも愚痴《ぐち》ったとおり、外気は、気温は不思議なほどたかく暑い。霧絵さんの意図・調節とは思えないほど暑い。もっとも、ヒトの排泄文化にすら無頓着《むとんちゃく》な霧絵さんに暑いも寒いも無いだろうから、『どうでもいい』感じで、この世界の為《な》すがままにしているのかも知れない。ただとにかく、三〇℃はあるんじゃないかと思わせるほどの陽気、ううん真夏日《まなつび》だ。この世界へと迷子になって、初めての真夏日。見上げれば心なしか、青空に浮かぶこの世界の太陽も、力強くたくましくなっている気がする。

「はあ!!」冬香はもうセーラー服を脱いでいて。上だけ学校指定のインナー姿になる。「天使のエアコン、調子狂っているんじゃないかな!! 唯《ただ》でさえ、四月七日に冬制服だなんて髪も服も汗だくになるのに、この陽気は四月七日どころじゃない、七月七日か八月七日だ」

「せっかく天使さんに〈初期状態〉に直してもらったのに」流菜が三つ編みを撫《な》でながらいう。「気温がこんな風になってると、たちまち躰中《からだじゅう》が汗でべたべたただね、気持ち悪い」

「ただ冬香」夏衣はセーラー服やスカートを、できるだけ静かにぱたぱたさせながら。「桜瀬女子《おうせじょし》の生徒にしては、はしたないわよ？」

「いいじゃん誰も見ていないし。ていうか私でいいなら見せてあげるよ」

「また冬香はそういうことを……といって」夏衣はセミロングの髪を暑そうに掻《か》き上げた。「確かにいい陽気過ぎるわ。ホント喉がかいかいて渇いていてしょうがないかい。この川の水って、ホント綺麗なことは綺麗だけど、いったい飲んでよいものかどうか……」

夏衣が言葉を終わらせるか終わらせないかの内に、私は突然の雷《かみなり》に打たれたかのように吃驚《びっくり》した。夏衣の言葉に吃驚《びっくり》した。私の記憶の欠片《かけら》、記憶の破片をズキズキと疼《うず》かせるその言葉。だけど、私はその理由も解らなければ、その何処《どこ》の部分が私の焦燥感《しょうそうかん》を掻き立てるのか、それすら解らない。ひと刹那《せつな》ふた刹那《せつな》コッソリ苦悶《くもん》していると——夏衣の疑問に流菜が答えている。その流菜の言葉を聴く内にまた、私の脳の内のとても大切な何かは、蜃気楼《しんきろう》あるいは逃げ水《にげみず》の如《ごと》くに、ほろほろと私の理性の射程から遠ざかってしまう。

「夏衣、川の水なら飲んでも大丈夫だよ。霧絵さんそんな様《よう》なことを言ってたし、実は私、この暑さに耐えかねてさっき、コッソリ口を付けちゃったから。でも今の所、特にお腹痛くなったり気持ち悪くなったりしてないよ」

「――ああ皆《みんな》、ハレルヤでおまちどお、御免《ごめん》ね～!!」

するとチ秋が……カンタンな方の用事だったのか……霧絵さんの急設した施設から、私達五人目掛けて駆け寄ってくる。額から首許《くびもと》から、玉のような汗を零《こぼ》しながら。それはもう『汗でべたべた』『汗だく』という感じで、ともかくも次から次へどくどくとあふれ、ちょっとした駆け足が終わってもまるで静まる様子を見せない。

だからだろう。千秋もまた、川でパパッと手を洗うや、冬香の姿をパパッと見、そしてセーラー服をパパッと脱いで、上だけ学校指定ならぬ私物《しぶつ》のキャミソール姿になってしまった。だからいっそう、千秋の汗の流れ方がよく分かる。キャミソールと下着の紐《ひも》が、千秋らしくしっちゃかめっちゃかになっている在《あ》り様《さま》もだ。

「あっ千秋まで」夏衣は元《もと》生徒会長だ。「何年も何年も、桜瀬女子《おうせじょし》であれほど厳しい躾《しつけ》を受けてきたっていうのに、こんな露天であられもない……未春と流菜を見習ったらどう?」

……私自身、セーラー服のスカーフと胸当てを思わず肌蹴《はだけ》て、汗ばむ躯《からだ》にばたばたと空気を入れている。おまけに私自身、元《もと》生徒会副会長・寮務《りょうむ》委員長でもある。そんな理由からか、私は夏衣の『優等生リスト』からは外されてしまった。

そして成程《なるほど》、パッと盗み見れば、吹部《すいぶ》の未春と茶道部の流菜の端然《たんぜん》とした女子高校生姿、桜瀬女子の女子高校生姿は、これから卒業夜祭《やさい》に出発できそうなほどキチンとしている。といって例えば流菜は、ここの異常気象を先刻《さつき》指摘していたばかりだから、茶道部らしい慎ましさと躾《しつけ》とで、このいきなりの暑さを我慢しているに違いない。そう考えながら私は反射的に、未春のセーラー服の左胸に手を伸ばした。それは積年の反射で癖《くせ》だ。

そう、もちろん私は未春の校章を直そうと――

「あっ初音、どうかした？　胸に何か付いてる？」

「あっ未春、ううん大丈夫だった、余計なお世話でゴメン」

いつも七時五分の傾きを維持してしまう未春の校章は、私が今触れる以前から、既に零《れい》時零《れい》分の直立になっている。

（あっそういえば、この世界にまた舞い戻ってきてから、私自身が一度、未春の校章を直したんだっけ……反射っていうのは恐いわ）

私はそのことと、未春が今やはり反射的にふった、私の大好きなポニーテイルのその匂いを思い出した。怪鳥との戦いのとき聞けた、その匂い。ポニーテイル全体からひたすら感じられる、強く生々しい汗の匂い。ヒトの肉と肌と熱の生々しいいい匂い。今《いま》私はそれを聞いた。すなわちきっと、未春もとても暑がっている。

――すると、そんな私達を見遣《みや》りながら流菜がいった。

「褒《ほ》めてもらってるのに悪いけど夏衣、私も汗塗《あせまみ》れで気持ち悪いよ。できるならこのまま、そうね、裸になってしまいたい位《くらい》。ううん、ちょうどいい川が流れてるから、いっそ水浴びしてしまいたい位」

「大賛成!!」冬香は嬉しそうに。「まるで防具の中だよこの暑さ。ホスピタリティがない」

「うーん、反対はしないけど――」どことなく警戒したままの、キリッとしたままの未春がいった。

私はその理由を、未春の次の言葉ですぐ理解できた。成程《なるほど》。「――天使曰《いわ》く、ここには蛇が出るんだよね。それなりの毒蛇、しかも厄介な毒蛇が。そんな危険な場所で、丸裸になって水浴びするっていうのも、ちょっと警戒心に欠けてる気がするなあ」

「う、それを言われたら私」千秋が可愛らしく舌を出す。「丸裸以上のことをして、丸裸以上に無警戒な姿、さらしちゃったのね、ハレルヤ」

「あっそういえば千秋」冬香は興味津々《きょうみしんしん》で。「どんな感じだった？　例えば紙ってあった？　そもそも水洗？　そもそも洋式？」

「洋式で、水洗だよ冬香、あはは」千秋はちょっと恥ずかしそうに。「どういう仕組みか分からないけど、レバーでちゃんと水が流れる。ただ天使さんも『紙』には思い至らなかったのかも知れないね。紙も無ければタオルも無かったよ。

　だってほら、まさに、此処《ここ》からもよく目撃できるんだけど、まさに……桜瀬女子《おうせじょし》の学内にも学園島にもあるあの洋風の四阿《ギャゼボ》、あのお洒落で大きい四阿《ギャゼボ》の中心に、その……必要な部分だけドン、って置いた感じなのよね～」

　なんとなく千秋のお許しをもらった感じで、誰もがその施設を見詰める。重ねて、春霞も桜の花びらもまるで視界を塞《ふさ》がない。千秋がちょっと恥ずかしそうに頬《ほお》を赤らめたのは、無理もない。

（また豪快だなあ、霧絵さんらしいと言えば霧絵さんらしいけど!!）

　――学園島の至る所に設置された、西洋風の四阿《ギャゼボ》。要するに庭園のあずまやだ。立派なお風呂がある様《よう》に、桜瀬女子はお金にはまるで困っていないみたいだから、学内・学外のあずまやもまた、清貧だけど立派なもの。パビリオンって言ってもいい。あずまやなる語感が不似合いなほど大きくたかく、望むならテーブルを入れて一〇人ほどでお茶会ができる。八角形の、つやつやでぴかぴかのモザイクの石畳。酩酊《めいてい》するほどのバラとバラの蔓《つる》が絡《から》まった、アール・デコな感じの八本の柱。典雅《てんが》で華奢《きゃしゃ》ですらりとした柱は、どこまでも自然に石畳の中心点――それを真上に投射した点でスッとひとつに結ばれ、美しい頂《いただき》を成すとともに、半球のいわばドーム屋根となっている。それ自体、聖堂か教会であるかの様《よう》なドーム。この四阿《ギャゼボ》であこがれの〝お姉様〟とお茶を御一緒するのが、桜瀬女子の〝妹たち〟の大切な儀式であり夢なのだ……といって、今此処《ここ》にいる六人について言えば、誰もが〝先輩〟〝後輩〟派であって、〝お姉様〟を持たなければ〝妹〟も作らなかった。だから儀式も夢も何もない。だから、まあ、視線の先に出現している、霧絵さんの好意とホスピタリティの結晶であるその惨状を見ても、まあ、さほど大きなショックは受けなかったろう。さもなくば失神ものだ。

「ほ、ほんとうに」冬香が改めて嘆息《ためいき》を吐いた。「トイレそのもの、だけなんだね……」

「そうなのよね～」経験者の千秋が解説する。「私達にとってお馴染《なじ》みの四阿《ギャゼボ》のド真ん中に、まあその、必要な陶器の器がデン、とあるだけなのよね。だから手を洗う場所・設備も無ければ、御覧《ごらん》のとおり一切の目隠しも無いのよね～、ジーザスクライスト」

「――それでも水洗なのかい？」

「うん冬香、自然な感じでレバーがあるのね。もちろん必要十分な感じで水が流れるのね。仕組みは全然分からないけど。まあ後始末にも心配は無いわ。ちょっと勇気が要るだけね」

「だから川で手を洗ったと」

「私の場合さいわいなことに、〈初期状態〉でハンカチを持っていたから。卒業夜祭《やさい》の夜もそれくらいは身に着けている筈《はず》だから、『持ち込みルール』からして不思議はないよね」

「成程《なるほど》――ていうか私も持っている。

あっ千秋、持っていると言えば、この拳銃!!　どうにかスカートに差し込んで挟める重さ大きさだけど、二丁差《ざ》しは流石《さすが》に厳しいよ。最初に拾ってバンバン使った千秋と私とで、改めて、ちゃんと身に着けて、まさに密着させておくことにしよう――ほら千秋の奴」

「うん了解っ――」

千秋が拳銃を一丁受け取り、冬香は自分の腰というか背のもう一丁を検《あらた》め整える。私は初めてまじまじと、それら拳銃二丁を目撃した。かなり見詰めたけど、どう見詰めてもまるで一緒の規格というか一緒のタイプにしか見えない。どちらも所謂《いわゆる》リボルバーで、要はレンコンのような胴体が回転するタイプ。冬香が今その胴体を開いたので、弾丸用の穴が見え、だから全部で六発、そう最大六発を装塡《そうてん》できるタイプだとも分かった。

「——といって冬香、冬香の方は今もう、ただの鉄の塊《かたまり》か鈍器でしかないよね。私達の持っている奴、入れ換えておく？　冬香が使える方を持っているのが合理的だし危険が少ないよね？」

「いや千秋、それは確かにそうだけど」冬香が真剣にいった。「こんな傍迷惑《はためいわく》な世界なんだから、何の拍子《ひょうし》で『弾丸だけ』が生えてきたり落ちていたりするか解らない。危険性はどっちも変わらないよ。それに私達にとって拳銃は護身具《ごしんぐ》なんだから、文化部の千秋が使える方を持っている事こそ合理的だと思うよ、どうかな？」

「う、それもそうね、ハレルヤで合点承知《がってんしょうち》、ちゃんと身に帯びておくわね」

「ねえ皆《みんな》」流菜が三つ編みに指を絡《から》めながらいった。「此方《こっち》の桜のブロック、何だろう？」

「実は私もそれを」夏衣が川辺の草々を踏んで立ち上がり、あの、一〇㎡以上×四ｍの、不可思議な桜のブロックに接近する。「確かめてみたかったのよね」

——夏衣は慎重に、だけど恐れるというよりは興味津々《きょうみしんしん》に、桜のブロックに接近しそして桜の壁の中へ顔を入れた。桜のブロックは川辺に、川岸に密着しており、だからその壁も川岸に接していて、足を水に入れないまま、そうやって中を確認できる。

私はここで、こののんべんだらりとして一様な世界へ俄《にわか》に出現した『施設』の位置関係を整理した……視線を川のラインと平行にして、その視線の左側に桜堤《さくらづつみ》を、右側に大きな川を置いたとき、私達が今集《つど》った川辺、その真横に桜のブロックがある。川岸に密着し、大きな川に迫《せ》り出した感じである。だから此方《こちら》を仮に〈B1〉としよう。そのB1から三〇m弱ほど先に、まったく一緒のサイズ感・質感を持つ、だから同様に桜の壁で閉ざされた、桜のブロック〈B2〉がある。B1とB2は、確実に誰かの意図を感じさせるほど、極めて作為的に瓜二《うりふた》つ。それはきっと、この世界の設計者でもある霧絵さんの意図なんだろう。

要するに、現在地の川岸にB1、もう三〇m弱ほど先にB2が、まったく一緒の態様《たいよう》で川に浮いている。桜が強い壁になったような感じで、かなりしっかりした印象を与えるその直方体は、しかしよくよく見詰めれば、固着はしているけれど浮遊している桜花《さくらばな》でできている。舞い散る桜の花吹雪が、誰かの意図で無理矢理《むりやり》壁を成しているかの如《ごと》くに。だからこそ、夏衣はその桜の壁の中へ今、自然に顔を入れることができたのだ。そして今現在、夏衣には何の異変もない。これがホンモノの、しっかり建てられた壁ならば、顔を入れるなんてことできないだろう。

（そして、あと残る施設はと言えば――）

千秋が先陣を切って実用性を確認してくれた大事な施設を、仮に〈T〉としよう。そのTは、だから私達にとってお馴染《なじ》みの四阿《ギャゼボ》は、それを左に川を右に置くと、視線の左側の桜堤《さくらづつみ》のたもとにある（上にあったら駆け上がるのが大変だったろう）。今《いま》夏衣が顔を入れているB1から直線で二〇m強、左前方に離れた桜堤《さくらづつみ》のたもとにある。そしてどうやら、まじまじと観察するにTは、B2とも一緒の距離感とベクトルを持って離れている様《よう》だ。

――これ、言葉にすると面倒だけど。施設の呼び方・略称とかは皆《みんな》と共有した方がいいけど。

要は、B1〜B2の距離が川沿いそのままに三〇m弱。これを三角形のいちばん長い辺だとすると、その中心点一五m弱の所から真横・真左に桜堤《さくらづつみ》の方を見れば、どんぴしゃりでTがあるという訳だ。もっとシンプルに言い換えれば、〈T－B1－B2〉は、桜堤《さくらづつみ》のたもとのTを頂点とし川沿いのB1－B2を底辺とする、『二等辺三角形』になっている。ううん、『直角二等辺三角形』になっている。

（だとすれば、私の距離感がさほど狂ってはいないことが証明されるわ）

というのも、桜堤《さくらづつみ》のたもとにある頂点Ｔから川岸のＢ１・Ｂ２のそれぞれまでが二〇ｍ強で二等辺、ましてＢ１－Ｂ２の長辺が三〇ｍ弱となれば――結局、〈Ｔ－Ｂ１－Ｂ２〉の三角形というのは、三角定規でお馴染《なじ》みのあの〈１対１対$\sqrt{2}$〉の直角二等辺三角形になるからだ。重ねて、Ｂ１からＢ２までは直線で三〇ｍ弱。Ｂ１からＴまでは二〇ｍ強。どうやらＢ２からＴまでも二〇ｍ強。比率はおかしくない。

（そしてそうなると、ＴもＢ１もＢ２も、極めて作為的・意図的に設けられたと解る）

――そんな私の観察あるいは物思いは、しかし実時間では数秒程度だった様《よう》だ。

「……つね、初音？」

「ああ未春、ゴメン」

「すごいよね、バスタブにシャワーだなんて!!　私全然予想してなかったよ!!」

「ば、バスタブにシャワー？」

「えっ、と……」未春はちょっと吃驚《びっくり》した様《よう》に。「……ともかく今の話、聴いてなかった？」

「今の話？　誰の話？」

「初音、すごいよホント!!」とっくに桜のブロックから顔を出していた夏衣が、どうやら説明を繰り返してくれる。未春の視線から察するに、『今の話』を繰り返してくれる。「外資系の超高級ホテルみたい。床が川のままなのは難点だけど、だから洗い場というならバスタブしかないけど、バスタブは私がまるごとぷかぷか浮けるだけの大きさがある。御親切に、アメニティとバスタオルまで用意されている」

「こ、この桜のブロックの、桜の壁の中が？　要するに、ヒト用のバスルームなの？」

「見た方がはやいよ初音」冬香もちょうど桜ブロックから顔を出した所で。「バスタブなんて、大理石でしかも縦の長さが二m以上はある。もちろん蛇口とシャワー完備。トイレがいささか手抜き工事なのは、此方《こっち》の建設に力を入れ過ぎたからかなあ？」

冬香と入れ代わりに、私も川岸から桜の壁へ頭を突っ込んでみた。

成程《なるほど》冬香の言うとおり、野趣あふれるトイレと比べたら、此方《こっち》はそう、贅沢《ぜいたく》のかぎりを尽くした感がある。無論、外から内側がまるで見えない様《よう》に、内側から外もまるで見えない。桜を無理矢理に固着させた桜の壁のおかげだ。そして内部を急いで観察するに、夏衣と冬香の説明はすべて正確だった。やっぱり私でも、仰《あおむ》けにあるいは俯《うつぶ》せにぷかぷか浮けるほど、ううん、浮いてなお足先頭先《あしさきあたまさき》にお釣りが来るほど、大きくて優雅で悠然《ゆうぜん》とした大理石のバスタブ。どのような仕組みかどのような配管か――壁面は桜だからよく分からない――適切な位置のシャワースタンドに固定された、優美で大ぶりな銀のシャワーホースに銀のシャワーヘッド。はたまた、極《ごく》自然にバスタブ外壁へと固定された銀の棚《たな》には成程《なるほど》、英字を読むにシャンプー、コンディショナー、ボディソープ、洗顔料の類《たぐい》が完備されている。ましてそうしたアメニティのみならず――やっぱり壁面が桜なのでどういう仕組みか分からないけど――明らかにシャワーの領域を避けて設《しつら》えられた銀色のフックと銀色の棚には、ふわふわっぽいバスタオルとハンドタオルがあるいは引っ掛けられあるいは畳まれ、そうあたかも、すぐに使用されるのを待っているかの様《よう》だ……

私は位置関係と方角を確認した。律儀《りちぎ》な仕事だ。優雅に過ぎる巨大で長いバスタブは、長方形の長辺をキッチリ川と平行にし、短辺をキッチリ川と直角にしている。高級な仕様によくある、頭を載せるためのヘコみまである。そのヘコみは――どう言えばいいんだろう――川に向かってこの桜のブロックに『入室』したとき、右手側に来るようになっていた。

（あのしっかり者の夏衣が、喧騒《はしゃ》いだような歓声を上げるのも無理ないわ）その夏衣のみならず、冬香や千秋の声も今、桜の壁越しに聴こえる。（視線はさえぎられるけど、声なら普通に聴こえるのね。

音は普通に通す。ならコミュニケーション上も問題はない）

……私は気の利きすぎたおもてなしに感嘆さえしつつ、いったん顔を桜の壁から出す。出してから、試みに幾度も、両腕をずぼずぼと出し入れしてみた。内部の様子を完全に遮蔽《しゃへい》している桜の壁だけど、物理的な抵抗や硬さはまるで無い。顔がすぐ突っ込めるのと同様、右腕も左腕も、そして何処《どこ》も彼処《かしこ》も、自由自在に物の出し入れを許す。するとこれは、ヒトにとっては純然たるカーテン――ううん、カーテンというよりも映像か何かの『スクリーン』に等しい。だって物理的な抵抗も硬さもほとんど無いから。カーテンなら少なくとも押し分ける程度の力は必要だけど、この『スクリーン』はそんな力をまるで必要としない。そのまま内部に入れるから自動ドアより便利だ。そんな精緻《せいち》で便利な『スクリーン』を、わざわざ桜花《さくらばな》を集めて編み上げるだなんて。

（ものすごい力の入れよう）私は若干、首を傾《かし》げた。（やっぱり冬香の言うとおり、此方《こっち》に力を入れ過ぎたのかも知れない。だってどう考えても霧絵さん、面倒臭《めんどうくさ》がりだからなあ）

……そしてどう考えても、この世界にこんなものを出現させられるのは霧絵さんだけだ。霧絵さんの超常《ちょうじょう》の力がなければ、ほぼ瞬時にT・B1・B2を建設することも無理なら、例えば諸々《もろもろ》の物品を用意することも、ましてそれらを在るか在らぬかの桜の壁面に置いていおくことも無理だから。

私がそんなことを考えていると――

「ああ暑い、暑い!!」B2の方から駆けてきた冬香がいった。「夏衣、三〇mほど先の、彼方《あっち》のもうひとつの桜ブロックだけど、此処《ここ》と全く一緒、寸分違《すんぶんたが》わないほど一緒のバスルーム」

「そう……まるで一緒なのね」夏衣は頷《うなず》きながら。「間取りとかも？」

「まさしく。此方《こっち》のバスルームをソックリそのまま再現したって言ってもいいほど一緒」

「夏衣、私も確認してきたけど」三つ編みを大きくふった流菜もいう。どうやら冬香と流菜とで、私のいうB2を、三〇m弱先《さき》の桜のボックスを、確認してきてくれた様《よう》だ。「冬香の言うとおり、角度・方位を含めて、寸分違《たが》わぬコピー同士だと断言できるよ」

「了解。暑いのに駆けてくれて有難う流菜、冬香」

「うん、ホント暑いよね、髪ももうべたべた、眼鏡も洗いたいなあ……!!」流菜もちょうど夏衣がする様《よう》に、セーラー服とスカートをできるだけ静かにぱたぱたさせる。「……この暑さも含めて、天使さんに何かの考えがあるのかな？　水浴びでもして隅々《すみずみ》まで身を清めておけ、とか？　だって親切にも、まったく一緒のバスルームをふたつ、用意してくれてる訳だし」

「それはどうかなあ」未春が微妙に怪訝《けげん》な声を出した。「それならそうで、あの性格なら、ストレートに説明してったと思うんだけど。ましてよくよく考えれば、ヒトがこの領域に滞在するのって、前回の経験を踏まえればそんなに長くないよ。だって実際、前回では、トイレの必要性なんて誰も感じてなかったみたいだし。要は、それだけ短い時間しか此処《ここ》に滞在しなかった訳だし。だのにまさか、贅沢《ぜいたく》のかぎりを尽くしたバスルームだなんて」

「でも未春」千秋がほんわかといった。私がまさに考えていたことをいった。「この世界でね、トイレにしろバスルームにしろ、そんなものを創造できるのはね、管理者で設計者であるハレルヤな天使さんしかいないでしょ、ねっ？」

「その様子だと」流菜が眼鏡と眼鏡越しの瞳を輝かせた。「千秋は賛成派だよね、水浴びっていうかバスタイム。だよね千秋？」

「うんもちろんよ流菜」千秋は数学の公式を唱えるように断言した。「どうせ私達、またドットなりピクセルなりになるまで、これといって此処《ここ》でやらなきゃいけない事もないんだし、ましてこの真夏日のような暑さだし、私は目一杯《めいっぱい》運動したし――涼しげな格好をしている冬香も賛成してくれるよね？――おまけに付け加えれば、ここでの私は仮初《かりそ》めの姿で、魂が描くイメージに過ぎないんだから、たとえ素っ裸なその瞬間、霧か塵《ちり》みたいになって消滅して地上で目覚めるとして、地上の私がまさか素っ裸になっている訳じゃないもんね」

「だよね」涼しげな格好の冬香は俄然《がぜん》、涼しげな格好の千秋に頷《うなず》いて。「要は私達、此処《ここ》では時間潰《つぶ》ししかすること無いんだから、必要な警戒態勢さえとっておけば——ああ暑い——ひとっ風呂浴びさせてもらっても罰《バチ》は当たらないと思うよ？」

「あっ、敢えて言えばね」千秋が付け加えた。「鏡があれば一二〇点満点なんだけどね」

「それはどうにかなるよ」冬香が即答する。「今ザッと見回しても分かるとおり、私達のローファーだって〈初期状態〉になっているから。確かに此処《ここ》の地点に来るまで幾許《いくばく》かは歩いたけど、まさかバケモノ鳥と戦闘をした訳じゃない。要は全員、桜瀬女子《おうせじょし》で厳しく躾《しつ》けられたとおり、ほぼ磨きたての状態を維持している」

「うん確かにそうね、それにお風呂に入るとき靴は脱ぐしね、だったら手に採れるしね」

「じゃあこれで」流菜が嬉しそうにいう。「千秋と冬香と私が、水浴び賛成派だね夏衣？」

「そこまで言うのなら」私達のリーダー的な夏衣は、しかしちょっと舌を出した。「実は躯中《からだじゅう》べたべたで汗だくの私だって、まさか見透しのよい川辺で全裸になる訳でなし、特段反対する理由がないわ……無論、冬香の指摘した警戒態勢の問題はあるけど。

だから、それが解決できたなら、よろこんで流菜に賛成票を投じるわ」

「それって夏衣」流菜が眼鏡のブリッジを持ち上げる。「ひょっとして……蛇のこと？」

「それは私もホント気懸かりだよ、み……」何かの説明に困ったか、未春がちょっと舌を縺《もつ》れさせる。「……皆《みんな》も憶えてると思うし、まして天使は嘘が吐けないんだから、この世界には依然、あの天使すら嫌がるような力を持った蛇が——しかも『毒蛇』がいるってことになる。だのに六名皆《みんな》で優雅に水浴びってのは、なまじ桜の目隠しがある分、かなり危険なような気もするよ。ねえ初音はどう思う？」

「私？　私は……」ここまでの議論だと、水浴び賛成派3、条件付き賛成派1、懐疑派1だ。なら私はというと。「……正直、この異様な陽気で、私も下着のしたままでべとべとなんだ。ましてこんなトップヘビーで面倒な髪をしているから、そう正直、ちょっとシャワーでも浴びられれば嬉しいかなあ。といって、未春の指摘は絶対に正しいと思う。あの傍若無人《ぼうじやくぶじん》とした、泰然自若《たいぜんじじやく》とした霧絵さんが、ああまで執拗《しつこ》く警告してくれたって事は、やっぱり飛びっ切り迷惑で厄介《やつかい》な、霧絵さんの手にも余る毒蛇が出るんだよ。そうすると、うん、未春が指摘したとおり、呑気《のんき》に密室で裸にまでなるっていうのは、危険が大きい気もするよ」

「そうしたら、天使さんの御配慮で、せっかくバスルームがふたつあるから――」夏衣が総意を纏《まと》める様《よう》にいった。「――私達、ちょうど六人で偶数だし、そうね、『二班に分かれる』こととしてはどうかしら？　すなわち三人＋三人の甲乙《こうおつ》二班に分かれて、各班は独りずつ交代でお風呂に入るの。お風呂に入る当人も警戒を怠《おこた》らないし、お風呂の直近の川辺にいる残りふたりも無論、着衣のまま警戒を怠らない。

　どのみち、バスルーム同士はまさか五〇ｍも離れてはいない。事故や変事《へんじ》があったなら、皆《みんな》すぐ合流できるわ。まして、仮にお風呂に入っていたところで、姿格好《すがたかつこう》を気にしなければ、飛び出して逃げ出てくることくらいはカンタン。少なくとも声は出せる。

　結論として、『お風呂に最大二人が入り、直近の川辺で少なくとも四人が警戒をする』。その六人のいずれもが警戒心旺盛《おうせい》。このスタイルなら、川辺で散歩をしていたり川辺でお喋りしていたりするのと、実質的には変わらないと私は考えるけど――どう未春、初音？」

「其処《そこ》まで言われちゃあ、私だって何が起こるかなんて解らないから、私以外の五名が五名とも賛成ならそれにしたがうよ。だから初音にしたがうよ」

「うっ、俄《にわか》に責任重大だけど、こう暑いと喋っている時間も惜しいから……」

「ねえ初音、未春」流菜が理知的に眼鏡を光らせる。「夏衣のプランを更に充実させれば、もっと安全になるよ。というのも、六人の内で武闘派じゃない文化部なのって実は、箏曲部《そうきょくぶ》の千秋と茶道部の私だけだから。これまでのオバケ鳥との戦闘を顧《ふりかえ》ってみても解るけど、弱点というなら千秋と私。だから夏衣のプランを更に充実させて、千秋と私を夏衣のいう甲《こう》班と乙《おつ》班に分散させればいいんだよ。それが危険なり弱点なりを最小化する手段だよ」

「成程《なるほど》、考えたわね流菜」夏衣はうんうんと頷《うなず》いて。「要は班分けの問題に帰結すると」

「そうなの夏衣。ましてこれまでの戦闘を顧《ふりかえ》ると、いちばん近接戦闘力に恵まれてるのって、剣道部の初音と冬香のふたりだよね？　これもちょうどふたり。とすると」

「初音と私も甲班と乙班に分散させれば」冬香がインナーをばたばたさせながらいう。「両班の戦闘力がほぼ一緒になり、これまた危険なり弱点なりが最小化されると。成程《なるほど》ね」

「といってもちろん」流菜が頷きつつ続ける。「夏衣が言ってくれたとおり、甲班と乙班は互いに五〇m離れてないんだから、剣道部の戦力が大きく分散されることも無いよ」

「そうすると、便宜的《べんぎてき》に」夏衣が議論の仕上げに入った。夏衣の額《ひたい》の汗も玉のようだ。「千秋と流菜を切り離し、初音と冬香を切り離すんだから、そう便宜的に……〈甲班＝千秋＋冬香〉、〈乙班＝流菜＋初音〉になるわね。残るは吹奏楽部の未春と、弓道部の私。これは何方《どっち》が何方《どっち》でも大差ないけれど――徒手空拳《としゅくうけん》の私と体育会系文化部の未春は戦力的にほぼ一緒だから――ねえ初音、強《し》いて言えば初音と冬香と、どっちが戦力的に大きい？」

「もちろん冬香だよ」私は断言した。武芸者の夏衣なら、とっくにお見透《みとお》しのことを。「私達同じ剣道三段だけど、冬香は実力五段だから」

「今は初音の謙遜《けんそん》を素直に受け容れて――ならその強力な冬香と、運動部の私を敢えて一緒にするのは賢明じゃないわね」

「すると」流菜がいった。「班分けは終わったよ。便宜的にだけど、
　甲班……………千秋（箏）＋冬香（剣）＋未春（吹）
　乙班……………流菜（茶）＋夏衣（弓）＋初音（剣）
となる」
「順番も含めてこれどうかしら未春、初音？」
「私は」確かに暑い!!「賛成だよ夏衣」
「初音がそう言うなら」未春が折れた。「実は私もあれ、さっきから体験したかったんだ」

Ⅷ

　特に決め事はしなかったけど、私達のリーダー的な夏衣が導く自然な流れで、甲《こう》班が奥のバスルームを、乙《おつ》班が手前のバスルームを使うこととなった。

　ここで『手前』『奥』というのは、私達がやってきた地点からして『手前』『奥』ということで——この世界には目印も無ければ果ても無いから位置関係の表現が難しい——無論、手前が私のいうＢ1、奥が私のいうＢ2となる。要は、猛暑の中をテクテク歩いてきて最初に発見したのが『手前』のＢ1（乙班使用）、『奥』となるのがＢ2（甲班使用）だ。

　といって、私も含め皆《みんな》で確認できたとおり、Ｂ1とＢ2はまさか五〇ｍ離れてはいない。私の距離感覚が確かなら、三〇ｍをちょっと切る程度。日常的な喩《たと》えを用いれば、学校の教室4個分の全長をかなり切る程度……学校の教室3.5個分くらいでしかない。桜瀬女子《おうせじょし》は躾《しつけ》が厳しいから、廊下を教室3.5個分も疾駆《しっく》したら謹慎《きんしん》・停学ものだけど、何のしがらみも無ければ、三〇ｍ弱を疾駆するのにまさか一〇秒を要しない。それは運動部であろうと文化部であろうと変わらない。まして目下《もっか》の気象条

件からして、視界は極めて良好だ。桜も春霞も、とても落ち着いていて視線を塞いではいない。

そんな感じで、B1とB2は、安全確保の上でも問題の無い、絶妙な距離感をもって離れた位置関係にある。ましてそれは重要施設〈T〉についても同様だ。繰り返しを恐れずに言えば、〈T－B1－B2〉の直角二等辺三角形、その長辺は今まさに述べた三〇m弱、そして短い方の二等辺は――だからB1・B2からTまでの距離は――ともに二〇m強。これまた同じ比喩《ひゆ》を用いると、学校の教室2.5個分でしかない。よってやっぱり、疾駆するのに何の問題も苦労も無ければ、視界・視線への障害も無い。

（そう、絶妙な距離関係にある）私は思った。（プライバシーが、まあ確保される程度に遠く、でも相互の連携が、確実に可能となる程度に近い。これはやっぱり作為的・意図的なものだ。そしてその作為・意図の主体は、この世界の管理者・設計者である霧絵さんでしかあり得ない。裏から言うと、霧絵さんがT・B1・B2を用意したってことは、それを普通に使っても大きな危険は無いってことだ。それは道理と常識からしてそうなる……）

「初音、それじゃあ最初は――」

「――あ、うん夏衣、もちろん流菜でいいよ」

桜のブロックのバスルーム〈B1〉の直近で、それを使うこととなった〈乙班〉の私達は頷《うなず》き合った。乙班は、言うまでもないけど流菜＝夏衣＝私の三人だ。お風呂一番乗りの流菜はずっと、とても遠慮した感じだったけど、この順番は既述《きじゅつ》のとおり、班が別行動になる前、六人全員で相談して決定していたこと――だから流菜も、ほんとうに申し訳なさそうにしつつ、ローファーとソックスを脱ぎ、取り敢えず素足になって、セーラー服姿のままB1内に消えた。その桜の壁の中へと消えた。

B1は、いわば川に建っている。その床《ゆか》部分はバスタブ内以外まさに川、流れる川の水とフラットな川の底だ。ただこの川の水深はとても浅いので、川に入って立ったとして、まさか膝《ひざ》まで浸かることは無い。ありふれたクルーソックスをはいたとき、それが全部濡れるか半分濡れるか……その程度の水深だ。だから、文学少女・茶道少女の流菜が川辺ではなくバスルーム内で服を脱ごうとして、そこにさしたる障害も苦労もない。まして重ねて、大理石のバスタブ内は川から独立した『陸地』だ。

（といって、男勝《おとこまさ》りの冬香やサバサバした未春だったら、あとどっちかといえば無頓着《むとんちゃく》な千秋だったら、ぽんぽんぽん、と川辺でそのまま裸になっていただろうけど――）

でも水深がこれだけ浅ければ、外脱ぎ派だろうと中脱ぎ派だろうと実質的な違いはない。そして実際、もう桜の壁によって姿が見えない流菜は――私達後続《こうぞく》を気遣ったのか――とても急いだ感じで、桜のブロック内から、まず冬セーラー服と冬プリーツスカートを川辺の草々の上へ出してくる。流菜らしく、おずおずと。

「あっ初音、甲班の方も始まったみたいね、お風呂」

「うんそうだね、夏衣。一番手の千秋が――」私達は思わず苦笑し合った。予想どおりだったからだ。

「――ぽんぽんぽん、と惜しみなく裸になっている。サービス精神かな？」

「元々、かなり自由闊達《かったつ》な、涼しい格好だったけどね……」

「ううん、スカートを脱がないだけ、千秋にしては慎ましかったよ」

「箏曲部《そうきょくぶ》っていうのも、未春の吹奏楽部同様、体育会系なところがあるのかしらね？」

「うーん……千秋の性格が性格だし、千秋が特異点なんじゃないかなあ」

「ともかく、甲班は〈千秋－冬香－未春〉の順」

「だね。そして私達乙班は〈流菜－夏衣－私〉の順」

「それならば」

「それならば？」

六人全員で相談して決定したこの順番だけど、重要なのは、①『千秋』『流菜』の文化部コンビを取り敢えず真っ先に入浴させるってこと。今現在、この世界は極めて平穏無事だし、というか平穏無事に見えるし、なら安全な内に、敢えて言えば物理的な弱点である文化部コンビの用事を済ませてしまおう――って判断だ。これは私達のリーダー的な夏衣と、手続や段取りに長《た》けている茶道部の流菜が提案したプランである。同様に、物理的な防御力の観点から、剣道部の『冬香』『私』が同時刻に入浴してしまうのは大幅な戦力ダウンになる――という判断で、②冬香と私の順番を意図的にズラすことにした。これも夏衣と流菜が提案した、成程《なるほど》合理的なプランである。一見、無規則のように見える入浴の順番は、実の所、私なんかではとても気が回らないほど、何と言うか緻密《ちみつ》に決められた。

……ところが。

今、自分で入浴の順番を確認したはずの夏衣は、どことなく急いだ感じで、自分自身もまたローファーとソックスを脱ぎ出した。武芸者らしい凜《りん》とした素足になる。そして一瞬、キョトンとした私の瞳を見詰めると、なんと流菜が入っているB1の傍《かたわ》らから、その桜の壁の傍らから、とぷんとぷん、するすると大きな川の中へ入り、歩みを進めてゆく。

「あっ、ちょっと夏衣、どうしたの……何処《どこ》へ行くの？」

「初音、私ね、どうしても確かめたい事があるの――」川の中の夏衣はここで、すぐ傍らに存在する、バスルームの桜の壁へと腕を幾度か出し入れさせた。場所を変えながら、幾度か。「――初音だって試したかも知れないけど、この桜の壁はどこだって物を自然に透過させる。経験論としては少なくとも、私達の手がとどく範囲内ならどこだって。加うるに、音声その他の音も、まるで壁など存在しないかの様《よう》に透過させる。まして、この大きな川の川底はとてもフラット――あたかも学校のプールの底面の如《ごと》くに、一様《いちよう》でなだらかでしっかりと硬い」

（それは私も幾許《いくばく》か確認した）私は記憶を顧《ふりかえ》る。（確かに私も、プールの底を連想した）

「だから事故や変事《へんじ》があれば、仲間の声も聴けるし現場に駆け付けることも難しくない。

だからできれば……初音にもちょっとだけ、私につきあって欲しいの、ちょっとだけ」

「まさか夏衣」私は霧絵さんの顔と声とを強く思い出して。「この川を……渡《わた》ろうと!?」

「それができるのは」夏衣の瞳は強く鋭く光った。私のこころを射るかの様《よう》に。「天使さんの言葉を信じるなら、天使さんが地上での野暮用《やぼよう》に時を費やしている約三、六〇〇秒の内、すなわちこの一時間の内にかぎられる。ううん、カウントはとっくに開始されているから、実際の余裕はもっと少ないわ」

「確かに霧絵さんは断言していた。今度地上に下りたときは、地上に下りている内は、約三、六〇〇秒はこの〈誤差領域〉には帰れないって断言していた、けど――」そして天使は嘘を吐かない。

「――けどだからこそその宣言のとき、重ねて強く警告をしていたよね、絶対にその川を渡ろうとしない様《よう》にって。対岸への渡河《とか》だけは試みてはいけないって」

「だからこそ私は気になるの初音。確かにそう。天使さんは重ねて強く警告していた。今回も最初のときもそうだった。その理由も事情も対岸に在るものも、何も説明せずに。あれだけいろいろ説明をしてくれた天使さんが、それだけは言い澱《よど》んで……いえ隠す様《よう》に」

夏衣はもう渡河を開始している。大きな川を、ゆっくりだけど確実に侵攻している。

この世界へ最初に迷い込んだときそのままに、橋も無ければ舟も無いその対岸へと。春霞《はるがすみ》に隠れるように遠く朧《おぼろ》で、ハッキリ目撃できるものなど何も無いその対岸へと――

私は取り敢えず夏衣を止めようと、急いでローファーとソックスを脱いだ。急いで川の中へ足を踏み入れる。やっぱりかつて確かめたように、そうプールの底のように、一様《いちよう》でなだらかでしっかりと硬い川底だ。それを今は足裏に感じつつ――川辺の軟らかい草々の地面とはまるで違う触感だ――急いで夏衣に追い縋《すが》る。けれど夏衣は確乎《しっか》とした歩みを止めはしないから、私は何と言うか引きずられる感じで、一〇mまた一〇mと、自分の意志ではないのにどんどん川を侵攻してしまう……

「駄目だよ夏衣!!」私は大声を出した。「私達、川を渡らないって約束を!!」

「それは違うわ」夏衣は断言する。「そんな約束をした憶えは無いもの」

「だとしても!!」また一〇m、また一〇m。「もし私達がこの川を渡ろうとすれば!!」

「天使さんは躊躇《ちゅうちょ》も容赦《ようしゃ》もなく、弁解の暇《いとま》も与えずに私達を殺す。そういう義務がある」

「そ、其処《そこ》まで憶えているんなら!!」

「だから機会は今しか無い」

「こんなに流菜と、ううん川辺の皆《みんな》と離れたら!!　お風呂の順番なんかまで決めたのに」

「水の抵抗はほとんど無いし、川底は人工物のように硬い。事故や変事《へんじ》には急行できる」

「だとしても!!」更に一〇m、また一〇m。成程《なるほど》一様に硬い。私達の脚《あし》どころか、ペン一本ううん針一本突き立てるのも無理だろう。「あれだけ霧絵さんが執拗《しつこ》く警告したってことは……きっと私達の為《ため》を思って」

「終《つい》に、とうとう」

「……え?」

「なんて美しいその旅路。たったひとつの、私の願い」

「夏衣それは……」

「私はとうとう認められた。私はとうとう、許された」

「……それって私達がこの世界に出現したときの、最後の記憶、最後の言葉」

「初音の胸は喧騒《ざわ》めかない?

まるで生まれる前のものの様《よう》な、遠い遠い、遥《はる》かな記憶の欠片《かけら》を感じない?」

「そ、それは」

「何かをしなくちゃ、何かを急がなきゃ、それは今、此処《ここ》でないとできないから……って焦燥を感じない？」

「だ、だけど」

「そして私達がこの〈誤差領域〉でできる能動的な行為、目的ある行為って、川を渡ることだけだと思わない？　そう、冬香が先刻《さっき》断言していたとおり……私達には時間潰《つぶ》ししかすることが無いわ。ただ一点、川を渡ることを除けばね。

だからそれこそが、しなくちゃいけない『何か』、急がなくちゃいけない『何か』、此処《ここ》でないとできない『何か』だと思わない？　ううん、私は思うわ。論理的にも本能的にも。私が許され認められ、たったひとつの願いが叶えられる、その美しい旅路の果て。それこそこの川のむこうだと。だって天使さん、まさに断言していたもの……川のむこうは〝貴女達《あなたたち》が断じてアクセスすることのできない施設〟だと。

アクセスできない。

アクセスできない。

その言葉から、私達が到達すべき旅路の果てを連想するのは、そんなに突飛《とっぴ》なこと？」

……思わず黙ってしまった私は、しかしようやく此処《ここ》で気付いた。こんなことって。

（た、対岸の様子も距離感も、まるでスタート地点と変わってはいない!!）

そもそもこの川はとても大きく、まして対岸は春霞《はるがすみ》に隠れるが如《ごと》く遠く朧《おぼろ》なので、どうしても距離感が狂う。体感として、五〇m以上は侵攻した気もするけど、座標も目標も何も無いので、それすら自分を信用できない。だけど。

りん
りん
（意識してみれば、私達の歩みにつれて一定間隔《かんかく》で響く、時計の鈴のような不思議な音）

……私は意図して自分の歩みを止めた。引き続きずんずん、ずんずん対岸へと侵攻してゆく夏衣の背と、蜃気楼《しんきろう》のような対岸の朧《おぼろ》な輪郭《りんかく》とを、どうにか比較しようと試みる。

（あっ、やっぱり!!）

りん

りん

「夏衣!! 無理だよ止まって夏衣!!」私は絶叫した。夏衣がびくり、と肩を震わせてどうにか静止する。「そもそも対岸には到《たど》り着けない!! そうだよ、霧絵さんだって莫迦《バカ》じゃない。あの粘着的で執拗《しつよう》な性格なら、ちゃんとセキュリティを稼動《かどう》させているに決まっている。現にちゃんと稼動している」

「――ひょっとして」夏衣が耳を澄ませる仕草をする。夏衣にも分かった様《よう》だ。「対岸が遠ざかっている？ 私達が一定距離を侵攻すると、対岸が遠ざかってゆくの？」

「そう、一定距離ごとにこの、時計の鈴みたいな残酷な音が静かに鳴る。時計の鈴の音が鳴ると、明らかに対岸は遠ざかる。歩いている夏衣を座標にしてどうにか目を凝《こ》らせば、対岸の輪郭《りんかく》はどれだけ侵攻してもまるで変わらない。というか、時計の鈴の音が鳴るその都度《つど》、修正されている――川幅がひろがるのか対岸が引っ込むのか分からないけど、結果だけはすぐ分かる。すなわちどれだけ歩いても、絶対に対岸への距離は縮まってゆかない」

「……残念だけど」しっかりした性格の夏衣は、実証実験のためか、もうしばらくだけ川を侵攻してゆく。そしてその歩みに比例して、確実に響き渡る静かな時計の音――それが引き起こす現象は、今や私達にとって自明で大前提となっていた。「初音の言うとおり、あの霧絵さんはそもそも私達を信用していない様《よう》ね。自律的なセキュリティまで稼動させている」

「ええと……私達を信用していないっていうか、その、霧絵さん言っていたよね、引用が正確じゃないけど……侵略者を撃退して懲《こ》らしめるのが霧絵さんの使命だって。ましてこの領域には蛇なるものが出るんだし、このセキュリティは全自動っぽい。だからこれ、必ずしも私達を想定している訳じゃないし、私達を信用していないいって訳でもないと思うよ」

「とまれ、川を渡ってはいけない云々《うんぬん》以前に、これでは物理的に渡りようが無いわね」

夏衣が悲しそうに嘆息《ためいき》を零《こぼ》した。私には何故か、その理由が解った気がした。

（だって夏衣の論理的・本能的な希望あるいは衝動には、充分すぎる理由があるもの）

終に、とうとう。

なんて美しいその旅路。

たったひとつの、私の願い。

私はとうとう認められた。私はとうとう、許された――

（私達は誰もがそれを感じた。私自身も。けれどとうとう、その旅路を終わらせる事はできなかった……何故と言って、私達は誰もがここで目覚めたとき泣いたから。私達は誰もが、ここは旅路の果てじゃないと解ったから。

だから私達は誰もが、今此処《ここ》でなければできない何かを、それも急いでしなくちゃいけないって、そんな義務感と焦燥感《しょうそうかん》に駆られているから。だから、そんな私達が……）

……そんな私達が、夏衣だって私だって誰だって、旅路の果てを、ううんきっと使命を、見極めて実現したくない筈《はず》がない。そう、私には、そしてきっと私達には使命がある。絶対に忘れてはいけなかった、そんな大事な使命が。

（問題は、少なくとも私は――そして私の知るかぎり仲間の誰もが――その使命をまるで思い出せないって事だけど）

だから夏衣の希望あるいは衝動《しょうどう》は理解できる。こののっぺらぼうな、作為的に無個性な世界にたったひとつ残された『謎』を解明したいっていう、夏衣の希望・衝動は理解できる。ただ……元生徒《もと》会長で冷静沈着な夏衣、そう、高校生としては破格の四段を認められるまで弓道なる精神的な武芸を修めている夏衣にしては。

（お風呂に入っている流菜から遠ざかったり、あたかも侵入盗《しんにゅうとう》というか空《あ》き巣狙《すねら》いよろしく、霧絵さんの不在を見計らって『禁断の対岸』へコッソリ渡ろうとしたりするなんて……）

夏衣にしては、ちょっと焦燥感が強すぎるというか、行動が無計画で唐突に過ぎるというか。どうにも夏衣らしくない。あるいは夏衣には、何か思い出せたことがあるのか。

ねえ夏衣、と私が彼女の手を採り手を引きながら、彼女にそんなことを訊こうとすると。

「夏衣――!!　初音――!!」

「あっ、流菜だ」私はスタート地点のB1を見遣《みや》った。声からしてそれが流菜なのは分かるうえ、まさかその容姿《ようし》が霞《かす》むほどの距離がある訳でなし。彼女のトレードマークである大きな丸眼鏡と三つ編みは、いつもどおりに確認できる。私はこれさいわいと。「ねえ夏衣、流菜も待っていることだし、次は夏衣がお風呂使う番だから、いったん流菜のところへ引き返そう。どのみちあの霧絵さんのこと。このセキュリティがヒトに崩せる筈《はず》もなし」

「そうね」

見苦しい所を見せちゃったわね。

そうぽつりと零《こぼ》した夏衣の顔は、何かを思い出したどころか、激しい失望と渇望に充ち満ちていた。その失望・渇望は同時に、私がずっと感じているのと同様の、ううんきっとそれ以上の焦燥感と義務感であり、そして――

（とても深い、悲しみだ。まるでこの世界に最初に迷い込んだとき、誰もが泣いた様《よう》な）

IX

「じゃあ順番どおり」夏衣と私が急いでB１に帰ると、いつもどおりの流菜が優しくいった。「次は夏衣だね、お風呂。すごく使い心地いいよ!! お湯だってちゃんと出る!!」

「御免《ごめん》なさい、流菜」夏衣はぺこりと謝って。「独りにしてしまって」

「ううん、こう暑いと川に入りたくもなるよ」流菜は、綺麗に透きとおった丸眼鏡越しに綺麗な瞳を緩《ゆる》ませる。「それにあっちの甲《こう》班の方は、一番手の千秋がまだ出て来てないしね。私が急ぎ過ぎてたのかも知れない」

「あっそうか、それで」私は独り納得した。「だいたいの時間を決めておけばよかったね。といって体感時計になるけど。むしろ一番手の流菜を急がせちゃったみたい。ゴメン」

「ううん、私は充分にお風呂を堪能《たんのう》したよ？」流菜は制服の袖口《そでぐち》をフックで整え直しつつキョトンとして。「じゃあ夏衣、私使ったあといちおう綺麗に整え直しておいたから、準備は万端《ばんたん》。それこそゆっくり時間を使って。問題があればすぐ知らせるから」

「解ったわ流菜、有難う」しかし夏衣は苦笑しながら。「でも私、寮生活で誰もがしみじみ痛感しているとおり、千秋みたいに無駄に長風呂しないから、あっは」

「千秋は確かに長風呂だよね……」私はしみじみ頷《うなず》いて。「……茹《ゆ》で上がって出汁《だし》がとれる位《くらい》、延々と延々と浸かっている。心の底からお風呂大好きっぽい。けどまさか、こんな世界のこんな状況で、桜瀬女子《おうせじょし》の大風呂よろしくタオルターバンで一時間以上も鼻歌歌ったりはしないと思うけど」

――そんな私の不安というか不審がとどいたか、ちょうどタイミングよく今、甲班が使う臨時バスルームB２から千秋が出てきた。まさに鼻歌が聴こえそうなほど（距離的にちょっと無理だけど）、ルンルンと御機嫌《ごきげん》な挙動《きょどう》をしめしながら。そしてタオルターバンではないけれど、ふくよかなハーフアップを下ろした髪を、千秋らしくザクッと結んでいる。

（流菜がもうすっかり冬セーラー服のフル装備、普段どおり学校どおりの姿なのに。千秋ときたら、バスタオル一枚でルンルンと出てきて、そのまま川辺に脚を投げ出して座っちゃうなんて……如何《いか》にもだなあ……）

そして甲班の入浴順にしたがい、冬香がこれまた豪快に服を脱ぎ出す。といって冬香も千秋も、入浴前から既に上半身インナー姿・キャミソール姿だったけど。剣道部仲間としてのささやかなさいわいは、どうやらあれもこれも派手に脱ぎ散らかしたままの千秋の着衣と違い、冬香はあれもこれもを、制服も引っくるめて丁寧に畳んで整えたことだ。二五ｍプール以上に離れている甲班と乙班、Ｂ２とＢ１だけど――重ねて彼我《ひが》の距離は三〇ｍ弱――まさにプールを想起すれば解るように、声は届くし様子も目撃できる距離だ。服の畳み方なんてものが目撃できる程度には、近い。

「じゃあ夏衣」流菜は眼鏡の奥の瞳を輝かせて。「私戦力にはならないけれど、見張ってること位《くらい》はできるから。必要があればすぐ知らせるから。それに初音だっているし」

「……じゃあ失礼して、流菜たちを信頼して、私もお風呂を使わせてもらうわね」

「あっ夏衣」私は焦燥《あわ》てていった。「さかしまに、お風呂の中で何か異常があったら、すぐ大声で知らせてね。私スタンバっているから」

「有難う、初音」

そういうと夏衣は、甲班の方と私達の方を交互に見遣《みや》りながら、たちまちローファーもソックスも冬セーラー服の上下も脱いで、またその下のあれこれも脱いで、美しく全裸になった。性格的にも習慣的にも不思議は無い。私達は女子校の生徒だったし、弓道部の夏衣は着換えには慣れているし、重ねて寮生活ではお風呂にまで一緒に入ったりするから。そしてこれも性格・習慣ゆえか、武芸者の夏衣は自分の着衣をそれは手早く丁寧に畳んで、美しさすら感じさせるオブジェにしてしまう。このあたり、冬香と一緒のメンタリティだ。

「じゃあ」

「ごゆっくり!!」

夏衣の姿が桜の壁の中へと消える刹那《せつな》、乙班三番手の私は努めて明るい声を出した。単純に、最後の私に気を遣ってほしくないという意味もあったし……微妙な感情としては、先刻《さっき》目撃してしまった夏衣の悲しい顔、そう、とても深い悲しみの顔を思い出してしまったからでもある。

――まして。

私達はこの牧歌的極まるのっぺらぼうな世界で、結局の所、なにひとつ答えを与えられてはいない。私達は何故、ここに来ることを繰り返すのか。それに何かの意味はあるのか。意味があるとして、私達がしなければならないことは何なのか。次に私達がドットやピクセルに還元されて地上へと帰るのは何時《いつ》なのか。そして無論、夏衣が痛切に知りたがっているとおり、この川のむこうには何があるのか……

(そうだ。詰まる所、私達は何処《どこ》から来て何処《どこ》にいて何処《どこ》へゆくのか?)

私は知らず、乙班の警戒ペアとなった流菜と、そんな疑問について語り合っていた。もし先刻《さっき》、夏衣が夏衣らしからぬ突発的な行動をしていなかったなら、繊細な文学少女である流菜を動揺させる様《よう》な、そんな深刻な話は慎んだろう。ただ私は、その夏衣らしからぬ衝動に煽《あお》られてか、学校の話や寮の話をする気にはとてもなれなかった。そしてそもそも流菜はとても学究的《がっきゅうてき》だから――これまでも霧絵さんに幾度も幾度も挙手《きょしゅ》しながら質問を繰り返していたっけ――この〈誤差領域〉については、切実なかたちながらも興味津々《きょうみしんしん》だ。むしろ私の質問や意見を、歓迎する様子さえある。私はそんな学究的な流菜にむしろ促される感じで、要は〝私達は何処《どこ》から来て何処《どこ》にいて何処《どこ》へゆくのか?〟を議論し続けた。するとやがて、やや遠くから甲班の、そう冬香と未春の声がする……

「――友達になるならなるでいいけどさ、あの天使そもそもすっごいババアじゃん？　まして、私達の方が圧倒的に先に死んじゃうよね。だから感覚的には、ちょっとすれ違っただけ、ちょっとふりむいてみただけの、秒単位未満の清い交際しかできないよ、あっは!!」

「うんそれもそうだよねえ……ま、あっちがババアならこっちはメスガキだけど。

でもふわボブさん、そう〝ふわボブさん〟のこと、特にお気に入りみたいだよ？」

「特にお気に入りなのは、未春も確実に察知したと思うけど、そりゃ初音だよ!!　だって
『だって独りだけ本名で御指名だもんね、ハレルヤ!!

私なんてずっと〝ハーフアップさん〟!!』

私がその、甲班の和気藹々《わきあいあい》な会話の出所へ、顔をむけたその刹那《せつな》――

「――ご、ゴメン初音!!」

「え、どうしたの流菜？」

「私ちょっと、その、さっきの千秋と一緒の用事で……」

顧《ふりかえ》って流菜の顔を見れば、あからさまに、吃驚《びっくり》するほど蒼白だ。その視線は成程《なるほど》、私達乙班から二〇m強の位置にある、施設Tを直撃している。流菜の躯《からだ》も成程《なるほど》、先刻《さっき》の千秋の挙動《きょどう》そっくりそのまま瓜二《うりふた》つと言ってよい程《ほど》、まあその、もじもじしている。その挙動だけで先刻《さっき》の千秋を、だから今の流菜の『用事』を断言・確定しない方が難しいだろう。

「うん流菜、まったく全然、大丈夫だから。

夏衣のことは私が警戒しているから、何も心配しないで行ってきて」

「ホント御免《ごめん》、お風呂や班分けをせがんでる立場なのに、警戒を投げ出しちゃうなんて」

「気にすること無いよ。それに武芸者の夏衣なら、私も一緒にいなくなったって自分の身は自分で守

れるし——あっ流菜、だからむしろ私、流菜に付いていった方がいいかな？」

「ううん初音、まさか其処《そこ》までは、そんなの悪いよ」流菜は私に気を遣う感じで、とても急ぐ素振《そぶ》りを見せた。そしてむしろ快活に、むしろ大きな声でいう。「じゃあ夏衣、ほんのちょっとだけ席を外すね!! すぐ帰って来るから!!」

『気にしないでね流菜、話は解ったから』

「ごゆっくりだよ流菜!!」

——夏衣と私の声に安心した感じで、流菜が川辺を駆けてゆく。無論、距離二〇m強の位置にある、桜瀬女子《おうせじょし》スタイルの四阿《ギャゼボ》へ——端的《たんてき》にはトイレへと一目散《いちもくさん》に駆けてゆく。

（流菜の性格を考えれば、絶対に其方《そっち》へ顔をむけちゃ駄目だよね、出るも……以下省略）

私は努めて流菜が入った四阿《ギャゼボ》から瞳《め》を逸《そ》らしつつ、できるだけ私達乙班の使うB1、そして甲班の使うB2を見遣《みや》るようにした。要は大きな川の方を見遣るようにした。といって、四阿《ギャゼボ》までの直線距離は重ねて二五mプール未満である。まして幸か不幸か、私達の桜瀬女子の冬セーラー服は、黒白モノトーンの洒脱《しゃだつ》なデザインがとても目を引く。万物がガラスのような光とパステルの色調に支配された、この〈誤差領域〉ではなおのこと。

（ああ、だからあの〈免疫〉の自動機械は、目立つ黒白モノトーンの配色なのかな？）

……下らないことを考えてしまったのは、どうしても流菜の黒白モノトーンの冬セーラー服が、その挙動とともにちらちら瞳《ひとみ》の隅《すみ》で動くからだ。真っ直線上《じょう》三〇m弱先《さき》の、甲班の使うB2に視線をやれば……ヒトの視界にはどうしても、流菜が座っている左前方二〇m強のTも入ってしまう。そして重ねて、我が母校のセーラー服はとても目立つし、今現在この世界は無風な上、引き続き舞い散る桜も実に少なく、要するにとても視界がいい。

（微妙に困ったなあ。流菜、急がなくてもいいけど早く帰ってきて。何か気まずい……）

私がこの世界らしからぬ日常的かつヒト的な困りごとを抱え、悩んでいると。

しゅう
がらがら――

(……何、今の音?)

空気音? 自転車のタイヤがパンクした様《よう》な。はたまた、薬缶《やかん》が噴《ふ》き出すような。回転音? 風車が強く回転した様《よう》な。はたまた、琴《こと》がしゃああと鳴るような。

(この〈誤差領域〉で、こんな空気音のような音も、こんな回転音のような音も、私は聴いたことが……)いや違う。(……何時《いつ》のことか、何処《どこ》でのことかまるで思い出せないけど、私は聴いたことがある、気もする。とても自然な感じで。まして回数なんて思い出せないけど、たぶん一度や二度じゃない、ような)

私は立ち上がることまではしなかった。そのときは。

この牧歌的な世界では、微妙に不思議で違和感のある音だったけど……でも強い警戒心を引き起こすほど、派手でもなければ大きくもなかったから。正体は分からないながら、それ自体で強い不信感を引き起こすほど、人工的なあるいは機械的な音ではなかったから。それは――どう表現していいか言葉に迷うけど――『ナチュラル』なもの、『機械仕掛けでない』ものではあった。だから強いて言えば、この機械などない牧歌的な世界から異様に浮いているものではなかった。異様とまでは言えなかった。

だから私は立ち上がることまではしなかった。繰り返しが聴こえるまでは。

しゅう
がらがら――

(……全く一緒の音?)

そう、私の聴覚が確かなら全く一緒の音だ。吹奏楽部の未春なら『同じ楽譜』『ダル・セーニョ』とか言うだろう。私の聴覚が確かなら今、先刻《さっき》とまるで一緒の強さ・長さ・音程・音色《ねいろ》・響きを持つ空気音・回転音のような音が、確実に私の鼓膜《こまく》にとどいたのだ。私はさすがに警戒して立ち上がり、B1～B2～Tと視線を繞《めぐ》らせる。夏衣のいるB1からはシャワー音が聴こえる。B2のある川辺では冬香と未春が談笑している。申し訳ないけど、Tでは流菜がしゃがんでいる。私の視野においては、何も事件事故がない。

——いや。

事件事故があったのは、私の所だ。まさに私が立っている此処《ここ》。

「へ、蛇⁉」

私は思わず大声を出した。ううん、私は蛇が恐くない。蛇はふつう益獣《えきじゅう》だ。ネズミやモグラを食べてくれるから。蛇はふつう攻撃的じゃない。とても敏感で臆病な性格をしているから。そういうことが解っているし、学園島ではしばしば蛇が出る。女子校だからきゃあきゃあ騒ぐ娘《こ》もそれはいるけど、ぶっちゃけ中等部から高等部まで六年も学園島だけで暮らしていれば、平均値をとったらもう『慣れっこ』にならない方が面妖《おか》しい。きゃあきゃあ悲鳴を上げても、ギャラリーになってくれる男子なんていないし……ともかくも、そんな感じで私は蛇を恐れない。だから私が思わず大声を出してしまったのは、まして様々な方向へ望まぬタップダンスを披露《ひろう》してしまったのは、ひとつには『この世界で初めてお目に掛かる』種類の生物だったからだし、いまひとつには『まさに私の左脚《ひだりあし》に絡《から》まっている』ところで、だから『私達の瞳《め》と瞳《め》が真っ正面から合ってしまった』からだった。初対面で、瞳《ひとみ》がバッチリ合って、しかも無許可のまま抱き付いてくるとあらば、それが蛇でもコアラでもパンダでも吃驚《びっくり》するだろう……

ともかく、蛇が私の脚にいる。

（緑色の、細い蛇……なら先刻の空気音だの破裂音だのは、この蛇の出した音⁉）

その蛇はそんなに大きくない。身《み》の丈《たけ》なら私の二の腕ほど。躯付《からだつ》きもむしろ細く、華奢《きゃしゃ》だ。

しかしそれゆえ敏捷《びんしょう》で機動力がある感じ。今《いま》瞳を離せば、いきなりスカート内に駆け上がられても面妖《おか》しくない。ましてその、細く華奢な印象を大きく裏切るヌメヌメッとした感触……おまけにその、この牧歌的なパステルの世界とはまるで調和しない、極彩色《ごくさいしき》・蛍光色とも言えるほど不気味かつド派手にジトジト輝く空恐《そらおそ》ろしい緑色……

「――御免《ごめん》ねっ‼」

私は俄《にわか》なタップダンスを止《や》めた。剣道の脚捌《あしさば》きで蛇を振り払いつつ即座に剣道の手の内で蛇を打ち払う。躯《からだ》も幾許《いくばく》か回転させる。痛かったら蛇にはお気の毒だけど、そしてイキモノを姿形で差別しないけど……突然おんなの脚に絡みついてきた上スカートの中へ入ろうとするのはまあ、犯罪だ。ましてや。

（私達は執拗《しつよう》なほど警告されている――この世界には危険な毒蛇が棲《す》むと‼）

……しかしながら。

思いっきり臨戦態勢に、ううん実戦に入った私の気合いを空回りさせるかの様《よう》に。

蛇は意外なほど素直に私から離れ、意外なほど素直に草々の上をするすると逃げてゆく。私から、だからB１から遠ざかってゆく。

あらら、と微妙に拍子《ひょうし》抜けした感じで、その緑色の蛇の逃げっぷりを見ていると……しかしその動線は、意図的なのかそうでないのか、流菜のいるTを目指している。私の視線は当然、Tに刺さる。Tにいる流菜は（ゴメン流菜‼）、いろいろ上げ下げしている内に私にガン見されたのがショックだったか、遠目にも悲しそうな、遠目にもアタフタした感じで、その挙動《きょどう》を奇妙なダンスにしてしまう。釣られて私もドキドキしていると、さいわいなことに緑色の蛇はTへの針路《しんろ》を大きく変え、むしろ甲《こう》班のバスルームB２へと急旋回《きゅうせんかい》した。私が流菜に分かる様《よう》、大きく視線を首ごと逸《そ》らして甲班の方を見ると、その急旋回した蛇がB２近くへ到《たど》り着く前に――

「あっ蛇だよ、蛇!!」

「未春避《よ》けてっ――何だ此奴《こいつ》、いきなり!!」

――どうやら甲班の方にも『蛇』が出現していた、ううん出現している様《よう》だ。機動的な緑色が、未春のセーラー服や冬香のインナーによく映える。遠目にも。嫌らしい程《ほど》にサイズ感まではつかめないけど、パッと確認する限り、また未春と冬香の突然のダンスを見る限り、あるいは今そっちに合流した私を襲った方《ほう》の蛇と比較する限り、私の脚に出現したのとほぼ同規格な感じだ。少なくとも大蛇《だいじゃ》とは言えない。というのも、たちまち冬香が私同様の剣道少女らしい動きをして、どうやら『蛇』を追い払えた様子が目撃できたから。すなわち彼方《あっち》の『蛇』も、彼女らの躯《からだ》に巻き付いたり彼女らを圧倒したりできる程《ほど》、大きくも太くもない様子。

「冬香!!」私は腹筋を利かせた。甲班は三〇m弱先《さき》だ。「其方《そっち》にも出たの、緑色の蛇!!」

「えっ初音!!」冬香のいい声も返ってくる。「初音の方にもかい!?」

「うん出た!!　でも此方《こっち》は全然大丈夫。むしろ其方《そっち》に合流していった。冬香たちは大丈夫!?」

「いや未春と私は大丈夫……だけど」

「だけど？」

「彼奴等《あいつら》ったら、今ものすごい勢いで風呂の方へ!!　だから千秋――千秋大丈夫かっ!?」

私が冬香の背を見送って以降の皆《みんな》の動きは、コマ送りの様《よう》にも思えた。すなわち。

千秋大丈夫かっ、と冬香が叫んで、ローファーのままざぶんとB２に飛び込むのと。

ばあん、というすさまじい破裂音か爆発音の轟音《ごうおん》が鳴り響いたのと。

何があったの、と流菜が急いで駆けてきて、Tの方から一直線で私と合流したのと。

初音いったいどうしたの、何事《なにごと》、と夏衣が雫《しずく》を散らせる裸身のまま身一つでＢ１から飛び出てきたのと——以上がほぼ同時の出来事。

これで冬香、未春、夏衣、流菜そして私の五人がひと刹那《せつな》、川辺の舞台に揃《そろ》った。私はそれを目撃した。念《ねん》の為《ため》に言えば、誰もが手ぶらだったし誰もが生きていた。

だから、残るは千秋。

（Ｂ２のお風呂を今《いま》使っている、千秋……）

私は冬香が駆け込んだＢ２を思わず凝視して。

（えっちょっと待って）私は今更ながら気付いた。（千秋は甲班の一番手だよね、お風呂。甲班は千秋－冬香－未春の順で入浴するはず。そうだ。実際私は千秋のお風呂上がりシーンを目撃しているんだもの。だとしたら、これまでずっと冬香と未春が外に出ているのは変だ。もちろんそれは、千秋がお風呂に入っているのが変だってことでもある……ホントにどうでもいいことだったからだろうか、まるで違和感を持てなかった）

けれど異変が生じてみれば、嫌な感じで気になる変事《へんじ》だ。まして。

（あの異様な轟音《ごうおん》。あれは聴き憶えがある以上に、一度聴いたら生涯忘れない轟音……あれは、拳銃の発砲音だ。この世界で冬香と千秋が撃っていたあの音と、まるで一緒）

「……初音これは何の騒ぎ!?」

「な、夏衣そんな格好のままじゃ危ないから!!　とにかく動ける様《よう》にして身を低くして!!

とにかく私冬香と合流するから流菜を守って!!」

「わ、解ったわ」

「初音あれって拳銃……」

「流菜も身を低く!!」

私は流菜に言い置くや、自分も兎跳《うさぎと》びの如《ごと》くに身を低くしてB2の方へ突進した。

冬香と未春はとっくにB2へ飛び込んでいる。

(私達の、冬香と千秋の拳銃は!?)私はB2直近の川辺で、ふたりの着衣を大急ぎで検《あらた》め確かめた。

(うん、チラと見えたとおり冬香は自分の拳銃を背に差していた。一丁差していた。だから冬香の拳銃がここに無いのはいい……けど、事情はどうあれお風呂に入っている千秋の拳銃が、彼女の着衣と一緒にここに無いというのは変だ。まして先刻《さっき》の轟音は、この世界で冬香と千秋が拳銃を撃っていたその轟音と、まるで一緒なんだから!!)

私もローファーのままB2の桜の壁へと飛び込んだ。

当然だけど、ざぷんと足が水に浸かる。

一〇㎡……六畳はある、大理石まで使った優雅なバスルーム。天井だって、四mとたかい。

だから私達は人垣《ひとがき》を作れた。

冬香、未春、私の三人は余裕綽々《よゆうしやくしやく》で人垣を作れた。

それはとても、悲しいことだった。

「千秋っ!!」

「千秋」

「千秋!?」

……というのも、私達三人はまざまざと目撃できてしまったから。

千秋の躯《からだ》が、ううん千秋の魂を成す仮初《かりそ》めのかたちが、今ドットとピクセルにまで還元されようとしているのを。まさに空川風織の死のとき目撃した、そのままに。

(そうだ。

この世界で物理的に死んでしまったヒトは、自分をかたちづくる全てを最小の点にして、淡く朧《おぼろ》に掻き消えてゆく……この世界のルールが不変ならば、死んでしまったその瞬間の姿勢で固まって塵となり、その姿勢のまま点になり……

その姿勢のまま消えてゆく。

そしてこのタイプの強制削除が行われれば、千秋が地上で無事に目覚めることは、もう……）

……それはほんとうに、悲しいことだった。

「千秋!!」冬香がショックで川の水に崩れ墜ちそうになる。「何で千秋がこんなことに⁉」

私達にとってほんとうに悲しいこと。

それは、千秋の死はもちろんのこと、それ以上に、この世界の残酷なルールだった。すなわち。

（と、友達が死んだまさにその刹那《せつな》、まさにその瞬間を、目撃し続けることになるなんて!!

こんな酷《むご》い被害者、こんな酷《むご》い目撃者が世《よ》に在《あ》っていいの……）

千秋は大きなバスタブの中にいる。

ちょうど立ち上がった所のようだ。

川に向かって左手をむいて……だからバスタブの長辺と平行なベクトルをむいている。

Ｂ２に飛び込んだ私達からすれば、横顔というか体側《たいそく》を見せていることになる。

横顔も見えれば、もう左太腿《ふともも》も見える。

だからあたかも、バスタブの頭を載せるヘコみから頭を起こし立ち上がった、その瞬間。

……千秋は絶命した。

それがこの瞬間であることは……今《いま》私達が目撃しているこの瞬間であることは、この〈誤差領域〉のルールからして確実だ。

まして千秋を絶命させたものもまた確実だ。

というのも、消えゆく千秋は今なお、眉間《みけん》に穴を開《あ》けていたから。

千秋らしくザクッと巻いたタオルターバン、千秋の額《ひたい》の中央も蔽《おお》い隠しているタオルターバンごと、千秋の頭部は撃ち貫《つらぬ》かれている。残酷なことだけど、絶命の瞬間で固着しているからほんとうによく分かる。実際、千秋は眉間の穴から血を流してもいれば、千秋の後頭部を蔽《おお》い隠すタオルターバンもまた、クリムソンレーキの血潮に濡れている。もちろん、その流れる血潮だって固着して、いまこの瞬間も千秋ごとほろほろと消滅しつつあるけれど。まして、千秋が彼女の前後どちらから撃ち貫かれたのかなんて、素人《しろうと》の私には分からないけれど……

……でも誰だって、天使でない私達にだって断言できる。刹那的《せつなてき》に保存されたその瞬間の目撃者だからこそ断言できる。絶対確実に断言し証言できる。

(千秋は額の中央に穴を開けられ、おまけに後頭部からも穴を開けられた様《よう》なかたちで血を流し……だから、言わば頭を串刺《くしざ》しにされ……それも瞬時に串刺しにされ絶命したんだと、そう断言できる)

残酷なことだけど、絶命の瞬間で固着しているからほんとうによく分かる。後頭部のタオルターバンだって、きちんと目撃すれば、血の染《し》み方《かた》流れ方からして、千秋の後頭部の穴がどこにあるか、雄弁に教えてくれる。いやそもそも、私は絶対確実に拳銃の発砲音を聴いている。聴いてしまっている。

「あっ」

そして冬香が悲しく叫んだその刹那《せつな》。

千秋が。

千秋の魂を成す仮初《かりそ》めのかたちが、今すっかり消え終えて。

酷《むご》すぎるクリムソンレーキの血潮に染《そ》まった彼女のタオルが、ぽとんとバスタブの縁《へり》に墜ちた。

「あ……」

そして沈鬱《ちんうつ》な声を出した未春の視線を、涙で染《にじ》んだ瞳《め》で追えば。

ぬるぬると。

緑色の蛇がしゅう、がらがらと音を立て、バスルームの建つ川から陸へと這《は》い去っていった。

X

――それから、主観時間にして一〇分未満のこと。

茫然自失《ぼうぜんじしつ》しながら、また意気消沈《いきしょうちん》しながら。私達皆《みんな》が千秋のために祈り、その最期の物語を急ぎ顧《ふりかえ》っては、遺体すらないまま彼女を葬《とむら》っていると。

地上での野暮用《やぼよう》なるものが終わったか、いよいよ霧絵さんが〈誤差領域〉に出現した。

もう恒例とも言える、登場の儀式とともに。

儀式自体はこれまでと全く一緒だったから、くどくどしく表現する必要は無いけど……

もう、既視感《きしかん》にすら既視感が……既感感《かん》が？……ある。

――すなわち。

大きな川に、いつしか水鳥が出現し、いつしか無数とも言えるほどにふえる。

それら無数とも言える水鳥が、一斉に天たかく舞い上がる。水鳥が飛び立ってゆく。

それら水鳥の群れがたちまち、この〈誤差領域〉の天を蔽《おお》う。世界が一刹那《ひとせつな》、暗転する。

あっ暗くなった、と思ったその瞬間、とても眩《まぶ》しい、奇跡を思わせる閃光《せんこう》が私達を襲う。

世界を、脳を、魂を白く灼《や》くような、でも衝撃も爆風も熱波もない、洗礼のような閃光。

私達の瞳を閉じさせるその閃光は、しかしだんだん落ち着いてゆく。

閃光は真っ白な祝福の光に変わり、その祝福の光は具体的な意味を持ち始める。

真っ白な祝福の光は、古いペンを思わせる羽根になり。そう無数の羽根になり。その無数の羽根が集まって、今度はたくさんの真白《ましろ》い羽《はね》になり。そんな無数の真白《ましろ》い羽が集まって、今度は無数の真白《ましろ》い鳥になり……だから私達の瞳は、無数の真白《ましろ》い鳥が織り成す真白《ましろ》いスクリーンに蔽《おお》われて。

——いよいよ、無数の鳥が地に舞い下り、だから真白《ましろ》いスクリーンがスッと下りると。

洗礼の閃光、祝福の白光を染《あ》び終えて、また彼女の支配に服し終えた世界が瞳《め》に映り。

最後のトドメで。

貴《とうと》くも厳《おごそ》かに、『何かの喇叭《ラッパ》』の様《よう》な一際《ひときわ》大きな翼の音が、〈誤差領域〉に響き渡る。

　ばさばさばさばさ——

すると、大きな川の対岸が、もうぐっと此方《こちら》に近付いている。

数多《あまた》の真白《ましろ》い鳥たちが、軌《き》を一《いつ》にして一遍《いっぺん》に躍り上がり翔《か》け上がったからよく分かる。

だから今、川辺に集《つど》った私達は、大きな川の上に浮く、儀式を終えた彼女を見るのだ。

天国の、天使を。

女学生的でクラシックなジャンパースカートの『制服』を身に纏《まと》った、天使さんを。

私達ヒトには美しすぎる、天使さんを——

[……どうしたの？　何か重大事《じゅうだいじ》でも？]

「重大事も何も!!」冬香が憤《いきどお》った。「千秋が……千秋が死んだんだ!!」

[Tααι] 霧絵さんは川の上で小首を傾《かし》げながら。[ハーフアップさん——千秋さんね？]

「そうだよ!!　私達の仲間の西園千秋!!

その千秋がいったいどんな理由で、突然拳銃なんかで殺されなきゃいけないって言うんだ!?　理由があるなら言ってみてよ!!　このっ……このっ……

……その、ええと、つまり……あんたの名前、何だったたっけ？」

「冬香ってば、霧絵さんだよ……」流石《さすが》に流菜が呆《あき》れる。名前を呼べと求めていたのは当の冬香だ。

「五里霧中《ごりむちゅう》の霧に影絵の絵で、霧絵さん。ほんとうの発音はできないけれど」

「発音ならΤιγγριελ、まあ霧絵よ。よろしくね、ふわボブさん改めΤοκαさん」

ここで私は吹奏楽部の、ポニーテイルさんこと未春の顔をそっと見詰めた。けれど彼女は、霧絵さんを見るその視線を微動だにさせなかった。私もそんな未春から視線を外す。

「な、ならキリエ!!」間髪《かんはつ》を容《い》れない冬香の声。「もう一度言うけどここはキリエの世界だよね⁉ そこで千秋が拳銃でいきなり撃ち殺される、どんな真っ当な理由があるって言うんだ!!」

「……拳銃」霧絵さんは私達から一〇m弱離れたまま、川の上から思念を伝達してくる。「千秋さんが拳銃で射殺されたというのね？」

「あんたこの傍迷惑《はためいわく》なテーマパークの管理人で設計者でしょ⁉」冬香の憤激《ふんげき》はなるほど理由のあるものだけど、でも何処《どこ》かしら八つ当たりな感もある……「毒蛇が出るだの、拳銃が出るだの、問答無用で暗殺されるだの――ちょっとかなり無責任過ぎない⁉」

「西園千秋さんが亡くなったという事実は」霧絵さんは、しれっとした彼女にしては沈鬱《ちんうつ》に続けた。

「無論私にも認識できる。ただ警告済みよ。この世界には蛇が出ると。まして私はまさか拳銃など作り出してはいない。私にはそんな必要も動機もありはしない。

だからええと……冬香さん。ヒトでない私にも貴女達《あなたたち》の悲しみは理解できる。幾万年もヒトを観察し見極めてきた私達には当然のこと。よって衷心《ちゅうしん》からのお悔やみを申し上げるとともに、私としてもその不可解な変事《へんじ》の調査・捜査をする必要がある。それで冬香さんを始めとするヒト五人の悲しみが癒《いや》されるとは思わないけれど、少なくとも千秋さんが亡くならなければならなかった必要と動機を解明することで、貴女達《あなたたち》も私も、千秋さんへの哀悼《あいとう》を、より適切で真摯《しんし》なものとすることができる。

それゆえに、冬香さんその他のヒト御各位《ごかくい》。私は貴女達《あなたたち》に求める。この領域の管理者にして設計者として求める。千秋さんが殺されたなるその事件の、あらましと疑問点とを私に余さず物語ることを。

説明し証言することを」

「当然だよ!!　もちろんあんたの責任についてもガッチリ厳しく議論したいけど!!　そもそもあんたは……」

（……それでも、何を言っても何をしても、もう千秋が帰って来ることはないわ）

私はいよいよ絶望した。無論、今それが駄目押しのように確定したから。今、絶対に嘘を吐けない霧絵さんが断言したから――『千秋の死という事実を認識している』旨《むね》を。

私は目眩《めまい》のような疲労感を憶え、問題のバスルームから幾許《いくばく》か距離をとったこの川辺の草々の上で、正座《つど》を崩し身を傾けた。霧絵さんが登場したときの可憐《かれん》な白い鳥は、今なお川辺の草々の上に数多《あまた》群《む》れ集っている。ころころ、かっかっかと喉を鳴らしながら、舞い上がったり着地したりもしている。成程《なるほど》、八つ当たりしたくなるほど牧歌的だ。私は、乱れ散る私の二の腕ほどの風切羽《かざきりばね》を意味もなく拾った。古いペンの様《よう》なあの白い鳥の羽根を。その出所はもちろん天国の鳩だ。私の肘《ひじ》から先より気持ち大きい、可憐ながらも厳《おごそ》かな天国のあの鳩。威風堂々《いふうどうどう》としていて、滑空《かっくう》したまま飛行機の如《ごと》くに翼を展《ひろ》げたその姿で、ストンと川辺へなめらかに着地する。はたまた満足げに、気儘《きまま》にあちこち歩いている。両足を揃《そろ》え、ぴょんぴょんとジャンプする様《よう》に。それに飽きれば、今度は左右の足を交互に出しながら。またその首は、私達を安心させるかのように度胸《どきょう》よく据《す》わっていて、しばしば瞳《め》と瞳《め》が合ってしまう程《ほど》。

「――ねえ初音」

「なに、未春？」

未春はいつもどおり学校の日々どおり、大事なとき、いつも必ず私の隣にいてくれる。ほんとうに嬉しいことだ。こうやって、小声でふたりだけで対話するそのことも……彼女のポニーテイルにグッと近付けるそのことも。

「今《いま》川にいる天使。そう今、川にいる霧絵。

今回も、やっぱりこれまでどおりの登場の仕方だったね、段取りを見れば」

「うんそうだったね未春。巻いているのか、進行速度は滅茶苦茶《めちゃくちゃ》速かった気もするけど、イベントの発生順序なり段取りなりは、これまでどおりで全く一緒だったね」

「私もそう思う。そしてまた、無数の白い鳥が遊んでる」

「うん、それもまた、これまでどおりで全く一緒だよね」

「わざわざこんなものを用意して。どうしても必要だったのかなあ……？」

「いつかも言ったけど、霧絵さんには霧絵さんで、天使さんとしてのしがらみがあるんだよ」

「それは確実にそうだけど」未春は美しく嘆息《ためいき》を吐いた。「当事者だけが満足してる下手《へた》な大道芸《だいどうげい》みたいで、私は正直、興醒《きょうざ》めだなあ。やるんだったら天使らしく、もっとこう、瞳奪《ひとみうば》うようなクオリティとリアリティがほしいよね」

「まあ今、緊急事態だしね……

いくらしれっとした霧絵さんでも、もう演出の改善になんて凝《こ》ってはいられないんだよ」

「そうだね、緊急事態だよね。

だって実質的な〈ヒトの処刑場〉で、ヒトの処刑をするどころか、なんとバストイレ林檎《りんご》付きのおもてなしをした挙《あ》げ句《く》、殺人事件まで発生させちゃったとしたら……霧絵は『いちばん末端《まったん》の実働員《じつどういん》でヒラ』とのことだから、懲戒免職《ちょうかいめんしょく》、ううん死刑にされちゃうかも知れないね」

「それはちょっと可哀想な気もするよ」

「やっぱり初音は天使に同情的なんだ……大事な友達が殺されて、なお」

「それが霧絵さんの責任かどうかはこれから確かめ合うことだし、もし仮にそうだったとして、霧絵さんに責任があるかどうかは難しい問題だよ」

「というと？」

「そもそも霧絵さんの使命は、私達を含む侵略者を撃退して懲《こ》らしめることだよね？　ぶっちゃけていえば、侵略者をあの自動機械に殺戮《さつりく》させることだよ。

もっとも霧絵さんは、天使さんにしては不思議な、なんだろう、まあ我《わ》が儘勝手気儘《ままかってきまま》な性格っぽいから、私達を生かして、まして接待したけど……そもそも論として霧絵さんと私達は、何て言うか、敵同士っていうか警察官と犯罪者っていうか、少なくとも利害が反する存在だよね。これまでの霧絵さんの言動からして、それが天国のルールだよ。なら、千秋が死んだ事実を霧絵さんの所為《せい》にするのがそもそも面妖《おか》しくなる。だって霧絵さんには元々、千秋を含む私達を殺戮《さつりく》する使命があるんだもの」

「……初音は優しいね。でも、我《わ》が儘《まま》にしろもてなす気があったなら、その滞在先で殺人事件が起きるのを許すだなんて、管理者としての責任が問われるし問いたくなるよね？」

「未春、それはどのみち、千秋殺しの真実が解明されてから考えればいい事だよ」

「成程《なるほど》確かに。理《り》に適《かな》ってる」

――すると、私達のお喋りの傍《かたわ》ら、引き続き霧絵さんを大声で激しく非難し詰《なじ》っていた冬香が、もう怒《おこ》り疲れたように言った。あるいは、それが霧絵さんの狙いだったのか。

「ともかく、あんた仮にも天国の天使なんだから、千秋殺人事件をとっとと解決してよ!!」

「やっと議論が本題にもどったわね」川の上の霧絵さんがいう。「だから再論すると――どうか私に物語って頂戴《ちょうだい》。私に証言して頂戴。千秋さんが拳銃で射殺されたなる事件の、そのあらましと疑問点を」

「あらましも疑問点も何も」冬香がいった。「千秋はあんたの用意したバスルームで湯船に浸かっているとき、拳銃の銃撃を受けたんだ。頭に一発、ズドンと。あんなに酷《むご》く、あんなにアッサリと

「……」

「その拳銃というのは何処《どこ》にあるの？」

「今まさに私が持っている、ほら」

「現場から発見されたの？」

「違う。この拳銃、凶器の拳銃について言えば」冬香は事態を整理する様《よう》に、自制しながら慎重に言葉を紡《つむ》ぎ始めた。「大きな責任のある私が、千秋が消滅し去ってしまった後、とにかく懸命に捜《さが》したんだ。結果として、千秋がバスルーム直近の川辺に脱ぎ散ら……いやザクッと置いていた、彼女の制服その他の下から発見できたんだけど。そう、彼女の制服その他の下に、蔽《おお》い隠されていたと言ってもいいこの拳銃を。凶器の拳銃を」

「冬香さんに、大きな責任がある……？

　ええと、その拳銃の出所は？」

「今回この世界に迷い込んだとき、またあんたの部下のバケモノ鳥に襲撃された。その戦いのとき、前回の武器同様、自然と地に落ちていた。これあんたもとっくに御存知《ごぞんじ》だよね、それを使って蛇と戦えって言っていた位《くらい》だもの。そしてその使用者となっていたのは仲間の内でも、まさに被害者の千秋と私だけ。それはまさに、千秋と私がそれぞれ身に着け、身に帯びて管理するルールになっていた。だから私に大きな責任があると言った」

「けど冬香」私は急いでいった。「さっき霧絵さんが出現してくれた前にも説明したけど、その拳銃、凶器の拳銃は、一時的に行方不明になっていたわ。具体的には、拳銃の轟音《ごうおん》が鳴り響いて、冬香がバスルームＢ２に駆け込んだ際、私はその冬香が自分の拳銃を背に差しているのと、そして千秋の制服その他の下には千秋の拳銃なんて無かったのを確認した」

「そのとおりだよ初音、アシストしてくれて嬉しい」冬香が頷《うなず》く。「だから、もし私がＢ２へ飛び込むより銃声の方が早かったなら、初音が今《いま》説明してくれた確認は、もちろん私自身がやったはず——それはそうだよ。拳銃のいわば管理責任は、千秋と私にあったんだから。いきなり拳銃の轟音が響けば、私達の二丁の拳銃をすぐ確認するのが道理だよね。

だけど現実はそうじゃなかった。銃声より先に謎の蛇が出て、しかも千秋のいるB2へ侵入したんで、私は焦燥《あわ》てて其奴《そいつ》を追ってB2に、川に駆け込んだ。だから千秋と自分の着衣から離れた。銃声はまさにその直後だった。だから初音が拳銃のこと憶えていてくれて、その在処《ありか》を急いで確認してくれたのは、管理責任がある私としてはとても有難かった。たとえその確認が、『千秋は千秋の拳銃で殺された』なんて嫌な結果を導くとしても」

「纏《まと》めれば」夏衣が冷静にいった。武芸者の夏衣は鍛錬《たんれん》された精神を持っている。「冬香の拳銃をA、千秋の拳銃をBと置くと——まさに銃声がしたとき、Aは冬香の背にあった。以降ずっとあった。他方でBは所在不明・行方不明になっていた。初音の証言。ところが千秋殺人事件のあと、冬香が責任感からBを懸命に捜《さが》すと、なんとBは、千秋の制服その他の下から——だからきっと初期位置から、しれっと発見された。こういうことね？」

「まさしくだよ夏衣」冬香がまた頷く。「私達が入浴前に決めたルール。拳銃は千秋と私とで責任を持って、必ず身に着けておく、身に帯びておく——ところが入浴時は全裸になるし、手だって塞《ふさ》がるか湯の中に入るんで、まさかこのルールは守れない。だからそれぞれの入浴時は、一時的に脱いだ服の中に隠し入れておくことにしたんだ。そして実際、この新しいルールどおり、千秋の拳銃Bは千秋の入浴中、千秋の服の中にあった。私は千秋が服を脱いだとき、だから拳銃を身から外したときそうしたのを確認した。

要するに、Bは千秋によって確実に隠され、けれどいつの暇《ま》にか盗み出され、だのにいつの暇《ま》にか初期位置に返却されていたって事になる……再び隠し入れられたことになる」

「念《ねん》の為《ため》だけど」末春が訊いた。「拳銃Aについては、まさか凶器ではあり得ないよね？」

「もちろん。まさかだよ。いくら私が鈍くてガサツでも、自分の腰にあるいは背に拳銃Aがあるかないかは常に分かる。千秋の事件の前後を通じて、それがまさか使用されていないこと――誰によっても発砲されていないことは、誰より私がいちばん知っている。重ねて、入浴時以外ずっと自分の腰・背にあったんだから。ましてや実の所、私の拳銃Aは残弾ゼロ。どう足掻《あが》いても凶器になんて成り得ない。もっと言えば、私は右手の人差し指を突き指していたから……ううんこれは無視してくれていいよ、言い訳がましくて自分でも言うのが嫌だ」

（あれっ、でもその突き指は、この世界のルルだと……）

「そうすると」末春が続ける。「きっと残弾が『二発』だった拳銃B、いったん行方不明になってまたしれっと返されてきたBにしか、轟音なり銃声なりを発する能力がなかった。こうなる」

「そのとおり。末春は気付いてくれたみたいだけど、管理責任がある身として改めて指摘しておけば――この世界で拳銃を拾った千秋と私は、あのバケモノ鳥との戦闘で合わせて一〇発を発砲した。当時の私達の会話を聴いていてくれれば解ったろうけど、私が六発、千秋が四発を発射した。これは単純に、思い切りの問題だと思う。ともあれ、これも当時の使用状況や点検状況を目撃していてくれれば解ったろうけど、拳銃はABともまるで同規格、まるで同じタイプ。すなわち所謂《いわゆる》リボルバーで、その最大装塡《そうてん》数は『六発』。だからAの残弾はゼロで、Bの残弾は二発。だから千秋殺しの凶器になれたのは、謎の行方不明時間帯を有するBしかない。

理屈と事情を縷々《るる》説明すればこうなるけど、Bが千秋殺しの凶器だってことは物理的に確実だよ。だって、再び回収できたこのBを開けば――」

冬香が、川辺に集《つど》った末春＝夏衣＝流菜＝私に、拳銃の弾《たま》を入れる胴体を開いてしめす。そして皆《みんな》の視線がちゃんと集まったのを確認してから、川の上一〇m先に浮いたままの霧絵さんの方へと大きく翳《かざ》す。

「――ほらね、千秋が使った拳銃Bの方には、金色の弾《たま》があと一発だけ入っているもの」

「成程《なるほど》、拳銃の弾《たま》を入れる六発用の円筒には」夏衣が大きく頷《うなず》いた。「金色の弾丸一発以外、何も入っていないわね。五発分は、まるで空洞」

「あっそうか、確かに成程《なるほど》」私も大きく頷いて。「千秋の拳銃Bは、最大六発の弾《たま》を撃てる。けれど殺人事件以前に、千秋はもう四発を撃っていた。そして今、私達の眼前のBには、生き残りの弾《たま》が一発だけ。すると6－4－1で――」

「――一発分だけ消えてるね」流菜もやはり大きく頷く。「千秋の事件以前に、もう既に二発しか弾《たま》を残してなかった拳銃Bが、事件以降、とうとう一発しか弾《たま》を残してない」

「そしてもちろん」冬香は拳銃Bをいったん置くと、自分のスカートに挟んでいた拳銃Aを出した。「Aの方はそもそも残弾ゼロ、胴体の円筒は見事に空っぽ。弾《たま》どころか穴と空気しか無い。となると、千秋の……その……千秋の殺され方を見れば、もう凶器は自明だよね」

「確かにね。だって千秋は……」夏衣が顔を悲痛にする。「……私自身は出足が遅れたから、ほとんど目撃できてはいないけど、眉間《みけん》に、額《ひたい》の中央に穴を開《あ》けられていた。ましてその後頭部からも、穴を開けられているとハッキリ分かる態様《たいよう》で非道《ひど》く血を流していた。そうよね未春、冬香？」

「まさしくだよ夏衣」冬香が断言する。「夏衣は素っ裸だったから、取り敢えずの服を纏《まと》うのに時間が掛かって、千秋が霧か塵《ちり》みたいになって消滅してしまう状況を、そんなに長くは目撃できていないけど――未春＝初音＝私は、その、酷《むご》いほど長く目撃できた。私達三人にやや遅れて夏衣より先に合流してきた、流菜もまたそれを目撃できた。だから断言の証言ができる。千秋はタオルターバンだったけど、額はハッキリと出していた。だから眉間に穴があった事については論じるまでも無い。直《じか》に目撃できたもの。まして千秋は白いタオルをターバンにしていた。白いタオルに、クリムゾンレーキの血潮。流血の起点やベクトルは一目瞭然《いちもくりょうぜん》。私以外の目撃者の誰もが私と一緒の証言をしてくれる筈《はず》。要は、千秋の後頭部にも眉間同様の穴が開《あ》けられていて、その眉間同様の穴を起点に千秋は血を流していた。だから千秋は、眉間にも後頭部にも穴を開けられていて、どう観察しても、それらは一直線につながるものだった。

といって、これも理屈や証言以前に――」

冬香は川辺を小走りに駆けた。問題のバスルーム近くに安置してあった、問題の白いタオルを回収してくる。そしてそれを、私達や霧絵さんに翳《かざ》して示す。

「――理屈や証言以前に、証拠が物語ってくれる。この、千秋がターバンにして巻いていたタオルをひろげて確認すればすぐ分かる。

ほら、ここに開いた酷《むご》い穴、周囲が焼け焦げている穴と、その周囲の大きな染《し》み。それが流血の起点で、だから千秋の後頭部にも穴があったことを証明してくれる。ましてその起点から、重力に引かれ、一定の方向へとたくさんの血が流れ落ちている様子まで分かる。だから千秋の頭部の怪我は、千秋が塵《ちり》になってしまった今でも確実に立証できる」

「それ、私も証言するよ」末春が冬香をアシストする。「私も目撃者として、絶対確実に断言できる。現場と被害者の状況を踏まえて断言できる。

すなわち、眉間の穴は無論のこと、それと全く同様の穴が後頭部にもあった。やっぱり周囲の焼け焦げた穴が。両方の穴は、ストレートに一直線でつなげられるものだった。だから言わば一直線に、頭を串刺《くしざ》しにされた状態だった。それも瞬時の内に――そもそも、攻撃を受けた後たちまち塵化《ちりか》のプロセスに突入してるってことは、それはもう即死してるってことだよ。だって、『死亡してしまったその瞬間の姿勢で固まって塵《ちり》となり、その姿勢のまま点となり、その姿勢のまま消えてゆく』、それがこの世界のルールなんだもの。

詰まる所、攻撃は頭部を串刺しに刺し貫《つらぬ》くもので、しかも攻撃は一瞬の内のもので、だから攻撃は、かなりの速度を持ったモノによる狙撃《そげき》だよ」

［そうね、私もポニーテイルさんの……Mηαρυ さんの解析に同意するわ。千秋さんを殺した凶器は拳銃。その拳銃。そして私が当該《とうがい》タオルを私の眼で解析するに、その拳銃の弾丸は、千秋さんの眉間というか額の中央から入り、彼女の脳を穿《うが》って、彼女の後頭部から出た。それでよい、未春さん？」

「よいもなにも……天使が断言したことは絶対に真実、天使は嘘を吐かないから」

［有難う、未春さん」

（殺人事件の捜査としては、何て便利で好都合なんだろう……）私は、千秋にとって嬉しくも悲しい霧絵さんの断言を聴いてそう思った。（……そう、霧絵さんは絶対に嘘を吐かない、吐けない。その霧絵さんが断言したことは全て真実として信頼していいし、真実として確定していい。だから、科学捜査も実況見分も何も無くして、千秋が狙撃され射殺されたこと、千秋が前方から弾丸を撃ち込まれたこと、その凶器は拳銃であること――ましてその凶器というのはあの、今は冬香が持っている拳銃Bであることさえ信頼していいし確定する）

［ただ……例えば証拠品として、拳銃の弾丸というのは発見・回収されている？］

「そんなことは……それは常識的に考えてヒトには無理だよ」冬香がいった。「けど夏衣が大事なことを思い出してくれた。実はこの世界は『閉じている』っていうことを。そしてこれまでの議論とあんたの断言どおり、千秋は狙撃されたんだし、その千秋の立ち位置・立ち姿勢とバスタブの構造からして、弾丸は一直線に川の上を進んだはずだから――あの長辺が川と平行なバスタブで立ち上がったなら視線が、だから頭の向きが川と平行になるよね――弾丸はこの『閉じた』世界をぐるぐる回って、やがては川の中へ落ちたのかも知れない。弾丸のベクトルからして、その可能性は少なくない。

まして当然、犯人もまた弾丸と同じ軌道のどこかにいた訳だから、何らかの証拠を川に残していたり、何らかの落とし物をしてくれていたりするかも知れない。おまけにこの大きな川はとても浅いし、一円玉一枚が落ちているのも分かるほど全くの無色透明だし、底が不思議に硬いしで、物を捜し出すコストはかなり低い。

……みたいなことを夏衣が思い出し、あるいは考え出してくれたんで、あんたが登場する直前まで、バスルーム近傍《きんぼう》のみならず半径五〇ｍあたりを、皆《みんな》で捜索してはみた。拳銃の射程が、だいたい五〇ｍプールくらいだって聴いたこともあったし。特に、いわば言い出しっぺの夏衣は責任を感じてか、それは熱心に川ざらいをしてくれたけど……弾丸も血痕も足跡《あしあと》も落とし物も脅迫状も何も無かったよ、何も出ては来なかった」

「それはそうだよね……」夏衣が意気《いき》消沈《しょうちん》した感じで嘆息《ためいき》を零《こぼ》す。「……いくらこの世界が閉じているからって、だから直進する弾丸がぐるぐる世界を回るからって、弾丸のベクトルがちょっと狂えば川辺だの桜堤《さくらづつみ》だのに飛んでいってしまうし、弾丸の速度なんて分からないんだから飛距離で当たりを付けることもできないし、仮に飛距離が分かっても世界をぐるぐる回るとしたら何処《どこ》に落ちるかなんて見当も付けられない。まして何より、弾丸を見付けたところで千秋が生き返る訳じゃない……せめて何かの証拠があればと思ったけど、結局のところ、皆《みんな》にまるで無駄で無意味な作業をさせてしまったわ……皆《みんな》ゴメン」

「いや、夏衣の気持ちは解るよ」冬香がいった。「ここには警察署もなければ警察官もいないんだから、誰も千秋殺しの捜査なんてしてくれやしない。まして私達、ここですることと言ったら時間潰《つぶ》ししかない。なら、無駄で無意味なことに思えても、少なくとも私は千秋のために何かの努力をしたかった。そう、それが何であっても。だって私は、拳銃を管理する責任云々《うんぬん》以上に、きっと千秋の死に大きな責任を負っているから……」

「えっ冬香」私は冬香の意を図《はか》り損《そこ》ねた。「冬香の大きな責任——っていったい何？」

「……風呂の順番さ」冬香は痛々しく言葉を紡《つむ》いだ。「本来なら、銃撃の瞬間、風呂に入っていたのは私で、私だけのはずだったから」

「あっ、そういえば‼」

……私達は入浴時、甲《こう》班と乙《おつ》班に分かれた。千秋＝冬香＝未春と、流菜＝夏衣＝私とに分かれた。入浴の順番もこのとおりと決めた。そして実際、私達の乙班はそのとおりに入浴していた。また実際、冬香たち甲班もそうしていた。事実私は目撃している。甲班一番手の千秋と、乙班一番手の流菜がお風呂を使い終わって外に出てくる様《さま》を。甲班二番手の冬香がお風呂に入り、乙班二番手の夏衣もそうした様《さま》を。なら事件発生時、とっくにお風呂を済ませていた一番手の千秋が、現場バスルームＢ２に入っていたのは面妖《おか》しい——これは私自身が、とっくに疑問に感じていたことだ。

「ど、どうしてお風呂の順番が狂ったの冬香？」

「ホント下らない理由だったんだけどね、初音……

私達の甲班、その一番手の千秋はバスタブにお湯をはって、ともかくもバスタイムを楽しんだ。そして彼女にしては烏《からす》の行水《ぎょうずい》で、甲班二番手の私と交代した。ただ私、千秋がお湯をはってくれたそのバスタブにまで浸かる気はなくって……私はただシャワーだけ使っていた。するとその様子を察知した千秋が、シャワー中の私に『バスタブを使わないなら私、入ってもいい？』って訊いたんだ。もちろん私は『全然かまわない』『千秋は入り足りないだろうから』って答えた。千秋の風呂好きは私を含め、桜瀬女子《おうせじょし》の誰もが知っている事だよね……

だから結局、バスルームＢ２ではいったん、シャワーを使う私とバスタブを使う千秋が一緒になることとなった。まして私、バスタブに入りたくもなければ髪も長くないんで、シャワーを浴びるのにまさか一〇分を要しない。だから結局私は、私がＢ２に入ってから再びＢ２に入ってきた千秋だけをバスタブに残し、自分の方が先にB2から出たんだ。

纏《まと》めれば、甲班二番手の私が『自分のターン内に千秋を招き入れ、ましてその千秋を独りにして先に川辺に上がった』と、そういうことになる。言い換えれば、『千秋は二回風呂に入り、二回目のとき私が去ってからは独りになった』と、そういうことになる。

ホント、あのときとしては全く下らない、そして今となっては致命的な、これが入浴順序の狂った理由だよ初音。もし私が千秋とずっと一緒だったなら。いや、もし私が千秋の二度風呂の要求を拒《こば》んでさえいれば……」

「そんなに責任を感じること無いよ」私は剣道仲間である冬香の背を撫《な》でた。「千秋の習慣を知る桜《おう》瀬女子《せじょし》の生徒だったら、誰だって冬香と同じ判断をしたはずだし、もしそうでなくても今度は冬香が銃撃されていた可能性が極めてたかいし……もしそうでなくても最悪、千秋も冬香もふたりとも銃撃されていた可能性だってある。バスルームB2に千秋独りが残ってしまったのは、誰のどんな意図もない結果論だし、ましてこの世界でいきなり拳銃の弾《たま》が飛んでくるだなんて、冬香だって誰だって、絶対に予測できないこと。

だから、そういう責任の感じ方は、冬香らしくない」

「……かも知れないね、ゴメン初音、惰弱《だじゃく》なことを言って。

ただ私、そうやって千秋と入れ代わったからこそ、川辺で千秋の声を聴いたし、川辺で変な音も聴いたんだ。声っていうのは無論、バスタブで入浴中の千秋の声。

ただこれ初音も聴いていたかどうか分からないけど、ちょうど風呂上がりの私が未春と、下らない雑談で大声を出して笑っていた時のことで……だから一瞬、『何の声？』『何の音？』って不思議には思ったけど、そう、まさか拳銃の弾《たま》が飛んでくるだなんて予想だにしなかったから、『まあいいや』ってスルーしちゃったんだ。千秋の声なりその音なりが、千秋の死につながってしまったとすれば、やっぱり千秋を独りバスルームB2に残して、声も音もスルーして、川辺で未春とお喋りなんかしていた私に責任があると思ってさ……」

「……冬香、その変な音って？　千秋の声って？」

「初音たちの、B1の方では聴こえなかった？」

B1近傍《きんぼう》にいた流菜と私が一緒に首を振る。B1内にいた夏衣も同じく首を振った。

「特徴的な方から言えば、変な音の方は、そうだなあ……そんなに大きくはなかったんだけど、『ぱしゃん』『ぽしゃん』といった、水を打つ音。だから川の水を打った音だと思う。鳥の羽《はね》が水を打ったり、ここにはいないけど魚が水から跳ね上がったりする様《よう》な、そんな感じの水の音」

「私はそれ、聴けていないけど――」そう言った私の視線を受け、乙班の流菜と夏衣も頷《うなず》いて同意してくれる。「――その音はもちろん、拳銃の音の前に聴こえたんだよね冬香？」

「それはもちろんそう。スルーしちゃった位《くらい》だから。要はぜんぶが平穏無事なときの話」

「水の音は一回？」

「うん一回」未春が冬香をアシストした。「同じくスルーしちゃった私も聴いたよ」

「未春、それはどのあたりから響いたの？」

「川を、だから現場のB2を見たとき、そうね……やや左手の方から。だよね？」

「だね未春」冬香が未春の視線を受けて頷く。「ハッキリとは言えないけど、私達甲班から、だからB2から……そうだなあ……一〇m先か二〇m先か、ともかく未春のいう『左手』側、正確に言えばB1とは反対方向に、川に沿って一〇mないし二〇m先のあたり。そのあたりから響いた、気もする。断言はできない」

「なら声の方は？　入浴中の千秋の声って何？」

「そっちは、ホント小さくて」冬香は首を傾《かし》げながら。「確実に千秋の声で、〝あ〟と」

「――それだけ？」

「うん初音」未春が頷いた。「喩《たと》えるなら、とても近くで魚が跳ねたか、鳥が飛び去ったか……ともかく何かに気付いた感じで突然、〝あ〟って。それが、先刻《さっき》の水の音の前に」

「未春の言うとおり」冬香は全面的に賛成した感じで。「未春の比喩《ひゆ》も私が感じたとおり」

「それ、千秋の声に間違いない？」

「絶対間違いないよ初音。ちょうどバスタブのあたりから聴こえたし、まして、千秋の声なら学校で聴き飽きるほど聴いているし」

「確かに……ねえ冬香、その千秋の声と、その水の音の時間差はどれくらい？」

「千秋の『あ』から水の『ぱしゃん』まで、まあ二分前後かな。時間差がなさすぎてハッキリ言えないけど、絶対に五分は過ぎていないし、でも絶対に一分程度じゃない」

「バスルームＢ１・Ｂ２の床は、実は川そのものだし」夏衣が慎重な感じでいった。「Ｂ１・Ｂ２の壁というなら、顔躯《かおからだ》や腕だって、だから鳥だって通す。ここの川に魚はいない筈《はず》だけど、突然現れて何の不思議もないし、鳥というなら水鳥その他が数多《あまた》出現している。だから音や声の説明からすると、『何らかの動物が出現して、けれどそれが危険なものでないから小さな声を出した』――そういう物語が想定されるわね」

「そういえば私」未春もどこか慎重な感じでいった。「私、動物の鳴き声みたいなのを聴いたような気もする。まさにＢ２の近くで。あれはたぶん……千秋の『あ』の、ほんとうにほんのちょっと前。たぶんだけど、その数秒ほど前。だから結局、①動物の鳴き声～②千秋の『あ』～③水の『ぱしゃん』――という時系列になると思う」

「未春」夏衣が訊いた。「それってどんな鳴き声？」

「上手く再現できないけど『ぐわあ』『があぁ』ってアヒルみたいな鳴き声、だった様《よう》な」

「一度？」

「私が聴けたのは一度かな」

「今の未春の証言は、『何らかの動物が千秋を吃驚《びっくり》させた』という物語を補強するわね」夏衣が続ける。「ただ、慎重な議論をするとすれば……音も声も、犯人の挙動《きょどう》や犯罪の証拠品に関係がないとはいえない。私、その不可解な音・声が千秋殺しの真実を突き詰める上で大事かどうか、気になるわ。茶道部で水を取り扱い慣れた流菜はどう？」

「そうね……あの、天使さん……」流菜は何かを恐れる様《よう》に、体育座りの脚を固く抱いた。夏衣をいったん見てから、霧絵さんにおずおずと語り掛ける。「……天使さんは、この世界の管理人で設計者ですよね？　ならこの世界に、千秋を殺した犯人の証拠が残ってるかどうか……千秋を殺した犯人が分かる証拠が残ってるかどうか、その御力《おちから》で分かったりしませんか？」

「それはもちろん分かるけど、その思考方法と質問は極めて迂遠《うえん》だわ」

「えっ分かるの」冬香は素直に吃驚《びっくり》して。「だったら最初から言ってよ」

「というか」流菜が急いで訊く。「私が訊いてることの、何処《どこ》が迂遠《うえん》なんでしょう？」

「冬香さんの方から答えるわ――」霧絵さんの名にふさわしい薄青の瞳が、凍土《とうど》か氷河《ひょうが》の如《ごと》く純度を上げる。ほんとうに高貴な薄青。「――私が私の能力を用いてこの世界を検索するかぎり、成程《なるほど》確かに私の知らない銃弾が一個ある。まさにこの川の中にある。それは確実に、千秋さんの命を奪ったその銃弾。それが実際、私の浮いている此処《ここ》から私の右手側、直線距離にして約二〇mの水底《みなぞこ》にある。そうね……貴女達《あなたたち》のうちの誰かが、捜索の目印あるいは座標にするため川岸を少し掘って穴を作った様《よう》だけど、その穴から遠からぬ所にあるわ。

　私にはそれが存在し、それが無事で、それがいわば隠れ棲《す》んでいるのが確実に分かる。あと私はこの管理人ゆえ、当該《とうがい》弾丸その他についても御所望《ごしょもう》とあらば回収してくるけど？　さもなくば、次にこの誤差領域がリセット・初期化されるとき消え失せるけど？」

「そう言われると、夏衣の言ったとおり微妙だな」冬香がめずらしく当惑した。「千秋の形見《かたみ》って訳じゃないし、凶器は間違いなく拳銃だってことも証明されちゃったから、弾丸そのものがどうしても必要って訳じゃない……捜査が便利すぎると常識が狂うよ‼」

「お褒《ほ》めに与《あずか》って嬉しいわ」霧絵さんはしれっと続ける。「なら消え失せるに任せておく。そして残念なことに、弾丸以外の証拠品は皆無《かいむ》よ。前回貴女達《あなたたち》が使った竹刀《しない》も和弓《わきゅう》も矢も、火薬の跡《あと》も怪しげな手袋もライフルもショットガンもマシンガンもクロスボウもサバイバルナイフも、青酸カリも謎の時刻表も煙草の吸《す》い殻《がら》も指紋もＤＮＡ型鑑定資料も……以下省略で、本件犯行と犯人を立証する上で有用な証拠品なんて一切《いっさい》無い。

　そもそも存在しないか、存在したとして犯人に触れられ消滅させられたか」

「えっ犯人？　あんたまさか犯人まで分かっているの？」

「ええ当然。そしてそれが流菜さんの質問に対する答えになる」

「えっ私の質問の？」流菜が当惑する。「い、意味が解りませんが……」

「流菜さんは私に、本件犯行における証拠品の有無を問うた。それは本件千秋さん殺しの犯人を知る為《ため》だった──

　だから私は迂遠《うえん》と言ったの。というのも私には、本件犯行の犯人が分かっているから」

「それって」未春が訊いた。「いったい誰」

「私は所要《しょよう》の警告をしたし、きっと貴女達《あなたたち》も既に目撃して分かっている筈《はず》」

「だからすなわち」

「蛇よ、未春さん」

「……それは私達が」夏衣が訊く。「犯行現場で目撃した、ド派手な蛍光色の蛇ですか？」

「まさしく」

「だから私達が」私も訊いた。「突然巻き付かれたり絡《から》まれたりしたあの小柄な蛇ですか？」

「まさしく」

「あれが」未春が続ける。「拳銃で、ヒトを撃ったと？」

「まさしく」

「……常識的に考えてあり得ないけど、ならどうやって」

「何を今更だわ未春さん。ここはそもそも貴女達《あなたたち》ヒトの常識を超越した世界よ。

　まして逆問《ぎゃくもん》するけど未春さん、まさか貴女達《あなたたち》ヒト五人の内の誰かが、大切な仲間である千秋さんを突然、酷《むご》たらしくも射殺したというの？　まさか、まさかだわ。快楽殺人だの無差別殺人だのじゃあるまいし、そんな必要とそんな動機がどこにあるの？　一時的な遭難者で、旅の荷《に》すら充分に持ててはいないそんなヒトが、まして帰り道もいいえ魂の在処《ありか》すら解っていないそんなヒトが、何を血迷《ちまよ》って天使の支配する領域で殺人なんかを実行するの？　繰り返すけど、今、此処《ここ》で、貴女達《あなたたち》ヒト五人が殺人なんかを実行する必要と動機がどこにあるの？

　まさか、まさかだわ。

　更に繰り返すけど、私には本件犯行の犯人が分かっている。

　裏から言えば、ここにいる貴女達《あなたたち》ヒト五人はその犯人ではない。

　そもそも貴女達《あなたたち》ヒト五人の内に、そう極《ごく》普通の女子高校生の内に、拳銃なる特異な凶器の取扱いに習熟した者は誰独りいない。まして一撃必殺《いちげきひっさつ》で、おまけに桜の壁にかこわれた千秋さんの眉間《みけん》に、風穴を開けるなど絶対に不可能よ。余程《よほど》の近距離からそして桜の壁の中から撃つのなら話はまるで別論だけど、私がこれまで貴女達《あなたたち》の議論を拝聴《はいちょう》するかぎり、千秋さんが殺害された桜のバスルームには、千秋さん以外のヒト五人は誰も入っていなかった筈《はず》。言い換えれば、当該《とうがい》五人の犯行当時の所在地は相互に視認《しにん》できていた筈《はず》。まして確信水準の蓋然性《がいぜんせい》で、誰も犯行当時、そう拳銃の轟音が響いたその時点で、管理責任者の冬香さん自身を含め、実弾を撃てる拳銃など所持していなかった手ぶらの筈《はず》。

なら――

　なら犯人は貴女達《あなたたち》ヒト五人ではない。ましてあのΓρυγορι でも私でもない。なら蛇よ」

（決まった、事件解決だ）詳細は解らないけど、今《いま》決まった。（千秋を射殺したのは、未春でも夏衣でも冬香でも流菜でも、そしてもちろん私でもあり得ない。それだけは確実だ）

「……あんな蛇に」未春が訝《いぶか》しんだ。「どうやって拳銃が撃てるの」

「あれはどのような形態にもなれる。これも既述《きじゅつ》のとおり」

（そうか、確かに霧絵さんは断言していた）私は霧絵さんの警告を思い出す。（およそ霧絵さんにできることは蛇にもできるし、霧絵さんの基本性能について言えることは蛇にも言えると。イメージとしては、蛇は霧絵さんと血統の異なる親戚めいたものだと……）

「天使は分裂して二体以上にはなれないんだよね？」未春も私と一緒のことを思い出した様《よう》だ。「あのド派手な蛍光色の蛇は、まさか一匹二匹じゃなかったけど？」

「私はここに出現する蛇が一匹だけだなんて説明したことは無いわ」

「なら何故、蛇はヒトを殺したの？　蛇は狙って彼女を殺したの？」

「私には蛇の意図なり動機なりは解らない。ただ先の、入浴順序の議論を踏まえれば、どのみち少なくとも無差別殺人でしょうね。また私の想像でよければ愉快犯《ゆかいはん》・快楽殺人よ。何故かと言えば、犯行現場に本来いるべきヒトが違っているのに殺人を敢行した以上、自然、ターゲットは誰でもよかったという道理になるから」

「無差別なら無差別で、そもそも殺人なんてことをする理由は」

「そもそもあの蛇は毒蛇、害獣《がいじゅう》よ未春さん。害獣たる毒蛇がヒトを襲って殺すのに、理由も必然性も何も無いでしょう。貴女達《あなたたち》の地上世界における毒蛇は違うの？」

「――だとしたら!!」吃驚《びっくり》するほどの声で夏衣がいった。「可哀想な千秋が殺された様《よう》に、私達五人もまた、動機も必要もなく無意味に殺されるって事ですか!?」

「そうね」霧絵さんは何処《どこ》までもしれっと。「重ねてそれが害獣というものよ。といって、私の三〇年余《よ》の経験からくる勘《かん》と肌感覚によれば、貴女達《あなたたち》がまた此処《ここ》を去るのもそう遠い未来のことではない。今度も私の勘と肌感覚が確かならば、貴女達《あなたたち》はヒトの時間基本単位でいう六〇〇秒前後で、桜瀬《おうせ》医科大学附属《ふぞく》女子高等学校に帰れるわ」

「私達は、一〇分前後のうちに地上で目覚めるということですか？」

「そのとおりよ、夏衣さん」

「でもその一〇分の内に、いきなりの狙撃をされて死んでしまうという事も!!」

……いいえ。

これまでの経験を踏まえれば、仮にその一〇分を生き残れても、私達がまたこの〈誤差領域〉に迷い込み、またこの川辺に出現してしまう可能性はあります。大いにあります」

「それで？」

「そのとき私達はまた、主観的な時間で一時間二時間をここで生きることになるでしょう。天使さんの御用事・お仕事によっては、またもや私達だけで」

「だから？」

「私達の安全を、確保してください」夏衣は断乎《だんこ》として言い切った。「具体的には、私達に渡河《とか》を許してほしいんです――川のむこうにある施設で、私達を保護してほしいんです」

「……何故」

「其処《そこ》こそ最も安全だと確信するからです」

［また何故］

「私達の桜瀬女子《おうせじょし》の先輩である、一〇〇人単位の女生徒を処刑いえ殺戮《さつりく》してまで、天使さんとあの自動機械たちが守り抜きたい、そんな重要で保護された施設だからです。裏から言えば、ヒトにも蛇にもアクセスの許されない、そんな貴重で価値のある施設だからです」

（成程《なるほど》、それは道理だ）私は思った。（何者のアクセスも拒むということは、蛇からも全く安全ということだから……）

そして私達の桜瀬女子の先輩を数多《あまた》処刑したという事実は、霧絵さん自身が断言している。ヒトを一〇〇人単位で処刑する位《くらい》なら、霧絵さんがどう考えても敵視し軽蔑し忌《い》み嫌っている『蛇』なんて、秒単位で駆除・抹殺されて面妖《おか》しくない。夏衣の判断は正確だ。川のむこうに何があるにしろ、そこは蛇から絶対確実に安全である。

（けれど問題は、その霧絵さんにとって、そう天使さんにとって、蛇も私達ヒトもまるで同価値でしかないということ……だって霧絵さんは断言していたもの。私達は〈誤った遷移先《せんいさき》〉に出現してしまったただの〈バグ〉でしかないと……）

「そうですよね天使さん？　川のむこうでは蛇は出ないし、私達は絶対に安全ですよね？」

［……私には使命がある。既述《きじゅつ》のとおり、まさに今の貴女《あなた》のような侵略者を膺懲《ようちょう》し、侵略行為を排《はい》撃《げき》するという、帝陛下《みかどへいか》から賜《たまわ》った使命がね。そんな使命を負った私が、ハイそうですかと貴女達《あなたたち》ヒトに渡河を許可するとでも？］

「どうしてもですか？」

［どうしてもよ］

「なら仕方ありません、い、い、い」

私は飛び上がりそうに吃驚《びっくり》した。無論、夏衣の言葉を諦《あきら》めと受け取ったからではない。夏衣の声にこめられた壮絶な気迫と、ひょっとしたら威迫とでも言える様《よう》なそんな痛烈な敵意に気圧《けお》されたからだ。夏衣は今《いま》正座から立ち上がる。私にはまるで解らない断乎《だんこ》たる決意と、どうあっても霧絵さんを屈服させるという対決意識を総身《そうみ》にみなぎらせながら。ましてこのとき、私のこころでも、私自身の強迫的な声が響いた……

　　しなくちゃ

　急がなきゃ

今、此処《ここ》でないとできないから

（な、何なの、この激しい焦燥感《しょうそうかん》と頭痛は……!!

まるで、そう、私の使命を……私の最優先任務を、とてもとても大事な……どうしてもやらなきゃいけない何かを思い出そうとした、あのときの様《よう》なすさまじいプレッシャーだわ!!　あたかも夏衣の言葉によって、私の記憶が鋭く剞《えぐ》られ切開されてゆくみたい……）

　息が詰まるほどの切迫感を憶《おぼ》えた私はしかし、その使命なり記憶なりを、どうしても言語化できなかった。夏衣の断乎《だんこ》たる姿勢と自分の内なる衝動に私は気圧《けお》された。そしてただ絶句した。無論その間にも、夏衣の壮絶な声は続く。

「今の私は確信できています。天使さんに私が望むことを白状させ、天使さんに私が望むことを実行させる、そんな手段があることを――それに訴えなければなりませんか？」

「そんな手段は」

「あります。誰よりも霧絵さん、貴女《あなた》が最初から熟知し警戒しているそのとおりに」

「――――」

「それは言わば、じゃんけんですよね？」

（えっ何？）私は夏衣の言葉の意味を突然ロストした。（夏衣は突然、何を言い出すの？）

「そう、今の私は確信できています。この大きな川のむこうには何が在るのか。何故、天使さんはそうまでして渡河を禁ずるのか。ましてこの〈誤差領域〉における天使さんと蛇とヒトとの関係、その真実――今の私には全て確信できています。だから、天使さんがどうしても私達の避難を認めないとそう仰有《おつしや》るのなら、私としても、無礼で僭越《せんえつ》で非常な手段を採らざるを得ません。思い出して下さい、私達が既に二人の仲間を失っているそのことを。だから憶えておいて下さい、私には、私はともかく生き残り四人の安全を絶対に確保しなければならない義務があるということを……

よって最後にお願いをします。私達の渡河を認め、私達を安全な施設で保護して下さい」

「……私も最後に断言するわ。どうあっても、そのような侵略行為を許す訳にはゆかない」

「これから仲間全員にその秘密を明かし、全員の同意を取るとしてもですか？

きっと全員が全員、私達ヒトの総意として、私の考えと行動に賛成してくれますが？」

「だとすれば全員が全員、独り残らず私の敵となるだけよ。その覚悟はあって？」

「――ならば仕方ありません!!

霧絵さん、私は貴女《あなた》に」

その瞬間。いわば絶叫舞台が最高潮を迎えようとした、まさにその瞬間。

ぐう、ぎゅるぎゅる、ぐうう～!!

「み、未春……!!」

「あっ失礼」未春が頰《ほお》を信じられないほど真っ赤にした。「感極《かんきわ》まってる所、ホントに御免《ごめん》」

「み、未春そんなにお腹が空いていたの、でもむしろ下《げ》――」いけない。桜瀬女子《おうせじよし》は躾《しつけ》が厳しい学校だ。下痢じゃなくって、ええと。「――むしろお腹を下した様《よう》な、すごい音」

「私、ちょっとこの手の音の調節が利かなくて」未春の頰はまるで林檎《りんご》のよう。「ともかくも、伝わってくれたなら嬉しい。そう、感極まってる所ホント悪いんだけど、私、滅茶苦茶《めちゃくちゃ》お腹が空いちゃった感じが……だからできればその、こないだの林檎みたいなのをポポンと出してくれるともっと嬉しいかな……えへへ」

「未春今《いま》そんな状況では」

「いいじゃん夏衣」冬香は未春のお腹をさすりながら。「言われてみれば私も腹ペコだよ。夏衣の話が大事な話ならなおのこと。夏衣俄《にわか》にすっごい喧嘩腰《けんかごし》だけど、夏衣だってお腹、空いているんじゃない？」

「わ、私は別段」

「そもそも、大事な話をするときに茶の一杯も無いなんて不穏当すぎるよ、纏《まと》まるものも纏《まと》まらない」

「そ、それに時間も、蛇も」

「今は天使だなんて最強のボディーガードがいるんだし、まして、残り五分程度で地上に帰れるっていうんなら、私達また此処《ここ》に来るとは限らないんだし。ゴチャゴチャと喧嘩《けんか》することはないよ。キリエだって気が散るし。それに夏衣、千秋のいわば遺言を思い出してみて？」

「……千秋の、遺言？」

「〝後で困ればいいことは後で困ればいい〟――千秋の大名言」

「だ、だけどね冬香」

「いや夏衣、重ねて私達は、残り五分程度でここから消滅できる。ならまた此処《ここ》へ来てしまったそのとき、困るなり喧嘩《けんか》するなりすればいいじゃん。だいいち、あんなお……あんなにお腹を空かせている未春が可哀想だ。だから最後に、送別のお茶会ならぬお林檎《りんご》会でも開いてもらおうよ、ねっ？」

「……どうあっても譲《ゆず》る気は無いみたいね、冬香？」

「うん。相手が天使であれ誰であれ、友達になった相手と喧嘩別《けんかわか》れはよくないもん」

「有難う」未春が冬香にぺこりと頭を下げる。「ホント救《たす》かった、ヤバかった」

「……ならせめて、林檎ではない物を」夏衣が渋々《しぶしぶ》折れた。「未春のお腹の具合、ちょっと心配だから」

「了解したわ」ずっと川の上に浮いていた霧絵さんが、私達のいる川辺の岸に接近してくる。「また、天使としてははしたないことをしてしまうけど其処《そこ》は堪忍《かんにん》して。そして夏衣さん、流菜さん、私独りでは受け止められないから取りに来て。ちょうど人数分を作るわ。あと、ついでだからその物騒《ぶっそう》な拳銃二丁を処分してしまいましょう。冬香さん。夏衣さんか流菜さんに拳銃をどっちも渡して。今、触れて削除してしまうから。それともあるいは護身用に、弾を充塡《じゅうてん》して預けておくべき？」

「いらないよ」冬香が断言した。「キリエの言うとおり、物騒極まる。何時《いつ》なんどき蛇だか何だかに使われるか分かったもんじゃない」

よって御指名を受けた夏衣と流菜が、もう川辺に接する所まで近付いていた霧絵さんの下《もと》へ、急いで駆けよる。無論、指示どおり冬香から拳銃を受け取って。霧絵さんは高度も下げていたから、夏衣と流菜が彼女の前に立って拳銃を二丁渡すと——だから霧絵さんがたちまちそれらを回収してしまうと——霧絵さんの女学生的でクラシックな『制服』の胸元から下は隠れてゆく。三人……ううん三名の頭がグッと近くなり、夏衣の鳶色《とびいろ》がかった髪が、霧絵さんの純黒の髪と不思議なコントラストを見せる。その三名の躯《からだ》がいよいよ近くなってゆくにつれ、霧絵さんの『制服』の首から下はなかなか見えなくなる。今、夏衣＝流菜が最接近すると、私から見えるのは霧絵さんのブラウスの典雅な丸襟《まるえり》と、どうにか全長が見える可憐《かれん》な朱色の紐《ひも》リボン、そして彼女の美しすぎる顔だけ……

（どこか、もったいない気が……）私は嘆息《ためいき》さえ零《こぼ》しながら。（……とはいえ、やっぱり『野暮用《やぼよう》』でとても忙しかったんだろうか、全体的に衣装の『着付け』『統一感』が緩《ヌル》い気もする。登場の演出も、かなり巻いていたからなあ）

そんな私の物思いを当然余所《よそ》に、霧絵さんは淡々と奇跡を開始する。そう、あの奇跡。

「と、いうわけで」

いつかの台詞《セリフ》を忠実に再現しつつ、霧絵さんは既に自分の手刀《しゅとう》で斬り裂いていたと思《おぼ》しき自分の左手を、左手首を大きく上げた。上がった左手首から流れ落ちるのはもちろん。

(——青い血)とても美しい。(天使の、青い血)

とても高貴で艶《つや》やかな、そう天鵞絨《びろうど》のように落ち着いた青い血がよく見える。その青は、垣間見《かいまみ》える霧絵さんの『制服』にも、だから首許《くびもと》にのぞく真白《ましろ》いブラウスにも光沢ある紐リボンにもよく映える。そんな青い血が紅茶かお酒のようにたかだかと注がれる先は、きっと悠然《ゆうぜん》と受け皿にした彼女の右掌《みぎてのひら》だ。私からは今目撃《いま》できないけど、その青い血は夏衣と流菜の眼前で、青い血貯《ち》まりから固形物へと変わっている筈《はず》。掌《てのひら》に載るサイズの、深い琥珀色《こはくいろ》の固形物に。そう、背筋がゾッとするほど深い、琥珀色の宝石に……

(ううん、オーロラみたいに紺も金も紫も緑もピンクも……あらゆる色が炎のように踊る、燃える朱《しゅ》の太陽の雫《しずく》を煮出したかの様《よう》な、あの〈太陽の炎〉になっている筈《はず》!!

天使が光合成をするための、天使が活動を継続するための、ううん、天使のあらゆる創造力のみなもと——天使の燃料、〈太陽の炎〉!!　ああ、夏衣と流菜が羨《うらや》ましい……できることならもう一度、この目で見たかったなあ、あれはホント、ホント綺麗だったもの!!)

そして焦燥《あわ》てて何かを拾う仕草をしだした夏衣と流菜を見るに、その〈太陽の炎〉は、たちまち林檎《りん》《ご》に……じゃなかった、今度は違う食物になっている筈《はず》だ。そんな夏衣と流菜の動きに合わせ、奇跡を終えた霧絵さんがまた、躯《からだ》を此方《こっち》にむけたまま、するすると川の上へ遠ざかってゆく。彼女自身のいきおいか、『制服』のジャンパースカートのいさぎよい左巻きの車襞《くるまひだ》が、スカートの腰から続く襞《ひだ》どおりはたはたと左に流れ、彼女の飴細工《あめざいく》の如《ごと》き美しい脚を一瞬、剝《む》き出しにする。やがて何かの駄目押しの様《よう》に、彼女の『制服』の襟に留められた真白《ましろ》い校章がひと刹那《せつな》、輝くと——

「どうぞ、粗無花果《そいちじく》だけど」

——成程《なるほど》、夏衣と流菜が両手に無花果《いちじく》をたくさん載せて帰って来る。今度は林檎《りんご》じゃなくって無花果《いちじく》だ。でも大きく成熟した無花果《いちじく》だから、サイズは林檎とほとんど変わらない。そして、霧絵さんは夏衣との気まずい雰囲気《ふんいき》を反省してか、今度は一人につき二個から三個をサービスしてくれた。夏衣と流菜の両手がいっぱいいっぱいなのも頷《うなず》ける。私は腰を浮かせ、焦燥《あわ》てて流菜の方を手助けした。夏衣は体育会系だから、アシストは要らない。流菜と一緒に、一人複数個ずつを配ってゆく。私が触れたどの無花果《いちじく》も、すごく心地よい弾力をしている。

　まして私達の誰もが二度目だから、もう警戒してはいない。口々にいただきます、いただきますと正座をし直しながら言うと、冬香を筆頭に誰もが青い血産《さん》の無花果《いちじく》をいただいた。確かに私自身、気が付けばお腹を空かせている。急《せ》くように無花果《いちじく》の皮を剝《む》くと、一歩出遅れたか、もう誰もが前回の如《ごと》くに讃辞《さんじ》を述べるところだった。

「——あっ、やっぱりすごく意外に美味しい!!」

「甘い!!」

「ジューシーレベルは九〇点!!」

「絶妙な歯応《はごた》え!!」

　——それはやっぱり、ほんとうに、ほんとうに美味しい無花果《いちじく》だった。

　誰もが無花果《いちじく》の味として想像するものを、何倍も何倍も何倍も凝縮して強烈にしたような美味しさ。だからやっぱり、自然でない、青い血産《さん》であることを実感させる美味しさ。私は、未春のお腹の調子のことも忘れて無花果《いちじく》にがっついた。二個をたちまち平らげた後、改めて未春のあのお腹の音が心配になる。私の十八年の人生経験が確かなら、あれはどう考えても、普通にお腹の空いている音じゃなかった、ような。

「ねえ未春、お腹大丈夫だった？」

「お腹……あ、うん全然大丈夫。

そ、そんなに奇妙な音だった？」

「う、ううん全然。燃費の悪い十八歳元《もと》女子高校生だったら日常茶飯事《にちじょうさはんじ》だよ!!」

「でも初音、私のお腹より、初音の方が、その――」

――未春のお腹より何？

私がそう訊き返そうとした、その刹那《せつな》。

「あっ!!」

私は気付き、思わず立ち上がった。

ヒトの時間基本単位でいう六〇〇秒前後が、もう過ぎていた様《よう》だ。すなわち。

「私、薄くなってきた……いよいよ私、消えてゆくわ……!!」

私の魂が組成する、この世界における仮初《かりそ》めの躯《からだ》が消えてゆく。今度は私が一番手なんだ。地上世界で目覚めたのは、だから私がいちばん最初。

「ああっ!!」次に叫んだのは、冬香で。「私もどんどん消えている!! 消え出している!! ていうことはこれ、全然規則性が無いんだね!! 前回とまるで違うもの!!」

「地上世界で」すると自分の躯《からだ》もスッと消え出した未春がいう。「目覚める順序なんて、きっとヒトごとにてんでバラバラだもんね」

「な、なんか、私はまだみたい……」

「大丈夫よ流菜」夏衣が優しくいった。「私もどうやら、まだ寝穢《いぎたな》く眠っている様《よう》だから」

皆《みんな》の声を聴きながら、私が真っ先に消えてゆく。

かつて生きていた千秋が、風織がそうなった様に。あるいはまだ生きている私達が、前回そうなった様《よう》に。ほろほろと。さらさらと。塵《ちり》のように霧のように。デジタルデータのドットやピクセルの様《よう》に。

まるで塩の柱が崩れさる様《よう》に、『私』をかたちづくる全てが最小の点となり、淡く朧《おぼろ》に掻《か》き消えてゆく。そう、今や雲散霧消《うんさんむしょう》しようとしている。重ねて今回は、私が一番鎗《いちばんやり》だ。口も舌も喉も消えそうな私は、急いでぺこりと頭を下げながら懸命に言葉を紡《つむ》いだ。

「と、取り敢えずさようなら皆《みんな》、そして霧絵さん。もう此処《ここ》には来たくないけれど、まして誰にも来てほしくないけれど……また迷子仲間になっちゃったら皆《みんな》で救《たす》け合おう!! もう誰も死ななくていい様《よう》に!!」

「もしそうなったら!!」夏衣が絶叫してくれた。「初音を、ううん皆《みんな》を絶対に救《たす》けるわ!!」

——ありがとう。

私のその言葉は、皆《みんな》に聴こえたかどうか。

消えゆく自分の口に、舌に、喉に触れようと、思わず両手を顔の前に持ち上げた私は。とても儚《はかな》く脆《もろ》い霧みたいになったその両手に……ううん右掌《みぎてのひら》に、絵の具のような緑色の染《し》みを見た。口紅を肌にサッと塗った様《よう》な、ボールペンのインクのダマをサッと手で擦《こす》ってしまった様《よう》な、刷毛《はけ》でサッとペンキを伸ばした様《よう》な、始点と終点とがよく分かる緑色の染み。あるいは、緑色の筋。始点のダマと終点のはらいとが明確な、いきおいある緑色の帯。まるで指で適当に描いたような幅の曲線。敢えて言えば、『つ』の鏡像《きょうぞう》。

「皆《みんな》これ、この緑色の……!!」

私が自分の右掌を大きく翳《かざ》した、その刹那《せつな》。

私は目覚める。目覚めてしまった……

もちろん絶望しながら。
もちろんあの保健室で。
もちろん今夜十字架に架かった我が身を思い出しながら、だ。

幕間

あまりにも唐突な、紅蓮《ぐれん》の炎。まるで地獄の劫火《ごうか》の様《よう》な。

そしてわきおこる、凶々《まがまが》しい黒煙。たちまちの阿鼻叫喚《あびきょうかん》。

この臭いはガソリンだ。しかも大量の。なら炎は余裕で一、〇〇〇℃に達する。

黒煙とて情容赦《なさけようしゃ》はない。ひと呼吸で喉は閉塞《へいそく》し、ふた呼吸で一酸化炭素中毒になる。

私が意識を失うのに、残り何分の猶予《ゆうよ》があるというのか。

……私は医学者にして生物学者にして脳神経科学者だ。今、自分の命が絶望的な危難に直面していることはすぐ分かる。

(まして娘の命も……ああ!!)

なんてこと。

独り窓口に赴《おもむ》いていた紗良子《さよこ》は既に、紅蓮の炎に焼かれている。

私は煙も炎も忘れ、陳腐《ちんぷ》な役所の待合席から娘へと疾駆《しっく》した。燃え猛《たけ》る娘へと。

「紗良子、紗良子!!」

「お……母、さん……」

こんな炎を消す術《すべ》は無い。既に視界は煤煙《ばいえん》の生きた壁に蔽《おお》われ、右も左も分からない。数mは離れていた娘を見出し、抱き締められただけでも信じ難《がた》い奇跡だ。

そう、何故か消火設備は稼動《かどう》しない。公共の役所だというのに。

だから、出火元と思《おぼ》しき窓口付近にいた娘は、ただただ炎の塊《かたまり》となって、哀れな蝶《ちょう》の如《ごと》くにひらひらと、当《あ》て所《ど》ない舞踏を踊るだけ。だから、出火元から数mは離れていた私は、自分だけ炎の直撃を免《まぬか》れ、脱兎《だっと》の如《ごと》くに娘を確保するだけ……

……ただ、娘を確保し抱き締めて、それでどうなるものでもない。

（娘のいた窓口の隣で、何のトラブルか、異様に激昂《げっこう》していた中年男がいたが……まさか突然、あんな量のガソリンを撒《ま》いて放火をするとは!! 自分とて無事では済むまいに!! 所謂《いわゆる》拡大自殺だとでもいうのか……そんなものに最悪のタイミングで出会《でくわ》してしまったとでもいうのか。まして、この年金事務所はオンシーズンで大入り満員。ザッと見渡しただけで、二〇人以上がこのフロアにいた）

……抱き締めた娘の炎が、たちまちのうちに私も襲う。

私は助からない。二〇人以上が全滅だろう。無論、紗良子も。

「ああ紗良子!! 大丈夫よ!! すぐに水が……絶対に助かるから!!」

「お母……さ、ん……」

「私……置いて……逃げ、て」

「そんなことが!! しっかりするのよ紗良子!!」

不思議なもので、熱さも苦しさも感じなかった。

ただ、後悔だけが灼熱《しゃくねつ》の鞭《むち》のように私を責《せ》め苛《さいな》んだ。

何故、娘と一緒に窓口へゆかなかったのか。

何故、今日この時間を選んでしまったのか。

何故、大入り満員の様子を見たとき、また出直そうとしなかったのか。

何故、娘の隣の窓口が不穏になってきたとき、もっと警戒しようとしなかったのか。

何故、娘に社会勉強をさせようなどと思い立ち、不要不急の行政手続を試みさせたのか。

それらすべてが、余りにも気紛《きまぐ》れで残酷な、神の悪戯《いたずら》だとでも言うのか。

（いや……）私は仮にも科学者だ。この世の因果関係に物語を見出すほど浪漫的《ろうまんてき》ではない。（……この偶然には何の、誰の意味も無い。そこに運命もさだめも無い。まして神の意図など!!）

……だから、全て私の責任なのだ。全ては、ヒトの選択の結果でしかないのだ。

様々なヒトの選択が、偶然として重なり合い。

今、娘は死んでゆく。

すぐに私も追い掛けられるのは、せめてもの嬉しさだ。

娘があと幾秒、生きられるか。

私があと幾分、生きられるか……

「お、母、さ、ん」

「……紗良子!?」

私は抱き締めていた娘の顔を直視した。直視できた。どんな偶然の作用か、燃え猛《たけ》る劫火《ごうか》は今、娘の顔を焼くのを忘れている。頬《ほお》を髪を額《ひたい》を無残に焼かれた娘の顔はしかし、そうその色白の顔はしかし、不思議なほど美しさを維持していた。今にして思えば、神々《こうごう》しさか。

「もう私、大丈夫だよ――」

娘の口調が何故か、とても、とても平穏無事なものに急変した。

あまりにも突然に。必死な私を、絶望した私を、思わず絶句させるほど。

「――大丈夫だよ、お母さん、もう、ぜんぶ大丈夫」

「さ、紗良子あなた……いったい何が大丈夫なの!?」

「私、認められたの。私、許された」

……何故か解った。瞬時に解った。

この一言が、いや、これからの娘の言葉が、私の人生を変えてしまうと。

今のこの、娘の瞳。

それは既にヒトにみられる瞳でなく。まるで違うイキモノの瞳のよう。

それでいて、魅入《みい》る私の精神をとろけさせ。恍惚感《こうこつかん》・陶酔感《とうすいかん》まで惹起《じゃっき》させ……ました。

(魅入る私に大いなる何かを、絶対者を確信させる。それはそんな、証人の瞳)

先刻までの私であれば、こんな私自身を徹底的に嘲笑したろう。

全てが白昼夢《はくちゅうむ》、全てが世迷言《よまいごと》だと。脳における不正処理に過ぎないと。

しかし、この紗良子の瞳を目撃すれば、それを一瞥《いちべつ》すれば、誰であろうと私と一緒の直観《ちょっかん》をするはずだ。そう、現象が全てを確信させる。説明も理屈も科学も必要ない。

(……これこそが証人の、神に許された者の瞳だわ。だとすれば!!)

まさか、この世の因果関係には意味があるのか。

まさか其処《そこ》には、神なるものの意図があるのか。

ならば。

(娘はこれから何処《どこ》へゆくのか？　娘は、私は……ヒトは何処《どこ》からきて何処《どこ》にいて何処《どこ》へゆくのか？

娘はその答えを、今知った、確実に。それが何故か確信できる、この瞳)

——この地獄の劫火の中で、紗良子の歌うような声はいっそう明晰に、美しく響いた。

「なんて美しいこの旅路。たったひとつの、私の願い……

見えるわお母さん、ここよ、私は入ることを許可された、ここに。

ああ……終《つい》にとうとう!!」

「紗良子」私は娘を思い遣るのも忘れ、異様な興奮とともに問うた。「そこはどこ？」

「それはね」

——それから約一分間、紗良子は私に語ってくれた。

いや、証言をしてくれた。

その証言の、最後の一幕はしかし。

突如として稼動《かどう》した、消火設備の豪雨で掻《か》き消えて……

……結果、私は独り生き残ることとなった。

娘を殺して。

その証言を最後まで聴けず。

死にゆく我が子に、真っ当な慰《なぐさ》めも感謝も言えず……

だから私は、その日から。

どうしても門を開けるため、どうしても扉を開くため、紗良子のような若い娘を生贄《いけにえ》にする、鬼子《きし》母神《もじん》となった。賽《さい》の河原《かわら》の石の如《ごと》くに、十八歳の娘の屍《しかばね》を累々《るいるい》と積み上げて恥じない、言葉どおりの魔女となった。

どうしても門を開け、どうしても扉を開き、もう一度……

それが無理なら、せめて声だけでも。

たったひとつの、私の願いだ。

第4章　神《かみ》によりて神と同じ像《かたち》に化《くわ》するなり

I

四月七日、卒業夜祭《やさい》。

桜瀬《おうせ》医科大学附属《ふぞく》女子高等学校、地下某所《ぼうしょ》。

同校校長の上原良子《うえはらよしこ》が支配する、内閣情報官が評するところの〈迷宮〉。

時刻は、中村初音《なかむらはつね》があの誤差領域《ごさりょういき》において、二度目に意識を恢復《かいふく》する直前。

それは例えば南雲夏衣《なぐもなつえ》についても、北条冬香《ほうじょうとうか》についても同様だが――

換言《かんげん》すれば、〈迷子仲間〉の女子生徒らが二度目に、誤差領域へ侵入する直前。

だから未だ、西園千秋《にしぞのちあき》が確定的に死亡する事件が発生してはいない段階のこと。

その時点において。

――誤差領域への侵略の尖兵《せんぺい》とされた女子生徒らは、またもや想像を絶する苦痛の最中《さなか》にあった。

それはそうだ。それが、それこそが侵略者の真打《しんう》ちたる上原校長や露村《つゆむら》情報官にとって、いや日本国政府にとって、必要不可欠な〈通過儀礼〉なのだから。

この四月七日なる日に、まして今年は四月七日金曜日なる理想的な日に、歴史的・宗教的・科学的に理想的な態様《スタイル》で、真に貴重な被験者《ひけんしゃ》に対し、〈通過儀礼〉を実施すること。要は被験者を鍵として、もって門を開《ひら》かしむること……それは、国民も桜瀬女子《おうせじょし》の生徒も被験者もまるで与《あずか》り知らぬ隠微《いんび》な秘密であったが、既にして日本国の枢要《すうよう》な国是《こくぜ》であった。滅びゆく国家がささやかな国外離散《ディアスポラ》・国外脱出《エクソダス》を図るための〈最後の希望〉であった。

端的《たんてき》には。

……徹底して肉体と精神とを改換《かいかん》された有資格者たる十八歳の少女に、ヒトとして最大級の苦痛を感ぜしむる事。同じヒトが実行するとは信じ難《がた》い水準の、命をも賭《と》した虐待を甘受《かんじゅ》せしむる事。すなわち少女らが耐え続け生き続けるかぎり、彼女らを徹底的に、情容赦《なさけようしゃ》なく道具にし奴隷化する事。それが今、卒業夜祭《やさい》の今宵今晩《こよいこんばん》、この三〇年余《よ》に数多《あまた》訪れた四月七日と同様、陰謀者らが善《よ》かれと信じて実施する〈通過儀礼〉であった。

といって、その具体的な実施状況は、例えば東都未春《とうとみはる》について既に見た。

それを再論・概論すれば――生きている限り東都未春でもあるいは時村流菜《ときむらるな》でも事情は変わらないが――被験者はあたかも罪人の如《ごと》くに、上原良子の支配する〈迷宮〉の某所《ぼうしょ》に引っ立てられる。ローマンカラーの立襟《たちえり》と腰元の帯《ファツシア》、そして胸元の十字架が特徴的な、純黒の司祭服《キャソック》を纏《まと》った男共により引っ立てられる。宮殿の中庭を思わせる、四月七日の夜に叛逆《はんぎゃく》するかのような昼日中《ひるひなか》の光に満ちた、とある舞台へと引っ立てられる。

そう、まさに罪人の如《ごと》く、一見《いっけん》無遠慮で嗜虐的《しぎゃくてき》な――その実《じつ》まこと計画的・体系的な――殴打や足蹴りを加えられながら。その腰には、腰縄ならぬ腰鎖を施され。手には、手錠ならぬ手枷《てかせ》を施され。まして、首には家畜のように金輪《かなわ》を施された挙《あ》げ句《く》、その胸元は鉄の鎖でぐるぐる巻きにされ……

その残酷な手枷が残酷な処刑台に無理矢理固定されたとき、だから、被験者のささやかな移動の自由までが剝奪《はくだつ》されたとき、あの三九回の、三九回でなければならない、まして柳鞭《やなぎむち》と革鞭《かわむち》と鎖鞭《くさりむち》とを用いなければならない、全身全霊を以《もっ》てする悲壮な鞭打《むちう》ち刑が、ラテン語により呼号される計数《けいすう》とともに、実施されるのであった。加うるに被験者は、その幕その場の締《し》め括《くく》りとして、嗜虐的《しぎゃくてき》で屈辱的な、鎖鞭《くさりむち》を流用した茨《いばら》の鉄冠・茨の王冠を、ぶすりぶすりと被《かぶ》せられることとなる。被せられなければならない。

右のような拷問《ごうもん》が被験者の制服どころか皮を、肉を、骨を裂き砕く地獄の責め苦であることは――『常人《じょうじん》であれば死んでいる筈《はず》の』『死んだ方が遥《はる》かに嬉しい救済となる』非人道的かつ異様な所業《しょぎょう》であることは、既に物語上自明である。

ただ無論、上原良子らの施した神経学的・心理学的措置により、被験者の識閾下《しきいきか》には、『生きている限りどのような苦痛も厭《いと》わずに耐えること』がプログラムされている。要は苦痛に対する『精神的耐性』が、被験者の自発的な、第二の本能となってしまっている。また無論、そうした健気《けなげ》な被験者の使命感・忠誠心を担保すべく、被験者の苦痛に対する『肉体的耐性』も、動物いや家畜に対してするような直接的かつ強引な医学的・生物学的措置により、常人を遥《はる》かに超越する水準まで、無理矢理に引き上げられている。

これすなわち。

拷問行為・虐待行為そのものの非人道性は言うに及ばず、今夜、いや数多《あまた》訪れた四月七日において真に非人道的であったのは――そのような拷問・虐待を『瀕死《ひんし》のまま生きて耐え続けなければならない』こと、『特定の目的と態様《スタイル》を持った苦痛そのものを甘受し続けなければならない』ことであろう。すなわち『苦痛の自己目的化』なる、被験者にとってはまるで不合理で不可解で意味不明な、精神・肉体両面にわたる道具化と奴隷化であろう。

ここで仮に、上原良子らが嗜虐《しぎゃく》趣味者であって、ヒトに苦痛を与えること自体によろこびを憶《おぼ》える倒錯者《とうさくしゃ》である、と言うのならまだ解る。しかし物語上自明なとおり、そのようなことは彼女らの真意・本質とまるで真逆である。上原良子らは断じて倒錯者の類《たぐい》ではない。ならば何故、被験者は精神・肉体の双方を無理矢理に――当然無断で――改換され、まして死刑に近しい苦痛そのものを延々と甘受するためにのみ生き存《ながら》えさせられるのか？　この死刑に近しい、特定の態様《スタイル》を持った苦痛の本質とは、いや苦痛の自己目的化の本質とは何なのか？

……それは当該《とうがい》〈特定の態様《スタイル》〉を検討することで、浮かび上がってくるかも知れない。

自己強迫《きょうはく》の如《ごと》くに上原良子らが遵守《じゅんしゅ》する、当該《とうがい》〈特定の態様《スタイル》〉。

既に明らかとなっているのは、例えば実際に虐待行為を行う者が帯びる司祭服《キャソック》に十字架。

例えば虐待行為において、昼日中《ひるひなか》の宮殿の中庭なる舞台が設定されていること。

例えば虐待行為において、右の目を殴打すること。

例えば虐待行為において、三種類の鞭《むち》を使用すること。

例えば虐待行為において、鞭打ちの回数が――中途半端な数字で――決まっていること。

例えば虐待行為において、計数《けいすう》はラテン語により行われること。

例えば虐待行為において、茨《いばら》の王冠が被せられること。

――ここまでは物語上、既に自明のことだ。


そして今。

ここまでの受難《じゅなん》をようやくにして終えた、例えば東都未春の状況を見てみよう。念《ねん》の為《ため》だが、以降はもちろん東都未春のみならず、死ぬことを免《まぬか》れ得ている……あるいは未だ死ぬことを許されない、被験者の誰についても妥当する事情である。

その東都未春は、宮殿の中庭紛《まが》いにおける、あまりにも酷《むご》たらしい鞭打ち刑が終わるや。

……改めて、自分の肉体で、それがただの準備行為でしかなかったことを知るのだ。

すなわち。

彼女は既にして満身創痍《まんしんそうい》いやそれ以上でありながら、これまでの非人道的な拷問・虐待以上の行為を強いられる。無論、彼女に否《いな》のオプションは無い。最早《もはや》、認識能力も思考能力も著しく衰弱している——という意味において。また、否《いな》を叫ぶような叛逆《はんぎゃく》は識閾下《しきいきか》においてたちまち自己抑制され忘却されてしまう——という意味において。彼女は精神も肉体も徹底して統制され、徹底して奴隷化されている。それが桜瀬女子《おうせじょし》の教育の実態だ。

だから、彼女は今。

司祭服姿《キャソック》の虐待者らに、奴隷であるかの如《ごと》くに強《し》いられ命ぜられるまま……どのような感情が在るのか無いのか……忘我《ぼうが》しあるいはひょっとしたら陶然《とうぜん》とした顔で、三〇kgの横棒を、その左肩に担いだ。長さというのなら彼女の身長以上はある、頑強で堅牢《けんろう》な横棒を。それは人為的に加工された横棒であり、だから、横木あるいは横板となる木材である。

……そもそも彼女は三九回の、肉を裂き骨を砕く鞭打ち刑を受けた直後だ。その非人道性は縷々《るる》述べたとおりだが、彼女の出血についても述べない訳にはゆかない。彼女は今もなお、クリムソンレーキのどくどくした血潮を、ぐしゃぐしゃになった数多《あまた》の怪我から滔々《とうとう》と流している。既にして、黒白モノトーンの制服だのクラシックなローファーだのは無残な襤褸布《ぼろぬの》に成り果ててしまっているから、鞭打たれた数多《あまた》の怪我はもう、赤黒いペンキを出鱈目《でたらめ》に塗りたくったような惨状《さんじょう》を呈《てい》している。そんな出血は当然、鞭打ち刑同様に彼女の体力を奪い、疲労を急激に強めるはずだ。しかし重ねて、彼女に否《いな》のオプションは無い。それは思い付けない。彼女のトレードマークたる、大きく跳ね上がったボリュームあるポニーテイルは健在だが……それは、束ねた髪ごと茨の鉄冠《てつかん》に頭部をぐるぐる巻きにされた結果で、しかもかなり適当かつ乱暴にぐるぐる巻きにされた結果である。虐待者らにとって、彼女の髪いや女性の髪など無意味であることがよく解る。いやむしろ、顔を攻撃しやすくなるから、髪を上げているのは好都合だなどと思っているのかも知れない。よって彼女の今の印象は当然、健康的・躍動的どころか沈鬱《ちんうつ》・受動的極まりない。

そのような彼女がようやくにして、どうにか、三〇kgの横棒を左肩に担いだなら。

いよいよ彼女の受難の本番、受難の真骨頂たる、骸骨の丘への道行きが始まる……

この上原良子の学園島に、彼女の〈迷宮〉に再現された、骸骨《されこうべ》の丘への道行きが。

その上原良子が知り尽くし、また幾度となく実査《じっさ》・見分《けんぶん》しているとおり、その一㎞の受難の道行きにして涙の道行きこそが、桜瀬女子《おうせじょし》のほんとうの卒業夜祭《やさい》である。

……そう、命あることが不思議なほどの東都未春は、ほんとうの卒業夜祭を歩き始める。

その歩みは無論、赤児《あかご》の如《ごと》くに遅々《ちち》たるものだ。

彼女に加えられた酷《むご》い準備行為からして、当然そうなる。

また儀典・様式としても、当然そうでなければならない。

まして、そんな儀典・様式を遵守《じゅんしゅ》した上で。

彼女はなおも、よりいっそう、虐待され続けなければならないのだ……

……すなわち。

彼女は、その赤児のような歩調を虐待者の男共に鋭く叱責《しっせき》され、怒号《どごう》ともいえる大声で罵倒され、三〇㎏の横棒を担いだまま激しく蹴られ、果ては躯《からだ》に対する投石すらされる。いやそればかりではない。ずるずる、ずるずると懸命に脚と横棒を引きずる彼女には、虐待者の男共の嘲《あざけ》りも襲い掛かる。全裸・裸足に近しい在《あ》り様《さま》をからかわれ、路傍《ろぼう》の石の如《ごと》くに唾《つば》を幾度も吐きかけられ、古風な槍《やり》や警杖《けいじょう》で頭も躯《からだ》もどこかしこも小突《こづ》かれ、あるいは、鉄の王冠の刺さり具合を始終《しじゅう》直されつつ、王冠を被《かぶ》った貴人として、喜劇的に跪《ひざまず》かれたり拝まれたりする。

要するに、彼女は拷問としての無理無体《むりむたい》な重労働をさせられていながら、その重労働の最中《さなか》にも、何度も何度も繰り返して、執拗《しつよう》な心身双方への虐待を受け続ける……

それが、一㎞続く。

その間、彼女が三度、三〇㎏の横棒の下敷きになり地を舐《な》め倒れるのも、儀典・様式の求める所である。といって、常識的に考えれば解るとおり、瀕死の彼女が転倒するのは、まさか三度だけでは済まない。だからこれは、『所要《しょよう》の地点・所要のタイミングにおいて必ず三度倒れなければならない』という意味である。

この骸骨《されこうべ》の丘への一kmの道行きにおいては、そのような儀典・様式を必要とするいわば関門《かんもん》が、一二箇所設けられている。無論、それは歴史的・宗教的必然から設けられる関門である。よって彼女が三度倒れるのも——彼女自身には全く理解できないことだが——歴史的・宗教的には、超絶的な重要性を持つ『イベント』なのだ。そうした『イベント』を含め、被験者がたどる骸骨《されこうべ》の丘への道行きは、偏執的《へんしつてき》なまでに緻密《ちみつ》かつ入念に計画され準備され実施されている。事実、桜瀬女子開闢《かいびゃく》以来、そうこの三〇年余《よ》、たったの一例を除き——六年前のたったの一例を除き——寸毫《すんごう》の遺漏《いろう》も過誤《かご》もなく実施されてきた。

……念《ねん》の為《ため》だが、これは例として挙げているこの東都未春に限らず、その四月七日に生きて在る被験者全てが経験しなければならない、ほんとうの卒業夜祭である。

だから〈学園島〉であり、だから〈迷宮〉なのだ。

陰謀の舞台がそうなったのには理由がある。無論、浪漫《ろうまん》趣味の欠片《かけら》も無い実務的理由が。

例えば、今年の被験者は桜瀬女子史上最大の『七人』となったが——そしてそれは陰謀の首魁《しゅかい》である上原良子の事前予測を大きく裏切る快事《かいじ》であったが——しかしそのような事態すら、学校創立時において想定されている。すなわち〈学園島〉〈迷宮〉は現状、『一〇人』の被験者に対し同時に、それぞれ別個独立に鞭打ち刑を実施し、かつ、それぞれ別個独立に骸骨《されこうべ》の丘への道行きを実施することができるよう、建設され整備されている。要は、今年でいうなら例えば中村初音の受難《じゅなん》の動線は、他の被験者六人の誰とも重なることがない。宮殿の中庭めいた舞台も、一kmの嘆《なげ》きの道も、いわば中村初音専用、あるいは東都未春専用とすることができる。〈学園島〉〈迷宮〉はそのように設計されている。だから島、だから地下なのだ。

——かくて、被験者は誰にも『邪魔』されず、一㎞の受難の道を踏破《とうは》することが『できる』。いや、中途で絶命することがむしろ神の恩寵《おんちょう》で救済だが、そしてそのような実例も枚挙《まいきょ》に暇《いとま》がないが——しかし陰謀者らの微《び》に入《い》り細《さい》を穿《うが》った計画と、能《あた》うかぎりの物理的・肉体的・精神的なリアルタイムのモニタリングが、そのような救済を徹底して拒絶し妨害する。被験者が真に命の限界を迎えるまでは……喩《たと》えるならとうとう電池が確定的に切れるまでは……何がどうあろうと、そう神に叛逆《はんぎゃく》してさえも、被験者をして一㎞の受難の道を踏破させるのだ。それがこの陰謀であり、またそうでなければならないのだ。

とまれ、今年の四月七日では。

……今、例として挙げている東都未春が、とうとう悲壮《ひそう》極まる一㎞を踏破し、上原良子らの言う『第10フェイズ』なる関門に到《たど》り着いた。こここそすなわち、上原良子が設営・設定した約束の地、〈骸骨の丘《されこうべ》〉である。

そしてこの〈髑髏の丘《されこうべ》〉に到《いた》るや——

東都未春を心身ともに嬲《なぶ》り続けてきた男共が、俄《にわか》に事務的になる。

執拗《しつよう》だった嘲《あざけ》りも嫌がらせも、たちまち役人的に終了される。

その傍《かたわ》らで東都未春は、血塗《ちまみ》れながらも懸命に三〇㎏の横棒を担ぎつつ、しかしもう歩む膝《ひざ》を折り、地に伏してしまっている……

そんな彼女に、男共はタスク処理として、香料入りのワインを一舐《ひとな》め含ませた。これも、一舐めでなければならない。飲ませてはならない。彼女は無論、大量出血と非人道的な重労働によって、飢餓《きが》のような、灼《や》けるような喉の渇きに襲われているが、しかし絶対に飲ませてはならない。むしろ何かを与えるどころか、最後の尊厳を奪わなければならない。

すなわち。

彼女は、既に襤褸布《ぼろぬの》の如《ごと》くであった制服の残骸《ざんがい》を……最早《もはや》ヒトの衣類とは呼べない尊厳の最後の布切れを、呆気《あっけ》なく剝《は》がされ全裸にされた。ここで、鞭打ち刑が施されたのは彼女の背中側からだ。だから彼女の背や尻や脚を隠してくれる流血も、彼女の前身を隠してはくれない。それがいっそう陰湿で残酷だ。ただ既にして、彼女はその様《よう》なことに拘泥《こだわ》っていられる状態ではない。仮に拘泥《こだわ》れたとして、虐待者らに叛逆《はんぎゃく》する意思など持てない。

いいや、叛逆するどころか。

むしろ、それとはまるでさかしまな……

そう、今瀕死《ひんし》のあるいは命の限界に接している筈《はず》の、東都未春の瞳は。

未だ明瞭とは言えぬまでも……

極めて特徴的な、曰《いわ》く言い難《がた》い、どこかしら性的とすら言える、しかしそんななまやさしいものではない、魂の底からあふれるが如《ごと》き、とめどない酩酊《めいてい》と陶酔《とうすい》とを浮かべ始めている。重ねて、未だ明瞭とは言えぬまでも、とても尋常《じんじょう》のヒトの瞳とは思えぬ、恐ろしいまでの、底も得体《えたい》も知れぬ恍惚《こうこつ》感《かん》めいたものに染《そ》まり始めている。

東都未春の瞳は今、世に在るヒトの千人なら千人、万人なら万人に問うたとして、その誰もが『こんな瞳はまさか目撃したことが無い』『生涯に一度とて目撃したことが無い』と即答するであろう、そんな瞳になりつつある。

よって、いよいよ。

虐待者の男共は、その態度をよりいっそう事務的・役人的なものにし、極めて慎重に彼女の瞳を見定めつつ——またそれを施設内に数多《あまた》あるモニターを活用し陰謀の首魁《しゅかい》らに呈覧《ていらん》しつつ——とうとう受難《じゅなん》のクライマックス、『第11フェイズ』に突入した。

未春は全裸のまま、引っ繰り返され仰けにされる。

彼女の背に、自ら一km背負ってきた三〇kgの横棒が、真横にあてがわれる。

彼女の両腕が、淡々としかし大胆に左右へ開かれる。

彼女の両の手首が、荒縄で横棒に結《ゆ》わえられ固定される。

だから彼女は天を仰ぎ、真横の横棒を背に、真横へ両腕を展《ひろ》げたかたちになる。

よって、無論――

無骨で凶悪な金槌《かなづち》の、鋭く大きな打突音《だとつおん》が響くのだ。

「……ああっ、あうっ!!!!」

「右手《デクストラ》」

無骨な金槌の、鋭く大きな打突音は続く。何度も何度も繰り返して。

「ああっ……うぐっ!!!!」

「左手《シニストラ》」

瀕死のあるいは命の限界に接している東都未春が、悲鳴の絶叫を上げるのは久々のことだ。だがそれも無理からぬこと。彼女の右手首の位置から轟然《ごうぜん》と響き渡り始めた打突音の正体は、釘を打つ金槌の音である。儀典・様式どおり、先《ま》ず彼女の右手首の正中《せいちゅう》神経へ、優に一五cmいや一八cmはあろうかという大きな金釘《かなくぎ》が、情容赦《なさけようしゃ》なく打ち込まれる。無論、釘を打つのであるから、金槌の音は複数回にわたるのが道理だ。そして無論、手にとって、いやヒトにとって実に重要かつ敏感な正中神経に対する侵襲《しんしゅう》は、ヒトに想像を絶する激痛をもたらす。

……繰り返しの打突。枢要部《すうようぶ》への打突。

成程《なるほど》、瀕死のあるいは命の限界に接している東都未春が絶叫し、また、その絶叫が打突音に比例し大きくなってゆくのも頷《うなず》ける。まして、非情な攻撃を受けるのはまさか右手首のみではない。彼女にとっては永劫《えいごう》とも思われたであろう分《ふん》単位の釘打ちは、しかしそれが終わるや否《いな》や――同様の事務的・役人的手続として――直ちに左手首にも実施されるのである。そう、処刑は行政手続だ。

ここで。

重ねてこれは儀典・様式である。彼女は仰《あおむ》けにされ横棒に固定されなければならない。釘打つ箇所は、両の手首の正中神経でなければならない。その金釘は、最大一八cmにわたらなければならない。はたまた細かいことを指摘するなら、彼女が抵抗するとしないとにかかわらず――しないしできないのだが――彼女の左腕をただ単に横棒にあてがってはならない。彼女の左腕を横棒にそって展開するときは、あたかも抵抗・支障があるかの如《ごと》く、わざわざ縄で綱引きのように引き伸ばし、敢えて骨折させて横棒に結《ゆ》わえなければならない。左腕はそのような段取りを踏まねばならない。重ねてこれは儀典・様式だからである。

――両の手首から、残酷なまでに美しい新たな血を、葡萄酒《ぶどうしゅ》の如《ごと》くに流す未春。

すると彼女は、いよいよ自分と一体となった横棒を背負い、無理矢理に躯《からだ》を起こされる。無理矢理に立ち上がることを強いられる。

その彼女が、この幕この場、最後の道行きを強いられるその先は――

とうとう到《たど》り着いた、彼女の受難の終着地。

とうとう邂《めぐ》り逅《あ》えた、六〇kgの縦棒が既に佇立《ちょりつ》している、骸骨《されこうべ》の丘の一等地だ。

彼女が罪人として背負ってきた横棒は、ここで縦棒と一体になる。

だから彼女は今、彼女の受難を締めくくる、彼女の十字架と一体になる。

……上原良子らの言う『第11フェイズ』のクライマックスだ。

無理矢理に持ち上げられた彼女は、彼女の横棒は、彼女の罪状《ざいじょう》書《が》きとともに、縦棒に組み合わされ結わえられ、あるいは打ち付けられる。手首の激痛にいよいよ悲鳴を上げる気力も尽きたか、声にならない悶ぎを漏らすのみであった彼女を最後に絶叫させせるのは……最後に固定しなければならない部位への釘打ちである。

「ああっ――!!!!　ああっ、ああっ――!!!!」

「両足《ペデース》」

今、地に対して垂直となっている東都未春は。

やはり、無理矢理に両の脚を揃《そろ》えられくの字に折り曲げられ。

それらを、彼女の十字架の縦棒にあてがわれ。

左の足・右の足を纏《まと》めて一体のものとして。

両方を一度に刺しつらぬく態様で、最後の釘打ちをされるのだ。

無論、やはり一八cmはあろうかという金釘と、無骨で凶悪な金槌によって。

そして御丁寧《ごていねい》にも、彼女が激痛により絶叫をしているその内に、縦棒を貫通した長大な金釘《かなくぎ》は、最後の仕上げとして、飛び出た釘先《くぎさき》を念入りに折られ潰《つぶ》されてゆく。律儀《りちぎ》な仕事だ。処刑は行政手続であり、この場合は儀典・様式でもある。神は細部に宿るという訳だ。

「はっ……あうっ、は、あっ……」

――彼女の道行きは今、終わった。

上原良子らの遵守《じゅんしゅ》する儀典・様式はここで終了する。

換言《かんげん》すれば、虐待者の男共による積極的な加害はこれで終わる。

ただ無論、それは彼女に安息をもたらす為《ため》ではない。まさかだ。

虐待者の男共による、だから上原良子による積極的な加害が終わったのは、既にしてその必要が無くなったからである。加害者らが何を為《な》さずとも、今や東都未春への加害と苦痛はまったく自律的なもの――まったく新たな作為《さくい》を要さぬものへと移行している。それはそうだ。十字架刑というのは

『特定の姿勢で磔《はりつけ》にされること』それ自体が自動的な拷問なのだから……

……具体的には。

例えば、磔となった彼女の躯《からだ》を持ち上げる両の手首。釘の三点のうちの二点。

そこでは彼女の自重と釘とが、正中神経に絶えず攻撃を与え続ける。その激痛が止むことは無い。いやそもそも十字架に架かった時点で、重力と自重により肘《ひじ》の関節は外れ、腕は優に一〇cm以上伸びる。まして両肩はたちまち脱臼《だっきゅう》する。かくて全く自律的に、全く自然に、苦痛はその総量を多くしてゆく。

それればかりではない。

例えば、両の手首とともに、彼女の躯《からだ》を支える両足。釘の三点のうちの一点。

両脚は一体化され、不自然なくの字で固定されているから、自重と姿勢を支えるのに無理がある。だが両肩の脱臼により、胸部・肺が下方に沈み下方へ圧迫されるため、それらの位置を正しどうにか呼吸を続ける為《ため》には――ただ単に息を吐き出すだけでも――必死の努力で、足を支えに躯《からだ》を持ち上げなければならない。

ここで鞭打ち刑が利いてくる。

足を支えに躯《からだ》を持ち上げれば、皮も肉も骨も非道《ひど》い在《あ》り様《さま》になっている背中を、十字架の縦棒に擦《こす》り付けることになるからだ。

このとき、擦り付けるのがたとえ絹であっても、激痛を与えるに充分だが……十字架はまさか絹製ではない。十字架は罪人の処刑具たる木材ゆえ、その外表が丁寧に削り上げられ均《なら》されていよう筈《はず》もない。すなわち、彼女はただ単に息を吐き出すだけでも、その致命的な背中の怪我を、鑢《やすり》で削り上げる様《よう》に、自分自身で痛めつけなければならない。自分自身で、呼吸のための上下運動を続けなければならない。足を支えに躯《からだ》を持ち上げては、足の支えを維持できず蚊弱《かよわ》く沈む、酷《むご》い上下運動を続けなければならない……
語弊《ごへい》を恐れなければ彼女は、多数者の眼前で、糞尿《ふんにょう》をも垂れ流す全裸の尺取り虫《しゃくとむし》となることを強いられるのである。さもなくばたちまち窒息《ちっそく》する。ましてそれも全く自律的な、全く自然な自発的拷問だ。虐待者どもがただ見守っているだけで、彼女の苦痛の総量は、彼女自身の努力により更に多くなってゆく。

無論、それればかりではない。

例えば、呼吸困難と大量出血。それはそれ自体、頭部や腹部の動脈を痛めつけ、発熱や意識混濁《こんだく》はおろか、激甚《げきじん》な口渇感《こうかつかん》・脱水症状をもたらす。酸素不足は低酸素血症《ていさんそけつしょう》に直結し、血中の炭酸ガス濃度が上昇する。これにより『頭痛・錯乱・昏迷《こんめい》』といった精神症状が惹起《じゃっき》され、よってますます呼吸のための『姿勢維持が困難』となり、よりいっそう『低酸素の状態』になるという、理想的な悪《あく》循環《じゅんかん》が完成する。また目眩《めまい》・痙攣《けいれん》といった身体症状も惹起されるほか、いよいよ心拍異常、果ては心臓の圧迫といった身体症状も生じてくる。行き着く先は、物理的に心臓が破裂してしまわないのなら、必然的に窒息死だ。それもまた、完全自律の、罪人自身の自発運動によるオートマチックな現象である。

そう。

十字架刑の本質は、苦痛と窒息死にある。

ましてその執行を、罪人自身にこそ完成させる工夫にある。

加うるに、格別の慈悲《じひ》をもって罪人の脚が折られない限り――だから格別の慈悲をもって罪人の呼吸を止めてやる介入が為《な》されない限り――この処刑具上の苦痛は、なんと二四時間、四八時間といった、日《ひ》単位で継続させることもできるのだ。

もし、上原良子らの目的が『苦痛の自己目的化』であるのならば。

もし上原良子が、例えばこの東都未春に命令をした如《ごと》くに『生きている限り、どのような苦痛も厭《いと》わずに耐える』ことを求めるのであれば。

……十字架刑ほどその手段としてふさわしい拷問は無いであろう。

十字架刑ほど肉体的苦痛・精神的苦痛を与えられる拷問は無いであろう。

しかしここで。

物語上自明なとおり、上原良子らの目的は純然たる『苦痛の自己目的化』とは言い難《がた》い。

上原良子らは『特定の態様《スタイル》を持った』苦痛の自己目的化に固執《こしゅう》しているからだ。

ただ、事ここに至れば。

当該《とうがい》『特定の態様《スタイル》』が何なのか、何を踏襲《とうしゅう》し模倣しているかは、最早《もはや》語るに及ぶまい。

そして今、実際に――

常人《じょうじん》の理解も限度も超越した激甚《げきじん》な苦痛を耐え忍んでいる、東都未春は。

いよいよその瞳を、最終的に〈変容〉させつつある。

既にして十字架に架かる前、未だ明瞭とは言えぬまでも、ヒトの瞳ならざるものへ変容し始めていた彼女の瞳は、今とうとう明瞭なかたちで、ヒトの瞳を圧倒的に超越した何かになっている。まるで、ヒトとは違うイキモノの瞳の如《ごと》くに。

その超越性を、ヒトの言語によって形容する術《すべ》は無いが……

どうしてもと言うなら、それは、違う世界を目撃する瞳。

この地上でない何処《どこ》かを、確実に目撃し認識している瞳だ。そうとしか言い様《よう》がない。

そうとしか形容できないし、今《いま》彼女の瞳を現認《げんにん》したなら、誰もが激しく同意する筈《はず》だ。

魅入《みい》る者の精神をとろけさせ……いやそんななまやさしいものではない恍惚感《こうこつかん》・陶酔感《とうすいかん》さえ惹起《じゃっき》させる、この瞳。それを一瞥《いちべつ》するだけで、誰もが異論を唱えない。唱えられはしない。それはヒトに、大いなる何かを……絶対なる何かを確信させる瞳。

　証人の瞳だ。

　そしてそれこそ、『特定の態様《スタイル》を持った苦痛の自己目的化』の結果であり効果である。

――上原良子らは当該《とうがい》『特定の態様《スタイル》』、いや当該《とうがい》特定の『歴史的・宗教的』態様《スタイル》の結果と効果とを知っている。無論、彼女の桜瀬《おうせ》医科大学附属《ふぞく》女子高等学校開闢《かいびゃく》以来……いや開闢《かいびゃく》以前から知り尽くしている。それはそうだ。上原良子がこの桜瀬女子を開学したのはこの瞳の為《ため》。より正確を期せば、彼女が若くして産み若くして失った娘、上原紗良子《うえはらさよこ》が死に臨《のぞ》んで発現させたこの瞳の為《ため》である。そう、上原良子は証人にはなれなかったが、証人の証人になる恩寵《おんちょう》を賜《たまわ》った。神に許された者・神に招かれた者がいたことの、絶対確実な証人になれた。何故と言って、彼女はこの瞳を目撃したばかりか、証人たる娘から、絶対確実な証言を聴いたからである。


　〝なんて美しいこの旅路〟

　〝たったひとつの、私の願い〟

　〝見えるわお母さん、ここよ、私は入ることを許可された、ここに〟

　〝ああ……終《つい》にとうとう!!〟

　〝それはね〟


……上原紗良子の歌うような証言は、約一分間にわたった。だから上原良子は証人の証人になれた。証人の証言を徹底して信用できた。

　この世の因果関係には意味があるのだ。

　そこには絶対者の意図があるのだ。

　詰まる所。

　ヒトが何処《どこ》から来て何処《どこ》にいて何処《どこ》へゆくのか。そこには絶対確実な答えがあるのだ。

この世界の、ヒトの、生きとし生けるものの、それが最大最終の秘密……

上原紗良子はその実在を知った。紗良子は其処《そこ》へ入ることを許可されたのだから。

しかし紗良子の証言の、最後の一幕は……

そう当時も今も、上原が何を犠牲にしてでも知りたいと渇望する、最後の答えは。

……神の気紛《きまぐ》れか懲罰《ちょうばつ》か、上原にはとうとう物語られなかった。物語上自明なとおりだ。

ならばそれは、物語られなければならない。証言されなければならない。

隠されたままと言うのなら、開示させなければならない。

門扉《もんぴ》を閉ざすと言うのなら、こじ開けなければならない。

招き入れないと言うのなら、侵略することさえ厭《いと》わない……

……どのような不正な手段に訴えても。

その為《ため》にこそ。

上原良子は桜瀬女子《おうせじょし》を開学し、破廉恥《はれんち》かつ背徳的《はいとくてき》な悪謀《あくぼう》の限りを尽くしてその瞳を求めた。ヒトの世界のその先が見える瞳を。だから、ヒトの世界に証言と福音《ふくいん》をもたらす瞳を。三〇年余《よ》にわたって。

優に一〇〇人以上の女子生徒を被験者に……生贄《いけにえ》にして。

そして今。

例えば東都未春は、その瞳を発現させている。上原紗良子とまるで一緒の、奇跡の瞳を。

人為的には『特定の態様《スタイル》を持った苦痛の自己目的化』によってしか獲《え》られぬ神秘の瞳を。

そう。

絶対者に選ばれ、絶対者によって招かれない限り、最後の秘密を知るにはそれしかない。

必要なのは、ヒトの知るかぎり、世界で最も悲壮にして最も偉大な自己犠牲の苦痛。

二〇〇〇年前のその苦痛と受難《じゅなん》を再現することのみによって、ヒトは絶対者に最も接近することができるのだ。絶対者の領域を、侵略することができるのだ。少なくともそれが、上原良子の知る唯一の術《すべ》であり、三〇年余《よ》にわたる実践と実証に裏付けられた確実な手段である。ましてそれは、今年の四月七日の卒業夜祭《やさい》においてもまた——過去最大級の実績とともに——実証されている手段である。

それはそうだ。例に挙げた東都末春のみならず、中村初音、南雲夏衣、西園千秋、北条冬香そして時村流菜によって、そう彼女らの変容によって、上原良子の不正な手段が正しいことは、今年もこの上なく実証されている。

まして今。

確定的に瞳を変容させた東都末春は今、自己犠牲の最果てにある恍惚《こうこつ》と陶酔《とうすい》と昂揚《こうよう》からか、感極まった如《ごと》くに絶叫した。それもまた歴史的・宗教的再現であり、要は上原良子の脚本・演技指導のとおりである——

「ああ神様、Eli, eli, lema sabachthani……!!」

[ああそれは止めて頂戴、ポニーテイルさん]

——あまりにも突然に、東都末春の脳裏で、東都末春にしか聴こえない言葉が響いた。

彼女の恍惚と陶酔と昂揚、そして悲壮極まる受難をまるで意に介さない、実にしれっとした少女の声が。ただその声は彼女にしか聴こえない程度の声量だったし、まして彼女の周囲に、まさか少女の姿などありはしない。周囲にいるのは引き続き、上原良子の俗吏《ぞくり》にして拷問者たる男共のみである。

その声は、周囲の様子に安堵《あんど》したかの如《ごと》く、微妙に口調を強めつつしれっと続く——

[どうかそれは止めて頂戴。その決め台詞《ゼリフ》、あんまり真に迫っちゃうと私、とても困るの。特別勤務として、大地震を起こしたりゲリラ豪雨をふらせたり、何処《どこ》かの壁をボコったりしなくちゃいけなくなるから。

あれ、末端《まったん》の実働員《じつどういん》でヒラとしては、諸々《もろもろ》面倒で厄介《やっかい》な重労働なのよ]

「……あ、あなたは⁉」一瞬にして東都未春の瞳が世俗のものに転じる。「この声は⁉」

「先《ま》ずは静かにして、お願い。

そして私は、そうね……。

彼女の唇に透明な人差し指を当てた天使はひと刹那《せつな》だけ、何かを恥じる様《よう》に言い澱《よど》んで。

「……たぶん〝友達〟でよいと思う。

お願いしたいことがあるから今、脳に所要《しょよう》の治療をしてあげる。

姿勢や躯《からだ》の負担も、コッソリ楽にしてあげるわ。

貴女《あなた》にとっては衝撃的ながら、今夜の虐待行為のこと、全部思い出せる様《よう》になる筈《はず》よ。

といって、誤差領域《ごさりょういき》の記憶の方は消えていないし消されていないのだから、私と私の力は無論、憶えているでしょう?」

未春もやはりひと刹那《せつな》だけ、蜉蝣《かげろう》の羽《はね》の如《ごと》くに浮かんだ、霧絵のシルエットを見出した。

それがまた、夏の氷のように消えとけたとき。まるで、そのリズムに同調するかの様《よう》に。

未春の戒《いまし》めは秘かに解かれ、それらしき外観のみを残して無力化され。

未春のあらゆる傷は癒《い》え、未春のあらゆる苦痛は搔《か》き消える――

未春の脳機能もいわば解毒され、正常化する。だから。

(は、ハッキリと思い出せる……今はハッキリと思い出せる!!　全部!!

なんてこと。

先刻《さっき》、また見始めていた霧絵の世界のことは当然、憶えているけど……

今までどうしても思い出せなかった、この異常者の変態どもの卒業夜祭《やさい》も思い出せる!!)

「ポニーテイルさん、気持ちは解るつもりだけど重ねて静かにね、お願いよ」

「だけど霧絵!!」

［初音たちを救いたかったら、黙って私に力を貸して頂戴。

私が考えるに、どうしても貴女《あなた》でなければできない、とても大事なミッションがあるわ］

II

同夜。

時刻は、地上に降臨した天使が東都未春と接触し、諸工作を開始した一時間ほど後。

場所は、桜瀬女子《おうせじょし》本館地下二階。

くだんの、隠微《いんび》にして破廉恥《はれんち》な保健室群《ぐん》のうち〈第14保健室〉。

残酷なまでに明晰《めいせき》な白と、合理性のみを指向した黒に統《す》べられた、医療機器等に充ち満ちている巨大な室。これは言うまでも無いが、終《つい》に瞳を変容させるに至った被験者が即刻《そっこく》搬入される、実験室にして救急処置室にして取調べ室にして独房――その一室である。

今現在、ここ〈第14保健室〉に存在する者は三人。

陰謀の首魁《しゅかい》たる上原校長、国家の代理人にして監視者たる露村内閣情報官、そして……

既に二度目の〈変容〉に入り、かつ、地上世界での目覚めを終えた、西園千秋だ。

当然、被験者たる西園千秋は、先に東都未春について詳細に見たのと同様、想像を絶する苛酷《かこく》な受難を強いられている。その肉体的・精神的状態はまさに満身創痍《まんしんそうい》以上である。だがしかしそれは――

陰謀者らにとって――必要欠くべからざるシークエンスの結果に過ぎない。まして陰謀者らはまさか西園千秋の死亡を乞《こ》い願っている訳ではない。まさかだ。したがって満身創痍以上の、しかも全裸同様の西園千秋は、ここ第14保健室へ搬入されるや否《いな》や、現代医学の粋《すい》を尽くした救命救急医療を施されている。それが、先刻まで情容赦《なさけようしゃ》なく施されていた受難《じゅなん》とはまるでさかしまの『一分一秒でも長い存命の自己目的化』であることは、陰謀者らにとって全く無矛盾なことだ。だが言葉の厳密な意味において命を玩具《オモチャ》にされている西園千秋にとっては、無矛盾どころか不合理の極み、いや人面獣心《じんめんじゅうしん》の極みにして唾棄《だき》すべき人道に対する罪である……もし彼女が陰謀者らの行為を記憶し続けられるのであれば、だが。

とまれ、西園千秋は彼女専用の〈第14保健室〉にいる。

諸々《もろもろ》の機器を備え、諸々の機器に接続された、診察ユニットに半座位《はんざい》で置かれている。

今夜かつて見た〈第11保健室〉における中村初音の如《ごと》くに、ほぼ全裸で置かれている。

微妙な差異は、あの醜悪《しゅうあく》かつ凶々《まがまが》しい、巨大な被験者用のヘッドセットが用いられていないことだ。それはそうだ。今《いま》最も重要なのは被験者の生の顔・生の瞳・生の唇であり喉の動きである。その観察であり、より具体的には彼女の意思・言葉・発声の記録である。だから彼女の髪は、顔が露出するかぎり適当に放置されているし、だから彼女の表情は、陰謀者にとってこの上なくクリアである。

その瞳は無論、既にヒトのそれではない。

ここで再論だが、①『特定の態様《スタイル》を持った苦痛の自己目的化』により瞳を変容させ、②陰謀者らが言うところの〈変容《ゾーン》〉に入った被験者は、③〈目覚め〉をして、④地上世界での自発運動を開始する。それは被験者が、天使が言うところの〈誤差領域《ごさりょういき》〉への『魂のアップロードを止《や》めた』ことを意味する。

だから、自発運動が開始される。だから、一定のコミュニケーションが可能となる。

だから……理想的なパターンとしては〈発話〉〈証言〉が可能となる。そう、理想的なパターンとしては。その詳細は、上原良子が露村情報官に授業をしたとおりである。

——事実、今。

悪事と悪人にとってはさいわいな事に。

ここ第14保健室を専用の病室とする西園千秋は、終《つい》に自発運動としての〈発話〉を開始するに至った。これが、ここ第14保健室から既に、白衣の研究者その他の実働員が排除されている所以《ゆえん》である。それはかつての、今夜第一の犠牲者とも言うべき空川風織《そらかわかおり》の場合と同様だ。これまた上原良子の授業どおりであるが、学校創立以来の校則により、被験者の〈証言〉を聴取し確認できるのは校長のみ。それはそうだ。物語上既に自明だが、〈証言〉こそはこの世界における最大最終の秘密、この世界を終わらせ得る秘密なのだから……

「私の声が」その上原校長は淡々と問うた。「聴こえる？」

「……は、はい校長先生」西園千秋は夢見るような、しかし何処《どこ》か恐怖を感じさせる陰翳《ニュアンス》をもって答えた。「き、聴こえます」

「貴女《あなた》は誰？」

「被験者識別番号・GW－R10－134PS004です」

「貴女《あなた》の任務は？」

「校長先生の指揮監督を受け、その御命令にしたがうことです」

「ありがとう。ではその結果を教えて頂戴《ちょうだい》」

本人確認と忠誠確認のプロトコルが終わり、西園千秋もまた、かつての空川風織の如《ごと》くに、彼女が上原良子の尖兵《せんぺい》、侵略の先陣《せんじん》として〈目撃〉したことを物語ってゆく。とても大きな川。とても長い川辺。どこまでも続く桜堤《さくらづつみ》。舞い散る桜吹雪……

「またそれか!!」露村内閣情報官は直截《ちょくせつ》かつ無遠慮に詰《なじ》った。「まだそれか!!」

「――情報官」上原良子は静かにしかし強烈に叱責《しっせき》する。「強く警告しておく。不規則発言は断じて許されませんよ」

「だがしかし校長!!」

「私には貴方《あなた》の身柄を拘束する権限さえある。また、権限はないけど海に沈めるのも厭《いと》わない。この殺所《せつしよ》で私を妨害することは二度と許さない……」

そう、ここが殺所《せつしよ》である。もし西園千秋の魂のダウンロードが無事完了していないとすれば——そう彼女が空川風織のような末路《まつろ》をたどったとすれば——上原良子に許された時間的余裕は、実に数秒ないし数分でしかない。

「——さあGW－R10－134PS004。貴女《あなた》がすべき報告を続けて頂戴。例えば貴女《あなた》は、その大きな川を渡れましたか？」

「いいえ、渡れませんでした」

「川を渡ることは、貴女《あなた》にとって何を意味しますか？」

「それは私の使命……校長先生の絶対の、最大の御命令です」

「結構」

——西園千秋は生来、ユーモラスで天然とも言える性格をしているが、〈発話〉〈証言〉の段階で、彼女のそのような性格が発揮されることは無い。〈目撃〉したものの意味内容を正確かつ厳密に物語れるよう、彼女は徹底して調整され条件付けされているからだ。

「ならば何故、それが実行できなかったの？」

「厳しく警告され、禁じられたからです」

「禁じられた——それは誰に？」

「天使にです」

「天使は何と言って警告をしたの？」

「確か……もし私達ヒトが川を渡ろうというのなら、躊躇《ちゆうちよ》も容赦《ようしや》もなく殺す、弁解の暇《いとま》も与えずに即刻殺すと言って警告をしました」

「天使自身がそうすると？」

「はい。ただ天使は凶暴で獰猛《どうもう》な怪物を使役《しえき》していて、それは侵略者を直ちに殺戮《さつりく》する自動機械だとも言っていました。実際、私達は幾度も複数の怪物に襲撃されました」

（成程《なるほど》、引き続き念の入ったことね――）

上原良子は、養護教諭にして首席研究員の熊谷《くまがい》がバインダに綴《と》じたカルテを、迅速に精査しつつ状況を整理した。被験者総員の、状況開始からのステータスを一覧にした、あの午前三時三〇分のメモ、それを見遣《みや》りつつ、被験者各人のした〈発話〉を想起してゆく。

（――報告の明瞭性に、未だ難《なん》があるが。

しかしどのみち、例の世界のカウンタープログラムは至極《しごく》万全に稼動《かどう》している）

それは既に被験者全員が報告してくれている事だ。そう、今の西園千秋自身も。

要するに、西園千秋の今の報告は既知《きち》のしかも悲報である。あの世界の在《あ》り様《よう》も含めて。

だがしかし……

（これまでのこの娘《こ》らの〈発話〉を、総合するに。

この三〇年余《よ》で初めて、門を守る天使が、能動的に接触を試みてきた……

それも、侵略者たるこの娘《こ》らと親しく懇話《こんわ》するかたちで。選《よ》りに選《よ》って、殺戮《さつりく》すべき外敵と。

……これは未知の現象。まして、この娘《こ》らが即刻・全員処刑されていない事実からして、必ずしも悲報とは言えない。この未知の現象、これを突破口にする余地は無いものか？）

「ですが、校長先生……」

「何？」

「川を渡ろうとしない限り、天使自身は、私達に危害を加えないとも言っていました」

「――より具体的に」

「天使はそもそも、ヒトを殺すとか怪我させるとか、そうしたかたちで物理的な力を使うことができないし、それは天使の本能でもあれば、厳格に命令されていることだとも説明していました」

「だから、自動機械によってヒトの処刑を行うということ？」

「川を渡ろうとしない限り、そういうことになります」

「……天使は何故その様《よう》に、自らの機能あるいは弱点を貴女《あなた》に説明したのかしら？」

「それは私には解りません……でも」

「でも？」

――物語上自明なことだが、西園千秋は少なくとも数学の天才であり、よって直観的思考にも推論的思考にも恵まれている。それはこの場合、内心の期待値を上げつつある上原良子にとって、思いがけぬ僥倖《ぎょうこう》となった。他方、今某所《ぼうしょ》でよからぬ謀《たくら》みを実行している霧絵にとっては、許容《きょよう》可能ながらも嘆息《ためいき》の出る痛恨事《つうこんじ》である。すなわち。

「でも……私の想像が正しければ、天使はその説明を、強いられたのかも知れません」

「――強いられたというと？」

「天使と会話をしていて感じたんですが……いえ天使自身、不自由だとか本能だとか厳しい命令だとか、そんな様《よう》なことを愚痴《ぐち》っていたんですが……天使は、私達に説明をしたくて説明をした感じではなかったんです。何かの命令、何かの本能、何かの不自由さで、天使自身の意思にかかわらず詳細な説明を強いられた……私はそのように感じましたし、実際、流菜はその理由を見切って、天使をある程度、能動的に動かしていたと思います」

「時村流菜が？」

「はい校長先生。流菜は天使の秘密を知った。確信した。私が観察する限り、それはほぼ確実だと思います」

「……他には誰か、その理由を解明できた者がいて？」

「私が[illegible]する限り、いないと思います。[illegible]だけです」

昂揚《こうよう》しつつある上原良子の心に、黒い染みが落ちた。選《よ》りに選《よ》って時[illegible]は。この西園千秋の枢要《すうよう》極まる報告が、あと二時間いやあと一時間早ければ——しかし上原良子[illegible]している時間がない。西園千秋は既に三分以上にわたって発話しているのだから。それが理想的なパターンを踏んでいないとするのなら、事態はもう臨界点を迎えている……

「ならば、天使に詳細な説明を強いることができたその理由は？

天使をある程度、能動的に動かせたその訳は？

——時村流菜がほぼ確実に見切り、貴女《あなた》が想像・推測をするその天使の秘密とは？」

「はい校長先生。

天使は私達ヒトに危害を加えられないのと同様、あたかもじゃんけんの様《よう》な力関係[illegible]よって、もし私達ヒトが」

「——じゃんけんだと!?」

突飛《とっぴ》な言葉を受け思わず不規則発言をした内閣情報官は、結果として上原良子の、日本国の、いやヒトの世界の命運を分けた。露村情報官の割込《わりこ》みがなければ、西園千秋は文章を言い終えるか、少なくとも肝腎《かんじん》のあと三文節を声にすることができたであろう。流石《さすが》の霧絵も、もし此処《ここ》にいたなら思わず胸を撫《な》で下ろしたに違いない。そう、只今《ただいま》の西園千秋の報告こそ——川の対岸に関する〈証言〉とは言えぬまでも——強引に渡河《とか》をして門をブチ破る武器となる、侵略者垂涎《すいぜん》の新事実であった。過去最大級の成果、と断じてよい程《ほど》の。そして無論、これは西園千秋であろうが上原良子であろうが露村成泰であろうが、ヒトを殺害することのできない霧絵にとって、座して西園千秋の喋《しゃべ》るがままにするしかない、致命的・危機的状況であった。だがしかし、引き続き某所《ぼうしょ》でよからぬ謀《たくら》みを実行している霧絵は今、確実にその致命的・危機的状況を脱したのである。何故と言って。

(悪い予感ほど、当たるもの……)

……上原良子が薄々察知し、始終憂慮《ゆうりょ》していたとおりに。

う

西園千秋は無言になる。

蜉蝣《かげろう》の羽音の様《よう》な、蚊《か》の鳴く様《よう》な、とてもとても儚《はかな》い、刹那《せつな》の悲鳴を一声《ひとこえ》発して。

あまりにも突然に、誰の介入も作為もなく、その眉間《みけん》に穴が開《あ》く。

まるで弾痕の様《よう》な、彼女の頭部をキレイに貫通する穴が、穴だけが瞬時にできる。

当然、彼女の脳は不可逆的《ふかぎゃくてき》に破壊される。

そして奇妙な暇《ま》を置いて、彼女の眉間のその穴から、クリムソンレーキの血潮が流れる。

冷厳な診察ユニットの上で最後にコトリ、と小さく頭を傾《かし》げた彼女の死亡は、上原良子の医学的知見を働かせるまでもなく、既に自明なことであった。

「これは——」露村情報官は喘《あえ》いだ。「——先の、あの空川風織と一緒の!!」

「そのようね」上原校長は憤怒《ふんぬ》を殺すべく瞳を閉じた。「死亡プログラムよ」

「すなわち、西園嬢《じょう》は例の世界で今《いま》絶命した……」

「そうなる。ゆえに例の世界から、魂のダウンロードをすることができなかった。

この死亡の様子からして、多言《たげん》を要しないけれど——

彼女が遺言を残せたのは、地上世界での自分を削除する、数秒ないし数分の自律的な死亡シークエンスが開始されたからよ。まさか例の世界から生還したからではない。そう、無残に斬り刻まれ虐殺された、可哀想な空川風織同様にね。

すなわち我々は、またひとり貴重な被験者を失ったわ。いえ、とびきり貴重な被験者を」

「……この死に方。空川風織の時とは著しく異なるが。まるで射殺されたかの様な」

「私も初めて目撃する態様《たいよう》だけど、ヒトにできることは天使にだってできるでしょうね。ましてや今《いま》重要なのは死の態様などではないと思うわよ？　貴方《あなた》が何をしたか、解って？」

「だ、だがしかし上原校長、彼女の言葉はあまりにも!!」

「彼女の遺言はまこと決定的なもの……決定的なものだった。

狼狽《ろうばい》してトチ狂った成泰《しげやす》君が、あと一〇秒程《ほど》、突飛な相槌《あいづち》を我慢できていたならね」

「そ、それについては確かに……ただあのような状況では!!　私ならずとも誰とて!!」

蛇とも鵺《ぬえ》とも政治的妖怪とも評される内閣官僚、内閣総理大臣のスパイマスターはしかし、その常態《じょうたい》とする粘着的な陰湿さも冷血さも放擲《かなぐ》り捨てて自己弁護を開始した。露村は上原の監視者ではあるが、監視者自身が盤面《ばんめん》を引っ繰り返して勝負を、いや戦争を滅茶苦茶《めちゃくちゃ》にしたとあらば、情報官僚たるのメンツ以上に、官職も俸給《ほうきゅう》も命も危うい。重ねて、四月七日の卒業夜祭《やさい》は、日本国を出資者とする日本国直轄の最重要プログラムである……

「い、いや弁解は見苦しいが、しかしこの荘厳な受難劇《じゅなんげき》において、あまりにも突飛な言葉だったとは思わないか？　まさかいきなり〝じゃんけん〟だなどと!!」

「突飛だからこそ傾聴《けいちょう》の価値があったんじゃないの……」上原良子は今更ながら素人の立会《りっかい》を許した自分を悔いた。しかしこの荘厳な卒業夜祭においては、それこそ後の祭りである。「……当該《とうがい》、じゃんけんなる語句。あるいは、天使に詳細な説明を強い得ること。あるいは、天使をある程度能動的に動かせること。さて我が国最高峰最上位の情報官僚さん、これらの情報から導かれる分析・解釈は？」

「分析も解釈も何も、圧倒的にデータ不足だ」しかし流石《さすが》に失態を恥じたか、露村情報官は官僚らしからぬサービス精神を発露した。「ただ臆断《おくだん》と個人的感想でよいのなら……西園千秋は『天使の秘密』

なる言葉も遣っていた。『何かの命令』『何かの本能』『何かの不自由さ』とも。これらから察するに――天使自身にもままならぬ何らかの特殊事情により、天使がヒトの要望を容《い》れなければならなくなる。そんなルールが例の世界では働くのかも知れん」

「端的《たんてき》には、特定の要件を満たせば、一定程度天使を望むように動かせると？」

「そうなろう。重ねて臆断と個人的感想だがね。

だが圧倒的にデータ不足たる所以《ゆえん》は、当該《とうがい》特定の要件も、当該《とうがい》一定程度の範囲もまるで解らん点にある。天使のルール／絡繰《からく》り／プロトコルがもう幾許《いくばく》か解明できん事には……それさえ叶《かな》えば、生存被験者の条件付けを再調整することなど児戯《じぎ》ゆえ、いよいよ天使をして渡河《とか》を認めさせ、門を開《ひら》かしむる事とて可能になるかも知れん。だが現状では……

まさか『天使とじゃんけんをして勝つ』なるまこと牧歌的な要件ではあるまいしな!!」

「まこと、悔やまれるわねえ」

「せ、生存被験者の、爾後《じご》の健闘に期待しようじゃないか……ええと残余《ざんよ》は確か」

「四人」

「第18保健室の生徒は？　使えないのかね？」

「生存を確認してはいるけれど、とても再調整できないわ。そもそもそういう脳をしていないのよ。まさか一晩でそうなる筈《はず》もなし」

「期せずして転がり込んだ貴重な新人だというのに、勿体《もったい》ないことだ。ならば生存被験者の目覚めは？」

「さほど遠くないと考えるわ。

今現在、空川風織と西園千秋以外に、例の世界で殺された娘《こ》はいないしね」

「成程《なるほど》、殺されていれば既に学校へ帰って来ている――いや既に死亡プログラムが開始されている訳だ、今のこの娘《こ》の様《よう》に」

「そして今年の特異事項として、天使にはどうやら侵入者を即時処分する意図が無い……ならば生存被験者が無事、魂のダウンロードに成功し、〈目覚め〉〈発話〉をしてくれる確率は大。そう思うしかない。乞《こ》い願《ねが》わくは、不遜《ふそん》な我々に『天使の秘密』の実情を物語ってくれんことを」

「……私の不規則発言については」

「ええ、総理には黙っておきます」

「持つべきものは、美しき学友だ」

「そう、必要なのは寡黙《かもく》な学友よ」

「……解った、以後は努めて慎む」

――西園千秋の死亡が確認された、こののち。

物語上自明であるが、中村初音ら生存被験者は再び地上で〈目覚め〉をし、所要《しょよう》の報告をすることとなる。上原校長と露村情報官は、時村流菜が確信し西園千秋がまさに語ろうとしたその〈秘密〉をこそ解明しようとしたが、しかしながら、生存被験者の誰もそれを物語れはしなかった。

よって、生存被験者について更なる〈受難〉が開始され。

やがて、生存被験者はまた陰謀者らの為《ため》、誤差領域に侵入することとなる。

――ただ。

桜瀬女子《おうせじょし》史上、最大級の被験者を処理してゆくこの大規模オペレーションの最中《さなか》。

いつしか保健室群《ぐん》から書類が一枚紛失していることに、陰謀者の誰もが気付けなかった。

いつしか地上校舎に窃盗犯が侵入し、所要《しょよう》の備品と私物をくすねていったことにも、だ。

Ⅲ

……私は来た。

ううん、私はまた来た。

ここ〈誤差領域〉の記憶は消えない。

ここに到《たど》り着く前の、あざやかにすぎる透明な一陣《いちじん》の風も。

恐ろしい程《ほど》の昂揚感《こうようかん》・酩酊《めいてい》・陶酔《とうすい》も。

だから性的とも言える、全てと引き換えにしてかまわない恍惚感《こうこつかん》も。

(そして必ず流れ落ちる、左瞳《ひだりめ》からの大粒の涙も……)

……私は、川辺の草々の上に寝崩《ねくず》れていた躯《からだ》をわずかに起こしつつ、その涙を拭《ぬぐ》った。

なんて美しいあの旅路。たったひとつの、私の願い。それを惜《お》しむかの様《よう》に。

あるいは、どうしても忘れさせられてしまう、ここに来る直前の記憶、そして私の使命なるものの記憶。それを手繰《たぐ》るかの様《よう》に、私は涙をごしごし拭った。

(……けれど、これは三度目の旅だ。まして、誤差領域での記憶は消えない)

だから当然、ここが何処《どこ》かも分かれば、ここを統《す》べる霧絵さんのルールも解る。

むろん当然、これまでこの誤差領域で何が起こってしまったのかも思い出せる。

すなわち。

一度目の旅、霧絵さんからすれば一度目の侵略のとき、私達桜瀬女子《おうせじょし》の迷子仲間は七人いた。そして三年三組の空川風織が、侵略者として、霧絵さんの自動機械に斬殺された。

二度目の旅、霧絵さんからすれば二度目の侵略のとき、私達桜瀬女子の迷子仲間は六人いた。そして三年二組の西園千秋が、霧絵さんの意によらず、蛇によって射殺された。

（迷子仲間で生き残っていたのは東都未春、南雲夏衣、北条冬香、時村流菜そして私。

またもや私同様、三度目の旅をへて、ここに魂をアップロードさせるのだろうか？）

……ただ、躯《からだ》をわずかに起こした私が四方《しほう》を見遣《みや》るに、私以外のヒトはいない。迷子仲間は誰もいない。ましてこの〈誤った遷移先《せんいさき》〉は引き続き、侵略者の処刑場とは思えないほど牧歌的だ。美しく零《こぼ》れくる、ガラスの如《ごと》き不思議な質感ある光。パステルの色調と花吹雪《はなふぶき》のヴェール。無窮《むきゅう》の青空、無窮の川、無窮の草原、無窮の桜堤《さくらづつみ》……もう三度目の闖入《ちんにゅう》なので、やや桜の花吹雪が強くそして春霞《はるがすみ》が濃いとは思えたけど、今更《いまさら》私を吃驚《びっくり》させるものはない。ましてこの空間は『閉じている』。川沿いに最長四km弱の空間が、ループしているだけ。だから迷子仲間が既に出現し、あるいはこれから出現しようというのなら、どのみち確実に合流できる。

（ただ、どのみち合流するのなら、無為《むい》に座って待っているのも莫迦莫迦《ばかばか》しい）

それに、この〈誤差領域〉では死者さえ出ている。二人も出ている。物騒《ぶっそう》極まりない。

どのみち合流するのなら、誰が出現して誰が出現しないのか、はたまた誰が無事で誰がそうでないのか、早めに確かめた方がいい。霧絵さんの言葉を信じるなら、もう私達があの自動機械に殺戮《さつりく》されることは無い筈《はず》だけど……

（霧絵さんの支配下にある其方《そっち》は別論、どうやら蛇の方は、突然にしかも無意味に、私達を虐殺するみたい。というか、既にその実績がある。

なら霧絵さんが降臨するまで、集団力が在った方がいいわ）

——私はいよいよ身をしゃんと起こし、立ち上がって大きな川沿いに歩き出した。

気の所為《せい》か、だんだん、桜の花吹雪がより強まり、春霞がより濃くなってゆく様《よう》。

そして気の所為《せい》でなく、もうすっかり、二度目の闖入《ちんにゅう》時に急造された『トイレ』も『お風呂』も消失している。それはそうだ。霧絵さんが断言していたこの誤差領域のルールどおり。すなわち、侵入者の全員がここから削除されれば、この世界はリセット・初期化され、あらゆる改変・変更は強制的に〈初期設定〉にもどる。ホントはもう少し詳細なルールだったかも知れないけど、取り敢えず今はどうでもいい。取り敢えず何方《どっち》の施設にも用は無い上、用があったとして、霧絵さんさえ出て来てくれれば秒単位で建設可能だから。

そんなことを確認しながら、私はテクテクと川沿いを歩いた。

方向感覚と時間感覚と距離感覚を働かせつつ、過去二度の『侵入』の記憶を顧《ふりかえ》る――

（重ねて、誤差領域での記憶は消えないからよく思い出せる。

思い出してみると、不思議なことが幾つかある。思い付くままに挙げれば）

不思議なことの、第一。

学校の……上原校長先生の関与。霧絵さんの発言からして（霧絵さんは嘘を吐けない）、私達をここへ侵入させているのは上原校長先生で確定だ。ならそれは何故？　目的は何？

不思議なことの、第二。

それと絡《から》んで、その上原校長先生が私達の記憶を、何やらよからぬ方法で改変していること。これも霧絵さんの断言があったから確定だ。具体的には、上原校長先生は『私達が誤差領域に来る直前の記憶』を私達から奪っている。そんなことが科学的にできるのかどうか私には分からないけど、重ねて霧絵さんの発言に嘘はあり得ない。なら上原校長先生は何故そんな記憶の改変をするのか？　目的は何？

（そう、これについてはかつて夏衣が、そして皆《みんな》が証言していた。『私は痛かった』『ほんとうに激しく酷《むご》い痛みを感じた』『長く長く歩いたときも、その終点に到着したときも、私は痛かった』『ただただ痛かった』『思い出そうとするだけで死んでしまうほど痛かった』等々と……そしてそれは実の所、今の私がよりいっそう強く感じることだ。

やっぱり具体的なことは何も思い出せないままだけど、私自身、瀕死《ひんし》のあるいは死ぬに等しい苦痛を感じた。そのときの絶望感と恐怖を……ううん、正直に言えばそのときの絶望感と恐怖と、しかしそれを超越した恍惚感《こうこつかん》を、今はハッキリと思い出せる。ただ、その感覚以上の具体的な情報なり記憶なりが、まるで厳重に鍵を掛けられたみたいに、どうしても言葉になって上がって来ない、声になって喉から出て来ようとしない……）

……でも、この『厳重に鍵を掛けられた』ような感覚それ自体が、上原校長先生の何らかの作為・介入を裏付けているとも言える。だとすれば、単純過ぎる言い換えだけどそれは、『上原校長先生が私達に知られてはならない何事《なにごと》かを実行している』ことになる。

ましてその秘密の何事《なにごと》かは、かなりの確率で、『上原校長先生が私達を誤差領域に侵入させる』ための手段だ。この推測は確実とは言いかねるけど、私が思うに確実に近い。何故と言って、私達に知られてはならない何事《なにごと》かを実行しているのは、『今夜の卒業夜祭《やさい》開始直後』で、『誤差領域侵入直前』のはずだから。なら直前の何事《なにごと》かの行為は、直後の魂のアップロードに直結している。少なくとも強い影響を与えている。イベントの時系列からして、そう推測するのは無理筋でも強引でもない……

不思議なことの、第三。

それと絡《から》んで、霧絵さんもやはり私達の記憶を改変していること——ううん、この言い方は正確じゃない。何故と言って、嘘を吐けない霧絵さんの断言があったとおり、天使さんにはヒトの記憶を改変する力が無いから。ヒトの精神を繰《あやつ》る能力が無いから。霧絵さんはそう正直に説明する一方、霧絵さんならぬ『この世界のルール』『この世界の能力』についても断言で教えてくれている。大意《たいい》、『天国あるいはこの誤差領域の存立を脅《おびや》かすテロ思想、それに関する記憶は持ち込むのに著しい障害がある』と。そうした記憶を濾過《ろか》して弾《はじ》くのが、この誤差領域の自律的な保安ルールだと。

だから不思議なことの第三は、『この世界が私達に忘れさせているテロ思想とは何か？』ということだ。纏《まと》めれば私達は、①上原校長先生によっても、②この誤差領域によっても、きっとそれぞれに違うかたち／違う目的で記憶を改変されているけれど……①についてはもう考えたしそれ以上考えを進める材料が無い。なら次に②の、この世界がウイルスを弾くように消去する、私達が抱《いだ》いているはずのテロ思想とは何かが問題・疑問になる。甚《はなは》だ問題・疑問になる。理由は言うまでも無い。超常《ちょうじょう》の力を平然と行使できる天使さん、そしてその帝《みかど》たる神様。そもそもそういった存在が、恐れなければならないテロ思想なんてあるんだろうか？　どうやったらヒトが、私達が、天使さんなり神様なりを恐怖させる破壊活動を行うことができるのか？　これについては前回の、二度目の侵入時（千秋が殺されてしまったターン）最終盤《さいしゅうばん》における夏衣の峻烈《しゅんれつ》な言動がヒントになるかも知れない。それは独立して検討する価値があるように思えるから、また採り上げるとして——

不思議なことの、第四。

ちょっとこれまでの謎と毛並みが違うけど、天使たる霧絵さん、誤差領域の最上位個体にして異物殺戮《さつりく》者の霧絵さんが——過去に一〇〇人単位で桜瀬女子《おうせじょし》の先輩を処刑している霧絵さんが——『何故今年の、私達にだけは激甘なのか？』ということ。ここで無論、嘘が吐けない霧絵さんが断言しているとおり、霧絵さん自身にはヒトが殺せない。ただそんな霧絵さんにとって、下位個体を使役《しえき》して私達を殺戮するのは児戯《じぎ》だしルールにも違反しない。だのに、私達を殺戮するどころかむしろ歓待している感すらある。挙《あ》げ句《く》の果てには、私達と〈友達〉になりたがっている気配すらある……うん、あのジト眼《め》三白眼《さんぱくがん》の、いつもしれっとした、ナチュラルに陰険そうな霧絵さんのことだから、歓待の裏に何かの深謀遠慮《しんぼうえんりょ》いや謀略があって全然不思議じゃない。けれど、だとしても、これほどまでに私達を勝手気儘《かってきまま》に生かしておき、勝手気儘《かってきまま》に行動させているのは考えてみれば謎である。急な出張とかド派手な超過勤務とか言って、やたら不在になるのも考えてみれば面妖《おか》しい。要するに、私達〈侵略者〉を撃退して懲《こ》らしめるのが〈使命〉だとまで断言する霧絵さんには、不思議で不可解で、しかも歴史的に稀有《けう》とまでいえる言行不一致《げんこうふいっち》がある……

不思議なことの、第五。

ましてその霧絵さんは、結果として嘘になることを喋《しゃべ》ってしまっている。少なくとも私が気付けた限り、結果としての嘘がみっつある。他にもあるのかも知れないけど……

ともかく霧絵さんは断言した。大意《たいい》、卒業夜祭《やさい》が行われる四月七日の内は、私達のために、誤差領域の免疫系《めんえきけい》サブルーチンに干渉して、赤い血を流す私達に害が及ばない様《よう》にしておくと。でもそれは、①二度目の侵入時（千秋が殺されてしまったターン）の様子を顧《ふりかえ》るに、特にそのときの自動機械の挙動《きょどう》を思い出すに、あからさまな〈結果としての嘘〉になってしまっている。これは天使のルールとしてあり得ないことだ。

まして、②当時の状況をもっと顧《ふりかえ》るに、特に自動機械の出現状況を思い出すに、霧絵さんのルールあるいは霧絵さんが設定した誤差領域のルールに違反する、プログラムのバグが生じている。それもまた〈結果としての嘘〉になってしまっている。

おまけに、③当時の言動をもっと顧《ふりかえ》るに、特に霧絵さんの独特な喋り方を思い出すに、霧絵さんは自分で断言した会話ルールを——自分で自分を縛るようにしたとも言える会話ルールを——何の訂正も撤回も仕切り直しもなく、しれっと無視してしまっている。まあ、ヒトの私にとってはちょっとした違和感を感じる言い間違えレベルの問題だけど、どのみちそれもまた〈結果としての嘘〉になってしまっている……

重ねて、他にもよくよく注意して考えれば、〈結果としての嘘〉はもっとあるのかも知れないけど、霧絵さんの〈矛盾〉〈ルール違反〉を指摘するなら今の①②③だけで、ううん、①か②か③かだけで充分だ。そしてこの矛盾は、今の私には解決できない。

不思議なことの、第六。

武器だ。一度目の侵入時（風織が殺されてしまったターン）では、剣道部の冬香＝私が扱える量販品の竹刀《しない》二本と、弓道部の夏衣が扱える和弓《わきゅう》・矢が出現している。まして二度目の侵入時（重ねて、千秋が殺されてしまったターン）では、なんと拳銃二丁だなんて物騒《ぶっそう》なものが出現している。ところがそのいずれについても、創造したり持ち込んだりしてくれたのは霧絵さんじゃない。言い換えれば、ここの管理者・設計者はそれらの武器のことを何も知らない（そして霧絵さんは嘘を吐かない）。なら誰が、未知の遭難者・漂流者である私達のことを哀れんで、『私達でも使える／私達なら使える』武器を、わざわざ親切にチョイスしてわざわざ親切に配置しておいてくれたのか？　またその誰かは、何故私達の命を守ろうとしたのか？

そうしたことについて、心底不可解に思っているのは他の誰でもない、この誤差領域を支配する霧絵さんの筈《はず》だけど……ならば何故、霧絵さんはちょっとした『茶飲み話未満の、通《とお》り一遍《いっぺん》の聴き取り調査』だけして、その誰かのこともその意図のことも、いわば笑って見過ごしているんだろう？

不思議なことの、第七。

千秋殺し。

……ここ誤差領域で死んでしまった仲間はふたり。風織と千秋だ。うち、免疫系《めんえきけい》の自動機械によって殺されてしまった風織についてはまだ話が解る。ここは元々侵略者を殺戮する処刑場であって、元々が自動機械の縄張りだからだ。もちろん不本意な遭難者・漂流者としては断乎《だんこ》として抗議したいけど、霧絵さんたちの使命は――理屈としては――解る。そればかりか、私達の遭難・漂流に、私達の学校の上原校長先生が一枚も二枚も噛んでいるというのなら。しかも校長先生が、超常の力を有する霧絵さんをして『甚《はなは》だ辟易《うんざ》りさせる』程《ほど》のすさまじいレベルで、よからぬ陰謀をくわだてているというのなら。そのとき風織の死は、私達と校長先生との間で解決すべき問題になる。怨《うら》むべきは校長先生で、霧絵さんは純然たる不法侵入の被害者になる。だから風織の死については、ほんとうに無理矢理だけど納得できなくもない。喩《たと》えて言うなら、風織本人が寝ているのをよいことに、獰猛《どうもう》な獣がわんさかいる檻《おり》の中へ、風織を搬入してしまった様《よう》なもの。そのとき怨むべきはもちろん獣じゃなく、そんな非道《ひど》いことをした搬入者の方だ。

それはそれとして――

千秋殺しの方はまるで納得がゆかない。まったくもって納得がゆかない。

……確かにこの誤差領域には、天使たる霧絵さんであってもおいそれとは駆除駆逐しがたい、厄介《やっかい》な毒蛇が出ると聴いた。私達は執拗《しつよう》にそれを警告された。けれど毒蛇というからには――私達が二度目の侵入時（まさに千秋が殺されてしまったターン）、現に蛇を数多《あまた》目撃したとおりに――手も腕も無いと考えるのが自然だろう。牙で毒を注入するから危険なんだ、と考えるのが普通だろう。

それがまさか『拳銃を使う』だなんて。

それがまさか、所持者だった千秋自身が制服その他の下に隠していた拳銃を『盗み出し』、またそれを『隠し直して』おくだなんて。そんなことができるモノを、日本語で毒蛇とは言わないんじゃないか。

ましてもし、蛇にそんな能力があるのなら……そりゃ確かに霧絵さんは正確にかつ確実に、『およそ私にできることは蛇にもできる』等々と警告してくれてはいたけど……けれどもっとハッキリと、ヒトの動きをしヒトの道具を使うと、そう注意を喚起《かんき》してくれてもよかったんじゃないか。諸事《しょじ》正直な霧絵さんだけど、とりわけ〈川の対岸〉とこの〈蛇〉については、微妙にというか隠微《いんび》な感じで、とても口が重い印象を受ける。言葉を選ばなければ、何か深甚《しんじん》で陰険な謀《たくら》みがある様《よう》な……

（ましてや!!

もっと納得がゆかないのは、霧絵さんの言葉によれば――霧絵さんは嘘を吐かない――千秋殺しが無差別殺人あるいは愉快犯《ゆかいはん》・快楽殺人だってことだ。要は、千秋が殺されなきゃいけない真っ当な理由なんて何も無いってことだ!!)

成程《なるほど》、天使たるあの霧絵さんでさえ持て余す悪辣《あくらつ》な蛇というのなら、むしろ真っ当な理由なく、みだりにヒトを殺して楽しむのが道理といえば道理だけど……それにしても、犯行方法がなんとも迂遠《うえん》というか……語弊《ごへい》があるし千秋にホント悪いけど要は……『陳腐《ちんぷ》でせせこましい』。言葉の遣い方はともかく、犯行の手段方法に著しい違和感を感じる。

何故と言って、あの霧絵さんに匹敵する能力があるというのなら、まして愉快犯・快楽殺人だというのなら、重ねて千秋にはホント悪いけど、脚本と演出をどんなホラーにもどんなスプラッターにもどんな大量殺戮《さつりく》にもできる筈《はず》だ。どんなグロテスクなことだってどんな陵辱的《りようじよくてき》なことだってどんな名状しがたいことだってできる筈《はず》。そうまさに、千秋はお風呂に入っていた訳で……

ところが、まるで地上世界の殺人事件みたいに『拳銃』で『射殺』。おまけに『姿を隠して』『闇討《やみう》ち』だなんて、愉快犯・快楽殺人にしては大人しすぎて違和感があり過ぎる。実際私は——そしてきっと迷子仲間の皆《みんな》も——蛇に対する激怒こそ感じているけど、蛇に対する恐怖とか絶望とか戦慄《せんりつ》とかはまるで感じない。霧絵さんに対して感じる様《よう》な、超越者をおそれる感情なんてまるで感じない。それならあの自動機械らの方がよっぽど恐い。

(要するに、〈蛇〉なるものの性質・能力と、千秋殺しの手段・方法とに、矛盾とまでは言わないけど、強い違和感を感じる。迷子仲間の皆《みんな》だってきっとそう。だのに、それをあの霧絵さんが感じていないとすれば、その霧絵さんに対しても違和感が出て来る……)

不思議なことの、第八。

急にしみじみした話ながら、トイレとお風呂。そうあの〈T〉と〈B1〉〈B2〉。

これは霧絵さんに直当《じかあ》たりして訊いてみればすぐ解ることだけど……あれほどに、まあその、適当かつ安直にトイレを急造した霧絵さんが、何故お風呂をあんなにも懇切丁寧《こんせつていねい》に創《つく》ったのか？　例えばトイレには紙すらない一方、お風呂には二種類のタオルはおろか各種アメニティまで常備されていた。施設建設当時のことを顧《ふりかえ》れば、冬香が『天使のエアコン、調子狂っているんじゃないかな!!』と抗議したほどの俄《にわか》な真夏日——そう三〇℃はあろうかと思わせるほど俄《にわか》な真夏日になっていたから、至れり尽くせりのお風呂は、誰にとっても嬉しかった。けれど……

　やはり千秋のことを考えれば、お風呂が至れり尽くせりの構造設備を誇っていたから、じっくり長風呂をしようだなんて気持ちになった訳で。そしてじっくり長風呂をしていたから、結果として無差別殺人の被害者となってしまった訳で。その悲しい因果関係を思えば、霧絵さんを責める気にはならないにしろ、霧絵さんが〈B1〉〈B2〉をとりわけ懇切丁寧《こんせつていねい》に創造した理由は、訊いておかないといけない気がする。

　といって、今の三度目のターンでは——既にこうして歩いて確認したとおり——世界が初期化されてしまっている。すなわち〈B1〉〈B2〉の何方《どっち》も、〈T〉と一緒に消失してしまっている。殺人事件の被害者も現場も惨劇《さんげき》の状況も、全部まるごとリセットされ消え失せた。そう考えると、今更『お風呂がとても立派だった』なんてことの理由を聴いてどうなるものでもない。設計者の霧絵さんにした所で、深い意図なんて最初から持っていなかったのかも知れない。そう、あの超然とした性格ならあり得ることだ……

　不思議なことの、第九。

〈緑色の筋〉あるいは〈緑色の染《し》み〉あるいは〈緑色の帯〉。

　すなわち二度目の侵入時（千秋が殺されてしまったターン）、しかもその最終盤《さいしゅうばん》、私がここ誤差領域から退場するとき、私の右掌《みぎてのひら》に着いていた緑色の絵の具のような何か。私が、私の魂を組成するドットあるいはピクセルに還元《かんげん》され、地上世界で復元されようとするその刹那《せつな》、私自身すら初めて気付いた、緑色の絵の具のような何か。

それは、そう、あたかも私の右掌《みぎてのひら》の上に口紅をサッと塗った様《よう》な、ボールペンのインクのダマをサッと擦《こす》った様《よう》な、刷毛《はけ》でペンキをサッと伸ばした様《よう》な、始点と終点とがよく分かる〈緑色の染み〉あるいは〈緑色の筋〉だった。始点のダマと終点のはらいとが明確な、いきおいのある〈緑色の帯〉だった。まるで、指で適当に描いたような幅の曲線。敢えて言えば、『つ』の鏡像《きょうぞう》と感じられなくもなかったけど……

といって、その緑色の何かも、もう存在しない。

何故なら――物語上自明だけど――私が三度目となる誤差領域入りをしたからだ。魂がここへのアップロードを終えたなら、私はまた〈初期状態〉になるからだ。服も肌も手も、私の魂が最も『私』として記憶しているその姿になるからだ。

そんな私の十八歳の魂が、そんな一時的かつ唐突な異物を、『私』として認識している筈《はず》もない。だからその〈緑色の染み〉〈緑色の筋〉〈緑色の帯〉は、少なくとも私の記憶の内にしか存在しない。むろん後々《のちのち》確認をすれば、それを目撃してくれた仲間が、私の記憶を補強してくれるかも知れない。あと私の理解が正確なら、確か霧絵さんは超絶的に高性能な記憶媒体でもある筈《はず》だから、補強どころか再現をしてくれるかも知れない（そしてそれに嘘は無い道理だ）。けど取り敢えず今は、私の記憶の内にしか材料がない。

ただこの〈緑色の染み〉〈緑色の筋〉〈緑色の帯〉については、私の記憶だけで充分だ。

というのも、じっくり検討するまでもなく、まるで意味不明かつ出所不明だから……

まさか、川辺の草の汁がそんなインクなりペンキなりを思わせる様《よう》な、文字すら思わせる様《よう》な、べとっとしたモノになる筈《はず》もなし。それなら散々《さんざん》川辺で格闘戦をしている私達は、その都度《つど》、緑色で黒白モノトーンの制服をどろどろにしていただろう。草はあり得ない。といってこの無窮《むきゅう》の世界において、他に緑色のものなど何も無い。桜はいつも満開で、緑の芽吹きさえ微塵《みじん》も無い。大きな川はガラスを思わせる無色透明っぷり……そういえば霧絵さんから無花果《いちじく》をもらったけど、成熟した無花果《いちじく》もその果汁もまさか真緑《まみどり》である筈《はず》がない。実際に食べた私はそれを断言できる。

あるいは、仲間の『持ち物』『持ち込み物件《まつちや》』を考えてみた所で、緑色の絵の具めいたモノなんて……強いて言えば、茶道部の流菜からお抹茶が連想できるけど、この世界のルール上、まさか茶道具《ちやどうぐ》は持ち込めないだろう。ううん、仮に竹刀だの和弓だの拳銃だのの如《ごと》くに生えていたとして……粉の状態であっても飲める状態であっても、お抹茶がヒトの掌《てのひら》の上に字が書ける絵の具・ペンキの様《よう》になるなんて、そんな状態はまるで想像できない。むしろ今《いま》必要なのは美術部の誰かだけど、物語上自明なとおり迷子仲間に美術部員はいない。そうだ、あれはまさに『美術部の絵の具』なんてものを思わせる、そんな粘性《ねんせい》の、しっかりどろっとした染みで筋で帯で――少なくともしっかりどろっとしたものの跡《あと》たる染みで筋で帯で――ひょっとしたら文字だった。でも緑色の出所に皆目《かいもく》見当が付かない以上、〈染み〉〈筋〉〈帯〉以外の情報を加えることができず、よってまるで意味不明……思考不能。

不思議なことの、第一〇にして最後。

霧絵さんの、ううん天使さんの秘密。夏衣が言っていた所の〈じゃんけん〉。

……そう、二度目の侵入時の終盤、無花果《いちじく》が振る舞われる前に、夏衣は言っていた。大意《たいい》、夏衣は『霧絵さんに夏衣が望むことを白状させせ』また『霧絵さんに夏衣が望むことを実行させる』、そんな手段を持っているんだと。それがじゃんけんであり、それが霧絵さんの秘密だと。

（ただ私には、ぶっちゃけ何の事だかサッパリ解らなかったし今も解らないままだ。思い返せば私自身、この誤差領域で確かに〈じゃんけん〉みたいな言葉を思い浮かべたような気もするけど……たぶん誰かと会話した訳でも議論した訳でもない。文脈も思い出せない）

とはいえ、夏衣は霧絵さんの秘密・霧絵さんへの強制力を確信していた。そう断言していた。まして、夏衣のいわば脅迫を受けた霧絵さんが俄《にわか》に黙りあるいは口籠《くちご》もった様子からして、その断言はハッタリでも虚仮威《こけおど》しでもない。そんなチープなブラフは武芸者の夏衣、しかも四段の段位持ちの夏衣らしくない。いやそもそも夏衣は大意《たいい》、『その秘密を迷子仲間全員に説明し、自分が強硬手段に出ることについて全員の同意を取る』と言っていた。『その秘密を説明すれば、私達全員が自分に賛成してくれる筈《はず》だ』とまで言っていた。『だからこそ、霧絵さんはずっと私達を警戒していたのだ』なんてことさえ言っていた――これらを要するに、夏衣の確信・断言はやっぱりハッタリでも虚仮威《こけおど》しでもない。私にとっては珍紛漢紛《ちんぷんかんぷん》でも、夏衣には戦争をする決意と、切札《きりふだ》を切る決意があったのだ。

（でも、未春のいわばファインプレーで、私達ヒトと霧絵さんの正面衝突は回避できた）

未春のお腹の具合の御陰《おかげ》で、あるいは更に冬香が気を利かせてくれた御陰《おかげ》で、私達は敵になることより、一緒に食事をすることを選んだから……そう、あの無花果《いちじく》。

（あっ、『一緒に食事を』といっても、霧絵さんは食べていないのか）

そういえばそうだ。霧絵さんにとっては――霧絵さん自身が断言していたとおり――『天国が収穫・生産する食料』、そうあの美しい〈太陽の炎〉が主食で燃料だから。やろうと思えばできるらしいけど、霧絵さんは普通、ヒトの食事をしないから。

（ただそういえば、まさにその未春が〈太陽の炎〉の生産方法を訊いたとき、霧絵さんは確かに言い澱《よど》み、不思議な感じで口を濁《にご》した……あの、常態《じょうたい》としてしれっとした霧絵さんが。いつも超然としている霧絵さんが。

このことってひょっとして、夏衣が確信できたっていう霧絵さんの秘密と、何か関係があるんだろうか？　印象論に過ぎないけど、〈太陽の炎〉と〈じゃんけん〉に対する霧絵さんのリアクションには、どこか共通する所がある、ようにも思える……）

――ともあれ、夏衣が霧絵さんに対する、しかも致命的な切札を獲《え》ていることは確実だ。

ヒトが神様の御使《みつか》いに、何かを強制できるだなんて。常識的には信じられないけど、夏衣の確信と断言はいわば『真剣』だった。夏衣の言葉にはそれだけの圧《アツ》が確かにあった。

まして、その切札を獲《え》た夏衣が、いよいよ霧絵さんに命じようとしていたのは。

(夏衣は渡河《とか》の許可を求めた。

まして夏衣は、大きな川のむこうに何が在るのか確信できている、とまで断言した……)

夏衣にそこまでの力を与えた、霧絵さんの、そしてこの川の対岸の秘密とはいったい。

何かが解りそうで、いまいちピントが外れている様《よう》な、カードが足りない様《よう》な気もする。

夏衣に直当《じかあ》たりすれば一発だけど、残念なことに、夏衣にも他の仲間にも遭遇できない。

というか、夏衣とその話をしてしまったら、むしろ危機的な状況に陥《おちい》る気がしないでもない。というのも、夏衣は霧絵さんとの戦いを決意しているし、夏衣によれば、私も全てを知ったなら夏衣の側につくらしいからだ。

けれど私は……何故だろう、親切にしてもらったとか結構かまってもらえたとかいう一般論以上に、霧絵さんのことが好きだ。昔からの友達みたいに。ものすごく正直に言えば、未春みたいな親友……じゃない、それ以上の存在みたいに。その理由は言語化できない。したくないという意味でなく、解らないという意味で。ただこれは好き嫌いの問題だから、要は本能的・直感的な相性の問題だろう。

そう、私は霧絵さんのことが好きだ。

だから、もし夏衣と霧絵さんが正面衝突するというのなら、そのときは……

(夏衣だって大事だけど……とても長い歳月を一緒に過ごした大事な友達だけど、でも)

……ううん、そんな事態は回避しなくちゃいけない。かつて未春がしてくれた様《よう》に。

とすれば、夏衣といろいろ議論をするのは回避しなくちゃいけない。とすれば、夏衣の解明した秘密は、今後夏衣に出会う前に、そう今の内に私自身で考えなくちゃいけない。いや思考停止もアリだけど……でも事情をキチンと知っておいた方が、夏衣も霧絵さんも宥《なだ》めやすいし諸々《もろもろ》調停しやすい。何も知らなければ状況に流されるだけだ。だから。

(だから、ええと……要するに霧絵さんの秘密とは……川の対岸の秘密とはそもそも……

……そもそも私達って、誤った遷移先《せんいさき》に侵入した〈侵略者〉で〈バグ〉なんだよね？　だからこれまで何年も何年も何年も、霧絵さんは問答無用でしかも即刻、私達の先輩を一〇〇人単位で処刑してきた、処刑させてきた……それは言い換えれば、①霧絵さんは私達の先輩方《がた》と対話する機会を、おそらくこれまで一度も持たなかったという事。それをまた言い換えれば、②私達が霧絵さんと対話した、おそらく最初の侵略者だという事。それをまたもや言い換えれば、③夏衣がしたような脅迫は、霧絵さんにとって初めての経験だったという事……これが史上初の、これまで生じ得なかった事態……霧絵さんにとってもヒトにとっても、この化学反応はまるで想定されてこなかった……対話の機会……史上初……そういえば史上最大級って言葉、霧絵さんが遣っていた様《よう》な。史上初。史上最大級。

ああ、何かが)

何かが解りそうな、気が。

何かが解りそうな気が、したとき。

いつしか桜の花吹雪が、勢いよく踊りながら私の四囲《しい》を薄紅で蔽《おお》ってしまっていたとき。

そうこの世界にしては強い、髪もスカートも舞い散らせる春一番《はるいちばん》のような風が、典雅にしかし轟然《ごうぜん》と吹き始めていたとき――

私のローファーはむぎゅう、と何かを踏んだ。あたたかくやわらかい何かを思いきり踏んだ。しなやかな弾力のある何かに突然蹴躓《けつまず》いた。それが意味するのは、この場合。

「あ痛っ!!　痛いってば誰っ!!」

「あっその声はまさか!!」

――私は、自分が視界不良のため〈交通事故〉を起こしてしまったその被害者を見た。

この世界ではしばしば起きてしまう、交通事故の被害者を。具体的には、私が寝込みのお腹を思いっきり踏ん付けてしまったその娘を。といって瞳《め》で見たのは駄目押しだ。声だけで、息吹《いぶき》だけですぐ分かるから。ううん匂いだけですぐ分かるから。跳ね上がりの大きい、艶《つや》やかで剛毅《ごうき》な、とてもボリュームある髪の匂い。ブルーベリーとラズベリーと洋梨《ようなし》の香り。身に纏《まと》う、独特の唾《つば》の匂い錆《さび》の匂い。

それが意味するのは、この場合。

「未春!!　未春も来たのね!!　ああ、ちょうどいいところに!!」

「どこがちょうどいいっていうの!?

……ていうか、初音!?　その声と独特の、防具と汗の匂いは初音だよね!?　無駄にトップヘビーなロングロングストレートも!!

と、ということは、またもや此処《ここ》はあの天使の」

私達はこの世界、もう三度目だ。私自身そうだった様《よう》に、未春もすぐ状況を理解した。自分が何処《どこ》にいるのか、何故寝ていたのか、どんな交通事故が起きたのかはすぐ解る。

まして私達は既に、お互いの『本人認証』を終えた所だ。

私は悶絶《もんぜつ》する未春を救《たす》け起こしながら、取り敢えず、ふたり一緒にしゃがみこむ。

春一番を思わせる凜《りん》とした強い風が、桜も未春の美しい声も、吹き散らせてゆく――

だから未春は大声でいった。非常識極まることをいった。

「背があるとはいえ六〇kgは超えているよね!?

なのにピンポイントで鳩尾《みぞおち》を踏み抜くなんて、引くわ～、無いわ～。

せっかくグッスリ、春の昼寝を貪《むさぼ》っていたのに!!」

「……今度も竹刀、落ちていないかなあ。今度は私も、マイ竹刀がいいなあ」

「ええっ、なら捜《さが》しにゆく?」

(冗談よ、莫迦莫迦《ばかばか》しい——)

だけど未春は、私がそんな相槌《あいづち》を打つ暇《いとま》も与えず。

首を大きく振りながら、古風で大きなスカーフリボンをその髪から外し、私の知る限りこの世界で初めてポニーテイルを解《ほど》いた。未春がいきなり髪を下ろすその仕草に、私は吃驚《びっくり》し、ドキドキした。

ほんとうに、吃驚《びっくり》した。

Ⅳ

私はローファーを脱いで正座する。

未春は膝《ひざ》を崩してしゃがんだまま、プレゼントの様《よう》に、そう風呂敷包《ふろしきづつ》みの様《よう》にして、古風で大きなスカーフリボンを手渡してくる。

引き続き、春一番を思わせる凜《りん》とした風が強い。

引き続き、桜の花吹雪はホワイトアウトならぬピンクアウトを起こして視界を奪う。

——そのように、四囲《しい》もいや空までが白桃・薄紅に支配され、いわば世界で孤絶《こぜつ》した中、私は風にいっそう匂い立つスカーフリボンをしっかりと受け取って、正座をしたスカートの上に展《ひろ》げた。吹き飛ばないよう、大事に両手で押さえる。

(ほんとうに、吃驚《びっくり》した。呆《あき》れるほど不思議なこの感じ。

——思い、い、い出せる。今《いま》私は思い出せる。

とてもピーキーに機能していた過敏な脳が、あたかも複数のキーワードを与えられ、たちまち記憶の扉の鍵を開けていった様《よう》な……うぅん、記憶の扉そのものを撤去してしまった様《よう》な。こんなに記憶がクリアになるなんて。未春がまるで魔法使いの様《よう》にも思える)

「それ、預けておくね」未春は学校生活でも極めてレアだった、下ろし髪のままいった。「私にはもういらない。必要ない」

「皆《みんな》、吃驚《びっくり》するよ」私は強いて膝元に瞳《め》を落としながら。「あ、皆《みんな》でもないのか……」

「その皆《みんな》もすぐこの世界に出現するだろうから、そんなに時間はないけれど。

──私はまたこの世界で邂《めぐ》り逅《あ》えた未春と、あれこれ話をしだした。

でも五分程度は話ができるよ。初音の今の頭で、訊きたいことがあったら何でも訊いて」

もう出現しているかも知れない迷子仲間のことを考えれば、あまり時間の余裕はない。ただ、未春が私の知る未春だという本人認証は、彼女のお腹を踏んだとき即座に終わっている。まして、未春の言いたいことはこの上なくクリアだ。

(どうしても未春に確認しておきたい事柄《ことがら》は、そう多くない、はず)

また、いつまでも吃驚《びっくり》したままでいるのは皆《みんな》の手前、とてもマズい。ここは殺人事件が発生した世界で、だから殺人の犯人がいた世界だ。まだ危険があるどころか、今の頭で考えれば、これから危険のピークを迎える虞《おそれ》が大きい世界。ましてそれでも生き残らなきゃいけない世界。なら私の驚愕《きょうがく》や狼狽《ろうばい》や不安は、できるだけ隠しておかなきゃいけない。

(──でないと、せっかくこうして来てくれて、せっかくこうして大事な話をしてくれた未春の手前、女が立たない!!)

そう、未春の肝《きも》はすっかり据《す》わっていた。驚愕も狼狽も不安もない感じで。

私はそんな未春に圧倒されながら、強いて膝元のスカーフリボンに瞳《ひとみ》を落とし……

その香りを惜《お》しみながら、記憶を整理しつつ、急いで訊くべきことを訊き始めた。

「なんてことだろう。風織と千秋だけじゃ、なかったんだね……」

「そうなるよね」

「だから、蛇っていうのは、つまり」

「証拠からして、グッと締《しぼ》られるよ。ううん、思いっきり締《しぼ》られる」

「言われて成程《なるほど》だけど、私どこかで違和感を感じていた、気もする。

どうでもいい些細《ささい》な言動、どうでもいい些細《ささい》な食い違い……それが実は、致命的だった」

「そうなるよね」

「それは蛇についてもそうだし」私は嘆息《ためいき》を零《こぼ》した。「天使さんについてもそう。まして、私達ヒトについてもそうだった。容姿《ようし》、挙動《きょどう》、風貌《ふうぼう》。どうでもいい違和感が致命的だった」

「私にはそれをしれっと言える資格なんてないけど、初音のその感覚は正しいよ。

まして、あの天使。口では始終《しじゅう》、ぶつくさブックサと文句ばっか言っているけど――

その実、一手一手《いっていって》確実に、自分の指《さ》し手《て》を進めている。

最初からそうだったんだ。私達と出会ったそのときから。ううんきっと、今年の卒業夜祭《やさい》で過去最大級の生徒が侵入してきたことを察知した、そのときから。

――だから天使は罠を展《は》った。知って仕掛けた。

そして今、盤面《ばんめん》はいよいよ王手詰めの段階にある。風織のことは悔しいし、ちょっとかなり陰険な遣《や》り口《くち》だとは思うけど、最後の証拠を突き付けるためには仕方ないと思えるし、きっと今《いま》初音が理解していることが正しければ、どうにか敵を出し抜く必要もあるしね」

「確かに。今は解った。だから例えば、霧絵さんはあのとき言語を日本語に切り換えた。

それと一緒の事は、避けなきゃいけない。私達ヒト側の努力で。さもないと霧絵さんは」

「――改めて顧《ふりかえ》れば、天使の一見おざなりで適当な、どこかいい加減で怠《なま》けたような対処の仕方には、全部理由があった。というか、おざなりで適当でいい加減で怠けているフリをしていたんだ。それは当然対局《たいきょく》相手を、だから敵を誘《おび》き出して踊らせておく為《ため》。実際、敵は知ってか知らずか舞台に上がった。ド派手に跳梁跋扈《ちょうりょうばっこ》したと言ってもいい。

だからこそ初音はまさに〝どこかで違和感を感じていた〟訳だし、それはまさに〝蛇についても天使についても私達ヒトについてもそうだった〟訳だし」

「未春も気付いていたの？」

「ううん私は全然だよ」未春は寂《さみ》しげに舌を出した。「私は知ってのとおり、カンニング」

「でもそのカンニングが無かったら」私は震えた。「大袈裟《おおげさ》だけど世界が変わっていたよ」

「……それはそうだけど、まだ私達は危機の真《ま》っ直中《ただなか》だよね。世界はまだ、とても危うい。結果として、私達自身が生きて帰れるのかどうか。仮に生きて帰れたとして、生かしておいてもらえるのかどうか……そこはホント怪しいし危うい。私達の脳も心も勝手気儘《かってきまま》にいじくりまわす、非道《ひど》い遣《や》り口《くち》を考えれば、私達の生死なんてどうでもいい筈《はず》だしね」

「確かに。未春のカンニングの結果を踏まえれば、私達の命なんて、使い捨ての電池未満の取扱いをされているのが解る。私達が今夜死ぬことすら、当然の前提とされている……」

私達が使命さえ果たすのならば。

――そうだよ未春。

私、未春のこの手助けでようやく思い出せた。

さっきからずっとずっと独りで考えて考えて、それでも絶対に記憶の奥底からサルベージできなかった大切なことを、ようやく思い出せた。上原校長先生が厳重に鍵を掛けた記憶も、この誤差領域が厳重に濾過《ろか》して弾《はじ》いた記憶も、全部まるごと――

そうだよ未春。

もし未春の手助けが無かったら、そう、もし未春がハッキリしたキーワードを示してくれなかったら絶対に思い出せてはいなかった大切なことを、私ようやく思い出せたの!!」

……なんて美しいあの旅路。

生まれる前の見知らぬ地。

たったひとつの、私の願い。

私の使命。私の最優先任務。

誤った遷移先《せんいさき》。妨害。侵略。

(私が内心で何度も言語化できていたのに、まるで意味が解らなかったこれらの言葉。

でも今は解る。すっかり解る。未春がもたらした具体的な単語をトリガーに、それら謎の言葉の意味がとうとう解った……とうとう復元された……)

と、すれば。

私が内心で言語化できてはいなかった言葉の意味もまた解る。

私が我が身のこととして感じたはずの諸《しょ》感覚もリアルに甦《よみがえ》る。

だから。

それら諸《しょ》感覚の意味も目的も今や自明だ。世界史の授業を受けていれば誰にでも解る。

(苦痛。苦痛の最大化。苦痛の自己目的化。

受難《じゅなん》。変容。目撃。証言……

ああ、なんてこと!! なんて……なんて邪悪で傲慢《ごうまん》で壮大なことを思い付くの!!)

……霧絵さんが激怒する訳だ。成程《なるほど》確かに私達は侵略者だ。

風織たちが酷《むご》たらしく殺されてしまったことに納得がゆくはずも無いけれど、でも霧絵さんはちゃんと教えてくれてはいた。私は霧絵さんの厳粛《げんしゅく》で峻厳《しゅんげん》な言葉を思い出す——

〝私はあの世とこの世の国境線で、門番を務める者〟

〝私は魔女で、ここは地獄への一里塚《いちりづか》〟

〝今の私は、道に迷った選びの器《うつわ》に、悲しみの日を訃《つ》げる者〟

〝思い上がった怒りの器《うつわ》に、滅びと罰を与える者〟

……そう、霧絵さんは国境線の門番なのだ。

まして、その国境線というのはあの世とこの世の境目《さかいめ》だ。

ならば、この誤差領域というのはあの世にもこの世にもゆける関所《せきしょ》。

おまけに、この誤差領域の上位互換《じょういごかん》が何なのか、私達は霧絵さんの断言で知っている。

「私達が」私はまた膝元に瞳を落とした。「鍵だったんだね」

「門番が」未春は私の乱れた髪を解《ほぐ》して。「一〇〇人単位の先輩方《がた》を……殺すわけだよ」

「あっ未春ゴメン!!」私は大事なことを思い出した。「夏衣や冬香や流菜がもうここに出現しているかも。あんまり時間の余裕は無い、んだよね？」

「うんカンニングの代償として、ちょっとした宿題を出されたから。初音にも私にもね。

——初音の剣道部的時間感覚として、私達、出会ってからどれくらい喋っている？」

「もうじき四分ちょうど。ハッタリを利《き》かせれば今現在、三分二〇秒強」

「さすが初音、剣道女子。ならそろそろ限界かな。

というのも、この桜の花吹雪のピンクアウトも、春一番を思わせる強風もじき止むから」

「ああ、成程《なるほど》」

「だから焦燥《あわ》てて、残り一分三〇秒程度で宿題の説明をするね——

あの天使がもう教えてくれている事だけど、この世界には、私達ヒトのうちの誰かが、千秋殺人事件の証拠品を捜索するための『目印』あるいは『座標』として掘った穴がある。この大きな川の、川岸を少し掘って作った穴が。初音そのこと憶えている？」

「……ええと、うん憶えている。

犯人の落とし物や弾丸を捜《さが》そうって話になって、実際皆《みんな》で川ざらいをしたけど——

たぶん、この世界では位置関係を把握するのが難しいからだろうね。そのとき誰かが、川岸を少し掘って穴を作った。確かに、あの霧絵さんはそう断言していた。

でも未春、この誤差領域は誰もいなくなる都度《つど》リセットされ初期化されるんだから、その穴って、トイレやお風呂と一緒に跡形《あとかた》も無くなっている筈《はず》だよ？」

「さすが初音、元寮《りよう》務《む》委員長。だけど、この穴については大丈夫。

というのも、誤差領域のリセットって、ええと確か……

そうそう、〝私が敢えてプログラムに何らかの介入をしない限り〟又は〝この誤差領域から侵入者総員が削除されれば〟って留保が付くから」

「あっ成程《なるほど》、なら意図的に残そうと思えば。あるいは、誰かが誤差領域に居座っていれば」

「その穴は残っている筈《はず》。そして私達に神様か天使の御加護《ごかご》があるなら、その穴にはまだ〝隠れ棲《す》んでいる〟〝無事で〟〝必要な〟物もある筈《はず》……これ、穴の場所がまるで分からないんで微妙に厄介《やっかい》だけど、初音には穴を捜し出して、その〝隠れ棲んでいる〟物を回収してほしいんだ。それもこの春一番と花吹雪が続いている内に。誰にも目撃されない様《よう》に」

「——視界がピンクアウトしているし、最長四㎞弱のトレッキングにはなるけど、どうにか頑晴るよ。どうにかなると思う」

「安心して。これ初音と私の宿題だから。

すなわちこの説明が終わったなら、私達は川に向かって左右に分かれて反対方向へ進む。これならトレッキングは最長二㎞弱ですむ。そしてもし私の方が先に穴と物とを発見できたなら、もちろん物は私が回収する。当然、初音の方が先に発見・回収する可能性もある」

「でも末春、どのみち何方《どっち》かが回収した後また再合流しないと、『任務が無事終わったこと』は分からないよね？　なら結局、最長四㎞弱のフルトレッキングになっちゃう様《よう》な」

「それも安心して。管理人が――じゃなかった管理天がポカをしなければ、私達のいずれかが任務を達成したその時点で、この春一番と花吹雪は終わる。春の嵐はすっかりやむ。それが任務完了の合図だし、またそれが集合の合図でもある。そう、任務が終われば即《そく》集合となる手筈《てはず》。

　ピンクアウトしていた視界がクリアになるんだから、そのタイミングで、この世界にまた出現してきた迷子仲間が自然に揃《そろ》う。自然に全員集まるって訳」

「成程《なるほど》、管理天もなかなか上手いね。やっぱり陰険な、謀略好きの性格をしているわ……

　でも、仮に私がその物を回収したのなら、その私は何をどうすればいい？

　話の筋と、集合図のタイミングからすれば、皆《みんな》が集まった時点で私、それを使って何かをしなきゃいけない感じだけど――」

「――ゴメン初音、実はそこが難しいんで、臨機応変というか全部お任せになっちゃうけど、ともかくもいよいよ皆《みんな》が揃《そろ》ったとき、それをどうにか隠し持っていてほしい。皆《みんな》の瞳《め》から隠し終えていてほしい」

「どうにか……どうにかそれを隠し持って、そしてどう使うの？　何をすればいい？」

「大丈夫。もしそれが発見できたなら、使い方は物自体が教えてくれる、必ず」

「末春がそう言うんなら信じるよ。纏《まと》めれば〈穴〉〈物〉〈回収〉〈隠す〉〈使う〉。任務了解!!」

「ありがとう初音。

　あと宿題がもうひとつある。でも此方《こっち》はそんなに難しくない。全然難しくない。

すなわち、私達全員が揃《そろ》って、次にいよいよ霧絵が登場したとき。

例によって例の如《ごと》く、あの出現の儀式がある」

「ああ、あの。イマイチ意味が在るのか無いのか解らない、霧絵さんもどこか面倒臭そうにやっている、無駄にド派手な天使降臨パフォーマンス」

「そのとき痴漢が出る」

「——なんじゃとて？」

「具体的には、お尻や太腿《ふともも》やその他諸々《もろもろ》を触られる。スカートの内外に確実な違和感を感じる」不可解でしみじみする単語を出しつつ、でも未春はいよいよ真剣味を強めた。「だから、スカートに何をされても平然として黙っていて。痴漢の思う様《よう》にさせて。というか、痴漢が上手く痴漢できる様《よう》に、痴漢行為をむしろスカートや両脚で隠してあげられる様《よう》に、私達全員が揃《そろ》った時点でもう、姿勢をいつもの初音スタイルとは変えていてほしいんだ」

「まるでよく解らないけどシンプルに嫌だよ」

「大丈夫。これも初音と私の宿題だから。私も痴漢されるから」

「意味が解らない」

「大丈夫。さっきの宿題の方の、〈穴の中の物〉それ自体が教えてくれる様《よう》に……ううん、ある意味それ以上のかたちで、痴漢行為自体がその重要性を教えてくれる。初音ならその必要性がすぐに解る。そういう行為とそういう段取りになっている」

「どうしても？」

「どうしても」

「そもそも誰が？　まさか新しい登場人物が出てくるの？」

「ううん違う。痴漢の主体は霧絵だよ。だから自分の出現儀式の際、狙って仕掛けてくるんだ。ともかくも私達は、それに吃驚《びっくり》しない必要がある……まるで何も無かったかの様《よう》に」

「……それならまあ」依然として不穏当《ふおんとう》な話ではあるけれど、霧絵さんの断言によれば、霧絵さんには性別も性欲も生殖能力もない。となれば未春のいう〈痴漢〉〈痴漢行為〉は比喩《ひゆ》だ。「なら二番目の宿題は、要は悪戯《いたずら》されてもただ我慢していればいいって事？　むしろ悪戯をしやすい様《よう》に、その様子が皆《みんな》に分からない様《よう》に、協力してあげればいいって事？」

「まさしくそのとおり。ここで好都合なことに、私達の桜瀬女子《おうせじょし》は躾《しつけ》が厳しい学校だから、プリーツスカートの丈《たけ》はキチンと長い。若干の工夫は必要だけど、誰にも気付かれないよう、隠すもの隠すのは難しくない」

「霧絵さんが狙って仕掛ける悪謀《あくぼう》なら、きっと霧絵さんの詰め将棋に絶対必要な一手《いって》なんだろうね――」ましてそれは未春の宿題でもある。なら詰め将棋の一手一手は精緻《せいち》に連鎖《れんさ》している。私が協力しなければ霧絵さんが困る。なら霧絵さんに生かしておいてもらわなければならない私達も困る。選択の余地は無い。「――微妙に嫌だけど解ったよ未春。纏《まと》めれば、〈儀式の際〉〈痴漢〉〈スカート内外の違和感〉〈我慢・協力〉〈隠す〉。任務了解」

「奇妙なお願いを聞いてくれて有難う、初音」

「未春が言うんじゃなかったら聞かなかったよ」

「……それもありがとう。宿題の話はこれでぜんぶ。

最後に、これまでの全部の話について、初音が確認しておきたい事柄《ことがら》はある？」

「うん、ひとつだけある」私は改めて未春のスカーフリボンに目を遣《や》った。「ひとつだけ、まだ意味の解らないことがある。すなわち〈第八番目の仲間〉。まだ一度もこの誤差領域に出現してはいない、私達の八番目の友達のこと――まして私が思うに、千秋殺人事件の大事なキーパーソンになっている、ほとんど未登場の同級生のこと。私この娘《こ》のことを訊きたいし検討したいの」

「――えっ、彼女が千秋殺しのキーパーソン⁉　またいきなりだけど初音、それってどういう」

「ゴメン未春、それを話し出すと更に五分は掛かっちゃうから、ともかくも検討を先に進めさせて、お願い」

「う、うんそれはいいけど」未春は吃驚《びっくり》しながらも頷《うなず》いてくれた。「ならええと、今《いま》検討しようとしたのは……そう〈第八番目の仲間〉のことだったよね。といって私もその詳細は聴いていないんだけど、ともかくも今の時点でもう確実なことは――

卒業夜祭《やさい》の今夜、地上世界で私達と一緒の施設に入っている桜瀬女子《おうせじょし》の生徒が、実はもうひとりいるって事だよね。それはすぐ解る。その生徒が死に瀕《ひん》していたけど持ち直して、どうにか生きているってことも今はすぐ解る。

あと、すぐには解らないけど推測できるのは、彼女が夏衣の友達だってことかなあ」

「それはそうだね。確かに推測だけど、今夜夏衣と一緒にいた娘《こ》だって確率がたかい」

「まして、推測未満の憶測で、決め打ちになっちゃうけど――」未春は真剣な顔のまま、ちょこんと舌を出して。「――実は私、今夜の卒業夜祭で卒業生皆《みんな》が正門を出るとき、夏衣の姿と、あと夏衣に追い縋《すが》る娘《こ》の姿、目撃しているんだ。あれは確か、三組で夏衣のクラスメイトだった、そう土屋《つちや》さんだった。初音は土屋さん知っている？」

「あ、三年三組だった、土屋紗地《さち》さんだよね……？

私直接には知らないけど、桜瀬女子は無駄に密《みつ》な学校だからまあ、それなりのことは。

うん確かに夏衣のクラスメイトで、しかもかなり仲良しの友達のはずだよ。だって私、夏衣と一緒に生徒会やっていたから、よく彼女が生徒会室にも訪ねてきたのを憶えている。だからもちろん土屋さんって、夏衣とはファーストネームで呼び合う仲だよ。

まして確か、彼女すごい絵の才能があってずっと美術部だったのに、高等部からは弓道部に入り直したくらいだもの、そう夏衣を追い掛けて……」

「それほどなら」未春は結論を手繰《たぐ》るように下ろし髪を撫《な》でた。「夏衣を『追い掛けて』と言うよりは、『夏衣を慕《した》って』と言えるかなあ。おまけに私の記憶が確かなら、先刻《さっき》言ったとおり、土屋さんって今夜、夏衣に『追い縋《すが》って』さえいるし」

「ねえ未春、今夜そんな土屋さんの姿を目撃した後、彼女がどうしたかは分かる？」

「正門近くで、逃げるような感じの夏衣を捕まえて、そのままふたりで峠道《とうげみち》というか崖《がけ》の方に上がっていったよ。といって私、まさかそれを追い掛けてはいないんで――私が絶対に追い掛けられなかった精神状態、今の初音ならすぐ解るよね――ふたりは峠道なり崖なりの方向へ消えた、としか言えないけど」

「えっ、ウチの学校の常識的に、あんな誰も行かない不便な方向へ？

――あれは学園島のビーチへ赴《む》から旧道だけど、ショートカットの階段があるから滅多《めった》に使わない道だよね？」

「でも方向なら間違いないよ。だって初音自身が今《いま》言ったとおり、誰も行かない方向だもん。誰かが赴《む》かえば、目立ってすぐ分かる。いよいよ校舎を離れて、篝火《かがりび》の灯《あか》りが届かなくなるまでは」

「……そんな感じで、夏衣と土屋さんはふたりで、暗い旧道の方へと消えていったのね？」

「私が目撃した限りではそうだよ、初音。

まして土屋さんの気持ちからすれば、他の娘《こ》とは一緒になりたくなかった筈《はず》だよね」

「ところが、夏衣は逃げるような感じだった」

「それも私が目撃した限りでは、だけど――」未春は悲しい嘆息《ためいき》を吐いた。「――ただ夏衣が絶対に、どうしても逃げたかったそんな精神状態は、今の私達ならすぐ解るよね」

「確かに……」

未春も、そして私自身も経験した精神状態だ。今夜当初の夏衣の動きは、その気持ちは、確信に近い推測ができる。できなければおかしい。私はまた正座した太腿《ふともも》に瞳《め》を落とした。

「……逃げる夏衣。追う土屋さん。行く先は旧道の崖。普通は誰も行かない所。そして結果として夏衣は——今の私達が熟知しているとおり——地上世界で私達がいる施設に帰ってきた。当然独りで帰ってきた。他方、結果として土屋さんは——原因はともかく——死に瀕《ひん》した状態になってしまった。だからこそ患者として、私達がいる施設に搬入され治療を受けた。だからこそ私達の〈第八番目の仲間〉になった。偶然に。

今、その土屋さんの容態は安定しているらしいけど、ともかくも今夜の夏衣との記憶は、絶対に憶えていることが許されないものだった。それについては確実な証拠がある……

だとすれば未春、私の結論も決め打ちだけど、夏衣と土屋さんの間には」

「何て言うか、とても深刻な……命に関わるトラブルがあった。確かに決め打ちだけど」

「その命に関わるトラブルの被害者は、土屋さん。そして加害者は……夏衣だよね」

「と、なっちゃうよね。

ううん初音、もっと想像をたくましくするなら、夏衣はたぶん、土屋さんを——」

「……ねえ未春」私の声は震えた。これは危険な会話だ。「未春はその……夏衣と冬香のこと、知っている？」

「うん知っている」未春の頬《ほお》が赤らんだ。どう解釈すればいいのか。「一目瞭然《いちもくりょうぜん》だもの」

「といって冬香は」

「うん知っている」未春は私の瞳《め》をぐっと見詰めて。「あの莫迦《バカ》、竹刀が恋人だしね……それは初音だってそうだけど」

「私は違うよ!!　私は、私は……」

「……ゴメン初音、今は時間がないや。

でも生きて帰ってから、また話せる？　生きて帰れたら、それ私から話してもいい？」

「も、もちろんだよ未春、私こそゴメン」私は無理矢理頭《あたま》を理性に全振《ぜんぶ》りした。今《いま》私達は誇張なく、天国と地獄の崖っぷちに立っている。「こんな死活的な、大事なときに御免《ごめん》。だからええと……つまりええと……そう夏衣と冬香のこと。夏衣の気持ち、冬香の気持ち。私達はどっちも熟知している。そんな夏衣がこの卒業夜祭《やさい》の夜、偶然に加害者となってしまった、そのアクシデント。命に関わる、友達を瀕死《ひんし》の状態にする、そのトラブル。

——これを、夏衣の気持ちと夏衣の視点から考えると。

夏衣はきっと、土屋さんが瀕死なのか死んでしまったのか、分からない筈《はず》だよね？」

「それは当然そうなるよ」未春の頬《ほお》はまだ赤い。「私達自身の経験から分かる。私達は今夜、私達だけの卒業夜祭を、怪しげな施設とここ誤差領域とでやらされている。例えば、他の卒業生の二三人が……ううんそれを含む他の八三人の高等部生徒がどんな様子で卒業夜祭の夜を過ごしているか、まるで分からない。他の八三人の生徒を目撃することもできなければ、彼女らに出会うこともできない。なら夏衣だって、トラブル以降の土屋さんの様子なんて知りようが無い。誤差領域に出現してはいない、土屋さんの現状なんて分からない。それは道理と経験からして間違いない」

「重ねて」私は繰り返した。「加害者の夏衣は土屋紗地さんの生死を知らない」

「うんそうなる」

「ならもし、夏衣が『土屋紗地さんを殺してしまった』って確信しているとすれば？　そんな記憶が消されていないとすれば？　又は、そんなことを誰かが教えたとすれば？」

「——それは生徒会長まで務めたマジメな、まして正々堂々たる武芸者の夏衣のこと。当然激しく後悔するだろうし、罪の意識に苛《さいな》まれるだろうし、『死んでしまった』土屋さんのことを心の底から可哀想に思うだろうし……もしそれが私だったら、ああこれで碌《ろく》な死に方をしないなあって、罰《バチ》が当たるなあって思うよ。もっといえば、もしそれが私だったら、もう初音には顔向けできないなあって思うよ」

「それは何故？」

「だって初音は、ロングロングストレートさんは、天使の大《だい》のお気に入りだもの。それとこの場合、人殺しの私とじゃあ、釣り合わない以上に永遠のお離《わか》れだよ」

「いいいだからよ未春」

「えっ何が？」

「だから土屋紗地さんは千秋殺人事件のキーパーソンなの。だから蛇がじゃんけんの為《ため》に現れたの」

V

未春はしばし呆然《ぼうぜん》と……唖然《あぜん》としていた。

ただ私達には時間がない。出された宿題は、無理難題じゃないけど時間と手数を要する。

自分自身がそのことをいちばん解っている未春は、私の突然でザクッとした言葉への質問を諦《あきら》め、凛然《りんぜん》と立ち上がった。立ち上がりつつ私から大きなスカーフリボンを回収し、手際よくいつもの、跳ね上がりの大きいボリュームあるポニーテイルを結《ゆ》ってゆく。髪を下ろした未春もレアで魅力的だけど、やっぱり未春は髪を上げていた方が格好《かっこ》よくって素敵だ……

そんな未春と私は身支度《みじたく》の最後に、お互いのスカートの長さと位置を確認する。同時に、私のポケットの中身も。

「じゃあ初音、打ち合わせたとおりに」

「うん未春、私は川の左手にゆくよ、未春は右で」

「これが終わって、もし四月七日を生き残れたら」

「未春の方から、大事な話をしてくれるんだよね」

未春は大きな笑顔で大きく頷くと、いよいよ川沿いに、川の右手へと慎重に駆けてゆく。

私は数瞬、桜吹雪の中へ消えてしまう未春の綺麗な後ろ姿を見遣《みや》ってから、様々な物思いに震える自分を叱咤《しった》して、やはり川沿いを慎重に、ゆるいジョギング程度に駆け始めた。

私達迷子仲間にとって幸か不幸か、桜瀬女子《おうせじょし》の誰とも出会わない……ただそれもそうだ。いま世界は薄紅と春嵐《はるあらし》の只中《ただなか》にある。誰かと五m間隔ですれ違っても気付かないだろう。まして私は、川岸の水辺ギリギリのコースを進んでいる。そうでなければこの気象条件下、川岸に掘られた穴なんて発見できたものじゃない。言い換えれば、川に落ちそうなそんな水辺ギリギリのコースを歩いている仲間なんていない筈《はず》。

——結果、〈穴〉を発見したのは私だった。だから〈物〉を回収したのも私だった。

(な、成程《なるほど》……!!)私は霧絵さんの深謀遠慮《しんぼうえんりょ》にゾクッとした。むしろ悪魔なんじゃないか。(……発見した瞬間、どう使うのかが解る。まして二重の意味がある。武器にして証拠だ)

そして私が〈物〉を採り上げたその刹那《せつな》。

自然な感じを演出する為《ため》だろうか、故意《わざ》とらしくゆっくりと、とてもゆっくりと——

この世界を襲っていた春一番を思わせる強風と、この世界にピンクアウトを強いていた桜の花吹雪が、いよいよ弱まり薄まってゆく。そう打合せどおりに。これで未春は宿題のひとつが、少なくともその肝腎《かんじん》の部分が終わったことを知る。またこれで、この〈誤差領域《ごさりょういき》〉に出現しあるいは居座っている全ての登場人物が集《つど》える。これでお互いを見出せる。

（そう、お互いを見出して合流できる……

あっいけない‼　これを隠すのも宿題の内だった。でもしかし……ちょっと工夫が要る）

未春が口籠《くちご》もった訳だ。確かに工夫が要る。まさかポケットに入る物じゃない。それどころか、私の腕の長さより幾許《いくばく》か長いほど。だから一m前後。そして私は〈初期状態〉だから手ぶらだ。袋物《ふくろもの》も鞄《かばん》も何も無い。仮にあったとして役に立つとも思えない。

と、すれば。

（うん、一部壊しちゃってもいい、筈《はず》だ）

――その素材も、そして今の私が知るその用法も、私にそれを確信させる。

私は決断すると躊躇《ちゅうちょ》なくそれをザックリ壊した。剣道部でよかった。危険が少ない。

（ただ、一部減量してもらった所で、制服の中に隠すのは……）

今は尖っていて危険な上、かなり姿勢よくしていなきゃいけない事になる。といって、これについても剣道部でよかった。しゃんとしていても怪しまれはしない。まして。

（いったん座ることができたなら、この川辺の草々が滅茶苦茶《めちゃくちゃ》軟らかいことは有利に働く……まさか、それも霧絵さんの陰謀の内？）

そんな感じで、私がともかくも、痴漢じゃない方の宿題をこなしていると。

いつしか誤差領域は、無風の内に静々《しずしず》と桜が零《こぼ》れる、とても牧歌的な状態になっていた。

だから――

「あっ初音‼」

「あっ冬香‼　あっ流菜も一緒だね‼」

「初音は独り？」

「うん独りだよ冬香。今《いま》し方《がた》、このあたりで意識を恢復《かいふく》したばかり。冬香は？」

「私が起きたのは、一〇分くらい前かなあ——」冬香は嘆息《ためいき》を吐いた。「——ただでさえ、この意味不明なサバイバル劇にはもう辟易《うんざ》りなのに、今度は起きたら猛烈な春の嵐。寝惚《ねぼ》けていて右も左も分からない。

まあ誰も見ちゃいないだろうけど、どうにかスカートを押さえながら彼方此方《あちこち》を動き回って、どうにか流菜と合流できたんだ。今《いま》初音と合流できて、これで三人」

「特に事件とか事故とかは？」

「今度はなかったよ」流菜が丸眼鏡を輝かせつつ微笑んだ。「オバケの襲撃も無かったし」

「そういえば」冬香は首を傾《かし》げながら。「今度はあの殺戮《さつりく》機械のバケモノ、まるで音沙汰《おとさた》がないな。私達このヘンテコランドもう三度目だけど、一度目と二度目には熱烈な歓迎を受けたよね。キリエもやっと有害鳥獣《ゆうがいちょうじゅう》の躾《しつけ》を憶えたか」

「ねえ冬香」流菜が頷《うなず》きながらいう。「今は安全みたいだから、今の内に未春や夏衣を捜そう？　春の嵐も嘘みたいに止《や》んじゃったから、今ならすぐに合流できるよ」

「それもそうだな。また蛇が殺人なん」冬香は一瞬、喉を詰まらせる。「いやええと、ともかくも事件事故があっちゃいけないから、フルメンバーの集団力を発揮した方がいいな」

——そんな感じで、私達三名が誤差領域を歩くこと五分。

「あっ未春!!」

「あっ流菜!!」

私達は、極めて見晴らしのよい川辺のやや先に、未春がちょこんと脚を崩して座っているのを発見した。桜瀬女子《おうせじょし》の制服のプリーツスカートが、ぱさりと草々の上で花開いている。私達は極めて見晴らしのよい川辺を少し疾駆《しっく》して、未春の所へと集まった。これで四名。

冬香と流菜は、そのまま未春の近くにしゃがんだ。そしてそのまま、あれこれ喋り出す。

「あれ？」冬香が私に声を掛ける。「初音座らないの？　ずっと妙に気負《きお》った姿勢だけど」

「そ、そう？　でもなんていうか、そう夏衣がまだ合流していないから気になって……」

「それならほら、彼処《あそこ》」冬香は顔と人差し指を、私の方に動かして。「ほら、初音の真後《まうしろ》。あの黒い豆粒みたいなの。あれはどう考えても桜瀬女子の制服だよ。この世界で黒い服着ているのは私達しかいないもん」

「な、成程《なるほど》確かに……」私は首だけ拗《ねじ》って首だけ顧《ふりかえ》らせた。「……み、見晴らしがよくなったからすぐ分かるね。近付いてくる黒い豆粒は、私達の桜瀬女子のセーラー服」

――やがて黒い豆粒は駆け始めた。おーい、おーいという声もする。

その声は無論、夏衣の声だ。

「はあ、ふう!!」その夏衣がいよいよ、私達四名に合流する。これで五名。「今度はさいわい真夏日じゃないけど、引き続きいい陽気だよね。また汗掻いちゃった」

「お疲れ様、夏衣!!　これで全員だね」冬香が敢えて元気よくいった。「今《いま》来た夏衣に私、初音に未春に流菜。点呼《てんこ》終わりっ」

「そうね、確かにこれで」夏衣はそっと頷《うなず》きながら。「全員集合の筈《はず》……無論、主演女優さんを除けばだけど」

そう、これで全員集合だ。それは理屈からして間違いない。私達迷子仲間は最初七人だった。悲しいからもう誰も口にしないけど、風織が殺されてしまって残り六人。千秋が殺されてしまって残り五人。まして私は今、『初期メンバー以外に新人など来ない』ことを熟知している。すなわち証拠からしても間違いない――この誤差領域の恐らくは最終幕、願わくは最終幕にしてほしい舞台に上がるのは、〈未春〉〈夏衣〉〈冬香〉〈流菜〉そして私〈初音〉の五名だ。夏衣が指摘したとおり、主演女優を除けばだけど。

（ましてこの、皆《みんな》の様子）私はこの世界のルールを確認した。（誰もが〈初期状態〉であり、そして誰もがこの世界に魂をアップロードさせる原因となった『直前の事情』の記憶を持たない筈《はず》――私とあんな打合せのできた末春以外は。誰も、あんな情報を獲《え》られていないのなら）

「夏衣お疲れ様!!」流菜が努めて明るくいう。「遠足の忘れ物はない？　おやつは三〇〇円までだよ？」

「あっは、うん忘れ物はないわ、身に着けている物だけだもの――」夏衣は一瞬だけ立ち上がり、制服姿をくるりと一周させた。手脚といい腰回りといい、確かに持ち物は無い。「そして残念ながら流菜、昭和トラディショナルなルールにしたがいたいけど、私今《いま》お財布も小銭も持ち合わせがなくって」

夏衣は冗談を言いつつ川辺に座った。けれど次に発した言葉はまさか冗談じゃなかった。

「それに、私達の遠足の行先地《ゆきさきち》はもう決まっている上、それはそう遠隔の地じゃないわ」

「……夏衣それって」恐らく『千秋の死』と、まさに夏衣のこの『覚悟』を憂慮していたんだろう、敢えて元気よくしていた冬香が、たちまち口調を暗くする。「この川の対岸のことかい？」

「私達は、こんなことを繰り返している訳にはゆかない。私達はもう、三度もこの誤差領域に漂着させられている。それが校長先生の求める所であろうとそうでなかろうと、一度目では風織が、二度目では千秋が死んでしまった。きっと三度目でも誰かが死ぬ。殺される。ううん、私達は一度目で全員斬殺《ざんさつ》されていても面妖《おか》しくはなかった。なら霧絵さんには私達を保護する絶対の責任がある筈《はず》よ」

「で、でも霧絵さんは……」きっと冬香同様の理由で、努めて明るくしていた流菜が、体育座りの素足をぎゅっと抱えた。抱えつつ小さく震える。「……むしろ、私達を処刑する側だよ？」

「大丈夫よ。私に考えがある。まして流菜、私達は流菜をこそどうしても守らなければ」

「そ、そうだよね、足手纏《まと》いの私なんかが夏衣に反対できた立場じゃないよね……」

「確かに」冬香が躊躇《ちゅうちょ》しながらも頷《うなず》いた。「流菜には失礼な言い方だけど、箏曲《そうきょく》部の千秋と茶道部の流菜は、初音＝未春＝夏衣＝私の体育会系組《ぐみ》が絶対に守らなきゃいけない仲間だった……まして実際、私達は千秋を失っている。もう誰も失えない。ならとりわけ流菜を守る必要がある。それが万全にできる場所は――恐らくは――謎の、川の対岸だろう」

「なら冬香と流菜は」夏衣は勢い込んだ。「渡河《とか》に賛成してくれるわね。初音と未春は？」

「わ、私は」立ったまま思わず口籠《くちご》もってしまう。「まだ、賛成とも反対とも言い難《がた》いけど……でも、できれば先《ま》ずは霧絵さんと落ち着いて話し合った方が。夏衣がどんな謎を解いて、どんな力を獲《え》たのかは解らないけど、無理矢理にとか強制してとかいうのは、ちょっと嫌」

「私は反対」未春は淡々《たんたん》といった。「渡河を試みればむしろリスクが跳ね上がる。だってそのときは、普段なら直接ヒトを絶対殺せない天使が、平然と私達を殺せる様《よう》になるから」

「で、でも未春」流菜が膝《ひざ》を抱えたままいった。「きっと夏衣には、それを封じる手段が」

「――初音と未春の消極意見は解った。それには理由があるとも思う」しかし夏衣は断言した。「だけど御免《ごめん》、私はもう積極策でゆくと決めている。何故と言って、元《もと》生徒会長としてリーダー面《づら》をすれば、生き残りは今《いま》五人。うち冬香＝流菜＝私の三人で、もう過半数の賛成が得られている。そして絶対の正解が無い以上、重要事《じゅうようじ》は多数決で決するのが合理的だわ。だから初音と未春には申し訳ないし、きっと言いたい事もあると思うけど、少なくとも私が霧絵さんに対してすることを、妨害だけはしないでほしい。そしてそれは、初音にも未春にも不利益にはならない。私はそう信じている」

「夏衣が其処《そこ》まで言うなら」未春が私を見遣《みや》りながらいった。「私としては是非《ぜひ》も無いよ」

「できるだけゆっくり、落ち着いて話し合うのを前提に」私はいった。「私も反対しない」

「有難う初音、未春」

（といって）私は後ろめたく嘆息《ためいき》を吐いた。（霧絵さんの出方によっては、事態は話し合いどころじゃなくなるけど……）

……さて、夏衣も数え上げたとおりいよいよ五名、いよいよ全員となると、これまでのように自然と車座ができてゆく。できている。あたかもピクニックの様《よう》に。立っているのは私だけだ。すると末春が、腹筋の利いたいいフォルテでたからかに言った。末春が吹部《すいぶ》でよかった。

「ねえ皆《みんな》!! 川を見て川!! ねえ、いつの暇《ま》にか水鳥《みずとり》があんなにいっぱい!!

あれってつまり天使が!! だからあの水鳥は——そう水鳥が飛び立ってゆくんだよね!!」

「それ、もうそんなに吃驚《びっくり》することじゃあ……

またあのパターンかよ、卒業式の練習かよ、だったらとっとと卒業させてくれよ」

冬香はそう言いながらも、末春の大声と身振りに釣られ大きな川を見た。冬香だけじゃない。夏衣も流菜も、思わずといったかたちで川の方へ視線をやる。だから私は座るべき位置を慎重に見定め、どっこいせ、ぐぐっとようやく腰を下ろせた。詰まる所、ようやく荷物を隠せた。はあ、これで宿題のほとんどはクリアだ……

(といって、やっぱり冬香は気付いた) 私はドキドキしつつ。(訝《いぶか》しんではいないけど、私の膝《ひざ》や脚《あし》に、不思議そうな視線をむけている。それはそうだ。私は怪しい。まして私達は剣道部仲間。私が冬香の気配《ニオイ》を読む様《よう》に、冬香もまた私の謀《たくら》みの気配《ニオイ》を読んだなら)

ともかくも私は膝を崩し、プリーツスカートをひろく裂かせながら、やっと皆《みんな》と一緒に川へ視線をやる。さいわいにも、冬香の視線はまた私から川へと移った。

真白《ましろ》い水鳥が今や数多《あまた》群れ遊ぶ、大きな川に。

その水鳥たちが、瞬《まばた》きする都度《つど》ふえてゆき。すぐ無数と言える程《ほど》になり。

やがて一斉に舞い上がる。天たかく一斉に。真白《ましろ》く美しい翼を、美しい角度で開き。

高貴としか言えないその躍動《やくどう》と滑空《かっくう》は、無論たちまち、誤差領域の天を蔽《おお》ってゆく。

だから世界が暗転する。

（そして、あっ暗くなったと思ったその刹那《せつな》――）

天使の世界ならではの、奇跡の様《よう》な、脳と魂を白く灼《や》く光の爆発が私達を襲うのだ。

白い閃光《せんこう》が。あたかも洗礼のような閃光が。

（霧絵さん、いつもとおなじ熱演だなあ。先刻《さっき》のあの、未春の大声と同じ趣旨かな？）

……いつもとおなじ熱演。だから私達は知っている。これから起こることを知っている。

冬香が愚痴《ぐち》ったとおり、卒業式の練習みたいに繰り返したから知っている。すなわち。

たくさんの白い風切羽《かざきりばね》が、私の掌《てのひら》ほどの鳥の羽根が、祝福のように舞い下りる。

その無数の羽根が集まって、それが無数の翼になり、それが無数の真白《ましろ》い鳥になる。

私の肘《ひじ》から先より気持ち小さい、鳥と呼ぶには可憐な、小鳥と呼ぶにはたくましい鳥に。

それら無数の白い鳥が、まるで白い絹のスクリーンの様《よう》に、誤差領域の地に舞い下りる。

真白《ましろ》い鳥たちが着地を終えると、幕が開いたように、また誤差領域の天地が見えてくる。

そのとき世界に、何かの喇叭《ラッパ》の様《よう》な、貴《とうと》くも厳《おごそ》かな翼の音が響き渡れば。川の上には。

「ごきげんよう」

「引き続き、なんて挨拶だ」

「引き続き悪いお口ね、ふわボブさん」

「どっちがだよ。北条冬香だって言ってんじゃん」

――川の上には今、霧絵さんがいる。いつもどおりに浮かんでいる。

厳《おごそ》かで雅《みや》びな羽と、優しくも貴《とうと》い光輪は、まさに天使ならではだ。

霧絵さんの本天認証ともいえる、シンプルで清楚《せいそ》で上品な女子高校生姿も、当初のまま。

すなわち――深い紺色のジャンパースカートに真白《ましろ》いブラウス。

キリッとした襟《えり》から胸元まで長く伸びる、蝶結びの、艶《つや》を殺した深い緋色《ひいろ》の紐《ひも》リボン。

ジャンパースカートを強く特徴付ける、腰元までの襞《ひだ》はいかにもなボックスプリーツ。典雅にしかし過度でなく膨《ふく》らんだブラウスの肩と手首。ハイショルダーとパフスリーブ。銀の地《じ》に灰色と青の意匠《いしょう》がとても美しい、制服の左胸に留めた校章。鳶色《とびいろ》がかった長めのショート。吃驚《びっくり》するほど絶妙な長さ甘やかさの横前髪《サイドバング》……後《おく》れ毛《げ》。

（そうだ。私はいつも感じる。こんな絶妙な前下がりショートも、こんな絶妙な前下がりショートが似合う小さな顔に細い首も、これまでの人生で目撃したことが無いと……

——きゃっ!!!!）

この刹那《せつな》、私は叫びそうになったし、まして私は飛び上がりそうにもなった。

末春の警告がなかったなら、すぐ立ち上がって驚愕の声・抗議の声を上げていた筈《はず》だ。

……今や、大きな川の緑の川辺には、霧絵さんの出現の儀式に動員された、数多《あまた》の真白《ましろ》い鳥が、勝手気儘《かってきまま》に遊んでいる。天国の鳩と思《おぼ》しき、可憐で愛嬌《あいきょう》のある鳥が——私の肘《ひじ》から先より気持ち小さい全長の鳥が、満足げにあちこちで散歩している。満足げに首を前後へふりながら。満足げに、首の動きとシンクロさせつつ、左右の足を交互に出しながら。満足げにくうくう、くうくうと喉を鳴らしながら。

（ま、まして満足げに私の……私のスカートの中であれこれと!!

それも一羽二羽じゃない!!　末春が警告していたのはこれ!?）

けれど末春の警告の御陰《おかげ》で、私はいったんビクンとした以外、大きな挙動《きょどう》を示さずにすんだ。うぅんむしろ、それらの鳩と鳩の動きを、スカートで隠すことができた。というのも、これは末春の警告以上に、私達に出された宿題だから——

さいわい、皆《みんな》の視線はいよいよ登場した霧絵さんに収斂《しゅうれん》している。

それが動くとしても、霧絵さんに悪態《あくたい》を吐《つ》き続ける冬香の方にしか動かない。

まして天国の鳩と思《おぼ》しき鳥は、車座になった誰の近くにもわらわらと群《む》れ集《つど》っている。

これらを要するに、私さえ痴漢行為を我慢すれば、誰も私の挙動に興味なんて持たない。

おまけに――

(成程《なるほど》、意味が解った)

スカート内に感じる鳥たちの動き。スカート周囲の数多《あまた》の鳥の動き。その意味が解った。

鳥たちが、だからそれらを動かしている飼い主が、いったい何をしようとしているのか。

あるいは、これから私にいったい何をさせようとしているのか。

(確かに、未春が断言していたとおりだ……

〝痴漢行為自体がその重要性を教えてくれる〟〝その必要性がすぐに解る〟〝そういう行為とそういう段取りになっている〟)

――まさしくそのとおり。私にはその意味が完全に解った。

だから私はむしろ天国の鳩たちを手伝った。一緒の目的を持って一緒の行為を開始した……当然、自分のスカートの中で。自分の行為を、スカートや姿勢で隠蔽《いんぺい》しながら。

理解できたなら、一連の行為は、とりわけこの緑の草々の川辺では難しい事じゃない。

結果、天国の鳩たちと私は、霧絵さんと冬香がいつもながらの悪態《あくたい》合戦を展開していたその三〇秒以上一分以下の内に、宿題を終えることができた。私は崩していた膝《ひざ》を抱え、今度は体育座りの姿勢を慎重に整えながら、あらゆる事態に対処できる態勢をとる。

姿勢を整え終え、安堵《あんど》の嘆息《ためいき》を零《こぼ》しながら霧絵さんの方を見れば――実はお互いに好きなんじゃないかと思える、霧絵さんと冬香の戯《じゃ》れ合いは取り敢えずの終息を迎えつつあった。ただやっぱり冬香は気付いていない。だからいる。私の怪しさに気付いている。だから悪態を続けながらも、そしてきっと天国の鳩たちの痴漢行為までは気付いていないにしろ、時折〝えっ？〟と言わんばかりの怪訝《けげん》な瞳を、私の膝先《ひざさき》に赴けてくる。私は軽く首を振って、足が痺れたような仕草をした。何か言いたげだった冬香は、成《なる》程《ほど》と言わんばかりに視線を霧絵さんに固定して――

「皆《みんな》もう草臥《くたび》れ果てているからさ。そろそろ大道芸も運動会も終わりにしようよ。飽きるほど言っているけど私、もうあんたの顔は見飽きたし」

「あら、ふわボブさんと意見の一致を見るのは嬉しいわ」

「これ、あと何回続くの？」

「飽きるほど説明しているけれど、上原良子が諦めるか、貴女達《あなたたち》の電池が切れるまでよ」

「ならこれからも四度目、五度目、六度目……以下省略があるって事？」

「……何事にも終わりはある。貴女達《あなたたち》の卒業夜祭《やさい》についても。今年の四月七日についても。そして私としてはこの超過勤務を、まして管轄違いの超過勤務を、できることならこの三度目の邂《かい》逅《こう》で終わりとしたい。それが望ましい終幕であっても、残念な終幕であっても」

「ならば」いよいよ夏衣は立ち上がった。「私達が無事にこの三度目を終える為《ため》、私が二度目のときお願いした事、聴き容れて下さいますね？」

「それはつまり」

「渡河《とか》です。川のむこうにある施設で、私達を保護することです。蛇の出ない、安全な川のむこうで」

「何故と訊いてよい？」

「私達は既に二人もの仲間を失いました。この〈誤差領域〉に出現するその都度《つど》、仲間が殺される。一度目に風織が。二度目に千秋が。ならこの三度目も誰かが殺される。そう考えるのは当然でしょう。まして四度目にまた誰かが、五度目にまた誰かが……なる事態は到底受け容れられません。だからです」

「鳶色《とびいろ》がかったセミロングさん。なら敢えて言うけれど、私の臆断が確かならば」霧絵さんのサファイアの如《ごと》き瞳が青い閃光をはなつ。「貴女《あなた》はそこまで渡河を求めつつ、けれどそれがまるで無駄で無意味だという事を、貴女達《あなたたち》の誰より熟知しているのではなくて？」

「意味が解りません。事《こと》ここに至ってはぐらかしは無駄です。私達の安全を思うなら――」

「成程《なるほど》、ここ〈誤差領域〉において既に二人の友達を失った、貴女達《あなたたち》ヒトのその悲憤《ひふん》は理解できる。実際、きっと記憶してくれているとおり、私は例えばΚαορι さんの非命《ひめい》について、偽らざるお悔やみを述べてもいる。そして私には嘘を吐く能力が無い……

　まして、更に正直に言えば。

　私がこの一六万年ほどの生涯において初めて、これほどまでに対話を重ねたヒトビトが、これ以上酷《むご》たらしく殺されるのも殺すのも、とても嫌に感じる自分がいて吃驚《びっくり》するわ。それをとても残念に思う自分がいて我ながら吃驚《びっくり》よ。要するに私は今、この一六万年ほどの生涯において初めて、論理的でも実際的でもない、了解不可能かつ処理不可能な感情あるいは衝動に襲われている。こんな感情をいだくことがもし予測できていたのなら、今年の四月七日、生涯初めてこんな大きな違反をすべきではなかった……帝陛下《みかどへいか》の与えたもうた勅《ちょく》と使命のまま、貴女達《あなたたち》ヒト全員を、寸秒《すんびょう》の暇《いとま》も惜《お》しんで殺戮させておくべきだった。ただ今日この日の冒険は、私が好んでそう決意しそう決断した行為だし、なら私にはその罪咎《つみとが》とその責任を負う義務がある。そう、私のこころに何処《どこ》までも正直になって」

「それなら!!」夏衣は立ち上がった。「そこまで仰有《おつしや》るなら!!　私達に川を渡らせて下さい!!」

「いいえ断る」

「どうしても、どうしても任意に御協力いただけませんか？

だと仰有《おつしや》るのなら、無理矢理にでも、そう強制してでもそうしていただくしか……

私が既にその手段を知っている事は、先の二度目のとき警告しておいた筈《はず》です!!

まして、私がその手段に訴える事については、此処《ここ》にいる仲間全員が同意を」

「──仲間全員というと」霧絵さんの鋭い視線が、私の瞳を強く射る。「五名の全員が？」

「そうです!!」

ここからは数瞬の出来事だ。

夏衣が〝そうです〟と絶叫してから数瞬の出来事。

──私は川辺の軟らかい草々に、ぐぐっと埋めておいた凶器を引き抜く。

私の左隣で体育座りをしていた、私が狙い澄《す》まして隣に座った娘《こ》の右手首をぐっと引く。

埋めておいた凶器を、思いっきり引き寄せた彼女の右掌《みぎてのひら》に、狙い澄まして突き刺す。

すぐ十字架に縫《ぬ》いつける様《よう》に、釘《くぎ》打つ様《よう》に、その右掌ごと凶器を地の草々に突き立てる。

なにをするの、と彼女の声。

軟らかい草々から、凶器ごと、大きく右掌を引き抜く彼女。

そして無論、凶器に釘打たれた掌《てのひら》からも、反対側の手の甲からも、彼女の血が流れる。

私達全員の視線が、彼女の右手に集束し──

「あら痛かった？」

「あたりまえよ、おまえのしわざなの!!」

霧絵さんのしれっとした仕掛けに、ハッと気付いて口を、ううん脳を閉ざす彼女。

（けれど、もう遅い……）

誰もが気付いた。私が襲った彼女が何なのかを。それは二重に証明されている、眼前で。

だから舞台のような刹那《せつな》の絶句が、唖然《あぜん》とした絶句が、大きな川のほとりを支配する。

だけど。

その刹那《せつな》の絶句を、狼狽《うろた》えたかの様《よう》な、諦めて覚悟を決めたかの様《よう》な、咄嗟《とっさ》の声が破る──!!

「命令するわ。

其処《そこ》を動かないで。超常の力も使わないで。私が許可するまで。以降誰が何を言おうと。

ましてこの蛇を殺すことも禁じる。それは絶対に許可しない。以降誰が何を言おうと」

私は吃驚《びっくり》した。私は最後のその声、その大急ぎの声までは、予測できていなかったから。

私に攻撃の合図をした、霧絵さん自身はどうだったのか……

(いずれにしろ、最終章の幕は切って落とされた。

私達は知らなければならない。ずっと私達を騙《だま》し続けていた嘘吐きを。卑劣な殺人者を。

そして、この世界と天使の秘密を……

今、この四月七日の悪夢を終わらせる為《ため》に)

読者への挑戦状

ここで敢えて物語を中断し、本格ミステリの古典的作法に倣《なら》って、作者が読者に挑戦をします。

物語においては、初音が隠し持っていた凶器を使用した時点で、西園千秋《にしぞのちあき》を殺したのは誰か、その共犯者は誰か、それぞれの動機は何か、そして〈蛇〉とは何かを特定するに足る証拠が出揃《でそろ》いました。また、初音のいう〈最後のその声〉が発せられた時点で、大きな川の対岸には何があるのか、夏衣のいう〈じゃんけん〉とは何なのか、そして上原良子《うえはらよしこ》校長が初音らに〈能《あた》うかぎりの苦痛〉を与えているのは何故なのか――既に物語上自明ではありますが――それらを特定するに足る証拠が、駄目押しを含めて出揃いました。何故『既に物語上自明』かといえば、この物語は、小説でいう『神の視点から描かれたパート』を含むからです。すなわち、登場人物である例えば初音が知り得ないことも、読者は知り得たからです。

このことは、本格ミステリなる遊技において、若干の、ルール上の疑義を生じさせます。

ここで無論、これから初音が〈四月七日の悪夢を終わらせる為《ため》に〉する告発は、初音が知り得たことがらのみを基盤とします。この意味において、読者は初音よりやや有利です。これは作劇上の都合に由来するもので、読者に責任はなく、よって読者は何らアンフェアではありません。しかしながら、それをもいさぎよしとしない方は、『神の視点から描かれたパート』をいったん忘れあるいは無視し、初音と一緒の情報・証拠のみによって、右に挙げた謎・出題にお取り組みください。敢えて視点人物に合わせるか。神の視点で全ての情報を用いるか。要はこれは、硬軟・難易といったコース選択の問題であって、読者が御自由に選択できるものです。というのもどのみち、導かれる解答は一緒になりますから。

ただ。

告発者たる初音の心情からして最も死活的な謎は、そして古典的本格探偵小説のコアは、〈誰が？〉です。犯人捜しです。

ならば。

西園千秋を殺したのは誰か？

それを特定するために、初音は誰の手を、何故、何で刺し貫いたのか？

それを特定できるよう、初音が未春からコッソリ受け取った物は何か？

それを特定できたとき、初音がとうとう理解した嘘吐きらは誰なのか？

――読者には未だ伏せられているそうした近道から、犯人捜しの一点を突破するとき。

〈誤差領域〉の謎も〈天使〉の謎も、〈蛇〉の謎も〈桜瀬女子《おうせじょし》〉の謎も、全て同時に解明されるよう、この物語は設計されています。西園千秋殺しの犯人当ては同時に、小説でいう世界設定の解明に直結します。実際に論理を組み立てて展開してゆく順番・前後は様々になりましょうが、犯人捜しこそが、この物語の全ての謎を解くための近道です。

無論、近道を選択なさるかどうかも御自由です。どのルートを選ばれようと、どんなルートも選ばれず直ちに解決編へゆかれようと、それは読者の絶対的な権利で自由です。遊技で大切なのは趣味人の遊び心。堅苦しい義務ではありません。楽しみ方もそれぞれです。

それでは御準備が整いましたら、どうぞページをめくってお進み下さい。

Ⅵ

未春、夏衣、冬香、流菜。

車座になっていた娘《こ》たちは今、立ち上がっている。

霧絵さんはそもそも大きな川の上に浮かんでいる。

私達の視線は、突然の出来事に激しく交錯《こうさく》する。

突然、隣の娘《こ》を鋭利な凶器で襲った私。

突然、鋭利な凶器で掌《てのひら》を刺し貫かれた彼女。

突然、川の上で微動だにできなくなった天使さん。

——ただ、霧絵さんは喋ることならできた。それは禁じられてはいない。今の所は。

「初音」その霧絵さんは淡々と。「説明が必要な様《よう》よ？」

「……何を今更だけど」私は仲間たちに語り出した。「私達の中には、嘘吐きがいる」

私は視線を嘘吐きに赴《む》けた。依然、その掌と甲からどろりとした血を滴《したた》らせ続ける嘘吐きに。いきなりの襲撃に数瞬、愕然《がくぜん》とした彼女に。抗議の声まで上げた彼女に。しかし今、確実に感じ続けているであろう痛みも怒りもどこへやら、釘《くぎ》打たれたも同然の手を最早《もはや》隠そうともせず、凍《い》てついた無表情のまま、まだ私達のフリをしている。すなわち彼女は、依然として〈桜瀬女子《おうせじょし》〉の制服姿のままだ。ううんそればかりか、どこかしら私達を冷笑している感すらある。血塗られた凶器を突き刺さったままにしているのは——それを今や隠そうともしていないのは、犯罪と犯罪者についての自白以上に、天使さんとヒトへの挑戦といえた。そう、私達の中には悪辣《あくらつ》で大胆な人殺しが、嘘吐きがいる。

「そうだよね、嘘吐きさん？」

「ハイそうですかとわたしが認めるとでも？」

「……いちいち証明しなきゃいけない？」

「是非《ぜひ》おねがいしたいわね。それがおわるまで依然、わたしは貴女達《あなたたち》のなかまのはずよ？」

「これほどまでに瞳《め》と脳とに訴える確証があっても？」

「それで貴女《あなた》がなにをどう証明したいのかは、いぜんとして、未確定で未解明だけど？」

「なら仕方ないね。私は今《いま》激しい怒りと侮辱とを憶えているけれど、その冒瀆《ぼうとく》的な挑戦を受けて立ち、証明が終わるまでは貴女《あなた》のこと、これまでどおりの名前で呼ぶことにするよ」

ここで私は、制服のプリーツスカートのポケットから、一枚の紙を採り出した。

「皆《みんな》、これを見て」

四月七日金曜日・午前三時三〇分現在

空川風織	○変容	○目覚め	◎発話	×証言	――	（第一発話者・死亡）
西園千秋	○変容	○目覚め	△発話	×証言	○再変容	（第二発話者・生存）
時村流菜	○変容	○目覚め	△発話	×証言		（第三発話者・生存）
中村初音	○変容	○目覚め	○発話	×証言	○再変容	（第四発話者・生存）
東都未春	○変容	○目覚め	○発話	×証言		（第五発話者・生存）
南雲夏衣	○変容	○目覚め	△発話	×証言	○再変容	（第五発話者・生存）
北条冬香	○変容	○目覚め	△発話	×証言	○再変容	（第五発話者・生存）

・第一変容における発話内容は、空川が最も明瞭なるも、全て既知の事実のみ

・妨害領域を越え、門に接近し得た者はなし
・第一変容終了を瞳で確認後、生存被験者の受難フェイズを再開、苦痛最大化
・苦痛最大化の再開後、西園・中村・南雲・北条が第二変容に入る
・残余の生存被験者にあっても、概《おおむ》ね一〇分以内に第二変容に入る兆候あり
・第一変容における死亡被験者にあっては、速やかに解剖を開始
・第18保健室に特異動向なし、患者は重篤な状態を脱し、容態安定
・速やかに、当該患者の持つ南雲関連の記憶を調整する必要あり

「これは、未春がこの〈誤差領域〉に持ち込んでくれた書類——ううん、カルテなんだ」

「カルテ」夏衣が私の翳《かざ》した紙を見詰めて。「それは〈地上世界〉の、だから桜瀬女子《おうせじょし》の」

「そう、私達の学校で作成されたもの」私は全員に中身が読めるようカルテを示しながら。「そして夏衣、この手書きの筆跡に見憶えはある？」

「それはもちろん」夏衣は霧絵さんの方を見遣《みや》った。「養護の、保健室の熊谷《くまがい》先生の筆《て》」

「だよね。私達自身が中等部からの六年間、お世話になった熊谷先生の筆跡。私達自身の体験でなくてもいいのなら、〈桜瀬女子〉開校以来ずっとその養護の先生だったという、熊谷先生の筆跡。その事実とこの筆跡は、〈桜瀬女子〉の生徒なら誰だって知っている」

「——けれど初音」冬香が訝《いぶか》しんだ。「どうやってそんな紙ペラ一枚を、この〈誤差領域〉に持ち込んだんだい？　今の初音の言葉からすると、持ち込んだのは未春らしいけど——この〈誤差領域〉への物の持ち込みルールからして、ただ手に持っているだけじゃ、そんな紙ペラ一枚は吹き飛んじゃう筈《はず》。私達の躯《からだ》と一緒に出現することはできない筈《はず》だよ。まして私達、この〈誤差領域〉へ出現するときは、所謂《いわゆる》〈初期状態〉になっている訳だし」

「この〈誤差領域〉のルールからして――」流菜が首を傾《かし》げる。「――しっかり身に帯びてれば、紙でもハンカチでも持ち込み可能だよね。イメージとしては、私達の魂が〈誤差領域〉に飛んでアップロードされるとき、一緒に空《くう》へ持ち上がる物、下へ落としはしない物が、ここで再構成・再構築・解凍復元される訳だから。でもそうすると、未春はこのカルテなるものを、制服のポケットにでも入れてたの？」

「それは無理」未春は断じた。「ここで、皆《みんな》の記憶は――この〈誤差領域〉へアップロードされる以前の皆《みんな》の記憶は――今夜の卒業夜祭《やさい》で正門をくぐったその直後あたりから、そう今夜の午前二時あたりから消えている。いや消されている。もちろん私もそうだった。ちなみにそうした記憶の調整は、学校にとってとても容易。というのもこのカルテを一読すれば解るもの。初音、見せてあげて」

「うん未春、ここだね――

〝速やかに、当該《とうがい》患者の持つ南雲関連の記憶を調整する必要あり〟」

「これが熊谷先生の筆《て》ってことは確実だから」未春は続ける。「学校はカルテ記載の私達七人の記憶を、どうやら恣《ほしいまま》に調整できることが解る。いやそれ以上に、私達は何らかの実験の被験者であることも解る。だからこそ、私達の記憶も躯《からだ》もどうとでもなる……何せ勝手気儘《かってきまま》に解剖すらできるらしいから。

そうすると、まさか私であろうと仲間の誰であろうと、命懸けの実験中に不要な私物を身に帯びることが認められる筈《はず》もない。もっといえば、熊谷先生にとって、ううん学校と上原校長にとって致命的ともいえるこのカルテを、貸してもらえる筈《はず》も持ち出させてもらえる筈《はず》もない。というか、そもそも閲覧させてもらえる筈《はず》がない」

「けれど未春」流菜が更に首を傾げた。「そんな致命的なカルテが、今現実に、私達の眼前にある。もちろんこの〈誤差領域〉で平然と存在してる。ならそれは」

「当然、不正な手段で手に入れた」未春が私を見詰めて頷《うなず》く。「私はカンニングをした」

「カンニング……？」

「そうだよ流菜。

このカルテを盗み出したのは、天使である霧絵。それは当然、私にそして私達ヒトに、不可解で不可思議な実験のあらましを教える為《ため》。地上世界の、所謂《いわゆる》神の視点における諸々《もろもろ》の事実を教える為《ため》。それが私の言うカンニング。

だから当然、このカルテはここ〈誤差領域〉に持ち込まれる必要がある。無論、天使である霧絵は――持ち込みルールどおり――自分自身でそれを学校から誤差領域に搬送することもできた。物語上自明だけど、天使にはそれができる。けれど、霧絵にはそうしたくない理由があった」

「――どうしてさ？」

「それはね冬香」私は説明を引き継いだ。「当然、このカルテは私達ヒトに手渡しして読ませないと意味がないからだよ。

ここで、これを〈誤差領域〉の何処《どこ》かに置いておくのは危険すぎる。放置しておいて回収させるのは危険すぎる。何故と言って、既に証明されているけど私達の中には嘘吐きがいるから。端的《たんてき》には、天使にとってもヒトにとっても敵となる存在がいるから。そう蛇がいるから……

そうすると、この致命的なカルテは現実に受け渡しをする必要がある。

けれどそれも、霧絵さんにとっては、依然としてとても危険な冒険だよ」

「何故？」

「だって冬香、霧絵さんがこの〈誤差領域〉で最も恐れなければならないのは――霧絵さんに恐れるだなんて感情があればだけど――蛇だから。すなわち、〝およそ霧絵さんにできることはできる蛇〟〝霧絵さんの基本性能について言えることが当てはまる蛇〟〝血統の異なる親戚・勘当《かんどう》された親戚めいた蛇〟〝それほど厄介《やっかい》で駆除しがたい蛇〟がこの四月七日、現実にここ〈誤差領域〉で跳梁跋扈《ちょうりょうばっこ》している。当然、霧絵さんの敵として。

より具体的には。

蛇は霧絵さんの基本性能のうち、〝着衣容姿顔貌《ようしがんぼう》体型その他の外見的特徴を意のままにできる〟〝透明にもなれる〟といった能力を当然に有している。物語上自明なこと。だとすれば、私達ヒトに擬態《ぎたい》することもできれば私達ヒトの瞳《め》には映らない様《よう》にすることもできる。ううんそれどころか、そんな蛇は〝天使ですらおいそれとは駆除駆逐《くじょくちく》しがたい〟〝隠れること、自然物に擬態することに長《た》けている〟〝天使ですら発見・検知しがたい〟恐ろしい敵。これも物語上自明なこと。

要するに、私達ヒトとかに化けられたり、パッと透明になられたりしたら、私達ヒトは当然ながら、天使である霧絵さんでさえ蛇を認識・識別できないんだよ」

「あっ成程《なるほど》」冬香が手を拍《う》った。「キリエは自分が蛇に尾行・監視されるのを恐れたんだ」

「そうなる。念《ねん》の為《ため》に言えば、透明になる瞬間を目撃されること等も。

ここで無論、霧絵さんはこの〈誤差領域〉の管理者だから、例えば春一番《はるいちばん》を延々と吹かせたり、桜の花吹雪を無茶苦茶《むちゃくちゃ》舞わせたりして、蛇の視覚と聴覚を欺《あざむ》くことができる。これも物語上自明だし実例がある。

けれど蛇のハイスペックな能力からして、そんな小細工がどこまで通用するかは賭けになるし、そもそも蛇が最も警戒しているのは天使なんだから、霧絵さん自身が派手に動くのを止めるのが最適解。まして、尾行・監視されているかも知れない霧絵さんとしては、億を譲《ゆず》ってヒトと接触する様子を盗み視られるのはよいとして、そのとき〈紙〉〈紙片〉を手渡しているのを盗み視られるのは絶対にマズい」

「……それは何故？」

「それは夏衣、この〈誤差領域〉において紙ほど稀有《けう》なものは無いからだよ。それは、わざわざ設置されたトイレにすら紙が用意されていないって意味でもそうだし、情報伝達の手段として紙が用いられることは無いし紙を用いる必要が無いって意味でもそう。ここは天使さんと蛇の領域。その基本性能が一緒なら、紙だの筆記具だのはまるで必要ない。ましてここは本来、ヒトの長期滞在を全く予定していない世界。だから極論、〈思念〉さえあれば足りる世界」

「要するに」夏衣がいった。「この世界で、〈紙〉〈紙片〉はとても目立つ。悪目立ちする」

「そして紙の効用は」流菜がいった。「この場合、明々白々に情報の伝達」

「わざわざ特定の紙を手渡す、っていうんなら」冬香がいった。「どうしてもそうなるよね。だって天使の能力には〝自分の記憶と常識とで再現できる、構造と素材と機能とを理解した物ならば、自分の手許《てもと》に作り出すことができる〟なるものがあるから。それがコピー用紙なり折り紙なりティッシュペーパーなり……まあ何でもいいけど、どうでもいい日常の用に供するものなら、わざわざコッソリ手渡す必要がない。ところが。

　どうしても特定の紙を、他のあらゆる紙とは異なる効用を持つ紙を、どうしても尾行者・監視者の視線をくらませて手渡す必要があるっていうんなら、それは情報を伝達する為《ため》としか考えられない。少なくともキリエとしては、蛇がそう考えそう怪しむことを織り込んで、警戒しなきゃいけない」

「だから霧絵さんは」流菜がいった。「春一番と花吹雪で尾行者・監視者の視覚・聴覚を欺《あざむ》いたばかりか、自分自身が登場するのも止めた。言ってみれば、使者を立てた」

「どうでもいい付け加えをするなら」未春がいった。「春一番と花吹雪で、空までをも蔽《おお》っていたことは何気《なにげ》に重要だけどね。というのも物語上自明なとおり、この〈誤差領域〉は主《あるじ》たる霧絵の出現を認識すると、霧絵用の電源として太陽を出すから。裏から言えば、この〈誤差領域〉に太陽が出たとするなら、それは霧絵が出現した証拠になってしまう。当然、蛇も霧絵の出現を察知できることになる。だから霧絵は、蛇の視覚・聴覚を欺いただけでなく、蛇が主演女優の登場に気付けない様《よう》にもした。

ただ議論の本質としては流菜の言ったとおり。霧絵はカンニングのための特定の紙を、自分は介在せず使者を立て、私達ヒトに手渡した。より具体的にはこのカルテ、これは、①まず霧絵が地上世界で私に手渡し、②霧絵が誤差領域の〈門番〉たる能力と権限で——学校による怪しげな実験の結果でなく——私の魂をここにアップロードさせ、③その私が初音に誤差領域で手渡した。これがカルテの流れ。だからカンニングペーパーの流れ」

「……使者を立てたのなら、空を蔽《おお》って太陽を隠すなんて事、まるで不必要じゃない？」

「いや絶対に必要だったよ」未春は淡々《たんたん》と。「それはお前の右手に突き刺さっている物が雄弁に物語っているとおりじゃん。このターン、私達にとっての誤差領域『第三幕』では、①使者である私が初音にカンニングペーパーを手渡すミッションと、②管理者である霧絵が必要な武器を確認あるいは配置しておくミッションが、同時並行で進行していたんだ。だから霧絵はこの第三幕、あのもったいぶった儀式以前の段階でとっくに出現していたし、だから私達と接触しないまでもそれなりに多忙だった。けれど霧絵のそのミッションは、『ヒトと直接接触して特定の紙を手渡す』なんて冒険よりは、遥《はる》かに難易度が低かった。事実、お前は霧絵の仕込んだ武器に気付けなかった」

「……未春」夏衣が訊いた。「何故、未春が使者に選ばれたの？」

「極めて消極的な、しみじみする理由から」

「すなわち？」

「私達のうち、私しかこのカルテを隠せなかったんだ。

ほら、この髪」

「……意味が解らない」

「それは夏衣、こういうことだよ」私は未春をアシストした。「霧絵さんは今夜、地上世界の桜瀬女子《おうせじょし》で、私達被験者なるものがどのように実験をされているのか知った。ううん、霧絵さんはずっとずっと学校がある区域の管轄天使だったから、それを再確認したという方が正確かも知れない。その霧絵さんは、やがてまた〈誤差領域〉に魂をアップロードさせてくるであろう私達ヒトに、実験の真実と蛇の謀略とを教えようとした。これ、かなりの情報量になるから、しかも異様な情報になるから、霧絵さんとしてもその手段方法に迷った、かも知れないけど――

――私ほんとうに上手いと思ったわ。

この、熊谷先生が手書きしたカルテ。これが一枚あれば、そしてこれを一読するのなら、私達の奪われた記憶、そのほとんどの内容は理解できるし思い出せる。そう、USBでもICレコーダでもなく、この紙片が一枚あれば。無論、これを〈誤差領域〉へ持ち込めれば。だけど〈誤差領域〉への物の持ち込みには厳格なルールがある。シンプルには、持ち込もうとする物は『飛ぶ』ときに『一緒に持ち上がる物』『下へ落としはしない物』でなければならない。

ここで。

未春は地上世界で、霧絵さんに全てを思い出させてもらえたし、今は私も、未春の説明と甦《よみがえ》ってきた記憶とで全てが解っているし、そしてこのカルテを一読した皆《みんな》もまた、だんだんと今夜の記憶を取り戻しつつあると信じるけど。

――今夜の実験で、被験者たる私達は、次の格好しか許されてはいない。

Ⅰ　顔の上半分を蔽《おお》い隠す大きなヘッドセット＋全裸

Ⅱ　全裸

Ⅲ　桜瀬女子の制服（襤褸布《ぼろぬの》状態）

とすれば、霧絵さんとしては、例えばカルテを『制服の何処《どこ》かに隠す』『そのまま誤差領域へ持ち込ませる』ことはできない。それは無理。何故と言って、私の甦った記憶が確かなら、私達の制服は既に物を隠せる状態にないから。そもそも私達自身の躯《からだ》すら、まるで隠せない非道《ひど》い状態だから。ましてその制服と躯《からだ》とは、実験に必要な措置として、徹底的に物理的なダメージを与えられている所……

なら。

私達が『飛ぶ』ときカルテを『隠して』『下へ落とさず』、誤差領域へ確実に持ち込むためにはどうすればいい？　私達のうちの誰が、カルテをどう隠せばいい？

――先刻《さっき》未春自身が言っていたとおり、これは霧絵さんにとって消極的な選択だったと思う。言い換えれば、地上世界で先《ま》ず未春が霧絵さんの協力者に選ばれたのは、状況が為《な》せる必然だった。他に選択肢は無かった。とはいえ霧絵さんも、結果論として未春が最上の協力者となったことに、すぐ気付いたと思う。

というのも未春は未春で、カルテとともに〈誤差領域〉に侵入できたとき、諸々《もろもろ》のミッションを果たすため新たな協力者を必要としたけれど――ここで蛇には擬態《ぎたい》能力があることを思い出して――その未春は確実に信頼できるヒトを、確実に識別できるから。また未春に秘密を説明されたそのヒトも、未春がヒトであって蛇ではないことを、確実に識別できるから。

要は、最初に未春が使者に選ばれたのは消極的選択からくる必然だったけど、未春が選ばれた結果、未春も、だから結果として霧絵さんも、『絶対確実に敵じゃない』とカンタンに識別できる、そんな協力者を獲得することができたんだ。もちろん何を今更だけど、未春の協力者というのはこうしてカルテを手渡された、この私」

「なら初音」流菜が訊いた。「地上世界で、未春が天使さんに選ばれた理由って？　それに、未春が確実に蛇とヒトとを識別できた理由って？」

「霧絵さんが未春にカルテを託さざるを得なかったのは、未春の髪がポニーテイルだから」
「――えっ？」
「霧絵さんが口癖のように言っている。未春はポニーテイルさん。夏衣はセミロングさん。冬香はふわボブさん。流菜は三つ編みさん。私自身は、ロングロングストレートさん。あと念《ねん》の為《ため》だけど、殺されてしまってこの第三幕には間に合わなかった……この第三幕には登場できなかった千秋は、ハーフアップさん。

この誤差領域第三幕における登場人物のうち、そう地上世界では先刻《さっき》言った様《よう》にほとんど全裸にされている登場人物のうち、実験者／学校側に察知されずカルテを『隠して』『下へ落とさず』搬送できるのは、実は未春しかいないんだ。

そう、〝跳ね上がりの大きい〟〝古風で大きなスカーフリボンを使っている〟〝とてもボリュームあるポニーテイル〟を滅多《めった》に下ろしはしない、そして実際その髪型のままで諸々《もろもろ》の実験を受けている、髪を刈られても損なってもいない、そんな未春しかいないよ。だって私達、誰もがほぼ全裸だもの。

この場合冬香は論外だし、夏衣と私は髪を結《ゆ》ってはいないし、流菜の三つ編みだって〝きゅっとした鋭い〟三つ編みだから、コッソリ解《ほど》いて紙を紙縒《こより》とかにして編み込んでまた整える――なんてのは実際上無理。仮にどうにか編み込めたとして、ハードな実験・検査の途中でバレる可能性がとてもたかい。流菜については他にも否定的な理由があるけど、ともかくも第三幕に登場予定の未春＝夏衣＝冬香＝流菜＝私のうち、カルテを『隠して』『下へ落とさず』搬送できるのは、とてもボリュームあるポニーテイルやヘアゴムや、古風で大きなスカーフリボンを駆使できる、未春しかいないよ。

また念《ねん》の為《ため》だけど、千秋のハーフアップなら仕掛けようによってはカルテを挟み入れることができた、かも知れない……ただ千秋は殺されてしまった。千秋はその魂を組成するドットあるいはピクセルにまで還元《かんげん》されて削除された。それは私達のほぼ全員がここ〈誤差領域〉で目撃している。無論、霧絵さんも。なら以降、可哀想な千秋を使者にすることは論外になる」

「実験者が末春のポニーテイルを解《ほど》こうとしたら？」

「それは流菜、賭けになるけど勝算のある賭けだよ。だって記憶の甦った末春は救助者の霧絵さんに証言できるから──今夜、実験のどの過程でも髪を解《ほど》かれたことは無いと。大きな欠損もないと」

「ならキリエは、成功をほぼ確信して」冬香がいった。「末春の大きなポニーテイルを、ポストあるいはレターパックにしたって訳か。成程《なるほど》、髪に『結び目』があれば。髪に『ボリューム』があれば。それを三次元的に、ある種の『袋物』として使えるのなら。まして ヘアゴム・スカーフリボンといった『固定具』が使えるのなら。勝算はかなり上がる。適度に折った紙を挟《はさ》み入れ、結《ゆ》わえ、隠すこともできるだろう。極論、紙縒《こより》にしたっていい。〈初期状態〉にもどるから。末春のポニーテイルがそういう袋物になれるほどのものだってことは、私達学校生活で散々《さんざん》目撃しているし、それはこの誤差領域においてもまるで一緒だしね。というか、着衣の類《たぐい》が使えないほぼ全裸の状態なら、とあるえげつない隠し場所を除き、髪の中以外に方法がないし、医学的検査の虞《おそれ》・紙の傷みを最小限にしようと思えば、髪の中が唯一の解となる──


いや実際、熊谷先生のカルテが今、此処《ここ》にあるのが何よりの証拠だ」

「ただ初音」夏衣が訊いた。「その使者の役割を務めた末春が、初音をこそ協力者にした理由は何？うらん、私達学校生活で散々《さんざん》目撃しているから、末春と初音が親友あるいはそれ以上の絆《きずな》で結ばれているのは知っているけど……でも天使さんの敵である蛇は〝着衣容姿顔貌《ようしがんぼう》体型その他の外見的特徴を意のままにできる〟んだから、蛇が第三幕の初音に擬態《ぎたい》しているって可能性も否定できないわよね。そして蛇は〝隠れること、自然物に擬態することに長《た》けている〟〝天使さんですら発見・検知しがたい〟のだから、ヒトである末春には、秘密を告白して協力を求めるべき初音がまさに『ホンモノの初音』であることは、まさか識別できない筈《はず》だけど？」

「それについては私、あんまり説明したくないんだけど……」

「匂い」未春はアッサリいった。「それぞれの匂い。もちろん誤差領域における〈初期状態〉でも維持されている、私と初音の匂い。だから私は初音を〝初音独特の、初音だけの防具と汗の匂い〟で識別あるいは本人認証できるし、初音も私を〝吹部《すいぶ》少女の唾《つば》の匂い錆《さび》の匂い〟で識別あるいは本人認証できる――中等部入学から高等部卒業までのこの六年、毎日毎日お互いが口にしてきた事だしね」

「未春の名誉のために言うと」私は微妙に顔を赤らめつつ付け加えた。「未春の髪は、〝いつもいつも、ずっとずっとブルーベリーとラズベリーと洋梨の香りがする〟んだよ」

「……だけど天使さんには、だから蛇にも」夏衣はいった。「超常《ちょうじょう》の力がある。なら蛇がその匂いまでをも再現し身に纏《まと》っていたという可能性は残るわ」

「それはアッサリ否定できるよ」私はいった。「だって霧絵さんは、この怪しげな実験が開始されて以降三〇年余《よ》にわたってずっと、ここに迷い込んだ私達の先輩方と一切のコミュニケーションをせず、その、つまり……全てのヒトを瞬殺してきたんだから。ええと、〝侵入後直ちに殺してきた。何人も何人も。来る年来る年。何度も何度も繰り返して。まさか侵入後、六〇〇秒を生かしてはおかなかった〟んだから。まして天使さんにはヒトのような体臭が無い。〝私達嗅覚は鋭いけど、自分にこんなものないから不可解で斬新よ〟なんだから。

そうすると――後で述べる様《よう》にそうした文化・生態の諸々の違いが蛇の致命的なミスにもなったんだけど――超常の力が駆使できたところで、不可解で斬新な、ヒトの、未春の、私の匂いなんて再現できないよ。三〇年余で、ううん万年単位の生涯で初めて嗅いだものを、六年以上嗅ぎ続けてきた私達を納得させるかたちで再現するなんて絶対無理。私達自身に置き換えて考えてみれば解る。初めて遭遇した宇宙人が発する蒸気とか噴煙《ふんえん》とかを調香して再現できるかって。ううん、そもそもコミュニケーション上の必要がないのに再現する気になるかって。

それがただの常識論に過ぎないって言うんなら、常識論以上の証拠がある。すなわち霧絵さんは、だから蛇は〝自分の記憶と常識とで再現できる、構造と素材と機能とを理解した〟モノでなければ作り出せないんだよ。だから未春の楽器の匂いとか私の防具の匂いとかはまさか再現不可能だし、いや元素レベル原子レベルで理解できるんだなんて強弁したところで、絶対に嘘を吐かない霧絵さんが〝不可解〟とまで断言してしまっている時点で決まり。それは蛇についても一緒。

要するに、霧絵さんにも蛇にも、私達の匂いを再現することはできなかった――この論点と結論については後々《のちのち》必要になってくるから、後々《のちのち》もっと具体的な補強証拠を出すし出せるけど、ともかく断言しておく。霧絵さんも蛇も、私達の文化・生態を理解できなかった為《ため》、このような現象を数多《あまた》生じさせ、強いて言えばそれによるミスを数多《あまた》生じさせている。そのミスの内容が、例えば匂いの再現など無かったことを、雄弁に物語ってくれる」

「初音、これまでの議論を纏《まと》めると――」流菜がいった。「――天使さんは、私達に対する実験の正体と私達の境遇を、まさにこの第三幕、また〈誤差領域〉へ魂をアップロードさせてくるであろう私達に、教えたかった。その為《ため》にこのカルテ一枚は理想的だった。だからこれを〈誤差領域〉に持ち込もうとした。けれど持ち込みも手渡しも、蛇の尾行・監視を考えれば危険。だから使者を立てることを考えた。使者は第三幕の登場人物である必要がある。うちカルテを隠して搬送できるのは、大きなポニーテイルの未春だけだった。だから地上世界で未春に全てを説明し、未春の記憶その他も治療して、未春にカルテを託した。事実そのカルテは今、私達の眼前にある。なら未春はカルテの搬送に成功した。その未春は、天使さんの何らかの指示を果たすため――例えば先刻《さっき》初音が使用したその凶器の入手とか――第三幕の登場人物の内から協力者を選び出す必要があった。その協力者として理想的だったのは、六年にわたる信頼関係があるばかりか、お互いの匂いで本人認証をしあえる初音だった。

だから未春はこの第三幕、先《ま》ず初音と合流し、お互いの本人認証を確実に行った。お互いの本人認証が終われば、初音が初音本人であって、未春が未春本人であると信頼できる。よって、未春は初音にいい、そのカルテを読ませつつ、初音の全ての記憶を甦《よみがえ》らせるとともに、その初音の記憶に無い地上世界の諸《しょ》事実をも——天使さんあるいは神様の視点からしか分からない諸事実をも——詳細に教え、それをふたりで共有した。

初音、私の言ってること、合ってる？

「うん合っている。すごく正確に纏《まと》めてくれて有難う。

細かいことを言えば……例えばこの第三幕で未春が私と接触したとき、未春ったら私の体重なんかに触れながらオーバーアクションな交通事故を演出していたんだけど、そのときの故意《わざ》とらしい大声とか無駄口《むだぐち》とかは全部演技。蛇の尾行・監視を警戒しなきゃいけなかったから。私達が接触したのはまるで偶然だと思わせなきゃいけなかったから。そして私達、春一番と花吹雪の最中《さなか》でも、カルテを極力隠すことにした。まさに未春が使った大きなスカーフリボンで、必要なとき以外カルテは蔽《おお》った。私達はそれだけ蛇を警戒していた。結果論としては、蛇は蛇で自分の陰謀にいそがしくて、私達ふたりの動静なんて気に懸けてはいなかった様《よう》だけど。ともかく私達は蛇を警戒していた。今もこうして警戒しているとおりに。

だから。

絶好のタイミングでまた馬脚《ばきゃく》を現してくれて有難う蛇さん、ううん悪魔さん」

悪魔、天使、ヒト

「えっ初音、また馬脚ってどういう事？

……私黙って聴いていたけど、この女が、このイキモノが蛇だってのは、初音の説明の初《しょ》っ端《ぱな》から、いや初音がこのイキモノを攻撃した時点でもう明々白々じゃん!!」

「冬香それは何故?」

「何故も何も!!」流石《さすが》に冬香は熱《いき》り立って。「血がこんな凶々《まがまが》しい緑のヒトはいないよ!!」

「念《ねん》の為《ため》だけど冬香、何故血が緑だと蛇になるの?」

「……天使さんは、キチンと説明していた」夏衣が嘆息《ためいき》を零《こぼ》す。「天使さんのいう蛇は、天使さんたちでですら〝発見・検知しがたい〟けれど、〝何かの拍子《ひょうし》か何かの僥倖《ぎょうこう》で踏み潰《つぶ》すことができたなら、結果論としては識別できる〟と。だけど、そのとき私達ヒトの〝靴がそれはそれはおぞましい極彩色《ごくさいしき》に汚れるのは私としても嫌〟と。

　まして天使さんはこうも教えてくれていた。そう天使さんの青い血を見せてくれたとき、こうも説明してくれた――自分自身の血を生物学的に探究したことは無いけれど、でも血が〝緑だったらまた大変でしょう?〟と。血が緑だと何が大変なのか? 蛇を踏み潰したとき私達の靴を汚す、極彩色の何かとは何なのか? それを考えれば答えは自明だわ」

「まして夏衣」私はいった。「お風呂に入っていた夏衣自身は目撃できていないかも知れないけど、あの誤差領域第二幕――そう千秋が殺されてしまった第二幕において、私達は既に蛇を目撃している。数多《あまた》目撃している。極彩色・蛍光色とも言えるほど不気味かつド派手にジトジト輝く、空恐《そらおそ》ろしい緑の蛇を数多《あまた》目撃している」

　これを霧絵さんの言葉と併《あわ》せ考えれば、蛇の血の色は、ヒトの赤でも天使さんの青でもない、『緑』だと合理的に推測できる。

　そして駄目押し。

　その千秋が殺されてしまった第二幕の最終盤《さいしゅうばん》、私は不思議なモノに気付いた。具体的には、私の右掌《みぎてのひら》に絵の具のような緑の染《し》みを見出した。口紅を肌にサッと塗った様《よう》な、ボールペンのインクのダマをサッと手で擦《こす》ってしまった様《よう》な、刷毛《はけ》でサッとペンキを伸ばした様《よう》な、始点と終点とがよく分かる緑の染みを。あるいは緑の筋を。始点のダマと終点のはらいとが明確な、いきおいある緑の帯を。まるで指で適当に描いたような幅の曲線を。

この事実から、誤差領域第二幕の最終盤において、『絵の具の様《よう》にどろりとした緑の液体』が出現していたと分かる。私そのときこの世界から削除される真際《まぎわ》だったけど、できるだけ自分の右掌《みぎてのひら》を翳《かざ》しながら大声を出した筈《はず》だから、皆《みんな》もきっと証人になってくれると思う——重ねて、私の右掌に絵の具・口紅・インクのダマを思わせる、『どろりとした緑の液体』が付いた痕跡があったと、皆《みんな》もきっと証言をしてくれると思う。

ならその液体って何？

ならその液体は何処《どこ》からやって来たの？

……これを考える際。

その第二幕の最終盤において、まさに血を流していた出演者が、自発的に血を流していた出演者がたった独りいるのを、誰もが憶えている筈《はず》。そう、あの無花果《いちじく》を創造する際に。成程《なるほど》、林檎《りんご》を創造する際も霧絵さんは血を流した……青い血を流した。なら無花果《いちじく》を創造する際もそうだろうと合理的に推測できる。そして私は第二幕の無花果《いちじく》が大量だったから、皆《みんな》に配るのを手伝った。血が私の手に移るとしたら此処《ここ》しかない、このタイミングでしかないよ。ましてそれは霧絵さんの青い血でなく、何者かの緑の血だった。すなわちこの世界には、ヒトの赤い血でも天使さんの青い血でもなく、緑の血をした何者かがいる。そして当該《とうがい》何者かは、自分の血どころか自分の存在すら完全に隠蔽《いんぺい》しようとしている……もう馴染《なじ》んだ言葉で言い換えれば、隠れようとしている。擬態しようとしている。事実、私達は緑の血をした第三者の存在に、その擬態《ぎたい》に、全く気付けてはいなかった。

これで決まりだよ。

ここ誤差領域に侵入しつつ、自分を徹底して何かに擬態させることが可能なのは、霧絵さんのいう蛇でしかない。それを私の言葉にすれば——ううん霧絵さんが最初からそう呼びたかった言葉にすれば、悪魔だよ。私達同様、天使さんと天国に対して侵略行為を働く、悪魔だよ」

「悪魔なんてものが」流菜は訊いた。「ほんとうに実在するの？」

「それはそうだよ流菜」私は嘆息《ためいき》を吐いた。「だからこそ私はその緑の血を流させる——なんて最終手段に出たんだけど、今の私達の常識と今の私達の理屈で考えても自明だよ。だって天使が実在するんだもの。だってこの誤差領域は天国の下位互換《かいごかん》なんだもの。まして霧絵さんは、そう絶対に嘘を吐けない霧絵さんは、例えばこう言っている。

要旨《ようし》、この誤差領域は〝天国に行き損ねた遷移先〟だと。あるいはヒトの死後、〝どのみち死者の魂を天国の門まで搬ぶのは私達管轄天使だしね〟とも。はたまた神様の実在を問われたとき、〝天地を、そしてアダムを創造なさった絶対者という意味ならそのとおり〟なんてことも断言している。駄目押しで誤差領域第一幕の最後に、〝私は魔女で、ここは地獄への一里塚《いちりづか》〟とまで断言している。そして重ねて霧絵さんは絶対に嘘を吐けない——

なら。

既に今の私達にとっては常識だけど、霧絵さんが所謂《いわゆる》正直族だから証明すらできてしまう。すなわち天国も天使も実在する。まして地獄すら実在する。ならその地獄には誰かが棲《す》まうはず。天使と対極の存在である誰かが。霧絵さんの愚痴《ぐち》を引用すれば、〝私と血統の異なる親戚〟〝勘当《かんどう》された親戚〟が棲まうはず。そして私達ヒトは、またきっと霧絵さんも、そのような存在を〈悪魔〉と呼ぶはず。

そう、悪魔もまた実在する」

「……天使さんが〈悪魔〉なるストレートな言葉を使わず、〈蛇〉とだけ呼んだのは何故？」

「それは流菜、〝その駆除は私の使命だし、まして先方《せんぽう》もそう思っているだろうしね〟とまで断言した霧絵さんとしては、そんな不倶戴天《ふぐたいてん》の敵である悪魔なんて、〝直ちに、暇《いとま》を置かず、情容赦《なさけようしゃ》なく躊躇《ちゅうちょ》なく、舌先を出すのも声音《こわね》を立てるのも許さずに〟〝殺処分《さつしょぶん》〟すべきモノだからだよ。

　言い換えれば。

　霧絵さんは私達に――まさに霧絵さんと私達がしたような――悪魔との人格的なコミュニケーションをとってほしくなかったんだよ。だから霧絵さんは〝あらゆる接触・コミュニケーションは無意味・無価値どころか危険〟と強く警告したし、〝貴女達《あなたたち》ヒトは、その毒に冒《おか》されるという意味で蛇に弱い〟とも説明した。

　この毒が今や物理的な、生物学的な毒じゃないことは論《ろん》を俟《ま》たない。蛇は悪魔なんだから。なら、その毒は常識論として、私達ヒトを騙《だま》し欺《あざむ》き誑《たぶら》かし堕落させようとする行為全般の筈《はず》。ひいては、何らかの取引をしようとする行為全般の筈《はず》。その為《ため》には絶対に、私達ヒトとの人格的なコミュニケーションが必要な筈《はず》……

　だから実際、常識論以上に、今この瞬間も私達の眼前でヒトの姿をとり、私達と人格的なコミュニケーションをしながら、私達を現に欺瞞《ぎまん》し続けている。

よって、常識論からも霧絵さんの断言からも物証からも、今や悪魔の実在は確実だし、その目論見《もくろみ》もあきらかだし、だから霧絵さんが〈悪魔〉なる剣呑《けんのん》なキーワードを避けたのも道理だよ。既に天使の実在を知ってしまった私達が、〈悪魔〉なるキーワードを与えられれば、あたかも霧絵さんとお喋りする様《よう》にそれと人格的なコミュニケーションができるんだと考えてしまうから。まして霧絵さんとしては、私達全員をとことん信用することができない以上――元々侵略者と門番だよね――〈悪魔〉と邪悪な取引・契約をする娘《こ》が出てきても面妖《おか》しくはないって、そう考えるのが自然で使命だよ。

　実際の所、結果として。

　そのような邪悪な契約は、霧絵さんの憂慮《ゆうりょ》のとおり、締結されてしまったしね……」

「それはすなわち？」

「……夏衣、それは千秋殺しの真実を解明するとき説明するよ」

「千秋殺しの為《ため》に、誰かが悪魔と取引・契約をしたという事？」

「残念だけど、それが私達に生じた最大の悲劇である以上、そう考えざるを得ないよね」

「この悪魔が人殺しなの？」

「霧絵さんとすら交渉しようとする夏衣の頭脳だったら、その答えは解っている筈《はず》だよ」

「……こ、此奴《こいつ》が、此奴《こいつ》がヒトに擬態した悪魔だとして!!」冬香はハッ、と思い出したように訊いた。「この上ない証拠である、緑の血を流したとして……初音が此奴《こいつ》の手を刺すのに使ったそれは……その凶器は!! 初音はどうしてそれを……どうしてそれが此処《ここ》に!?」

「やっぱり、冬香には分かっちゃうよね……冬香には見憶えがある筈《はず》だもの」

「見憶えも何も!! それはこの六年間ずっと……いやこの誤差領域においてさえ!! 既に第一幕から出現していたそれは――」

「ゴメン冬香。この凶器についても、千秋殺しの真実を解明するとき説明させて、お願い」

「いやもう説明の要《よう》も無く!!」

……そうだ。今や説明の要は無い。

私がこの第三幕、この誤差領域における『宿題』の結果として、川辺で手に入れたこの凶器。私はこれで蛇を攻撃した。攻撃の方法ならどうでもよかった。目的は唯一《ただひと》つ。蛇に血を流させること。その為《ため》に取り敢えず、鋭利でありかつ私が更に鋭利にもした凶器が必要だった。私はそれを回収し、折ってなお丈《たけ》のあるそれを制服上下の背に隠し、それを車座になった軟らかい草々の中へと埋め込んだ。この第三幕、皆《みんな》が出揃《でそろ》ったとき私がなかなか座らなかったのは、ううん座れなかったのは、ずっと背負うかたちになったこの丈ある凶器ゆえ……詰まる所、以上が誤差領域内におけるこの凶器の『動き』で、その第一義的な『意味』『効用』だ。

——ただ、無論。

私に抗議をした冬香は当然、この凶器の他の『意味』をも直ちに見出している。直ちに見破っている。それはそうだ。私達は中等部入学から高等部卒業までの六年間、ずっと密《みつ》な仲間だったのだから。

「重ねてゴメン冬香。今はこのバケモノの、この悪魔の論点を終わらせてほしい。

それがきっと、この凶器の意味を、いちばん早く確実に理解できる近道だから……」

冬香は依然、喉許《のどもと》まで迫《せ》り上がった言葉を口に出すかどうか迷う様《よう》に、吃逆《しゃっくり》みたいな、痙攣《けいれん》みたいな挙動《きょどう》を示していたけれど——やがて、悲しい嘆息《ためいき》を一気呵成《いっきかせい》に丸呑みするように言った。私にはその悲しみが痛いほど解った。だから冬香の忍耐はとても有難かった。

「それが初音の組立てで段取りなら……仕方ない。剣道部仲間として、初音の戦術眼には私、とても敵《かな》わないとこの六年間ずっと思い続けてきたから。

だからそれが、勿体《もったい》ぶった真実の出し惜《お》しみなんかじゃないことは解るから」

「……有難う、冬香。

じゃあ急いで、この悪魔についての論点を終わらせる。千秋殺しを解くための大々前提。

——そもそも眼前の緑の血から、この娘《こ》が悪魔でバケモノであることは証明されている。

けれど。

私がこんな苛烈《かれつ》で決め打ちの手段に出たからには、実行者の私と協力者の未春は、この娘《こ》こそが悪魔でバケモノであると確信できていた事になる。さもなくば、『友達』に突然、こんな非道《ひど》いことはしないしできないもの。

なら何故、未春と私はこの娘《こ》こそがヒトに擬態した悪魔だと分かったかって言うと——

ここで最重要の証拠である、熊谷先生のカルテを詳しく読んでみて」

四月七日金曜日・午前三時三〇分現在

空川風織	○変容	○目覚め	◎発話	×証言	――	（第一発話者・死亡）
西園千秋	○変容	○目覚め	△発話	×証言	○再変容	（第二発話者・生存）
時村流菜	○変容	○目覚め	△発話	×証言		（第三発話者・生存）
中村初音	○変容	○目覚め	○発話	×証言	○再変容	（第四発話者・生存）
東都末春	○変容	○目覚め	○発話	×証言		（第五発話者・生存）
南雲夏衣	○変容	○目覚め	△発話	×証言	○再変容	（第五発話者・生存）
北条冬香	○変容	○目覚め	△発話	×証言	○再変容	（第五発話者・生存）

・第一変容における発話内容は、空川が最も明瞭なるも、全て既知の事実のみ
・妨害領域を越え、門に接近し得た者はなし
・第一変容終了を瞳で確認後、生存被験者の受難フェイズを再開、苦痛最大化
・苦痛最大化の再開後、西園・中村・南雲・北条が第二変容に入る
・残余の生存被験者にあっても、概《おおむ》ね一〇分以内に第二変容に入る兆候あり
・第一変容における死亡被験者にあっては、速やかに解剖を開始
・第18保健室に特異動向なし、患者は重篤な状態を脱し、容態安定
・速やかに、当該患者の持つ南雲関連の記憶を調整する必要あり

「卒業夜祭《やさい》が開始されたのは四月七日午前二時だし、このカルテは『変容』『再変容』なる言葉遣いをしているし、まして『第一変容』『第二変容』なるキーワードも出現している。だからこの午前三

時三〇分現在の状態を記録したカルテは、私達が校長先生の実験によって『最初に変容してから』『また変容をし始めるまで』の時点で作成された事になる。

それらを私達の言葉に直すと、このカルテにおける裸の『変容』なる用語は私達でいう『誤差領域第一幕』になるし、『再変容』なる用語は私達でいう『誤差領域第二幕』になる。説明するまでも無いけど何故と言って、この『変容』なる用語が私達に対する実験と、その結果としての誤差領域入りを示しているのは確実だから」

「ううん初音」流菜が訊いた。「それは何故？　何故、説明するまでも無いの？」

「だってカルテ記載の諸点《しょてん》のうち、たったの二点から明白だもの……

証拠の第一点、〝門に接近し得た者はなし〟なる記載。

この卒業夜祭《やさい》の四月七日深夜、私達迷子仲間が接近する門というなら二つしかない。在校生の皆《みんな》が厳《おごそ》かなオーナメントで楚々《そそ》と飾ってくれた学校の正門と、霧絵さんが〝あの世とこの世の国境線で門番を務める〟その門だよ。

そして私達は前者には接近している。潜《くぐ》ったもの。その記憶は残っているもの。

けれど後者には接近していない。接近できなかった。

何故ならカルテに記載されているとおり〝妨害領域〟があったから――そうこの大きな川があったから。ねえ夏衣。私達、その〝妨害領域〟なるものを越えようとしたけれど、だから対岸を目指したけれど、妨害機能が稼動《かどう》して目的は果たせなかったよね？」

「そのとおりだったわね」

「門、なるものを目撃してもいないよね？」

「それもそのとおりだったわ」

「だとすれば、カルテに記載された〝妨害領域〟がこの大きな川で、だから私達が〝接近し得た者はなし〟に該当することは自明だよ。これが〈変容＝誤差領域入り＝誤差領域第一幕〉〈再変容＝誤差領域入り＝誤差領域第二幕〉であることとの証拠の第一点。

証拠の第二点は。

風織の欄《らん》の記載だよ。私達迷子仲間のリストの内、風織の欄を一読すれば、風織がその実験で『変容』はしたけど『再変容』はせず『死亡』してしまった事はすぐ解る。これは誤差領域における私達迷子仲間の実体験ともぴたり一致する。言うまでも無いけれど、可哀想な風織は私達のいう誤差領域第一幕において、あの自動機械に斬殺《ざんさつ》されてしまった。換言《かんげん》すれば、風織は第一幕に登場したけど、第二幕には登場できなかった……

だからカルテ記載の『変容』は私達のいう第一幕だし、『再変容』は私達のいう第二幕だよ。よってこちらのルートからも、〈変容＝誤差領域入り＝誤差領域第一幕〉〈再変容＝誤差領域入り＝誤差領域第二幕〉であることが証明できる」

「成程《なるほど》、そりゃ確かにそうだ」冬香が考え考え頷《うなず》いてくれる。「だけど初音、初音はこのカルテの分析から何を言いたいんだい？　初音は確か、何故このバケモノが、ヒトの皮を被《かぶ》ったこのバケモノが悪魔だと確信できたか、その理由を説明してくれる筈《はず》だろう？」

「冬香、そして皆《みんな》。もう一度この、午前三時三〇分現在の皆《みんな》の状態を記録したカルテをよく確認してみて。

すると、もう今の私達には解る。

可哀想な風織を除いて考えたとき、私達迷子仲間は二種類のグループに分かれることが解る。すなわち私達は、『誤差領域第一幕にも第二幕にも登場した娘《こ》』と『第一幕には登場したけれど第二幕にはまだ登場してはいない娘《こ》』とに分かれる。だよね？」

「それも成程《なるほど》」冬香が大きく頷く。「詳しく言えば、リストの記載順で千秋＝初音＝夏衣＝私が前者の皆勤賞《かいきんしょう》グループ。他方で未春＝流菜はいわば遅刻グループだ。何故と言って、カルテによれば後者はまだ『再変容』なるものをしていないから。私達の言葉でいうなら『誤差領域第二幕』にはまだ登場していないから」

「でも冬香、冬香は今、何故『遅刻』『まだ登場してはいない』って言葉遣いをしたの？」

「そりゃあ初音、このカルテから自明だからさ。すなわち〝残余の生存被験者にあっても、概《おおむ》ね一〇分以内に第二変容に入る兆候あり〟なる記載。これって、その直前の行《ぎょう》と併《あわ》せて考えれば、遅刻している〈未春＝流菜〉も、皆勤賞の〈千秋＝初音＝夏衣＝私〉同様、概《おおむ》ね午前三時四〇分には誤差領域第二幕に登場する——って意味にしかとれないもん」

「でも冬香、冬香のいう『遅刻グループ』のふたりは結局、第二幕に登場したの？」

「えっ突然何を。もちろん登場したよ。

——私達、誤差領域の記憶は失わない。この世界のルール。

そして私も、もちろん初音も夏衣も千秋も、『遅刻グループ』の未春と流菜が、第二幕にも登場しているのを目撃している。私達六人、誰もが普通に普段どおりのコミュニケーションをとっている。

初音も当然それを憶えているよね？」

「じゃあ訊き方を変えるね。

〝概《おおむ》ね一〇分以内に第二変容に入る兆候あり〟なる文言。

これは確定した事実を述べるもの？」

「——いやそれはもちろん違うさ。

午前三時三〇分の時点における予測だし、だから未確定の事実だよ」

「なら結局、未春と流菜は第二幕になんて登場してはいなかった……という可能性もある」

「そ、そんなことは」冬香は一瞬、絶句した。「初音が何を言いたいのか解らないよ」

「私も解らないわ」夏衣が訝《いぶか》しむ。「カルテに言う第二変容、私達のいう第二幕において、未春と流菜が出現していたのは動かない事実よ初音？」

「ううん、そうじゃない、いいいい」

「……また何故⁉」

「霧絵さんは〝人《にん》〟と〝名《めい》〟を明確に遣い分けるから。そしてそれには必然的な理由があるから」

「ますます解らないわ‼」

「ねえ夏衣、夏衣は憶えている？

第二幕で、霧絵さんが大演説をしたときのことを。真善美《しんぜんび》の帝国として完成されてしまった天国を嘆《なげ》きつつ、ヒトの好奇心、ヒトの選択、ヒトの欲望と決断、ヒトの自由と責任を、とても羨《うらや》んでいたときのことを。だからヒトの冒瀆《ぼうとく》と無闇《むやみ》さと淫猥《いんわい》さと不謹慎《ふきんしん》さを、嬉しくて悲しくて素敵なものだと、こころから褒《ほ》め讃《たた》えあこがれていたときのことを」

「……思い出せるわ。でもそれで？」

「第二幕のそのとき、霧絵さんはこうも断言していたよね。

〝四人もの規模のヒト……じゃないわね、五名もの規模のお客様と、まるで天使同士がするみたいに自由にお喋りするだなんて〟って」

「あっ、そういえば」冬香が大声でいう。「私も思い出した。微妙な違和感を思い出した。確かにキリエは〝人〟と〝名〟を明確に遣い分ける。というのも私、第一幕でのキリエの言葉を憶えているから――例えば〝六人とも？〟〝確か九名だった様《よう》な気もするけど〟〝現在員は六人よね〟〝残余《ざんよ》の一人はどうしたの〟云々《うんぬん》。あと確か、第二幕で初めてキリエが登場したときも、〝今度は四人なのかと思って、野暮用《やぼよう》から押《お》っ取《と》り刀《がたな》で駆け付けてみれば〟〝私を入れて、また六名になるとはね〟云々《うんぬん》って愚痴《ぐち》っていた。私思い出せる」

「有難う冬香、それを憶えていてくれて。

そして冬香、なら何故霧絵さんはそうまでして〝人〟と〝名〟を遣い分けると思う？

換言《かんげん》すれば、〝人〟と〝名〟は意味として、また霧絵さんにとってどう違うの？」

「ええと、〝人〟はヒトを数える単位だけど、〝名〟はと言うと……

……アッそうか、そういうことか!!　自縄自縛《じじょうじばく》!!　天使のキリエにとっては必然なんだ!!

ヒトしかいないときは〝人〟なんだ!!　そしてヒト以外がいるときは〝名〟なんだ!!」

「冬香それは何故？」

「やっと解った。キリエは嘘を吐けないから。結果として嘘になることも喋れないから。天使のルール。自縄自縛。だからキリエが『此処《ここ》にはヒト以外の何者かがいる』と知っているときは〝名〟を遣わざるを得ない。そのとき〝人〟を遣ったら結果として嘘になる」

「そうなるよね。

となると、そんな霧絵さんが第二幕の大演説のとき、私達聴衆《ちょうしゅう》のことを〝四人もの規模のヒト……じゃないわね、五名もの規模のお客様〟と断言した意味は？　はたまた、第二幕初登場のとき、〝今度は四人なのかと思って、野暮用《やぼよう》から押《お》っ取《と》り刀《がたな》で駆け付けてみれば〟〝私を入れて、また六名になるとはね〟と断言した意味は？」

「……ええと、キリエを入れて合計六名なんだから……まず聴衆は五名だった。そうなる。

また、聴衆にはヒト以外の何者かがいた。一名いた。他の四人はヒト。そうなる」

「だけど初音」流菜が訊いた。「おかしいよ。だって私達聴衆はそのとき、初音＝未春＝夏衣＝千秋＝冬香＝私の六人だもの。ヒト以外の何者かがいたかどうかは別論、カウントそのものが間違ってる。

天使さんにとってのお客様の数はどのみち、6でなきゃ変だよ」

「でも流菜、流菜も認めるよね、第一幕のとき、私達全員で納得したこと――

すなわち執拗《くど》いようだけど、天使さんは、霧絵さんは絶対に嘘を吐かない、吐けない。

結果として嘘になることも絶対に喋れはしない。なら。

霧絵さんがわざわざ断言した以上、第二幕のあのとき、私達聴衆の数は5だった。

その内訳はヒト4、ヒト以外1だった。これは議論の大前提として確定すること。

そして。

ちょうどいい数字が出ている。

流菜が指摘してくれたとおり、外観上は、私達迷子仲間の数は6だった。

けれど霧絵さんはうち1をヒト以外だと断言している。

まして霧絵さんはうち1を敢えてカウントしていない。

――詰まる所、第二幕のあのとき、霧絵さんがヒトとは看做《みな》していない者が二名いる。

換言《かんげん》すれば、第二幕のあのとき、ヒトとしては存在していなかった者が二名いる。

ねえ夏衣、この『二』という数字、そして『第二幕』というタイミングに何か感じない？

もっと言えば、熊谷先生のこのカルテと突合《とつごう》して、何か気付くことは無い？」

「……冬香の言う遅刻組、カルテの言う再変容をしていない者、私達の言う第二幕に登場していない者が、ちょうど二人ね」

「それは誰？」

「未春と、流菜よ」

「更に熊谷先生のカルテから、第二幕に確実に登場済みだったのは誰？」

「……カルテの『再変容』欄《らん》記載のとおり、千秋＝初音＝私＝冬香の四人」

「なら流菜、霧絵さんがヒトとは看做《みな》していなかった謎の二名が誰か、今《いま》確定したよね？」

「未春と、私だね」

「だから貴女《あなた》はそうやって、凶々《まがまが》しい緑の血を、どろどろと滴《したた》らせているんだよね？」

「貴女《あなた》がそうしてくれたのだけどね。

ただ、まさかそんなカルテだけからわたしを見破ったというの？」

「それこそまさかだよ。

だからつい先刻《さっき》も『馬脚を現した』って言ったよね？」

「どういう意味かしら」

「意味も何も。その直前の〝初音、私の言ってること、合ってる？〟が全てだよ」

「まるで解らないわね」

「今更恍惚《とぼ》けても……

私、未春からいろんな説明を聴く前から微妙に、ううんかなり不思議に思っていたんだけど——未春、夏衣、千秋、冬香、ホンモノ流菜に私。中等部入学から高等部卒業までの六年を、同級生として過ごしてきた私達六人。その誰もが貴女《あなた》みたいに『い抜き言葉』なんて遣わないんだよ。私達六人は桜瀬女子《おうせじょし》の躾《しつけ》が厳しいからか、〝している〟〝していない〟〝していた〟〝していなかった〟の類《たぐい》を〝してる〟〝してない〟〝してた〟〝してなかった〟等とは絶対に言わない。あらゆる動詞についてそう。これは私達の人生の記憶としても、この誤差領域における例えば第一幕の記憶としてもそう。

——ここで霧絵さん。霧絵さんは〝一度聴いたこと、一度見たことを忘れる性格をしてはいない〟んですよね？」

霧絵さんは依然として全く身動きできないまま、しかし川の上からしれっと答える。

「そうね」

「その断言からして、霧絵さん自身が超絶的に高性能な記憶媒体なんですよね？」

「そうね」

「なら霧絵さんは――ヒトからすれば俄《にわか》に信じ難《がた》いしかなり嫉《うらや》ましいんですが――霧絵さんが現に聴解《ちょうかい》した事柄《ことがら》、霧絵さんが現に目撃した事柄を絶対に忘れないんですよね？」

「そうね」

「なら霧絵さん、脳なのか心なのか解らないけど、霧絵さんの記憶媒体をスキャンして下さい。第一幕の流菜は『い抜き言葉』を遣っていましたか？」

「いいえ遣ってはいない。私が聴解できた範囲では一度も」

「千秋が殺された第二幕と、今現在のこの第三幕の流菜はどうでした？」

「遣っていた。そして遣っている。私が聴解できた範囲では、遣える箇所《かしょ》の全てで。今《いま》駄目押しの現在形を用いたとおり、この第三幕においてさえ複数の実例があるわ。それは初音も、そして他のヒト御各位《ごかくい》も聴き取れた筈《はず》よ、聴こうと思えばね」

「なら第一幕の流菜と、第二幕・第三幕の流菜は別人……ううん別者《べつもの》だよね、皆《みんな》どう？」

「……初音」冬香が戦慄《せんりつ》した声でいった。「結論には同意する。だけど。だけどそれなら。熊谷先生のカルテどおり、私達と一緒に地上世界で非道《ひど》いことをされている、ホンモノの流菜はどうなった？だってホンモノの流菜が、その、生きていれば、ホンモノの流菜の魂がここにアップロードされてくる可能性があるし、そのときはホンモノ流菜とニセモノ流菜が、ここで出会《でくわ》しちゃうというか、同席しちゃう可能性がある。だからつまり……」

「ゴメン冬香、悲しいことを言うわ。

……ホンモノの流菜は死んでしまった。

だからこそニセモノ流菜は安心して跳梁跋扈《ちょうりょうばっこ》できた。

そしてそれはもう私達に訃《つ》げ知らされている。霧絵さんは流菜の訃報《ふほう》を既に訃《つ》げている。

……思い出して。誤差領域第二幕で、私達を救出しにきた霧絵さんが『野暮用《やぼよう》』のため地上へ下りていった直前のことを。霧絵さんはこう言っていた。〝もう上原良子の悪謀《あくぼう》の犠牲者が三人も出た〟と。でもそれは千秋殺人事件以前のこと。誤差領域における犠牲者というなら第一幕で斬殺《ざんさつ》された風織だけの筈《はず》。そして霧絵さんは嘘を吐かない。ならあと二人、上原先生の実験に関係して『犠牲』を強いられたヒトがいる」

「その二人のうち一人が流菜だと？」

「そうなる。だって風織が死んでしまったから、カルテにいう〈被験者〉は六人。うち〈夏衣＝千秋＝冬香＝私〉の四人は確実に生きていた、カルテの記載どおり。まして未春が当時も今も赤い血のヒトとして生きているのは議論の大前提。霧絵さんの協力者だもの――なら消去法で、〈被験者〉のうち〝上原良子の悪謀《あくぼう》の犠牲者〟となったのは流菜でしかない」

「……なんてこった」冬香はお腹の底から嘆息《ためいき》を吐いた。悲憤《ひふん》の涙がひと筋、落ちる。「霧絵のその言葉遣いからして、〈被験者〉が死んだのは間違いない。それが流菜だというのも、悔しいし悲しいけど間違いない。けど初音、残る一人って誰？　千秋はまだ死んでしまってはいなかったよ、初音自身も言っていたけど」

「それもまた、とても悲しい話。それはつまり、私達の〈第八番目の仲間〉の話」

「だ、第八番目の仲間？　私達は風織を入れても七人だよ？」

「いるのよ冬香、八人目が……ただ彼女の被害状況は、千秋殺人事件の動機に直結する。だからその説明は、千秋殺人事件の説明のときにさせて……」

「あらら」ニセ流菜がいった。「おともだちが亡くなってこぼす涙。ほんとにかわいそう」

「なんだバケモノ!!」冬香が切れた。「ヒトの死がそんなにおもしろいか!?」

「おもしろいわ。

ヒトの死とヒトの堕落ほどわたしにとって美味しくおもしろいものはないもの。換言《かんげん》すれば。

いきている小娘の賢《さか》しらな弁舌《べんぜつ》ほどむかつくものはない。まして『い抜きことば』だの。なかむらはつね。貴女《あなた》そんな言葉尻だけでこのわたしの擬態を見破ったとでもいうの？」

「ううんもちろん違うけど、まったく全然違うけど、でも先に言っておくとこれ、唯《ただ》の言葉尻の揚《あ》げ足取《あしと》りじゃないんだよ。そうだよね霧絵さん？」

「……いささか忸怩《じくじ》たる慨嘆《がいたん》を禁じ得ないけれど、まさに御指摘のとおりよ初音。

というのもふわボブさん、ふわボブさんならもう理解できている様《よう》に、まるで一緒の失敗を……まるで一緒の演技ミスをした女優がもう一名、いるから」

「演技……」冬香はふわボブさん呼称へのツッコミも忘れて考えている。「……失敗？」

「冬香、詰まる所」すると未春が謝罪する様《よう》にいった。「第二幕に登場していないのは、このバケモノとあと誰になる？」

「それはまさに未春じゃん。未春自身。カルテの記載等から、先刻《さっき》証明されたばっか。

アッ、演技ミス……い抜き言葉!!

イザ思い返してみれば……たぶん第二幕の未春も!!　なんてこった!!」

「そのとおりよ」霧絵さんがとても嫌そうにいった。「私は確実に記憶している。第二幕におけるポニーテイルさんは、遣える箇所《かしょ》の全てで『い抜き言葉』を遣っている。それは私の記憶を全部検索するまでもない事実よ。何故と言って、それは記憶というより体験、記憶というより自己設定だから」

「すると」夏衣は吃驚《びっくり》して。「まさか」

「第二幕に登場していたポニーテイルさんは、私よ。

第二幕において基本、私はポニーテイルさんに擬態していた。彼女のフリをしてヒトっぽく『ドットとピクセルに還元されて雲散霧消《うんさんむしょう》する』退場のときまで。私は着衣容姿顔貌《ようしがんぼう》体型その他の外見的特徴を意のままにできる。私にそれができるのは既述《きじゅつ》のとおり」

「なら第二幕でも出現した霧絵さんは……貴女《あなた》は？　貴女《あなた》は間違いなく第二幕でも!!」

「鳶色《とびいろ》がかったセミロングさん、私は幻覚あるいは映像・動画を空間に投射することもできる。私にそれができるのも既述のとおり」

「でも私達の眼前であれだけ喋って――」

「それが全て思念だったこと、だから第二幕における私は一言も肉声を発していないこと、ましてずっと川の上に浮いたまま、絶対に第一幕のようには貴女達《あなたたち》の車座の近くへ下りてゆこうとしなかったこと、不思議には思わなかった？

　その異様さはセミロングさん、貴女《あなた》なら見破れるし見破られると思ったのだけど……

　ともかく私は思考内容を言葉を用いずダイレクトに伝達できる。私にそれができるのも既述のとおり。念《ねん》の為《ため》に付言《ふげん》すれば、私は思念を用いざるを得なかった。何故と言って肉声を出せば、それは当然、ポニーテイルさんの唇を動かすことになってしまうから」

「――奇《く》しくも、悪魔と天使さんが」私はいった。「まるで一緒の文法ミスを犯したことになりますが、この偶然の一致にはもちろん理由がある。そうですよね霧絵さん？」

「私絶対に嘘が吐けないから、悪魔の内心については当然、推測になるけれど……

　それは確信水準の蓋然性《がいぜんせい》で『万年単位の生涯を生きてきたとっしょりが、自然な感じで十八歳の若者に擬態《ぎたい》しようとして、かえって依怙地《いこじ》に若者言葉を遣ってしまった』結果よ。喩《たと》えるなら、ナウでヤングなアベックがサテンでレスカ飲んでるぜ、みたいな感じでね」

「よくそんな死語がぽんぽん出てきますね？」

「私これでも約一六万歳の所謂《いわゆる》ババアだしね。

ともかくも私は、自白するけど第二幕、ポニーテイルさんに擬態していた。無論、伊達《だて》や酔狂《すいきょう》からではない。既にして物語上自明なとおり、私には〝野暮用《やぼよう》〟にして〝超過勤務〟にして〝当直勤務〟にして宿題があったから——貴女達《あなたたち》ヒトビトのうちに協力者を確保し、その協力者に証拠を託し、また所要《しょよう》の泥棒《どろぼう》を働くといった宿題がね。

というか、その協力者をポニーテイルさんとしたからこそ、ポニーテイルさんは第二幕に登場しなくなった。というのも私はそのときポニーテイルさんの治療をするから。私はそのときポニーテイルさんの記憶を復元し正気を恢復《かいふく》させるから。ならポニーテイルさんが上原良子の陰謀・虐待によって誤差領域入りすることは無くなる道理——私こそがその門を開かなければね。

——まして、第二幕においてポニーテイルさん＝私だったことには、きっと他の証拠もある筈《はず》よ。要は私、他にも襤褸《ぼろ》を出している筈《はず》。校章の傾きとか。ヒトに擬態するのなんて六年ぶりだしね」

「それは例えば……」私は思い出しながらいった。「……第二幕における自動機械の襲撃時、私を救護してくれたのは〈末春〉だったんですが——そう例えば、その〈末春〉の手が〝普段よりずっとずっと温か〟だったこととか？」

「ヒトの体温なんて忘れて久しいしね」

「同様に、そのとき私を抱き締めてくれたその抱き締め方が〝普段よりずっとずっと直截《ちょくせつ》で本能的な感じ〟だったこととか？」

「ポニーテイルさんと貴女《あなた》の関係はそれなりに教わった。無論、私の協力者である彼女から。ただ私、性交あるいは性交類似行為を嗜《たしな》まなくなってもう何万年も経つから、ヒトの求愛行為についても当然疎《うと》い。だから演技過剰だったのかも知れない」

「同様に、そのとき〈末春〉のポニーテイルからは、〝強く生々しい汗の匂い〟〝ヒトの肉・ヒトの肌・ヒトの熱の生々しい匂い〟〝イキモノの匂いとしか形容する言葉がないもの〟しか聞けなかったことも？」

「それは弁解のできないポカね。というのも私は当該《とうがい》匂いを〝ブルーベリーとラズベリーと洋梨《ようなし》の香り〟にしなければならなかったのだから。それこそが〝いつもいつも〟〝ずっとずっと〟ポニーテイルさんの髪の香りなのだから」

「同様に、そのとき髪は汗でべとべとなのに、顔は〝汗の雫《しずく》のひとつさえ浮かべていない〟〝初期状態のままのキレイな顔〟だったことも？」

「御指摘のとおりよ。私達は意図してしなければ汗も搔かないし赤面しないし涙も零《こぼ》さないから。まあ涙を流すのは目からだから難しくはないけど、汗となると彼方此方《あちこち》からだから匙加減《さじかげん》が分からない。赤面もまた匙加減に苦労する」

「ああ、だから第二幕で登場したとき、第一幕では汗を搔かないって断言していたのに〝当直勤務だわ、汗でべとべとよ〟だなんてホントのことを言ったんですね？」

「そのとき初音は『悪い冗談だ』と言わんばかりの顔をしていたけどね。

ただ、私の髪が汗でべとべとだったのは事実でしょう？　そう、私は嘘は吐かない」

「アッ、そうすると!!」冬香が参戦した。「第二幕の自動機械一匹を〝寸秒《すんびょう》を惜《お》しんで解体して塵《ちり》に帰す必要がある〟なんてわざわざ言っていたのは!!　身バレが恐いから!!」

「御明察よふわボブさん。だって自動機械は私の人形。主《あるじ》たる私には恭順《きょうじゅん》の意をしめして拝跪《はいき》してしまう。実際、第二幕の戦闘中に私＝ポニーテイルさんと接触したとき、主《あるじ》に攻撃されてそれはもう吃驚《びっくり》し、キョトンとしてしまっていた。そのような挙動《きょどう》を示されては、せっかくポニーテイルさんに擬態している意味が無い。まして獣の如《ごと》き本能によって稼動《かどう》するΓρηγορι の知能は限定的よ。ならポニーテイルさんに擬態している私と、川の上に出現した私の映像を認知したとき、Γρηγορι がどんな激しい混乱を示すか——重ねて、それではポニーテイルさんに擬態している意味が無くなるわ。

　といって無論、自動機械がヒト御各位《ごかくい》を全滅させてしまってはお気の毒だし私も困る、という事情があった。というのも私の今夜の計画上、ヒトが全滅してしまっては元も子も無いから。その意味で私には貴女達《あなたたち》ヒトの命を救う義務があった」

「だけど確かキリエって」冬香が続ける。「第二幕の戦闘が終わったとき、川の上からバケモノ鳥を爆裂させたり、川の上から私達を治療したり、川の上から私達の持ち物を〈初期状態〉にしたりしたよね？　でも川の上のキリエは唯《ただ》の映像・動画だろ？　おかしいよ」

「……成程《なるほど》、そういう事だったんですか」夏衣がいった。「あのとき私、そこはかとなく、霧絵さんの仕草がどこか大袈裟《おおげさ》だと感じていました。無駄に大仰《おおぎょう》な身振りというか……でも顧《ふりかえ》ってみれば、第一幕においては、自動機械を削除する際も治療の際も修復の際も、霧絵さんはそんな仕草をしてはいない。なら第二幕における、何と言うか、童話の魔法使いの様《よう》な、ＳＦの超能力者の様《よう》なそんな仕草を敢えてしてみせたのは、川の上の御自分にこそ注目してほしいし、川の上の御自分こそホンモノの霧絵さんだと、そう私達に確信させたかったからですね？」

「諾《だく》よ。重ねてさもなくば、ポニーテイルさんに擬態している意味が無いもの。

　そしてセミロングさん、鋭い御指摘に感謝して付言《ふげん》するなら……さもなくばヒトに擬態なんてして、悪魔の動静と謀略とを探偵しようとする意味が無くなるもの」

「なら当然」夏衣は続けた。「第二幕で私達の治療その他を実際に行ったのは、〈未春〉」

「――うわ確かに!!」冬香は吃驚《びっくり》して。「うわ、キリエやっぱり陰険で陰謀屋だなあ……だって私思い出したもん。あの治療と修復のとき。確かに〈未春〉が夏衣や私に駆けよってきて肩をポンと叩いた。実際に治療・修復をしたのはそのときだ!!　まして〈未春〉は私達以前にすぐさま初音と抱き合っていた。それもだ!!」

「ううん冬香」私は嘆息《ためいき》を吐いた。「霧絵さんはもっと陰険で周到だよ。だってそのとき、既に悪魔のことを〝三つ編みの彼女〟って呼び換えて、その正体をしれっと暴露しているもの。それを措《お》くとしても、私達の治療のとき霧絵さんはわざわざ〝ヒト各位の怪我は治療するわ〟とも言っている。今にして思えばそれは『三つ編みの彼女＝悪魔＝流菜の怪我は治療しない』って断言で、まして『ここには治療してやらないヒト以外の存在がいる』って断言でもある。霧絵さんは私達に内緒内緒《ないしょないしょ》で、実は悪魔の正体を早々に見破っていた」

「御批判は甘受するけれど初音、それは当然、私の基本性能の帰結よ。すなわち私、絶対に嘘が吐けないもの。だから例えば、私ちゃんと思念で言った——ポニーテイルさんの耳許《みみもと》で初音が〝だから流菜を!!〟云々《うんぬん》と絶叫したとき、〝私はヒトが近くで大声を出すのを好まない〟と素直に言った。川の上の私の初期位置は、川辺の初音から二〇mは離れているというのにね。その一点だけでも初音、貴女《あなた》には川の上の天使が私でなく、まして私は貴女《あなた》の直近にいるということが解った筈《はず》よ。そう私は正直族で、ヒントを惜しまない正直族」

「うわあ、だとしたら。

そのとき私が霧絵さんの、その……何て言うか美しさに魅入《みい》ってしまったとき、霧絵さんが思念で〝そんなに見詰めないで頂戴《ちょうだい》。恥ずかしさで塵《ちり》に帰ってしまったらどうするの〟って伝えてきたのは、照れた訳でも何でもなく——」

「——そのとおりよ初音。あまり見詰められると映像・動画であることが看破されかねないもの。併《あわ》せて自白すれば、あのとき初音は恐ろしい事に、〝自分の使命〟なるものを思い出しそうになっていた。私にとって脅威となる使命を。それを看破されても都合が悪い。だから私は強靭《きょうじん》な光を発して貴女《あなた》の気を引き、貴女《あなた》の記憶恢復《かいふく》を妨害した。

いずれにしろ。

斯《か》くの如《ごと》くに、私は悪魔なり上原良子なりの情報を、出すべきものは安全な態様《たいよう》で出し、隠すべきものは徹底して隠した。要は情報統制をした。それは無論、ヒトに擬態してまで悪魔の動静と陰謀を探偵する必要があったから。だから『真実を察知してくれる同盟者を求める』一方、『半端《はんぱ》なかたちで半端なときに半端な情報を騒ぎ立てられる』のを嫌った。私の擬態なり言葉遣いなりには私なりの切実な理由があった」

「……霧絵さんが、周到かつ緻密《ちみつ》に悪魔の動静・謀略を探偵していたのはホントよく解りました」夏衣がほとほと呆《あき》れた感じでいった。「でも、悪魔の正体が早々に解っていたのなら。正直族としては、ヒトのみならず正解をこそ正直に開示し、私達ヒトの協力を求めるべきだったのではないでしょうか？　それが便利で合理的で、正義にも適《かな》うのでは？」

「成程《なるほど》私は『陰険』とまで非難される様《よう》な、実に迂遠《うえん》な遣《や》り口《くち》をつらぬいた。けれどそれにも便利で合理的で、だから正義に適う理由がある。当然ある。すなわち〈ヒトと悪魔と私〉が同席する際、そうこの三者が出揃《でそろ》う際、私にとって破滅的で致命的で絶対に許されない事態が勃発《ぼっぱつ》する虞《おそれ》がある。いいえ現に勃発している、セミロングさんも目撃しているそのとおりに。私はこれを恐れていた。だから擬態をし、情報統制をし、ポニーテイルさんを私の協力者にし、全てが煮詰《につ》まり真実が最高潮に達するその瞬間を待った。全ての真実を最も安全に開示できる瞬間を待った。結果は……五分五分《ごぶごぶ》ね。ポニーテイルさんと初音は私の期待に応えてくれた。けれど……私が最も憂慮《ゆうりよ》する事態は、発生してしまった。

……愚痴っていても詮無《せんな》いわ。

纏《まと》めれば誤差領域第二幕、貴女達《あなたたち》にとってポニーテイルさんだったのはこの私。貴女達《あなたたち》にとって霧絵だったのはポニーテイルさん＝私が投映した映像・動画。

なおこの映像・動画なる遣《や》り口《くち》に関しては、とりわけ流菜改め悪魔さんにも何か言うべき事がある筈《はず》だけど――それについてはきっと初音が、執拗《しつよう》かつ粘着的に王手を掛け続けてくれるから、今は無《む》駄口《だぐち》を差し控えておく。こうして今、約一六万年もの生涯で初めて、ヒトに平身低頭して膝《ひざ》を屈する身の上に堕《お》ちたことだしね。ある意味で有給休暇かも知れないわ。ちょうど一年間ほど休もうと思っていた所よ」

「……はつね、さっきあなたは」

ここで、流菜に擬態していた悪魔は——口調の微妙な変化を除き、依然として流菜の挙措《きょそ》も声音《こわね》も仕草《しぐさ》も変えはしなかった悪魔は——しかし疲れたとでも飽きたとでも言わんばかりに、それら全てを激変させた。私はそれに愕然《がくぜん》とした……悪魔が悪魔らしく変貌したから、ではない。悪魔は流菜の容《よう》姿顔貌《しがんぼう》だけは維持しつつ、その声も動きも、まるであどけない幼女の如《ごと》きものに変貌させたからだ。

あたかも、無邪気で頑是《がんぜ》無い幼稚園児の様《よう》な。

だから総じて、とても可愛らしい印象を受けはするけど……

その口調が無闇《むやみ》に、しかし自然と高飛車《たかびしゃ》なのはとても特徴的だ。喩《たと》えるなら、幼い皇女・王女・公《こう》女《じょ》の様《よう》な。あどけなさの内に、生まれついてのものの如《ごと》き険《けん》がある。率直に言うなら、きっと性格そのものからくる傲慢《ごうまん》さがある。

「さっきあなたは断言したわね。

言葉尻のあげあしとりだけで私の擬態をみやぶったわけではない——と」

「ええもちろん」

「なら言葉尻いがいの理由とは？　もっとせつめいしなさい」

「理由を列挙して説明するのが難しいほどたくさんあるけど、思い付くまま順不同で。

第一、擬態が完璧じゃなかった。言い換えれば、あからさまな設定ミスがあった。

例えば、誤差領域第一幕で特に顕著《けんちょ》だけど、ましてそれ以前に流菜と六年を過ごした私達にとっては常識なんだけど——流菜には挙手癖《きょしゅへき》がある。流菜は質問をするとき、丁寧《ていねい》に、反射的に、律儀《りちぎ》に挙手をする癖《くせ》がある。重ねて迷子仲間の誰もがそれを知っているし、実際、誤差領域第一幕で誰もがそれを目撃できている。ところが何故か第二幕の〈流菜〉は——だから第三幕の貴女《あなた》＝悪魔も——第一幕と同程度に何度も何度も繰り返して質問をしているのに、そのとき一切挙手をしていない。私はそれに微妙な違和感を憶えた。

第二、これ流菜の学校での常態《じょうたい》にして今夜四月七日の常態《じょうたい》でもあるんだけど、流菜は如何《いか》にも女学生的な三つ編みと大ぶりの丸眼鏡、そして黒タイツをトレードマークにしている。そしてこの誤差領域のルールとして、私達ヒトがここに魂をアップロードさせる際、私達が持ち込んだ物は要旨《ようし》、〝私達持ち主の魂が記憶している、その持ち物の『初期状態』『通常の状態』『平穏無事な状態』『最も長く認識していたそのイメージ』のとおりに再構成・再構築される〟〝例えば衣服が裸も同然の襤褸《ボロ》切れになっていても、それは『初期状態』に帰って普段の状態になる〟——詰まる所、流菜自身がいだくイメージからも、今夜四月七日の実態からも、流菜の黒タイツがアップロードされないことはない。ところがあからさまなことに、第二幕・第三幕の流菜はいつ目撃しても素足だった。私はそれにかなりの違和感を憶えた。

第三、同様に流菜の着衣のこと。ここで私達の学校、桜瀬女子《おうせじょし》の躾《しつけ》は厳しい。まして今夜四月七日は〈卒業夜祭《やさい》〉の式典の夜。まして今《いま》述べた『魂のアップロード』のルールが存在する。おまけに学校生活において流菜は、制服を〝マジメに校則どおりに〟〝着崩れなど一度としてなく着こなしていた〟——これは私、第一幕のとき学校生活を顧《ふりかえ》って確認している。なら四重の意味で、流菜が〝御嬢様《おじょうさま》学校らしい学校指定の黒のインナー〟をキチンと着用していない筈《はず》がない。事実私は第一幕で——第二幕・第三幕でも同様だけど——誤差領域に出現した自分の着衣等について要旨《ようし》、〝制服の襟《えり》にスカーフに胸当て。両の袖《そで》に左胸の校章バッジにプリーツスカート。ソックスにローファー。あと学校指定のインナーや下着の類《たぐい》。服も髪も靴も、すぐに風紀検査が受けられるほど整っている〟

と感じている。確認している。そして事実、第一幕劈頭《へきとう》において、末春が言う所の〈宇宙人の骸骨《がいこつ》のバケモノの成《な》れの果《は》てみたいなオバケ鳥〉すなわち霧絵さんの殺戮《さつりく》機械・自動機械の襲撃があったときは、流菜は学校指定のインナーをセーラー服の下に着ていた。私はそれをこの瞳《め》で目撃した。ところが第二幕劈頭《へきとう》において自動機械の襲撃があったとき、私がまだ目覚めたてで寝惚《ねぼ》けている感じの流菜をおぶって自動機械から逃げようとしたとき、だから私が流菜の躯《からだ》の下に潜《もぐ》り込んで彼女を支え起こそうとしたとき——私は流菜の〝お腹《なか》とお臍《へそ》〟を見た。ありえない。重ねて、校内文化からしても今夜の式典からしても魂のアップロードのルールからしても流菜のマジメさからしても、目覚めたてで『初期状態』の流菜が、まさかちょっと躯《からだ》を持ち上げられただけで〝お腹《なか》とお臍《へそ》〟を肌蹴《はだけ》てしまうなんてありえない。なら流菜は第二幕、学校指定のインナーを着けてはいなかった事になる。そしてここで思い出すべきは、要旨《ようし》〝そもそも私達、別段、ヒトのいう裸でいても何の不自由もないしね〟〝ましてヒトの如《ごと》くに、外表物《がいひょうぶつ》の下にあれを着けてこれを穿《は》いてあれを纏《まと》ってこれを着て……等々をする必要も無い〟——なる霧絵さんの、天使さんの断言だよ。これを更に霧絵さんの〝私の基本性能について言えることは蛇にも言える〟なる説明と併《あわ》せ考えれば、詰まる所、天使も悪魔も下着を用いないしそもそも下着なる概念を持たないんだよ。それが第二幕劈頭《へきとう》の〈流菜〉の〝お腹《なか》とお臍《へそ》〟につながっている。この論点は後でも出てくるけど、とまれ私はそれに後付《あとづ》け・後出《あとだ》しの違和感を憶えた。というのも自動機械の襲撃時は、まさかそんなこと考える余裕が無かったから。

第四、また同様に流菜の着衣のこと。ここで私達の桜瀬女子《おうせじょし》のセーラー服は、その袖《そで》をスナップボタンで留める。私達にとっては常識以前のことだけど、これは今此処《いまここ》で誰もが確認できることだし、事実私は第一幕、大きな川の水に手を入れてみたときスナップボタンを外している。ところが第二幕の〈流菜〉は、私達のいうお風呂B1を上がったとき、夏衣と私の眼の前で、セーラー服の袖をフックで留め直している。これはあからさまに面妖《おかし》かったから、何かの事情があるのかなあと思ったけど、ともかくも私はそれにかなりの違和感を憶えた。

第五、また同様に流菜の着衣、というか持ち物のこと。具体的には〈流菜〉のローファーのこと。ここで私達桜瀬女子のローファーは、〝ワンストラップで艶《つや》ありな、シンプル極まる古典的で美しいローファー〟だし、学校文化と式典と初期状態と流菜の性格からして〝すぐ鏡に使えるほどぴかぴかに磨かれている〟もの。だけど誤差領域第二幕、①あの霧絵さんが私達全員の怪我その他を治療して『初期状態』に帰し——これもう自明だけどこの霧絵さんっていうのは末春に擬態した霧絵さんね——②そして霧絵さんのあの大演説が終わり、③よって霧絵さんがとっとと超過勤務のため退場しようとしたそのとき、〈流菜〉は消えゆく霧絵さんに追い縋《すが》る様《よう》にして、なんと大きな川の中まで脚《あし》を進めた。ローファーを川の水に浸してまで、霧絵さんに接近しようとした。なら当然、〈流菜〉のローファーは輝きを失い煤《くす》むはず。大雨に打たれたような状態になるはず。だのにその直後、私達がお風呂B1・B2を発見してひとっ風呂浴びようかどうか検討している際、だから千秋が〝鏡があれば一二〇点満点なんだけどね〟と言い、だから冬香が〝それはどうにかなるよ〟〝私達のローファーだって『初期状態』になっているから〟と言った際——まさにその冬香が指摘したとおり、私達のローファーは〝全員、桜瀬女子で厳しく躾《しつ》けられたとおり、ほぼ磨きたての状態を維持している〟状態だった。これってもう魔法の類《たぐい》だよね。霧絵さんの言う超常《ちょうじょう》の力だよ。たっぷり水浴びした革靴が、たちまち磨きたての状態にもどっているなんて。私はそれに後付《あとづ》け・後出《あとだ》しの、でも甚《はなは》だしい違和感を憶えた。

第六、第四でお風呂の話が出たので一緒に採り上げる。そのお風呂B1・B2が出現した第二幕において、〈流菜〉は〝髪ももうべたべた、眼鏡も洗いたいなあ……!!〟と発言している。ところがお風呂B1から上がった〈流菜〉は、自分のその発言をまるで忘れている。〈流菜〉は髪も眼鏡も洗ってはいなかった。何故と言って、流菜のお風呂上がりの髪は要旨《ようし》〝すっかり普段どおり学校どおりの姿〟だったから。要は、きゅっとした鋭い三つ編みのお下げのままだったから。また何故と言って、お風呂を上がった後の〈流菜〉の眼鏡は、〝綺麗に透きとおった丸眼鏡〟で、まして〝綺麗な瞳《ひとみ》を緩《ゆる》ませる〟その様子さえハッキリ目撃できたから。もし〈流菜〉が髪を洗ったのならそんなにすぐさま三つ編みが整うはず無いし、もし〈流菜〉が眼鏡を洗ったなら何らかの光の屈折《くっせつ》か水の乾いた痕跡が全く残らないはずも無い。私はそのとき流菜が『これからお風呂に入ろうとする夏衣と私に遠慮して前言撤回したのかなあ』とも思ったけど——だからこそ〝一番手の流菜を急がせちゃったみたい。ゴメン〟と謝ったんだけど——〈流菜〉はまるで髪のことも眼鏡のことも忘れた感じで、〝ううん、私は充分にお風呂を堪能《たんのう》したよ？〟とさえ断言した。私はそれにかなりの違和感を憶えた。

第七、お風呂の論点と水つながりで、涙。これ、誤差領域に侵入してしまったヒトが、侵入する都《つ》度《ど》繰り返して体験しているからもう自明なんだけど、此処《ここ》に魂をアップロードさせたヒトは、此処《ここ》で意識を恢復《かいふく》し目覚めたとき必ず左瞳《ひだりめ》から涙を流す。誰もが経験し誰もが相互に目撃済みだから立証の必要すらない。ところが第二幕の〈流菜〉は、第二幕劈頭《へきとう》、まさに自動機械が私達を襲撃しているその最中に目覚めたんだけど——目覚めた筈《はず》なんだけど——私が目撃する限り、〈流菜〉の顔は〝冷や汗も脂汗も落ちてはいないし、まして彼女自身の血や怪我もない〟〝要は、草と土以外何も問題ない〟状態だった。そのとき回収できた〈流菜〉の丸眼鏡もまた、〝草と土が付いているけど、キレイに乾いた奴だからすぐに拭《ふ》ける〟し、〝変な曇りも染《し》みもない〟〝ほとんど初期状態のまま〟だった。事実、私は草と土といった〝汚れに対する反射として、そんな流菜の顔をサッと手で拭《ふ》こうと〟までした。だから私は断言できる。そのとき〈流菜〉の顔には涙あるいは涙の痕跡なんて微塵《みじん》も無かったと。ましてそれは〈流菜〉の丸眼鏡についても全く同様だと。なら〈流菜〉がそのとき目覚めたという外観は嘘だし、なら〈流菜〉は誤差領域のルール上、私達ヒトとは違うモノとなる。そもそも、自動機械の襲撃で苛烈《かれつ》なサバイバルが展開されていたのに、落とした眼鏡に手や顔の脂《あぶら》がまるで無いなんて異様だし。要はそのときの涙と眼鏡。私はそれに微妙な違和感を憶えた。

なお、このシーンでやっぱり微妙な違和感を憶えた事柄《ことがら》があるから一緒に採り上げると、〈流菜〉は目覚めたてのフリをしつつ、私の〝流菜!! 流菜!! しっかりして!! 逃げるから!!〟等の呼び掛けに対し何故か〝えっ……なか……〟〝なっ……何〟と答えた。まして何故か私に〝泣かないで……初音、どうして、泣いてるの〟と言った。このとき私は泣いていない。流菜より先に目覚めた私の目覚めの涙はとっくに終わっている。私は自分が涙を落としていないかどうかも確認した。確認するまでもなく、自分が泣いていないってことは分かっていたけれど。だから私は流菜の〝泣かないで〟を目覚めのときの譫言《うわごと》だと思った――そのときは。だけど今なら正解が解る。この無意味で無理矢理で文脈のない〝泣かないで〟の意味が解る。何故と言って〈流菜〉は第二幕、生涯初対面となる私のことを、思わず〝なかむら〟〝なかむらはつね〟と呼ぼうとしたに違いないから。けれど後述する様《よう》に、〈流菜〉は『私達迷子仲間が相互にどう呼び合うか?』の知識も教えられていたから、この二人称のミス＝名字あるいはフルネームで呼んでしまったミスを焦燥《あわ》てて取り繕《つくろ》おうとした。けれど既に〝えっ……なか……〟〝なっ……〟とまで口に出してしまっている。だから後者については中村のナを〝何〟と絡《つな》げて別の言葉にしたし、前者については中村のナカを〝泣かないで〟なる強引な言葉にした。私はそれに後付《あとづ》け・後出《あとだ》しの違和感を憶えた。

第八、お風呂の論点・涙の論点と水つながりで、川の水。第一幕の流菜は要旨《ようし》、〝水分補給が不自由〟だと――要は喉が渇いていると言いつつも、〝お水、こんなに滔々《とうとう》と流れているのに、流石《さすが》に水鳥《みずとり》がこれだけ泳いでいるとなると、口を付けるのはかなり躊躇《ためら》われる〟〝いったんこの様子を目撃しちゃったら、動物がいなくなってもね……〟と川の水を警戒し忌避《きひ》していた。ところが第二幕の〈流菜〉は平然と、警戒・忌避していた川の水について、〝実は私、この暑さに耐えかねてさっき、コッソリ口を付けちゃった〟なんて自白をしている。これ、どう考えても同一人物――じゃなかった同一者じゃないよね。私はそれに微妙な違和感を憶えた。

第九、お手洗いの仕草。第二幕において千秋がトイレの必要性を訴えたのは誰でも知っている。だからこそ誤差領域にトイレTが創造された。そしてこのTを使用した実績があるのは当該《とうがい》千秋本人と流菜だけ。その流菜は私に対し〝私ちょっと、その、さっきの千秋と一緒の用事で……〟とトイレに行く旨《むね》を申し出た。私は無論〝何も心配しないで行ってきて〟と答えた。ところがここで、〈流菜〉がトイレに行きたがるその仕草というのは要旨《ようし》、〝千秋の挙動《きょどう》そっくりそのまま瓜二《うりふた》つ〟でありかつ〝その挙動だけで千秋を、だから今の流菜の用事を断言・確定しない方が難しい〟ものだった。これについてはまず、『流菜の性格からして、千秋のド派手なもじもじなんてトレースするか？』なる常識論的な疑問が出てくるけど、でもそれよりも決定的なのは、千秋と〈流菜〉の挙動がそっくりそのまま瓜二つだったって事だよ。そして何故そっくりそのまま瓜二つだったかと言えば、霧絵さんが断言していたとおり、天使さんは排泄《はいせつ》をしないから。すなわち天使さんと基本性能を同一にする悪魔もまた排泄をしないから。だから第二幕の〈流菜〉は、よく解らないヒト文化を取り敢えず模倣しようと、千秋の実例を完全コピー・物理コピーしたんだよ。だから第二幕の〈流菜〉はホンモノの流菜でもなければヒトでもない。私はそれに後付《あとづ》け・後出《あとだ》しの違和感を憶えた。

なおトイレの論点について付言《ふげん》しておけば、第一幕の流菜は〝ろ、露天なんて、私絶対無理!!〟と吃驚《びっくり》しながら露天トイレを拒絶していたのに、第二幕の〈流菜〉は私が記憶する限りむしろ快活に、大きな声で〝ほんのちょっとだけ席を外すね!!　すぐ帰って来るから!!〟と言うなり、私が記憶する限り一目散でトイレに駆け出している……露天ともいえる、眺望《ちょうぼう》抜群のTに赴《む》かって。これ、ホンモノ流菜の性格からしてかなり問題のある行動だし、露天が『絶対無理』なホンモノ流菜ならば、どうにかして〝見ないでね〟〝絶対に見ないでね〟等々の念押しをする筈《はず》だよ。私はそれに微妙な違和感を憶えた。

第一〇、二人称の問題。霧絵さんの言葉遣いの問題。霧絵さんは必ず、私達のことを綽名《あだな》というか髪型で呼ぶ、必ず。少なくとも私以外については必ず。何故と言って、霧絵さん自身が自分で自分をそう縛ったから。〝他の個体名は私にはどうでもよい、主観的にはさほど余裕のない記憶容量を割《さ》く気も全くない〟と断言して自分自身をそう設定したから。まあ、縛ったとか設定したとか言ってもそれは当然、シンプルに面倒臭いからだと私は思うけど……霧絵さんの記憶容量は客観的には抜群だしね……とまれ、例えば千秋は『ハーフアップさん』だったし例えば冬香は『ふわボブさん』だよね。そして第一幕における流菜は『三つ編みさん』だった。ところが第二幕において、自動機械の襲撃から私達を救いに来た霧絵さんは何故か、流菜についてだけ二人称を変えている。第二幕において霧絵さんは〈流菜〉のことを『三つ編みの貴女《あなた》』と呼び換えている、必ず。なお三人称もそう。『三つ編みの彼女』と呼び換えている。これは何故？　何故流菜だけを呼び換える必要があるの？　もし流菜が流菜のままだったら、霧絵さんのマイルールからして依然、『三つ編みさん』でよいのでは？　この疑問と、霧絵さんは絶対に嘘が吐けないという事実を掛け合わせると――霧絵さんは第二幕で〈流菜〉を含む私達を救いに来たとき既に、『誤差領域にホンモノ流菜は存在せず、悪魔が擬態したニセモノ〈流菜〉が紛《まぎ》れ込んでいる』ことを見破っていたんだと解る――重ねて、第一幕において、霧絵さんは流菜の二人称を『三つ編みさん』でフィックスした。すなわち、ホンモノ流菜＝三つ編みさん。なら、霧絵さんは常時この等式を成立させる必要がある。自分で自分に課した義務がある。それは無論、ニセモノ流菜を『三つ編みさん』と呼んでしまえばそれは結果としての嘘になるからだよ。霧絵さんは結果として嘘になることは言えない。だからこそ霧絵さんは第二幕の〈流菜〉を『三つ編みの貴女《あなた》』『三つ編みの彼女』と呼び換えることとし、ホンモノ流菜＝三つ編みさん≠三つ編みの貴女《あなた》と、数式を設定し直した。詰まる所、〈流菜〉が流菜でないことは霧絵さんの言葉遣いひとつでも解ることだったんだけど――ともかくも私はそれに微妙な違和感を憶えた。

第一一、関連して名前の問題。正確には名前の漢字表記の問題。第二幕における千秋殺人事件の後、野暮用《やぼよう》の超過勤務に出ていた天使さんがまた誤差領域に帰ってきた。そのとき、千秋殺しの非道《ひどう》に憤《いきどお》った冬香が彼女の名前を呼ぼうとした。でも呼べなかった。〝あんたの名前、何だったっけ？〟なる発言のとおり、冬香は霧絵さんの名前を忘れていたから。するとその直後、第二幕における流菜は断言した……〝冬香ってば、霧絵さんだよ……〟〝五里霧中《ごりむちゅう》の霧《きり》に影絵《かげえ》の絵で、霧絵さん〟と。でもここで思い出さなきゃいけないのは、霧絵さんが名乗ったのは第一幕最終盤《さいしゅうばん》、『誰もが誤差領域から削除されつつあった折《おり》』だったってこと。そのときの様子を顧《ふりかえ》れば、実は千秋と流菜は、霧絵さんが名を名乗る以前に削除され消失していたことが思い出せる。流菜に話を締《しぼ》れば、流菜は第一幕において霧絵さんの名を聴けなかった……ここで、第二幕の流菜が〝霧絵さん〟なる名前を知っていたことには不思議が無い。何故と言って、第二幕において私達は様々な会話をし、結果〈天使さん＝霧絵さん〉だということは全員が共有する知識になっていたから。けれど〈流菜〉はやり過ぎた。〝五里霧中の霧に影絵の絵で、霧絵さん〟だなんて、そんな超絶的にピンポイントな漢字説明が流菜にできる筈《はず》ない。というのもそれは——もう自明だけど——第一幕の流菜が誤差領域を去った後に行われた漢字説明なんだから。私自身削除される寸前だったから、そのとき誰が残っていたかは断言できないけど、少なくとも千秋と流菜が完全に地上世界へ帰った後だったことは絶対確実。だから霧絵さんの漢字説明が聴けたのはたぶん未春と夏衣、そして私だけ。だのに第二幕の〈流菜〉が平然と〝五里霧中〟〝影絵〟なるキーワードを遣えたのは絶対に変。まして他人様の……他天様の……名前を『五里霧中』『影絵』呼ばわりするなんて、茶道部のホンモノ流菜の、律儀《りちぎ》で折り目正しく大人しい性格にも全然そぐわない。ならその〈流菜〉はニセモノだよ。私はそれにかなりの違和感を憶えた。

　なおここで、〈流菜〉がその漢字説明を知っていた事実はすなわち、〈流菜〉が第一幕において既に誤差領域に侵入していたという事実を意味する。それはそうだよね、実際に立ち会っていなきゃ聴けないもの。そして、当該《とうがい》第一幕の〈流菜〉を私達の誰もが目撃できていないことにも不思議は無い。何故と言って、天使さんは要旨《ようし》〝着衣容姿《ようし》顔貌《がんぼう》体型その他の外見的特徴を意のままにでき、透明にもなれる〟ところ、天使さんの基本性能について言えることは悪魔にも言えるんだから。要は〈流菜〉は透明になれるんだから。まして第一幕において既に悪魔が登場・出没していたことには立派な証拠がある。これ結構大事なことなんで、そう千秋殺人事件と密接に絡んでくる大事なことなんで、ここでとりわけ入念に検討しておくと――

　まず、私達を襲ったあの殺戮《さつりく》機械・自動機械。霧絵さんはそれについても正直な説明をしている。すなわちあれらは〝侵略者その他の異物がここ誤差領域に出現したのならば、異物の個体数に応じて自動的・自律的に生成〟されると。そう異物の個体数に応じて。ここで、第一幕において私達迷子仲間は七人だった。風織が生きていたから……そして実際、第一幕において私達を襲撃した自動機械は七匹だった。ここまではいい。けど霧絵さんが絶対に嘘を吐けない以上、とても面妖《おかし》な現象が生じている――すなわち風織が既に斬殺され、残りの私達六人が蹴散《けち》らされ逃げ惑《まど》っていた大混戦のそのとき、何故か突然、八匹目の自動機械が川から生成され、七匹と合流して私達を襲い出した。霧絵さんは嘘を吐けないから、これは絶対に変だよ。異物の個体数は変わっていない筈《はず》だから。だからもし、八匹目なるものが生成されたとするなら、それは『新しい異物が誤差領域に出現した』からで、その場合しかあり得ない。事実、第一幕において初めて登場したとき霧絵さんは、〝九名じゃなかった？　何かの欠員《けついん》は無かった？〟〝駆け付けがてら感じるに、確か九名だった様《よう》な気もするけど〟〝現在員は六人よね〟と、今から思えば執拗《しつよう》な確認をしている。そして無論、霧絵さんの〈名〉と〈人〉には意味があるよね？　すなわち霧絵さんは、もう初登場の時点で既に、〈名〉によってカウントすべき異物の存在を感じあるいは報《しら》され、警戒していたんだよ。というかだからこそ、〝今夜、この誤差領域で異変があるから至急対処しろって命令を受けて叩き起こされて、わざわざ管轄区域の東京の某街《ぼうまち》から大急ぎで駆け付け〟たんだよ。そしてそれは私達桜瀬女子《おうせじょし》の卒業生が、例年恒例の侵略を——霧絵さんからすれば辟易《うんざ》りするほど厄介《やっかい》に感じ、憎悪すらしている執拗《しっこ》い侵略行為を——開始したからだけじゃない。それは無論のこと緊急事態だけど、今年の四月七日の異変はそれだけじゃない。それについても霧絵さんは正直な説明を終えている。すなわち要旨《ようし》、〝風織さんを虐殺したのは蛇じゃないいかと思ったの〟〝だいいち、自動機械どもの作動・挙動《きょどう》にも、不可解なものを感じたしね〟〝今年の侵略行為について言えば、何かの機能不全か陰謀者の謀略か、どうもその自動機械どもの作動・挙動が不可解だったんだけどね〟云々《うんぬん》と。これも今にして思えばホント正直過ぎる説明だよ。何故と言って、初《はつ》顔合わせのその時点で既に私達は、『ヒト七人に対し自動機械が八匹生成されるという挙動は、この世界のプログラムからして不可解である』『当該《とうがい》八匹目の自動機械は蛇の出現に対処するため生成された可能性がある』『当該《とうがい》蛇は風織を虐殺できるほど危険な存在である』という情報を与えられていたんだから。そして私達は今、その蛇＝悪魔であることを知っている。それを証明し終えている。なら結論として、『八匹目の自動機械』なる存在から、『第一幕において既に悪魔が出現していた』ことも証明できてしまう」

「ちょ、ちょっと待って初音」冬香が焦燥《あわ》てた感じでいった。「怒濤《どとう》の連続王手ばっかで、口を差し挟むのも一苦労っていうか、微妙に脳がついていてゆけない感じもあるんだけど、まあ愚痴《ぐち》はともかくとして……今の初音の証明によれば、そしてキリエの発言によれば成程《なるほど》、あのとき第一幕で生成された黒白仮面骸骨鳥《がいこつどり》の自動機械は『八匹』だけど……でもキリエは初顔合わせのとき〝九名じゃなかった？〟〝確か九名だった様《よう》な気もするけど〟って訊いているよね？　すなわちキリエが——誤差領域に駆け付けがてら——認識した異物の数は九。これって変じゃない？　初音の証明によれば、第一幕における侵略者・異物は〈私達ヒト七人＋悪魔一匹〉で総数八。ならキリエが感受して執拗《しっこ》く確認した『九名』って何なの？」

「それはね冬香、武器から説明できるよ」

「ぶ、武器？」

「そう、私達の日常用語で言い換えれば、竹刀《しない》二本に和弓《わきゅう》に矢」

「――激しい戦闘のとき、弓道部の夏衣と、剣道部の私達がド派手に使ったあの」

「そうそれ。そんな御都合主義《ごつごうしゅぎ》的な武器がいつ出現したのかを思い出してみて？」

「ええと、第一幕の戦闘状況を顧《ふりかえ》るに……ええと、たぶん……私の記憶が確かなら、かなり戦況が絶望的だったときで、何故戦況が絶望的だったかと言えば……


アッ!!

八匹目の自動機械が現れたときだ!!　それとほぼ同時かその直後!!


敵の数がふえて絶望的になった所で、誰の恵みか、いちばん欲しかった武器が突然生えてきたんでとてもよく憶えている。間違いない、武器の出現と八匹目の出現はほぼ同時」

「そしてそれは、かつて断言の証言があった様《よう》に」私は依然身動きできない川の上の霧絵さんに訊いた。「霧絵さんが持ち込んだり作り出したりした物ではないんですよね？」

「ええ。確かに私は断言している。そうふわボブさん貴女《あなた》によ。すなわち〝それは私ではあり得ないわ。天使として証言するし、そもそも理屈で考えてあり得ない〟と断言した」

「ましてそれは私達ヒトでもないよね、夏衣？」

「そうね。論じるまでも無いけど、私達は卒業夜祭《やさい》に出発する所だったから。私個人について言えば、確かスピーチまでしていたし。そんなとき、まさか弓矢だの竹刀だのを携《たずさ》えている筈《はず》もなし。そして卒業の儀式なんだから、事情はヒト七人全てについて一緒」

「だから武器をこの誤差領域に持ち込んだのはヒトでもない。

霧絵さんでも私達ヒトでもなければ、単純な算数で、残るは悪魔しかいないよ。そしてそれは無矛盾。何故と言って霧絵さん曰《いわ》く、〝私達は自分の記憶と常識とで再現できる、構造と素材と機能とを理解した物ならば、まあ、自分の手許《てもと》に作り出すことができる。またさかしまに、自分の手許《てもと》にある、諸々《もろもろ》の器物を消し去ることもできる〟んだから。〝私達が器物その他をここへ持ち込むのに何の制約も在りはしないわ、一切〟なんだから。そして霧絵さんの基本性能について言えることは悪魔にも言える。なら、悪魔は第一幕において武器を作り出しあるいは持ち込んだとして何の矛盾も無い。

　ましてそれは、武器を用意した動機からも説明できてしまう……

　というのもこれまた霧絵さん曰《いわ》く、〝実際、私はこの三〇年余《よ》であれらが侵入者・侵略者の削除に失敗した例を知らない。だから率直に訊くけど――よく生き残れたわね？〟なんだから。シンプルな言い換えで、もし武器が出現しなかったなら私達は、例年どおり皆《みんな》ブッ殺されていたんだから。とすれば悪魔が武器を用意したのは私達ヒトを生き残らせる為《ため》だし、だからこそ私達は管轄《かんかつ》天使と――管轄天使の約一六万年に及ぶ生涯と三〇年余《よ》にわたる誤差領域管理において初めて――長時間にわたる、命の危険の無い、極めて人格的なコミュニケーションをとることになったんだよ」

「すると初音」冬香が訊いた。「悪魔がわざわざ武器なんかを用意してくれたのは、詰まる所、『私達を生き残らせ、私達と天使とを引き合わせたかったからだ』ってこと？」

「うん冬香。悪魔の懇切丁寧《こんせつていねい》な行為の結果から逆算して、動機はそれしかあり得ないよ」

「でも依然として謎は残るよ。極めてシンプルには――それは何故？　親切心の理由は？」

「……それは霧絵さんが今、『誰に何をされどんな状態に陥《おちい》っているか』を顧《かえり》みれば明々白々だよ。そう、こんな恩知らずで破廉恥《はれんち》な行為の結果から逆算して明々白々。

　だけど実はそれ、千秋殺人事件の真実に直結しちゃうんで……だから冬香、今の時点では『悪魔の親切心は、ヒトを生き残らせて天使と特定のコミュニケーションをさせる為《ため》のもの』とだけ説明させて。ともかく今の悪魔の論点で重要なのは、①悪魔は第一幕において主として透明のまま出現していて、②それは主として武器を用意するためで、③だからこそ悪魔の出現を感受した八匹目の自動機械が出現した――という事実」

「取り敢えずそれは解った、けれど……

……だとしても初音、私が先刻《さっき》訊いたのは、第一幕における異物って要は〈私達ヒト七人＋悪魔一匹〉で総数八の筈《はず》なのに、どうしてキリエは執拗《しつこ》く『九名』『九名』って繰り返したのか――なんだけど？」

「ゴメン冬香、話が迂遠《うえん》で……でもそれは私ガッチリ憶えているからもう少しだけ時間をくれない？すぐに答えは出るから。

そしてそのためにも例えば冬香、私冬香に引き続き武器のこと訊きたいんだ――霧絵さんがやってきて自動機械を削除・処分した後、私達が使った武器って一体どうなった？」

「それはハッキリ憶えている。だって異様だったから。すなわちいつの暇《ま》にか掻《か》き消えた。雲散霧《うんさんむ》消《しょう》した。私はそれを知って吃驚《びっくり》したし、夏衣もそのことをキリエに証言していた」

「それは誰の仕業《しわざ》？」

「もちろん悪魔の仕業。正直族のキリエは武器の存在そのものを知らなかったし、ヒトである私達には武器を消滅させる能力がない。論じるまでもなく悪魔の仕業」

「以上を纏《まと》めると第一幕の悪魔は、①武器を用意し、②武器を撤去する為《ため》に出現した」

「うん、そうなるね」

「そして①の時点で八匹目の自動機械が出現した」

「うん、先刻《さっき》初音が証明したとおり」

「――悪魔はそのとき、初登場だったのかな？」

「えっ俄《にわか》に意味が解らないんだけど？」

「冬香、悪魔の立場に立って考えてみて。悪魔はとにかくヒトを生き残らせたかった。その為《ため》にこそ、自動機械に対抗できる武器を用意した……でも何故、竹刀と和弓なの？」

「それはもちろん夏衣が弓道部の弓道四段で、初音と私が剣道部の剣道三段だから……

――アアッ!!　それはおかしい!!」

「だよね冬香、悪魔の立場に立てばあり得ないもの」

「……あっそうか、そういうことだったんだ!!」未春が思わず手を拍《う》った。「第一幕の侵略者・異物は総数八のはずなのに、霧絵が執拗《しつよう》に『九名』『九名』と繰り返した理由!!　私、とても単純に『なら悪魔がもう一匹出現したんだ』と思っちゃったけど、そうじゃない。それはない。だってそうなら、自動機械ももう一匹出現していなきゃいけないから。自動機械は総計九匹でなきゃいけないから。言い換えれば、先刻《さっき》初音がいった一連の行為①②をした悪魔は、同一人物うぅん同一者であってしかも自動機械を一匹しか出現させてはいない以上、絶対に一匹だけ。悪魔は一匹だけ。

けれど。

成程《なるほど》、悪魔の立場に立って考えてみればよく解る。私が万年単位を生きる悪魔だったなら、夏衣が弓道部のしかも弓道四段であることも、冬香と初音が剣道部の剣道三段であることも知らないし興味ない筈《はず》。うぅん、悪魔がとても奸智《かんち》奸謀《かんぼう》にたけていて、かつ粘着的な女子高校生ストーカー気質を持っているとすれば、今年の卒業夜祭《やさい》に狙いを定めて、私達の基礎調査なり下調べなりをしたかも知れないけど――常識論として無理があるよね。だって悪魔と〝血統の異なる親戚めいたもの〟〝勘当《かんどう》した親戚めいたもの〟なる関係にある霧絵は、だからその意味で悪魔同様の思考方法と利害関係を持つ霧絵は、まるで私達ヒトの個性なんて無視しているんだから。

それが常識論に過ぎないと言うのなら違う反論もできる。

すなわち、悪魔がとても地味かつ地道に基礎調査なり下調べなりをしたとしても、夏衣が実際どんな道具を必要としてどれだけの戦闘力を有するのか、冬香＝初音が実際どんな道具を必要としてどれだけの戦闘力を有するのかなんて、まさか解析しようが無いよ。もちろん霧絵の自動機械の戦闘力なら先刻《せんこく》御承知《ごしょうち》だろうけど、夏衣＝冬香＝初音が実際にどこまでどう戦えるのかなんて、それを解析する術《すべ》も無ければ担保する術《すべ》も無い……悪魔であれ誰であれ、夏衣＝冬香＝初音の『実際の戦闘力と戦闘方法』を正しく評価することなんてできない……この三人と六年もの歳月を全寮制学校でともに過ごしてきた、私達ヒト七人の内に協力者を設定しなければ。そもそも霧絵の諸々《もろもろ》の言動からして、悪魔が竹刀だの和弓だのの構造と素材と機能とを理解できる筈《はず》もない。まさか必要無いもの。まさか万年単位の生涯で作ったことないもの。そして当然ながら天使と悪魔は〝自分の記憶と常識とで再現できる、構造と素材と機能とを理解した物〟しか作り出せないんだもの。竹刀と和弓だなんて冗談が過ぎる——

　でも初音、これはちょっと決め打ちが過ぎるかな？」

「ううん未春、それで全然大丈夫だよ」私は大きく頷《うなず》いた。「悪魔が竹刀だの和弓だのの構造と素材と機能とを理解している筈《はず》もない。実はこれ、もう事実として確定しているから——というのも、千秋殺人事件の真実に関連してすぐに証明するけど、結論だけを先に言ってしまえば、この悪魔は何と〈拳銃〉の構造と素材と機能とを理解していないもの。ぶっちゃけ出鱈目《でたらめ》な拳銃を創造しているもの。

　ここで念《ねん》の為《ため》だけど、千秋殺しがあった第二幕で出現したあの出鱈目《でたらめ》な拳銃は、まさに出鱈目《でたらめ》だからこそ悪魔が作った物だと断言できる。仮にそれを差し置いても、人生で初めて拳銃を使った冬香＝千秋が、〝超A級スナイパー〟の様《よう》にあるいは〝殺し屋が狙《ねら》い澄《す》ました〟かの様《よう》に、自動機械の眉《み》間《けん》／肩／胸中央／脚の付け根等々、イキモノの動きを封じる箇所《かしょ》に撃った全弾を直撃させているだなんてあり得ない。天使の奇跡か悪魔の魔術がなければあり得ない。そんな戦果を挙げているのがそもそも変だよ。

詰まる所、どう考えても〈拳銃〉は悪魔の作った物。そしてそれは――すぐ証明するけど――顧《かえり》みれば誰でも分かるほど出鱈目《でたらめ》な物だった。ならば。〈拳銃〉なる、世界的にメジャーで殺傷力ならまずこれだ、という武器すらまともに創造できないのに、日本人が好んで使うマイナーな非殺傷武器をまともに創造できる筈《はず》ないよ。まして『弓道の用具一式』だなんて、夏衣と六年を過ごしてきた私だって、正確に思い出せないし説明できない。

　だから未春の結論は正しい。悪魔に竹刀と和弓は作れない……

　私達ヒト七人の内に、協力者を確保しなければ」

「そろそろあきてきたわ」流菜が、いや悪魔が幼女の声でいった。「もっと巻きなさい」

「犯罪者が取調べに文句垂《た》れるな」冬香が断じた。「まして、ここ、絶対試験に出る重要ポイントだろ。そうだ、お前が竹刀と和弓を作り出したって言うんなら当然に――またお前が竹刀と和弓を持ち込んだって言うんならもっと当然に、私達ヒトの誰かを協力者にしなきゃいけなかった。そうだよな？　いや返事は要らない、解り切っているから。そして私達の誰かを協力者にしたってことは、これまた当然に、竹刀と和弓を用意する以前に説得と打合せが必要だったってことだろ？　そうなるよな？」

「詰まる所」未春がいった。「悪魔が武器を用意するべく出現したのは、実は、悪魔にとって『第一幕二度目の』出現だった。確かにそれはそうなるよ。武器を用意するには協力者の提供する情報が絶対に必要。いきなりパッと出現してそのままパッと創造することはこの場合無理。なら悪魔は事前に、そう竹刀と和弓を用意する前に一度、この誤差領域に姿を現している。姿を現したばかりか、同じくこの誤差領域に初めて出現した私達七人のうち誰かと接触し、当該《とうがい》誰かから狙いどおりの情報を獲《え》た……すなわち『南雲夏衣＝北条冬香＝中村初音の三人は、所要《しょよう》の武器が用意されたなら、自動機械を圧倒しうる戦闘力を持つ』旨《むね》を教わった。

　だから悪魔は結局、①協力者の説得と打合せの為《ため》に一度出現し、②いったん撤退し、③武器を置いておく為《ため》に二度目の出現をした。こうなる。そしてこの結論から更に、悪魔がいったん撤退したのは、私達の桜瀬女子《おうせじょし》から武器を回収し誤差領域に持ち込む為《ため》だと、そう考えられる。というのも、悪魔は竹刀と和弓の構造と素材と機能とを理解していなかったから。その場合、天使と悪魔の基本性能からしてそれらを手許《てもと》に創造することはできないから。なら残るのは持ち込みで、そう考えれば①②③の流れがとても自然なものだと解る」

「けど未春」夏衣が訊いた。「異物に反応して生成された自動機械は、総計八匹よ？　今《いま》未春が整理した流れがほんとうなら、そもそも①の段階で自動機械がもう一匹、生成されていないと面妖《おか》しくない？」

「夏衣、それは大丈夫だよ」冬香がいった。「何故と言って、夏衣の指摘も正しいから。すなわち、①の説得・打合せの時点で自動機械が一匹生成されている、実際に。だからこそキリエは、その一匹をも感受した上で執拗《しつこ》く『九名』『九名』と繰り返している。成程《なるほど》、キリエも正しい。①の時点で一匹、③の時点でもう一匹、まして私達が出現した時点でもう七匹生成されているんだから、結局の所、自動機械は総計九匹。ならキリエが侵入者もまた九名だと、そう疑ったことには充分な理由がある」

「でも冬香、現実に、私達が目撃できた自動機械は八匹だけよ？」

「なら①の時点で出現した自動機械は悪魔に削除された。こうなる」冬香はサクサクいった。「天使は、だから悪魔も〝自分の手許《てもと》にある諸々《もろもろ》の器物を消し去ることができる〟んだよね？　なら成程《なるほど》、いつの暇《ま》にか掻《か》き消えていた武器を消滅させることなんて朝飯前《あさめしまえ》。まして〝自動機械を削除する〟〝自動機械を塵《ちり》に帰す〟ことだって児戯《じぎ》に等しいじゃん」

「以上を纏《まと》めると」私はいった。「悪魔は第二幕のみならず、第一幕のしかも劈頭《へきとう》において既に出現していた。加えて、第一幕において悪魔は二度誤差領域に出現した。それは、①ヒトの協力者を確保する為《ため》と、②ヒトに武器を提供してヒトを生き残らせる為《ため》だった。私達はこれらの結論を、自動機械の挙動と霧絵さんの証言から導けた。

――そして、悪魔さんお待たせ。

私が貴女《あなた》の擬態を見破った、言葉尻以外の理由の最後だけど」

「ねむくなってきたわ。唾液がからみあうかたちで添い寝リフレしなさい」

「よく解らないけどいかがわしいわね。ともかく擬態を見破れた理由の、ええと第一二。

すなわち自動機械つながりで、第二幕劈頭《へきとう》における自動機械の挙動《きょどう》。

ここ誤差領域における第二幕、千秋が殺されてしまったターンの開始直後、私達はやはり、霧絵さんの自動機械に襲撃された。詳しく言うと――

この第二幕においては、私が知るかぎり最初に目覚めた冬香が、だから自動機械の『きいぃぃぃぃぃぃ』的な雄叫《おたけ》びを恐らく最初に聴いた冬香が、目覚めて躯《からだ》を動かして顧《ふりかえ》るや突然、そう突然自動機械一匹に襲撃されている。まして冬香は当該《とうがい》一匹に〝いきなり鉤爪《かぎづめ》〟で斬りつけられそれを〝薄皮一枚《かわいちまい》で見切った〟と証言している。無論この証言は真実。というのも私は冬香の制服を確認したから。すなわち〝制服が鋭利に裂かれている箇所が幾つか〟あって〝それぞれが致命傷になっていても全然面妖《おか》しくない〟のをこの瞳《め》で見たから。そんな〝いきなり鉤爪《かぎづめ》〟の自動機械一匹は、冬香のみならず他の迷子仲間をも襲い出した。具体的には、冬香と合流した千秋＝私の二人を。更にこの三人とは別の場所に出現していた夏衣＝流菜の二人を。まして最後に戦闘へ加わった未春を――これで私達ヒト側は総員の六人となった。この六人と自動機械一匹とで、例えば夏衣が自動機械に体当たりをしたり、未春が自動機械にショルダータックルをかましたり、まして冬香＝千秋が問題の〈拳銃〉で超A級スナイパーぶりを発揮した訳だけど。要は激烈な戦闘が展開された訳だけど。

この時点で既におかしい。話が出鱈目《でたらめ》。私達はそれに気付いていなきゃいけなかった」

「初音」夏衣が訊いた。「私には、そんな客観的な要約の、しかも事実の要約の何処《どこ》がおかしいのか、まるで解らないんだけど……」

「ううん夏衣。夏衣には解るはず。だって絶対におかしいもの。

——何故と言って、霧絵さん曰《いわ》く、自動機械は〝侵略者その他の異物がここ誤差領域に出現したのならば、異物の個体数に応じて自動的・自律的に生成されてしまう〟んだもの。なら第二幕劈頭《へきとう》、自動機械はヒト六人に対し六匹生成されなきゃおかしい。ううんもっと変な事がある。だって霧絵さん曰《いわ》く、霧絵さんは〝自動機械の挙動不審を解決する〟ため、〝免疫《めんえき》サブルーチンに干渉して、赤い血を流す貴女達《あなたたち》に対するリアクションを機能停止させて〟いたんだもの。〝そして取り敢えず、四月七日のうちはその状態を維持して〟おいたんだもの。ならそもそも第二幕劈頭《へきとう》、私達ヒトに対して自動機械が——一匹だろうと六匹だろうと——生成される筈がない。あと微妙におかしな点は、ともかくも生成されたその自動機械一匹が、遭遇《そうぐう》当初から既に変形《へんぎょう》済みだったって事実。より正確に言えば、私達が誤差領域で目覚めたその段階において、自動機械は第一形態の〈ガラスの人擬《ひともど》き〉ではなく既に第二形態の〈仮面を帯びた骸骨《がいこつ》の怪鳥〉だったたって事実。これは、第一幕における自動機械の登場スタイルと全然違う。言うまでも無いけど、あの自動機械は第一幕では必ず、例外なく第一形態で出現し、戦闘が激化するにしたがって第二形態に変形《へんぎょう》していった。なら第二幕の自動機械一匹が〝いきなり鉤爪《かぎづめ》〟＝いきなり第二形態というのは微妙におかしい。

　これらを総合すると。

　自動機械が一匹しか生成されなかったのなら、誤差領域に侵入した異物の数は一の筈《はず》。自動機械が私達ヒトに対して生成される筈《はず》がないのなら、それは他の異物に対して生成されたものの筈《はず》。自動機械が私達の目覚めのとき既に第二形態だったのなら、自動機械は私達が目覚める以前に第一形態として生成されていた筈《はず》。

　これらを言い換えれば。

第二幕において私達が目覚める以前、既にヒトではない異物が、それも『赤い血のヒトに擬態する以前の異物』が一匹侵入していて、自動機械一匹はそれに対して生成された。こうなる。そして議論がここまで来れば、当該《とうがい》ヒトではない異物一匹とは当然、蛇一匹となる——何故と言って、嘘を吐けない霧絵さんが警戒していると断言した異物は〈桜瀬女子《おうせじょし》の生徒〉と〈蛇〉だけなんだから。けれど、私達が目撃し記憶する限り、第二幕における登場人物・登場天物は〈ヒト六人＋天使一名〉だけだった。なら当然、〝隠れること、自然物に擬態《ぎたい》することに長《た》けている〟〝天使さんですら発見・検知しがたい〟蛇は、この七名の内の誰かに擬態している。こうなる。

ここで、後々《のちのち》も重要になる点を指摘しておくと——私が知るかぎり第二幕で最初に目覚めた冬香は、実は他の桜瀬女子の生徒を発見する以前、そうまだ冬香独りだった段階で、〝確かにヒトの声がした〟〝ヒトの、おんなの声〟〝謎の遠足の仲間だよねきっと〟〝千秋にも初音にも出会う前、誰かヒトの声を聴いたんだけど〟と証言している。そしてその声の主《ぬし》はと言えば、当該《とうがい》声のタイミングからして、また先刻《せんこく》の〈協力者〉の結論からして、①冬香以前に誤差領域へ侵入した蛇、及び、②それと協働する協力者であると考える事ができる。何故と言って、当該《とうがい》声の主は自動機械を生成させているから。また何故と言って、冬香の聴いた声は独り言ではあり得ないから」

「えっ初音、何故それが」夏衣が訊く。「独り言ではなかったと決め打ちできるの？」

「それは夏衣、繰り返しの様《よう》になるけど——

①第二幕劈頭《へきとう》、目覚めた冬香は自動機械の『きいぃぃぃぃぃぃぃぃ』的な雄叫《おたけ》びを聴いている。②その自動機械の殺戮《さつりく》能力は私達の誰もが知っている。③なら、自動機械が確実に存在していると分かった上で、敢えて独り言をブツブツ言いながら歩きまわる莫迦《ばか》は桜瀬女子にはいないよ。殺して下さい、って居場所を知らせる様《よう》なものだもの」

「——成程《なるほど》」

「いったん協力者の議論は差し置いて、ここで重要なのは――蛇＝悪魔は第二幕、私達以前に既に誤差領域に出現していたし、まして私達の内の誰かに擬態していたという事実。ならその誰かとは誰か？

実はこれ、一匹だけ生成された自動機械の挙動《きょどう》からすぐ解る。もちろんこの自動機械一匹は、最初に一匹で登場した悪魔をこそ殺戮《さつりく》するために戦闘を開始した訳だけど、これを言い換えれば要するに、自動機械一匹が最初から狙っていたターゲットこそ悪魔だよ。その『最初から狙う』挙動を解析すれば、誰が悪魔なのかは直ちに解明できる道理。

もっとも第二幕においては、特に私が千秋と合流した頃から、不思議な感じで桜の花吹雪がひどくなっていた。私自身の言葉でいえば〝もう視界ゼロ〟にまでなっていた。だから自動機械一匹も、正確に悪魔一匹だけを狙えた訳じゃなかったけど……でもよく考えてみればこれ、悪魔の仕業《しわざ》かも知れないね。いわば煙幕《えんまく》。だって天使さんは、だから悪魔も〝桜の花吹雪だの無窮に見える桜堤《さくらづつみ》だの、川だの空だのも思ったとおりにどうとでもなる〟んだから。実際、悪魔でないヒトも言わば『貰《もら》い事故』の被害に遭《あ》っているし……

ううん、正確に言えばそれは『貰い事故』じゃなかったのかも知れない。何故と言って、自動機械一匹は霧絵さんの命令によって、〝赤い血を流す私達〟以外を処分しなければならなくなったから。ところがあの自動機械には〝獣の如《ごと》き本能〟しか無いし〝さしたる知能もなければ、霧絵さんの個別具体的な命令を理解するだけの知性もない〟〝天使の最下位階級に属する人形〟でしかない。なら、霧絵さんですらできはしない、いよいよ『ヒトに擬態してしまった悪魔』の識別ができる筈《はず》もない。そんな自動機械一匹が、最初にターゲットとした悪魔の擬態によって、いよいよ『ヒト』と『そうでない者』が結果として入り混じってしまった混戦の最中《さなか》、赤い血を流すヒトだけを見逃さなきゃいけないとすれば――あとはぶっちゃけ、私が実際やったみたいに、血を流させて色を見るしか手段が無いよ。だって天使さんは、だから悪魔も〝血だけは擬態もできない〟んだから。だから自動機械一匹の本意としては、第二幕におけるヒトへの攻撃は、単純に血の色を確かめるだけの、かなり手加減をした接触程度のものだったのかも知れないね……私かなりの深手を負ったから、採血にしてはとても手酷《てひど》かったなあとは思うけど。

――まして霧絵さん。霧絵さんそのとき、ちょっとかなり悪辣《あくらつ》なこともしているよね？」

「えええっ、というと……？」

「……しれっと誤魔化《ごまか》さないで。

霧絵さんは、私達のその『採血』がかなり処理できているのを目撃して――霧絵さんまさに現場にいたもんね――たとえ混戦の最中《さなか》でも『悪魔が識別できるのでは？』『悪魔を殺処分《さつしよぶん》する好機では？』と考えた。赤い血のヒト全員が識別できたなら、残るは悪魔だけになる道理。ううん、自動機械一匹の頑晴りによっては、悪魔に緑の血を流させることすら可能かも知れない。当然、悪魔は赤い液体をどんどん創造して誤魔化《ごまか》すだろうけど、斬撃《ざんげき》を重ねれば重ねるほど間に合わなくなる。直接、緑の血を流してくれるかも知れない。それを視認《しにん》できれば霧絵さんの勝ち。

だから霧絵さんは自動機械一匹との戦闘中盤、誤差領域の視界をクリアにした。だから戦闘中盤、私は〝桜の濃霧が薄れてゆく〟〝まるで意志あるかの様《よう》に〟と感じた……まして霧絵さんはそのとき、自動機械一匹に発破《はっぱ》すら掛けた。いよいよ濃霧が薄れ〈拳銃〉なんてものまで使用可能になったとき、だから自動機械一匹が急所と思《おぼ》しき箇所《かしよ》にバンバン弾《たま》を撃ち込まれているとき、きっと『しっかりせよ』『赤い血を流しているヒト以外に突進せよ』と発破を掛けた。だからこそそのとき、〝自動機械は、ハッと我に帰った様《よう》に、まるでこの世界から何かの命令を受けたかの様《よう》に、急にしゃんとした〟んだよね？」

「私嘘が吐けないから、初音の結論を否定しはしないけど――」霧絵さんは川の上でいった。「――

あのとき私が末春として出現したタイミングを思い出して。それはヒト総員が出揃《でそろ》ってから。だから
ヒト総員が手傷を負ってしまってからよ。結果としてもう赤い血は流れてしまっていた。すなわち私は、ヒトに赤い血を流させる為《ため》に誤差領域の桜量を調整した訳ではない。私は飽くまでもΓριγορι の突進してゆくベクトルを見定めたかっただけ。まして私は桜量の調節と同時に、視認《しにん》できた貴女達《あなたたち》に直接接触して貴女達《あなたたち》の怪我を治療してもいる。例えば初音、貴女なら憶えている筈《はず》。私＝末春の手が肩に触れたとき、確かお腹と、あと太腿《ふともも》の激痛が消えた筈《はず》。まして精神が昂揚《こうよう》・興奮し、意識がクリアになった筈《はず》」

「そういえば確かにあのとき、変な脳内麻薬めいたものを感じたわ……」私は考え考えいった。

「……それって、末春に出会えた安心と嬉しさじゃなかったんだ。言われてみれば、あれほど深手《ふかで》を負ったのに、猛ダッシュできたり自動機械と競争できたりするのは変だよね」

「とまれ、私が悪魔を見定めたかったのは事実。

だから初音が悪魔を識別できた理由って、とても興味深いわ……証明を続けて頂戴《ちょうだい》」

「ともかくも、第二幕に出現した――」私は続けた。「――問題の自動機械一匹の『悪魔を狙う』挙動を解析すると、①私が初めて自動機械一匹に斬りつけられて出血したとき、自動機械一匹は最初は〝桜の濃霧から突進〟してきたのに、突然〝とても奇妙で微妙なタメを置きながら、ゆっくりと〟私に歩み寄ってきた。その理由は今は明白。ターゲットを間違えたことに気付いたからだよ。そしてしばし考え、ターゲットは私の更に奥にいるんだと気付いたからだよ。②私が当時めざめたての娘《こ》に取り縋《すが》って救助をしていたときも、やはり自動機械一匹の〝奇妙で微妙なタメ〟は維持されていた。その理由も明白。ターゲットと私が重なってしまったことで、殺戮すべき対象の認識にバグが生じたから。③でも私がその娘《こ》をおんぶして、真っ直ぐ駆けながら自動機械一匹から遠ざかろうと逃げ出したとき、①②の奇妙で微妙なタメはいきなり掻《か》き消えて、自動機械一匹は〝いったい何に興奮したか、

猛ダッシュを開始した〟――そう私が〝闘牛じゃないんだから!!〟と抗議したくなる程《ほど》に。その理由も明白。私がその娘《こ》をおんぶして逃げ出したことで、私の背にいるその娘《こ》の姿を、視線上にハッキリ認識できたから。④やがて夏衣と未春が戦闘に加わったとき、自動機械一匹は〝どこか『キョトン』としたまま〟〝夏衣と未春の直接攻撃以来、依然として『キョトン』としたまま〟〝『吃驚《びっくり》』したまま〟なんて状態になった。この理由も明白。何故と言って私達は今、第二幕においては未春＝霧絵さんだ、ということを知っているから。だから誤差領域の上司・誤差領域の上位個体たる霧絵さんに攻撃され、自動機械一匹は状況を理解できずに呆然《ぼうぜん》・唖然《あぜん》としたことになる。それが『キョトン』『吃驚《びっくり》』の正体。⑤そしてさっき霧絵さんが言った桜量の調整後、また霧絵さんが掛けた発破《はっぱ》の直後、自動機械一匹は何かを〝捜《さが》し求めている〟〝獲物《えもの》を見定めている〟状態になった。その直後、特定の誰かに赴《む》かって一目散《いちもくさん》に飛翔し始めた。たった独りの、特定の誰かに。私はその理由を〝今《いま》最も弱い〟娘《こ》を殺して〝せめて侵入者を独りでも減らそう〟としたんだと直感した。でもそれは誤り。何故なら今やその理由は明白だから。そう、その時点で自動機械一匹は――だから霧絵さんも――いよいよ悪魔が誰なのかを知った。だから自動機械一匹は、所要《しょよう》の照準《しょうじゅん》活動のあと悪魔の殲滅《せんめつ》活動に入った。そのためにこそ、〝当然だけど飛んでいるから無茶苦茶《むちゃくちゃ》速い〟スピードで悪魔に肉薄した……

以上、第二幕における自動機械一匹の挙動《きょどう》から、①のとき私の奥にいた流菜、②のとき私と重なっていた流菜、③のとき私がおんぶしていた流菜、⑤のとき自動機械一匹の飛翔した先にいた流菜が、悪魔だよ。

――なお、同時に起こった出来事だからここで立証しておくと。

この第二幕劈頭《へきとう》の戦闘時。自動機械一匹のタックルで吹っ飛ばされた流菜を救おうと、流菜に接近しようとした私に対し、〝大丈夫!!〟〝大丈夫だから〟〝初音はもう動かないで絶対に!!〟と繰り返し叫び、私を〈流菜〉から遠ざけたままにしようとした娘《こ》がいる。そして自ら〝急いで〟〝流菜を回収・確保〟してしまった娘《こ》がいる。そのときは私、その娘《こ》の行為に違和感を憶えなかった。けれど未春が持ち込んでくれた熊谷先生のカルテを読んだ後は、強い違和感と強い納得を憶えた。何故と言って、その娘《こ》がそうまでして自ら〈流菜〉を救いたかったのは……ううん誰にも〈流菜〉に接近されたくなかったのは、要は〈流菜〉の擬態の大きな欠点にすぐ気付いたから。そしてその欠点はもう証明した欠点。すなわち〈流菜〉は下着の類《たぐい》を用いていなかったこと。そう私が〝お腹《なか》とお臍《へそ》〟を見てしまったとおりに。その〈流菜〉が吹っ飛ばされたときどんな体勢だったかと言えば、成程《なるほど》致命的だよ、〝素足をあらぬ方向に投げ出した半端《はんぱ》なでんぐり返し〟〝半端なブリッジ〟……そもそも女子高校生として酷《むご》い格好だけど、〈流菜〉にとっては酷《むご》いどころか大失態。全部見えちゃうもの。そもそも〝素足〟だけでアウトなのに（黒タイツでなければ変）、そんなあられもない格好でしかも常軌《じょうき》を逸《いっ》する、その、何て言うか、露出状況だもの。なら、私を〈流菜〉から遠ざけようとしたその娘《こ》が焦燥《あわ》てて〝急いで流菜の乱れていた制服・眼鏡その他を整え〟〝流菜を桜の濃霧の先へ離脱させ〟たのも道理だよね。でもこれを裏から言えば、その娘《こ》は流菜が下着の類《たぐい》を用いていない事に、まるで違和感を感じていなかったって事になる。お尻その他が露出するのも当然だと認識していた事になる……とすれば。その娘《こ》は先刻《さっき》の議論で指摘された、悪魔の〈協力者〉だよね。そう、誤差領域第一幕で私達に竹刀と和弓を用意してくれた悪魔に対し、ヒト側の諸《しょ》情報を提供した〈協力者〉になる。悪魔の〈協力者〉の証明は、この『悪魔流菜の露出ルート』からも解明することができる。

――あと、同じく自動機械に関連する論点だからここで整理しておくと。

第二幕の〈流菜〉は悪魔。これはもう立証された。

第三幕の〈流菜〉も悪魔。これは今ここで現認《げんにん》できる。むろん論拠も十二ある。

けれどこの第三幕の〈流菜〉が悪魔だというのは、自動機械の生成ルールからも補強できる。というか補強できるから私は悪魔の手を刺した――すなわち、もし第二幕の〈流菜〉がこの誤差領域から退場してしまえば、再入場のとき必ず自動機械が一匹生成されてしまう。これは第二幕を顧《ふりかえ》ればあきらか。けれど第三幕では自動機械は生成されていない。なら〈流菜〉は第二幕において退場をせず、そのまま誤差領域に居座り続けている筈《はず》。またその〈流菜〉が流菜の擬態をやめれば、第三幕における流菜がいなくなる。なら〈流菜〉は第三幕においても引き続き流菜の擬態をしている筈《はず》」

「けれど初音――」冬香が首を傾《かし》げた。「――悪魔はヒトに擬態できるんだし、第二幕以降、自動機械どもは基本、ヒトを襲わなくなっていたんだから、悪魔としては最初からヒトに擬態して誤差領域に入ってくればいいじゃん？　ううんもっと言えば、第一幕のときだって天使に擬態して誤差領域に入ってくればよかったじゃん？」

「い、いいえ、それはできないの。霧絵さんが第一幕で断言したとおり。〝ヒトであろうと私であろうと誰であろうと、この誤差領域に入るそのときは、魂の『初期状態』となる〟〝どのような工作や欺瞞《ぎまん》や小細工をしたとして、侵入者がその本来の在《あ》り方《かた》・本来の姿を誤魔化《ごまか》すことはできない〟――すなわち悪魔としては、誤差領域内でどんな擬態をしようと自由だけど、侵入時のそのタイミングでは、絶対に悪魔の悪魔のままでいなければいけないんだよ。裏から言えば、だからこそ第一幕でも第二幕でも自動機械を出現させざるを得なかったんだよ。だからこそ『自動機械のルール』に基づくいわば『自動機械パズル』に参加せざるを得なかったし、だからこそ自動機械絡《がら》みで無数のてがかりを残すこととなった」

「そ、そう言われてみればそうだ。私も憶えている。〝持ち込めるのは生《なま》の自分〟だけだ」

「以上のように、自動機械のルールは、①第二幕の〈流菜＝悪魔〉説のみならず、②〈協力者〉の正体についても、③第三幕における〈流菜＝悪魔〉説も論証・補強する極めて重要なもの。そしてその〈協力者〉が誰かについては論ずるまでもなく自明だから、その論証は最後に回して、これからは第二幕におけるもうひとつの演技、もうひとつの欺瞞《ぎまん》――もうひとつの擬態について論証してゆく」

「もったいぶった議論ねはつね。もっと舌をうごかしなさい。

あなたは、どう、世界をくちゅくちゅするの？」

「――ええっ私、舌なら今もう高校生活三年分以上使っているけど？　たくさん喋りすぎて喉がカラカラだけど？」

「いい子ぶっているわねはつね。しょじょぶっているわねはつね。もっとお口をつかいなさい。

あなたは、どう、彼氏をじゅぼじゅぼするの？」

「よ、よく解らないけど、私達、中高一貫の全寮制女子校の生徒だよ？　か、彼氏なんていないよ」

「は、初音……」未春が嘆息《たんそく》を零《こぼ》した。「こんないかがわしい……じゃない、ともかく悪魔の言葉なんて真っ当に聴いたら駄目。どのみち嘘か出鱈目《でたらめ》か惑《まど》わしの一手《いって》なんだから」

「みはるはわるい子のようね。もっと堕落しなさい」

「――ねえもう流菜の格好やめてよ。流菜が可哀想過ぎる。流菜を冒瀆《ぼうとく》するにも程《ほど》がある」

「ともかくも」私は強引に議論を続けた。確かに悪魔の戯言《たわごと》にかまっている暇《ヒマ》は無い。「第二幕における流菜＝悪魔だという論拠を示せ――って言ったのは悪魔さん貴女《あなた》じゃない。だから蟻《アリ》の這《は》い出るスキもない様《よう》に、総計十二の論拠を示した。きっと御満足いただけていると思うよ」

「まんぞくはすきよ。もっと神泉《しんせん》のローソンでまちあわせしなさい。もっと特定用途鏡を使いなさい」

「無視して続けると、第二幕に出現したニセモノは、実は流菜だけじゃない。

第二幕に出現した〈霧絵さん〉も、実はニセモノ。

そしてそんなことができるのは悪魔しかいない。

よって第二幕に出現した〈霧絵さん〉もまた悪魔となる」

「ええっ初音それどういうこと!?」冬香が思いっきり訝《いぶか》しむ。「議論の大前提が崩れるじゃん!!　だって第二幕に出現したキリエって要は、天使である〈未春＝キリエ〉が川の上に投映した映像・動画だよね？　それって初音自身が証明したことだよ？」

「こんらんしてきたわね。もっと回転ベッドに這《は》いよって混沌《こんとん》としなさい」

「ううん大丈夫誰も混乱しないもの」私はだんだん苛々《イライラ》してきた。未春の言うとおりだ。流菜を冒瀆するにも程《ほど》がある。「ゴメン冬香、ちょっと説明が足りなかったよ——冬香のいう議論の大前提は、もちろん崩れない。だって第二幕において天使は二度出現しているから。それは誰もが憶えている筈《はず》。すなわち、①自動機械一匹との戦闘終了真際《まぎわ》に一度（これは確かに〈未春〉が出した映像・動画）、そして、②千秋殺人事件が発生してから一〇分未満の内にもう一度。——私が今、ニセモノだと指摘しているのは②の天使だよ冬香。あと大事な言い忘れ。それは悪魔の『擬態』じゃなくって、悪魔の出した『映像・動画』なんだ」

「え、映像・動画？　ええと、だから……②の〈天使〉は、〈悪魔＝流菜〉が出した映像・動画ってこと？」

「まさしく。だって第二幕では〈流菜＝悪魔〉だし、まして天使さんも悪魔も〝精神と魂と命の座はたったひとつだから〟〝分裂して二体以上になることもできない〟はず」

「成程《なるほど》、分裂できないし流菜に化けたままだしで、ならニセキリエを用意するとしたら、ホンモノキリエ同様、『映像・動画』しかないのか。ああ、それで先刻《さっき》、ホンモノキリエは要旨《ようし》『悪魔も自分と一緒の手口を使った』みたいな嫌味を言ったのか……

そして、ダブルキリエの出現状況も確かに初音の言うとおりだった。①第二幕で天使はいったん『地上で野暮用《やぼよう》がある』『一時間ほど帰れない』『トイレは用意しておく』旨《むね》を告げて退場し、②千秋がお風呂で殺された直後、『どうしたの？』『何か重大事《じゅうだいじ》でも？』云々《うんぬん》って言いながら帰って来たんだった。だから初音の指摘が正解なら、②の天使は此奴《コイツ》だった……じゃなかったややこしい……②の〈天使〉は此奴《コイツ》が出した映像・動画だった。成程《なるほど》」

「わたしの名前をしらないのね。あなたも名状《めいじょう》しがたくなりなさい」

「いや知りたくないし、意味解らないし。

でもさ初音。そう断言するからには当然、また初音っぽい無闇に執拗《しつよう》で膨大《ぼうだい》で執念深くて重箱《じゅうばこ》の隅《すみ》的な証明があるんだろう？」

「……ろ、六年間ものつきあいだけど、まして部活仲間の剣道少女同士だけど、冬香が私のことそんな風に思っていたとは知らなかったよ」

「アッ、いやこれは!!　今のは言葉の綾《あや》っていうか!!　ううんホントの本気で褒《ほ》め言葉!!」

「けんかしているわね。もっと私のてのひらのうえで怒張《どちょう》しなさい。

あなたは、どう、彼氏をしゅこしゅこするの？」

「怒張しません。意味が解りません」成程《なるほど》、悪魔は意味不明な言葉を発すると聴いたことがある……

「まして誤魔化《ごまか》されません。第二幕、二度目に登場した〈霧絵さん〉は貴女《あなた》」

「おごりたかぶっているわね。もっと亜空《あくう》でエクサイトしなさい。

もっとわたしの動画をダビングしてVHSのデッキといっしょにフリマアプリでうりさばきなさい」

「貴女《あなた》が霧絵さんに擬態していた。その論拠は八つある。ホンモノ霧絵さんとニセモノ霧絵がいる、といったん疑うことができたなら、その差異はあからさまに過ぎる程《ほど》だよ――

第一。『制服』というか着衣が違う。ホンモノ霧絵さんの着ている女子高校生的制服は、まず胸元まで襞《ひだ》があるボックスプリーツのジャンパースカートなのに、ニセモノ霧絵のそれは腰までしか襞《ひだ》のない、しかも左巻き車襞《くるまひだ》のジャンパースカート。それどころか、ホンモノ霧絵さんのブラウスはキリッとしたシャープな襟《えり》なのに、ニセモノ霧絵のそれは典雅な丸襟《まるえり》。ましてホンモノ霧絵さんの蝶結びの紐《ひも》リボンは胸元まで伸びる艶《つや》の無い緋色《ひいろ》なのに、ニセモノ霧絵のそれは首元までしか全長のない光沢ある朱色《しゅいろ》。おまけにホンモノ霧絵さんの校章は銀色なのに、ニセモノ霧絵のそれは白い……私、誤差領域第二幕後半で〈霧絵さん〉が登場したとき、そこはかとなく〝野暮用《やぼよう》でとても忙しかったんだろうか、全体的に衣装の『着付け』『統一感』が緩《ヌル》い気もする〟と感じたけど、ちゃんと思い出してちゃんと考えていたら、ニセモノ霧絵がそれっぽいフリしかする気がなかったこと――だから私達をド派手に舐めきっていたことが解っていた筈《はず》だし、ガワの出鱈目《でたらめ》さとやっつけ仕事ぶりに気付けていた筈《はず》。

第二。瞳《ひとみ》と髪が違う。ホンモノ霧絵さんの瞳は青い青いサファイアなのに、ニセモノ霧絵の瞳は霧や凍土《とうど》や氷河を感じさせる薄青。またホンモノ霧絵さんの髪は鳶色《とびいろ》がかっているのに、ニセモノ霧絵の髪は純黒。

第三。天使降臨の儀式・儀典が違う。ホンモノ霧絵さんが登場するとき出現する真白《ましろ》い鳥は、①全長なら私の肘《ひじ》から先より少し小さい位《くらい》、②羽根の大きさなら掌《てのひら》サイズ、③鳴き声なら〝くうくう〟〝くうくう〟、④歩き方なら首を前後にふりながらそれとシンクロさせて左右の足を交互に出すスタイル、⑤そして空から着地するときは翼を交差させたりまた展《ひろ》げたりとリズミカルな動きをする。他方でニセモノ霧絵が登場するとき出現した真白《ましろ》い鳥は、①全長なら私の肘《ひじ》から先より気持ち大きい位《くらい》、②羽根の大きさなら私の二の腕ほど、③鳴き声なら〝ころころ〟〝かっかっか〟、④歩き方なら首を据《す》わらせたまま左右の足を揃《そろ》えつつぴょんぴょんとジャンプするときもあれば足を交互に出すときもあるスタイル、⑤そして空から着地するときは翼を展《ひろ》げたままなめらかに滑空《かっくう》しつつストンと着地する。

成程《なるほど》、ニセモノ霧絵が登場したとき、〈未春＝ホンモノ霧絵さん〉が〝わざわざこんなものを用意して〟〝どうしても必要だったのかなあ……〟〝当事者だけが満足してる下手《へた》な大道芸《だいどうげい》〟〝やるんだったら天使らしく、もっとこう、瞳奪《ひとみうば》うようなクオリティとリアリティがほしいよね〟等々と慨嘆《がいたん》……ううん、むしろ陰険に北叟笑《ほくそ》むわけだよ。確かに〈未春＝ホンモノ霧絵さん〉が、だから嘘の吐けない天使さんが指摘したとおり、そのときの儀式・儀典の〝段取りを見れば〟〝やっぱりこれまでどおりの登場の仕方だった〃んだけど……これって言い換えれば『段取り以外は出鱈目《でたらめ》だ』っていう嫌味にもなる訳で。そして出鱈目《でたらめ》極まるのはもう言うまでも無く、〃わざわざこんなものを用意して〃の〃こんなもの〃すなわち問題の鳥だよ。だからこそ〈未春＝ホンモノ霧絵さん〉はあのとき、〃クオリティとリアリティ〃がなく〃天使らしく〃ないって、正直に悪口を言っていた。だよね霧絵さん？」

「そうね」

「鳥の種類が違うのはもう確実だけど、それぞれ何の鳥？　小さい方は鳩だと分かるけど」

「私が使うのは白い鳩。悪魔が使ったのは白い烏《からす》。成程《なるほど》、凶鳥《まがとり》とはよく言ったものね。私このあいだクロドウェクスの戴冠《たいかん》に動員されてから、やたらと鳩に懐《なつ》かれて。そんな御縁《ごえん》でシャルルⅦ世の戴冠でも演出係を命ぜられたんだけど、真夏の二日で八、〇〇〇羽を調達するのはさすがに大変だったわ。他方で烏はと言えば、帝陛下《みかどへいか》の御受難《ごじゅなん》のその際にも現れた、私達としては因縁《いんねん》のある鳥になる――

　とまれ鳩と烏だと、初音も指摘していたけど特に首、羽、足の挙動《きょどう》がまるで違うのよね」

「けれど霧絵さんはそうしたミスを敢えて誘発させようとしていたんだよね？」

「何故？」

「……霧絵さんの性格からすれば、あんな面倒臭い儀式・儀典をマジメにやる筈《はず》ないもの。実際、〃まあできるだけ巻いて、三倍速程度でやってはみた〃なんて勝手ができる上、自分自身も〈未春〉の口を借りて〃まったく、芝居がかった登場の仕方だよね……この二一世紀に必要ないよ〃だなんて、それが自分の義務でも何でもないことを自白しているもの。だとすれば、そんなホンモノ霧絵さんが敢えて執拗《しつよう》に儀式・儀典を繰り返したのは、それに数多《あまた》のチェックポイントあるいは継目《シーム》を用意して、段取りをシームレスならぬシームフルにし、やがて自分に擬態するであろう悪魔に襤褸《ボロ》を出させる為《ため》、最後の犯人当ての際の証拠を積み上げておく為《ため》――だからホンモノ霧絵さんは敢えて、〃ヒトの時間基本単位にして約三、六〇〇秒ほどを、野暮用《やぼよう》の処理に要する。地上に下りている内は、この領域に帰れない〟だなんて故意《わざ》とらしい『泥棒さん大歓迎宣言』を出していた。『確実に一時間は帰りませんよ～』なる宣言を」

「天使もはつねも、おそろしくわるいせいかくね。

もっと親のかおをみせなさい。制服をコルセットジャンパースカート＋裾《すそ》フリル＋ニーソックスにかえて、後期十八歳未満者フェチな児童ポルノユーザーをよろこばせなさい」

「引き続き悪魔が霧絵さんに擬態していた論拠の、第四。単位用語が違う。すなわちこの誤差領域における登場者の数え方が違う。これ、今までの議論でもう証明されているけど、ホンモノ霧絵さんは絶対に嘘が吐けないから、〝人《にん》〟と〝名《めい》〟を厳格に遣い分ける。ヒトのみならば〝人〟で数え、ヒト以外も含まれるなら〝名〟で数える。ところがニセモノ霧絵は嘘吐きだから、そんなルールには縛られない。だから数多《あまた》の箇所《かしょ》で単位をごっちゃにしている。例を挙げれば、殺されてしまった千秋に哀悼《あいとう》の意をしめすフリをしていたとき。だから真摯《しんし》に調査・捜査したい旨《むね》を述べていたとき。〝それで冬香さんを始めとするヒト五人の悲しみが癒《い》やされるとは思わないけれど〟なんて平然と言っちゃうし――このときはもう〈流菜＝悪魔〉だったんだからヒトは四人だし、全員を数えるなら単位はルールとして〝名〟の筈《はず》だよね――また他の例を挙げれば、皆《みんな》で千秋殺人事件の謎を検討しているとき。〝まさか貴女達《あなたたち》ヒト五人の内の誰かが、大切な仲間である千秋さんを突然、酷《むご》たらしくも射殺したというの？〟〝今、此処《ここ》で、貴女達《あなたたち》ヒト五人が殺人なんかを実行する必要と動機がどこにあるの？〟〝ここにいる貴女達《あなたたち》ヒト五人はその犯人ではない〟〝犯人は貴女達《あなたたち》ヒト五人ではない〟等々と――他にもたくさんあるから列挙しきれない――平然とルール違反をして、自分がホンモノ霧絵さんでない証明を自分で積み上げてしまっている」

「こまかいことにこだわるわね。こだわるのは皮被《かわかぶ》りのなかの垢《あか》のにおいソムリエだけにしなさい」

「……論拠の第五。単位用語と密接に絡《から》んで、〝人〟なる単語の用い方が違う。ここでもホンモノ霧絵さんは絶対に嘘が吐けないから、ヒトでない存在について例えば『個人』とか『人為的』といった単語は絶対に遣わない。ところが今まさに例示したとおり、ニセモノ霧絵は平然と〝犯人〟なる単語を繰り返している。また他の例を挙げれば、〝私はここの管理人ゆえ、当該《とうがい》弾丸その他についても御《ご》所望《しょもう》とあらば回収してくるけど？〟とも言っている。ここ、ホンモノ霧絵さんなら絶対に『管理者』って単語を遣うはずだよね？

　論拠の第六。『人』と『呼び方』つながりで、実名で呼ぶかどうか。これまた霧絵さんの記憶容量の話になるけど、霧絵さんは私以外の〝他の個体名は私にはどうでもよい、主観的にはさほど余裕のない記憶容量を割《さ》く気も全くない〟って断言しちゃっているんだよ。そしてその自縄自縛《じじょうじばく》を修正してはいない。だからこそニセモノ未春＝霧絵さんは、例えば夏衣のことを呼ぶとき夏衣なる名前を記憶していないから思わず、〝と……〟（鳶色《とびいろ》がかったセミロングさん）と呼び掛けて焦燥《あわ》てて〝……ともかく今の話〟とか誤魔化《ごまか》していたし、例えば流菜のことを呼ぶときも思わず〝み……〟（三つ編みさん）と呼び掛けて焦燥《あわ》てて〝……皆《みんな》も憶えてると思うし〟とか誤魔化《ごまか》している。同様に、千秋殺人事件の検討をしていた際、どうしても被害者である千秋の名前が呼べなくて、それを〝大事な友達が〟とか〝被害者の〟とかって呼び換えた。果ては、とりわけ千秋が塵化《ちりか》して消失してしまった状況の説明に困って、千秋がどう死んでしまったのかの物語を、なんと『千秋が』なる主語を一切遣わない曲芸的な文章で物語っている。斯《か》くの如《ごと》くに、霧絵さんがヒトの実名を呼べないのは――①私と、②あと天使語でそして天使文字として理解した〝カオリ〟を例外として――この四月七日において終始一貫している。どの時点で出てきたホンモノ霧絵さんも、①②を除いて絶対に実名は使用しないしできない。記憶していないから。ところが第二幕後半に出てきたニセモノ霧絵は、正直族ではないから正直族の自縄自縛ルールが理解できず、実にアッサリと、全員を実名呼びに変えている。そればか

念が思念が霧絵ノモセニ。よだ拠証な的徴特トンホてっれこ。るいてえ変に びに変えている。これってホント特徴的な証拠だよ。ニセモノ霧絵が思念

りか、全員を漢字の実名呼びに変えている。これってホント特徴的な証拠だよ。ニセモノ霧絵が思念でしか喋れなかったからこそ——なお思念を実際に発しているのはニセモノ流菜——発見できる、地上世界では類《るい》を見ないタイプの証拠。だってヒトが喋るとき、その喋った文章・単語を漢字で思い描いているのか、それとも平仮名片仮名で思い描いているのかなんて、他人には絶対に分からないもんね。けれど天使・悪魔の思念ならそれが分かる。書き言葉がダイレクトに脳にとどくからそれが分かる。詰まる所、ホンモノ霧絵さんが〝冬香さんに〟〝西園千秋さんが〟等々を発話できる筈《はず》ない。無論、これは末春についても夏衣についても流菜についても全く一緒。みんなそう。全員が漢字実名で呼ばれていた。ならそれはホンモノ霧絵さんではあり得ない。あとすごくショボいミスだから指摘するのも嫌なんだけど、実名に関連して言わなくちゃいけないのは……私、徹底的に自分の記憶を検証してみたんだけど、どうやらニセモノ霧絵は自分の名前の発音、間違えているよ。私一度だけホンモノ霧絵さんのほんとうの名前っていうか、その発音を聴いたことあるけど……それと比べてニセモノ霧絵が第二幕後半で名乗った本名って、何度思い返してもやっぱり、音節あるいは母音がひとつ、足りなかった気がするんだよね。これは話し言葉と書き言葉の比較になるから、確たることは言えないけれど、『そもそも第一幕では最後まで本名を名乗ろうとしなかった、それも私にしか名乗ろうとしなかった霧絵さんが、第二幕後半では惜しげもなくしかも冬香に名乗っている』事実と抱き合わせて、合わせ技一本として論拠のひとつに入れておくよ。ほんとうにショボいけど。

論拠の第七。竹刀と和弓。すなわち、今《いま》述べた千秋殺人事件の検討の際、ニセモノ霧絵は要旨《ようし》〝そして残念なことに、弾丸以外の証拠品は皆無《かいむ》よ。前回貴女達《あなたたち》が使った竹刀も和弓も矢も……以下省略で、本件犯行と犯人を立証する上で有用な証拠品は一切《いっさい》無い〟なんて喋っている。絶対におかしい。竹刀と和弓は誤差領域第一幕にしか出てこない。そしてその第一幕、ホンモノ霧絵さんが登場したのは悪魔がいずれもを消滅させた後。ホンモノ霧絵さんは竹刀と和弓を目撃してはいない。ましてホン

モノ霧絵さんは〝竹刀〟〝和弓〟なる単語すら聴かされてはいない——それは私達ヒト側が、天使にとってはレアでマニアックであろう、日本の武道で用いる非殺傷《ひさつしょう》武器についての説明を遠慮・省略したから。要は私達は、〝徒手《としゅ》格闘技術と、あと銃剣《じゅうけん》格闘といった武器格闘技術には一定の知見があるけれど〟〝でもまさか自分ではやらないし、まして、それら以外の格闘術・武道にはとんと疎《うと》い〟霧絵さんに配慮して、竹刀と和弓のことをひたすらに〝武器〟とだけ呼称した。そのとき霧絵さんと直《じか》に対話して説明役を務めていた、夏衣も冬香も当然そうした。ましてその夏衣・冬香の説明内容も、〝ちょうど、ここにいる六人のうち三人が使い慣れた武器でした〟〝あれは木というか草というか……ともかく金属ではない天然素材でできた刀と、あとやっぱり、金属ではない天然素材でできた弓〟〝だからもちろん、矢も複数ありました〟と述べただけ。それを聴いた霧絵さんも〝何だか蚊弱《かよわ》そうな武器だけれど〟と認識しただけ。詰まる所、そんなホンモノ霧絵さんが先《さき》の様《よう》に〝前回貴女達《あなたたち》が使った竹刀も和弓も矢も〟だなんて発言ができる筈《はず》ない。そんな発言が可能なのは、第一幕に登場した者のうち——もちろん透明になっていた悪魔も登場者の一匹——①竹刀と和弓の知識があるヒトか、②それを誤差領域で作り出すか／地上世界から持ち込んだ者でしかない。そして私達ヒトには擬態能力だの投映能力だのはまさか無い。ならこの発言をしたのは悪魔で、ならニセモノ霧絵だよ。

　論拠の第八にして、最後。ホンモノ霧絵さんの断言。私達は〈霧絵さん〉と総計四回会っている。第一幕で一度、第二幕で二度、この第三幕で一度。ところが第三幕に、だから四度目に出現した霧絵さんは私達にこう断言した——〝私としてはこの超過勤務を、まして管轄違いの超過勤務を、できることならこの三度目の邂逅《かいこう》で終わりとしたい〟と。無論、この発言をした霧絵さんは、登場の儀典や制服や厳密な言葉遣い等々からしてホンモノ霧絵さん。そしてホンモノ霧絵さんは結果的に嘘となる発言ができない。ならホンモノ霧絵さんが第三幕で私達と出会ったとき、それはホンモノ霧絵さんにとって三度目の邂逅《かいこう》だった。一回足りない。でも〈霧絵さん〉が四度出現したのも事実。ならその

『一回足りない』ときとはすなわち、誰かが霧絵さんに擬態していたときとなる。そしてそんなことができるのは、登場者のうち悪魔しかいない。よって霧絵さんに擬態していたのは悪魔で、だから私達は確実にニセモノ霧絵と遭遇していることとなる」

「いいきになっているわね。もっと東新宿のいわゆるラブホテル営業で一戦まじえたあとのお夜食にあぶらそばとガパオライスをルームサービスさせなさい。それを丈《たけ》のみじかいバスタオル一枚で露出プレイしながらうけとりなさい」

「初音」夏衣が悪魔の駄弁《だべん》を制する様《よう》にいった。「初音が提示した以上八点から、第二幕後半における〈霧絵さん〉が実は悪魔だったことは、今や自明」

「そうだね、そう思う」

「すると、これまでに終わった証明の結果からして。

この誤差領域においては、様々な〈ニセモノ〉が出現していたこととなる。

〈擬態〉をしていたのは一名のみではないし、されていたのも一名のみではない」

「これまでの議論から、もちろんそうなる」

「すると結局、誤差領域の全幕における登場者のホンモノ・ニセモノを整理すれば――」

「――こういうことになる。

第一幕。登場者は〈末春＝夏衣＝千秋＝冬香＝流菜＝風織＝私〉のヒト七人と、〈透明になった悪魔〉そして〈天使〉。ここで、自明だったから省略していたけど、第一幕のヒト七人がまさに赤い血のヒトであるのは確実。

何故と言って第一に、当該《とうがい》七人の全員が、この誤差領域において目覚めたとき左瞳《ひだりめ》から涙を零《こぼ》していたから。これは誤差領域で目覚めた際のヒト共通の現象だし、そもそも天使さんも悪魔も意図してしなければ涙は零さない。まして意図して零したということは否定される。この三〇年余《よ》、誤差領域に侵入してしまった先輩方はあの自動機械にいわば瞬殺されているから。たちまち乱戦・たちまち殺戮《さつりく》となっているから。なら天使さんも悪魔も先輩方が目覚めた際の現象になんて気付く暇《いとま》も無い。憶測でよければ、そもそも興味すら無かった筈《はず》。

　また第一幕における『ヒト七人全員がほんとうにヒトだった』理由の第二として、ホンモノ霧絵さんの証言が挙げられる。すなわちホンモノ霧絵さんは第一幕登場時、私達の員数について〝六人とも？〟〝現在員は六人よね〟と質問・確認をした。ホンモノ霧絵さんは嘘が吐けないから、ホンモノ霧絵さんがそう判断できた理由は別論――憶測するに私達の出血状況・怪我の状況・自動機械の出現状況その他、幾らでもある――結果としてそれは絶対に真。そしてこの質問・確認当時、霧絵さんと会話をしていた登場者は六人。〈未春＝夏衣＝千秋＝冬香＝流菜＝私〉の六人。ならこの六人は赤い血のヒトでしかあり得ない。

　理由の第三。生理現象に文化。もう個々人について論証するのは避けるけど――例えば赤い血や先の涙そのものに加えて、涙が流れた痕跡。例えばヒトとしての体温。汗や匂い。時に数多《あまた》の汗を掻いたり汗だくになること。口渇感《こうかつかん》を感じていること。水を要求すること。反射として頬《ほお》を赤らめること。トイレの紙の有無を心配していること。排泄欲求をジェスチャーだけで表現できること。内臓感覚があること。右人差し指の突き指。ジェスチャーだけで突き指なる現象の意味が理解できること。左腕の突き腕。ジェスチャーだけで突き腕なる現象の意味が理解できること。あるいは例えば、磨き上げたワンストラップのローファー。それを鏡代わりに使うこと。手癖《てくせ》どおりに傾いた校章。弓道の射法八節《はっせつ》。弓道具《きゅうどうぐ》を正しく使用できること。剣道の攻防一致《こうぼういっち》・懸待一致《けんたいいっち》あるいは足捌《さば》き竹刀捌《さば》き手の内。竹刀を正しく使用できること。あと既出《きしゅつ》だけど学校指定の黒いインナー、私物のキャミソールその他の下着の類《たぐい》を着用していること。×《かける》あるいは＋《たす》の記号を書けることすなわち『十字架』『十字架様《よう》のもの』を書けること……他にも諸々《もろもろ》あるから顧《ふりかえ》れば検証できる。要は、これら悪魔ならぬヒトならではの、あるいは桜瀬女子《おうせじょし》の生徒ならではの生理現象や文化が確認できた登場者は、全てヒト。

すなわち第一幕における〈未春＝夏衣＝千秋＝冬香＝流菜＝風織＝私〉は、全てヒト。

よって、第二幕・第三幕についての既出《きしゅつ》の証明と併《あわ》せ、私達の四月七日の物語における登場者のホンモノ／ニセモノを最後に纏《まと》めれば、いよいよキャスティング終了で――


【第一幕】
○天使　○未春　○夏衣　○千秋　○冬香　○流菜　○風織　○初音
【第二幕】
△天使　×未春　○夏衣　○千秋　○冬香　×流菜　○初音
※前半天使は○（天使の映像・動画）、後半天使は×（悪魔の映像・動画）
※未春に擬態していたのは天使
※流菜に擬態していたのは悪魔
【第三幕】
○天使　○未春　○夏衣　○冬香　×流菜　○初音
※流菜に擬態しているのは悪魔
【誤差領域における総論】
×ニセモノ未春…………擬態していたのは霧絵
×ニセモノ流菜…………擬態していたのは悪魔（現在進行形）
×ニセモノ霧絵…………擬態していたのは悪魔（悪魔の出した映像・動画）

ということになる。

これがこの誤差領域における〈天使・悪魔・ヒト〉の真実だよ、皆《みんな》」

「あのね初音」

「なに夏衣？」

「何を今更で、だからそもそも論なんだけど……

何故、悪魔はそんなことをしたの？　ううん、何故悪魔はこの誤差領域に現れたの？」

「なら私も、何を今更なことを言うけど。

悪魔って何？　悪魔は何をする者？」

「……それは悪事でしょうね、悪事を為《な》す者。何せ悪魔なのだから」

「私もそう思うよ夏衣。それが定義で本質だと思う。

なら。

この四月七日の物語。今年の卒業夜祭《やさい》の物語。誤差領域の物語。

最大の悪事って何？」

「当然」冬香が憤然《ふんぜん》とする。「千秋殺しだよ!!」

「なら冬香、ロジックでは、悪魔こそが千秋を殺したことになるね？

だって悪魔は悪事を為《な》す者なんだから」

「いやそんな形式論理を使うまでもない、ここに人殺しなんかする奴がいるとするなら、それは此奴《コイツ》、
この悪魔でしかあり得ない」

「直感的には私もそう思う。だからそれを、直感的な取り敢えずの前提として――

なら。

悪魔は何故、千秋を殺したの？」

「だから悪魔が悪事を為《な》すのは当然でそこに動機もクソも無いよ。

だってそもそも此奴《コイツ》って、もう何万歳かのババアだろ、キリエの歳《とし》を考えれば。何万歳かの、まして地獄だか何処《どこ》だかの別世界に棲《す》んでいるバケモノ。そんなの違う銀河からきた宇宙人と一緒だよ。まさか千秋と因縁《いんねん》があるはずない。あり得ない。それはキリエと私達だってそう。私達の十八歳までの人生で、まさか出会《でくわ》したことも無ければ実在することだって知らなかった。接点なんてこれまでに一ミクロンもありゃしない。なら動機なんてある筈《はず》ない」

「メスガキがイキっているわね。わたしは四六億さいよ。もっと宇宙的恐怖におののきなさい」

「戦慄《おのの》くも何も。いよいよ超梅干《うめぼ》しババアの干物《ひもの》が発酵《はっこう》した成れの果てとしか思わないよ」

「でも冬香、それは違うの」

「えっ初音、だって此奴《コイツ》、自分は四六億歳のババアだって自白しているよ？」

「ううん私が違うと言ったのは、冬香のステキな比喩《ひゆ》のことじゃないよ。冬香の『悪魔には動機がない』って意見のことだよ。それが違うの」

「……なら、あるの？」

「うんある」

「まさか!!」

「じゃあ考え方を変えてみよう」部活の後や試合の後でたくさん、冬香とこんなふうに反省検討したのを思い出す……「なら何故、悪魔はこの誤差領域に出現したの？」

「そりゃ悪事を為《な》すため、千秋を殺すため――」

「――じゃないよね冬香。冬香の意見だと、そもそも千秋と悪魔には因縁が無いんだから」

「うっ成程《なるほど》」

「また考え方を変える。ここ〈誤差領域〉ってどんな場所？」

「どんな場所って……変な実験で、ヒトの魂がアップロードされる場所」

「だよね。だけどヒトの魂が誤って、アップロードされる場所でもあるよね？」

「それはそうだ。

キリエが断言していたとおり。ここは〝誤った遷移先《せんいさき》〟〝禁じられた領域〟だから」

「ならヒトの魂の〝正しい遷移先〟〝許された領域〟って何処《どこ》？」

「そりゃ死後の世界だよ。所謂《いわゆる》あの世」

「ここで、霧絵さん」私は訊いた。「かつて霧絵さんは誤差領域第一幕の終盤、私達に警告しましたね。〝もう此処《ここ》には来ないで頂戴《ちょうだい》〟と。〝二度と此処《ここ》には侵入しない様《よう》、二度と私には出会《でくわ》さない様《よう》、懸命な、真剣な、最大限の努力をすると約束して〟と……」

「ええ」

「そのとき私は訊きましたね、何故ここに来ては駄目なのかと」

「だったわね」

「あのときの霧絵さんの答えを、もう一度教えてください」

「私はあの世とこの世の国境線で、門番を務める者だから。

私は魔女で、誤差領域は地獄への一里塚《いちりづか》だから」

「その管理者たる霧絵さんの使命は？」

「侵略行為を排撃《はいげき》し、侵略者を膺懲《ようちょう》することよ。それが陛下から賜《たまわ》った私の使命」

「ヒトを殺傷できない霧絵さんが、唯一その例外を認められるのはどんな場合ですか？」

「ヒトがこの川を渡ろうとするときよ」

「以上を纏《まと》めれば、霧絵さんは誤差領域における門番であって、川を渡って門をくぐろうとする侵略者を懲《こ》らしめ、その侵略行為を撃退する使命をおびた天使さん。そうですね？」

「諾《だく》よ」

「その侵略者というのは私達桜瀬女子《おうせじょし》の生徒と、蛇たる悪魔ですね？」

「諾《だく》よ」

「桜瀬女子の生徒と蛇たる悪魔の侵略行為とは、川を渡り門をくぐること。そうですね？」

「なんとも執拗《しつよう》な確認だと思うけれど、諾《だく》よ」

「だからそれこそ、侵略者が――悪魔が誤差領域に侵入する動機ですね？」

「当然そうなる」

「冬香、霧絵さんの断言が得られたわ。悪魔が誤差領域に侵入する動機が今、解った」

「……い、今の議論の組立てからして、まさか反論は無いし反論できないけど。じゃあ初音、それと千秋殺しがどう結び付くのさ？」

「じゃんけん」

「えっ？」

「悪魔が誤差領域に侵入するのは、川を渡り門をくぐる為《ため》。まして今年、悪魔が誤差領域に侵入したのは、じゃんけんをする為《ため》」

「――俄《にわか》に意味不明だよ!!」

「私達は当初から、第一幕から気付くべきだった。悪魔が当然知り尽くしていることを。悪魔と契約をした〈協力者〉が悪魔から教わったことを。

それが〈じゃんけん〉だよ冬香。私が第一幕で感じた言葉を遣うなら、〈三竦《さんすく》み〉。

ここで。

霧絵さんが第一幕で、〈天使とヒトと悪魔の関係〉について断言していた内容を思い出して。詳細も明言もできるだけ避けながら、けれど強いられたからやむなく答えたその内容を思い出して。霧絵さんはこう断言していた筈《はず》――

ただ私達の関係は……詳細は措《お》くけど、そうね、どう説明すればよいのか……私が執拗《しつよう》に警告しているとおり、貴女達《あなたたち》ヒトは、その毒に冒《おか》されるという意味で蛇に弱い。それら蛇は私達に弱い。そして私達は、そうね、例えば貴女達《あなたたち》を殺傷できないとかいった意味合いで、貴女達《あなたたち》ヒトに『弱い』

だから私は、このルールを〈三竦《さんすく》み〉だと感じたの。

何故と言って、今や蛇＝悪魔ということは自明だから、このルールは結局の所、

Ⅰ　悪魔はヒトに勝つ（ヒトは悪魔に弱い）

Ⅱ　天使は悪魔に勝つ（悪魔は天使に弱い）

Ⅲ　ヒトは天使に勝つ（天使はヒトに弱い）

という力関係を意味するから。私が今〈じゃんけん〉と言ったのは無論この力関係の比喩《ひゆ》。

そして。

この力関係のうち、霧絵さんが最も憂慮《ゆうりょ》し、警戒し、けれど今《いま》実際に発動してしまっているのはⅢのルール。『ヒトは天使に勝つ』『天使はヒトに弱い』なるルール。もちろん私はその重要性も危険性も、それを最初に聴いたときには解らなかった。けれど私は〈協力者〉同様、その真の意味を知っていて然《しか》るべきだった。気付くべきだった。何故ならば。

霧絵さんは私達と接触した当初から、Ⅲのルールを厳守していたから。

そしてそれって、冬香こそが最初に実体験したルールだよ」

「えっ私が!?　なにそれ!?」

「霧絵さんと最初に出会ったとき。冬香は天使語を――恐らくはラテン語を――喋る霧絵さんにこう言った。〝日本語話せないの？〟〝日本語で喋って!!〟と」

「……う、うん確かに。それは憶えているけどでも」

「すると霧絵さんは正直族としてこう確認した。〝私に日本語で話せという命令をしたの？〟〝それは私に、日本語を遣って話せという指示？〟と。これに対して冬香が〝とにかく解るように話して〟〝日本語で話して〟〝疲れるからお願い〟と答えると、霧絵さんはあからさまな嘆息《ためいき》を零《こぼ》しながら、〝了解したわ〟〝不自由なものね〟と愚痴《ぐち》った……

ここで。

私はそれから霧絵さんの日本語を聴く都度《つど》、不思議に思った。何故なら霧絵さんの日本語は厳密で流暢《りゅうちょう》なものだから。すなわち霧絵さんは日本語を遣って話すことに何ら不自由してはいなかったから。けれど霧絵さんは絶対に嘘を吐かない。その霧絵さんが〝不自由なものね〟と断言したなら霧絵さんが不自由を感じているのは事実。ならその不自由とは？

さらにここで。

実はこの時点で、第一幕のホンモノ流菜はⅢのルールに気付いた。天使とヒトの力関係を理解した。絶対に間違いない。何故なら流菜は、〝私には守秘義務がある〟と諸々《もろもろ》の説明を拒もうとした霧絵さんに対しこう言ったもの——〝あっ、その、あの、これからの質問ですけど、ぜんぶ一緒で、その、何て言うか——回答して下さいって趣旨です。ただ訊いているだけではなく、答えを教えて下さいって意味です。いいでしょうか……？〟と。

これは、理解した者にしかできない命令。

だから、霧絵さんは嘆息《ためいき》を吐きながら答えた——〝是非《ぜひ》もないわ〟〝勅命《ちょくめい》なり本能なりというのは、厳しいものね〟と。

そう。

同じく愚痴《ぐち》の中身となった、この『勅命』『本能』こそが『不自由』の正体。

ましてここで。

同じ流菜が――ううんニセモノ流菜が第二幕、退場しようとする霧絵さんに追い縋《すが》ってローファーのまま川に入り、〝待って下さい!!〟〝川の対岸には何があるんですか!?〟〝どうして川を渡ってはいけないんですか!?〟〝教えて下さい!!〟と絶叫したことを思い出して。おまけに〈流菜〉はこうまで言った。〝敢えて言えば、命令してもですか!?〟〝そう指示してもですか!?〟と。ところがどうして、このときの霧絵さんは何《なに》不自由なくしれっとアッサリ〝それは無理〟〝私には守秘義務があるもの〟〝御案内のとおりよ三つ編みの貴女《あなた》〟と言ってのけた。要はニセモノ流菜の頼みを無下《むげ》に断り、その願いを却下した。

何故？

何故、このときは同じ時村流菜の願い立てなのに、第一幕と違ってアッサリ断れたの？

――もうあからさまだよね。

ニセモノ流菜＝三つ編みの貴女《あなた》＝悪魔の『命令』『指示』は無視できる。

ホンモノ流菜＝三つ編みさん＝ヒトの『して下さい』は無視できない。

それが天使の不自由で、だから勅命の内容で、本能。

それがⅢのルール、『ヒトは天使に勝つ』『天使はヒトに弱い』の中身だよ」

「天使は」未春がいった。「ヒトの命令に叛《さか》らえない。それが『ヒトに弱い』の真実」

「そうだったのか!!」冬香がいった。「実は私が先鋒《せんぽう》で一番鎗《いちばんやり》だったのに……流菜はすごいな。流菜はすごかった。もちろん初音もすごいけど。でもなあ。『天使はヒトに弱い』って、それ天使一般のイメージと全然違うから、何かの聴き間違いか言葉の綾《あや》かと思って、まるで気にしていなかった……

――だからやっと解った。今解った。

初音が悪魔の手を刺し貫いた直後、あんな命令が出されたその訳が。

あんな命令が出された後、キリエが唯々諾々《いいだくだく》と服従したその訳が。

今や身動きひとつできないばかりか、悪魔を攻撃できない訳が、ようやく解った……

もし、ホンモノ流菜が生きていてくれたなら。

こんな一本もとれない無残な二本負けを食らうことは、なかったろうね……

勝負あった。今年の四月七日は、悪魔と〈協力者〉の完勝だ。流菜がいてくれたなら‼」

「わたしはここにいるよ、とうか」

「お前っ――巫山戯《ふざけ》るなっ‼」

「あなたは、いなくなりたい？

くるしみもいたみも、あなたがこれからしぬことも。しんでていい未来だよ、とうか。

わたしは、こう、世界をくちゅくちゅするの。すばらしい《ヴンダバー》ですわ」

「……貴女《あなた》‼」夏衣が激昂《げっこう》した。「冬香が死ぬって、それは‼　そのことは‼」

「夏衣、冬香」私は未春に頷《うなず》きながら言った。「悪魔がめずらしくも真実を述べたから、それと一緒にこの動機の論点、締めさせてもらう。

じゃんけんのルールⅠⅡⅢから、悪魔は天使に弱い。悪魔単独では、たとえ門のあるこの誤差領域に侵入できても、やがて駆除駆逐《くじょくちく》されるのを待つだけ。だからこそ管理者の霧絵さんはこの三〇年余《よ》、私達の先輩方を自動機械らに瞬殺させてきた。私達の先輩方がここに長期滞在するのを許さなかった。

それは要は、ここ誤差領域において〈天使・悪魔・ヒト〉の三者が揃《そろ》ってしまうのを恐れた為《ため》だし、だからここ誤差領域でヒトの命令を受けるのを避ける為《ため》。裏から言えば、悪魔がその目的を達成する為《ため》には、ここ誤差領域でヒトに長期滞在をさせ、もって〈天使・悪魔・ヒト〉の三者が出揃《でそろ》う様《よう》にすればいい。そして天使に勝てるヒトに、自分が目的を達成するため必要な行為を命令させればいい。

悪魔としては当然こう考える。

だけど。

悪魔の願いをヒトが叶えてやる謂《いわ》れは無い。それこそ何の因縁《いんねん》も利害関係も無いから。殺す、地獄に堕とす、堕落させる等々のあらゆる脅迫をしたところで、脅迫をされたヒトが天使に訴え出れば意味が無い。悪魔は天使に弱いのだから。たとえ脅迫を受けたヒトがいったんは承諾したとしても、どのみち当該《とうがい》ヒトは天使に命令するため、天使の眼前に立つことになるのだから。そのとき天使に直訴《じきそ》されたら当然悪魔の二本負け……

ということは。

悪魔が自分の願いを叶える為《ため》には、そのためにヒトをして天使に命令をさせる為《ため》には、どこまでも当該《とうがい》ヒトの自発的協力・完全任意の協力が必要となる。必要なのは脅迫などではなく、説得と利益誘導、あるいは誑《たら》すこと。更に言い換えれば、取引をすること、契約をすること。そう、悪魔は相互に、メリットのある契約によって、ヒトを自発的な／納得した〈協力者〉とする必要がある。

そして私達は既に、第一幕における私達七人の内に——そう既にして第一幕劈頭《へきとう》の時点において——悪魔が〈協力者〉を確保してしまったことを知っている。それは竹刀と和弓の論点で証明されている。先刻《さっき》の、『第一幕において悪魔は協力者を説得し打合せをするため一度出現し』『竹刀と和弓を置いておくため二度目の出現をした』『それは悪魔自身では竹刀と和弓を創造できなかったからだ』等々の結論を思い出して。

——だから、おまたせ。

〈協力者〉とは誰か？

〈協力者〉は悪魔とどのような契約をしたか？

〈協力者〉が悪魔との契約で獲得できる利益とは何か？

この契約において、悪魔のメリットはもう自明。ヒトをして天使に命令をさせること。

なら〈協力者〉のメリットは？　言い換えれば、〈協力者〉は悪魔をして何をさせる？

①悪魔は悪事を為《な》す者で、②今年の誤差領域における最大の悪事は千秋殺しなんだから、③悪魔がしたことは千秋殺し。ならカンタンな言い換えで、④〈協力者〉は悪魔をして千秋を殺させたんだよ。よって、⑤〈協力者〉のメリットは人殺しだよ。

……残酷な物言いをすれば、私達桜瀬女子《おうせじょし》の仲間の内に、同じ学校の、同じ学年の友達を殺したいと願う、そんな娘《こ》がいるんだよ。

それは。

ニセモノ霧絵が無花果《いちじく》を創造した際、悪魔の緑の血が目撃されるのを避けようと、蔽《おお》いとなる行動をした娘《こ》。ニセモノ流菜がお風呂に入る際、その着衣の内に下着の類《たぐい》が無いことを目撃されるのを避けようと、私を大きな川の中へ誘導した娘《こ》。千秋が殺されてしまった際、そのお風呂の順番を決めた娘《こ》。ホンモノ霧絵さんが出現している際、徹頭徹尾《てっとうてつび》、大きな川を渡ることに執拗《こだわ》り私達ヒトの総意を獲《え》ようとした娘《こ》。自動機械との戦いの際、悪魔に学校から持ち込ませた、既製品でない自分の武具を流麗《りゅうれい》に使えた娘《こ》。第一幕において私達が出現した際、他の誰とも一緒に目覚めず誰も捜《さが》そうとせず、誤差領域で自分独りの時間を遣えた娘《こ》。そしてとうとう、悪魔との契約に基づき〝命令するわ。其処《そこ》を動かないで。超常の力も使わないで。私が許可するまで。以降誰が何を言おうと。ましてこの蛇を殺すことも禁じる。それは絶対に許可しない。以降誰が何を言おうと〟なる命令を発した娘《こ》——私が悪魔の掌《てのひら》を刺した、その矢の持ち主。私が、鋭く折って隠し持っていたその竹矢の持ち主。

だよね、夏衣？」

「あらゆる意味で」夏衣はむしろ解放された顔をした。「何を今更、だけどね」

「なぞなぞをだしてあげる。よろこびなさい」

「……もうやめて」夏衣はいった。「私達がすべき事をしましょう、今すぐに」

「こしつのおふろで全裸だったなつえが、三〇mも先のこしつにいたちあきを撃ち殺せたのはな〜んでだ？」

「この誤差領域において」私は秘かに焦燥《あせ》てながらいった。夏衣はもう決意している。他方で悪魔が遊技に耽《ふけ》っている今、どうにか喋り倒して時間を稼がないと……「この矢、私がつい先刻《さっき》回収できた弓道の竹矢が残っている時点で、またそれが地上世界でもここ誤差領域でも見慣れた夏衣のマイ竹矢である時点で、千秋殺しの手段方法は既に明白だけど？

　というのも確認になるけど、誤差領域第一幕において冬香＝私に用意された竹刀は既製品で量販品で、少なくとも私達ふたりのマイ竹刀じゃなかったのに、夏衣に用意された和弓その他の弓具は、全て夏衣の使い慣れた私物だったから。要は、この竹矢一本が誤差領域に存在する時点で、千秋を撃ち殺した……ううん射殺したのが夏衣であることは確定する」

「じしんまんまんね。わるいくせよなおしなさい。じゃあその竹矢なるものが、たとえばこの天使のつくりだした捏造《ねつぞう》証拠でなく、まさになつえがつかったものといえる理由はな〜に？」

「ねえ霧絵さん、この竹矢は霧絵さんが創造した物？」

「否《いな》よ初音」

「①天使さんの断言があったし、②私達ヒトにはこの竹矢を作り出すことも持ち込むこともできなかったから、これで打ち止めにしてもいいけれど」どうにか時間を稼がなければ……「詳論《しょうろん》すれば、①②からこの竹矢は、③悪魔が持ち込んだものでしかあり得ない。無論、悪魔が創造したということは否定される。これは私達が見慣れている夏衣の私物だし、和弓その他の様々な弓具のことを考えれば、そしてそれを夏衣が何不自由なく流麗に用いていたことを考えれば、竹矢も含めて夏衣の使い慣れた私物だったことは自明。剣道の竹刀もさることながら、弓道の弓矢その他こそ、突然既製品なり他人の用具なりを与えられて、それでいきなり実戦使用できるものじゃない。まさかだよ。だからこそ第一幕劈頭《へきとう》において用意された弓具は夏衣の私物だったんだし、それらを回収した悪魔が第二幕においてまたそれらを夏衣に貸し与えたとして、何の矛盾も無いよ」

「初音」冬香が訊いた。「なら初音は、千秋殺人事件は実際の所、拳銃による射殺じゃなくって……弓具による射殺だったって言いたいの？」

「そうだよ冬香。だから此処《ここ》にある物的証拠だけでも、千秋殺人事件の手段方法は明らか」

「――初音は何処《どこ》でその竹矢を回収したの？」

「悪魔が、正確には第二幕の〈ニセモノ霧絵〉が御親切にも教えてくれていた隠匿《いんとく》場所で」

「えっそれって何処《どこ》？〈ニセモノ霧絵〉って、私達に無花果《いちじく》を作ったニセ天使だよね。けど、そんなあからさまなこと言っていたかなあ……？」

「ですよねホンモノ霧絵さん？ 当該《とうがい》箇所、当該《とうがい》証言を再現してもらってもいいですか？」

「天使を便利使いするわね、行くわよ。あれはそう、第二幕終盤、まさに無花果《いちじく》の前――悪魔曰《いわ》く、〝そうね……貴女達《あなたたち》のうちの誰かが、捜索の目印あるいは座標にするため川岸を少し掘って穴を作った様《よう》だけど〟〝私にはそれが存在し、それが無事で、それがいわば隠れ棲《す》んでいるのが確実に分かる〟〝私はここの管理人ゆえ、当該《とうがい》弾丸その他についても御所望《ごしょもう》とあらば回収してくるけど？〟〝さもなくば、次にこの誤差領域がリセット・初期化されるとき消え失せるけど？〟――ところがここで、ふわボブさんが『弾丸その他』の回収を求めなかったから、結果悪魔は〝なら消え失せるに任せておく〟なる発言もした。以上」

「そもそも『拳銃』だの『弾丸』だのが出鱈目《でたらめ》なんだから」私は続けた。「弾丸の捜索だの回収だのも、出鱈目《でたらめ》で目眩《めくら》ましの煙幕。なら悪魔はこの発言で何を、誰に伝達したかったの？ 詰まる所『証拠品は無事で』『まだ隠されていて』『必要があれば回収する』旨《むね》を誰に伝達したかったの？ そして私達迷子仲間のうちで最も『弾丸の捜索・回収』だなんて出鱈目《でたらめ》に熱心だったのは誰？　川ざらいを最初に提案したのは誰？」

「……誰もが知っている」冬香は深く、沈鬱《ちんうつ》に嘆息《たんそく》した。「夏衣だ」

「なら夏衣には当初、熱心に川から『証拠品』を回収する必要と動機があった。こうなる。

その夏衣は結果として証拠品の『隠匿《いんとく》』に成功した。それを悪魔が保証した。こうなる。

――ましてここで、実は、冬香の発言が命運を分けたんだ。

だって冬香の発言の御陰《おかげ》で、〝なら消え失せるに任せておく〟となったから。要は当該《とうがい》『証拠品』は、誤差領域のリセットによって消えるあるいは消されることとなったから……

だから夏衣はいわば安心した。ただ悪魔は肝腎《かんじん》なことを忘れてしまっていた。

すなわち、悪魔は第二幕において退場せず、そのまま出突《でづ》っぱりで第三幕に登場しなくちゃいけないって、ホント大事なことを。これについては先刻《さっき》既に立証した。もう一度カンタンに纏《まと》めればそれは、第二幕で退場してしまえば、第三幕での登場時にまたあの自動機械を出現させてしまうからだよ。

そんなあからさまな侵入警報をまたもやガンガン鳴らせない。そして実際、第三幕において自動機械は出現していないんだから、悪魔が出突《でづ》っぱりで誤差領域に居座り続けていたのは確実。となると実は」

「……そういうことだったのね」夏衣が悪魔を冷ややかに睨《にら》みつついった。「この誤差領域のルール。天使さんが断言していたルール――〝やがてこの誤差領域から侵入者総員が削除されれば、私が敢えてプログラムに何らかの介入をしない限り、この領域もいわばリセット・初期化され、あらゆる改変・変更は強制的に〈初期設定〉にもどる〟筈《はず》が」

「そうだよ夏衣、悪魔が退場しない以上、誤差領域がリセット・初期化されることは無いよね」私はいった。「だから夏衣と悪魔が〝消え失せるに任せておく〟と同意した『証拠品』は、まさに夏衣が隠した態様《たいよう》そのままで生き残る。だから私は〝川岸を少し掘って作った穴〟に〝隠れ棲《す》んでいる〟証拠品を無事回収できた……無論、この夏衣のマイ竹矢を。

ここで余談だけど、誤差領域が悪魔の所為《せい》で初期化されなかったのに、問題のバスルームB1・B2・トイレTがこの第三幕でもう跡形《あとかた》も無いのは……もちろん悪魔の勘違いと夏衣＝悪魔の連携ミスに着目した霧絵さんが、それらを助長《じょちょう》すべく自ら隠滅させてしまったから。霧絵さんの陰け……陰謀好きな性格からしてそうだよね、霧絵さん？」

「何やら不穏な前提が付いているけれど、諾《だく》よ」

「けれど初音、私が何故」夏衣がいった。乗ってくれた。「千秋を殺さなければならなかったのかも未解明なら、私がどうやって千秋を殺すことができたのかも依然、未解明よ？」

「なつえはほどよく堕落しているわね。もっとれずびっち4Pなかまたちに忌《い》みきらわれなさい」

「……ここで先《ま》ず」私は夏衣の悲壮な顔を直視できなかった。「この証拠品たる竹矢の処理方針からしても、第二幕における千秋殺人事件の実行者は、〈夏衣〉＋〈流菜〉。要はこれは、ヒトと悪魔の共犯事件。

うち夏衣が実行犯だったのは、夏衣自身のその竹矢からしてもう自明だけど……でもこの〈共犯性〉、すなわち『結局、誰が千秋を殺したか？』を総論としてもっともっと突き詰めてゆくことで、『結局、どうやって千秋を殺したか？』なる各論も全て解決される。

だから、千秋殺しの総論。犯人当て――

第一、そもそもダミーとして『拳銃』なるものが用意されたっていうことは、ダミーでない凶器もまた、拳銃同様の性質を有しているという点。それは言うまでもなく『遠距離射撃』という性質に尽きる。そして第二幕における登場人物のうち、遠距離射撃ができる技能と凶器を有しているのはただ夏衣独り。これで夏衣＝実行犯は道理として確定する。

第二、証拠品である『竹矢』を触れて消滅させずに穴に隠した点。もし竹矢を処理したのが悪魔だったなら、天使さん同様、触れるだけでたちまち消滅させることができたはず。事実、先のとおり〈ニセモノ霧絵〉はその提案もした。なら竹矢をわざわざ『隠した』のはヒト。隠す動機があり、また事実川ざらいに最も熱心だったのは夏衣。これもまた夏衣＝実行犯を道理として確定させる。

第三、現実の凶器として夏衣の私物弓具が用いられた点。例えば『拳銃』なら――この場合誰の私物でもないしそれはあり得ないのだから――悪魔が単独でどうとでも作れる。けれど夏衣の私物はそうはゆかない、絶対に。それを悪魔が再現することは、既述《きじゅつ》だけれど能力的に不可能。まして夏衣がそれを自ら創造したり持ち込んだりすることも不可能。ヒトだから。詰まる所、①悪魔には凶器に関する知識が無く、②夏衣には凶器を準備する超常《ちょうじょう》の力が無い。更に詰まる所、①②からして悪魔と夏衣は補完関係・協力関係に立たなければならない――そして悪魔と夏衣の契約については既述のとおり。この事実は要は、夏衣＝実行犯を道理として確定させるとともに、悪魔と夏衣が共犯関係にあったことを道理として確定させる。更に要は、悪魔もまた人殺しであったことが確定する。

これで犯人当ては終わるんだけど……

ただ第四、蛇足《だそく》としてちょっと忘れ掛けていたなぞなぞに若干答えれば、成程《なるほど》、千秋が射殺されていたそのとき、夏衣は全裸でバスルームB1にいた筈《はず》。所持品は無かった筈《はず》。そのときB1は桜の壁で蔽《おお》われている。視界は全く利かない。まして被害者の千秋はB1から三〇m弱先の、いまひとつのバスルームB2にいる。なら桜の壁は二重になる。もし夏衣が徒手空拳《としゅくうけん》で、桜の壁が健在なら、夏衣が千秋を射殺することなんて絶対に無理……

……けれど私達はもう知っている。夏衣と悪魔が共犯関係にあったことを知っている。ましてその契約は第一幕劈頭《へきとう》において締結されていたことを知っている……なら例えば、〈流菜〉の次にお風呂に入った夏衣が、そうお風呂を先に使ったなる〈流菜〉から、〃じゃあ夏衣、私使ったあといちおう綺麗に整え直しておいたから、準備は万端《ばんたん》。それこそゆっくり時間を使って。問題があればすぐ知らせるから〟〝見張ってること位《くらい》はできるから〟〝必要があればすぐ知らせるから〟なる、あからさまな準備完了と警戒開始の合図をもらった夏衣が、①独りになれるＢ１内に自分の弓具を見出したと、②面積一〇㎡×たかさ四ｍなる今思えば摩訶不思議《まかふしぎ》なたかさを有している臨時の弓道場を見出したと、そう考えて何の矛盾も無いよ。おまけにバスタブだって、長辺が何と二ｍ以上あるしね……

　無論、二重になっている桜の壁も何ら問題になりはしない。何故と言って天使さんは、だから悪魔も、この誤差領域の〝桜の花吹雪だの〟は〝思ったとおりにどうとでもなる〟んだから。ましてそもそもバスルームＢ１・Ｂ２を創造したのはまさか霧絵さんじゃない、悪魔だよ。だって霧絵さんは断言していたから――〝ハーフアップさんやふわボブさんその他のヒト御各位《ごかくい》が必要とするその施設を、この〈誤差領域〉内に設置しておく〟と。執拗《しつこ》いようだけど〝その施設を〟と。これすなわち『トイレしか創造しない』ってことだよね。ましてホンモノ霧絵さんは、〈未春〉に擬態していたときこうも断言している――〝すごいよね、バスタブにシャワーだなんて!!　私全然予想してなかったよ!!〟と。重ねてこれ、ホンモノ霧絵さんの言葉だと今の私達は知っている。要はホンモノ霧絵さんは、トイレしか創造しなかったし、霧絵さんにとってバスルームだなんて、まるで予想外の違法建築だったんだよ。そのことは無論、〈Ｔ〉と〈Ｂ１・Ｂ２〉のいわば建築様式の違い／サービス精神の違いからも推測できたけど、でも決定的な証拠となるのはホンモノ霧絵さんの先の断言。よってバスルームＢ１・Ｂ２を作り出した／作り出せるのは超常の力を有する悪魔しかいない。ましてあのとき、急に誰もが汗だくになる程《ほど》の真夏日になったそのことも、ホンモノ霧絵さんの居ぬ間に私達を自然にお風呂へ入らせるための演出。これまた悪魔にしかできやしない――要するに、共犯者たる悪魔からすれば、自分が悪意を持って創造した桜の壁を、自分で無力化するなんてまるで児戯《じぎ》だよ。

　……なおここで、もっともっと共犯者たる悪魔について付言《ふげん》すれば。

悪魔は入浴前の夏衣に対して、Ｂ１とＢ２が〝夏衣、私も確認してきたけど〟〝角度・方位を含めて、寸分違《すんぶんたが》わぬコピー同士だと断言できるよ〟なんて駄目押しをして、夏衣に『狙撃ポイントB1も被害者が使うB2も構造設備が一緒』だということを――夏衣が犯行現場の脳内地図を作れる様《よう》に――コッソリ教えてさえいる。この悪魔がその後、実際に入浴などせず、断言していた『髪を洗う行為』も『眼鏡を洗う行為』も省略したのは既述《きじゅつ》のとおり。それは無論、もう論じたとおりヒト文化を理解していなかったからでもあれば、〈流菜〉の下着問題を誤魔化《ごまか》す必要があったからでもあるけど……より大きな理由としては、夏衣のために弓具等の準備をする必要があったからだよ。またそのとき夏衣が、いきなり『渡河する』行為＋『私に同道を求める』行為によって、私をB1から引き離し、悪魔の小細工を助長《じょちょう》・隠蔽《いんぺい》しようとしたことも既述。あるいは、その『渡河』のことを知った入浴後の〈流菜〉が繊細なホンモノ流菜だったなら、『渡河』について一切疑問を提示せず／一切質問をせず／一切恐怖を感じないのはとても変。そう、あのときの流菜がただ〝いつもどおり〟〝優しく〟むしろ喧騒《はしゃ》いだ様《よう》な声を出すなんてとても変。そんな感じで急に大胆というか不用心になった〈流菜〉が、私を促《うなが》す感じで様々な議論を――今にして思えば故意《わざ》とらしく――主導して、懸命に夏衣が入ったB1から私の意識を遠ざけようとしたのも変。もっともこれについては、『私に日常の学園生活の話などを持ち出されれば言葉に詰まってしまう』なる、しみじみする理由もあったと思う。あっ、あと再論だけど、そもそも入浴の『班分け』『順番決め』を行ったのは事実上、夏衣と悪魔だよね？

――以上四点から、正確には第一・第二・第三の諸点とその傍証《ぼうしょう》たる第四の点から、①千秋殺人事件は共犯事件であって、②人殺しは夏衣と悪魔、③両者は契約に基づき互いが互いを補うかたちで凶行に踏み切った。これが、総論としての犯人当てだよ」

「そして、人殺しに悪魔が含まれるからこそ」未春がいった。「千秋殺人事件の『どうやって？』はほとんど説明できてしまう。何故と言って、悪魔には超常の力があるから」

「そうなるよね未春」私はいった。時間を稼がなければ。「千秋殺人事件のほとんどの不可能状況は、悪魔なる特異点が共犯者であることによって、むしろ容易《たやす》く解決できてしまう。これが千秋殺しの『誰が？』を総論として執拗《しつこ》く検討してきた理由だよ。だから以降、いよいよなぞなぞに本腰を入れて、『どうやって？』の各論に入ると、順不同で――

第一。夏衣が弓具と弓道場を手に入れたのは？　悪魔が持ち込みあるいは創造したから。

第二。夏衣が密室内から密室内の千秋を射抜けたのは？　悪魔が桜の壁を無力化したから。といって、千秋のいるバスルームＢ２の壁一面を消す必要は無い。穴で足りる。無論、それは弓が通り、かつ、夏衣が千秋の頭部を視認《しにん》できるだけの穴となる。ここで、それを悪魔が直接工作したかと言えば……断定する必要は無いけど私は否《いな》だと思う。というのも悪魔は〈流菜〉として私と熱い議論をしたりしている訳だし、そうでなくとも犯行現場Ｂ２での諸々《もろもろ》の工作も必要になってくるから――例えば竹矢の始末と銃殺された状況のでっちあげ等々――できればそれらに集中したかった筈《はず》だよ。天使さんも悪魔も分裂はできないルールだから。するとここで、〈未春〉が断言の証言をしていたことが思い浮かぶ。〈未春〉ことホンモノ霧絵さんはこう証言していた――　〝私、動物の鳴き声みたいなのを聴いたような気もする。まさにＢ２の近くで。あれはたぶん……千秋の『あ』の、ほんとうにほんのちょっと前。たぶんだけど、その数秒ほど前〟　〝上手く再現できないけど『ぐわあ』『があ』ってアヒルみたいな鳴き声〟と。ましてその証言を、どんな自白衝動か夏衣が補強してくれてた――　〝何らかの動物が出現して、けれどそれが危険なものでないから（千秋は）小さな声を出した〟　〝そういう物語が想定される〟云々《うんぬん》と。ううん、これは自白衝動というよりは、『誰かが桜の壁にいる動物を目撃してしまっていた』事態にそなえての予防線かも知れないね。ともあれ既述で立証済みだけれど、悪魔は白い烏《からす》を使役《しえき》する。ならやはり夏衣が補強してくれたとおり、〝Ｂ１・Ｂ２の壁というなら、顔《かお》躯《からだ》や腕だって、だから鳥だって通す〟んだから、今やＢ１とＢ２に穴を開《あ》けたのは複数の鳥だと、そう憶測してもまるで矛盾が無い。ましてそんなの、悪魔の超常の力を前提としたとき、ギリギリと立証する必要なんて無いよ。こういう方法も可能でした、と押さえておけば足りる。

第三。千秋殺人事件の犯行現場Ｂ２から竹矢が発見されず、銃で狙撃された外観が作出《さくしゅつ》されているのは何故？　竹矢は悪魔が触れて消し、銃撃の外観は悪魔が創造したからだよ」

「あれっ？」冬香が首を傾《かし》げた。疑問を放置しない冬香の性格が今は有難い。「犯行が弓道による遠距離射撃で、その竹矢によって千秋が絶命したっていうんなら、まして悪魔が竹矢を消したっていうんなら、今まさに悪魔の右手に突き刺さっている竹矢は何？　ううんそれにまして、私あのとき未春……じゃなかったホンモノキリエと一緒に現場一番乗りしたけど、悪魔の、だから〈流菜〉の姿なんて何処《どこ》にも無かったよ？」

「そのとき誤差領域にいなかった私が言うのも変だけど」未春が続けてくれた。「悪魔は透明になれるよ冬香。だから悪魔は自由自在に犯行現場Ｂ２に入れた――だよね初音？」

「まさしくだよ未春」

「あれっ？」冬香が重ねて首を傾げてくれる。「引き続き矢の問題は残るとして……もし仮に悪魔が透明になれるとしても、その悪魔は〈流菜〉に擬態していたんだよね？　私あのときＢ２のたもとにいて、〈未春〉と莫迦話《ばかばなし》をしていたけど、その莫迦話《ばかばなし》のあいまに〈流菜〉の〝快活〟で〝大きな声〟を聴いたし、もっと言えばその後〈流菜〉がトイレＴへ一目散《いちもくさん》に駆けてゆくのを目撃したよ？　そしてそれ以降、私の記憶が確かなら、〈流菜〉は私が犯行現場Ｂ２へ飛び込むまでトイレＴを離れてはいなかった。それってきっと、初音の方がしっかり目撃していた筈《はず》だけど……？」

「冬香、この矢の問題は、現にここに矢が存在することが全てだけど、これ実は、隠し忘れ消し忘れ以上に悪魔の大ポカなんで、そうだね……やっぱりポカである『拳銃』の論点と一緒に説明するよ。だから今は〈流菜〉の挙動《きょどう》について先に説明すると――

まさに今、冬香が指摘してくれた〈流菜〉の〝快活〟で〝大きな声〟にはもちろん意味がある。それは具体的には〝じゃあ夏衣、ほんのちょっとだけ席を外すね!! すぐ帰って来るから!!〟なる文言《もんごん》だったし、ましてB1内で『入浴中』の夏衣にも聴こえるほど声量があった。何故なら夏衣はすぐこう答えたから。〝気にしないでね流菜、話は解ったから〟と。ここで、人殺しが誰かはもう立証されているのだから、これらの文言が要は人殺し相互による『準備完了、状況開始』『了解』なる旨《むね》の、まあ暗号めいたものであることは確実だよね。そして準備を終えて状況を開始した悪魔が何をしたかと言えば……これも冬香の指摘どおり、トイレTに駆けていった。そして成程《なるほど》、私の記憶でも〈流菜〉はずっとTで頑晴っていて、そう、冬香が犯行現場に飛び込んだほぼそのとき、やっと夏衣と私のいるB1へ帰ってきたんだった。

ただ、現実の凶器が竹矢である以上、またそれが犯行現場B2には残されていない以上、また夏衣はヒトであって『入浴中』のB1からは出られない以上、竹矢を消失させたのは〈流菜〉でしかあり得ない。ならこれは、『ニセモノキリエ』の変奏曲で——」

「あっそうか!!」冬香がいった。「お得意技の映像・動画なんだ!! 天使にも悪魔にもそれが出せる、動かせる。この場合、トイレに出た〈流菜〉はまさか誰とも喋らないし、ましてあんな豪快な建築物でのあれこれ。誰も敢えて〈流菜〉を見詰めようとはしない!!」

「だから〈流菜〉は憶えたての、千秋から教わりたての〝千秋の挙動そっくりそのまま瓜二《うりふた》つ〟のもじもじ仕草まで披露して、むしろ私達の注意をそちらに引き付けようとしたの。この仕草の論点については既述のとおり。だから此処《ここ》で確認しておくべきは、その時点で悪魔はすぐ透明になり、諸工作を開始したってことだよ。

そして更に、悪魔は緑色の蛇を使役《しえき》することによって、①私達の注意を逸《そ》らし、②あるいは私達の行動を誘導した。具体的には、時に〈映像・動画流菜〉への視線誘導を試みている。トイレTへと蛇をするする動かすことによって。あるいは時に、冬香たち甲《こう》班を準備万端《じゅんびばんたん》の犯行現場へ駆け込ませようと試みている。バスルームB2へと蛇をするする動かすことによって。

だけど、この『緑色の蛇』を使った、もっと重要で悪辣《あくらつ》な試みは……

ひとつには、まさに和弓の音・竹矢の音を誤魔化《ごまか》そうとしたこと。

いまひとつには、甲班の冬香＝未春にスキを作らせ、千秋の拳銃を回収したことだよ」

「千秋の拳銃を」犯人である夏衣が心底キョトンとする。「回収……?」

「……もしこの悪魔が」私は俯《うつむ》いた。「その『拳銃のポカ』、ううん『拳銃の二重三重のポカ』を正直に説明していないとするなら夏衣、この悪魔はまさか信義誠実な契約者ではあり得ないよ。だって当該《とうがい》ポカさえ無かったなら、夏衣は第二射をする必要も無く、したがって今こうして此処《ここ》に、字余りの竹矢が一本存在した筈《はず》もなかったから……この悪魔はそれだけでも夏衣をド派手に裏切っている。同盟者たる夏衣を薄汚くも騙《だま》している。ううん、この悪魔はもっともっと非道《ひど》い、夏衣の魂を嬲《もてあそ》ぶ破廉恥《はれんち》な罠を仕掛けてもいる」

「あくまをベタぼめしているわね。もっとわたしをくちゅくちゅしてよろこばせなさい。もっとイタリアンファミリーレストランのミニマムコスト女子会で女子会下ネタていばんのミニマムち●ぽ経験談にはなをさかせなさい。もっとVODでドラゴンタトゥを視始めて二回戦も忘れて寝おちしなさい。

あくまに会い魚焼いてあくじがうまれて～」

「……とまれ、『緑色の蛇』と弓矢・拳銃」私は続ける。「先《ま》ず、緑色の蛇なるものが私の足許《あしもと》に出現して私の脚に絡《から》みついて来たのは、実は私が〈しゅう、がらがら〉なる音を聴いたとき。より具体的には私が、〝自転車のタイヤがパンクした様《よう》な、薬缶《やかん》が噴《ふ》き出すような〟空気音とそして〝風車が強く回転した様《よう》な、琴《こと》がしゃああと鳴るような〟回転音を聴いたとき。私はそれらを〝ナチュラルなもの〟〝機械仕掛けでないもの〟と感じた。ううんそれにまして、私はそれらを〝聴いたことがある、気もする。とても自然な感じで。まして回数なんて思い出せないけど、たぶん一度や二度じゃない、ような〞とまで感じた」

「成程《なるほど》」冬香がすぐ頷《うなず》いた。「私のＢ２の方では聴こえなかったけど――初音のその感覚、そして俄《にわか》に登場した妨害者たる蛇。まして第一幕の武器の議論と、現にここに竹矢があること。それらから考えれば、初音が聴いたのはまさに『夏衣が矢を射る音』でしかない」

「だよね冬香。そして当該《とうがい》『夏衣が矢を射る音』は、全部で二回鳴った。なら夏衣は二射したことになる。ここで、弓道の試合では普通一度に四射すると聴いたことがあるし、そもそも第一幕における戦闘では矢数《やかず》は無尽蔵《むじんぞう》ともいえる程《ほど》だったから、残弾に不安はない。まして夏衣ほどの武芸者が、まさか自分を過信して、第一射だけで蹴《ケ》りを付ける予定だったとは思えない。でもこの第二射は、すぐに言うけど、まるで必要の無いものだった……」

　とまれ、Ｂ１から『夏衣が矢を射る音』が響く。それも二回響く。鈍い私でも周囲を見渡し、耳を澄ますことになる。実際そうした。けれどそれは悪魔にとってマズい。ポカをしでかした悪魔としては非常にマズい。だから悪魔は私の足許《あしもと》に緑色の蛇を出現させたし、だから私は音どころじゃなくなって、蛇を脚から振り払い打ち払う俄《にわか》なタップダンスを踊らされた。入念なことに、私の視線も、逃げてゆく蛇によってＴ～Ｂ２へと誘導された。

　――ここで、私同様、冬香と〈未春〉もまた〞突然のダンス〞を踊らされているよね？」

「うん憶えている」冬香がいった。「〞いきなり〞緑色の蛇が私達に絡《から》まってきたから」

「なら当然、そっちの緑色の蛇も、何かを誤魔化《ごまか》すために悪魔が使役《しえき》しているんだよね？」

「それは初音、確かに理屈としてはそうなる、けど……でも私は『夏衣が矢を射る音』なんて聴いてはいないよ？　天使であるキリエについては何も断言できないけど。ねえキリエ、キリエはあのとき『夏衣が矢を射る音』を聴いた？」

「否《いな》よ。そして仮に聴いていたとして、貴女達《あなたたち》以上に私がその音の正体を知れる筈《はず》もなし。その点、悪魔は安心できたでしょうね。①私が天使だと見破っていたとして、その私にはまさか音の正体など分からないのだし、②私が天使だと見破っていなかったとして、ふわボブさんも私も、そもそも音に気付いた挙動《きょどう》——例えば『周囲を見渡す』『耳を澄ませる仕草をする』といった挙動を示してはいなかったのだもの。ましてもっと正直に言えば、ふわボブさんと私、初音が目撃したであろうとおりに、まあ、談笑の真っ最中だったしね」

「なら霧絵さん。冬香たちを襲撃した緑色の蛇は、『夏衣が矢を射る音』を誤魔化《ごまか》す為《ため》のものじゃあない。こうなるよね？」

「諾《だく》」

「なら冬香。冬香たちがいたバスルームB2近傍《きんぼう》に、何か誤魔化《ごまか》しを要する重要物件はあった？」

「いや別段……それこそ私が脱いでいた制服とか、千秋が脱ぎ捨てていった制服とか……」

アッ!!　いや違う、全然違う!!

千秋の拳銃があった!!　摩訶不思議《まかふしぎ》なかたちで消えて、また摩訶不思議《まかふしぎ》なかたちでしれっと返ってきたあの拳銃が!!　千秋が身に帯びているルールになっていた拳銃が!!　〝いつの暇《ま》にか盗み出され、だのにいつの暇《ま》にか初期位置に返却されていた〟千秋の拳銃が!!」

「私達が拾った拳銃は二丁。冬香の拳銃と千秋の拳銃」私は続けた。「その冬香はお風呂を上がって、それを身に帯びていた。他方で千秋はお風呂タイムだったから、それを制服その他の中に隠し入れておいた……うぅん、隠し入れておいた筈《はず》だったのに、拳銃の轟音《ごうおん》を聴いた私がB2へ駆け付けたとき、千秋の拳銃なんて影も形もなかった……それはまさに、何の偶然か私自身がこの瞳《め》で確認した事実だよ。

ここで。

冬香、冬香たちを襲撃した緑色の蛇はその後、どうなった？」

「私達が追い払った後、〝ものすごい勢いで〟風呂へ、だから犯行現場へ消えていった」

「なら悪魔は、犯行現場B2での諸工作を終えているよね、冬香たちを誘導した訳だから」

「だね。もう入ってもいいぞ、どうぞ入ってしっかり目撃して下さい――って意味だから」

「なら緑色の蛇が誤魔化《ごまか》したかったのは、犯行現場に関する何かじゃなくって」

「消去法でやっぱり、千秋が使っていた拳銃ってことになるのか。もっと具体的に言えば、千秋が使っていた拳銃を『盗み出す』、その為《ため》にこそ私達を緑色の蛇で混乱させた……ああ、だからこそか。いよいよ拳銃が盗み出せたんで、だからこそ発砲音がその直後に響いたんだ。

……でも初音、それちょっと面妖《おか》しいっていうか、何だろう、そんなバタバタしたドタバタ劇なんて、そもそも透明になれる悪魔には必要ないじゃん？　千秋が風呂に入っているとき、私と〈未春〉はあからさまに莫迦話《ばかばなし》で盛り上がっていた訳で、だから緑色の蛇の急襲にも吃驚《びっくり》した訳で――要はかなり油断していたから、〈未春〉の正体に気付いていようといまいと、透明になった悪魔はもっと早い段階で――そう犯行現場における諸工作を完成させる前に、コソッと千秋の制服の中から千秋の拳銃を盗み出せた筈《はず》じゃん？」

「それが本題。

それが悪魔の、拳銃についてのポカ。正確には拳銃についてのポカのひとつ。

具体的には。

――ヒトの文化と生態を知らない、悪魔ならではのポカで誤解。すなわち悪魔は、千秋がお風呂に入っているそのときも、拳銃は千秋とともに在るし、拳銃は千秋に密着していると誤解したんだよ。ヒトからすればそんな誤解、生じようも無い。お風呂では裸になる以上、また武器を濡らしても不具合な以上、誰がどう考えても拳銃と一緒にお風呂に入る筈《はず》がないもの。事実千秋はそんなことしていない。もちろん冬香もしていない。ヒトだから。けれどヒトの習俗に詳しくなく、かつ超常の力が行使できる悪魔は、冬香と千秋が定めた拳銃の保管ルールを文字どおりに理解してしまった。そう文字どおりに。そのルールというのは無論、〝ちゃんと身に着けて、まさに密着させておくことにしよう〟という冬香の提案であり、〝ちゃんと身に帯びておくわね〟という千秋の承諾だよ。この会話をまさに〈流菜〉は直近で聴いている。そしてこの場合、あらゆる意味で致命的だったのは千秋の承諾——〝ちゃんと身に帯びておくわね〟なんだ」

「悪魔は、千秋の拳銃を」犯人である夏衣が、静かにいった。「お風呂の中でも千秋が〝身に帯びておく〟〝密着させておく〟ものなのだと考えた。誤解した。超常の力が行使できる自分にとっては、お風呂なるものに拳銃を持ち込んでも何ら支障がないし何ら不便でもないから。どうとでもなるから。だから、それがヒトにとっては支障があり不便であり常識外れであることを、そもそも理解できなかった……」

「成程《なるほど》、だからこそ」未春がいった。「透明になって犯行現場B2での諸工作を開始したとき、悪魔は、千秋の拳銃が当然そこに在ると信じて疑わなかった。千秋自身がそう明言していたから。だからノホホンと犯行現場での諸工作を終えて……

——あっ、そういうことか!!

撃つときになって初めて気付いた。犯行現場の諸工作を終えて準備万端《じゅんびばんたん》、いざ冬香＝初音＝私を、要はギャラリーを招き入れて千秋銃撃事件の酷《むご》い在り様《あさま》をしっかり目撃してもらおうっていうときに、撃つべき拳銃がお風呂の中には無いことに初めて気付いた。成程《なるほど》、それは駄目《だめ》だよね、全然駄目。だって拳銃ナシで発砲音だけ出してしまえば——悪魔ならそれもできる筈《はず》だけど——当然、ギャラリーの誰かがあるいは誰もが『拳銃が使われた!!』『なら冬香と千秋の拳銃は!?』『そもそもここにあるの!?』って思って冬香の腰を、そして千秋の制服の中を捜《さが》すもの。事実初音がそうしている。そしてもし拳銃が二丁とも盗み出されていなくて無事だと確認されてしまえば、『ひょっとして拳銃以外が凶器では？』『さっきのあの発砲音はフェイクでは？』なる、悪魔にとってはおバカすぎて手痛すぎる大当たりの大正解に到《たど》り着かれかねない。なら懸命な偽装工作も全部無意味になる。

——だからこそ、悪魔としては偽装工作がすっかり終わったその後、もう大急ぎで、甚《はなは》だ焦燥《あわ》てて千秋の拳銃を回収する必要があった。そうだよね初音？」

「そのとおりだよ未春」私はいった。「私が今《いま》議論をしている、千秋殺しの『どうやって？』第三の論点。すなわち『何故竹矢は消えたか？』の論点。私はこれについて先刻《さっき》、〝竹矢は悪魔が触れて消し、銃撃の外観は悪魔が創造した〟といった。そうした諸工作の詳細と更なるポカについてはすぐに言うけど、ともかくも現時点、ここで更に大事なことは——悪魔が拳銃を盗み出すのが遅れ、詰まる所はホンモノの発砲音が遅れたからこそ、夏衣が第二射をしなければならなくなったってこと。それは発砲音の意味を考えればすぐ解る。というのも犯行当時の夏衣は、矢と視線が通るだけの穴しか持たない密室Ｂ１内にいたんだから。射かける距離なら三〇ｍ弱と、夏衣にとっては弓道部で嫌というほど矢数《やかず》を掛けている熟練の距離だけど、なにぶん視認性《しにんせい》が悪い。自分のＢ１の穴を通じ、千秋のＢ２の穴をも通じ、まして千秋の急所だけを射るわけだから。要は千秋に致命傷を与えることができたかどうか、確信が持てない状態にあるんだから。ここで、例の『タオルターバン姿』は極めて重要で、悪魔の破廉恥《はれんち》な罠でもあれば、きっと夏衣が犯行のその刹那《せつな》疑問に思ったことでもあるけど……ともかくも視認性《しにんせい》の悪い夏衣としては、共犯者を信頼せざるを得ない。透明になって、諸工作をしてくれるその共犯者を。だから犯行現場Ｂ２にいるその共犯者を。だから無論のこと、着弾確認・死亡確認をしてくれるその共犯者を。Ｂ１を出られない夏衣にはそれができない。Ｂ２に出入りできる共犯者にはそれができる。夏衣は悪魔を信頼せざるを得ない。被害者が確実に死んだかどうか、犯行現場の諸工作は無事終わったかどうか。そして重ねて、Ｂ１を出られない夏衣がそれを知るには——」

「――拳銃の発砲音!!」未春がいった。「一石二鳥。凶器が拳銃で事件は銃撃だと思わせる為《ため》にも。密室内にいる夏衣に『全てが終わった』ことを確実に知らせる為《ため》にも」

「ところがどうして」冬香がいった。「悪魔のポカで、発砲音の鳴るのが遅れ――」

「――だから射殺が成功したか分からなかった夏衣は」未春が続ける。「実は要らなかった第二射をしなくちゃいけなくなった。事実、初音はその音を聴いている。でも、ということは初音、現実には第一射が千秋にとっての致命傷だったの？」

「私はそう考えるよ、未春。というのも冬香の証言があるから。

以前纏《まと》めたけど、再論すれば結局の所、犯行現場Ｂ２付近で聴こえたのは、①白い鳥の『ぐわあ』『があ』なる鳴き声、②千秋の『あ』なる短い声、③水を打つ『ぱしゃん』という音。ここで③は、犯行現場Ｂ２の川に向かった左側で――要は〝Ｂ１とは反対方向に〟〝一〇ｍないし二〇ｍ先のあたり〟で響いたんだから、それはもう弓道場であるＢ１からＢ２目掛けて飛んだ竹矢の墜落音で間違いないよ。更に時系列を整理すると、①から②までは数秒、②から③までは二分前後とか。また更に音の性質を整理すると、①でＢ２の桜の壁に穴が開《あ》いたのは確実だし、②で千秋がそれに気付いて、そうまさに〝何かに気付いた感じで突然〟声を出し恐らくは立ち上がったことも確実だよ――桜の壁に白い鳥がいるとなれば、常識論として顔を其方《そちら》にむけるだろうし、いよいよ桜の壁に穴が開いたとなれば、常識論としてバスタブから立ち上がって様子を見ようとするもの。その穴の形状なんてもう分からないけど……ともかくも千秋が②すなわち『あ』のリアクションを示した時点で、その穴はもう千秋に怪しまれているか、少なくとも興味を持たれているし、ましてまじじ観察されれば、弓道場Ｂ１の穴だって千秋に目撃されてしまう。なら、もう②の『あ』に直近する時点で第一射が放たれたのも確実。まして冬香の証言によれば、②の実に〝二分前後〟あと、〝絶対に一分程度じゃない〟あとに、③の竹矢の墜落音が響いている。当然のことだけどこれは外《はず》れ。なら第二射は外れ。けど悪魔は結局の所、犯行現場の諸工作を終えている。だからこそ合図に使う拳銃の不在に気付いたんだもの。工作終了すなわち犯罪終了だよね？　なら第一射が中《あた》り。こうなる。

……ちなみにだけど、夏衣は熟練の弓取《ゆみと》りだから、弓道のテンポを維持したとしても、この緊急時、三〇秒前後あれば第二射ができた筈《はず》。それが〝二分前後〟あとになったのは、ターゲットがタオルターバン姿だったことによる支障と合わせ、標的についての疑義をいよいよ感じたのかも知れない。もちろん、拳銃の発砲音をしばらくは待ってみたという事情もあったと思う」

「纏《まと》めれば」冬香がいった。「第一射で千秋は死んでしまった。だから第二射は不要だった。けれど悪魔からの、着弾確認の合図がなかった。悪魔にはそれがしばらくできなかった。だから夏衣はもう一射した……それが致命的な証拠になった」

「〈流菜〉がもし」私はいった。「千秋を殺した竹矢＝第一射の竹矢同様、第二射の竹矢も消し去っていれば、それが此処《ここ》でこうして緑の血を染《あ》びることにはならなかった。それは悪魔の不親切といえば不親切だけど、でも悪魔にも夏衣にも言い分はきっとあるよ。

というのも悪魔と夏衣は、A外れた竹矢を捜そうと懸命に川ざらいをしたし、B結果論として夏衣はそれを回収でき＋埋めることができたし（重ねて悪魔が発見していれば消滅させたはず、だからこれは運の問題）、C悪魔はニセモノ霧絵として竹矢の無事を夏衣に報《しら》せて保証しているし、Dまして悪魔はちゃんと、竹矢を消そうかと提案してもいるから。ただ、Eこれまた結果論としては冬香の判断で竹矢を消さないこととなり、Fよって竹矢を誤差領域のリセット・初期化によって自然消滅するに任せた結果、Gなんと『悪魔自身が誤差領域に居座り続けたからリセット・初期化が為《な》されなかった』なるポカで、Hとうとう誰も竹矢を処分しなかった……これらのことは全て既述。だけどA～Hを総括すると、外れた竹矢はなるほど致命的な証拠ではあるけれど、ポカのみならず運と偶然が強く左右しているから、悪魔と夏衣が真摯《しんし》な犯罪者じゃなかったとは言えない。無論、私自身ちょっと指摘した様《よう》に、拳銃を盗み忘れた／拳銃を盗み出すことを思い付かなかったポカを、悪魔がまるで夏衣に説明しようとしなかったことは甚《はなは》だ信義誠実にもとると考えるけど……でも結果から遡《さかのぼ》って考えれば、その背信行為で生まれたのは詰まる所〈第二射の竹矢〉に尽きるんだし、悪魔はその処分について真摯な行動・提案をしているんだから、そう結果としては、悪魔が端《はな》から適当だとかいい加減だとか不真面目だとか、そこまでは言えない、この段階では。

——なお、ここでやっと。ほんとにやっと。

これまでザクッと語ってきた、悪魔が夏衣の為《ため》に実施した『犯行現場における諸工作』と『悪魔のポカ』、就中《なかんずく》『拳銃関係のポカ』について纏《まと》めておくよ。

すなわち夏衣による遠距離射撃の際、それが成功したなら悪魔は概略、Ⅰ竹矢に触れてそれを消滅させ、Ⅱ千秋の外傷を拳銃によるものの如《ごと》くに偽装し、Ⅲ必要があれば千秋の死亡時刻を微調整し、Ⅳ合図たる発砲音を出し、Ⅴ夏衣の弓具をも触れて消滅させる必要があった。また厳密にはⅠⅡⅢⅣⅤの担保となるけど——だから犯行現場における諸工作とは言えないけど——Ⅵそれら諸工作の結果が確定的に真実だと、〈天使〉の口から断言させる必要があった。以下、順に説明するね。

Ⅰについては論を俟《ま》たないよね。そしてⅠさえしておけば、私達十八歳の女子高校生には、千秋の急所の、結果的には千秋の頭部の『貫通穴《かんつうあな》』『串刺しの穴』が実は弓道の矢によるものだなんて識別できやしない。

更にそれをⅡで偽装する。主たる偽装は二点。千秋がタオルターバンにしていたタオルに開《あ》いた穴に、銃弾によるものっぽい『焼け焦げ』を作ること。また誰にも目撃されない様《よう》に、盗み出した千秋の拳銃の残弾《ざんだん》二を『一発発射後』の残弾一っぽくしておくこと。これらも当然、私達が拳銃や弾痕《だんこん》について詳しい知識を持たないことに乗じた偽装。

他方でⅢについてはちょっと偽装の性質が異なる。悪魔と夏衣は『被害者は私達の目撃したまさにその瞬間、塵化《ちりか》を開始した』『私達が犯行現場に飛び込んだ際、被害者はまさに撃たれたてだった』なる外観を作出《さくしゅつ》したかった。それは無論、①ほんとうの狙撃地点であるB1＋ほんとうの凶器である弓具＋ほんとうの実行犯である夏衣を、まるっと容疑圏外に出すため。②それらがどうしても生んでしまう、距離と時間のギャップを誤魔化《ごまか》すため。③私達ギャラリーが踏み込んだときもう千秋は塵《ちり》化《か》してしまっていた、なる『生々しい目撃証言』を確保するため……だから夏衣が千秋に致命傷を与えるのに成功した時点で、悪魔はその後の諸工作に一定の時間を費やす傍《かたわ》ら、更に千秋の現実の死亡時刻を調整した。死にゆく千秋、もう死が確定した千秋を取り敢えず生かさず殺さずで維持し、私達が犯行現場に踏み込んだとき塵化《ちりか》が開始される様《よう》、死のタイミングを意図的に遅らせた。そんなの地上世界では荒唐無稽《こうとうむけい》で、ヒトにとっては不可能だけど、ここ誤差領域では何でも無いことだし、悪魔にとっては児戯《じぎ》に等しい。何故と言って霧絵さんはいつか断言していたから。〝どのみち死者の魂を天国の門まで搬《はこ》ぶのは、途中で競業他社にでも妨害・窃取《せっしゅ》されない限りは私達管轄《かんかつ》天使だしね〟と。ここでその〝競業他社〟なるものが〈地獄の悪魔〉であることは今や自明。①なら悪魔は死んだヒトの魂をよこどりできるし、②なら悪魔はヒトが何時《いつ》死んだか／何時《いつ》死にそうなのかも察知できるし、③ならそれを霧絵さんの持つような治療能力で微調整することもたやすい。無論、『実際にそんな微調整が行われたか？』は私分からないし立証する必要も無い。千秋の現実の死のタイミングによっては、微調整の必要なんて無いという、悪魔にとっての僥倖《ぎょうこう》も予想されるから。要は悪魔はⅢの偽装もできること、だから私達が犯行現場に踏み込んだまさにそのタイミングで千秋の塵化《ちりか》を開始させうること、それさえ押さえておけば足りるよ。

Ⅳの発砲音とその意味については既述《きじゅつ》。それは凶器の偽装であり合図でもあった。

Ⅴの『夏衣の弓具の後始末』についても、その意味と目的は明白——夏衣はバスルームB1を臨時の弓道場に、だからもうひとつの犯行現場にした。でも夏衣はヒトだから、使用した数多《あまた》のあるいは巨大な弓具はまさか消せない。消せるのは共犯者の悪魔。この場合は無論〈流菜〉。その〈流菜〉にはB1の弓具をまるごと消滅させる充分な時間的余裕があった。それについては冬香の証言がある。若干解りやすく言い換えれば要旨《ようし》、①犯行後〝夏衣はB1で素っ裸だった〟し、②同じく犯行後〝トイレTにいた流菜はやや遅れて犯行現場に合流してきた〟んだから。ならば悪魔が弓具を消すことは児戯《じぎ》。そればかりか、今後の対処方針を謀議する時間も、第二射の竹矢の回収について善後策を練る時間もあった。

最後にⅥの偽装については、論じるより実例を思い出した方がはやい。すなわち千秋殺しから一〇分未満で誤差領域に登場した〈ニセモノ霧絵〉＝〈悪魔の出した映像・動画〉は要旨《ようし》、次のような出《で》鱈目《たらめ》ばかりを断言して、それが真実であることを保証しようとしている。当然、ニセモノの言うことだから、全部が白々しい嘘八百なんだけど――

〝千秋さんを殺した凶器は拳銃。その拳銃〟【○凶器は弓具】

〝拳銃の弾丸は、千秋さんの眉間《みけん》というか額の中央から入り、彼女の脳を穿《うが》って、彼女の後頭部から出た〟【○ベクトルが真逆】

〝本件犯行と犯人を立証する上で有用な証拠品なんて一切無い〟【○第二射の竹矢】

〝まさか貴女達《あなたたち》ヒト五人の内の誰かが、大切な仲間である千秋さんを突然、酷《むご》たらしくも射殺したというの？　まさか、まさかだわ〟【○ヒトも犯人】

〝今、此処《ここ》で、貴女達《あなたたち》ヒト五人が殺人なんかを実行する必要と動機がどこにあるの？　まさか、まさかだわ〟【○動機はある――後述】

〝そもそも貴女達《あなたたち》ヒト五人の内に、そう極《ごく》普通の女子高校生の内に、拳銃なる特異な凶器の取扱いに習熟した者は誰独りいない。まして一撃必殺《いちげきひっさつ》で、おまけに桜の壁にかこわれた千秋さんの眉間に、風穴を開けるなど絶対に不可能〟【○凶器は弓具、熟練者もいる】

〝誰も犯行当時、そう拳銃の轟音《ごうおん》が響いたその時点で、管理責任者の冬香さん自身を含め、実弾を撃てる拳銃など所持していなかった手ぶらの筈《はず》〟【〇夏衣も悪魔も手ぶらではない】
〝どのみち少なくとも無差別殺人でしょうね。また私の想像でよければ愉快犯・快楽殺人よ〟【〇動機はある——後述】
〝ターゲットは誰でもよかったという道理になる〟【〇無差別殺人ではない】
〝害獣たる毒蛇がヒトを襲って殺すのに、理由も必然性も何も無いでしょう〟【〇理由と必然性があった——後述】

——要するに。

〈ニセモノ霧絵〉は正直族を騙《かた》って、そう絶対に嘘の吐けない霧絵さんを騙って、『五人の内に犯人はいない』『ターゲットは誰でもよい無差別殺人だった』『動機なき殺人だった』『遠距離射撃ができるヒトはいない』『誰もが凶器を持っていなかった上、手ぶらだった』と断言したんだよ。でも今の私達には自明なとおり、これは犯罪者自身の戯言《たわごと》に過ぎない。ならまるでさかしまに、全てが嘘だと考えるのが道理で自然。詰まる所、〈ニセモノ霧絵〉＝〈流菜〉＝〈悪魔〉は、サービス精神を発揮して舌を動かしすぎた。ましてこれらの出鱈目《でたらめ》を喋らせるきっかけを作ったのは、思い出してもらえればすぐ分かるけど、結局『証拠は残っていますか？』『犯人は誰ですか？』的な質問をした〈流菜〉自身なんだから……これ要は、犯罪者自身による、都合のよい証言を展開するための自問自答だったんだよね……といって私自身、この自問自答当時はそれをすっかり真実だと信じこんでしまっていたけど。もう事件解決だ、なんて思っちゃったけど。だって天使さんの断言なんだもの」

「成程《なるほど》そりゃ出鱈目《でたらめ》だね」冬香がいった。「私もまた、すっかり騙《だま》されちゃっていたけど。うん、初音の説明したⅥの偽装を今《いま》聴くまで騙され続けていたけど——ただ初音、初音のいうⅡの偽装、すなわち『拳銃関係の偽装』については正直、まだよく解らない。いやタオルターバンの細工とか拳銃自体の細工とかいう趣旨はよく解る。けれど初音は確か、悪魔による『拳銃のポカ』『拳銃の二重三重のポカ』って言葉をずっと遣っていたよね？　うち、最大のポカについてはこれまたよく解る。それはもう初音が説明した『拳銃を身に帯びているルール』『拳銃の密着ルール』の誤解だから。要は、『土壇場で肝腎《かんじん》の拳銃が悪魔の手許《てもと》に無かったこと』だから。

　でもそれ以外の二重三重のポカって？　タオルターバンの細工なり、拳銃自体の細工なりにポカがあったの？」

「うんあったよ冬香。私自身、当初はまるで気付けなかったけど、解ってみればこれまた出鱈目《でたらめ》とか言い様《よう》のない状況があるいは物が、平然と作出《さくしゅつ》されてしまっている……私がそれに気付けたのは、実は学園島まで剣道部の稽古《けいこ》に来てくださる先生の御陰《おかげ》。そう冬香ももちろん知っている、本土の警察官の先生との、ドラマや映画をめぐる他愛もない雑談を思い出せた御陰《おかげ》なんだけど……

　ここで、霧絵さん。

　霧絵さんは確か〝東京ではまあ、とある特殊な公務員の守護天使をやっている〟との事でしたが、その公務員さんというのは発言時の文脈からして――軍人さんというか自衛官さんですよね？」

「諾《だく》。御明察よ。細かいことを言えば当該者《とうがいしゃ》、今現在は実戦部隊というより警務隊《けいむたい》なるものに異動しているから、要は自衛官であり警察官、要は諸国でいう憲兵なのだけどね」

「なおさら好都合です。

　ではお訊きしますが、それがバスタオルであれ何であれ、遠距離射撃された弾丸によって開《あ》けられた穴――弾丸が入った穴の周囲に〝焼け焦げ〟が残ることはありますか？」

「凡《およ》そ想定し難《がた》いわ。例えば一〇㎝、三〇㎝といった接射・近射で穴を開けられたなら別論、例えば三〇m弱離れた地点からの『桁《けた》違い』な射撃なら、弾痕《だんこん》に焼け焦げなど残りはしない」

「それは『弾丸が入った穴』のみならず、『弾丸が抜け出た穴』についても同様ですか？」

「諾《だく》。むしろ弾丸の射出口に焼け焦げだの火薬痕《こん》だのが残るなど椿事《ちんじ》よ。だって弾丸それ自体が火薬を出している訳ではないもの。それは銃口から出た火薬の名残《なご》りに過ぎない。だから遠距離射撃では飛散してしまうし、まして物を貫通した後というなら拭《ぬぐ》い去られる道理。弾丸が抜け出た穴に焼け焦げがあるなど、少なくとも私は約一六万年の生涯で見たことも聴いたことも無い……既にして御案内のとおり、唯《ただ》の一度を除いてはね」

「そうですね、霧絵さんは第二幕後半、〈未春〉として断言しておられましたね――〝眉間《みけん》の穴は無論のこと、それと全く同様の穴が後頭部にもあった。やっぱり周囲の焼け焦げた穴が〟と。これが今仰有《おつしゃ》った『約一六万年の生涯で』『唯《ただ》の一度』の実例ですね？」

「諾《だく》よ初音。絶対に嘘が吐けない私が敢えて強調したこと、聴きとってくれていて嬉しい」

「すなわち犯行現場の諸工作はここでも出鱈目《でたらめ》だった」

「無論、諾《だく》」

「ならばこの、千秋のタオルターバンの焼け焦げ問題――すなわち『拳銃のポカ』の第二点に加え、更に第三点を指摘しますね。これでやっと『二重三重のポカ』になるので。

霧絵さん、拳銃が発射された後、拳銃のあのレンコンというか弾倉《だんそう》はどうなりますか？」

「質問の趣旨が明確を欠くけれど――初音が期待している内容を先取りすれば、一見してどうともならないわね。例えば第二幕後半、確かふわボブさんが要旨《ようし》〝再び回収できたこの拳銃を開けば〟〝ほら、千秋が使った拳銃の方には、金色の弾《たま》があと一発だけ入っている〟等と言いながら弾倉を開いていたけれど、それもまた椿事《ちんじ》だわ。だって拳銃の弾《たま》というのは、お尻側のケース――いわゆる薬莢《やっきょう》を残したまま飛んでゆくのだもの。だから拳銃が発射されようと発射されまいと、弾倉を開いて見れば、見掛け上の弾数は変わらないもの。重ねて、お尻側の薬莢はそのまま残るから」

「なら冬香の証言した〝あと一発だけ入っている〟なる発言そのものが面妖《おか》しい。他はすっかり空洞になっているのが面妖《おか》しい。ましてその冬香は自分が腰に差していた拳銃について要旨《ようし》、〝私の方はそもそも残弾ゼロ、胴体の円筒は見事に空っぽ。弾《たま》どころか穴と空気しか無い〟とも証言している。これもまた面妖《おか》しい。重ねて、拳銃が発射されても弾倉は〝見事に空っぽ〟〝穴と空気しか無い〟なんてことになる筈《はず》がないから」

「諾《だく》。それがヒトの作りヒトの使う拳銃だというのなら、その様《よう》な現象自体が発生しない」

「詰まる所、悪魔が創造した二丁の拳銃そのものが出鱈目《でたらめ》でポカ。ヒトが作りヒトが使う拳銃ならざるもの。まして冬香が証言させられてしまった様《よう》に、残弾数を敢えて一目瞭然《いちもくりょうぜん》にすることで、『これこそが千秋を殺した弾丸一発を発射した凶器です!!』と主張するその為《ため》にこそ用意されたフェイクで罠。それがフェイクで罠ならホンモノの凶器は当然別物《べつもの》。それは既に立証されているけど、この拳銃のポカ第三点によって更に駄目押しされるし、私いつか言ったとおりこれは『拳銃すら出鱈目《でたらめ》にしか作れないなら竹刀・和弓が正しく作れる筈《はず》がない』と言い換えられるから要は、①悪魔による武器持ち込み論、②悪魔による協力者設定論、③悪魔と共犯者による契約締結論といった、私達がこれまで立証してきた枢要《すうよう》なポイントを、更に補強してくれることになる。

――以上、悪魔による諸工作ⅠⅡⅢⅣⅤⅥについて、なかんずく拳銃の二重三重のポカについて、精一杯《せいいっぱい》総括してみた。ずっと後回しにしてきた諸点が、ようやく説明できた。だからこれでやっと、千秋殺人事件の『どうやって？』がぜんぶ解明できたと私は思う。だからこれでやっと、私達の検討は最終ステップに進めると私は思う……

ただ、『どうやって？』の最後に。

悪魔の諸工作はなるほど出鱈目《でたらめ》ではあるけれど、でもそれは先刻《さっき》A～Hとして纏《まと》めた〈外れた竹矢〉〈字余《じあま》りの第二射の竹矢〉の性質同様、悪魔が真摯《しんし》な共犯者じゃなかったことを意味しない。何故と言ってそれらの出鱈目《でたらめ》は――特にⅥつまり『偽天使《ニセ》の嘘八百』群《ぐん》からよく解るとおり――全てがそれは夏衣に、夏衣が望まない人殺しをさせたことだよ」

もし、悪魔が真摯な共犯者じゃなかった局面があるとすれば。

だから。だからこそ。

作についても、第二の竹矢同様、悪魔はそれなりに……ううん事情の許すかぎり真摯だった。

いい加減で不真面目だったなら、これだけの証拠はまさか残らなかった筈《はず》だよ。要は犯行現場の諸工

ス過剰・気配り過剰』だったからこそ無数の出鱈目《でたらめ》を生んでしまった訳で、もし悪魔が端《はな》から適当で

夏衣を守る為《ため》のものだったから。結果から遡《さかのぼ》れば、悪魔はむしろ夏衣のために『演技過剰・サービ

千秋殺人事件――動機

「それは、つまり」今や全てを知っている未春はいった。「夏衣には実は、千秋を殺すつもりなんて

全然無かった――ってことだね？　言い換えれば、夏衣には千秋殺しの動機も無ければ、夏衣の意志

として千秋殺しを実行してもいない。そうだよね初音？」

「そうか、そういうことか……」理解をした冬香は沈鬱《ちんうつ》すぎる嘆息《ためいき》を吐いた。それは後悔だった。

「……やっぱり私が、千秋の二度風呂の要求を拒《こば》んでさえいれば。全部私の責任だ」

「……冬香」夏衣の声もまた沈鬱でやるせないものだった。夏衣は夏衣で理解したからだ。「敢えて

訊くわ。何故、全部冬香の責任になるの」

「……理由はまるで解らないけど、夏衣のターゲットは私だったから。

この誤差領域で夏衣がほんとうに殺したかったのは、千秋でなくこの私だったから」

「だからそれは何故」

「風呂の順番だよ……」冬香はいつかの様《よう》に、ほんとうに痛々しく言葉を紡《つむ》いだ。「……風呂B1・

B2に入る順番。まして甲《こう》班・乙《おつ》班の組分け。それらは事実上、悪魔と夏衣が決めた。それは誰もが

憶えているし立証済みの事実。ここで……犯人たる夏衣は乙班の二番手。乙班の二番手として風呂B1に入る。事実入った。そこに弓具があり、そこが弓道場としての機能を充分に有することも立証済み。すなわち夏衣の射撃タイミング＝殺人行為の実行タイミングは一義的に決まる。当然、甲班の二番手が風呂B2に入るそのタイミングだ。そして甲班の二番手とは、夏衣自身が決めたとおりにこの私。

実際、私はこれについて重要なことを目撃してもいる。時系列にそって言うなら――

あの殺人バスタイムのとき私は、①B1から〈流菜〉が出てくるのを遠目に目撃した。②B2から千秋が出てくるのを直近で目撃した。③私が服を脱いでそれを整えている際、乙班の三人全員が私の方を見遣《みや》っているのを遠目に目撃した。④同様に、全裸の夏衣がB1に入るのを遠目に目撃した。⑤私が早風呂を終えてB2を出てから、乙班の〈流菜〉と初音が川辺にいるのを遠目に目撃した。⑥もちろん私は、千秋がまた私と交代でB2に入ったのを直近で目撃した。⑦けれど私は、夏衣がB1から出てくる姿は目撃できていない。

――これらを言い換えれば。

④の時点で、だからいよいよ弓道場に入る時点で、夏衣は私が犯行現場B2に入りあるいは入ろうとする直前であることを確認した。それはそうだよね、夏衣は③の脱衣をまじまじと目撃できたんだもの。まして実際、千秋は②のとおり私に風呂を譲ったんだもの。そしてそれ以降、密室であるB1に籠《こ》もった夏衣は、⑦のように千秋殺人事件発覚までそこから出てはいない／出られない。言い換えれば、いったん密室B1に入った夏衣は、外界の様子がほとんど分からない。外界の情報がほとんど得られない。唯一そして確実に得られるのは、初音が証明したとおりの『烏《からす》が開《あ》けた穴』を通じた視覚情報だけど……その穴の用途からして当然、夏衣の視線のベクトルは直線、しかもターゲットのいる風呂B2への直線、おまけにターゲットの頭なり胸なりの急所への直線になる。ならざるをえな

い。ならターゲット以外の動向・動静なんてまるで分からないし、より具体的には三〇m弱斜めに離れた甲班の様子、もっと具体的には川辺で駄弁《だべ》っている甲班の様子なんか分かる筈《はず》もないよ。甲班各員の声が聴こえた可能性はもちろんあるけど、甲班三人は極めて近距離で、しかも時に風呂の壁越しにワイワイ喋っていたんだから――思い出してみて――声から各人の位置なんてまさか分かりはしない。

端的《たんてき》には、いったん弓道場に入った夏衣は、何の理由あってか川辺にいた私を視認《しにん》できなかった。

だから端的《たんてき》には、夏衣は③で目撃したとおり、私が風呂に入りっぱなしだと誤認した。

……そして皆《みんな》、思い出して。『何故私が夏衣の計画に反して川辺にいたのか？』はもう第二幕で説明をしたよね、私自身が。悪魔ですらそれを聴いていた。短く再論すればそれは、私が早風呂をした一方、千秋は二度風呂をしたから。甲班二番手の私がシャワーしか使わず烏《からす》の行水《ぎょうずい》をしている際、甲班一番手の風呂好きな千秋がバスタブの使用を求めたから。だからあのときも言ったけど、風呂をめぐる千秋と私の動きは結局――『風呂B2を両者で共有』→『シャワーのみの私が先に離脱』→『千秋だけがバスタブ使用』と、こうなる。

そして重ねて、このことを密室内の夏衣は目撃できない。

夏衣が目撃できるのはターゲットの一部、被害者の一部だけだ。

なら、殺人バスタイム第二ターンにおける、被害者の入れ代わり／取り違えなんて知る由《よし》もない。

そう、ヒトである夏衣にはそれを知る術《すべ》が無い。ましてその被害者がタオルターバン姿だったなら。髪も頭部もごわごわと蔽《おお》っていて、角度によっては顔の確認すら難しくなるタオルターバン姿だったなら。『烏の／悪魔の開《あ》けた穴』がどれだけのものであろうと、千秋と私を識別するのは事実上、無理だ」

「……そもそもね」夏衣は重い嘆息《ためいき》を零《こぼ》した。「冬香の性格と癖《くせ》からして、頭にタオルを巻いてまでバスタブで長湯だなんて、俄《にわか》には信じ難《がた》かったけれど……ただ冬香のボブは〝膨《ふく》らみのある優しげな〟ものだから、決定的に変だとまでは思えなかった。もし、もし仮に冬香のボブがあと少しだけ短いショートだったなら、私は確実に違和感を感じた筈《はず》。だからもし……いえ何を今更だわ。私が正真正銘《しんしょうめい》の人殺しであることに何ら変わりはない」

「だけど夏衣!!」冬香は今や蒼白だった。それは私に重い雪を思わせた。「全然解らないことだらけだ!! そもそもなんで、いったいどうして夏衣が私を殺さなきゃいけないのか、私なんかを殺すほどの動機いや感情をいだいているのか……今この瞬間もまるで解らないよ!! 学校でだって寮でだって、ううんこの誤差領域でだって、私は夏衣にそこまで怨《うら》まれる憶えは……」

だって私達は出会ってからずっと友達で、私の勝手な言い分が許されるなら親友で!!」

「いいえ冬香」夏衣の声は今凍てついた。今。「それがすべてよ。それが正解」

「ぜ、全然解らない、でも」冬香が微《かす》かに俯《うつむ》いた気がした。「夏衣が語りたくないって言うならそれはいいよ。取り敢えずはいいよ。可哀想な千秋にはほんとうに悪いけど、ヒトの気持ち、ヒトのこころなんて畢竟《ひっきょう》、本人に語ってもらうしかないしかもそれすら真実とは限らないから。まして私は、夏衣ならきっとそれを語ってくれると確信しているから。

……だから。

先刻《さっき》ちょっと含みのある言い方をした、不愉快極まる謎を指摘するよ!!」

「冬香、きっとそれは」未春が強く頷《うなず》きながらいった。「ヒトである夏衣には、冬香と千秋の入れ代わり／取り違えを知る術《すべ》が無い――って思いっきり強調した先刻《さっき》の言葉だね？」

「まさしくだよ未春!!」冬香は蒼白なまま激昂《げっこう》した。「だって、だってだよ、そう第二幕の『千秋殺しの直前の様子』を思い出してみてよ!! この悪魔は、〈流菜〉は千秋と私が入れ代わったのを絶対に知っていた!!

だって私は風呂から上がって〈未春〉と大声で莫迦話《ばかばなし》をしていたんだから。そう二番手として風呂に入っていなきゃいけない筈《はず》の私が、何故か川辺で派手に莫迦《ばか》笑いをしていたんだから。それがこの無人の川辺の三〇m弱先から見えなかったとは言わせない!!　どう初音、初音だって私がまさに川辺で駄弁《だべ》っていたの、ガン見できたよね!?」

「――う、うんガッチリ見た。というのも冬香＝〈未春〉＝千秋の三人が談笑している様子も、だけど千秋の姿だけ川辺にないのも私、憶えているから」

「なら初音と一緒に川辺にいた〈流菜〉だって見えた筈《はず》だし分かった筈《はず》だ!!

いやましてや。

そのあと〈流菜〉はトイレTに発《た》った。それが悪魔の映像・動画だってことは立証済み。実際の所は、透明になって千秋のいる風呂に入っていったことも立証済み。おかしいじゃん!!　透明になって川辺を移動したなら風呂にいるのが千秋であって私じゃないことは一目瞭然《いちもくりょうぜん》。億を譲《ゆず》っても、透明になって風呂に入ったならそこにいるのが千秋であることは零目瞭然《ゼロ》――いずれにしろ〈流菜〉が被害者の入れ代わり／取り違えを察知したのは絶対に確実。なら烏《からす》を使うとか穴を塞《ふさ》ぐとか花吹雪を強めるとか、あるいはキリエみたいに〝光速の〇・〇一％近くまで〟出して直接夏衣のところに赴くとか……どんな手段を使ってでも夏衣の犯行を止めることができた筈《はず》だ!!　そもそもヒトじゃないんだから。超常《ちようじよう》の力があるんだから。

……ならこう考えるしか無い。

悪魔は敢えて夏衣に人違いをさせた。悪魔は敢えて無意味に千秋を殺させた。何故!?」

「うぬぼれた稚拙《ちせつ》なぎゃくじょうをしているわね。もっとわたしのガールズサバトをもりあげなさい。ちあきはね、きっと地獄であなたをうらんでいるんだよ。あなたも、いなくなりたい？」

「――と、冬香それは!!　悪魔が人違いをさせた動機は!!」私は急いで口を挟《はさ》んだ。このままでは冬香が悪魔に飛び掛かる……悪魔には確かに接近しなきゃいけないけど、今の冬香なら間違いなく返り討ちだ。返り討ちをふせぎ霧絵さんを救う為《ため》には、時間を稼いで機会と油断を誘わなきゃ……「冬香それは動機論だから証明できないけど、でもかなりの確度で推定することはできる!!

　というのも、夏衣と悪魔は共犯関係に立つ契約者どうしだから!!」

「まるで意味不明だよ初音!!」

「ううん冬香思い出して。ヒトと天使と悪魔の、〈じゃんけん〉のことを。そして悪魔がその願いを叶える為《ため》には、じゃんけんで天使に勝てるヒトの〈自発的協力〉が必要なことを——脅迫や強制にはまるで意味が無いことを。だからヒトと悪魔とはこの場合、〈相互にメリットのある契約〉を結ばなければならないことを。

　事実、夏衣と悪魔は既に誤差領域第一幕劈頭《へきとう》において契約を結んだ。夏衣のメリットはそう、疑われずに冬香を殺すこと。悪魔のメリットは、例えば今こうして霧絵さんが身動きできない様《よう》に、夏衣を使って天使に命令をすること。冬香ここまではいい？」

「——議論の筋が解らないけど内容は解るよ初音、全部もう証明された事実だから」

「だとしたら。

　冬香も、ううん未春だってもう気付ける筈《はず》だよ。私なんかにも気付けたんだもの……

　そう、この夏衣と悪魔の〈契約〉には、約束事《やくそくごと》一般が持つ難所《なんしょ》あるいは行き詰まりがあることに気付ける筈《はず》だよ。自分のこととして考えてみて。例えば、冬香と未春が契約をする。冬香は未春に楽器をプレゼントする義務を負い、未春は冬香に防具をプレゼントする義務を負う。期日は特に決まっていない。いつプレゼントするかはそれぞれの勝手。まして——仮定の話として——実はふたりとも相手の懐《ふところ》事情を大いに疑っている。まさか信用できる契約相手だとは思っていない。それどころか、お互いを油断ならない悪魔のように思っている。

ならこのとき、冬香と未春の契約が持つ難所《なんしょ》あるいは行き詰まりとは？」

「……初音、それはもしかして」ひょっとしたら、と未春。「この場合、私は防具なんか買わずに、先に楽器だけもらって後は冬香をガン無視しようとする――ってこと？　というのもこの場合、冬香は悪魔のような女なんだから、もし先に防具を渡してしまったなら」

「そりゃそうだ」冬香がいった。「先に防具さえもらえれば、悪魔の私としては未春の楽器なんて知ったこっちゃない。そうなる」

「冬香、それを夏衣と悪魔の契約に置き換えて表現すると？」

「……な、成程《なるほど》そういうことか初音!!」冬香は蒼白なまま唖然《あぜん》として。「悪魔が先に私を殺しちゃえば、夏衣は悪魔をガン無視できる。脅迫や強制には意味が無いんだから。同様に、夏衣が先に天使を意のままにしちゃえば、悪魔はもう私を殺す必要がなくなる。〈じゃんけん〉では悪魔がヒトに勝つんだから――これは要は、契約で両方が義務を負うとき『じゃあ何方《どっち》が先に義務を果たしますか？』『何方《どっち》が先に誠意を見せますか？』という難所《なんしょ》。ましてこの場合契約当事者はホンモノの悪魔なんだから、夏衣としてはそんなの信用できる筈《はず》もない、まず私殺しを実現しろって求めることになる」

「なら一緒の考え方で」未春が頷《うなず》く。「悪事を為《な》すことが使命・本質である悪魔としては、どんな術策《じゅつさく》を用いてでも、霧絵への命令を先にさせたいって思うはず。ましてその悪辣《あくらつ》な下心が、夏衣にバレバレであることも承知の上。だって、何と言っても悪魔だもんね……」

「纏《まと》めると」私はいった。「夏衣の願い＝殺人。悪魔の願い＝天使への命令。どちらを先に叶えるか。どちらが先に誠意を見せるか。これは例えば霧絵さんの出現時期とか私達の出現時期とか、あるいは悪魔がどれだけ誤差領域内で勝手気儘《かってきまま》できるか……等々といった偶然の要素にも左右されるけれど、本質的な問題としては、『立場が弱くなったら負け』なんだよ。『どれだけ契約相手に圧《アッ》を掛けられるか』なんだよ。それもできることならば、『相手の願いを叶えずして有利な立場に立てるかどうか』

なんだよ……」

「……こっ、この超梅干《うめぼ》しババアの干物《ひもの》が発酵《はっこう》した成れの果てが!!」冬香は虫酸《むしず》をほんとうに吐いた。

「私殺しが先行すると不利だから、敢えて人違いを報《しら》せずに千秋を殺させたんだな!!」

「むしずがはしっているわね。ノートンの星空にわたしったらあくまみたいキラッ。もっと唾棄《だき》して反吐《ヘード》をはいてちあきに飲ませなさい。もっと粘膜がみっちゃくする体液移動をしてじゅんぜんたるただの容器としてあつかわれるよろこびを感じなさい。ヴンダバー……」

それが、あなたたちへのくちゅくちゅ。ひとと世界はにくしみばかりなんだよ、とうか」

「まして、そんな可愛らしい理由だけじゃないよ」未春がほとほと呆《あき》れる。「だってこの悪魔、先刻《さっき》ちょうど自白していたもん――〝ヒトの死とヒトの堕落ほどわたしにとって美味しくおもしろいものはない〟って。なら、①千秋の死はシンプルに美味しくおもしろい。②まして殺人をした……ううんきっと殺人を重ねてくれる夏衣の堕落も以下同文。③おまけに冬香まで死んでくれれば以下同文。悪魔としては美味しくおもしろいことだらけ」

「あと未春」私はいった。「冬香殺しを先に実現させること無く――だから悪魔が有利な立場を維持したまま――でも夏衣に人殺しをさせることで、夏衣に橋を渡らせることができる。もう引き返せない大罪の橋を。Ⅰ無辜《むこ》の千秋を殺してしまった夏衣の罪悪感。Ⅱそれを絶対に私達仲間に知られてはならない夏衣の孤独。それらによって、Ⅲより悪魔への依存を強めより柔順となってゆく夏衣の奴隷化・道具化……ここで、千秋と冬香が入れ代わったのはホントに偶然の産物。決め打ちだったお風呂の班分けと順序とがそれを証明している。千秋の二度風呂は夏衣にとっても悪魔にとっても予想外のアクシデントだった。ただそれを悪魔は利用した。咄嗟《とっさ》の機転で利用した。それは無論、契約関係において夏衣より優位に立つ為《ため》で、だから絶対確実に夏衣に義務を果たさせる為《ため》。私はこのことを先刻《さっき》、〝もっともっと非道《ひど》い、夏衣の魂を翫《もてあそ》ぶ破廉恥《はれんち》な罠〟って表現したけれど……

こんな偶然を咄嗟《とっさ》に、しかも多目的に、まして全て有利なかたちで利用するだなんて。……上手く言えないけれど、悪魔はほんとうに悪魔なんだなと思うよ、絶望しながら」

「ぜつぼうしているわね。もっとわたしのくちゅくちゅを受けいれなさい、はつね。

もっとうえっとあっすぷっしーから潮のなみだをふきだしなさい。うっふ、なんてヴンダバー……

ああ!!　く●に!!　く●に!!　アイムカミングゆめうつつ、はるらひや!!」

「初音、私実は……」冬香が口籠《くちご》もるのはめずらしい。「……もっと恐いこと、ううんきっとたぶん、私が反省しなくちゃいけないこと、だからきっとたぶん、私が夏衣に謝らなきゃいけないこと、思い付いちゃったんだけど。

そもそも、だよ。そもそもだよ。

――夏衣と悪魔が契約をした。夏衣はキリエに命令をする義務を負い、悪魔は……私を殺す義務を負った。それならば。先刻《さっき》の楽器と防具の喩《たと》えを踏まえれば。実際に私を殺す実行行為をするのは、悪魔でなきゃ面妖《おか》しい。それが約束事《やくそくごと》で取引の中身なんだもの。

ところが。

実際に私を殺す実行行為をしたのは――入れ代わり／取り違えで被害者は千秋になったけど――その義務がある悪魔じゃなく、それを悪魔にさせるべき夏衣自身だよ。成程《なるほど》確かに悪魔は真摯《しんし》な共犯者、夏衣のために超常の力を惜しげもなく使いまくった親切な協力者だったかも知れないけど、どれだけ至れり尽くせりの御膳《おぜん》立《だ》てをしたとして、畢竟《ひっきょう》自分の手を汚してはいない。実際に手を汚したのは飽くまでも夏衣自身で、その点悪魔はこの契約上、とても有利な立場に立っている。だって現実に今、夏衣に対する義務を果たすこと無く、夏衣が果たすべき義務を実行させることに成功しちゃっているんだもの……

まして悪魔のその超常の力を踏まえれば、夏衣が私を殺すより、悪魔が私を殺す方が遥《はる》かにカンタンで安全で確実なはず。天使であるキリエみたいな〈じゃんけん〉の問題も無い。だって『悪魔はヒトに勝つ』『ヒトは悪魔に弱い』んだから。ならどんな手段であれ、悪魔が私を殺すのにまさか数秒を要しないはず。重ねてそれは契約上の義務でもある。

　ならば何故、殺人の実行行為をするのが夏衣自身になったかって言えば。

　ならば何故、夏衣が敢えて自分の手で私を殺すことを承諾したかって言えば、それは。

　……夏衣ホント御免《ごめん》、私バカでガサツだからまだ全然理由が解らないんだけど……夏衣は悪魔の親切いや誘導・奸計《かんけい》に乗ってまで、だから敢えて契約上弱い立場に立ってまで、どうしても自分自身で私を殺したかった。夏衣の私に対する怒りなり憎しみなりは其処《そこ》まで強かった。そんな恐いこと私考えたくもないけど……そう考えなきゃ説明が付かないよ。

　ねえ夏衣、この六年間で私が、何か夏衣に飛んでもない罪を犯してしまっていたなら。バカでガサツで無思慮な私に、どうかそれを教えてほしい。何を今更と思うかも知れないけど、そしてこの四月七日がどう終わるのかも分からないけど、卒業のこの夜、私でできる贖《つぐな》いなら何でもする!!　いや何でもさせて!!　だから……だから夏衣その答えを!!」

　――私は絶望した。未春も絶望したろう。そして今、最も深く絶望したのは夏衣だろう。そうじゃない。そうじゃないの。そうかも知れないけどまるで違うの。私は冬香にそう絶叫したい衝動に駆られた。何故。何故ヒトはこうも解り合えないのか。しかしそれは冬香の所為《せい》でも夏衣の所為《せい》でもない。冬香の言葉ははてしなく正直で真剣なもの。ただ、ヒトの正直で真剣な言葉がヒトの正直で真剣な気持ちを殺すことは幾らでもあるのだ。詰まる所、ヒトが正直な言葉を発するのは、他者を傷付ける意味しか持たないのかも知れない。天使でも悪魔でもないヒトは言葉でしか解り合えないけど、どれだけ言葉を尽くした所で、どのみち解り合えはしないというのが定めなのかも知れない。その絶望を知り、それでも敢えて言葉を紡《つむ》ぐのが大人なのかも知れない。けれど私は大人じゃないし、正直、そんな解ったふうな諦《あきら》めは嫌だ。どれだけ子供であったとしても、私は仲間に絶望したくないし、だから冬香と夏衣もきっと解り合えると信じたい。事ここに至っても、諦めたくない!!

「と、冬香それは違う!!」けれど私の舌は縺《もつ》れた。「な、夏衣は冬香に怒りとか憎しみとかは……!!」

「ではここで、おまちかね〜。なぞなぞをだしてあげる。よがりなさい、とうか。

ヒトがかくじつに地獄へおちちゃうさいだいの罪ってな〜んだ？　霧積!!　ストロウハット!!

地獄をみればこころがかわく!!　らいしゅうもわたしのまつ地獄につきあってもらう!!

でぃーぷざー汁のまのまイェイ!!　えろいむさい、はるらひや!!」

「……そうだったな。悪魔が実在する以上、地獄も実在するんだったな。

そして確実に地獄ゆきになる大罪っていうんなら、地上世界でも最大の罪、殺人だろう」

「あらおおあたり。ああ!!　罪に!!　積みNI!!　脆《ツオエイ》!!　脆《ツオエイ》!!

ごほうびにとうかのしりたいことを教えてあげる。それがあくまのくちゅくちゅだよ。わたしは、こう、ヒトビトのたましいをくちゅくちゅするの……わたしがなつえにこそとうかを殺させようとしたのは、なつえの地獄ゆきをだめおしするためなんだよ、とうか」

「夏衣の地獄ゆきを、駄目押し？」冬香は思いっきり訝《いぶか》しんで。「悪魔の駄弁《だべん》に意味は無いと思うけど、それはとりわけ意味不明だ。だって殺人がヒト最大の罪であって、だから確実に地獄直行の片道切符をもらえる悪事だって言うんなら……お前が夏衣と契約をした時点では、夏衣の地獄ゆきなんて決まってはいなかった筈《はず》だ。そりゃそうだ。それはこれから殺人をするという契約なんだから。ならまだ夏衣は殺人者じゃなかった。なら地獄ゆきを駄目押しもクソもない。まして夏衣は生徒会長まで務めた品行方正な才媛《さいえん》。契約をした時点で地獄ゆきが決まっていたなんて、まさか、まさか思えない」

「けどそれは冬香!!」解っている未春が絶叫した。「実はそれは!!　つ、土屋《つちや》さんが!!　三組の!!」

「――ッ、ツチヤさん？　未春それって、私のクラスメイトの土屋紗地《さち》のこと？」

「まさにそう、なん、だけど」未春は夏衣を見詰めながら絶句した。「だ、だからつまり」

「大サービスよとうか。またもやなぞなぞタ〜イム。玉舐めしながらうれしょんしなさい。そもそもわたしが最初からねらってなつえを共犯者にしたのはな〜んでだ？」

「知るか!!」

憤激《ふんげき》しつつ、でも冬香はハッと瞳《め》を見展《みは》った。それは当然だ。それこそ未だ正解の出ていない最大の謎のひとつ。何故と言って、夏衣が悪魔と契約をしたのは第一幕劈頭《へきとう》。悪魔がまだ私達の人間関係を理解していない超序盤戦でのこと。なら悪魔は、冬香と夏衣の人間関係など知らなかった筈《はず》。すなわち夏衣の殺意など知らなかった筈《はず》。まして証明されているとおり、悪魔は真っ先に夏衣だけと接触し、たちまち夏衣を協力者に堕《お》としている。すると悪魔は、『夏衣のことを全然知らなかったのに』『夏衣が契約に乗ってくる勝算を持って』夏衣だけを狙い澄ましてターゲットとしたこととなる。これは不可解で、矛盾だ。

（でも、もし未春と私の考えが正解だったなら!!）

「……と、冬香」未春は引き続き夏衣を見詰めながら。「こ、これは夏衣が語るべきこと、な、夏衣にしか語る権利が無いことなんだけど……敢えて私がしゃしゃり出れば。今《いま》し方《がた》悪魔が〝夏衣の地獄ゆきを駄目押しする為《ため》〟って言葉を遣ったのには理由があるし、その言葉は悪魔の言葉だけどホントだよ。言い換えれば、その……夏衣の、その……地獄ゆきは、実は誤差領域に入る以前から、だから第一幕以前から、その……決定されている」

「まるで意味不明だよ、未春までそんな事を!!

まさか夏衣がまさにこの卒業夜祭《やさい》の夜、俄《にわか》に人殺しでもしでかしたって言うの!?

そんな莫迦《バカ》なこと!!　卒業なる時季からしても夏衣の性格からしてもあり得ない!!」

「……とにかく聴いてお願い冬香。結論だけ言う。夏衣は今夜、誤差領域に入る以前、その、人殺しをしてしまった。ううん夏衣はそう確信した。夏衣はそう確信するだけの事を、被害者の娘《こ》にしてしまった。だからその、夏衣の魂は、要はその、第一幕以前から、その、堕落してしまっていた。悪魔にはそれが分かる。夏衣を一瞥《いちべつ》しただけで分かる。というのも天使にできることは悪魔にもできるから。思い出して。第一幕において冬香が霧絵に〝私は天国にゆける？〟と訊いたときのことを。すると霧絵は瞬殺で答えた。〝言っていいの？〟〝そう命じるなら、現時点における私の解析結果いえ評価を回答する〟〝それならば私、ふわボブさんの顔躯《かおからだ》その他から解る〟と。要は天使には、だから悪魔にも、ヒトの魂の評価ができるんだよ。そのヒトが眼前にいれば、瞬殺で天国ゆきか地獄堕《お》ちか分かるんだよ。まして霧絵はこうも言っていたよね。〝どのみち死者の魂を天国の門まで搬《はこ》ぶのは、途中で競業他社にでも妨害・窃取《せっしゅ》されない限りは私達管轄《かんかつ》天使だしね〟と。これが要は『悪魔によるヒトの魂のよこどりがある』なる意味であることはもう初音が証明済み。このことからしても、やはり悪魔にはヒトの魂の評価ができると解る。天国ゆきか地獄堕ちか識別できると解る。だから重ねて、悪魔は夏衣と接触したその刹那《せつな》、夏衣の魂が堕落していると分かったんだよ。あとこれは証明でなく憶測だけど、そんな『魂のよこどり』を生業《せいぎょう》にしている悪魔なら、地上世界でヒトの死が生じたこと／生じそうなことは、普段からドロボウとしてアンテナをたかくして情報収集・実態把握している筈《はず》だよ。それが何処《どこ》の誰であれ、死んだら急いで魂を霞《かす》め獲《と》らないといけないんだから。だから常識論としては、今夜夏衣がその被害者の娘《こ》を殺した／殺し掛けたその時点で、悪魔はその変事を察知できたと考えるべきだよ。

纏《まと》めれば。

今夜悪魔は、地上世界における、夏衣による殺人／殺人未遂を察知した。

今夜悪魔は、誤差領域において、夏衣の魂が堕落しているのを看破した。

これが悪魔のなぞなぞへの答え。悪魔が狙い澄まして夏衣を協力者にしたその理由」

「あと未春」私はいった。「先刻《さつき》未春自身が指摘していたとおり、悪魔としては〝ヒトの死とヒトの堕落ほどわたしにとって美味しくおもしろいものはない〟んだから、堕落している魂をもっともっと堕落させることとそれ自体が目的でもあるよ。霧絵さん、悪魔のその執拗《こだわ》りから思うに、それはきっと私達でいう資産価値を上げることでもあるんですよね？」

「諾《だく》。これは初言いだけど、聖性を強め真善美を極めれば極めるほど、あるいはさかしまに堕落を強め偽悪醜を極めれば極めるほど、〈魂の資産価値〉はたかくなる。いえ〈資源価値〉かしらね。要は善悪のいずれに振れようと、いずれかの極みに近付けば近付くほど、天国と地獄のいずれもにおける資源価値がたかくなる。だから死者の魂を搬《はこ》ぶとき、妨害・窃取《せつしゆ》・よこどりなる争奪戦が——無論、魂の価値に応じて——展開されることとなる」

「ただしい堕落、ただしい冒瀆《ぼうとく》をもとめること。あなたはそれができるヒトなんだよ、なつえ。あなたはどたおばびっちでぷすぃこぱっとなんだよ。堕落のにおいしみついて。むせる。

わたしはきれいなものがすき。わたしはうつくしいものがすき。そしてなつえは真実きれいでうつくしい。かおもからだもたましいも。だからもっと堕落させたい、もっと冒瀆したい。からだもたましいも、うしろから獣のようにずんずん犯して違うおならと汁をはしたなく噴出させたい。おごれるものはうしろにはめる、こいつはどえらい美味うれしょん（のみこめる!!）なんだよ、なつえ」

「なら未春」冬香は閊《うな》った。「夏衣が今夜、殺したなり殺し掛けたなりしたその娘《こ》って？その被害者の娘《こ》って？未春それは誰？」

「……風織と千秋を含め、私達七人はそもそも、桜瀬女子《おうせじよし》の実施する怪しげで非道《ひどう》な実験の被験者だけど——だからこそこの誤差領域に侵入しているんだけど——実はね冬香、私達には〈第八番目の仲間〉がいる。この誤差領域には登場していないけど、私達同様、今夜桜瀬女子の実験施設にとらわれている〈第八番目の仲間〉がいる。

ここで、私が持ち込んだ〈熊谷先生のカルテ〉をもう一度読んで。

被験者名簿では私達確かに七人だけど、でもそれと矛盾する記載があるよ。すなわち、コメントの左から二番目。〝第18保健室に特異動向なし〟〝患者は重篤な状態を脱し、容態安定〟なる記載。おかしいよね。だって私達被験者は七人で、私の甦《よみがえ》った記憶が正しければ——このカルテの諸々《もろもろ》のキーワードから冬香ももう記憶を呼び起こされていると確信するけど——その被験者七人が使っているのは、先《ま》ず私について言えば第12保健室だよ。これは私の実体験からして確実。同様に、初音が使っているのは第11保健室。これは初音に確認をとった。なら他の部屋割りを突き詰めるまでもなく、私達迷子仲間七人が使っている保健室は結局、第11保健室〜第17保健室の七室のはずだよね？　けれど実験を直《じか》に実施している熊谷先生は、間違いなく〝第18保健室〟をも使用している。まして当該《とうがい》第18保健室にいる娘《こ》って——念《ねん》の為《ため》だけどウチの学校は孤島の女子校——まさに卒業夜《や》祭《さい》の今夜、〝重篤な状態〟の〝患者〟だったんだよ。命は救《たす》かったけれど。すなわちその娘《こ》は、今夜自分の命にかかわる重大なトラブルに見舞われたんだよ。

ここでまたカルテ。

カルテのコメントのいちばん左。〝速やかに、当該患者の持つ南雲関連の記憶を調整する必要あり〟……これからすればもう決まりだよね。第18保健室に収容されたその患者は、私達のまだ見ぬ〈第八番目の仲間〉は、南雲夏衣に関係する重大なトラブルに見舞われた。当然そうなる。

まして、私は今夜目撃している。初音にはもう説明したんだけど——今夜、卒業夜祭の開始直後。夏衣と、夏衣の級友の土屋紗地さんが連れ立って……もっと正確には『逃げる夏衣を土屋さんが追い縋《すが》るように引き留めながら』……学園島内でも人気《ひとけ》のない峠道《とうげみち》の旧道の方へと、ううん崖《がけ》の方へと消えていったのを目撃している。まして初音は知っている。初音は私に教えてくれた——その〈第八番目の仲間〉の娘《こ》は〝夏衣とかなり仲良しの友達〟で〝夏衣とはファーストネームで呼び合う仲〟で、ましてや〝すごい絵の才能があってずっと美術部だったのに、高等部からは（夏衣のいる）弓道部に入り直した〟んだと。

——これらを要するに。

その娘《こ》の気持ち。高校卒業の夜。崖。逃げる。追い縋《すが》る。人気《ひとけ》がない。重篤な状態。

そんなキーワードを総合すれば、今夜その娘《こ》が見舞われた『命にかかわる重大なトラブル』が何かは、もう自明だよね……」

「な、なら未春は!!」冬香もまたその娘《こ》のクラスメイトだ。「卒業夜祭の開始直後、怪しげな実験の開始以前に、夏衣が紗地を、その崖から突き墜としたとか言う気!?」

「被験者である夏衣が無関係なら、土屋さんの記憶を改竄《かいざん》する必要が無いし、ううん土屋さんを実験施設に収容する必要すら無いよ。本土の病院に搬送するためヘリを呼ぶだけ」

「……わ、私にとってはまるで突飛で混乱する話だけど。俄《にわか》に信じ難《がた》い話だけど。で、でもそう言われてみれば……そういう視点で紗地の六年もの学園生活を顧《ふりかえ》れば。紗地がクラスメイトの夏衣に接するその仕方は、確かに、その……つまりその、だから」

「だから冬香、土屋さんは」

「紗地は夏衣を愛していた」

「でも土屋さんは」

「……拒絶された。崖から突き墜とされる、なんてつらいかたちで」

「ここで無論」未春は静かに続けた。「夏衣の精神状態が本来のものじゃなかった事は、要は非道《ひどう》な実験のため異常な服従と異常な使命感を強制されていた事は、充分理解してあげる必要があるよ。私でも冬香でも、それを自分のことの様《よう》に理解できる筈《はず》。今夜の私達は、ほんとうの卒業夜祭のため、寸秒《すんびょう》を惜《お》しんで上原校長の下《もと》へ出頭するよう強いられていた。今夜の私達の脳は、そのように調整されていた。だから夏衣に他の選択肢なんて無かった」

「結局の所、紗地が一命を取り留めたのはせめてもの救いだけど……

いや待てよ。

これまでの議論からして、悪魔はその事件を察知した。紗地殺人未遂事件を察知できた。それはもう立証されている。悪魔の能力と性癖からして当然そうなる。言い換えれば、悪魔はそれが殺人事件じゃないこと、だから夏衣が殺人者じゃないことを察知できた。けれど私の理解が正しいなら、寸秒を惜しんで校長の下へ出頭し、それから延々と人体実験を強いられ続けた夏衣は——だからこそ夏衣はここ誤差領域にいる——紗地が結局どうなったのかは分からない筈《はず》だ。まして夏衣の主観としては、桜瀬女子《おうせじょし》の生徒なら誰でも知っているあんな崖……そう、あんな剝《む》き出しのたかい崖からヒトを突き墜とした以上、紗地は死んでしまったと、自分は紗地を殺してしまったと、そう考える方が自然だ。

詰まる所、夏衣は紗地の死に確信は持てないながらも、罪の意識は無論のこと、きっと自分は殺人者に違いないと、そう強く予想していた筈《はず》だ。

とすれば」

「はいはいぜあ!!　なぞなぞをだしてあげ——」

「いやいらない。お前の思考パターンはもう嫌というほど理解した。だから断言できる。

つまり、お前は最初に夏衣と接触したとき、夏衣が真偽を検証できない嘘を吐いた——貴女《あなた》が崖から突き墜とした娘《こ》はもう死んでしまっている、とな。

その夏衣はそもそも罪の意識と殺人者の自覚を持っている。だからそんな嘘を吐かれても『ああ、やっぱり』と思うだけだ。まして嘘を吐いているその相手方《あいてかた》は、死者の魂を搬ぶ地獄の悪魔なんだからな!!　なら私が悪魔だったとして、夏衣を騙《だま》すのは児戯《じぎ》に等しい。悪魔としての超常の力を幾つかデモンストレーションしつつ、『自分は今夜彼女の魂を搬んだばかりだ』とでも言えばいい。これについては証明の必要すら無い。此奴《コイツ》のこれまでの発言を顧《ふりかえ》れば、そうでなかったと考える方に無理がある。

……だから結局、夏衣は悪魔に初《しょ》っ端《ぱな》から騙され、殺人者である自分は地獄ゆきだと確信した。誤差領域第一幕の劈頭《へきとう》でもう確信した。だから悪魔との契約に踏み切った。どうせ地獄ゆき確定なら――怒りか怨《うら》みか憎しみかはまだ解らないけど――かねてから殺したかった私を殺しても、恐れるべきものはもう何も無い。悪魔が懇切丁寧《こんせつていねい》に助力してくれると言うならなおのこと。自分に嫌疑が掛からないと言うならなおのこと。ならば成程《なるほど》、私殺しは悪魔のいう駄目押しだ。夏衣の主観としては、夏衣は紗地殺しによって地獄堕ち確定だったんだから。

でも夏衣、もう一度頼むよ、お願いする。何を今更だけど私反省するから。私にできる贖《つぐな》いなら何でもするから。だから夏衣、いったい私が何をしちゃったのか、どうか!!」

「なぞなぞをだしてあげる。子宮のたぎりをかいほうしてぜっちょうしなさい。そこにいますか」

「――いい加減執拗《くど》いぞお前!!」

「ああ、なんてくちゅくちゅくちゅ……く●にれずびっちの最低野郎どもに、堕落のにおいしみついて。むせる。

とうかはむせないのだろうか、いや、わたしはむせているッ!!　自爆誘爆大歓迎ッ!!

――なつえがせかいでいちばんすきなヒトはだ～れだ?　殺したいほど愛しているおそらく!!」

この刹那《せつな》。

私は絶望した。

この瞬間の冬香の顔も夏衣の顔も、私の瞳《ひとみ》にハッキリと、まざまざと映ったから……

冬香の当惑した顔、まるで気付いていない顔。

夏衣の苦悶《くもん》した顔、最後の答えを確認した顔。

(そう、ヒトは解り合えない……ああ冬香、夏衣!! この苦しみまでもが悪魔の糧《かて》なの!?)

そして次の刹那《せつな》。

夏衣は車座から立ち上がるや桜女《おうじょ》のプリーツスカートを肌蹴《はだけ》て拳銃を採り出した。

微塵《みじん》の躊躇《ちゆうちょ》なく、座っていた冬香の頭部めがけ静かに引金《ひきがね》を引く夏衣。

微塵《みじん》の躊躇《ちゆうちょ》なく、蹲踞《そんきょ》から立ち上がる様《よう》に静かに夏衣と正対する冬香。

(と、取り押さえるでもなく逃げるでもなく……まさか冬香、冬香は贖《つぐな》いのつもりで!?)

見下ろして射撃する夏衣。

見上げつつ直立する冬香。

ふたりの姿勢と銃身のベクトルが、刹那《せつな》の内に錯綜《さくそう》・混乱し。

だから、結局。

——夏衣の撃った銃弾は、冬香の頭部ならぬ肝臓のあたりをつらぬいた。

急所の激痛。そしてたちまち桜女《おうじょ》のセーラー服を血染めにしてゆく急所からの大量出血。

にもかかわらず冬香は、膝《ひざ》ひとつ折ることなく、懸命に夏衣に正対しようとし続ける。

ハッと夏衣が我に帰り、冬香を固く抱き締める。夏衣のセーラー服も血に染まってゆく。

「ああ冬香……冬香こんな!! 私はこんなこと……こんな風には!! 今のは違う、私は!!」

「うっちゃうんだなぁこれが!! ヴンダバー……きにいったわ、なつえ。

地獄でとうかのざりがにくさい黒わかめ包茎あわびぷっしーをわたしと一緒にふぁっくしてよし」

「なおして、冬香を治療して今すぐ、どんな怪我だって治療できるでしょう超常の力で!!」

「とうかはかんしゃしているんだよ、なつえ。地獄で名状しがたく冒瀆的なれずびっち3Pができるんだもの。さんにんでひとつのびっち。さんにんでひとつのツーケー。さんにんでひとつのパイオツ。なにがなにしてなんとやら。あ〜とかう〜とか!! あ〜とかう〜とか!!」

(……夏衣が拳銃を持っている筈《はず》なかったのに!! 私ちゃんとそれを確認したのに!!)

確かにこの世界には拳銃がある。現に第二幕では二丁あったし、この第三幕でもそれが存在していて面妖《おか》しくない。何故なら第三幕では世界の初期化が行われなかったからだ。無論、悪魔＝ニセモノ霧絵はあの第二幕の無花果《いちじく》タイムの折、〃拳銃をどっちも渡して〃〃触れて削除してしまうから〃〃それともあるいは護身用に、弾を充塡《じゅうてん》して預けておくべき?〃なんて空々しいことを喋っていたけど、そのときニセモノ霧絵に拳銃二丁を渡したのが『夏衣と流菜』である以上、拳銃がホントに消滅させられた——などと信じる莫迦《バカ》はいない。そう、第三幕でも拳銃は存在し、かつ使用され得る。例のカルテを分析しつつ、第三幕での悪魔対策を練《ね》っていた未春も私もそう考えた。まして、ニセモノ霧絵は恐らく夏衣のため〃充塡〃能力があることまで断言しているのだから、第三幕で使用されうる拳銃二丁は、それぞれ六発をフル充塡されているに違いない。そう考えないと負ける。おまけにこの第三幕、最後に合流してきた仲間はまさに夏衣だ。夏衣には単独行動の機会があった。なら私が字余りの竹矢を回収できた様《よう》に、夏衣がくだんの拳銃を回収できていても全然面妖《おか》しくない……

だからこそ私はこの第三幕、夏衣が合流してきたそのとき、夏衣の手脚や腰回りをガン見している。その私が見るに、夏衣は確かに本人の発言どおり〃身に着けている物だけ〃だった……夏衣の所持品は制服一式だけだった。だから私は拳銃対策を忘れた。少なくとも夏衣をマークするのを忘れた。『議論の引き延ばしによって悪魔のスキを窺《うかが》う』というミッションがあったから、いつしか拳銃どころじゃなくなったという事情もある。けれど。

(けれど、やられた……

まさか正々堂々たる武芸者の夏衣が、暗殺者よろしく、ガーターベルトなんかを。

スカートで隠した、ガーターホルスターを使うだなんて）

……何を今更だけど、考えてみれば変だった。夏衣が〝身に着けている物だけだもの〟などと言いながら、わざわざ立ち上がって制服姿をくるりと一周させたことは親切過ぎた。ううん、その夏衣に対し〝遠足の忘れ物はない？〟などと確認をしたのはそもそも〈流菜〉なのだ。私がもっと真剣に警戒していれば、夏衣の『くるり』はデモンストレーションで、〈流菜〉の遠足云々《うんぬん》は拳銃が回収できたかどうかの確認だと、そう気付けた筈《はず》だ。今にして冷静に考えれば、全てが白々しすぎた……私は迂闊《うかつ》だった。私はなりふりかまわず冬香に抱き縋《すが》る夏衣が今どさりと地に落としたその拳銃を悔しく睨《にら》んだ。私は迂闊《うかつ》だった。

だから、今。

最早《もはや》、冷静に考えるまでもなく冬香は死んでゆく……

「ああ……」夏衣は冬香を抱き締めたまま。「……御免《ごめん》なさい冬香こんな、御免《ごめん》なさい!!」

「なつ、え」冬香は崩れる膝《ひざ》を奮《ふる》い立たせ。「私は夏衣が好きだよ。だから、これでいい。これが夏衣の願いなら。だから私はこれでいい。最期に私を許してくれれば、これでいい」

「冬香は、私のこと、好きでいてくれるの？　冬香は私のこと——」

「もちろんさ、夏衣。

最高の少女時代を過ごせた、最高の仲間だもの。武芸者としても、実はあこがれていた」

「あっは、あは、あっはははははは!!　あくまひ～あくまふ～あくまほ～あくまはっはあ♪ろまんとよぶにはえぐすぎて!!　それなんて滅茶苦茶《ササラモサラ》なの!!　あい!!　あい!!　はてたあ!!」

流菜の擬態を維持していた悪魔が、これまでになく御満悦《ごまんえつ》な嘲笑をたからかに響かせる。嘔吐《おうと》を催《もよお》すほど、文学少女然《ぜん》とした流菜の姿に似合わない。すると悪魔も擬態に飽きたか、抱き合う冬香と夏衣、そして腰を浮かせることすらできない未春と私の眼前で、いよいよその正体を現し出した。

今、〈流菜〉の周囲には陸続《りくぞく》と緑の蠟燭《ろうそく》が生え。故意《わざ》と大きさも丈《たけ》も出鱈目《でたらめ》に乱した緑の蠟燭《ろうそく》が生え。それがまるで朽ち果てた墓地の如《ごと》くに鬱蒼《うっそう》としたかたちで濫立《らんりつ》したとき……あまりにも、あまりにも急激に川辺の温度が下がった。急降下、だなんてなまやさしい言葉では形容できないほどに。まるで、昼日中《ひるひなか》からいきなり真っ暗な冷凍庫へ監禁されたかの様《よう》に。私の背筋や神経そのものが凍りついてしまったかの様《よう》に。私は躯《からだ》の内からわきおこる瘧《おこり》のような悪寒《おかん》を感じた。それはたちまち私に鳥肌を立たせ、歯の根を合わなくさせ、骨身を軋《きし》ませ吐息《といき》まで真っ白にしてしまう。気付けば誤差領域の空は曇天《どんてん》に……ううん闇夜の曇天に転じている。気付けば墓石の如《ごと》き緑の蠟燭《ろうそく》たちから、忌《い》まわしい臭気《しゅうき》が噴《ふ》き上がっている。やはり嘔吐《おうと》を催《もよお》すほどの臭気が。そしてその邪悪な空気の乱れがいよいよ緑の煙となったとき、それは突然、何かの化学反応のようにどごんと爆発した。

（こ、この嫌な臭いは）思わず化学室を想起する。（この卵の腐ったような悪臭は、硫黄《いおう》）

何かで読んだ。悪魔が実体を現すときは、硫黄の煙が出ると。

そしていよいよ流菜の擬態を解き、実体を現したくちゅくちゅ悪魔は――

（お、おんなのこ？

町で出会ったなら、思わず『あっ可愛い、お嬢ちゃん幾つ？』って聴いてしまいそうな）

――それはどう観察しても、歳《とし》の頃《ころ》五、六歳の、幼稚園児のごとき少女いや小児だった。

服はまるで纏《まと》っていない。服ならまるで纏《まと》っていない。彼女があたかもはしたない水着、あるいははしたない下着の如《ごと》くに纏《まと》っているのは、胸元と脚《あし》のつけねを淫《みだ》らに仄《ほの》隠す、うねうね蠢《うごめ》く緑色の蛇だけ。腐敗して腐汁《ふじゅう》になりかけたマスカットの様《よう》な、忌《い》まわしく汚らわしい翡翠《ひすい》の蛇だけ。ただその緑色の蛇どもは、病毒が細胞を侵蝕《しんしょく》してゆくようにずるずる、でろでろと増殖を続けている。ただはしたない水着の意匠《いしょう》はそのままに、彼女の裸の背からお尻から手から足から、鬼女の髪の如《ごと》くに細く長くいやらしく、四方《しほう》へぬるぬるした躯《からだ》をどんどん展開してゆく。悪魔が裸の躯《からだ》から生み続ける、蜘蛛《くも》の糸のような緑色の蛇の数はもう数え切れない。ましてその蛇の頭部は、誤差領域の世界の四方《しほう》へ展開されゆく蛇の頭部は、あまりにも淫猥《いんわい》で冒瀆的な……とても言葉にできないものをどうしても連想させる、そんな欲望で肥大した突起、発情した矢尻《やじり》だ。そう、ギラギラと脂《あぶら》ぎった蛍光色の翡翠《ひすい》の鎌首《かまくび》は、こちらが顔を蔽《おお》いたくなるほど奇妙にそして淫《みだ》らにでこぼこしていて、こちらが本能的な恐怖を感じるほど異様に滾《たぎ》り漲《みなぎ》り熱《いき》り立っては硬直している。悪魔本体が幼稚園児の如《ごと》くで、破廉恥《はれんち》な水着姿以外、まるで無垢《むく》で無邪気であどけない印象しか与えない上、精々《せいぜい》二〇cm程度のぴょこぴょこする悪魔の尻尾や、耳許《みみもと》のとても小ぶりで巻きの愛らしい山羊《やぎ》の角《つの》が無駄に愛くるしいから、よりいっそう、本体から蜘蛛《くも》の糸のように這《は》い出てくる緑色の蛇どもとその恥ずかしい頭部の、邪悪さ淫乱さ放埒《ほうらつ》さが飛びっ切り際立《きわだ》つ。

（……これは絶対に、よくないモノだ。どの世界でも存在してはいけないモノ。悪）

私が唖然《あぜん》としている間も、悪魔の嘲笑は続いている。

腐った毒葡萄《ぶどう》のような、忌《い》まわしくおぞましい、縦長猫目の緑の瞳孔《どうこう》をぎらぎらさせながら。

まして何かのテーマソングか、とても激しくしかしとても鬱々《うつうつ》とした、死の臭いすらする、聴衆に自殺者を生んでも全然不思議じゃない、圧倒的に絶望を感じさせる交響楽《こうきょうがく》すら響き渡り始める——慟哭《どうこく》のような、歌つきの交響楽が。こんな酷《むご》い音楽があるの。こんな名状しがたい三拍子があるの。

「あっは、あははは、あっは、あっはははははははるらひや!!

　むせる。

　さいこうよ、とうか。いまわのきわに、その鈍感ぶり。最低野郎な、おろかもののおろかな物語。はんぱおろか。もっとなつえを絶望させなさい。もっとなつえをうらぎりなさい。もっとなつえを侮辱しなさい。そうもっと弥撒《Mass》と英町《acre》でまさかまさかの虐殺《Massacre》をしなさい。なつえのきもち。なつえのはつじょう。なつえのせいよく。ああ!!　だのに!!　だのに!!　くちゅくちゅもしてあげないなんていや!!　いや!!　まさかあ!!　なつえは地獄でもマサカーゥホーゥ!!　それなんて情熱のふらめんこ通常の三倍なの。なんておばかさんな石鹸《せっけん》歌劇なの。泡!!　泡!!　はいたあ!!　目からしお!!　しお!!　ふいたあ!!　わたしそんなとうかがだいすきよ。ああ!!　ふぁくみ!!　りっくみ!!　えろい!!　むさい!!　はるらひや!!

わたしのうたでもきく?　それとも、95手までわたしと……名人と……あそびますか?」

……さいわいなことに、きっと霧絵さん以外、誰も悪魔の戯言《たわごと》を聴いてはいなかった。

というのも、夏衣に抱き締められていた冬香が、いよいよ膝《ひざ》から崩れ墜ちたからだ。

「私はね、この六年間、夏衣が大好きだったよ……ねえ夏衣、最期に私を許してくれる?」

「ゆ、許すも何も!!　冬香私は冬香を怨《うら》んでなんてまさか!!

私が冬香を撃ってしまったのは!!　そう犯人が冬香を殺そうとしたそのほんとうの動機は!!」

「――夏衣っ!!」

座ったままの未春が最大級に腹筋を利かせた声を出す。だから夏衣の自白を厳しく制する。私は一瞬吃驚《びっくり》して……けれど未春に同意した。冬香はほんとうに気付いていない。夏衣の気持ちも、夏衣の動機も。そしてその冬香の命は、誰がどう見てもあと数秒で尽きる。なら夏衣がすべきことは、罪悪感からの自白衝動で誰もしあわせにしない真実を言葉にすることじゃなく、冬香の最期の希望を叶えてあげることだ。冬香が求める言葉を紡《つむ》ぐことだ。たとえそれが偽りで、だから最期の別離のときでさえ、冬香を騙《だま》すことになったとしても。

――そうだ。

夏衣は自分が、土屋さん殺しで地獄に堕ちると信じていた。

まして夏衣は、千秋を射ることでほんとうに地獄ゆきとなってしまった。

その夏衣は、この世で誰より冬香を愛している。

死がふたりを離《わか》つまで？　ううん、死がふたりを離《わか》つとしても。死を越えたその先でも。

自分が地獄に堕ちるなら、たとえその地獄でも、愛するひとと一緒にいたい……

……普通、そんな願いは絶対に叶わない。地獄がどんなシステムなのかも解りはしない。

けれど悪魔が実在し、悪魔が保証してくれるなら、その願いは絶対確実に叶うのだ。

そして、その為《ため》には。

悪魔が近くにいるときに冬香を殺す必要がある。だから殺人がこの誤差領域で起こった。

その理由は言うまでも無い、冬香が天国へゆく可能性を壊《つぶ》すため……

そう。

冬香が今《いま》死んだとして、冬香の魂が天国にゆくか地獄にゆくかは、天使と悪魔にしか分からない。私達ヒトには、それらと違ってヒトの魂を評価識別する能力がない。霧絵さんは真実を知っている筈《はず》。悪魔も真実を知っている筈《はず》。けれど実は、冬香の魂が現実にどう評価されるかはまるで重要じゃない。だって魂の〈よこどり〉があるんだから。よって、もし悪魔が保証してくれるなら、天使が邪魔立てしないかぎり、夏衣は冬香の魂を確実に地獄へ導くことができる——無論悪魔は夏衣に、それが嘘であろうとなかろうと、『冬香の魂はこのままでは天国へゆく』と断言したはずだ。そうでなければ、要は冬香がそもそも地獄ゆきなら、夏衣が何を為《な》さずとも、夏衣の願いは叶ってしまうから。急いで冬香を殺す必要も、悪魔の近くで冬香を殺す必要もなくなるから。これすなわち、悪魔と契約をする動機そのものが無くなってしまうから……そう、悪魔が夏衣に対し『冬香の魂はこのままでは天国へゆく』『お前は地獄ゆきだから永遠の別離となる』『それをふせぐ為《ため》には自分が冬香の魂を強奪しなければならない』と断言したのは確実が上にも確実だ。だからこそ、夏衣は殺人の橋を渡る決意をしたんだから……

けれど。

夏衣の義務はそれを自白することじゃない。夏衣が今、為《な》すべき事は。

「冬香、私もう何も怒っていないよ」夏衣は義務を果たした。「私、冬香のこと絶対に許す。冬香はもう何も悪くない。怒りにまかせて非道《ひど》いことしてほんとうに御免《ごめん》なさい、冬香」

「ああ……今夜は卒業夜祭《やさい》だよねえ。

あのあこがれの行事、夏衣と一緒に歩けたら、私」

「――冬香!!」

膝《ひざ》立ちで我武者羅《がむしゃら》に冬香の顔を、胸を掻《か》き抱《いだ》く夏衣の腕のなかで。

膝も腰ももう自力では立て直せずに、夏衣に持ち上げられるかたちになっていた冬香は。

すとん、と音が聴こえる様《よう》なかたちで。

最後の糸がぷつり、と切れる様《よう》なかたちで。

その頭を、そして四肢を躯《からだ》を、自ら地に投げ出すが如《ごと》くにぐたりと崩れ墜ちた。

夏衣にぎゅっと姿勢を維持されていた冬香が、重力に曳《ひ》かれ仰《の》け反《ぞ》り仰《あおむ》けになる。

「明日からもまたずっと」これが冬香の最期の言葉になった。「親友でいてくれる?」

「……も、もちろんよ!!」そしてヒトとヒトとは解り合《あ》えないのだ。「ああ冬香、冬香っ!!」

冬香が意識してか意識せずか、自分の地獄ゆきをも肯《がえ》んじたその壮絶な思い遣りは。

無論のこと、絶対に故意《わざ》とじゃなかったけど、永遠に夏衣の願いを拒否するものだ。

今ふたりの正解は最終的にそして永遠に確定し、結果として、互いが互いを殺した。

私達がどんな明日を迎えるにしても、夏衣のこころは死に、冬香は物理的に死んだ。

――そう、冬香は物理的に死んだ。

私達にはそれが分かる。確定的に分かる。何故ならここは〈誤差領域〉だから。

(死んでしまったその瞬間さえ分かってしまう……)

ぐずぐずに涙と洟《はな》を流す、夏衣のその腕のなかで。

冬香の顔も、冬香の四肢も躯《からだ》も、ううん冬香のぜんぶが消えてゆく。

ほろほろと。さらさらと。塵《ちり》のように霧のように。デジタルデータのドットやピクセルの様《よう》に。まるで塩の柱が崩れさる様《よう》に、冬香をかたちづくる全てが最小の点となり、淡く朧《おぼろ》に掻き消えてゆく。あのときの風織の如《ごと》くに。あのときの千秋の如《ごと》くに。絶命したその瞬間の姿勢で固まって塵となり、その姿勢のまま点となり、その姿勢のまま消滅してゆく。

(誤差領域のさだめだ。まして誤差領域で物理的に死んだ娘《こ》は、地上世界でも絶対に死ぬ)

誤差領域で死んだヒトの魂が、正規に地上世界へダウンロードされることは絶対に無い。

――可哀想な風織に千秋、あと地上世界で力尽きた流菜、そして無論のこと冬香。

私達はあこがれの卒業夜祭《やさい》のこの夜、大切な仲間を四人も失った。

錯綜《さくそう》する正直な思いが織り成した、それが殺人事件の結果で、だから殺し合いの真実だ。

それが、ヒトとヒトとがとことん解り合えなかった、このやるせない不条理劇《ふじょうりげき》の真実。

そのうちでも一際《ひときわ》ヒトらしいのは、ヒトならではの、冬香の最期の言葉だ。

死に瀕《ひん》してなお夏衣のため地獄ゆきを願った、その性根《しょうね》と覚悟。そして誤解――

(私達も、私達の言葉も捨て石だった。でも捨て石を積み続けるその愚行が、ヒトの覚悟。

そしてそれは、天使にも悪魔にも、神様にさえできない、ほんとうの冒瀆で堕落なんだ)

このときようやく、私の右瞳《みぎめ》から大粒の涙が一雫《ひとしずく》、頰《ほお》へそして制服へと零《こぼ》れ落ちた。

Ⅶ

冬香は今、誤差領域から削除された。

残るは末春と私、打ち拉《ひし》がれ号泣を続ける夏衣、そして身動きひとつできない霧絵さん。

——すると蛇の幼女は、地獄の悪魔は。

躯《からだ》じゅうから這《は》い出るいやらしい緑色の蛇どもを用い、今は独り突《つ》っ伏《ぷ》して痙攣《けいれん》している夏衣の制服姿を絡《から》め獲《と》って、無理矢理に立たせては自分に正対させようとした。その夏衣の制服は、冬香が残したクリムソンレーキの血潮で血塗《ちまみ》れになっている。そのクリムソンレーキと制服の黒白モノトーンに、腐敗して腐汁になりつつある葡萄《ぶどう》の如《ごと》き極彩色《ごくさいしき》の緑色の蛇がわらわらと重なり、名状しがたい色彩の狂宴となっている。

ううんそれだけじゃない。

淫らな緑色の蛇どもは、号泣しつつも呆然《ぼうぜん》としている夏衣の制服の内に五四、一〇四、一五四……と侵入しては、まさか言葉にできない残酷な蠢動《しゅんどう》と蠕動《ぜんどう》をあらわにしてゆく。勝手気儘《かってきまま》に、恣《ほしいまま》に夏衣の制服の内を嬲《なぶ》ってゆく。蛇どもは猥雑《わいざつ》な辱《はずかし》めを続けながら、悪魔の意図にしたがって、糸繰《いとくり》人形の糸となって、夏衣を無理矢理に引き起こし引きずって吊り上げては、悪魔の眼前五mほどの位置で悪魔と正対させてしまう。数多《あまた》の蛇に絡《から》め獲《と》られた無残な夏衣は、だから蛇の幼女との間に緑の縄あるいはケーブルを数多《あまたは》展り続《めぐ》らされたかたちになった夏衣は、まるでその緑のケーブルによって正気も気力も体力も吸い上げられたかの如《ごと》く、淫猥《いんわい》な緑色の蛇どもに躯《からだ》じゅうを散々まさぐられるがまま……

「よいかんじかただよ、なつえ。もっとその身のかぎりを扇情《せんじょう》して羞恥しなさい。そこにいますか。そしていよいよおまちかね。債務履行《さいむりこう》のそのときよ。わたしは契約のぎむをはたした。わたしのおぜんだてでとうかは死んだ。あなたがねがったとおりだよ、なつえ。だからかなしまないで。もっとわくわくして。だっていよいよ門がひらくんだもの。あなたの門もひらいてあげる。これからわたしといっしょに世界をくちゅくちゅできるんだよ。それはしんじていい快楽だよ、なつえ。なつえはそう思わないか？　いや、わたしはそう思うッ!!

さあ、この小喧騒《こうる》さい、神のく●にばいぶのアホウドリに命ずるの、門をひらけとね!!」

「この三〇年余《よ》」霧絵さんがいった。「上原良子の悲願と謀略に乗じ、執拗《しつよう》に侵略を試みてくる蛇はいったい誰なのか、今の今まで解明できなかったけれど。

まさか貴女《あなた》の如《ごと》き最上位階級者が自ら最前線に出てくるとはね、Ασταροτη」

「いきなり名状《めいじょう》するな!!」悪魔は突然素《す》に帰った……ということは今までのは演技だったのか。すごい無駄な熱演だ。「八階級も下の万年ヒラ天使の癖《くせ》に生意気な!! かつての熾天使《セラフ》にして地獄四〇軍団の総帥にして地獄の大蔵大臣・検事総長・異端審問総監《いたんしんもんそうかん》たるこの怠惰《たいだ》の守護悪魔、地獄の百頭蛇《ヒュドラ》たる女大公《マグヌス・ドウクス》をなんとこころえるの!! 辨《わきま》えなさい!!」

「私の上官もそうだけど、肩書きがふえるのを嬉しがる様《よう》になったらもう老害よ。それにこの無駄に絶望的な交響楽、私の記憶が確かならこれ Μαηλερ の Δασ Λιεδ ωον δερ Ερδε よね。陛下に禁じられてはいるけど自殺したくなっちゃうから取り敢えず一時停止して頂戴」

「フハハこわかろう。人生真っ暗死も真っ暗《ドウンケルイストダスレーベン・イストデアトート》。悲來乎《ホフヌングスロース》!! 悲來乎《ホフヌングスロース》!!

これぞ地獄のぜつぼう。かつて傲慢《ごうまん》なおまえたちによってふるさとの天国を追われた、わたしたち流刑者《るけいしゃ》のうらみねたみそねみ。こんやこそ、神を独占し主をTENGAする特A++ファーストクラスぷっしーどもにおしえてあげないと。天国と神と天使にとって、おわることがあたらしいはじまりであることを。天国は地獄に侵略され、わたしたちの植民地としてえいえんに続いてゆくことを。ああ神、わたしの神、こんやこそ!! なつえ、わたしそこにいたい……そこにいたいよぅ!!」

「痛い痛いと言えば」霧絵さんはチラリと私を見遣《みや》った。「右掌《みぎてのひら》の矢を抜かないの？」

「門をくぐるまでこのままにしておくわ」悪魔の唇がじっとりと歪《ゆが》む。「生乾きの恥垢くさいたかが十八年しかいきていないメスガキに、勝ち確イキりかまされたよい記念として」

「そういえば貴女《あなた》は悪魔の内でも執念深い性格で鳴らしていたわね。流石《さすが》は蛇」

「――と、いうわけでなつえ。連続いきをちょっとがまんして。さあじゃんけんタイムよ。このすかしたびっちに最後の命令をしなさいたからかに。いま!!　いま!!　やったあ!!」

「ぐぶっ……ごぶっ……」

地獄の幼女の眼前に無理矢理立たされた夏衣は、しかしその口にも数多《あまた》の蛇による辱めを受けていた。可哀想な夏衣を嘔吐《おうと》させんばかりの勢いで、夏衣の口と喉を嬉々《きき》として蹂躙《じゅうりん》する発情した緑色の蛇ども。喉奥まで嬲《なぶ》られている夏衣としては、命令をするも何も無い。

「かはっ……くうっ……」

「あらいけない。ヒトは思念をつかえないんだったわね。むせてる。

カリ好《ず》き先好き、おフェラ〜好き〜♪　でもおたのしみのところ悪いけど」

地獄の幼女は勝利者の傲慢《ごうまん》を隠そうともせず、無力な末春と私そして無力にされた霧絵さんを嘲《あざけ》るように睥睨《へいげい》すると、無力な夏衣を呆気《あっけ》なく解放した。無論、夏衣の口に殺到していた緑色の蛇どもをするすると引き剝《は》がす一方、夏衣の素肌に緑の粘液を塗りたくっていた数多《あまた》の蛇もまた糸を繰るように撤退させる。突然自由の身となった夏衣が、膝《ひざ》を突きながら川辺の地にどさりと落着し、這《は》い蹲《つくば》った姿勢のまま、吐くもののない空《カラ》の嘔吐を繰り返す。それは肉体的な嘔吐でなく、魂がそうしている様《よう》にも思われた。

「ん？　どうしたのなつえ？　もう、その処女ぶったおフェラ舌をつかっていいんだよ？」

「この期《ご》に及んで」散々嬲《なぶ》られた夏衣の言葉は、しかし吃驚《びっくり》するほど冷静で……いや凍てついていて。

「私が貴女《あなた》との――私を騙《だま》し欺《あざむ》き裏切り続けた貴女《あなた》との契約を守るとでも？」

「おばかさんね、なつえ。なにをほざこうがこれがさだめ。あくまがあまたもつ堕落の日だ!!

ねえなつえ、わたしがあなたをくちゅくちゅする切札をもっていないとでも思ったの？」

「何を今更!!」

「えっほんとうにおばかさんなの？　おくのおくまで開発されて頭ばかになっちゃったの？

いま、とうかはしんだ。それだけでよかったのなつえ。ねえそれでよかったの……

嘘を言うな!!

誰が仕組んだ地獄やら……

お前だっ!!　お前だっ!!　お前だっ!!

お前の為《ため》に死んだんだっ!!

そうでしょう。なつえはとうかといっしょにいたいんでしょう。とうかといっしょに地獄を生きたいんでしょう。地獄で永遠にとうかのああでもないこうでもないをくちゅくちゅしたいんでしょう。あ～とかう～とか。あ～とかう～とか。だからわたしに、とうかの魂の回収をねがったんでしょう。

そして、ほら。

原始的で下等なあなたたちヒトには、まさか、みえないでしょうけど。

そこにあるよ、なつえ。とうかのたましいは、ほら、いまもそこにあるよ。亀嵩はかわらないよ。

それを回収できるのは、いま、わたしだけなんだよ。

——まして、いいことを教えてあげる。

いつだったか、小賢《こざか》しいはつねが口汚くわたしをぶじょくしていたけれど、実はわたしは嘘をついてはいない。すなわち、とうかの魂は天国にゆく。もともと、さいしょからそうなっていた。もちろんわたしにはすぐにわかった。もちろん、そこにいる神のおなほ女、天国のまぬけたアホウドリにもすぐにわかった。嘘だとおもうなら命令をしてアホウドリにはくじょうさせればいい。そう、わたしは嘘をついていない。そのわたしが介入しないかぎり、とうかの魂は天国にゆく。このアホウドリが天国の門のほとりまではこぶ。たとえこのアホウドリがみうごきひとつできないとしても、このわたしが介入しないかぎり、他のアホウドリがかならずやってきて、それを天国にはこんでゆく。だってヒトの魂は、天国にとっても地獄にとっても戦略資源だもの。だから他のアホウドリが、裸のたましいがほうちされている異常をさっちして、この誤差領域にりんじょうするまで、もうそんなに時間のよゆうはないはずよ。あなたに時間のよゆうはないはずよ。乱れるから、こころが乱れるから!!

——なつえが契約をまもりさえすれば。

いまこの瞬間にもとうかの魂をかくほしてあげる。

そしてかならず地獄に堕としてあげる。それがあなたのさいごのねがい、そうでしょ？

あなたの堕落と冒瀆をかんけつさせるの。それがとうかのしあわせなんだよ、なつえ」

「霧絵さん」引き続き夏衣は凍てついた声で。「この悪魔が指摘したことは事実ですか?」

「論点が複数にわたるけれど」霧絵さんの声は今、夏衣より遥《はる》かにあたたかだ。「ふわボブさんの魂が天国にゆく、それが私達の評価であるという点なら事実。最初から、徹頭徹尾《てっとうてつび》そうだった。その魂が今なおここ誤差領域に浮遊しているという点も事実。ゆえに本来ならば、管轄《かんかつ》天使の私がそれを天国の門のほとりまで搬《はこ》ぶという点も事実。実際、Καορι さんとハーフアップさんと三つ編みさん、犠牲者三人のそれぞれの魂は実は、それぞれの評価にしたがって、もう搬送を終えられているわ。ただ貴女達《あなたたち》ヒトの気持ちに……犠牲者の娘《こ》と大切な友達同士だった貴女達《あなたたち》ヒトの気持ちに配慮して、それを私だけが実行したのか、蛇だけが実行したのか、それとも私と蛇が分担して実行したのかは、私としては秘しておきたい。そして最後に、天国へゆくべきふわボブさんの魂がいつまでも裸のまま浮遊している変事《へんじ》を察知して、私の同僚なり上官なりがここ誤差領域にやがて臨場するという点も事実。それについての時間的余裕がどれほどのものかは不確定だけれど、この一六万年ほど其処彼処《そこかしこ》の管轄区域を受け持って、実際に無数の魂をサルベージしてきた私の経験論でよいのなら……残余、ヒトの時間基本単位でいう一、八〇〇秒ほどで他の天使が現場臨場するでしょうね。ましてふわボブさんの魂は初音ほどは……いえ失礼、ふわボブさんの魂は実はとても資源価値のあるもの。よってこの蛇の存在如何《いかん》にかかわらず、他の蛇による強奪が当然に懸念される。私の最上位の上官の判断によっては、その一、八〇〇秒が九〇〇秒に、いえ極論九〇秒になったとして何の不思議も無い。そして〈じゃんけん〉なら悪魔は天使に弱いのだから、それはすなわちこの地獄の蛇が駆逐駆除されるまで最小九〇秒、ということを意味する。

だからこそこの下賤《げせん》な大公閣下は焦燥《あわ》てて貴女《あなた》に強いているのよ、最後の命令をね」

「では最後にひとつだけ質問をさせて下さい、霧絵さん。

私はほんとうに地獄にゆけますか？　私の魂は今、確実に地獄ゆきと評価できますか？」

「……諾《だく》よ。鳶色《とびいろ》がかった素敵なセミロングさん。私達がよこどりを試みることも無い」

「ありがとうございます。そして、ありがとうございました」

その刹那《せつな》。

夏衣はあまりにも自然にそして清澄《せいちょう》に、先刻《さっき》自分が地に落とした問題の拳銃を拾った。

夏衣はそれを確乎《しっか》と咥《くわ》えこもうとする傍《かたわ》ら急いで言葉を発する。

口が塞《ふさ》がれるその瞬間に一気呵成《いっきかせい》に響いた言葉は。

「霧絵さん私が貴女《あなた》にした命令を全て解――」

「なんじゃとて!!　俄《にわか》にひよってんじゃないわよこのションベンチーズくさいメスガキっ!!」

地獄の蛇の、幼女の躯《からだ》から無数の蛇が身を伸ばす。一瞬未満の内に。いやそれは既に、蛇というより矢であり槍《やり》であり串《くし》であり刀剣だった。あまりにも猛烈なはやさで幾匹も幾匹も夏衣に突進・殺到した剛直で鋭利な蛇どもは、サイズ感の狂った凶悪な剣山の如《ごと》く、たちまちのうちに夏衣の総身《そうみ》を刺し貫いて反対側から頭と牙を出す。出しながらなお伸び続ける。夏衣は幼女と、あたかも無数の鉄槍で連結されたかたちになり、頭に喉に胸にお腹に四肢に……無数の鋭利な穴を開《あ》けられている。そしてそれらの酷《むご》い穴から噴出する、夏衣の血そして蛇の忌《い》まわしい緑の体液。一瞬にして硬直した夏衣のセーラー服は今、冬香と自分の血のみならず、じゅくじゅくと酸のように発煙する凶々《まがまが》しい緑の体液によって、この世ならぬ凄惨《せいさん》な反対色の汚辱に塗《まみ》れた。それは桜瀬女子《おうせじょし》の私達にとって最大の侮辱だった。ただ夏衣がそれを感じることは無かったろう。夏衣は一瞬未満の内に息を詰まらせ、糸が切れたかのように総身《そうみ》を脱力させたからだ。

そして夏衣の最期の号泣のように響き渡る、あらぬ方向へ弾丸を飛ばした、彼女の拳銃の轟音《ごうおん》。

(風織、流菜、千秋、冬香、そして夏衣……)

私は五人目の死を確信させられた。夏衣はもう、言葉を発することができない。だから無論、命令文句を完成させることができない。

(冬香が天国にゆけるのを確認し、その冬香と千秋を殺《あや》めた自分が地獄に堕ちるのを確認し……だから贖罪《しょくざい》として冬香との永遠の別離を確定させ、夏衣はいわば自殺した。

最期の最期に、霧絵さんを縛っていた、自分の命令を撤回しようとして……けれど!!)

「い〜けないいんだいけないいんだ《ノーチーノーチーノーチー》……じごくで、なつえははんぱなあくまになれそうですまる人殺しのれずびっちメスガキがさいごにトチ狂って。堕落がたりなかったわね、なつえ。そしてヒラ天使のメスガキあほうどり。残念でした。言葉もたりなかったわね、えへへ。おー恐《こわ》。ちょっとむせた」

——地獄の幼女が、無数の酷《むご》い槍となっていた緑色の蛇をしゅるしゅると回収する。

支えを失った夏衣の躯《からだ》が、川辺の草々にはらりと墜ちる。

私達の誇りである制服が汚辱を極めれば極めるほど、今は静かに眠る夏衣の顔が美しく思える。

私がその綺麗な夏衣を、新しい涙と洟《はな》の濁流《だくりゅう》のまにまに、幾秒か見遣《みや》っていると——

地獄の幼女は、その夏衣から引き抜いた数多《あまた》の蛇をして、今度は未春の全身を襲わせた。

……未春と私は、腰が抜けた様《よう》に、腰が砕けた様《よう》に、尻餅《しりもち》を突いた感じで座ったまま。

その座ったままの未春へ、今は着地した無数の蛇が這《は》い寄ってゆく。夏衣を残酷な串刺しにしたときの勢いは無い。無数の緑色の蛇はじわじわと、ずるずると、じゅるじゅると、緑の体液と酸のような煙とともに今、未春の制服の中へ侵入してゆく。未春はやはり座ったまま動けない。むしろ依怙地《いこじ》な感じで躯《からだ》を動かすのを拒んでいる。そして躯《からだ》のあらゆる箇所へ侵入しようとする緑色の蛇どもを振り払い引き剝《は》がそうと、両腕を懸命に動かしながら、悠然《ゆうぜん》と彼女の五mほど先まで接近してきた幼女を睨《にら》みつけている。といって、幼女の側には真剣に未春を嬲《なぶ》る意思はなかった。そのことは、どこか揶揄《からか》うような遊戯するような、あるいは牽制《けんせい》するような、緑色の蛇どもの『手を抜いた』挙動《きょどう》からあきらかだ。

（とはいえ、スカートの中にまであんなに蛇が侵入しているとなれば……!!）

私が危機感を憶えるのも当然だろう。なにせ夏衣が、あれだけ淫猥《いんわい》に嬲《なぶ》られた後なのだ。

「やめろってばこの変態!!」身動きできない未春が激怒する。「最っ低だな!!　ホント最っ低!!」

「それが望みならそうよ。もっと悪魔をほめたたえなさい。あで〜でゅい〜でんべら〜♪」

「夏衣をさんざん奴隷にして、秘めた想いを嬲《もてあそ》んで意のままにして――」未春は突っ伏《ぷ》した夏衣の躯《からだ》を見遣った。「――精一杯お前に尽くした夏衣を、挙げ句の果てにはあんな非道《ひど》いかたちで辱《はずかし》めまして殺すだなんて、この悪魔!!　この児童ポルノ公然陳列罪!!」

「あなたも、くちゅくちゅされたい？　はじめてのいたみ。それはすてきな御伽噺《おとぎばなし》なんだよ？」

「もうやめてよ!!」座ったまま動けない私はただ絶叫した。「もう全部終わりでしょう!!　これ以上、いったい何が望みだというの!?」

「あなたよ、はつね。おんなだ〜れがよい剣道部のむすめ♪」

「え」

「わたしにあれだけ尽くしてくれた、なつえはちゃっかり死んじゃった。けれど、わたしはうんがいいわ、なつえがしんでもかわりはいるもの。ねえ、はつね。なつえがあんなにもわたしに尽くしてくれたのは何故？

それはね、はつね、とうかをけんめいに愛していたからでしょう？

とうかといっぱい、くちゅくちゅしたかったからでしょう？　殺したいほど愛していたおそらく!!

そして、いま。

わたしのまえには理想的な、ちょうどぴったりの身代わりがいる。だよね、はつね？

だって、はつねはみはるのこと」

「汚い口を閉じろ」未春は激怒を強め。「それはお前なんかが口にしていい言葉じゃない」

「ハイそうですかと退《しりぞ》けるかっ!!　悪魔舐めてんのか、むせてんのか!!

うれションの臭いで飛んじゃって大変なのか!!　Uber屋の彼女になってみるのか本郷三丁目!!

――これがさだめよ、せかいはやさしくないの、もっと臍《ほぞ》をかんでくやしがりなさい。

けれど、そうね、わたしは地獄いち情けぶかいから、ほのめかすだけにしてあげる。

そう、なつえととうかのかんけいは、ちょうど、はつねとみはるのかんけいになる。

わたし知っているわ、はつねのステキなうつくしい、とってもいやらしいきもち。

いちゃ!!　いちゃ!!　ほえばあ!!　あ～とかう～とか!!　あ～とかう～とか!!

はつねは!!　ずっとみはると!!　いっぱいくちゅくちゅしたいんだよね!!

なつえよりとうかよりちあきよりるなより、そう誰よりも、みはるがほしいんだよね!!

……そんなくちゅくちゅなみはるが、もし死んじゃったら。なんちゅう因果や!!

はつねは自分で自分をくちゅくちゅするしかなくなっちゃうよね？　週一四回もやっているやつを。

ううん、ひょっとしたら……さみしくてさみしくて、なつえみたいに死んじゃうよね？　むせる」

「何が言いたいの。まさか貴女《あなた》は」

「まさかまさかの、弥撒《Mass》と英町《acre》で虐殺《マサコー》よ」幼女は未春を数多《あまた》の蛇で辱めながら、その一匹になんと拳銃を咥《くわ》えさせ、それを未春の眉間《みけん》に突き付けさせた。無論、蛇は引き金にも巻き付いている。私は咄《とっ》嗟《さ》に夏衣の方を見遣った——夏衣が隠し持っていた拳銃は、まだ夏衣の手にある。やはり悪魔は、第二幕の拳銃二丁を消してはいなかったのだ。まして超常の力を有しながら、敢えて原始的な武器を用いるその執念深さ……「はつね、あなたたった十八年しかいきていないチーズくさい皮被《かわかぶ》りメスガキのくせして、わたしの作ったこの拳銃を、さんざん出鱈目《でたらめ》よばわりしてくれたわね。きにいったわ。いえにきてわたしをりっくしてよし。錦糸町でぱぱ活して自撮りしてその児ポル動画をわざとフリーWi-Fi使って彼氏にそうしんしてセルフ流出させてよし。彼氏がいればね。だからこのどたんばで、こなまいきな栗型ろーたー愛好メスガキに確認させてあげる——

この出鱈目《でたらめ》な拳銃で、いまみはるの脳へ弾丸をうちこんだら、いったいどうなるの？　出鱈目《でたらめ》な拳銃だから、万国旗や紙吹雪やうれしょん水でもとびだすの？

いや!!　いや!!　まさかあ!!

ポニテ頭ブッとんできたならしい脳味噌をはじけさせながらオパアと脳漿《のうしょう》ぶちまけて目玉ぽろりと垂らすにきまっているだろこのうぇっとあっすメスガキぷっしーが!!　むせてんのか!!　この期におよんでわたしにさからえるとでもおもっているのか、いや、わたしはそう思わないぃッ!!　この天使のてさきのヴンダバーな双頭淫具をおくのこりこり子宮スポイトに当てまくりビッチが!!

せかいは、こんなにも、はつねの決断をまっているんだよ。きみとここにいるよ。それがせかいのせんたくなんだよ。せかいをわたしとくちゅくちゅしなさい、はつね」

「……私が夏衣の代わりになって」悪魔の言葉は聴くに堪《た》えない。だから悪魔なのか。「霧絵さんに命令しろと、そう言いたいのね？」

「じゃんけんで天使にかつのはヒトだけだものね。

ねえはつね、いまこそはつねの小賢《こざか》しい論理のおおあな——悪魔はヒトにきょうはくもきょうせいもできずにたいとうの契約をむすぶしかない、なる論理のおおあなにきづいたでしょ？　なるほど、じゃんけん当事者のヒトがただひとりならそれは正解よ。悪魔はそのじゆういしを尊重するしかない。ころしたりいためつけてしまったりしては意味がない。ところがどうして、事情をしった当事者のヒトが、ふたり以上いてくれたなら!!　じゆういしを尊重すべき命令者はたったひとりでたりるのだから、残りのヒトは御立派ないけにえとしてきょうはく・きょうせいのどうぐになる。これもまた、この三〇年余《よ》ではじめて侵略者ぜんいんをただちにブッころさなかった天使の、つうこんのミスよ。だってわたしたちのじゃんけんにおいては、〈悪魔－ヒト－天使〉がでそろう以上に、〈悪魔－ヒト複数－天使〉がでそろうことこそ致命的なのだから。そしてそのヒト複数は、いけにえと命令者として、やくわりぶんたんができるのだから——いまみはるが実体験しているように」

「だから、私が命令を断れば未春を殺すと」

「いいえ、まさか殺しやしないわ。そんな、ヴンダバーじゃないこと……

死ぬよりも嬉しいあんなことやこんなことでわたしのバター雌犬にしてあげるだけ。

さあはつね、わたしたちの侵略をかんせいさせるの!!　アホウドリに命令を!!　さあ!!」

「み、未春を襲うのをやめてよ!!　そ、それが最低限の条件だよ!!」

「けっこう」悪魔は意外なほど素直に緑色の蛇どもを退《ひ》かせた。ただそれらは何時《いっ》なりとも辱めを再開できる様《よう》、いずれも未春から三ｍと距離を置かず、しゅうしゅうと数多《あまた》の鎌首を擡《もた》げている。「あなたとちがってわたしは別段、あっは、あははは、みはるに発情してはいないしね。ただけいこくはしておく。はつねがわたしの望まない言葉をはっしたそのしゅんかん、はつねはなつえとおなじ絶望と慟哭にうちひしがれることになると——わたしにそんなはしたないくちゅくちゅをさせはしないよね、わたしのだいじなはつね？」

　車座になっていた未春と私の距離はさほど遠くない。その未春から悪魔の、幼女の本体までは約五m。幼女の本体から川の上に浮かぶ霧絵さんまでなら約一〇m。私は絶望的な思いでそれぞれの配置を見遣《みや》った。霧絵さんはそもそも動けないし遠すぎる。未春と私だって、悪魔がこれだけ油断しているとはいえ、我武者羅《がむしゃら》に飛び掛かるとしても距離があり過ぎる。まして悪魔の超常の力を考えたとき、我武者羅《がむしゃら》に飛び掛かるとすればもう一撃必殺《いちげきひっさつ》でなければ。さいわい、悪魔は未春を素直に容赦《ようしゃ》するなど、まるで油断しまくっているとはいえ……それでもあと数歩、ううんあと一歩だけ接近してくれていたなら、あるいは。

「どうしたの、はつね。そんなにみはるをもっとくちゅくちゅさせたいの、わるいこね」

「……霧絵さん御免《ごめん》!!」私にとって未春は——「霧絵さん、門を出して、門を開いて」

「管轄天使にそれを強制するのは初音、最大級に不正な手段よ。いえこれは警告ではない。むしろ哀願といえる。というのも初音、たとえ貴女《あなた》に侵略の意思がまるで無いとはいえ、私に門を出させること、私に門を開かせることあるいは門のその先を視認《しにん》することは、最大級に不正な手段でありよって最大級の刑罰を以《もっ》て処罰されるべき最大級の傲慢《ごうまん》だから。天国はまさかそれを容赦するほどなまやさしいものではない。これすなわち、たとえ天国へゆける魂であったとしても、その罪ひとつで既に」

「はつね、アホウドリの駄弁をだまらせなさい。そして門をここに出せとめいれいしなさい」

「……霧絵さん、門をここに出してお願い!!」

「門はこの川の対岸にある。門にアクセスしたいというのなら渡河《とか》をするしか」

「嘘を言うな!!　おのれひとりの身がかわいいのか!!」悪魔は余裕ある嘲笑《ちょうしょう》をした。「川でばしゃばしゃ水遊びをしているうちに、どんなあくらつな反撃をくらうことか。ねえ天国のアホウドリ、おまえはここのかんりにんにしてせっけいしゃ。この閉じたせかいにおいて、おまえの意のままにならないことはなにもない。それゆえにこそ、わたしはイキリメスガキのおまえを殺しもせず犯しもせずわからせもせず容赦《ようしゃ》してきた。だから……かつてなつえの渡河を妨害したセキュリティをかいじょして、むしろ対岸をこちらにちかづけなさい。できるはずよ。いや、私はそう思うッ!!

ごめんくださりませ。あくまでござりやす。かみさまのところへかえってまいりやした。なにぶん、かわいがってやってつかあさい」

「霧絵さん、今はもう……」

私は川の上の霧絵さんを見詰めた。どのみち状況を動かすには今、悪魔の要求を受け容れるより他に無い。身動き一つできない霧絵さんは、瞳《ひとみ》の微妙な動きと嘆息《ためいき》とで精一杯の無念と後悔とをあらわすと、いよいよヒトには理解も解読もできない思念を鋭く発した。

Απερι πορτασ Δει, Τιγηρυιελ π-υνυς-υνυς-ζερο

——その刹那《せつな》。

いつか夏衣と一緒に聴いた、時計の鈴のような不思議な音が、どこか悲しく鳴って。

大きな川の対岸が、川の遥《はる》か先にあった対岸が、なんと瞬時に霧絵さんの傍《そば》まで肉薄した。言うまでも無いけど、川辺の私達からもう一〇m近くの距離にまで。だから私達は今、渡河を厳しく禁じられ、実際どうやっても接近することのできなかった川の対岸を、目《ま》の当たりにしている。その川の対岸は、ずっと悪魔の所為《せい》で一天俄《いってんにわか》にかき曇っていた、誤差領域の陰鬱《いんうつ》で暗い空の下にある。いや、下にあった。というのも、誤差領域の陰鬱な暗い空はその部分だけ、まるで様子を変えていたからだ。すなわち、凶々《まがまが》しい曇天の一箇所から、梅雨《つゆ》の重い雨雲のはざまから嬉しい太陽の光が零《こぼ》れくる様《よう》に、この世ならぬ、光の筋がひと筋だけ射しこんでいる。スポットライトなどと呼ぶにはあまりにもこの世ならぬ荘厳《そうごん》なかたちで、誤差領域の天から霧絵さんのいるそこへ、神聖なかたちで射しこんでいる。
（……そしてその、荘厳で神聖な光の橋が、いよいよ照らし出すものは!!）

私は感じた。やっと再び感じられた。

恐ろしいほどのあの、昂揚感《こうようかん》、酩酊《めいてい》、陶酔《とうすい》そして恍惚感《こうこつかん》を。

性的なんてそんななまやさしいものじゃないあの、昂揚感《こうようかん》、酩酊《めいてい》、陶酔《とうすい》そして恍惚感《こうこつかん》を。

そしてそれは断じて間違ってはいない。

何故と言って、荘厳で神聖な光の筋は、今や具体的な意味を持ち始めたからだ。

光の筋は、いよいよただの線から、その本来の姿に違いないものへと変容してゆく。

裁きの様《よう》なしかし慈悲の様《よう》なその光の筋は、ゆっくりと、ゆっくりと輪郭を持ち始める。

……光の筋に、形と意味が生まれくる。

凶々《まがまが》しい曇天に支配されていた私達の陰鬱《いんうつ》な川辺に射した、その凜然《りんぜん》たる光は今!!

（階段に!!　門に!!）誤差領域の天と地とを結ぶ階段にそして門になっている。救いの光としか思えなかったものは今、救いの橋、救いの門としか思えないものになっている。（確か旧約聖書にあった……天国と地上とを結ぶ、天使の梯子《はしご》の物語が。ヤコブの梯子《はしご》、なるものの物語が。天使たる霧絵さんが下ろしたこれがヤコブの梯子《はしご》、天国への階段。そしてヤコブの梯子《はしご》のたもとに出現したこれが……ああ!!　神様ああ!!　これが、天国の門……!!）

ただみるだけで。

ただみるだけでせいいっぱい。世界にこんなものが。これほどまでに……こんなものが!!

（ここだ）私は恐怖と心酔の身震いすら忘れ。（終《つい》にとうとう。私は来た。なんて美しいこの旅路。なんて美しいこの旅路。私は認められた。私は許された。たったひとつの、私の願い。その正体がやっと解った……私が全てを引き換えにしてもゆきたい旅路の果て!!）

私は悪魔のことも天使のことも、また未春のことすら忘れて私の使命を思い出した。

それが私に悪辣《あくらつ》なかたちで強いられた上原校長の悲願であることも今はどうでもいい。

門を開かなきゃ
急がなきゃ
今、此処《ここ》でないとできないから!!

「も、門を開いてこの門を……すぐに!! 今すぐにさあ!! ここが私の終着駅……!!」

「初音、瞳《ひとみ》を閉じて冷静になってお願い」霧絵さんの断乎《だんこ》とした声。「重ねて言う。これは最大級に不正な行為よ。私をして天国の門を出現させること。私をして天国の門を開かせること。まして天国の門のその先を視認《しにん》し、あるいは天国の門の先へと一歩踏み出すこと。これらは最大級に不正な行為であり、よって最大級の刑罰を以《もっ》て処罰されることとなる。けれど初音、門を一瞥《いちべつ》しただけの今ならまだ……」

「開けて」私はきっと正気を失っている。「すぐに」

私はもう天使のことなど眼中にない。車座のときの姿勢のまま、だから腰が抜け腰が砕けたような姿勢のまま――ましてひたすらに魂を酔い痴《し》れさせたまま、霧絵さんを裏切る命令文句を繰り返す。

開けて、すぐに、開けて、すぐに……

そしてじゃんけんの結果は自明だ。私の命令文句に叛逆《はんぎゃく》される虞《おそれ》はまるで無い。

――よって。

荘重で厳粛《げんしゅく》で美麗で清澄《せいちょう》で威風堂々《いふうどうどう》としていて神聖な……うんあと一〇〇のいや一、〇〇〇の言葉を費やしても形容しきれないこの世ならぬほど神々しい天国の門は、この世ならぬほど荘厳《そうごん》な、神の恩寵《おんちょう》を感じさせる神々しい音を立てて、今終《つい》に開き始める……今終《つい》に門の奥のその先を、私の瞳に映させ始める……

（ああ、これが……これが門の先!!）とうとうみた。（なんてこと、いったいどんな奇跡なの、遥《はる》か上の、階段の果てにあるものさえ解る!!　今私は天国をこの瞳《め》に……ああ神様!!）

「よくやったわはつね、ほめてあげる」あは、あは、あっははははは。悪魔はいよいよ嘲笑を絶叫にして。「終《つい》に──終《つい》にとうとう!!　このふあんていなバグ、この脆弱《ぜいじゃく》なショートカットをはっけんしてより三〇年余《よ》、まいとしまいとし。いつかは、やがていつかはと!!　終《つい》にとうとう門がひらいた。正攻法ではどうあってもこうりゃくできなかった天国への門が!!　はばたこうあすへ!!　少女の日はいま!!　さあとぶがいい!!　堕落というなの野望にのって!!　冒瀆というなの大攻勢によって!!　天国のみらいはいま!!　天国のみらいはいま!!　地獄の百頭蛇《ヒュドラ》たるわたしだけのもの──わたしとわたしの地獄四〇軍団だけのもの!!　だからわたしはあのあんこくの地獄からかえってきたのよ!!　かつて我々をあんこくの地獄へおしやった最低野郎のアホウドリどもよ、おもいしるがいい!!　おもいしれ!!　おもいしらせてやる!!　むせさせてやる!!　もえあがれ……もえあがれ……もえあがれっ、ガンギマァ!!　いにしゃおD《デビル》ホーゥ!!　タイムオブレトビューションヘヴノアヘル!!

　ねえ、事ここに至ってみれば天国のアホウドリ、この誤差領域における侵略少女とはなんのことはない、はつねでもなつえでもこれまでおまえが数多《あまた》虐殺してきたかわいそうなメスガキたちでもない、このわたしだったというわけよ。とうとう神をふぁっくする、このわたしだったというわけよ」

「確か、四六億歳の超後期高齢者さんではなかったかしら?」

「あっはは、あっは、そんなしれっとした減《へ》らず口《ぐち》もこよいは甘美に聴こえるわ。おまえはこわれた自動改札機よろしくここでつったって鑑賞していなさい。わたしとわたしの軍団が天国を侵略するそのさまを。天国の網戸の蝿まで皆俺《みな》がものだ。

　そしてみるの。

わたしがその日のため幾万年また幾万年をかけて開発してきた毒が。

おまえたち天使を全てくらげのごとき醜悪で無力な肉塊《にくかい》にかえ、おまえたち天使を全てわたしたちのじゅうじゅんな家畜に堕とし、ましてや、おまえたちの天国を食らいつくしてわたしたちにとっていごこちのよい虚無にかえる、そんなステキなわたしの猛毒が!!

いよいよ天国にまきちらされるであろうそのさまを、ぷっしーでベソかきながら鑑賞してむせろ!!

毒とワイングラス!! 毒とクリスタルガラスのワイングラス!! 口笛と黙示録っ!! 日食と毒蛇っ!!

これぞ聖書にいうインベタのイン、オキテ破りの地獄ばしりで天国に描くラインだ!!

聖四文字《YHWH》さんェ、救世主《クリストウス》さんェ、お神さんェ……イヤサ神!! ひさしぶりだなァ……」

「貴女《あなた》のいえ地獄の大勝利という訳ね。実際、悪魔は天使に弱いのだから、天国の門を突破したところでどう侵略行為を完遂《かんすい》するのか、幾許《いくばく》か疑問ではあったけれど。成程《なるほど》、毒による生物兵器テロとはね。ならじゃんけんも無意味だし、門さえ突破すればそれでよいと。

――でもその大勝利に貢献してくれた、初音と未春はどうするの？」

「ま、そのどくをまくのはいっしゅんのことだし、わたしのどくは嬉しいことににじこぞうしょくする設計だから、いまさらヒトの一匹や二匹、〈天使に対する命令権者〉としてもひつようはないのだけれど。それでも天使にたいする牽制《けんせい》・人質にはなるし、あるいは天使たちじしんの手によって毒をまきちらさせるとか、天使たちじしんの手によって神をころさせるとか、そうしたいま思いついたステキなシナリオもみりょくてきだから、そうね、はつねとみはるがそうのぞむのなら、これからたちまちのうちに滅亡しわたしたちの植民地となる、天国のそのさいごのすがたを拝ませてやってもいいわ。だってはつねもみはるも、あっはは、いまこんなにも涙と涎《よだれ》をながしながら天国の門をくぐるのをこころまちにしているんだもの。ああこの涎!! むせてるじゃん!! はるらひや!! はるらひや!!

……ただはつね、みはる。

わたしとしてはそんな天国ツアー、まさかオススメしやしないわ。まさかよ。

あなたたちが、また上原良子がそんなにもゆめみてかつぼうする天国のしんじつを、あなたたちにおしえたくはないもの。そう、天国はまさかヒトを救済する地でもなければ、まさかヒトをえいえんの安息の内にいかしつづける地でもない。そんなこと、そんなこと。

嘘を言うな!!

――天国がヒトのたましいをサルベージするのは天国自身のため。神と天使だけのため。まさか下等生物たるヒトごときのためではない。それだけでもあくらつだけど、それを隠蔽《いんぺい》し糊塗《こと》するため、天国についての、ヒトが昂揚《こうよう》し酩酊《めいてい》し陶酔《とうすい》しそして恍惚《こうこつ》するようなプロパガンダ画像、プロパガンダ動画、プロパガンダ音楽にプロパガンダ音声を宗教なるかたちで地上に蔓延《まんえん》させるなんて、悪魔以上に悪魔的な、はじしらずでざんこくな欺瞞《ぎまん》よ。ねえ天国のアホウドリさん、実はおまえじしんだってその欺瞞を、天国のおそるべき真実をはじしているのでしょう？　いや、私はそう思うッ!!」

「……き、霧絵さん」私は悪魔のゆがんだ唇に真実のかげを感じた。酔い痴《し》れていたこころが一瞬、我に帰る。「て、天国の恐るべき真実って。ううん、天国がヒトを救済する場所じゃないって、それはいったい」

「――――」

「あら黙っちゃった、あっは、そうね、それはそうよねえ……みはるの真摯《しんし》な協力者にして、はつねの魂の資源価値に恋慕《れんぼ》といえるほどの媚態《びたい》をみせていたこのアホウドリさんとしては、まさかまさか、そのざんこくな真実を、はつねたちにはしられたくないわよねえ……よぉし、わかったッ!!　ならばそれをブチまけて御一同様《ごいちどうさま》にドス黝《ぐろ》い絶望をかみしめてもらうのが悪魔の本懐《ほんかい》ッ!!」

「ταχε!!」

「ねえはつね、みはる」悪魔はとても嬉しそうに。「なぞなぞをだしてあげる。ケツあなのさいごの一皺《ひとしわ》までしゃぶりつくしなさい。天国と地獄が、だから天使と悪魔が、しんだヒトのたましいを回収し、あるいはときに強奪までしあうのはな～んでだ？

……はつねたちはもう解ってよいはずよ。

この天使もわたしもすでに、たましいの資源価値なんてことばをつかっているもの。

ましてなつえがわたしに教えてくれたことが確かならば。

この天使はあなたたちに林檎《りんご》を創造したとき、とても大事なことをごまかしたはずよ。そう、そのときまさに質問をしたという、みはるはそれをおぼえているはずよ」

「私が？」天国の門とヤコブの梯子《はしご》に、まだ脳を酩酊《めいてい》させたまま未春が訊いた。「何を？」

「みはるは林檎のときいた。要旨《ようし》、天使の主食にして創造力のみなもと、〈太陽の炎〉は何から、つくられるのかと──それは太陽からつくられるのかと。するとこの天使はそうだとこたえた。要旨《ようし》、太陽からも精錬《せいれん》できると。それには重工業的な手数を必要とするけれど、太陽からも精錬できると。

わたしはそれをくしょうしながらなつえから聴いた。無駄に執拗《しつよう》なはつね、それを直聴《じかぎ》きしたはつねなら、なぜわたしがくしょうしながら聴いたのか、もうわかるはずだけど？」

悪魔の邪《よこしま》な嘲笑、ううん憫笑《びんしょう》が私の脳裏を急速にクリアにしてゆく。

……そうだ。あの林檎タイムのとき。私は確かに疑問を抱《いだ》いたし訝《いぶか》しんだ。今まさに地獄の幼女が再現した、霧絵さんの発言を訝しんだ。それはそうだ。要旨《ようし》、太陽からも精錬できる、なのだから。

なら太陽以外からの精錬方法がある。絶対ある。まして霧絵さんがこの発言をしたとき、間違いなく彼女は躊躇《ちゅうちょ》して〝ほんの微《かす》か、何かを言い澱《よど》む様《よう》な〟〝不思議な貯《た》めを置いた〟のだ。そのとき確かホンモノ流菜と私が、太陽以外から〈太陽の炎〉を精錬するにはどうするのか、それを訊こうとしたら、幸か不幸か、千秋とそのホンモノ流菜が地上世界へ帰り始めて……要は躯《からだ》を消滅させ始めて、ホンモノ流菜と私の疑問は有耶無耶《うやむや》になったのだった。

〈ううん、それにまして、当時の私が不思議に思ったことがある。〈太陽の炎〉つながりで今《いま》思い出した。それは……）

林檎タイムのときの夏衣の発言だ。夏衣は和気藹々《わきあいあい》とした雰囲気の中、私としては唐突な、文脈に外れたことを訊いた。〝天使さんは、食事をなさらないとの事ですが、ほんとうに何も食べないんですか？〟と。そこからの会話の流れは確かこうだ。〝そうね、ヒトの食料というなら食べないわね〟↓〝ヒトの食料でないとするなら、何をお召し上がりになるんですか？〟↓〝それは天国が収穫・生産する食料よ、そうでしょう？〟……

そのとき私が不思議に思ったことはふたつある。

（第一に、夏衣の質問が変だった。何故なら、それ以前の段階で霧絵さんが『天使は食事をしない』なる設定を明かしたことなど無いのだから。だから夏衣が『食事をなさらないとの事ですが』なんて訊くのは文脈のない唐突な質問。それは最初から知っていなければ出てこない言葉。ましてや今では自明だけど、夏衣は最初からそれを知り得る立場にあった。

第二に、こと『主食』『食料』のことになると、霧絵さんはあからさまに誤魔化《ごまか》しを開始するのが変。だって、〈太陽の炎〉こそ〝私達が活動を継続するための炎。ヒト社会でいうならガソリンその他の燃料なり、主食その他の食料なり〟であるということは出会いの段階で既に自白しているのに、でもそれ以降、絶対に〈太陽の炎〉＝主食ということを明言しようとしなかったから。まして、その収穫方法なんて徹底して黙っていたから）

要するに。

〈太陽の炎〉は、太陽光だけから精錬される訳じゃない。他の生産方法が必ずある。

〈太陽の炎〉は、天国が収穫し、天使が主食とする食料である。

……そして霧絵さんは私達ヒトに、他の生産方法を黙っていたし、それが自分達の主食であること自体、できれば忘れてほしかった。こうなる。

（まして、そうだ悪魔の言うとおり。霧絵さんも悪魔も既に説明している）

ヒトの魂が、天国と地獄の双方にとって、だから天使と悪魔の双方にとって重要な戦略資源であることを。その資源価値・資産価値によっては、天使と悪魔がそれぞれよこどりすら試みることを。

（……この私達の四月七日の物語において、そんな重要な戦略資源なんて、実はひとつしか出現していない――それは言うまでも無く〈太陽の炎〉だ。

と、するならば!!）

「あっははは、あっは、はつねにはわかったようね――ああその顔!!　ああ顔に!!　顔に!!」

「〈太陽の炎〉は」私は今いっさいの陶酔感からさめて絶望した。「ヒトの魂から精錬される。ううんヒトの魂こそ〈太陽の炎〉。主食として収穫される戦略資源」

だからこそ。

だからこそ夏衣は冬香の魂を地獄に堕とす決意を強めたのだ。

天国も地獄もどうせ変わらないからと。ううん、天国は地獄以上に悪辣《あくらつ》なのだからと……

「はつね、おおあたり～。どんどんぱふぱふ、ぱふ。弥撒《Mass》と熟成《aging》でっちあげ《Massaging》、捏造ホーゥ!!

あなたたちヒトに布教されている、魂の救済だの安息だの浄化だの永遠の愛だのはぜんぶまるっと嘘八億よ。魂が天国の門をくぐるとき感じる昂揚感《こうようかん》、酩酊《めいてい》、陶酔《とうすい》、恍惚感《こうこつかん》はぜんぶまるっとおバカさんを魅《ひ》きつけるための甘い蜜《みつ》。まして三、六〇〇秒と維持されない詐欺師の見《み》せ金《がね》……それはそうよ、すぐに家畜として処理しなければならないのだから。すぐに主食でありかつ燃料たる〈太陽の炎〉に転換しなければならないのだから。そう、天国が楽園だなんていうのはまさに詐欺師のプロパガンダ。あなたたちヒトはすぐだまされるかわいそうな家畜。あなたたちヒトはだまされた家畜でほふられる家畜で、さいごのいってきまでしゃぶりつくされる家畜なの。あなたたちヒトは、戦略資源すなわちモノたる奴隷、資産価値でのみ評価されるべき永遠にモノいえぬ奴隷なの。

さあはつね、みはる、これこそが天国のはてしない欺瞞《ぎまん》、おそるべき真実よ、あっははは!!」

「地獄もまた」霧絵さんの声は小さかった。「一緒の真実によって機能しているけどね。まして天国は、ヒトの生前の善行にしたがった敬意と栄誉を以《もっ》てその魂を迎え入れる。ヒトの最期のその刹那《せつな》は、私達の真善美の帝国において、その門をくぐる際において、比類なき無上のよろこび。この誤差領域ごときに出現する際のよろこびの幾億倍も幾億倍も……いえまさに比類なき無上のよろこび。

仮にそれが刹那《せつな》の偽善だとして、少なくとも天国は地獄の如《ごと》くに、悪魔の如《ごと》くにヒトの魂を恣《ほしいまま》に嬲《なぶ》りはしない。勝手気儘《かってきまま》に辱めもしなければ欲望のままに犯しもしない。要は、堕落と冒瀆を以《もっ》てヒトの魂をいたずらに嘲戯《もてあそ》ぶことなど断じてしない。果てしなく恐るべき真実云々《うんぬん》というのなら、『何故天国と地獄があってその役割が異なるのか?』をも詳論《しょうろん》してもらわなければヒトに対してフェアではない。まして地獄の蛇さん、貴女《あなた》は確信水準の蓋然性《がいぜんせい》で、セミロングさんに対して地獄のその真実を説明してはいない。天国の真実だけしか説明してはいない。さもなくばセミロングさんが貴女《あなた》と契約をした筈《はず》がない――そう、セミロングさんがふわボブさんの魂をそんな地獄に堕とそうとする筈《はず》がないもの。すなわち貴女《あなた》はセミロングさんに対してもまるでフェアではなかった」

「じょうだんじゃないわ。言うに事欠《ことか》いてなにがフェアよ。わたしたちはまさかヒトに救済だの安息だのをやくそくしやしない。誰が地獄でえいえんのあいを生きられるなんておもうのよ。わたしたちは地獄についてなんの欺瞞《ぎまん》も詐欺もはたらいていなければ空手形《からてがた》をだしてもいない。わたしたちこそヒトの魂についての正直族よ。わたししょうじきこの点についてはヒトを哀れむし、この点についてはあなたたちこそが悪魔だと確信してやまないわ、この恥知らずの外道《げどう》が!! 魔法使いのババアか!! おまえが堕天《だてん》しろ!! 魚焼け!! ああ、悪事!! 悪事!! 賢者《Wise》と英町《acre》で俗物《Wiseacre》、恩田幾三ホーゥ!!

――さてそういうわけで、はつね、みはる。

どのみち天国なんて、わたしたちが侵略し毒をまくいぜんのだんかいで、家畜たるヒトの絶滅収容所でしかないのよ。それでも家畜主義者らの自称ユートピアを最後に観光して神とふぁっくしたいというのならとめないわ、わたしといっしょにいらっしゃい。

おっと。

むせすぎて、だいじなせんりひんを忘れていたわ。

あれだけわたしに尽くしてくれた健気《けなげ》ななつえ。ヒトとしてはたぐいまれなる美しさをもつなつえ。情ぶかいわたしとしては、なまぐさい臓腑《ぞうふ》と血からその皮袋をひきはがして皮をなめしてわたしごのみの剝製《はくせい》にして、植民地となった天国の総督府《そうとくふ》のげんかんホールにたかだかとかざってあげないとね。

ええそうよ、わたしのヒト革コレクションとしてもなつえの美しい肌はいっきゅうひん、これをみのがす手はないわ、あっはははははははは!!　あっはははるらひやヴンダバー……って、え？」

——悪魔は今、気付いた。

私達はもう気付いている。

夏衣は削除されていない。誤差領域から消滅していない。まだ夏衣の姿を維持している。

なら夏衣は絶命していない、いない、いない、いまだ。

私達はもうその奇跡に気付いていた。

その奇跡がまさか数分維《も》つものではないことも直感的に解っていた。

あれだけ数多《あまた》の蛇に全身を刺し貫かれ、あれだけ全身に無数の風穴を開《あ》けられた夏衣。

私達の生徒会長を、そしてここ誤差領域のリーダーまで務めてくれた責任感ある夏衣。

その夏衣が神の奇跡か数分間、命存《いのちなが》えたとき何を為《な》そうとするか。

魂の最期のかがやきを使って、私達のため何を為《な》そうとしてくれるか……

そのタイミングなんて全然分からなかった。強いて言えば今、自分の名前が連呼されたことに気付いたのかも知れない。けれどそれを突き詰める必要はない。私達に必要なのは夏衣もまた今《いま》気付いた事実であり、だから即座に最期の義務を果たそうとした事実だった。すなわち力無く川辺の草々に突っ伏《ぷ》していた夏衣は今、魂の最期のちからをふりしぼって顔を、胸を起こすと霧絵さんに向けて絶叫した。それはどう考えても彼女の遺言だった。

「霧絵さん私が貴女《あなた》にした命令を全て解除します!!　私を許して!!　この悪魔を滅ぼして!!」

――そこからは数瞬の出来事だ。

ばたりと地に伏した夏衣が死の瞬間の姿勢で固着し全身を最小の点として塵化《ちりか》する。

その秒未満の命を用いて傍《かたわ》らの拳銃、あの拳銃を悪魔の頭部めがけ発射する。

弾着は大きく逸《そ》れたけど、頭部を脅《おびや》かされた悪魔をビクリとさせるには充分過ぎた。

そのスキを突いて。

夏衣の命令から解放された霧絵さんが機関銃の如《ごと》きものを瞬時に創造して弾幕を展《は》る。

苛烈《かれつ》な弾幕を一身に染《あ》びた悪魔が奇矯《ききょう》なダンスを踊らされながら未春の方へ吹っ飛ぶ。

未春を粘着的に脅迫していたあの拳銃、悪魔が持つ方の拳銃をも吹き飛ばされながら。

「ポニーテイルさん頭よ!!　頭部を徹底的に破壊して!!」

「それが悪魔をブッ殺す唯一の方法――合点承知《がってんしょうち》っ!!」

未春はいよいよ立ち上がった。立ち上がれた。

使い慣れた武器である、吹奏楽部で愛用していた金属製の譜面台《ふめんだい》を手にしながら。

それはこの第三幕序盤、霧絵さんの天国の鳩から手渡され、だからずっと川辺の土に埋めてずっと制服のスカートで隠してきた、ガッツリした古風で剛毅《ごうき》な金属製のマイ譜面台だ。川辺の草々がとても軟らかいのは物語上自明。不具合があっても誤差領域の管理者たる霧絵さんならどうとでもなる――夏衣の命令文句で超常の力を駆使できなくなる以前なら。まして私達は細心最大の注意を払って〈流菜〉の監視の目をかいくぐった。熊谷先生のカルテの如《ごと》く、霧絵さんと私達が直接接触するリスクを冒さずに武器の授受《じゅじゅ》をした。まして第一幕・第二幕で夏衣が証明していたとおり……武器は使い慣れた愛用品がベストだ。物語上自明だけど、未春は私と大喧嘩《おおげんか》する際、しばしばそのガッツリした金属製のマイ譜面台で、私のマイ竹刀と丁々発止《ちょうちょうはっし》の斬り結びを展開していた程《ほど》なのだから。

そして当然、未春は渾身《こんしん》の力をこめ、おまけに絶妙な足腰のバネを利かせながら、剛毅《ごうき》な金属製の譜面台を展開しないままフルスイングし、地獄の幼女の頭部に叩き込む。それはまるで、これまでのありとあらゆる憤激《ふんげき》と我慢が一気に爆発して炸裂したかの様《よう》なすさまじさだった——


!!!!——


どこまでも余裕綽々《よゆうしゃくしゃく》で私達をえんえん嘲笑・憫笑《びんしょう》していた地獄の幼女が、私達にとって初聴《はつぎ》きとなる、愕然《がくぜん》として呆気《あっけ》にとられ焦燥《しょうそう》した——まして危機感を露《あら》わにした——本気の悲鳴を、本気の悲鳴の雄叫《おたけ》びを上げる。あるいは慟哭《どうこく》・号泣か。

「こっ、この電気仕掛けの汚《きたな》らしい臓物《ぞうもつ》の詰まった生肉袋が……頭ぶたないで私悪魔なんだから!!」

地獄の蛇は幼女の演技すら忘れて未春に飛び掛かる。

ところが未春の悪辣《あくらつ》な、ううん用意周到なところは——

「ほいっ」

彼女に飛び掛かろうとし、だから彼女と正対するに至った悪魔の眼前で、折り畳んだまま鎚《つち》として用いていたマイ譜面台を、サッと展開する未春。私はこのとき、やはり武器は使い慣れた愛用品がベストだと痛感した。何故と言って。


!!!!——

「天国も地獄も実在して」未春は展開した譜面台をいっそう悪魔に近付ける。「天使も悪魔も実在するって言うんなら、悪魔にいちばん効き目があるのは十字架となる道理よね」

!!!!——

……未春が吹部《すいぶ》で愛用している譜面台は重ねて、古風で剛毅《ごうき》なものだ。イザ使用しようと展開すると、うち楽譜を載せる譜面受けの部分も当然長方形にひろがる。楽譜のクリアファイルが受け止められるような長方形にひろがる。そしてこれは折り畳み譜面台なのだから、長方形の全面が金属パネルになどならない。検索数秒で分かるけれど、外枠と内枠とで長方形の骨組みができることになる。まして重ねて未春の愛用品は古風で剛毅《ごうき》なもの。外枠の骨組みも内枠の骨組みもガッチリしている……悪魔にとって不幸なことは、内枠の骨組みが縦棒と横棒でまさに十字架を成すことだろう。軽量な譜面台の場合、内枠の骨組みは所謂《いわゆる》スジカイ（／）（＼）になるから、十字架を作るのはかなり厳しいけど、古風で古典的な折り畳み譜面台は、譜面受けの部分が要は『田』の字になる。もちろん未春はそれを六年間熟知してきた。ただまさか、こんなかたちでこんな効用を発揮しようとは。

「か……かつての熾天使《セラフ》にして地獄四〇軍団の総帥たるこの私に!!　下等生物ごときが!!」

「何を悪魔ごときが。身の程《ほど》を辨《わきま》えろっての」

未春は譜面台を、ううん十字架を地獄の幼女にいよいよ突き付ける。

堪《たま》りかねたか地獄の幼女は身を翻《ひるがえ》して遁走《とんそう》しながらいよいよ透明に変じた。

（超常の力……!!）

「私のアサルトライフルでも狙えない——初音、時が来たわ!!」

「初音っ!!　とどめを初音っ!!」

霧絵さんと未春の発破《はっぱ》。

そう今やっと時が来た。

私は冬香の顔を一瞬思い浮かべながら悪魔の気配《ニオイ》を捜す。

分かる。その位置、その状態、そのベクトル。私はそうやって冬香と剣道をやってきた。ましで夏衣の遺品がある。悪魔の手にある透明な矢の気配《ニオイ》。その風紋を見逃しはしない。

だから私は。

その冬香の思いをこめて。まして非命《ひめい》に倒れた風織、千秋、流菜、夏衣の思いをこめて。

躊躇《ちゅうちょ》なく地から、スカートの内から私の竹刀を引き抜き。

躊躇《ちゅうちょ》なく左足で、川辺の草々を押し出すように蹴り前へ前へ飛び込み。

(そうだ、小さく速く、しっかりと!!　鋭く強く、冬香の様《よう》に!!)

躊躇《ちゅうちょ》なく透明なままの悪魔のその頭部へ、いきなりの飛び込み面を打った。

　めぇんぃぁぁあああぁぁぅぉぉぉおおじょうせいやぁぁぁぁ――――!!!!

飛び込んだそのままに駆けて前へ前へ抜け、残身をとっていると。

　――――!!!!　――――!!!!

私が飛び込み面を打ったその場所に、最早《もはや》透明を維持できないのであろう地獄の幼女の躯《からだ》がたちまち現れ出でた。私は流し目だけして竹刀を納めた。結果は確認するまでもない。悲鳴すら聴くまでもない。伊達《だて》には差さない三尺八寸《さんしゃくはっすん》。私はこの六年、今ほど自信を持って竹刀を振ったことは無い。

「皆《みんな》の仇《かたき》だ……!!」

「……ああ、脳に、脳に!!

こんなもので……こんなもので〜〜〜〜〜〜〜〜〜〜〜〜〜」

「せめて痛みを知らず安らかに死ぬがいい」

「おどりゃあ神のクソ、頭へのぼりやがって!!

あんたらもんの風下《かざしも》に立ってよ、まんずりかいてハレルヤで首くくっとれい言うんか、オウッ!!」

――未春が駆けよって来る。霧絵さんがふわりと舞い下りてくる。

　残身の余韻《よいん》を感じていた私は、いよいよ彼女らと合流し、致命傷を負った地獄の幼女を見下ろした。

躯《からだ》じゅうから生み続けてきた緑色の蛇は、今や幼女の躯《からだ》を襤褸布《ぼろぬの》の如《ごと》くに仄《ほの》隠す二、三匹以外、全てが腐汁《ふじゅう》となり汚穢《おわい》な緑の粘液、緑の泥となって命なく朽ち果てている。突《つ》っ伏《ぷ》している幼女本体の躯《からだ》はかろうじて維持されているものの、その頭部は私が確信したとおり、既に原形をとどめていない。緑の脳、緑の脳漿《のうしょう》、緑の血が、破裂して飛び出した緑の両眼とともに、ぐちゃぐちゃと、でろでろと破滅的にしかし薄汚いかたちで噴出しあるいは散乱している。まさに地獄から産み落とされたような破滅的な柘榴《ざくろ》になっている。悪魔の弱点は頭部。悪魔を殺すには頭部を徹底的に破壊するしか無い。それはかつて霧絵さんが既にして第一幕において〝直ちに、暇《いとま》を置かず、情容赦《なさけようしゃ》なく躊躇《ちゅうちょ》なく、舌先を出すのも声音《こわね》を立てるのも許さずにその頭部を徹底的に破壊すること〟〝蛇を殺処分《さつしょぶん》する手段方法はそれひとつしかない〟〝蛇を殺す方法は、その頭部を徹底的に破壊することだけよ〟〝さもなくば蛇が死ぬことは絶対にない〟と教えてくれていたとおりだ。まして竹刀まで用意してくれたとあらば、私の義務はその手段方法を含めて明々白々だった――

「じ、地獄の大蔵大臣・検事総長・異端審問総監《いたんしんもんそうかん》にして」幼女の蚊弱《かよわ》い声。「この怠惰《たいだ》の守護悪魔、地獄の百頭蛇《ヒュドラ》たる女大公《マグヌス・ドゥクス》になんてことを……!!　ベネディクトゥスⅨ世、ホノリウスⅢ世、アレクサンデルⅥ世をただの地獄のケツま●こに墜落させた、教皇三人喰いのこの私に!!　家畜が!!　辨《わきま》えなさい!!　まして、ましてこの天国のアホウドリ……わざわざこんな原始的な武器を貸し与えて!!　なんて陰険で陰湿で破廉恥《はれんち》なの、このあく……この天使!!　この天使!!」

「そんなホントのことを指摘されても」霧絵さんはアサルトライフルとやらを照準しながらしれっといった。「まさか罵倒語《ばとうご》とは受け取れないわね。それにこの手口って、第一幕で貴女《あなた》自身が教えてくれた奴よ。セミロングさんの弓具。ふわボブさんの竹刀。武器は使い慣れたものがいちばん。まして第二幕で貴女《あなた》自身が教えてくれたことでもある――そう、武器はひとつではない。貴女《あなた》の如《ごと》き下賤《げせん》で執念深い変質者をブッ殺そうとするそのときに、まさか武器がひとつの筈《はず》ないでしょう」

「ま、待って、待って頂戴《ちょうだい》」霧絵さんがアサルトライフルとやらを更に頭の残骸《ざんがい》にコツンと当てると、地獄の幼女は俄《にわか》に哀願を開始した。「貴女《あなた》、天使としては第一階級に属するいちばん末端の実働《じつどう》員《いん》でヒラなんでしょう？　よろこびなさい、私の同盟者として天国の、そう私達の植民地となる天国の副《ふく》総督にしてあげる。何と七階級を牛蒡《ごぼう》抜きよ？　何と一気に熾天使《セラフ》よ？　う、ううん私が副総督で貴女《あなた》が総督でもかまわない。むしろそうさせて。もちろん例の毒についてもあらゆるデータを提供する。貴女《あなた》が私達の毒に冒されることはない。断じて悪い契約ではないでしょう？　いや、私はそう思うッ!!　生き残りたい!!　生き残りたいッ!!　貴女《あなた》と私、ふたりで新たなる天国を統治しましょう。天国がガメつく貯《た》めこんできたその〈太陽の炎〉を独占しましょう。そのとき貴女《あなた》は天国のみならず地獄に対しても圧倒的に——そしてとうとう神は私達だけのもの——

しかたないじゃない!!　どうしようもなかったのよ!!　一緒にゆきたかったけど!!　貴女《あなた》は!!

神を心底にくめたら!!　こんなことにはならなんだ!!

むごいあるじと解っても、好きやった!!　忘れられませんのや……」

ここで私は気付いた。この無意味な命乞いの意味に気付いた。すなわち。

「霧絵さん未春、鉄と火薬の気配《ニオイ》!!

火薬の、だからあの拳銃の、悪魔が持っていたあの拳銃の——!!」

「——この音って!!」

ばん　ばん　ばん

……未春が絶叫した直後、銃声が響き。御丁寧《ごていねい》にも三発分響き。

悪魔がその使役《しえき》する蛇を用い、用心深くも五m以上離れた所から発砲させた銃声が響き。

だから、悪魔を取り繞《かこ》んでいた私達にとって完全に死角となっていた所から銃声が響き。

その銃口のベクトルは霧絵さんの頭部を一直線に指し示し。

私がその結果に絶望した刹那《せつな》。

優れた耳で音をそして全てを聴き分けていた未春が、霧絵さんに突進して彼女を突き飛ばし……

「未春っ!!」

「ポニーテイルさん!!」

……まさかの方角から奇襲をしてきた三発の銃弾を、全て自分の頭と躯《からだ》で受け止めた。

たちどころに拳銃を咥《くわ》えたままの遠くの蛇を、そして最期の反撃を試みた悪魔の頭部を、アサルトライフルで容赦なく蹂躙《じゅうりん》し破壊する霧絵さん。

「無駄よ……」悪魔は最期の、断末魔《だんまつま》の苦悶《くもん》を漏《も》らした。それも遺言だった。「……もう遅い……地上も、天国も、じき、闇に堕ちて虚無になる!! じき、もうじき……お前たちを、地上ごと……ヒトごと、天国ごと、世界ごと、滅ぼしてやる!! わ、私達の毒で、最終兵器で、何もかも……呑《の》み尽くしてやる!! ああ、口どもさえ……〈口《オツサ》〉どもさえ実戦投入すれば!! お前たちなんかは皆《みな》、ただの海月《くらげ》に……醜悪《しゅうあく》な海月になりはて……そして私はまた神を、神に……神《デウス》、主《ドミネ》……今上《イエズ》、陛下《クリステ》!! 私もういちど……もういちどだけ、あなたに!! あなたの永遠のあのひかりを……あなたの永遠のあの愛を!! だから私は侵略をするしか!! 救い給え《ホザンナ》!! 聖なるかな《サンクトゥス》!! わ、私のイエズスクリストゥス……イエズクリステ――――――――え!!!!」

霧絵さんは無感情に、悪魔のぐちゃぐちゃな頭部を踏み躙《にじ》りぐちゃぐちゃに絶命させた。

私達の鼓膜《こまく》をずっと嬲《なぶ》ってきた、霧絵さんにすら自殺を思わせた歌つきの交響楽が止《や》む。

三発の銃弾を霧絵さんの代わりに受け止めた未春の下《もと》に、その霧絵さんと私が集《つど》う。

この三名が、四月七日の生き残り……この悪夢のような、四月七日の生き残り……

まして、その生き残りのひとりは、もう。

「ああそんな未春」私は恥じた。この役目を果たさなきゃいけなかったのは剣道部の私だ。吹奏楽部の未春じゃない。「なんてこと未春……未春が死んじゃうああ霧絵さん!! 急いで!! 急いで未春を治療して怪我を癒《い》やしてねえすぐに!!　未春は脳に……胸の真ん中に!!　大丈夫だからね未春、霧絵さんがいるんだから何だってできる、あと少しの我慢だよ!!」

……霧絵さんは今や微動だにせず、静かに首をふる。私の肩にそっと手を置く。

実は私にはその意味が解っていた。解りたくなかった、その意味が。

（ああなんてこと、未春……未春!!）

銃弾に襲われた顔も胸も、ううん未春の躯《からだ》が……未春のぜんぶが消えてゆく。ほろほろと。さらさらと。塵《ちり》のように霧のように。そうだ。デジタルデータのドットやピクセルの様《よう》に。まるで塩の柱が崩れ去る様《よう》に。風織のように千秋のように冬香のように、今《いま》し方《がた》の夏衣のように。未春をかたちづくる全てが最小の点となり、淡く朧《おぼろ》に掻《か》き消えてゆく。悪魔による断末魔《だんまつま》の銃弾を受け止めた瞬間の姿勢そのままに、未春は固着して塵となり、また点となり、その点ですらたちまち雲散霧消《うんさんむしょう》しはじめる。

そう、私にはその意味が解っている。だからもう、何を絶叫しても無駄なことが。でも。

「未春、しっかりして未春、私と一緒に学校へ帰ろう未春、ああ!!」

「初音も……霧絵も……大丈夫だった？」

「もちろん!!　未春が救《たす》けてくれたから!!　だから未春も!!」

「悪魔は……どうなった？」

「この上なく駆除できたわ」霧絵さんの声は真摯《しんし》だった。「天国の危機も救われた。全部、ポニーテイルさんの御陰《おかげ》。ポニーテイルさんの善行には万言《まんげん》を費やしても報《むく》いきれない。僭越《せんえつ》ながら、私達の陛下と眷族《けんぞく》すべてに代わって、こころからの御礼《おれい》を言うわ、有難う」

「ああ、よかった……ねえ霧絵、これで初音は学校に帰れるよね？」

「……ええ、私が責任を持ってそうするわ、必ず」

「わ、私なんかの事より!!　天使や悪魔なんかの事より!!　未春こそが!!　私は未春と!!」

「約束を破って、御免《ごめん》ね初音」

「え」

「生きて帰ってから、生きて帰れたなら、私から……大事な話をする筈《はず》、だったのに。

だから、こんなかたちで悪いけど、初音……

私、ずっと初音のことが大好きだったよ。大好き。言葉のあらゆる意味でそう。

もっとはやく、言葉にしていれば。

初音の気持ちがどうなのかも、きっと……きっと教えてもらえて、語り合えて」

——もちろん私だって未春のことが!!

けれど私がそう絶叫しようとした刹那《せつな》。

だからそれが言葉になり、だからそれが意味を持とうとするその刹那《せつな》。

「ああ未春!!　未春っ!!　そんな、そんなのって!!」

「さよ……ありが……」

とうとう未春の姿は消滅し、私の涙は受け止め先を失って誤差領域の地に墜ちた。

私はどこまでも絶望しつつ……

霧絵さんが未春のいたあたりから何かを回収するのを、それを天国の門の先へ送り出すのを、そしてその天国の門を閉ざし川の遥《はる》か対岸へ撤退させるのを、どうでもいい感じで、まるで他人事《たにんごと》のように眺めていた。

(これでとうとう、私だけ。未春をそして数多《あまた》の友達を見殺しにしてきた、私だけ……

あこがれの、卒業夜祭《やさい》のこの夜。

大切な友達は皆《みんな》、もう卒業してしまった、永遠に……)

……そうやって、どれだけの時間を独り、慟哭《どうこく》に費やしていたのか。

気付けば霧絵さんが私の眼前に立っている。

凜《りん》と立っている。

私は正座を少し崩した姿勢のまま、どうでもいい感じで、天国の門番を見上げた。

気付けば誤差領域の空は、闇夜の曇天《どんてん》ではなくなっている。

学校生活で見憶えがある、清澄《せいちょう》で命の息吹《いぶき》ある春の夜空になっている。

天国のあの門も、天国のあのヤコブの梯子《はしご》も今やどこにもない。

私は最終的に失望し、どうでもいい感じで四方《しほう》を見渡した。

——夜桜の薄紅《うすべに》。篝火《かがりび》の朱《しゅ》。星空の濃紺。海の黒青《くろあお》。

涙の如《ごと》く儚《はかな》く零《こぼ》れるしめやかな花吹雪。寄せては返す、たくましい潮の香りと波の音。

(この風景は、桜瀬女子《おうせじょし》……しかも今夜の桜瀬女子。卒業夜祭《やさい》の桜瀬女子。まして)

気付けば私は大きな川の川辺などには座っていない。

気付けば私はとても辺鄙《へんぴ》な、波打ち際の海岸に座っている。

学校の生徒なんてまさか近付こうとしない様《よう》な、荒々しく無骨な、岩場の海岸に。ここって。

(見憶えがある。ここにも見憶えがある。

私はまさに今夜、ここを思い出したのを憶えている)

私がその記憶を、こころの奥底から捜《さぐ》ろうとすると——

悲しい、とても悲しい、ヒトビトの魂そのものが泣訴《きゅうそ》するような音楽が流れくる。

吹奏楽部の未春だったなら、弦《げん》と木管《もっかん》の歔欷《すすりなき》が陰鬱《いんうつ》に過ぎる、と呆《あき》れそうな音楽が。

Κομμτ, ιηρ Τοψητερ, ηελφτ μιρ κλαγεν,
σεηετ ιην αυς Λιεβ υνδ Ηυλδ

Ηολζ ζυμ Κρευζε σελβερ τραγεν……

（今度は意味が……）ひょっとしたら、霧絵さんのちからか。（……意味が解る⁉）

［来たれ少女よ］霧絵さんは恩念で、厳粛な合唱の意を伝えてきた。それは鎮魂だった。［我とともに嘆《なげ》け。愛と哀れみのゆえに自ら、十字架の横木を背負いゆくその姿を嘆け……］

「霧絵さん」私は訊いた。「未春と冬香は、天国にゆけたんだね？」

「ええ」

「けれどそれは実は、ヒトの魂にとって救いでも何でも無かった」

「必要な弁解ならば終えている。それを前提とした上で、諾《だく》よ初音。

天国へ迎え入れられるその際の、この世ならぬ無上の忘我《ぼうが》、無上のよろこびをのぞけば。

――死後の世界はどこまでも忘却と浄化。私達天国の民のための忘却と浄化。

畢竟《ひっきょう》、〈太陽の炎〉に転換され消費されるという意味において、ヒトにとっては絶望。

そうよ初音。

ヒトの魂には生まれ出でたその刹那《せつな》から、ヒトの来《こ》し方《かた》と在《あ》り方《かた》と行《ゆ》く末《すえ》とが刻み入れられている。

ヒトは何処《どこ》から来て何処《どこ》にいて何処にゆくのか？　そう、ヒトは天国により創造され天国のために善行をつみ天国へと帰る……

まさに聖書にあるとおりよ。

ヒトは鏡に映るごとく神の栄光を見、《ノスヴェログロリアムドミニスペクランテス》栄光より栄光にすすみ、《インエアンデムイマギネムトランスフォルマムル》

神の御靈によりて神と同じ像に化するなり《アクラリタティンクラリタテムタムクアムアドミニスピリトウ》

それが天国の求める善行であったとき、ヒトは帰るの、私達の所へ。

私達はよき刈り入れの為《ため》、ヒトを地上に放牧するだけ。

それが家畜主義だというのならまさにそのとおり。

必要な弁解ならば終えている。今更何を付言《ふげん》することもない。

——これこそ世界最終の真実。

上原良子が全てを放擲《なげう》ってでも知りたいと、禁断の知恵の樹の実を食《は》んででも知りたいと、あらゆる不正手段を用いて窃視《せっし》を悲願したこれがヒト最終の真実。死後の世界の真実。

けれど……

これで私に数多《あまた》の守秘義務が課せられている理由が解ったでしょう、初音」

「……そんな残酷な非道《ひどう》を、まさかヒトに知られる訳にはゆかない、絶対に」

「まさしくよ。

天国は、天使は許さない。神への道を知ることを。神への道を試すことを。だから私達の帝陛下《みかどへいか》を試すその傲慢《ごうまん》を、断じて許しはしない——就中《なかんずく》、錯乱して自らでっちあげた紛《まが》い物《もの》の希望、錯乱して自らでっちあげた御都合主義的《ごつごうしゅぎてき》な天国の御伽噺《おとぎばなし》に縋《すが》り付き、不正な手段を以《もっ》て、しかるべき対価も支払わずに天国を窃視しあるいは侵略しようなどと。ましてその不正な手段として、きっと私達の天国へ帰れたであろう十八歳の少女らを恣《ほしいまま》に創《つく》り換《か》え、窃視と侵略の尖兵《せんぺい》にしてしまうなどと。

そんな増長《ぞうちょう》した愚か者の成れの果てなど、私達は、断じて許すことができない」

「だから殺戮《さつりく》した。桜瀬女子《おうせじょし》の数多《あまた》の先輩方を。そして殺戮しようとした。今年の私達を。

けれど霧絵さん、最後に教えて。

何故今年にかぎって、私達七人の侵略者を直ちに殺戮しなかったの？」

「……初音と初音の魂に無関係な理由から説明する。といって既にさしたる口説《くぜつ》は不要。

それは過去最大級に侵略者の員数が大きかったからよ。七人であろうと九名であろうと、今年の侵略者は異様に多数で、それは私に危機感とそして……ある意味の昂揚感《こうようかん》を感じさせた。理由は詳論《しょうろん》するまでもない。悪魔の跳梁《ちょうりょう》が確実に予見できた上、悪魔が当該《とうがい》多人数の内に擬態し紛《まぎ》れ込むことができるというのなら、同様の能力を有する私自身もまた、当該《とうがい》多人数の内に擬態し紛れ込むことができるから。そしてとうとう当該《とうがい》悪魔を罠に嵌《は》めて滅《めっ》し去ることもできるから——それは、この四月七日の物語の結末がこの上なく明瞭にしめしているとおり。実際、この四月七日において、四、五人の内に天使と悪魔が擬態して紛れ込んだその際、初音はそれらの擬態を呆気《あっけ》なく看破している。これすなわち、侵略者の員数が少なければ少ないほど私が謀《はかりごと》を仕掛け難《にく》くなるし、侵略者の員数が少なければ少ないほど当該《とうがい》侵略者のひとりに擬態した私の謀《はかりごと》が見破られる可能性がたかい。その意味で、今年の四月七日の、過去最大級の七人なり九名なりというのは理想的だった。端的《たんてき》には、私はこの三〇年余《よ》で初めて勝負に出た。こうなる」

「なら霧絵さん、『私と私の魂に関係がある』理由って？

例えば何故、私を第一幕劈頭《へきとう》で処理しなかったの？　例えば風織はすぐ殺されているわ」

——訊いた私は次の瞬間、それこそ魂が飛び出るほど吃驚《びっくり》した。何故と言って。

　中等部さん、ひさしぶりね、そう六年ぶり

「そ、その声は……!!」私は全てを理解した。その声の主が誰なのか。この岩場の海岸が何処《どこ》なのか。霧絵さんが舞台として設定し直した、学園島のこの孤独な海岸が実は何処《どこ》なのか……私は今夜地上世界で思い出せたことを今、確実に脳裏で言語化できた。「……せ、先輩!!　六年前の卒業夜祭《やさい》で私が足を洗わせていただいた……そのままスッと塵《ちり》ひとつ残さず掻《か》き消えてゆかれた、あのときの!!」

　やっぱり生き残れたわね初音。初音の執拗《しつよう》さと細かさは、きっと今年の四月七日、初音を

　救う……私がそう期待し、そう望んだとおりに

……しかし。だけど。でも。

「今喋っておられるのは、霧絵さんの……今動いているのは、霧絵さんの口」

　まさしくよ。というのも今は私、初音のいう霧絵さん……Τιγηιρυιελだから

そう、あれは六年前のこと
今夜の貴女《あなた》同様、酷《むご》い人体実験の被験者だった私は
自分のことで恥ずかしいから詳細は措《お》くけど、魂の異様な価値を見出された
だから、死んでいたはずの私は陛下と天国の恩寵《おんちょう》で、復活することを許された
けれどヒトとしてでなく、天使として、Tιγηρωιελ として
それが天国の許す最大の譲歩だった
要するに私は天国にも地獄にもゆかず、〈太陽の炎〉にもされず――
こうして Tιγηρωιελ のなかで、その魂の器のなかで、永遠を生きることを許された
けれど……ああ Tιγηρωιελ、やっぱりもう限界ね
この六年間で、貴女《あなた》と私は、もう……私達の魂は、もうすっかりひとつに……
「有難う」霧絵さんが言葉をひきとり、霧絵さんの唇からは霧絵さんの声が出た。「私達の魂がこうも重なり合ってしまった以上、二言《ふたこと》三言《みこと》口を開くのも大変だったでしょうに」
最後に、初音……私、待っているわ。私、ずっと待っていたの
じゃあ『中等部さん』、しばしのお別離《わかれ》よ。私、貴女《あなた》の決断を見守っているわ
……なんてこと。
思い出した私は、やっぱり霧絵さんがとことん正直族であることも思い知った。何故なら霧絵さんはこの先輩のことも自白していたから。霧絵さんは断言していた。〝ヒトを復活させるなど、私達の帝陛下《みかどへいか》にしかできないし、それすら一〇〇〇年に一度御決断《ごけつだん》なさるかなさらないかの超絶的な特例で奇跡よ〟〝私が直接知り得たかぎり、陛下はちょうどつい最近も、死に至る刑罰なり拷問《ごうもん》なりを受けたヒトを、格別の恩寵《おんちょう》と勅許《ちょっきょ》でもって復活せしめ遊《あそ》ばしたばかりだしね〟と断言していた。私はそれを聴いたとき、それを二〇〇〇年前の神の子の復活のことだと誤解してしまったけれど、霧絵さ

んはやっぱり嘘を吐いていない――〝ちょうどつい最近〟はまさに字義どおりで、実は六年前のことだったのだ。ましてそれは霧絵さんが直接関与したこと、〝私が直接知り得た〟ことなのだ。

「だとすると」私は引き続き呆然《ぼうぜん》と吃驚《びっくり》しながら。「先輩と霧絵さんは、いわば融合した」

「まさしくよ」凜然《りんぜん》とした霧絵さんは語気を強めて。「これが最後の真実のうちの最後の真実となる――そもそもヒトの魂は、地獄に堕ちようが天国へ昇ろうがどのみち〈太陽の炎〉に転換されるわ。既に初音がどこまでも理解したとおりに。けれど――滅多《めった》に無いことだからどんな言葉を遣えばよいのかとても途惑《とまど》うけど――いわば一〇〇〇年に一度現れ出でるかどうかというほどの極上の魂を有する者は、私達の陛下の恩寵《おんちょう》と勅許《ちょっきょ》さえあれば、第三の道を選択することができる、果てしない善行ゆえの特権として」

「それは要は、天使と融合して、天使として生き続ける道」

「そして物語上自明だけど、私が初音の存在を意識してから、その……初音のことをいわば依怙贔屓《えこひいき》したのは、無論私達には魂の価値が分かるから。まして私の中にはずっと――たとえ既に個としての自我を融解させつつあるとは言え――貴女《あなた》中村初音と出会ったこの子の意識がまだあるから。

だから私が、いえ私達が初音の存在と魂とを意識してから、貴女《あなた》の名前を漢字の書き方も含めて焦《あ》燥《わ》てて確認したり――だから〝貴女は誰なのか〟〝家に帰りたいか〟を急いで確認したりしたのは、私と一緒になるべき魂の本人確認と状態確認。というのも、初音が誤差領域入りの都度《つど》、擬似的に何度も何度も繰り返して体感してよろこびの涙を流したとおり、既に準備ができている魂は〝家に帰りたいか〟と問われても絶対に否《いな》と答えるから。それは、何度も何度も繰り返して家に帰りたくないと願ったであろう初音には解るはずよ。

ただこの子を――天国の天使たるにふさわしいとの勅許《ちょっきょ》まで得たこの子を救い、この子の足を洗って最期の希望を叶え、ましてその復活の証人となったとき、貴女《あなた》の魂は、地上世界の他の誰よりも尊く美しくなっていた。重ねて陳腐《ちんぷ》な言葉を遣えば、それだけでもう極上のものとなっていた。この子の水準に達するまで、あとわずかと確信できる程《ほど》に。

だからこそ私は秘かな願いをいだき、諸々《もろもろ》の介入をした――

絶対に、初音の魂を悪魔にわたさない様《よう》に。絶対に、初音の魂が地獄ゆきとならない様《よう》に。そしてあわよくば初音が、陛下の恩寵《おんちょう》と勅許《ちょっきょ》を絶対確実にえられる程《ほど》の、そんな特大級の善行を、戦果を挙げられる様《よう》に。それがこの四月七日、私のずっと隠してきた動機」

「私が悪魔を殺して」怒ればいいのか呆《あき》れればいいのか、よろこべばいいのか……「天国の門を閉じ、天国侵略の脅威を消滅させること。それが霧絵さんの願った戦果で、だから私が〈太陽の炎〉にならなくてすむ善行だね？」

「まさしくそのとおり。

天国の天使とて困難なその使命と任務。それを完遂したとあらば、ましてそもそも極上の魂を有しているとあらば、天国の誰も初音のとうとさを否定しはしない。上奏《じょうそう》して願い出たなら直ちに勅許《ちょっきょ》が下りる……それればかりかこの場合、事後承諾でも充分でしょう。いいえ事後承諾しか選択肢がないわ。私達にはもう時間が無いから。

――初音、地上世界でこの四月七日、陰惨《いんさん》と苛烈《かれつ》を極めた非人道的な実験を受けた貴女《あなた》の命は、今やその限界を迎えようとしている。要は貴女《あなた》は瀕死《ひんし》であり臨死《りんし》。もし私と一緒になろうというのならそれは今、此処《ここ》で決断してもらわなければならないわ。その契約は今、完全な自由意思に基づき、完全に一義的な言語によって為《な》されなければならないわ。貴女《あなた》が地上世界で死んでしまってからでは手遅れなの。貴女《あなた》が地上世界で死に、その魂を勅《ちょく》と法令どおりに処理しなければならなくなってからでは手遅れなの。そう、私達にはまるで時間と自由が無い。というのも」

「このままでは、このままただ死んでしまっては、私は地獄に堕ちるからだね？」

「……諾《だく》。そのときは私が介入して魂をよこどりする事もできない。叛逆罪《はんぎやくざい》になるから」

霧絵さんは先刻《さっき》、あれだけ激しく、あれだけ死に物狂いで警告をしていた。〝天使をして天国の門を出現させること〟〝天使をして天国の門を開かせること〟まして〝天国の門のその先を視認《しにん》〟することは〝最大級に不正な行為であり、よって最大級の刑罰を以《もっ》て処罰されることとなる〟と。今なら解る。あの警告は私に重大犯罪を犯させない為《ため》のものだ。だって〝門を一瞥《いちべつ》しただけの今ならまだ……〟救《たす》かるのだから。裏から言えば、門のその先を確実に目撃してしまった私は、天国にとって最大級の重罪人で侵略者。そんな汚穢《おわい》な魂が天国へゆける筈《はず》もない。私の魂の値《ね》がどれだけ高額であったとして、よこどりを試みる天使などいないだろう……それはヒトの私がどう考えても、霧絵さんの言うとおり叛逆罪《はんぎやくざい》だ。

「初音がふつうに死んだなら、その魂は天国の法令と地獄の欲望とによって当然、地獄に堕ちる。そして天使たる私は断言をした。地獄に堕ちた魂は、悪魔どもによって散々に嬲《なぶ》られ辱《はずかし》められ犯され嘲戯《もてあそ》ばれると。その私に嘘を吐く機能は無いし、まして初音、初音はあの地獄の蛇がどれだけ淫《みだ》らにポニーテイルさん・セミロングさん・ふわボブさんの尊厳を踏み躙《にじ》ったか、その瞳《め》で目撃できたでしょう……地獄において悪魔どもが嬉々《きき》として実行する冒瀆行為は、まさか、まさかあんななまやさしいものではないわ」

「だけど詰まる所、私達ヒトが主食や燃料にされるその事実には変わりないよ。

それに私、未春が、夏衣が千秋が、冬香が流菜が風織がその運命を受け容れなくちゃいけないって言うのなら!!　私だけが何故……!!　私だけが何故そんな救済を……!!」

「初音はそれだけの善行と戦果をしめしてくれたわ。

初音は地上を、天国をいえ世界全てを救ったの。初音には救われる資格と価値がある」

「だとしても!!　そんな依怙贔屓《えこひいき》、私は!!　皆《みんな》にどうやって顔向けできるって言うの!?」

「……ならば初音、私の為《ため》に決断して、私だけの為《ため》に」

「どういうこと」

「あなたがすき」

「意味が解らない」

「私は美しいものが好き。私が美しいと感じるものが好き。

私はヒトが好き。刹那的《せつなてき》で脆弱《ぜいじゃく》だからこそ美しいヒトが好き。

……そして私は、まあその、今の私がさほど好きではない。

だからあの子と一緒になった。

だから初音と一緒になりたい。

私よりずっとずっと美しい、いいえ私の主観では世界でいちばん美しい、そんな初音と。

そして私は仮初《かりそ》めにも天国の天使として、私の愛する美しいものが、悪魔に犯されたり喰われたりするのをまさか容赦《ようしゃ》できない。悪魔とともに堕落と冒瀆の暗黒へ堕ちてゆくのを、まさか許すことはできない。

それは私の欲望で我《わ》が儘《まま》でエゴイズムに過ぎないのかも知れない。それならそれでいい。

私のこころをこんなにも激しく動かした、初音を美しいままにできるならそれが本懐《ほんかい》よ。

だから……

私が食べる。

私と一緒にする。

私と一緒になって。

私になって、貴女《あなた》が愛したポニーテイルさんの魂が旅する、その終着駅をみとどけて。

私になって、貴女《あなた》が大切に思ってきたふわボブさんの魂の、その行く《ゆ》末《すえ》をみとどけて。

それがどんなかたちであれ——たとえ最期の葬送に立ち会うが如《ごと》き残酷なかたちであれ——そうそれがどんなかたちであれ、もし貴女《あなた》が大切なヒトの魂と再会したいというのなら、私と一緒になって天国へゆくしかない。もし大切なヒトの魂がどのような真実と結末を迎えるのか、それをみとどけたいというのなら、私と一緒になって天国へゆくしかない。

まして、卑劣なことを言うわ。私には今、形振《なりふ》りかまっている余裕がないから。

……もし、初音が私の破廉恥《はれんち》な欲望を受け容れてくれるというのなら。

私と一緒になって、天国の天使として永劫《えいごう》を生きることを肯《がえ》んじてくれるというのなら。

私は誓って、上原良子とその陰謀の巣窟《そうくつ》を灰燼《かいじん》に帰《き》せしむる。

ヒトの少女を数多《あまた》実験動物にし奴隷にし、悪辣非道《あくらつひどう》な虐待・拷問を重ねてきた外道《げどう》どもとその施設設備そして成果物を徹底して灰燼《かいじん》と化し、もうどんな少女も、もう誰も、悲しみの四月七日を過ごさずにすむ様《よう》にする。悲しみの四月七日はもう終わる。終える。私が終わらせる。私と初音が終わらせる。だから——

だからお願いよ初音、私と来て!! 失ったものは、いつも大きいのよ、でも!!

誰にとっても、明日にむかう汽車は、今、此処《ここ》からしか出ないのよ初音!!」

その刹那《せつな》。

私の脳裏にもう一度、先輩の声が響いた。まして霧絵さんの顔すら一瞬、変わって……

中等部さん

貴女《あなた》の大事な友達は

貴女《あなた》が進んで地獄に堕ちて、それでよろこぶ娘《こ》たちだった?

彼女達の真実、彼女達の悲しい物語を、どうか永遠にしてあげて……

二度とふたたび貴女達《あなたたち》の様《よう》な、悲しみの道を歩む娘《こ》が出ないようにしてあげてけれど私の脳裏には、未春の最期の言葉も甦《よみがえ》った。
約束を破って、御免《ごめん》ね初音
生きて帰れたなら、私から……大事な話をする筈《はず》、だったのに
だから、こんなかたちで悪いけど、初音……
私、ずっと初音のことが大好きだったよ。大好き。言葉のあらゆる意味でそう
もっとはやく、言葉にしていれば
初音の気持ちがどうなのかも、きっと……きっと教えてもらえて、語り合えて
「……でも霧絵さん」
「何」
「霧絵さんは実は、私の、何て言うか命を救いたいだけで……
実は、私に天使になんかなってほしくはないんだよね？」
「何故」
「霧絵さんは天国にも天使にも希望を持ってはいないから。
霧絵さんはヒトにこそあこがれ、ヒトをこそ嫉《うらや》んでいるから。
だからこそ私の先輩と一緒になって、今現《いま》に〝魂の中〟に、〝ヒトの部分とでも言うべき部分〟を大事に持っているんだから」
「そうね」
私は霧絵さんの、魂の絶叫とでも呼ぶべき言葉を思い出す――
ヒトの好奇心。ヒトの選択。だから欲望と決断。だから自由と責任
それは私達天使が先天的に、本能的に欠いている、ほんとうにすばらしい性能
私達天使はまるでそのようには創造されていない

私達天使は既に真善美《しんぜんび》の使徒として完成されたものだから
私達の天国は既に真善美《しんぜんび》の帝国として完成された世界だから
だから私達にはもうこれ以上が無い。これ以上の先が無い
私達と私達の天国についての、最後の言葉は語られてしまった
すなわち私達の物語は永遠に最終頁のままよ、そう永遠にね
それが天国の永遠の春
あれがおもしろい。これがしてみたい。あれが不思議だ。これをしよう
それってほんとうに貴重に思える。それってほんとうに羨《うらや》ましく思える
世界についての最後の言葉がまだ語られていないなんて、なんて冒瀆《ぼうとく》で無闇《むやみ》なの。なんて
淫猥《いんわい》で不謹慎《ふきんしん》なの……なんて嬉しくて悲しくて、だからなんて素敵なの
私の魂の中の、ヒトの部分とでも言うべき部分がそう絶叫しあこがれる
私のいだく本質的ないかがわしさは、おもしろさは、断じて間違ってはいなかった

「だから霧絵さん、私は、その、少なくとも……次の汽車に乗るよ。

この機会は諦《あきら》める。このあと地獄で私がどうなるのかなんて解らないけど、霧絵さんの汽車には乗らない。だって私も霧絵さんと一緒だから。霧絵さんはきっと、永遠なる愛なんて信じていない。悲しみの内に光が、希望の内に闇があることをすばらしく感じている。悲しみと蚊弱《かよわ》さから、とても大事なものが生まれ出てくると希望している。だから、地上で創造され地上に住まう天使であることを、天国本国では勤務しない超現場派の天使であることを、むしろ嬉しく思っているし、天国本国のことを、まあその、ある意味で堕落した世界だと思っている。要するに、ヒトの無闇《むやみ》と冒瀆《ぼうとく》と淫猥《いんわい》と不謹慎《ふきんしん》とを……私達ヒトが本質的に愚かでいかがわしいことを、とてもおもしろく大切に思っている。

今は私もそう思う。

だから霧絵さんゴメン、私は、明日にむかう霧絵さんの汽車には――」

「だからこそよ」

「え」

「そう信じ続ける天使が、ヒトのかなしさとおもしろさを愛し続ける天使が、私達の国には絶対に必要なの。もし私達の国がほんとうに楽園だと言うのなら、真善美《しんぜんび》などしゃらくさい。天国は教科書や監獄であってはならない。ヒトにとって真実大切なものは、私はこれがおもしろい、私はこれをしてみたいという〈好奇心〉と〈選択肢〉でそれだけよ。それがあらゆる自由と責任、詰まる所は未来のみなもとよ。私達の国にはそれがない。まるでない。永遠の春なんて滅茶苦茶《めちゃくちゃ》にしてやりたい。私が好きなのは酷暑《こくしょ》の夏と瑠璃《るり》の海だもの。

ヒトの好奇心と選択肢、自由と責任が解らないからこそ、家畜主義と奴隷主義に塗《まみ》れる。私達の国はどこかで道を誤っているし――

何よりも、そんなのはおもしろくない。

だから。

――もう綺麗事《きれいごと》は言わないわ。私と友達になって、私と一緒におもしろいことをして。最上位階級にある悪魔すらたちまちのうちにブッ殺せる、初音のその性根《しょうね》と覚悟で。一緒にゆこう、友達になろう、初音」

未春の顔が。夏衣の、千秋の、冬香の、流菜のそして風織の顔が脳裏をよぎる。そう友達の顔が。私がこころのなかに思い描けた皆《みんな》の顔は……冬香のは少なくとも苦笑だけど……

(そう、誰もが皆《みんな》、学校での少女の日々のように)

「初音、私と来て」

「解った。けど最後にひとつ」

「何」

「友達なら、ちゃんと名前を教えてよ」

「それは当然だけど、でもね、私にちょっと考えがあるの――」

Ⅷ

桜瀬《おうせ》医科大学附属《ふぞく》女子高等学校、本館、校長室。

新しい太陽の最初のかがやきが、天国への階段の如《ごと》くに、優美かつ荘厳《そうごん》な傾斜で卒業夜祭《やさい》の終了を告げ知らせた頃。

依然、春らしい藤鼠《ふじねずみ》の着物を婉然《えんぜん》と着た上原良子校長は、あたかもそのかがやきを厭《いと》わしく感じるかの様《よう》に、校長室の荘重《そうちょう》な緞帳《どんちょう》を引いた。どのような気紛《きまぐ》れか、卒業夜祭で生徒らが数多《あまた》用いる灯籠《とうろう》の、その蠟燭《ろうそく》に火を灯す。ノスタルジックな大正浪漫を感じさせる、しかしアール・デコが凜然《りんぜん》とした校長室は、新たな日も新たな朝も拒絶するかの如《ごと》き、沈鬱《ちんうつ》な夜の帷幕《とばり》にふたたび統《す》べられた。唯一の灯《ともしび》たる蠟燭《ろうそく》の火が、ヒトの魂のように、また彼女のこころのように瞬《またた》く。大学の総長室すら想起させるこの校長室は今、幽玄というには悲壮に過ぎる鬱情《うつじょう》に支配され、その威厳もひろさもエレガンスも、朧《おぼろ》な闇の瞬《また》きのまにまに浮き沈みをするばかり。この校長室を特徴づける大《おお》時代的で浪漫的な三枚の西洋絵画――『キリストの変容』もまた、闇と光の沈鬱な瞬《また》きのまにまに、瞳《ひとみ》に浮かんではまた消えてゆくばかり。

（空川風織。時村流菜。西園千秋。北条冬香。南雲夏衣。東都未春――）彼女は彼女の生徒らを、地下での如《ごと》くに識別番号では呼ばなかった。（――この四月七日も、既に六人を失った。まして最後に残された、中村初音は）

――今頃、地下は狂騒《きょうそう》と狂奔《きょうほん》のちまたとなっているだろう。

被験者が突如として消失するなど。いや想像をたくましくするのなら、遁走《とんそう》するなど。あらゆる意味において異常事態・緊急事態である。この実験が、極秘を要すべき非人道的なプロジェクトであるという意味においても。この実験が、日本国直轄のものであるという意味においても。この実験に残された今年最後の被験者が、その中村初音であるという意味においても。また、この実験が神を試す、はてしない冒瀆であるという意味においても……

お目付役《めつけやく》たる露村成泰《つゆむらしげやす》・内閣情報官が今どれだけ狼狽《ろうばい》・激昂《げっこう》し、地下二階で咆哮《ほうこう》しあるいは東奔西走しているかと思うと、上原良子の唇は、どうでもいい軽蔑を載せた嘲笑の様《よう》にそっと歪んだ。ひょっとしたら、どうでもいい自虐の様《よう》に。そう、上原良子は知っている。このような事態を知っている。数多《あまた》いる部下教員の内でも、このような極秘事項にして突発《とっぱつ》重大事案を知りえた、幾許《いくばく》かの忠実な教職員とともに知っている。そのような者も上原も、まさか保身とメンツを最重要課題とする小喧騒《こうるさ》い内閣官僚などに漏らしはしない、この繰り返される四月七日の実験の、ある意味で『最大最悪の』アクシデントを知っている。

――上原良子は軽蔑あるいは自嘲の微笑を浮かべたまま執務卓を発《た》って、あの三枚の『キリストの変容』の前に凛然《りんぜん》と立った。

彼女の予感が確かならば、この四月七日もまた失敗である。

まして彼女の戦慄《せんりつ》が確かならば、それでもこの四月七日は特別な夜になる。

――数多《あまた》の四月七日を繰り返してきた上原良子には、今年の四月七日の異常性が、その華奢《きやしゃ》な骨身《ほねみ》に染《し》みるほど理解できた。それはそうだ。被験者の員数が過去最大級であることは無論、カウンタープログラムたる天使の挙動《きょどう》・動静が過去最大級に非合理であるし、まして各々《それぞれ》の被験者の死の態様《たいよう》は、まるで殺人事件か殺し合いでも勃発《ぼっぱつ》したかの如《ごと》き、過去最大級に現世的かつ地上的なものである。素人たる露村内閣情報官ならいざ知らず、これらに過去最大級の異常・異変を感受しない方がおかしい。
要は、今年の四月七日はこの三〇年余《よ》で最も不自然かつ不可解である。そしてどのみち門を開《ひら》けてはいないのだから、今年の四月七日は上原良子にとって、甚《はなは》だ危険な態様《たいよう》で不自然かつ不可解である。

（まして、中村初音は忽然《こつぜん》と消えた……そう、六年前のあの娘《こ》の様《よう》に）

……そこに天使のあるいは天国の介入を察知しないほど、上原良子は素人ではない。

だから、彼女の恐怖と期待が確かならば、この四月七日は特別な夜になる、はずだ。

（卒業生を本土に送る船便に余裕があるのは、在校生にとってさいわいね。このときの為《ため》に、執拗《しつよう》に避難訓練を実施してきてよかったわ……）

彼女がいまいちど、三枚の『キリストの変容』を見上げ。

そして、手ずから準備万端《じゅんびばんたん》、銀の茶器を整え終えた典雅な応接卓を見遣《みや》ったとき。

「おはようございます」

「あら、今晩は」

彼女の執務卓の傍《かたわ》らに、中村初音が立っていた。

無論、ノックもせずドアも開《ひら》かず。

突然に、まるで無から現れ出《い》でた中村初音。

今夜の酷《むご》い実験の跡形《あとかた》など微塵《みじん》も感じさせない中村初音。

まるでこれから卒業夜祭《やさい》にでも出掛けようかというほど、端然《たんぜん》・凜然《りんぜん》とした中村初音。

――しかし上原良子はまさか驚愕《きょうがく》しなかった。

中村初音が……いやこの〈中村初音〉が何者であるかは、上原良子が最も知っている。

まして〈中村初音〉のこの親切心。

彼女の艶《つや》やかなローファーは、緋《ひ》の絨毯《じゅうたん》にほとんど接しておらず、彼女の黒白モノトーンのセーラー服は、その背から超越者・上位種ならではの真白《ましろ》い翼を美しく展《ひろ》げている。

だから今、ノスタルジックな蠟燭《ろうそく》の灯《ひ》に浮かぶ、大正浪漫とアール・デコの校長室で。

――最終の犯人と最後の探偵とが、朧《おぼろ》にしかし厳粛《げんしゅく》に対峙した。

「上原校長。私の使命ゆえ、最後の捜査と取調べ、そして刑罰の執行にまいりました」

「最後の――ということは、既に私と私の学校の犯罪を知り尽くしているという訳ね」

「ええ。よって私達の勅《ちょく》と法令の規定に基づき、最後の自白と弁解の機会を与えます」

「結構。私もこの三〇年余《よ》、貴女《あなた》に問いたかった事がある。たったひとつの、私の願い。

――先《ま》ずはお座りなさい。ささやかながら、茶菓《ちゃか》の用意をしておきました」

「お気遣いは御無用に。貴女《あなた》に許された残りの命数《めいすう》を考えれば、それはまるで無意味ゆえ」

「よいからお座りなさい。私に私の最後の客を饗《もてな》させないつもり？」

「いえ、私達はヒトのような食事を致しませんので」

「その姿をとっている以上、貴女《あなた》は私の生徒です。校長の指導は聴くものよ」

「ヒトの分際《ぶんざい》で執拗《しっこ》いわねこのババア。

この非常時にわざわざ時間を割いて、命乞《いのちご》いを聴かせてもらおうかって時に。

急がないと、私の最上位の上官がここをソドムとゴモラにすべくノリノリで降臨するの。

私まだ塵《ちり》に帰されたくはないから、ババアの反省文だけでっちあげられればそれでいい。

さあ、とっとと能書《のうが》きを垂《た》れて頂戴《ちょうだい》」

き、霧絵さんどうして煽《あお》るの‼　それにババアは霧絵さんだよ‼

……それ貴女《あなた》でもあるんだけど。というか私達はもう霧絵でも初音でもないわ
「た、大変失礼しました校長先生。せっかくのお心配り、有難く頂戴いたします」

「……中村さん本人なの？」

「そのようでもあり、そのようでもなく……

諸事情あることとゆえ、ともかくもお茶を頂戴しながらお話し合いができればと思います」

「時間の余裕は如何《いか》ほど？」

「小一時間は大丈夫、だと思います校長先生」

「まったく結構。まして生徒の避難計画上、都合がよい」

「――では在校生を含めて、大規模災害のときの避難計画どおりに？」

「それは請け合《うあ》います。魔女の私とて、この国のたからものを無意味に死なせたくはない。

さあどうぞ。私の記憶が確かなら、ふたりでお話しするのは最後の期末面談以来ですね」

〈中村初音〉は上原良子にうながされるまま応接卓のソファに座した。上原良子もまた、亭主役《ていしゅ》として着座する。ここで上原良子は苦笑を禁じ得なかった。中村初音は生徒会副会長を務めた、また剣道部の、礼儀正しい娘《むすめ》だ。だから今、〈中村初音〉が真白《ましろ》い天使の翼を、まるでコートでも仕舞《しま》うかのように窮屈《きゅうくつ》そうにキュッと締《すぼ》めたその姿を、とても愛らしく可愛らしく思ったのだった――無論、上原良子はそんな娘の死すら厭《いと》わぬ魔女でもあったが。

「では中村さん、御随意《ごずいい》に開始しなさい、貴女《あなた》が為《な》すべき事を。

事ここに至って、私には隠すべき何事もありはしないから」

「では失礼して、私達の……じゃなかった私のする質問に全て、嘘偽りなくお答え下さい。

ここ桜瀬女子《おうせじょし》で実施されてきたあの実験ですが、それが日本国の意志によって実施されてきたというのは事実ですか？」

「事実です。

最上位の責任者は歴代の内閣総理大臣そのひと。意思決定については閣議を経ています。

無論、それが国民に公開されることは永劫《えいごう》、無いでしょうが」

「校長先生の任務あるいは役割は？」

「実験実施の最上位の責任者です。ハンコを押す方々を除いた、実務レベルの最上位者」

「この実験の目的は？」

「成程《なるほど》、私の口から自白を獲《え》ることが大事なのですね。

なら御存知《ごぞんじ》のことを改めて申し上げれば、天国の門にアクセスし、天国の門を開き、もって天国の在《あ》り様《よう》を知ることです。我々ヒトが絶対に与《あずか》り知ることのできない、この世界最終最後の真実――ヒトが死んだ後に待っているものは何か。死後の世界はどの様《よう》なものか。就中《なかんずく》、天国とはどの様《よう》なものか。天国にはどうしたらゆけるのか。

それを解明するのが私の実験の目的です。いいえ、目的でした」

「校長先生の実験は、天国とこの世界にとって不正な手段だと認識しておられましたか？」

「当然のこと。誰も生《せい》ある内は知り得ない。それが死後の世界の、まして天国の本質ゆえ」

「……実験の目的は達成されましたか？」

「ホホ、いいえ」

「何処《どこ》までを御存知《ごぞんじ》になりましたか？」

「橋頭堡《きょうとうほ》として、擬似的な天国に到《たど》り着くことは……到《たど》り着かせることはできた。其処《そこ》までは例年、まず成功する。だから当該《とうがい》擬似的な天国の在《あ》り様《よう》ならば相当程度に実態把握ができている。其処《そこ》には天使が使役《しえき》する、カウンタープログラムとしての獰猛《どうもう》な獣が出現することも。それら獰猛な獣は、当該《とうがい》擬似的な天国の川のその先を死守しているということも。だから結果として――まさに今年の四月七日も――我々ヒトが渡河《とか》をしてその川の先を確認することはまず不可能だということも。あるいはだから、当該《とうがい》川の先には確信水準の蓋然性《がいぜんせい》で、天国の門が存在するということも。

これがすべてでここまでよ。

というのも、私の使命あるいは重荷は今夜ここで終わるのだから。そうでしょう？

——結果としては、ヒトの無力を思い知るだけに終わった三〇年余《よ》だったわね」

「天国を不正な手段で窃視《せっし》する——という実験目的が設定されたのは何故ですか？」

「この国が滅ぶからよ」

「より具体的に願います」

「……世界史でも類《るい》を見ない我が国社会の超高齢化は、〈幸福〉と〈財〉と〈未来〉の、著しく不公正な偏在《へんざい》と寡占《かせん》とをもたらした。端的《たんてき》には、既得権者《きとくけんじゃ》が椅子取りゲームの椅子を絶対に立ち上がろうとしない、不公正なルールを蔓延《まんえん》させ定着させた。

それが今や常識である、特定世代に極めて有利な『年金』『医療』『介護』『福祉』といった破綻《はたん》寸前の行政分野において、絶望的な不公正を現出《げんしゅつ》させているのは論を俟《ま》たない。いいえ、それらの分野のみならず、例えば特定世代の『交通インフラ使用』『娯楽』『文化施設利用』『旅行・宿泊』『防疫』といった、日常生活全般を優遇する社会生活システムにおいても全く同様。あるいは例えば、特定世代のたかい投票率に裏打ちされた、『税率』『保険料』『まちづくり』『給付金』『雇用』といったあらゆる政治的意思決定においても全く同様。端的《たんてき》には、我が国社会の超高齢化は、最早《もはや》やりなおしのきかない、絶望的な不公正を現出させている。

このことについては私、地下にいる私の同級生と、数字を挙げながら縷々《るる》愚痴《ぐち》を零《こぼ》したばかりだから、機会があれば彼に統計なり白書なりを出してもらいなさい。

だから私としては、詳論《しょうろん》を避けて比喩《ひゆ》だけ用いるけれど——

これは姥捨《うばす》て山の姥《うば》が大挙蹶起《けっき》して軍団を成し、追放された麓《ふもと》の村を——いえ余勢《よせい》を駆《か》って街を、国を征服した様《よう》なものよ。そして勝者の復讐心、あるいは多数派の傲慢《ごうまん》から、さかしまに孫捨《まごす》て山を設置し運営しだした様《よう》なものよ。ありとあらゆる借金と債務の清算を、あたかも賠償金の如《ごと》くに、幸福も財も未来も失った孫たちに押しつけた様《よう》なものよ。そして独り残らず死に去るまで、弱者にして受益者であり続けようとする様《よう》なものよ。

——私が幼かった頃。

第二次世界大戦と戦後の大混乱を生き抜いた祖母はいつも言っていたわ。私はもうやるべきことを終えた、しあわせのうちに終えた、だから何時《いっ》お迎えが来てくれてもかまわない、むしろ早くお迎えがきてほしい、それがほんとうの最後のお務めだと。

けれど私の母の世代は違う。統計的に・総体的に見たとき、そのような心境にある者は圧倒的に少数。だって『人生百年時代!!』なるホラーな言葉が蔓延《まんえん》しているものね。真に戦争の惨禍《さんか》を知らず、戦後の大混乱も主体的には経験せず、まして世界史でも類《るい》を見ない高度経済成長とバブル経済の恩恵に与っておきながら、なお生きたりない、なお人生を謳歌《おうか》したい、それも欲望のままに謳歌したいと願うその心境は、六〇歳代も半ばを過ぎた私でさえ、到底理解しかねるわ。ただそれは個人の自由な意思決定の問題、自己決定権の問題ととらえることもできるから、生に貪欲であることそれ自体を非難する愚《ぐ》は犯したくない。

私が真に非難し、また絶望するのは。

生に貪欲である為《ため》の財源を、孫子《まご》に求めているその破廉恥《はれんち》よ。

……おじいちゃんおばあちゃんというのはそもそも、孫子にお年玉をあげる存在でしょう。あるいは孫子にお年玉を貯蓄させ、その学資や結婚費用に充てさせる存在でしょう。私の記憶が確かならば、我が国ではそうだったはずよ。ところがどうして。今や我が国のおじいちゃんおばあちゃんは総体として——個々人の話はしていない——孫子へのお年玉を出し渋るのみならず、孫子が自ら獲《え》たお年玉をまるっと収奪して、簞笥《たんす》に秘蔵して棺桶《かんおけ》へそして墓へまで後生大事《ごしょうだいじ》に持ってゆこうとする。それで孫子が受験できなくとも。それで孫子が学費を工面できなくとも。それで孫子が就職に失敗しても。

それで孫子が結婚することさえできなくとも。はたまた、それで孫子がおじいちゃんおばあちゃん自身の医療費と介護負担に苦しもうと。

そこにあるのは既得権者《きとくけんじゃ》の逃げ切りよ。後は野となれ山となれの破廉恥《はれんち》よ。

そしてこの逃げ切りと破廉恥《はれんち》は、日本社会のあらゆる組織、あらゆる団体、あらゆる部分社会に蔓《まん》延《えん》している。そう、既得権者《きとくけんじゃ》は絶対に椅子取りゲームの椅子を立ち上がろうとしない。なら上が詰まる。上が詰まれば下は飢える。経済成長がないから椅子はふえない。椅子を死守することだけ考える。それが自己目的化する。なら下にはチャンスが無い。上はできない理由ばかり考える。できる理由はハラスメントを駆使して葬《ほうむ》る。既得権益を侵されたくないから。上が新しいことを禁ずるから新規の挑戦も将来を見据えた投資もできない。なら地位も評価も上がるはずが無い。なら所得が上がるはずも無い。なら普通に結婚をして普通に子を生《な》せるはずも無い。来る年来る年、そんな少子化により新規出生数の三倍近い年金受給者が生まれて搾取《さくしゅ》は強まる。人口ピラミッドの構成はまるで変わらず、超高齢化のままの人口減少が進行する。ならあらゆる公共サービスも自治体もまして国そのものすら消滅する。これは物理的必然。まして既得権者《きとくけんじゃ》は確実に実入りのある過去の成功例の踏襲《とうしゅう》しかしないのだから、チャンスや収入のみならず、いよいよ文化と気風が衰退する。所得と経済のみならず、機会と挑戦のデフレスパイラルが進行する。だから二〇年も三〇年も四〇年も、聴こえてくるのはいつも同じ歌、ポスターが貼り出されるのはいつも同じ映画、喧伝《けんでん》されるのはいつも同じ本、あるいはそれらの何度も何度も繰り返す焼き直しだけ。あたかも圧倒的な恐怖に絶望した駝鳥《だちょう》が、顔を穴に突っ込んでは、うるわしき昨日のノスタルジーに耽溺《たんでき》しているかの如《ごと》く……いえ穴の中でも既得権益を死守しようと……

この、国／社会としての動脈硬化と多臓器不全。

この、過去にしか未来のない懐古趣味と退嬰《たいえい》主義。

……だから、この国は滅ぶ。

一〇年後、二〇年後の未来が描けない国に将来はない。孫子《まご》を喰って恥じない民に将来などない。

それはあらゆる統計が客観的に示す所。読む気になれば誰もが解る客観的事実」

「この国が滅ぶことと、実験の目的――天国の窃視《せっし》との関係をお訊きしていますが？」

「いえそれらは直結しているわ。

何故ならばこの国はもう、店仕舞いと身売りを決意したから。

まして国外離散《ディアスポラ》・国外脱出《エクソダス》を決意したから」

「具体的には」

「この国は滅ぶ。それは動かざる事実。

ただ国が滅んでも民は残る。

いえ我が国政府としては――責任感もあると信じたいけれど――そのメンツからして日本人を滅亡させる訳にはゆかない。だから日本人のエッセンスは、それがどのような形態・状態であれ、我が国政府のメンツに懸けて残す必要がある。もし我が国政府が責任感からも動くというのなら、新たな日本が再生するそのコアは残しておかねばならない。

すると。

第一に考えるべきは、日本人の選択と集中よ。生き残るべき者に資源を集中させること。

第二に考えるべきは、生き残りの価値を上げること。できるだけ高値が付くようにね。

これらの為《ため》には。

持てる者に、より資源を集中させる必要がある。持たざる者は、切り捨てる必要がある。

日本人の選択と集中とは要は、寡占《かせん》と棄民《きみん》の徹底に尽きる。これこそ今の日本の国是《こくぜ》よ。

――日本国が店仕舞いしてその身売りを図るとき、その買い手が合衆国になるのか中国になるのかロシアになるのか等々はまさか私の関知する所ではないけれど、また、身売りをしたとき日本人がここ日本の地に引き続き居住を許されるかどうかはまるで未知数だけれど――だから私は国外離散《ディアスポラ》・国外脱出《エクソダス》なる言葉も紹介した――どのみち買われる日本人は、少なくとも自分で自分の食い扶持《ぶち》を稼《かせ》げる必要がある。願わくはそれ以上の資産を有していることが望ましい。さもなくば合衆国だろうと中国だろうとロシアだろうとまるで食指《しょくし》を動かさないだろうから。不穏当な言葉を遣えば、売り付けるのは肥えた豚であればあるほど望ましい。さかしまに、瘠《や》せて労役《ろうえき》に耐えぬ騾馬《らば》にはまさか値は付かない。抱き合わせ販売では身売り話そのものが流れる。

　なら既得権者《きとくけんじゃ》の豚を徹底的に肥えさせ、脱落者たる騾馬を徹底的に処理する必要がある。

　これが今《いま》し方《がた》御紹介した我が国の国是《こくぜ》、寡占《かせん》と棄民《きみん》の徹底。

　そして私が縷々《るる》語ってきた我が国の絶望的な不公正に鑑《かんが》みれば、今の我が国において豚とは何の比喩《ひゆ》なのか、騾馬とは何の比喩《ひゆ》なのか、今更説明するのも無粋《ぶすい》というものよ」

「若者を、子や孫を救済することを諦めて、不良債権として処理すると。

　そして逃げ切れるだけの余力を有したたくましい高齢者を、新たな日本のコアとすると」

「まさしく」

「子や孫が無ければコアにはなれないでしょう。ひと世代で絶滅する定めなのだから」

「貴女《あなた》が中村初音ならば、桜瀬女子《おうせじょし》があるいはその大学・大学院が、女子生徒・女子学生の結婚支援事業を実施していると知っている筈《はず》よ。物語上自明だものね。そしてその実態はコアへの給付金よ、何故と言って我が校は事実上日本国国営だから。

　そう、生き残る能力があるコアに――人生百年時代だものね――若く美しい魅力的な花嫁を給付する。私はまあ女衒《ぜげん》ね。そしてそれはまさかコアとその未来を優遇する為《ため》だけではない。まさかよ。それは畢竟《ひっきょう》『納税者の納税』をしていただく為《ため》。コアに花嫁なる給付金をバラ撒《ま》くことで、コアがひと世代で絶滅するのをふせぎ、日本人の再生産を、願わくは拡大再生産をしていただく為《ため》。赤児《あかご》なる、次の世代の納税者をたくさん物納していただく為《ため》。その意味でも、若い騾馬を徹底して駆逐しなければ駄目なのよ。高校生・大学生の時分なら、まさか四〇歳も五〇歳も歳の離れたコア各位に魅力を感じることなど無いのだから」

「……仰有《おつしや》っていて口が腐りませんか？　御自分の生徒学生の機械化・家畜化など。棄民《きみん》政策を立案したのが政府だとして、共犯者の貴女《あなた》も名誉と品格を問われますよ？」

「何を今更だわ。我ながら甚《はなは》だ残念なことに、私は毀損《きそん》されるだけの名誉も品格も持ち合わせてはいません。そのようなもの、三〇余《よ》年前に擾殴《かなぐ》り捨てました。

まして。

我が国政府の、そしてそれがお望みなら私の破廉恥《はれんち》は、まさかそれだけではない。若い娘を徴税《ちようぜい》して搾取《さくしゆ》する。それだけではたりない。医療費も年金も介護費用も何もかも、選択と集中をしなければならないのだから。ならば若い世代を更に搾取するのみ。その金銭を徴税するのは当然のこと、生《き》の労働力を、脳の創造力を、臓腑《ぞうふ》を血液をいえ躯《からだ》まるごと徴税する。徴発《ちようはつ》する。徴用《ちようよう》する。そもそも騾馬には金融資産がまるで無いのだから、税金は物納で払ってもらう。それは日本国の選択と集中、そして寡占《かせん》と棄民《きみん》に資する。コアからすれば、それが騾馬どものできる最後の御奉公《ごほうこう》で御恩返《ごおんがえ》しとなる……

だけど。

そこには難点がある。もちろんある。主として二点ある。

第一、搾取されやがて棄民《きみん》される騾馬が絶望し、暴発し、叛乱《はんらん》あるいは革命の手段に訴える虞《おそれ》があること。それと関連して第二、日本国の身売りに関するコアのあらゆる不安・不信を払拭《ふつしよく》しておく必要があること。老いの傲慢《ごうまん》は実は、若さへの恐怖の裏返しよ。老いた者は絶対に恐れている……

そう老いた者は恐れている、ほんとうは駿馬《しゅんめ》にもなりうる若者たちが、それを自覚し、叛逆《はんぎゃく》の狼煙《のろし》を明日にでも上げることを。そうなったら、若者たちによる復讐は苛烈《かれつ》を極めるであろうことを。それはそうよね、後進《こうしん》を恐れることが老いの定義だと、そう考える事もできるのだから。

……ならば。

復讐を——叛乱をあるいは革命をふせぐ為《ため》にはどうすればよい？

天国を見せてあげればよいのよ。

天国がどのようなものかを知らしめればよい。

たとえ現世では騾馬としてただ徴税され搾取《さくしゅ》され棄民《きみん》されるとしても、死後の世界ではすばらしきしあわせが待っていると、そう理解させればよい。天国はその名のとおり楽園で、永遠の救済の地だとそう理解させればよい。奴隷に希望を。死者に希望を。それは悪辣非道《あくらつひどう》な身売り政策を断行する、日本国政府の最後の良心で倫理……とも言える。

そう、必要なのは希望。

そしてそれは騾馬のみにとって必要な訳ではない。実はコアにとっても必要不可欠よ。何故と言って、外国による支配あるいは国外離散《ディアスポラ》・国外脱出《エクソダス》まで覚悟しなければならないとあらば、椅子取りゲームの椅子を死んでも立ちたくはない既得権者《きとくけんじゃ》の不安・恐怖は指数関数的に跳ね上がるでしょうからね。ならば、日本国がたとえ滅亡しようと己《おのれ》だけは救済されるという希望を与えておく必要がある。そうすればむしろ身売り政策を加速できる。反論者抵抗者の類《たぐい》は鳴りをひそめる。だって最終的には他人事《たにんごと》なのですものね。ましてこの希望には理想的な副作用もある。天国が永遠の救済の地だと知ったコアは、椅子取りゲームの椅子を立って自殺してくれるかも知れないもの。そうやって、自発的に日本国を離れてゆく者が多ければ多いほど、身売り政策は成功する確率をたかめる。この文脈において、希望は騾馬のみならず、優遇されるコアにとっても重要となる……

そう、必要なのは希望。

死後の世界の希望。天国の救済の希望。

――私達には、私には、どうしても天国の門を開く必要があった、生きながらにして。

それが天国にとって不正な手段だと、天国への侵略だというのならそれもいい。

だから私は魔女となった。

十八歳という人生で最も美しい時季を迎えた生徒を生贄《いけにえ》にする、鬼子母神《きしもじん》となった。

「そして、ヒトに対する最終的な徴税――苦痛と魂と命の徴税を行った」

「まさしくそのとおり。古風な言葉を用いるなら〈殉教《じゅんきょう》〉の徴税を実施した。

ここで、〈殉教〉の語源がギリシア語の〈証人〉であることは意義深いわね。

そう、私は生徒を殉教者とし、その命を徴税して証人になってもらおうとした……

ただ、強いて言うなら。

――そうしたことは実は、今現在のこの国でも数多《あまた》、現在進行形で実施されている搾取なのだけどね。何故と言って、この国はもう若者たちの苦痛・魂・命の納税なくしては、唯《ただ》の一日を生き存《ながら》えることとすらできないのだから。若者の絶望と疲弊《ひへい》というのは今、まさか金銭的搾取のみに限られている訳ではないでしょう？」

「確認ですが、敢えて御自分の生徒を被験者に――だから家畜に、侵略者にした理由は？」

「純粋に科学的・学問的知見からよ。当然に理解していると思うけれど、証人には誰もがなれる訳ではない。能《あた》うかぎりの化学的・医学的・神経学的・心理学的措置を講じる〈ヒトの改換《かいかん》〉に耐えうる者だけが証人となりうる。まして当該《とうがい》〈ヒトの改換〉に最も適している素材・素体《そたい》は、物理的な柔軟性・耐久力・可塑性《かそせい》・受容力・適応力といった『機能の拡張性』そして『適度に未発達な脳』に著しく恵まれた、『十八歳前後の』しかも『女』なの。それが私の、だから日本国の、三〇年余《よ》を掛けて獲得した実戦的知見《ちけん》でそれだけよ。

そう、側頭葉《そくとうよう》からの神への道。それを歩めるのは今、設計図も脳も書き換えた少女のみ」

「天国の門を開く手段を、あの受難《じゅなん》の再現いえ稚拙《ちせつ》な猿真似《さるまね》とした理由は？」

「知れたこと。私達ヒトの知るかぎり、それが世界史上唯一の成功例だから。

あの歴史上唯一無二《ゆいいつむに》の苦痛と受難こそ天国への鍵。少なくとも私達ヒトの理解ではそう。ヒトが天国の門をくぐり、かつ、生還して言葉を発した確たる実例が他にあるというなら是非《ぜひ》教えて頂戴《ちょうだい》な。

私にはもう確認する術《すべ》も機会もないのだから――ホホホ」

「ありがとうございました。知りたいことは知りました。

では、上原良子校長。

禁断の知恵の樹の実を食《は》み、無辜《むこ》の少女を数多《あまた》生贄《たいけにえ》にし、不正な手段で天国の門を突破しようとした貴女《あなた》と貴女《あなた》のしもべらに、私達の帝陛下《みかどへいか》の裁きが下ります」

「もとよりのこと。それはむしろ解放ですらある。

そして当然、私の魂は地獄ゆきね？　これこそたったひとつの私の問い、私の願いよ」

「いえ私には守秘義務がありますので。それでは御機嫌《ごきげん》よう」

　だっ、駄目だよ霧絵さん!!　私言ったでしょう、いちばん大事なこと!!

　ああ、意図的に忘れていたわ。でもそれこそ、何を今更じゃない？

「……何か問題でも？」

「い、いえ校長先生、こちらも不慣れなものでスミマセン。

実は私、最後にどうしても、校長先生にお伺《うかが》いしたいことがあります」

「……どうぞ」

「ふたつあります」

「そういえば貴女《あなた》、生真面目《きまじめ》な生徒だったわねえ」

「──校長先生は、悔いていい、いい、いい、悔いておられますか？

私達の先輩と私達、一〇〇人単位の女生徒を犠牲にしてきた全ての四月七日を悔いておられますか。どうか、どうか私の願う答えを下さいませんか。校長先生の最後の尊厳の為《ため》に。校長先生がマッドサイエンティストでもメガロマニアックでもなかったと、どうか証明して下さいませんか。

皆《みんな》に……皆《みんな》に謝って下さいませんか!?」

「御免《ごめん》なさい中村さん、いいえ天使の方《かた》。

私はその必要を認めない。

今更私が悔いて謝罪するなど、むしろ生贄《いけにえ》となった生徒らへの甚《はなは》だしい侮辱。

魔女が魔女らしく、悪魔が悪魔らしく悪態《あくたい》を吐《つ》きながら反吐《へど》を吐《は》いて地獄へ堕ちてゆく。それそのものが今《いま》必要な慰謝《いしゃ》で謝罪なのではないかしら。まして再論になるけれど、私は毀損《きそん》されるだけの尊厳など持ち合わせてはいないの。そのようなもの、人生の半ばにして路傍《ろぼう》に捨てたわ。今は塵《ちり》ひとつとて見出せはしない」

「では何故お捨てになったのです？」

「──私の尊厳のこと？」

「はい」

「どうだったかしらね。貴女《あなた》の時計の動きはいざ知らず、ヒトにとっては大昔のことだもの。その記憶もまた路傍に捨てたわ。どのみち、この四月七日の物語には不要な余《あま》り字《じ》よ」

「嘘です」

「何が」

「全てです。

校長先生が天国の門を開こうとした理由も。校長先生が天国の門のその先を知りたいと願った理由も。そして校長先生が……魔女に身を堕とした理由も、全て嘘です」

「すなわち」

「すなわち、紗良子《さよこ》さんのこと。上原紗良子さんのこと。お嬢さんのこと」

「――退《さ》がりなさい。それ以上の発言を禁じます」

「いいえ帰りません、黙りません。

校長先生がどうしても天国の門を開こうとしたのは、どうしても天国の門のその先を知りたいと願ったのは――あの残酷な放火事件でお亡くなりになった実のお嬢さん、上原紗良子さんの姿を、彼女が天国でしあわせに暮らしている姿を、一目だけでも見たいとそう願ったから。叶《かな》うことなら、紗良子さんともう一度だけ会いたいとそう願ったから。たとえそこまでは叶わなくとも、天国の門越しに、せめて紗良子さんの声だけでも聴きたいとそう願ったから。せめて紗良子さんに声だけでも届けたいとそう願ったから。そして私の勝手な想像が正しければ……紗良子さんに許しを乞いたかったから。校長先生には何の責任も無いけれど、愛する娘を守りきれなかったことを許してほしいとそう願ったから。

今の私にはそうしたことが解ります。そうしたことが解るようになりました。

ですから校長先生。お嬢さんの、紗良子さんの魂の尊厳とやすらぎの為《ため》にも……天国にいるお嬢さんの魂のしあわせに懸けて、ごめんなさいと、どうか!!」

「……お退がりなさい」

「できません」

「三年一組名簿番号八番、元《もと》生徒会副会長にして剣道部の中村初音。貴女《あなた》が私の命令に背《そむ》くなんてね。貴女《あなた》をお説教するのはそう、六年前のあの夜間外出以来になりますか……

私の知るかぎり十八歳の若い、若い中村初音。よくお聴きなさい。

それが若さの特権とはいえ、ヒトのこころにズケズケと土足《どそく》で入ってくるのは無礼以上に下品ですよ。天国ならいざ知らず、この世には言葉にしなくともよい言葉、言葉にしてはならない言葉、言葉にしたその刹那《せつな》無意味となるそんな言葉があるのです。それが誰もしあわせにはしない言葉なら、ヒトにはそれを呑《の》み込む義務があるのです。そう天国ならいざ知らず、この世ではあらゆる真実を知ろうなど鬼畜の傲慢《ごうまん》。ましてあらゆる真実を喋らせようとするなど言語道断です。強い言葉を用いましょう……恥を知りなさい」

「それでも‼　それでも私達が解り合おうとするなら、どれだけ嫌でも言葉を紡《つむ》ぐしか‼

それでしか私達の、校長先生のそして紗良子さんの物語は完結しない‼　全ての四月七日の物語も‼　今更そんなことは許されない……それは卑怯です‼」

「若いうちは解らない。言わないでいることの尊厳と苦渋が。解り合わないで終えようとすることの希望と覚悟が。誰とでも最後には解り合えるなんて、幼稚園の砂場の幻想です。神でも天使でもないヒトになど、他人どころか自分の真実さえ解りはしない。

今の私が、そうほんとうに、ほんとうに貴女の指摘が最後の正解なのかどうか、こころのそこから疑問に思い途惑《とまど》っている様《よう》に……

……でも、それならそれでいい。無明長夜。私はもうそれだけでいい。

私はもう世界の真実、他人の真実を確定したいとは思わない。そのようなものが果たして存在するのかどうかすらもうどうでもよい。それこそが中村初音、真なる老いの苦しみでありよろこびよ。真なる老いの諦めであり解放よ。ヒトが真の意味で天国に召されるというのは畢竟《ひっきょう》、自分がどこまでも独りでどこまでも無意味だったと、そう微笑んでよろこべる終着駅のベンチにいることだと私は思うわ。明日もなく他者もなくそしてもう言葉も必要無いと、そう微笑んで荷を下ろせる最終バスに乗ることだと私は思うわ。だから物語の完結も未完も何も無い……むしろ人様《ひとさま》に勝手に規定されず終われるのは果報《かほう》で祝福よ。今更他人の講釈など。そうじゃない？」

いきなり何なのこの説教。大量虐殺者が今更何を御立派な能書《のうが》き垂《た》れているのもう霧絵さんったら!!　じゃなかった私!!　お願いだから黙って聴こうよ!!

「端的《たんてき》には。

中村初音、あなたはもういない、私にとっては。

この私すら、もうどこにもいはしない、私にとっては。

そしてそれは老いた私にとって祝福でしかあり得ない。

こうして全ての四月七日は闇夜のまま終わる。天国も神もどうでもよいと感じる今の心こそ、私にとっては天国だわ。こんな人生でもそれが確認できたこと、最期にほんとうに嬉しく思う」

それこそ逃げ切りで開き直りよ。厄介《やっかい》な後始末をする天使の身にもなって頂戴《ちょうだい》

えっ厄介な後始末をする天使って霧絵さんの上官だよね……じゃない、黙って!!

「そ、そんなのは……そんなのは寂しすぎます!!　ヒトの人生ってそんなものじゃあ!!」

「しかしてそれを規定できるのは私だけ。

その切符を持てたことが、私にとっての老いの祝福。

ああ、これでいい、もう、これでいい。

そうやって言葉と他人から解放されることが、私にとっての老いの祝福。

……確か十八歳だった貴女《あなた》には到底、理解できないと思うけれど。

私の想像が確かならば、これからの貴女《あなた》には無限の時間がある筈《はず》よね。

だから、宿題にします。

ヒトが老いるとはどういう事か？

ヒトビトが老いるとはどういう事か？

ヒトの魂にとって、ほんとうの天国とは何なのか？

……貴女達《あなたたち》がヒトを導くというその天国で、どうか考え続けて頂戴《ちょうだい》な。

これを私の祝辞にします。卒業おめでとう、中村初音」

「校長先生――!!」

「貴女達《あなたたち》の帝陛下《みかどへいか》は哀れみ深い御方《おかた》と聴く。罪人にこそ哀れみ深い御方《おかた》だと。

ならばしっかり役目を果たして頂戴《ちょうだい》。

魔女が魔女として、悪魔が悪魔として、徹底的に悪虐《あくぎゃく》で無反省であったとお伝えして。

罷《まか》り間違っても私の魂が、そうどのような手違いか天国の門をくぐることなど無い様《よう》に。

……私の魂が、一目であろうと一㎜だろうと、まさか娘の瞳《め》にとまることなど無い様《よう》に。

たったひとつの、私の願いよ」

「……桜瀬女子《おうせじょし》の名を辱《はずかし》めぬよう、務めを果たしてまいります。

身勝手ながら、ほんとうのお気持ちを紗良子さんに届けたいと願う私の幼なさ、お許し下さい」

　そんなこと無理よ、ギリギリ嘘ではないけれど。もう解っているでしょう天国の真実
　そんなのいいんだよこれが私の覚悟なんだから
「それでは、さようなら。

六年間ほんとうにありがとうございました、校長先生」

「ええ、さようなら中村初音、彼方《あちら》でも元気でね」

天使は校長室を辞去し。

校長は執務卓から、その立ち姿の如《ごと》き華奢《きゃしゃ》で細身な拳銃を採り出した。

（生真面目《きまじめ》な娘《こ》だわ。まるで嘘の吐けない優しい娘。ならばやはり、彼女らの天国とは——）

IX

校長室を、桜瀬女子を辞去した天使は天翔《あまか》けてゆく。

日は既にたくましく、朝は既に匂い立つ。

そんな青空を飛翔する天使は、巡航速度で学園島の周辺空域と周辺海域の現状を実査《じっさ》し、また、隣接する管轄区域の空域と海域の現状も実査した。

……この最後の四月七日において、超過勤務いや当直勤務を実に嫌々、実に渋々こなしてきた彼女にしては、異様に勤勉である。もし彼女が依然としてΤιγηρυελという名の天使であったなら、このような野暮用《やぼよう》にして雑務《ざつむ》にして残務処理など、端《はな》からサボって昼寝を開始していたかも知れない。このことは、桜瀬女子とその生徒全員にとってさいわいであった。何故と言って、たとえ桜瀬女子が一学年三〇人なる小規模な学校であったとして、この朝直ちに生徒全員を学園島から離脱させ、本土に避難させるのは——上原良子の手になる周到で綿密な避難計画があるにしろ——天国と天使の諸々《もろもろ》の助力《じょりょく》無くしては、聖書にいう出エジプトの如《ごと》き難事《なんじ》となったであろうから。学園島と運命をともにすべき、桜瀬女子《おうせじょし》教職員の引率・指導が期待できないとあらばなおのことだ。

［学校での避難訓練がこの為《ため》だったなんて。私生徒だったけど全然知らなかったよ］

［いえむしろこれは当然の帰結よ。だって貴女《あなた》の学校は侵略の拠点だったのだから］

［——どういう意味？］

［自爆シークエンスが用意されているという意味］

［えっ更にどういう意味？］

［もし、天国の反撃と懲罰《ちょうばつ》が予想されたなら。天使とその自動機械もろとも、そして教職員とその実験成果もろとも、全てを灰燼《かいじん》に帰《き》する用意があったという意味。そして無論、上原良子以下の侵略当事者が自害をする用意もあったという意味。成程《なるほど》、ヒトは戦争の流儀をよく辨《わきま》えていらっしゃるわ］

［な、なら校長先生はこれから自爆を？］

［まさかよ。被疑者に自殺をされては裁きも刑罰も何も無いでしょう。当然、昨夜幾度か貴女《あなた》の学校にお邪魔したとき、自爆プログラムは削除させてもらった］

［それじゃあやっぱり、霧絵さんのいう〝霧絵さんの最上位の上官〟さんが来て……］

［あ］

［どうしたの？］

［い、い、この感覚、解る？］

［……あっ、解る!!］かつて初音と呼ばれた少女は、いよいよ自らが天使であることに気付いた。

［門が開いた……それも正門が!!　ましてヤコブの梯子《はしご》も下りた!!　嘘、何故か解る……そう何故か解る。『開いたこと』『下りたこと』しか解らないけどでも、誤差領域に出現した門と階段とはまさに桁《けた》違い。格が違う］

［誤差領域のは、誤った遷移先《せんいさき》に無理矢理結び付けられたショボいバグだものね］

［いやまさかショボくはなかったけど。ともかくもあれが――ううんこれが、これが天国の門の感覚、これが天国の階段の感覚!!］

［そう感動したものでも無いわ。門が、まして正門が開《ひら》くということは余程《よほど》のこと。これすなわち、私のいえ私達の当直勤務はまだまだ終わらないということよ、はあ……］

天使が面倒臭そうに嘆息《ためいき》を吐《つ》いた、その刹那《せつな》。

「あっ初音、気を付けて、吃驚《びっくり》しないで」

「え?」

「無駄にすごいのが来るから、ううん来たから」

霧絵の警告が終わるか終わらないかの内に、初音の瞳《ひとみ》は圧倒的かつ超越的な光のかがやきに襲われた。両者は今や同一ゆえ、その挙動《きょどう》と脳内の処理が若干バグる。とまれ天使の中の〈初音〉は突然、かつて誤差領域で霧絵から感じた光の、何倍も何倍も……陳腐《ちんぷ》な言葉を遣うなら億倍も兆倍も聖性に充ち満ちた、神々《こうごう》しい光のかがやきに襲われた。いや、新入りの初音としては、それはもう神そのものの光としか思えなかった。まさかヒトとしての生涯で感受したことのない、どこまでも純粋ではてしなく残酷な、真善美《しんぜんび》の顕現《けんげん》たるそのかがやき。初音は無論それに吃驚《びっくり》し、いや恐怖と戦慄《せんりつ》すら憶えた。ましてヒトとしてとりわけ師走《しわす》に聴き憶えのあった、歓喜と祝祭と勝利の威風堂々《いふうどうどう》たる交響曲が響き出したとくれればなおのこと。今は天使として、天使の言葉が完全に理解できるとくれればなおのこと。

Αλλε Μενσψηεν　Αλλε Μενσψηεν
Αλλε Μενσψηεν　Αλλε Μενσψηεν　Αλλε Μενσψηεν !!
Αλλε Μενσψηεν, ςερδεν Βρυδερ,
Wο δειν σανφτερ……Φλυγελ ςειλτ !!

(す、すごいいきおい、すごい圧《アッ》……
まるで光の台風。ううん光の爆発。光の艦砲射撃《かんぽうしゃげき》。光のいかづち)
絶句する〈初音〉の傍《かたわ》らで、〈霧絵〉は無論眠気と欠伸《あくび》を噛み殺している。それはそうだ。霧絵はこの道一六万年の古強者《ヴェテラン》だ。
といって、今《いま》霧絵＝初音の眼前にいきなり、やにわに、たちまち、そうまるで瞬間移動でもしたかの様《よう》に、ヒトが言うところの速度超過で猛然と現れ出《い》でた天使は、この道四六億年の更なる古強者《ふるつわもの》であった。これすなわち霧絵の予告していた〝最上位の上官〟である。またその年齢から解るとおり――地獄の大公《たいこう》たるあの蛇の幼女と同年齢――この上官はメスガキたる〈霧絵〉などと異なり、聖書にいう人類創造以前に創造された、天使第一世代の神の重臣《じゅうしん》、いや神の右腕であった。この四月七日の物語に関連して言えば、聖書にいうあの熾天使《してんし》らによる内ゲバ・叛乱《はんらん》の際、叛徒《はんと》となって神に挑んだ地獄の幼女らはおろか、その主君にして叛乱の首魁《しゅかい》たる地獄の王をも討伐《とうばつ》・膺懲《ようちょう》して、天国と地上から永遠に追放し地獄の奥底に叩き墜とした天使こそこの〝最上位の上官〟である。

（それに、この顔《かんばせ》、この姿……この純白のお姿。花嫁のような、若い女性のお姿。まるで、清澄《せいちょう》なウエディングドレスの様《よう》な。それでいて、古典古代の鎧《よろい》のような。これほど優美でしとやかで、でも武威《ぶい》と強靭《きょうじん》さのある装束を私、見たことがないわ……まして、こんな圧倒的な朱《しゅ》の瞳。初めてお会いするのに解る。全てが霧絵さんとは桁《けた》違い、私なら比較の対象外。天使で最も美しい。天使の誰より美しい。初めてなのに今は解る。ただ……手にしておられるのは、これは傘？　天秤《てんびん》と剣でなく？　天使も傘を使うのかな？）

霧絵がもし巡査だとすればこの天使は警視総監、霧絵がもし二等兵だとすればこの天使は大将となろう。ただ重ねて、メスガキ扱いされるとはいえ、霧絵自身が約一六万歳。天国のいちばん末端の実《じっ》働員《どういん》でヒラの地上勤務員として、この天使に仕えてながい。だから〈霧絵〉は〈初音〉のような讃歎《さんたん》と忘我《ぼうが》と圧倒的な恐怖をまるで感じずしれっといった。

「お疲れ様です、ええと、何だったかしら……

そうそう、枢機《すうき》卿猊下《きょうげいか》、大公《たいこう》殿下にして地球総督閣下。

元帥《げんすい》・提督《ていとく》・地獄方面軍司令官閣下にして偉大なるアルキストゥラテーゴス。

――今朝もまた御尊顔《ごそんがん》を拝する機会を賜《たまわ》りまこと栄誉《えいよ》に存じます、が。

陛下の右腕ともあろう御方《おんかた》が、まして随行《ずいこう》もなしの単身のお忍びで、峠《とうげ》を攻める様《よう》な真似をなさっては……そう、またそんな光速の九九・九九％以上で緊急走行などなさっては。いくらヒト呼んでダウンヒル最速の女とはいえ、そのお歳で今更ウラシマ効果狙《ねら》いでもないでしょう。あれほど御自身が、まいにちまいにち交通事故防止を御下命《ごかめい》なさっているのに。私が轢《ひ》き殺されて未知の素粒子にでもなってしまったらどうするのです」

「また君はしれっとした冗談を。僕らの陛下が御存知《ごぞんじ》ない元素も素粒子もありはしないよ。それに随行はいるんだ、いや、先刻《さっき》まで傍《そば》にいたんだが——

——そう、いよいよ君の後任人事が発令されたのでね。君が東京に帰る前に、顔合わせと引継ぎをと思って、一緒に階段を下りてきたんだが」

「よい歳をして暴走族《テメラリアアウリガ》なんかを為《な》さっていたから、ぶっちゃけ何処《どこ》かに置き去りにしてしまったと。ならその娘《こ》も気の毒ですが、いよいよ戦争が終わったその日に待望の後任者が来るだなんて、働き者の私はもっと気の毒ですよね？」

「引き続き熾天使《してんし》を前にズケズケ言うなあ。僕がそれだけ君のことを評価しているとは思ってくれないか？　君は有能な怠《なま》け者《もの》だが、イザというときの使命感と悪謀《あくぼう》の才には目を見展《みは》るものがあるのでね。だからこそ後輩のΜυσωιελくんと一緒に階段を下りてきた。Μυσωιελくんは君と違って正統派の天使で、どちらかといえば大人しく、まして管轄区域を持つのは初めての娘《こ》なんだよ。機会があれば可愛がってやってほしい。

いや、それにしても君……

かなり思い切ったイメチェンをしたね!!　期首面談や異動時面談のときとは全然違う。以前の傍若無人《ぼうじゃくぶじん》で大胆な君も好きだったけど、しかしどうやら——僕が感じるに、君にとってはとてもよい選択だったと思うよ。Ηατυνε Νακαμυρα さん、だったかな？　魂の貴重な在《あ》り様《よう》は言うに及ばず、そのヒトとしての性格、素行、知見、経験……これから君が彼女から学べることは無尽蔵《むじんぞう》にあるだろう。

少なくとも、陛下が賜《たまわ》った容姿顔貌《ようしがんぼう》に制服の類《たぐい》を、勅裁《ちょくさい》もとらずに総換《そうが》えしてしまう様《よう》なそんな無体《むたい》な独断専行《どくだんせんこう》は、爾後《じご》慎むようになるだろうしね？」

「あらら、やっぱり聖座《せいふ》、激怒してます？」

「そりゃもう。儀典《ぎてん》をつかさどる教理《きょうり》省も、君の任免《にんめん》をつかさどる司教《しきょう》省も激怒、激怒。

ただ、奇貨居《きかお》くべしとも言う。実は今、地獄に不可解な動きもある。率直に言えば、僕らとの開戦の決意すら感じさせる様《よう》な、そんな不気味な蠢動《しゅんどう》もある……それを考えれば、君のごとき異色の天使はまさか馘《クビ》にしたくない。是非《ぜひ》とも最前線で活躍してほしい所だ」

「げっ」

「……実際、この三〇年余《よ》なかんずくこの夜、不正手段による侵略を徹底して撃退できた実績があるんだし。だから今般のNaκaψρaさんのことも、僕から陛下に上奏《じょうそう》して、格別の御慈悲《おじひ》と聖慮《せいりょ》を賜《たまわ》るようお願いしてみるよ。ちょうど緊急の上奏を必要とする問題もあるのでね」

「あの地獄の蛇もそれらしきことを嘯《うそぶ》いていましたが、今度は地獄からの侵略ですか？」

「いや違う。それらしき動静と兆候はあるが、地獄の蛇亡《な》き今、新兵器の投入には存外手数が掛かりそうとかで、今日明日のところは喫緊《きっきん》の脅威じゃない……取り敢えず今日明日のところは、だけど。

いや、僕が緊急に上奏しようと思っているのは、〈じゃんけん〉のことさ。

君の防衛戦の経験からして、僕らがヒトを殺傷できないという勅《ちょく》と本能には悩ましい問題がある……古いおきてだから一万年二万年で見直すことができるとは思えないし、まして陛下の御聖断が全てだ。陛下の聖慮も頂戴《ちょうだい》しつつ、一〇万年二〇万年単位で、そうだなあ……新世代の天使らに試行実施を重ねながら、異なる機能を実装してゆく。そんな感じで、改革をしてゆくこととなるだろう」

「確かに、悪魔とヒトが結託《けったく》すればどうなるか、悪い前例が生まれてしまいましたしね」

「それが来《きた》るべき侵略において悪用されないことを願うよ。しかし、現状の〈じゃんけん〉でも悪魔が僕らに勝てる道理は無いのだから、いったいどんな兵力、どんな新兵器を以《もっ》て地上をそして天国を侵略しようというのか、そこが甚《はなは》だ不可解ではあるがね……

おっといけない、焦眉《しょうび》の急《きゅう》は Υοσηικο Υεηαρα と桜瀬《おうせ》医科大学附属《ふぞく》女子高等学校だ。肝腎《かんじん》の避難はどうなっている？」

「俄《にわか》な御下命《ごかめい》を受けましたので、有能な怠け者《なまけもの》としては甚《はなは》だ不本意ながら、隣接区域の管轄天使とも協働し、倒《こ》けつ転《まろ》びつの押《お》っとり刀《がたな》で、秘かに生徒の離島を支援しました。ただ上原良子の名誉の為《ため》にいえば、私達の支援が無くとも大丈夫なほど周到で綿密な避難計画が策定されていましたし、その訓練にも、だからその実行にも問題ありませんでした」

「成程《なるほど》。不逞《ふてい》で不遜《ふそん》な侵略者の首魁《しゅかい》ではあったが、武人としての廉恥《れんち》はあったとみえる。

――なら仕事を開始しよう。恐怖によって我々のちからを思い知らさねば意味が無い」

最上位の上官たる熾天使《してんし》は、先刻〈初音〉が訝《いぶか》しんだ謎の傘を開いた。

巨大な傘だ。

ヒトなら五人いや一〇人は雨露《あめつゆ》をしのげそうな巨大な傘。

そして今や天使たる〈初音〉にはその素材すら分かった。

実に古典的な、実に文化財的な傘。清澄《せいちょう》な竹の骨組みに幽艶《ゆうえん》な絹が貼られ、絹には蠱惑的《こわくてき》な漆《うるし》が塗られ、まして、絢爛《けんらん》な金泥《きんでい》としとやかな螺鈿《らでん》が天国を描いている。四方《しほう》に展開された露先《つゆさき》――傘骨の先端からは真珠をつないだ糸が垂れ、また、傘骨の中央で傘を束《たば》ねるろくろには、やはり天国を描いた大きなカメオが嵌《は》められている。東洋的でもあり西洋的でもあり、ノスタルジックでもありダイナミックでもある。

「それは確か……メギドレンジですね、帝陛下《みかどへいか》のレンジ。

天国の禁秘《きんぴ》にして、検邪聖省御《けんじゃせいしょうご》自慢《じまん》の大量破壊兵器」

「おや、見るのは初めてかい？」

「もちろんです。私天使としてはいちばん末端の実働員《じつどういん》でヒラですし、先のあの叛乱《はんらん》の大戦《おおいくさ》のときはまだ生まれておりませんので」

「スキあらば弱者アピールと若者アピールをしてくるなあ。

ともかくも、ヒトも情報も機械も施設設備もまるっと、しかもクリーンに処分するとくればこれしかない。これ電子レンジだから、メギドグリルみたいに放射能汚染がない。僕としてはこの際、NBC兵器でもよいでしょうと上奏《じょうそう》したんだが……天国が嬉々《きき》として環境破壊に邁進《まいしん》する訳にはゆかないって、陛下にひどく怒られちゃったよ。

でも久々に、決《き》め台詞《ぜりふ》とともに見得《みえ》が切《き》れるからいいや。言っていい？　言っていい？

——神の放ったメギドのマイクロ波に、必ずや彼等《かれら》は屈するであろう!!

——叛逆者《はんぎゃくしゃ》、鼠賊《そぞく》、諸共《もろとも》に叩きつぶせ!!　さすれば人々という子羊は、天国を求めてくれる」

「ほ、ほんっとうにお気持ちがお若いですね……

でもメギドレンジって、確かに放射能汚染こそありませんが、島の全域でヒトが焼死というか水蒸気爆発死しますよね。ちょっとあたためれば、ボン。もちろん島の全域で水なり水分なりが爆発する訳ですから、情報も機械も施設設備もたちまち、ボン。

まあ後者はともかくとして、前者の爆裂はちょっと……

私もう、東京の管轄区域に帰ってよいのですよね？

徹夜明けの蚊弱《かよわ》い乙女ゆえ、あまりグロテスクな黙示録《もくしろく》ショウは正直胃にもたれます」

「君がそんなタマかと言いたくなるけど、この四月七日はホント大活躍だったから、もちろん任務解除でいいよ。ただ……

Μυσωιελ くんまだ来ないなあ。ド派手に道に迷ったかなあ。引継ぎ、どうしようか?」

「ぶっちゃけ学園島は灰燼《かいじん》に帰《き》して瓦礫《がれき》と更地《さらち》しか残りませんから、まして上原良子の侵略行為などもう起こり得ませんから、この管轄区域ほど暇《ひま》で楽な区域はなくなると思いますよ。すなわち引継ぎなど不要です。そして私達のながい生涯を考えれば、御縁《ごえん》があるなら何時《いつ》でも会えますし」

「それもそうか。

じゃあ君は任務解除でいいよ、ほんとうにお疲れ様。ただ帰り道にちょっと道草して、あの誤差領域をすべて削除・消滅させておいてくれ。もうヒトは誰も来やしないし、悪魔のショートカットを残しておく意味は無い。あと悪いけど、君の今の〈太陽の炎〉、ちょっと分けてくれないか。メギドレンジは燃費が出鱈目《でたらめ》に悪いからね——いや、Nαχαυρα さんの魂がここまでとは思わなかった。今《いま》君は熾天使《してんし》なみにまばゆいよ。むしろ過充電だ」

「老いが若きを搾取《さくしゅ》し強請《ゆす》るようになっては天国も終わりですよ。

そして謹《つつし》んでお断りします。というのも、これは食い貯《だ》めですから。

これから一年間ほど有給休暇を頂戴《ちょうだい》して寝貯《だ》めしますので、いいものたくさん食べておかないと。

それではこれで退勤いたします、おあとがよろしいようで」

「——また天国が危機を迎えたら、真っ先に君を頼るよ、よろしくね!!」

「さてどうですか。そのような事態となれば、門も階段も捨て置いて逃げますよ」

「可愛くないなあ。でもそのイメチェンは可愛いよ。いつか天国で流行《はや》るかもね、あっは——

ゆけ《イーテ》、使命は《ミッサ・エスト》終わりぬ」

「陛下に感謝《デオ・グラーティアス》を」

X

桜瀬《おうせ》医科大学附属《ふぞく》女子高等学校、本館、校長室。

その執務卓には上原良子が。

その扉の外には露村成泰が。

上原良子は三枚の『キリストの変容』をただ見上げ。

露村成泰は固く閉ざされた厳粛な扉をただ殴《なぐ》るばかり……

「上原校長!! 上原校長!! ここを開けなさい——開けるんだ!!

私は目撃した、第11保健室で目撃したんだ。中村初音が……ああ中村初音が!!

……会ったんだな、貴女《あなた》のことだ、会ったんだろう!! 証言を聴いたんだろう!!

ここを開けるんだ上原校長!! 証言を独占するつもりか!! それは日本国への裏切りだぞ!!」

激昂《げっこう》する露村はしかし突然、あまりにも静かでたおやかな同級生の声を聴いた。

「知りたい？」

「無論だ!!

——ということはやはり聴いたのだな、中村初音は此処《ここ》に来たのだな!!」

「ええ成泰君。

証人は来た。そして証言をした。私はその言葉と顔で……全てを理解した」

「天国は」露村は扉を開けさせることすら忘れて絶叫する。「ほんとうにあるのか!? ゆけるのか!?」

「もちろん」上原は鍵を壊した扉の方を見ようともせず。「結論は出た。はっきりと。正確に。誤解の生ずる余地も無いほどに」

「ああ、良子ちゃん……良子ちゃん有難ぅ!!

直ちに、直ちに総理へ御報告せねば!!」

「――ねえ成泰君」

「なんだい!?」

「天国の在《あ》り様《よう》。死後の世界。そこがいったい、どのようなものか。

ひょっとして、もう思い描けていたりする?」

「え? 良子ちゃん?」

「思い描けたりする?」

「……いいや、想像もできんね」

「安心しなさい。

神を信じる意味など無いから」

上原良子は華奢《きゃしゃ》な拳銃を咥《くわ》えて引き金を引き。

さして暇《いとま》を置かず、愕然《がくぜん》とする内閣情報官もろとも、彼女の孤島の全てが爆《はじ》け散った。

終章

α

学園島。
岩場の海岸。
夜明け前。夜がいちばん暗い時。
霧絵さんに救い出された私は、霧絵さんに足を洗ってもらっていた。
ちょうど六年前の今日、私があの先輩にした様《よう》に。
成程《なるほど》、地上世界での私は瀕死《ひんし》だ。あのときの先輩の様《よう》に、制服など既に襤褸布《ぼろぬの》のよう。
……でも、ほんとうに気持ちいい。
乾ききった喉に、霧絵さんが含ませてくれるグレープジュースもほんとうに美味しい。
(特に好物じゃないんだけど……誤解したのか、儀式なのか)
霧絵さんはずっと、まるで私のしもべの様《よう》に、跪《ひざまず》いて私の足を洗っていたけれど。
大事な何かを感受したかの様《よう》に、私の足を自分の制服を用いて丁寧《ていねい》に清めると——

Κύριε——εεεεεεε——εεεε——

Κύριε——εεε——εεεεεε——εἐλέησον——

「時が来たわ」

「いよいよ？」

――私が恐々《こわごわ》言葉を返したその刹那《せつな》、卒業夜祭《やさい》の、四月七日の夜が明けた。美しい朝がやってくる。太陽の最初のかがやきが、まるであのときの天国の階段の如《ごと》く、優美かつ荘厳《そうごん》な傾斜で私達を照らす。いよいよひとつになろうとする、霧絵さんと私を。

「い、痛かったり、するのかな？」

「それはない」

「……私の、その、剣道のいろんな匂いも変わる？」

「それが御希望ならば」

「このカチカチの掌《てのひら》も、筋肉質で恥ずかしい脚も変わる？」

「それぞれ何が問題なのかまるで解らないけれど、それが御希望ならばそうするわ」

霧絵さんは私を岩場に座らせたまま、だから私のしもべの様《よう》な体勢を維持したまま、ゆっくりと私の眼前に、自分の顔を近づける。そして私の前髪をそっと上げ、今とうとう――

（父さん母さん、正英《まさひで》ゴメン!!　絶対に、絶対に会いにゆくから……）

「あっいけない、大事なこと忘れていた」

「ええっ？」

「第一。私達の姿。

これ私の強い意見というかほぼ命令として、初音の姿を受け継ぐわ。顔躯《かおからだ》服装すべて。そのロングロングストレートのぱっつん黒髪も、黒白モノトーンの女学生服もね」

「……いいけど、理由は？」

「黙秘する。恥ずかしいから」

（今更何を……）

「第二。私達の名。

実は今のΤιγηιρυιελというのが既に、あの子との合成名なのだけれど。

初音の指摘どおり、ちょっと発音が難しい。実は私自身、そう感じなくもなかった。

だから新規に、完全に新しい名を考えて、新しい制服と一緒に陛下の勅裁《ちょくさい》を仰ぐわ」

「……私ぶっちゃけ新入りだから、意見も反論も何も無いけど。

じゃあどんな名前にするの？」

「Ηατυνεκιριε」

「私の鼓膜《こまく》が確かなら――そのままじゃん!!　しかも全然コンパクトじゃないし!!」

「つかみの冗談よ。

というのも私、初音と最初に自己紹介しあったとき、もう新しい名を決めていたから」

「――ということはもうその時点で、私と一緒になろうとしていたって事？」

「どうして。私はまさか絶対者ではないわ。そういう夢想なり願望なりをいだいたという感じね」

「どうだか……

ともかくその名前、教えて。これから学校でひと仕事あるのに、そう上原校長先生の所でひと仕事あるのに、自分の名前も分からないんじゃあ、霧絵さんも先輩も私も困るよ」

「きっと気に入ってくれると思うわ。

すなわち初音《はつね》の初をとって……初《うい》。Υι」

「ええと、なんとかエルにしなくてもいいの？」

「そこは初音の……じゃなかった初《うい》の善行と戦果をひけらかして、ゴリ押ししましょう。

初《うい》。初《うい》。美しい響きじゃない？

私、もし昇任していちばん末端の実働員《じつどういん》でヒラじゃなくなったら、制服改善運動と名前改善運動を開始するわ。そもそも天国の公用語を日本語にしないと、私達の名は正確には発音できないのだし。

ああ、私が帝陛下《みかどへいか》だったなら、天使の制服を全部これに改めるのに!!」

「感極まっているとこ悪いけど、少し急ごう。生徒の皆《みんな》を避難させなくちゃいけないし。

そう、もう二度と誰も、悲しみの四月七日を過ごさずにすむ様《よう》に」

「じゃあいくわよ」

「……こ、恐いよそんなに」

改めて私の前髪を上げ、私の顔に顔を寄せ、私の瞳《ひとみ》をじっとじっと見詰める彼女。

(こんなに美しい霧絵さんが、私の姿なんかになっちゃうなんて……)

私が一瞬の後悔と恐怖を感じた刹那《せつな》。

彼女は私の唇に、ゆっくりとキスをする。

躯《からだ》に感じる、新しい日のいちばん荘厳《そうごん》な太陽のかがやき。

あまりにも美しい天使の唇、舌まして息遣《いきづか》い。

無限にも思えた、そのキスの感触。

今夜何度も何度も繰り返して感じた、天国のあのよろこびが甦《よみがえ》る。

性的なんてそんななまやさしいものじゃない、昂揚感《こうようかん》、酩酊《めいてい》、陶酔《とうすい》そして恍惚感《こうこつかん》が甦る。

(終《つい》に、とうとう……)

私が思わず左瞳《ひだりめ》から涙を零《こぼ》したとき。

私はそれが自由に止められることに気付き。

……だから私は、私が私でなくなったことに気付いた。

(私は初《うい》。

天国の天使の、初《うい》)

ω

——とある孤島、とある未来、とある盛夏。

私はとうとう顔合わせも引継ぎもせずに終わった、後任の天使の子と海を見ていた。

私の管轄区域を担当することとなった、本名をMυσωιελという子。

——あの少女らの侵略劇から、どれくらいの歳月が過ぎたことか。

我ながら、縁があれば何時《いつ》でも会えるとはよく言ったものだ。

悪魔の悪戯《いたずら》で邂《めぐ》り逅《あ》うこととなった彼女は今、私のこの制服姿に興味を持ったようだ。

私はちょっと嬉しくなって、私のなかの初音を思い出しながら……

「これ、私が『綺麗だなあ』って思っていた娘《こ》の真似なんだけど、あっは」

「初《うい》はここに来る前、どこにいたの？」

「ああ、それを言っていなかったわね。実は日本よ」

「えっそれじゃあ」

「そう、あなたと一緒——

でも確か、あなたは四国だったわね？」

「うん、愛媛県」

「私は東京よ」

私は彼女と言葉をかわしながら、初音にやっと出会えたときの様《よう》な、感情の震えに気付いた。

いけない。

私は初音とのキスを思い出している。

——まして彼女は、私が吃驚《びっくり》する様《よう》な、誰かさんみたいなことを言い出した。

悪魔の悪戯《いたずら》でこの夏を一緒に過ごすこととなった仲間を、大切にしたい……そんな気持ちをあふれさせた彼女は、やはり私に、鳶色《とびいろ》がかったセミロングさんやふわボブさん、そして当然〈ロングロングストレートさん〉の懐かしい姿を思い出させる。仲間。言葉。解り合う。彼女が意図せず紡《つむ》ぎ続けるクリティカルなキーワードは、私の感情をいやましに激震させてゆく——

そう彼女は、私がどきりとする様《よう》な、あの日みたいなことを言い出した。

「言葉と言葉のぶつかりあいとか……あたし、どうしても慣れないところがあって。けれど、だから、なんか憧《あこが》れるところもあるんだ。

ワガママになったりするけど、何とか解り合おう、解り合おうとする努力って、憧れる。だからあたしも、そういうところ、真似してみようかなって思って」

「そっか。人の真似ね。なるほど。

私がこの姿に憧れて、この娘《こ》の真似をしているように」

「かなりそれに近いかも知れない」

「解ったわ。あなたの、言葉と言葉をもっと交わそうという気持ち。とても興味深い」

とても興味深い。

そしてステキだ。

私は確信できた。

この夏は、あの春と同様、きっと特別な夏になる。

頰《ほお》を染めつつ、酷暑《こくしょ》の空と瑠璃《るり》の海とを見渡せば、夏の光が嬉しかった。

自跋

爾後はここ吉祥寺のこころとなって、静かに余生を過ごしたいと願う。

顧客、師、同志、戦友、担当諸氏、積年のパートナーに深甚なる感謝を述べる。

ちなみに、三〇余年にわたる喫煙をやめる。一日二ℓを欠かさなかった紅茶も控える。

著述家業は廃業せぬも、退老し予備役となる。

商業出版の第一線から身を退く。

引退する。


一〇歳の折、教師にＩＱ１４０であることを公言・吹聴され、曰く言い難い小学校生活を送った。

人はどこまでも愚かになれるものである。その日の怒りは生涯忘れぬ。

それまでの三度の転校と併せ、私の基底欠損は確定的なものとなった。

客観的には、私の人生はめぐまれたものと受け止められるだろう。高校には推薦で合格し、東大には一発合格し、国家公務員試験にも一発合格した。フランスの大学院で公法実務の学位を、我が国の他の機関で文学の学位を、それぞれ一発で得た。まして、文芸の文学賞を人生初の投稿で受賞し商業作家となった。成程、履歴書的に概観すればまあ絢爛豪華なものである。

だが主観的には全く意味が無い。何がどうあっても、私のこころの雨曇りが晴れることはない。

私の鬱情は、私の人間不信は、小学五年生のあの日から、とうとう晴れることがなかったから。

私のこころは今なお幼年期の虐待に囚われたままである。どのみち死ぬまでこのままであろう。

だがそうした基底欠損が、鬱情の蜷局が、結果として私の文学者としての基盤となった。

私がこの十五年で八五冊の書を上梓できたのは、紛れもなく虐待による基底欠損の御陰様である。まことと人生とは解らぬものだ。訳の解らぬもの。それは今般の引退についても然りである。まさか今年、隠遁を決意することになるなど。この二月まではまるで想像の埒外であった。

理由は病苦である。概略三点を記す。

第一。私は積日の障害者であること。お国のお墨付きまである。最大の行動半径は一・五km、徒歩ならば三一〇mである。週に一度も外出しない。日に五度も自室を離れない。執筆以外では病臥している。私は所謂、自室の駐留警戒員である。仕事上どうしても常宿に籠もらねばならぬ時期があるが、往路復路ともに紛れもなく命懸けである。元警察官としてまこと忸怩するに堪えない。ささやかなる慰めは、病苦の態様・軽重の別を措けば、尊敬するチャーチルと漱石のひそみに倣えたことであろう。

第二。障害に起因する心身双方の衰弱。具体的には事理弁識能力の薄弱化、過集中の深刻化。あるいは視力の急激かつ慢性的な低下、腱鞘炎の凶悪化、腰痛の激甚化。いやそもそも長期の病臥ゆえ、体力・筋力が著しく衰微している。都心の出版社各社へ赴くのも、爾後三日間以上の発熱・寝たきりを覚悟せねば無理だ。昔日の講演会・サイン会その他の祭事など、あたかも夢物語の如くである。

第三。決定的な理由。新型コロナウイルス感染症に罹患したこと。正確には当該感染症の後遺症に罹患したこと。すなわち記憶障害。家人が警察官となれば、いかに私が寝たきりの自室駐留警戒員であろうと、クラスターの被害を免れることはできない。それはよい。四〇度四分の発熱で自己記録を更新したが（なお私の平熱は三五度三分だ）、それとて一過性である。しかし新型感染症の療養後、完全に破綻した本年の著述計画を立て直すべく鋭意複数の原稿及びゲラに取り掛かった際、たちまち私は、自分の脳機能の異変・失調を確信した。それはそうだ。望む言葉が想起できない。前日の執筆内容が想起できない。それまでに書き入れた伏線を想起できない。いやそもそも伏線を書き入れたのが事実かどうかも想起できない。これは本格ミステリ作家にとってフェイタルである。特に私の如き、トリックでなくロジックにより謎解きを成立させるタイプの作家にとってフェイタルである。例えば本作品『侵略少女』において私が管理・展開した伏線は、重複箇所・再掲箇所を除いて三四九ある。延べ数なら少なくとも四〇〇に上ろう。なお余談だが、本作品の姉妹編『終末少女』における伏線の総数を、物語内のとある記述から一二五と誤解する方がおられる。だがそれは伏線のうち特殊なカテゴリに属するものの総数に過ぎぬ（そう明記している）。よって、当該姉妹編においても更に偏執的な数の伏線が展開されていることとなる。私はそのような作家だ。しかし記憶障害の発症後は、どう一覧表・別図等により伏線管理の客観化を図ろうと、右の如くに前日以前の執筆内容が想起できない以上、執筆は困難を極めることとなった。特に本作品『侵略少女』はその直撃を受けた。端的には、私は早朝覚醒の個癖ゆえ午前三時前後から著述を開始するが、朝起きれば脳内の全てがリセットだ。伏線についても物語についても平仄についても、「本当にそう書いたのか？」「何処に何を書いたのか？」「どんな用語で書いたのか？」に全く自信がなくなる。過去その様なことは絶えて無かった。私は記憶力だけには自信があった。それが四枚も書き進めぬ内に、何度も何度も繰り返して用語検索、ページ検索を実施して、既述部分を確認せねばならなくなった。いや、甚だしくは何度も何度も繰り返して「もう一度冒頭から通読する」ことを余儀なくされた。重ねて、書いたことが分からなくなるからである。当然、執筆速度は半分いや三分の一未満にまで低下した。そもそも過集中の個癖により日に四〇枚を書き上げるのが常態であった私としては、絶望的な状況だ。そして今現在も記憶障害の症状は継続している。その終期は未だ研究途上ゆえ誰にも分からぬ。ならば私が、症状自体に加え、著しい予期不安に苛まれているのも御理解いただけよう。翌日の執筆内容を検討しつつ就寝する際、また当日の執筆内容を検討しつつ起床する際、自分の脳が信頼できない恐怖、あるいは作品が未完に終わることへの絶望で、俄に嘔吐をしたことも稀ではない。本作品『侵略少女』一、二八四枚を書き上げることができたのは、誇張なく奇跡だ。

要旨、以上三点が退老の理由である。

厳密に言えば第四点となった突発重大テロがあるが、その詳細は措く。

同様に、吉祥寺の著述家業としてまこと忘れ難い芙葉亭、葡萄屋、金の猿、DONA、第一ホテル、バウスシアター、ブックスいずみ、パルコブックセンター等が陸続と閉店・閉館していったことが第五点であるが、その詳細も措く。

今現在、既に受注しつつ、だが破廉恥にも未完の作品が四ある。長編二、中編一、短編一である。著述家業は廃業せぬゆえ、受注した以上は納品したいと強く願うが、結果は神の領分だ。恥じる。

これまでの著述の結果を抄記する。

本作品『侵略少女』担当嬢の御厚意によると、私は本作品を含め五五の長編小説、一九の短編小説、九のノンフィクションを著述している。同様の前提で、これらは八五の書籍となった。単行本二九冊、文庫三七冊、ノベルス一〇冊、新書九冊である。

担当嬢の懇切な計上を聴くまで、私自身、この結果に無自覚でいた。数に興味が無かったからだ。だが改めて来し方を回顧するに、右のとおりの病者としては、まあ、よくやった。

私ごとき小身人には勿体ないほどの確率で、重版の慶事にもめぐまれた。

これで老後に絶大なる不安があるなどと述べれば、神に罰せられること必定である。そもそも私は三河者である。要は極めて吝嗇である。病者として、生活水準もまことささやかだ。まさか鶴寿など期待しない。お国に捧げるべき子供らも、今は無事育ち上がった。もとより不安定な自営業として、自助努力たる庶民的な貨殖を図らぬはずもない。どうにか野垂れ死ぬことは免れよう。

とまれ無論、商業出版において書は、発注なくして世に出ない。

よって担当諸氏・出版社各社のことを想起すれば、実によくしていただいた以外の言葉は無い。


私の営業方針を総括する。

本格ミステリ作家としての私は、比喩を用いれば、一学級四〇人のうち、連日の図書館通いと書店通いを欠かさぬ、「読書好き」三人未満を潜在的顧客として想定していた。うち、本格ミステリなる怪態なジャンルを愛好する、「好事家」一人未満を具体的顧客として想定していた。さすれば、私の営業方針が薄利多売になることなどあり得ぬ。そもそも私はガヤが嫌いだ。脊髄反射も嫌いだ。選挙以外の多数決も嫌いだ。端的には、脊髄反射するガヤの多数決すなわち蠱毒が大嫌いだ。この我儘は古野本格の異様さを規定する。それは古野本格の集大成である〈戦う少女本格〉連作において顕著であるが、第一に枚数、第二に価格の異様さである。永続的出版不況により業界が夕闇を迎えている中、どこの莫迦が一冊一、二〇〇枚以上、一冊三、〇〇〇円のデカダンな小説を上梓しようというのか。そもそも私がデビューした十五年前から、業界は安近短・易軽楽の商品を求めていた。事件を早く。枚数は短く。ワンコインで。登場人物を少なく。語彙を少なく。キャラ立ちを最優先で。中学生でも解る文章で。短い会話文を多く。癒やしを提供する。痛いことと悲しいことを避ける。ハッピーエンドが望ましい。三時間で読み終われるように……これらは全て、私が実際に出版社から求められたことのある「王道」だ（甚だしくは「逆転裁判の真似をしてください」なる名言を残した編集氏もいる）。

無論のこと私は、本格ミステリについて、それら全てに叛逆した。冗談ではない。莫迦で結構。

公式サイトで縷々述べているとおり、私は私がおもしろいと感じるものを書くだけだ。莫迦で結構。三時間どころか三〇年間、いや生涯読み続けていただいてなお飽きぬ一冊を用意する。そして人は読みたいものを読めばよい。私は押売も客引きもしない。よいものをいい値段で売る。それが私の誇りだ。そして文芸とは畢竟誇りの問題に尽きる。

現在、本格ミステリの担当諸氏がこれを理解してくれているのは身に余る果報だ。

また現在、〈戦う少女本格〉連作にせよ〈新任〉シリーズにせよ、商業出版として奇書が出せかつ算盤が合っているのは、担当諸氏の仁恕であり功徳である。こんな営業は我々にしか営めない。重ねて御礼申し上げる。

ただ右は、本格ミステリ作家としての私について述べたことだ。

いわゆる警察小説作家あるいは新書作家としての私は、また営業方針を異にする。

すなわち、こと警察小説・新書については、右の「王道」のうち私が得心するものを極力採用した。商品の性質上、世にひろく理解していただくことが必要であり適切だったからだ。

そのような判断により、本格ミステリ以上に算盤を合わせてきた。

そのような結果により、デカダンな本格ミステリを書き続けることができた。

警察小説等の数多の顧客なかりせば、時代錯誤な本格ミステリを執筆する資源と基盤は無かった。

もっとも、私は警察小説においても本格ミステリの型・技法を採用しているが、ゆえに両者は私の場合明確に区分できるものではないが、しかし両者には明確な役割分担があった。両者は車の両輪であった。無論、私の中で両者に優劣はない。このことは、私の顧客のうち特に私の本格ミステリしか読まれぬ方に強調しておきたく思う。その本格ミステリが生まれたのは、警察小説等があってのことなのだ（だからといってそれを読めなどとは言わぬ。私がしているのは収益構造の話に過ぎぬ）。

私の本格ミステリ観について。

全ての基本は有栖川、綾辻そして中井である。私について言えば、それに疑いの余地は無い。

私が本格ミステリなるものの不可欠な要素をどう考えているかは、私の公式サイトで詳らかにしている。また私が本格ミステリをどう定義しているかは、〈戦う少女本格〉連作のうち、例えば本作品『侵略少女』と『時を壊した彼女』のスタイルを比較すれば必ずや明確になる。それは『終末少女』と『禁じられたジュリエット』の比較でも同様である（明記していないが、必ず解る）。

加えて、私はロジックにより謎解きを成立させるタイプの作家であるから、文に独特の個癖がある。それは正確さと主観的美を両立させせんとする動機からくる不可避の個癖だ。ロジックによる謎解きの大前提は、文のシニフィエが能うかぎり一義的に定まることである。比喩としては、客観的な数式の其々を作者・読者が同一のものとして共有すること。作品内における事実が事実として、正確にかつ同意義で共有されること。これが、ロジックにより謎解きを成立させるタイプの本格の大前提である。換言すれば、文意のゆらぎを最小化せねばならぬ。しかし他方で、私ほど文のゆらぎを愛する作家もそうはいまい。そもそも私の書はラテン文学同様、韻律を極めて重視し、音読を前提とするものだ。音読したときのリズムを偏愛するものだ。あるいはそもそも私には、偏愛する漢字と苦手とする漢字がある。どうしても使用を避けたいと思う漢字さえある。はたまたそもそも私は、ゲラを組んだとき初めて現れるゲシュタルトの主観的美しさにこだわる。私の言葉でいうゲラヅラにこだわる。それは例えば全体における改行のバランスであったり、折り返しのバランスであったり、漢字・ひらがな・カタカナのバランスであったり……要はゲラの形態としての見え方に私はこだわる。まるでこだわらなかったのはこの自跋くらいのものだ。そのようなゲシュタルトの美、文字の美、韻律の美を尊ぶとすれば、文のソリッドな一義性は犠牲になる。犠牲にせざるを得ない。正確さと主観的美はトレードオフの関係にある。いずれもを欲張って最適化せんとしたとき、それは時に謎めいた個癖となる。

それが所謂古野節、まほろ節なるスティルが生まれる所以である。

このスティルゆえ、私の作品は翻訳・映像化・コミカライズ等に全く適さない。なんとまあ、それを提案してくださった有徳な方々もおられるが……しかしエクリチュールとしてもパロールとしても、言葉のあるいは日本語の純度・硬度が大きすぎるから無理である。よって私は表1イラスト一枚でさえ、徹底的に信頼した当代一流の方にしかお願いしない（例えば本作品の如くに）。私の小説は飽くまでも書物として本として、エクリチュールとしての美・パロールとしての美を追求するものだ。裏から言えば、媒体を異にするとき、どうしてもそれらの美が欠損・排除されてしまうものだ。私は自分の統制できない改変を許せるほど愛嬌ある人間ではない。三河者である。頑迷固陋が売りである。

私の本格ミステリについて最後に、その偏執性を述べる。それは一字一句への偏執性である。少なくとも一節一文への偏執性である。具体例で述べる。本作品『侵略少女』のエピグラフ。仏語の引用及びその和訳。うち例えばdoutezをどう訳すか。これは巷間「疑いなさい」と訳されている。それについての疑問を私は見聞きしたことがない。ゆえに、では何を疑うのかが時として熱い議論の対象となっている。だが私は「疑いなさい」なる訳を信じない。何故なら命令形doutezの原形douterは他動詞（間接他動詞）だからである。そしてフランス語は自動詞と他動詞の別を重視する。よって現代フランス語のdouterはdouter de Xかdouter que Xの態様でしか用いられぬ――原則としては。要は目的語を必要とする。仮に目的語Xを割愛したいというのなら、この場合doutez-en（それを疑いなさい）とせねばならぬ。だがエピグラフに引用したとおり、問題の仏文はdoutez一語で成立している。これは奇異である。およそ文意を解釈せんとする者ならばこの奇異に気付かねばならぬ。

「ならば何故目的語が無いのか?」を真摯に自問せねばならぬ。そしてこれを真摯に自問したとき、他動詞であるdouterが自動詞的に、目的語無くして単独で用いられる、そんな特殊な用法があることを発見できる。それはdouterの「神を信じない」「形而上学的なものを信じない」という用法である。このときdouterは目的語を従えぬことを許される。したがって私は本作品エピグラフの如くに訳出した。無論ここで問題なのはその是非ではない。私が一字一句を疑ってかかる作家であり、一字一句に意味を付与せんとする作家であるということだ。それは私の本格において首尾一貫している。神は一字に宿るのだ。

書き置くべきは書き置いた。

締め括りに、続刊について言い置く。

商業出版においては版元の発注が大前提である。よって、私の事情により已むなく筆を擱いている新任シリーズ及びA県警察シリーズを除き、続刊のないことに私の責任はない。著者としては遺憾に堪えぬが、全ては他人様の算盤の都合でありそれ以上でもそれ以下でもない。御意見は其方様に。

なお私は隠居するが廃業はしない。私にはまだ書かねばならぬ事柄、書かねばならぬ物語がある。まして積年、古野名義以外で継続してきた仕事も残っている。よって、プラットフォームがどうなるかは別論……また従前の如き「年に新刊六点」なる狂気のスケジュールにはならぬことを大々前提としつつ……それら隠居の手慰みを世に問うこともあろう。

といって、どうしても裏切れぬ担当氏もいれば、絶対に叛らえぬ担当氏もいる。将来的に、同様の人物と邂逅する可能性もある。私は義理と使命感を重んずる。そうやって職業人を生きてきた。なら、私でなければならない役目、私でなければできない依頼は断れぬ。かかる動機を掻き立てられたそのときは、生き恥と老醜とを晒しつつ、新たな書き下ろしについて、できるかぎりのことをしたく思う。斯様な心境であるから、例えば既発表原稿の文庫化等については更に嫌気がない。病苦と体力の問題もない。よって出したい方、出したい社が出せばよい。特に金銭的制約により私の本格を購入できぬ、勉学を本務としゆえに所得なき生徒学生の福祉のため、できるかぎりの助力をさせていただく。斯様な助力は私がこの十五年、片時たりとも忘れたことのない後世・後進への責務である。私の拙い小説技法、商業作家として体得したロジ・プロトコル、あるいは警察考証等を活用したいという方がおられれば、病の許すかぎり幾らでも応じよう。私の作品の解釈・設定等を知りたい、疑問点を解消したい、本格談義をしたい、フレーズやシーンや台詞談義をしたい、彼岸過迄や風紋やシンフォニック・ヴァリエイションやGARNET CROW談義をしたい、作品内でした予言の成就について知りたい等々と思う方がおられればそれも同様である。私には墓場まで持ってゆくべき何物も無い。連絡先はこの夏公式サイトに記載した（でなくとも商業作家と連絡を取るのは容易である）。また現在、これは隠居の道楽であるが、顧客等との恒常的な双方向コミュニケーションの場を設けるべく、適切な手段方法を検討中である。これは流石に、現役時代においては時間的・物理的に不可能な試みであった。

とまれ、義理と使命感が閾値を超えたとき、依頼者がこれまでの取引先であるとないとを問わず、また法人であろうと個人であろうと、プロであろうとそうでなかろうと、できるかぎりのことをしたい。したくないことはしない。これまでのように、発注を基本的には断らないスタイルを真逆にし、感情の赴くまま自由に拒否をする。それが隠居の趣旨であり、隠居はするが廃業しない趣旨である。

隠棲する私は今や、他者なるものをほぼ必要としない。今や私の世界はすっかり閉じている。

しかしながら私は、警察官としても作家としても、誇りにできる数多の出会いにめぐまれた。

それが右のとおり、十五年間の刊行点数八五なる結果に直結したことは確実である。改めて感謝すべき方々にはまこと事欠かぬが、個別に挨拶等するゆえ本稿では記載を略す。改めて筆誅を加えるべき作家・業界人・官僚にも事欠かぬが、天網恢恢疎而不失であろう。なお、右の諸文においては便宜上敬称を割愛した。純然たる技法上の問題ゆえ、御寛恕願いたい。重ねて、ノベルゲーム以前の手めくり式ゲームブックの如き、奇矯なまでの遊技性と非可読性そして所謂ガラパゴス化の極北にいたった、そんな本格を私は手にすることができた。鳥之将死、其鳴也本格。これでいい。満足だ。

爾後は三河の赤味噌問屋の隠居・古右衛門となって、印籠を懐に井の頭公園を漫遊するほか、晴れた日には畑を見ながら布団に入り、雨の日には本棚を見ながら布団に入って静かに余生を過ごしたいと願う。無論、ライフワークである『評伝ハマーン・カーン――宇宙《そら》の冬バラ』『ハマーン・カーン名言集――俗物が私に』の脱稿も、トップクラスの重要性を持つ重大な責務である。もとより革命的ハマーニスト同盟革命右派吉祥寺委員会の残党たるこの古野、ひとたび好機到来せば東京近鉄百貨店の地下に蔵した愛機ＡＭＸ－００７ＭＣガザＥアメイジングを駆り、再びダカールの地にジオンの旗を打ち立てるべく馳せ参じる所存である。

それを思うと、隠居の身もまたよし。

さしあたって乙女座のＭ87星雲、反宇宙が存在するというそのあたりを彷徨し、反地球での反人間のため、おずおずと四大奇書に耽溺することからはじめよう。

令和四年八月三十日
ＴＳＨ３１０２にて

著　者

※この作品は書下ろしです。
※この作品はフィクションであり、実在の団体等とはいっさい関係がありません。

古野まほろ（ふるの・まほろ）

東京大学法学部卒業。リヨン第三大学法学部修士課程修了。学位授与機構より学士（文学）。警察庁Ｉ種警察官として警察署、警察本部、海外、警察庁等で勤務し、警察大学校主任教授にて退官。2007年、『天帝のはしたなき果実』で第35回メフィスト賞を受賞し、デビュー。有栖川有栖・綾辻行人両氏に師事。近著に『禁じられたジュリエット』『終末少女 AXIA girls』『時を壊した彼女 7月7日は7度ある』『征服少女 AXIS girls』などがある。

侵略少女《しんりやくしようじよ》 EXIL girls《エグズィル ガールズ》

2022年10月30日　初版１刷発行

著　者　古野《ふるの》まほろ
発行者　鈴木広和
発行所　株式会社 光文社
〒112-8011　東京都文京区音羽1-16-6
電話　編　集　部　03-5395-8254
　　　書籍販売部　03-5395-8116
　　　業　務　部　03-5395-8125
URL　光　文　社　https://www.kobunsha.com/

組　版　萩原印刷
印刷所　萩原印刷
製本所　ナショナル製本

落丁・乱丁本は業務部へご連絡くだされば、お取り替えいたします。

R ＜日本複製権センター委託出版物＞
本書の無断複写複製（コピー）は著作権法上での例外を除き禁じられています。本書をコピーされる場合は、そのつど事前に、日本複製権センター（☎03-6809-1281、e-mail:jrrc_info@jrrc.or.jp）の許諾を得てください。

本書の電子化は私的使用に限り、著作権法上認められています。ただし代行業者等の第三者による電子データ化及び電子書籍化は、いかなる場合も認められておりません。

©Furuno Mahoro 2022 Printed in Japan

ISBN978-4-334-91491-2

終末少女

AXIA girls

古野まほろ

絶望の小説。
あるいは、もっとも美しい悪夢。

世界の終わりは突然始まった。黒の海が大地を沈め、
無数の「口」が全てを食い尽くしてゆく。この終末から逃れ、
天国のような孤島に着いた少女らは、しかしそこでも海の彼方に「口」どもを見た。
絶望までの時間を静かに暮らす中、彼女らは謎めいた漂着者らを助ける。
だがそれは結果として、嘘と裏切りに満ちた殺し合いの始まりとなってしまった。
魔女は、そして生き延びるべきは誰か?
終末をかける少女らの超絶論理《サバイバル・ミステリ》!

慈悲深き本格の神よ、異形の懺悔《トリック》と祈り《ロジック》を聞き届けたまえ。
まほろは使命を果たせり。
——法月綸太郎

光文社

征服少女

AXIS girls

古野まほろ

神か悪魔にしか書けない。
古野文学にしかできない。

悠久の昔。悪魔の大軍は突如地球に侵攻しこれを占領。
神の軍勢はその死守する天国のみに幽閉され、ヒトも世界も全て放棄させられた。
この屈辱の大敗から幾万年——天国の総力を挙げた再征服《レコンキスタ》が今、開始される。
史上最大の戦艦にして新世界の方舟《はこぶね》〈バシリカ〉によって。
再征服《レコンキスタ》の使徒たる天国の少女8名によって。
地球と天国、そして神の運命は。
論理と情動の果てに紡がれる、本格青春ミステリ叙事詩！

正義を強制することは、正義か、それとも家畜主義か。
純粋な本格ミステリにして、革命と叛乱《はんらん》の青春群像劇。

光文社